Reise nach Norby

ANNE M. WEILANDT

Reise nach Norby

Ein Damenroman

Bibliografische Information der Deutschen Nationalbibliothek.
Die Deutsche Nationalbibliothek verzeichnet diese Publikation in der
Deutschen Nationalbibliografie; detaillierte bibliografische Daten sind im
Internet über http://dnb.dnb.de abrufbar.

© 2019 Weilandt, Anne M.
Grafik: lisima/ Ozz Design/ Shutterstock.com
Satz, Umschlaggestaltung, Herstellung und Verlag:
BoD – Books on Demand, Norderstedt
ISBN 978-3-7494-3919-5

I

Juni 1924, Kopenhagen, Østerbro, Krausesvej

»Ich muss bald gehen«, sagte Sofie mit einem Blick auf ihre Armband-
uhr. »Ach, Søren, wenn ich nur mutiger wäre ... Aber Mutter ... Ich
kann einfach nicht. Es tut mir leid.«»Quäl dich nicht«, erwiderte Søren
sanft,»es sind ja nur zwei Monate, und wenn du im September aus Jütland zurück bist, heiraten wir.«»Ja«, entgegnete Sofie und ein kleines
Lächeln kam um ihre Mundwinkel.»Bis dahin wird Mutter bestimmt
einverstanden sein, du wirst sehen.« Sie sah ihn bittend an. Søren zog
sie an sich.»Wirst du mir schreiben?«»Aber ja«, erwiderte Sofie.»Und
du mir?« Er nickte lächelnd.»Ich liebe dich«, sagte er leise.»Vergiss das
nicht. Vergiss mich nicht ...« Sofie schüttelte den Kopf. Eine Träne lief
über ihre Wange.»Wie könnte ich denn ...?«

Helle strich sich die kurzen blonden Haare aus dem Gesicht und wandte
ihren Blick ab. Sie konnte es nicht mit ansehen, dass die beiden sich so
viel unnötigen Kummer bereiteten. Jetzt weinte Sofie wieder. Was für
ein Schaf ihre beste Freundin doch war! Wie oft hatten sie hier zu dritt
im Wintergarten gesessen und überlegt, was nun werden sollte, seit Sofie
Søren die Ehe versprochen hatte und ihre Mutter es nicht haben wollte.
Als ob es da viel zu bedenken gäbe! Sofie war doch großjährig und
konnte leben, wie es ihr gefiel. Helle hatte es ihrer Freundin oft genug
vorgehalten, aber Sofies Antwort war immer die gleiche gewesen: Es
wäre nicht recht, ihre Mutter so zu kränken. Sie hatte doch immer alles
für sie getan und musste als Witwe ganz allein dem Geschäft vorstehen,
nur mit Advokat Brandts Hilfe. Und nun fuhr sie lieber mit ihrer Mutter
zur Sommerfrische an die Westküste, in der vagen Hoffnung, sie doch
noch für Søren einzunehmen – statt ihn einfach zu heiraten und mit
ihm in seine Stubenwohnung in der Ahornsgade zu ziehen. Und Søren,
weichherzig, wie er war, ließ sie gehen, weil er es nicht ertragen hätte,
wenn Sofie sich über ihn mit ihrer Mutter entzweite. *Die Dummen ...*
Helle beschloss, Søren nachher zu einem kleinen Bummel zu überreden.
Er war ja mehr von der soliden Art, aber heute Abend wäre es bestimmt
eine Art Heilkur. Sie erhob sich, um den Vogelbauer vom Korbtisch auf-

zunehmen. Sofies Kanarienvogel sollte bei ihr bleiben, bis die Hansens aus Jütland zurück waren. »Ich bringe Mads nach oben«, sagte sie. Sofie hob den Kopf von Sørens Schulter. »Grüß ihn jeden Tag von mir«, bat sie leise. Helle nickte, drückte zum Abschied ihren Arm und ging hinaus.

***

Malvine Krogh Hansen stand im Vestibül neben den Taschen und Körben ihres Handgepäcks und blickte ungeduldig auf die Haustür der Villa Møller gegenüber. Wo blieb Sofie? Die Droschke würde in zehn Minuten vorfahren, sie hatten einen Zug und zwei Fähren zu erreichen! Musste sie etwa Nielsine nach ihr ausschicken und so den vielen kleinen Peinlichkeiten in dieser unnützen Posse eine weitere hinzufügen? Wenn Sofie nur einsehen wollte, dass Søren Lauridsen zu ihrem Ehemann nicht taugte! Als Erbin des Handelshauses Krogh Hansen war sie dazu erzogen worden, einem großen Haushalt vorzustehen und zu repräsentieren. Sie brauchte einen Ehemann, der die Geschäfte führte, damit sie weiter so angenehm leben konnte wie bisher; einen Kaufmann eben – und keinen Mathematiklehrer. Da half es auch nicht, dass der Kandidat freundlich und gebildet war und aus einer Lotsenfamilie von Dragør kam. Malvine schüttelte den Kopf. Nicht auszudenken, dass Sofie in einer Stubenwohnung in Nørrebro kochen, putzen oder Kinder hüten würde und dabei mit dem Lehrergehalt des Hr. Lauridsen zurechtkommen müsste, während ihr alle gewohnten Annehmlichkeiten versagt wären! Und was sollte aus der Firma Krogh Hansen werden? Nein, Sofie musste verstehen, dass alle besser dran waren, wenn sie Hr. Lauridsen absagte. Ihr Liebeskummer würde schon vergehen, wenn die beiden einander nicht mehr jeden Tag sahen … Sie blickte zur Standuhr hin, die Droschke würde jeden Moment vorfahren, nun musste sie wohl doch Nielsine schicken. Ah, jetzt kam Sofie auf den Zuweg heraus, die Jacke ihres taubenblauen Reisekostüms über dem Arm. Aber wie sah sie denn aus! Die kupferfarbenen Locken zerzaust, das Gesicht blass, die hübschen blauen Augen ganz verweint. Malvine seufzte. So unordentlich konnte ihre Tochter sich unmöglich zeigen. Sie rief nach Nielsine und hieß sie, ein feuchtes Tuch, eine Bürste und Sofies Hut zu bringen. Sofie betrat das Vestibül und sagte gefasst, sehr nüchtern: »Fru Møller lässt grüßen, Mutter, sie wünscht eine gute Reise.« »Kind …«, erwiderte Malvine, nun doch mitleidig. Nielsine trat zu ihnen heran, reichte Sofie

Bürste und Tuch und gab Malvine Sofies Hut zum Halten. Dann fuhr die Droschke vor. Nielsine ging hinaus und winkte dem Chauffeur, ihr mit dem Gepäck zu helfen. Die lange Reise nach Jütland hatte begonnen.

II

Einen Monat später, Norby, Ribe Amt, Jütland

Kathrine Pedersen war damit beschäftigt, den Sand um ihre Georginen wegzurechen und schwer hängende Blütenköpfe abzustützen. Zum Glück hatten die Pflanzen Regen und Gewitter bis jetzt im Großen und Ganzen unbeschadet überstanden. Sie hatte ja nicht gewusst, dass die Blüten auf den zarten Stängeln zum Hängen und Abknicken neigten. Auch hatte sie auf zahlreichere Bestellungen gehofft, nachdem sie den größten Teil ihrer geringen Erbschaft für den Ankauf der Knollen und die Aufgabe der Annoncen ausgegeben hatte. Sicher würde eine bunt bebilderte Beilage in den Zeitungen mehr Bestellungen bringen, nur war so etwas natürlich unbezahlbar. Ach, alles war schwierig, seit ihr Vater kurz nach Ostern überraschend gestorben war und die Familie fast mittellos zurückgelassen hatte. Nicht einmal ihre Mutter hatte gewusst, dass es so schlecht um ihre Rücklagen stand. Immerhin taugte das Haus für die Zimmervermietung, auch wenn ihre Mutter sich schwer damit abfinden konnte. Es blieb ihnen ja nichts anderes übrig, irgendwie mussten sie doch ein Einkommen erwirtschaften, wenn schon keiner die Georginenknollen haben wollte ... So hatte Kathrine in den großen Zeitungen des Landes Anzeigen aufgegeben, in denen sie Zimmer mit Frühstück und warmem Mittagessen am Sonntag anbot. Bald darauf hatten sie Post von Malvine Hansen bekommen, die bis Ende August reserviert und auch gleich bezahlt hatte. Sie wollten einmal etwas anderes als die Sommerfrische auf Amager, hatte Fru Hansen erklärt, als sie und ihre Tochter Ende Juni angereist waren und das große Schlafzimmer der Eltern bezogen hatten. Ihre Mutter duldete die Gäste an ihrem Tisch nur widerwillig. Wenn Fru Hansen gelegentlich über die Stille und den allgegenwärtigen Sand in Norby klagte, neigte ihre Mutter zwar höflich den Kopf, erwiderte aber stets schmallippig, dass die Westküste eben ihr Eigenes habe. Die hübsche, sanfte, auch alltags immer gut angezogene Sofie dagegen saß meistens ruhig und in sich gekehrt neben Fru Hansen. Bei einer Tasse Kaffee im Garten hatte sie Kathrine anvertraut, dass ihre Sommerfrische nur ein Vorwand war. Die Hansens waren in Norby, damit Sofie sich wegen ihres Eheversprechens gegenüber ihrem ehemaligen Mathematiklehrer eines Besseren besann und ihm absagte. Nur konnte und wollte sie das nicht. Wieso sie denn nicht einfach nach Kopenhagen zurückfuhr und ihn heiratete, hatte Kathrine bei sich gedacht. Aber Sofie war Frau Hansen sehr ergeben und ähnlich wie sie darauf bedacht, ihre Mutter nicht zu kränken. Kathrine lächelte ein wenig, während sie sich zur nächsten Pflanzenreihe vorarbeitete. Am Ende waren sie beide in einer ähnlichen Lage: Sofie sollte dazu gebracht werden, dem Kandidat Lauridsen abzusagen, während ganz Norby darauf wartete, dass sie endlich James Jul heiratete, ihren Freund und Kameraden seit Kindertagen. Er war letztes Jahr in die Praxis seines Vaters eingetreten und als Tierarzt auch über Norby hinaus sehr gefragt. Mit James wäre sie gut versorgt, zweifellos, seine Mutter hätte eine tüchtige Schwiegertochter auf Julsgård und ihre Mutter könnte endlich zu ihrem Bruder Mogens nach Aalborg ziehen. Kathrine seufzte. Geradezu vorsintflutlich war das alles, wenn man bedachte, dass Frauen heutzutage doch gar nicht mehr heiraten mussten. Nein, James konnte sie noch so sehr bedrängen und behaupten, sie zu lieben – sie liebte ihn keineswegs und wünschte sich sehr, dass er endlich Vernunft annehmen würde und sie einfach wieder Freunde sein konnten. Nur war er eben ein Jul, und die waren stur. Oh, wenn James sich erst einmal etwas in den Kopf gesetzt hatte! *Dabei bemüht er sich kein bisschen um mich*, dachte sie belustigt, während sie eine Blüte an einem Kiefernzweig festband, *auch das ist James*. Nicht einmal zu einem Spaziergang ließ er sich überreden. Stattdessen drängte er immerzu darauf, dass sie endlich heiraten sollten, kennen würden sie sich nach sechzehn Jahren Freundschaft wohl genug … Wenn er sie wenigstens mal nach Nybøl ins Hotel Danmark ausführen würde, zu einem der berüchtigten Tanzvergnügen, zu denen sie ja allein nicht gehen konnte. Aber da weigerte er sich strikt. Sie solle aufhören, ihn zu plagen, hatte er gereizt verlangt, seine Schwester liege ihm schon genug damit in den Ohren. Frauen wie Tilda und sie gingen nun mal nicht ins Hotel Danmark und Schluss! *Starrköpfiger, altväterlicher James …* Seit Neuestem verlegte er sich darauf, ihrer Mutter in Nybøl Kleinigkeiten zu besorgen, Wolle etwa oder ein Stückchen Kranzkuchen aus Andersens Bäckerei am Marktplatz, um sich dafür sehr gern zu einer Tasse Kaffee in die Stube bitten zu lassen. Dort hockte er dann stundenlang auf dem Sofa und fiel ihr mit Mutters Hilfe lästig. Kathrine seufzte. Ihre Mutter wollte sie eben versorgt sehen und fragte nicht danach, ob eine Heirat mit James sie auch glücklich machen würde. Seit Vaters Tod schien sie manchmal seltsam abwesend und war in ihrem Kummer bitter und streng geworden. Ganz in sich verschlossen strickte sie Strümpfe für den Kirchenbasar, als wenn nichts wäre, und erlegte sogar die Kosten für die Wolle weiter von ihrem schmalen Haushaltsgeld, damit nur keiner merkte, wie schlecht es bei ihnen stand. Sie war auf Vaters guten Ruf bedacht – Henning Pedersen, der geachtete Dichterphilosoph. Wenn da herauskäme, dass sie fast unversorgt zurückgeblieben waren … Immerhin hatte Mutter dafür gesorgt, dass Christian in Kopenhagen Philosophie studieren konnte, mit Unterstützung von Onkel Mogens. Er hätte sich lieber in Esbjerg Arbeit gesucht, um der Familie zu helfen, und wollte das Geld seines Patenonkels nicht annehmen, doch Mutter beharrte darauf. Das Unglück, das sie getroffen hatte, sollte Christians Aussicht auf eine akademische Karriere nicht behindern. Gleichzeitig hatte sie darauf bestanden, dass Kathrine im Haus blieb, obwohl es in Nybøl bestimmt Arbeit für sie gegeben hätte. Aber die Tochter Henning Pedersens verdingte sich nicht als Ladenfräulein oder Haushaltshilfe … Kathrine richtete sich auf und sah zur Landstraße hin. Eigentlich musste James jeden Augenblick von Nybøl kommen, mit Mutters Wolle. Die würde sie ihm gleich hier am Zaun abnehmen. Er kam ja vom Viehmarkt, da war er immer müde und gereizt und erst recht eine Plage. Außerdem hatte er sicher mit den Bauern und Käufern das eine oder andere Glas getrunken. Und saß nicht auch Jörn Jepsen gerade bei Mutter? Sie hatte ihn jedenfalls noch nicht herauskommen sehen.

***

Jörn Jepsen, Postbote und nebenher der Überbringer von Nachrichten und Neuigkeiten in Norby, saß gemütlich auf Gesine Pedersens Sofa, trank Kaffee und aß dazu mit Behagen von ihren köstlichen kleinen Zuckerkringeln. Auch wenn sie derzeit wegen ihres Kummers ein wenig streng und unnahbar daherkam, eine gute Bäckerin war Gesine geblieben und ihr Kleingebäck eines der besten in Norby. Das konnte er sicher sagen, er bekam ja überall genug davon vorgesetzt. »Na?«, fragte er jetzt, auf die Postkarte weisend, die er ihr vorbeigebracht hatte. »Axel Söderblom, Kaufmann und selbstständiger Werbekünstler aus Nybøl. Ist das was, Gesine?« Er blickte sie forschend an. »Was Seriöses, meine ich«, setzte er hinzu und griff nach einem weiteren Plätzchen.

»Selbstverständlich«, erwiderte Gesine kühl und richtete sich noch ein wenig im Sessel auf. In ihrem Trauerkleid aus schwarzem Bombasine, die blonden Flechten ordentlich um den Kopf gelegt, sah sie nun wohl würdevoll genug aus, um Jörn Jepsen die neugierigen Fragen zu verleiden. Dass ihr neuer Hausgast sich mit einer Postkarte angekündigt hatte, war unglücklich genug. Nichts würde Jörn davon abhalten, dessen Ankunft für kommenden Freitag und seine Zimmerbestellung für den ganzen August in Norby herumzuerzählen. Und natürlich würde er auch ausschwatzen, dass Hr. Söderblom aus Nybøl kam, also praktisch ein Nachbar war – und in seinem Absender keine Straße angegeben hatte. Nicht auszudenken, was sie am Sonntag vor der Kirche erwarten würde, wenn die Runde machte, dass sie an Hr. Söderbloms Achtbarkeit zweifelte. Und Gesine zweifelte, doch was nützte ihr das? Ihre Lage war so bedrückend, dass sie niemanden abweisen konnte. Wenn das Haus nur besser verkäuflich wäre … Einsam am unteren Ende des Strandwegs gelegen und nah bei den Dünenketten auf ehemaligem Meeresboden errichtet, taugte es nicht für eine Bauernstelle. Und dann noch die niedrig hängenden dunklen Deckenbalken und die mit geschichtlichen Szenen ausgemalten Wände! Steen Steensen, Kröger von Norby und langjähriger Freund der Familie, hatte ihr angeboten, das Grundstück auf Leibrente zu übernehmen, wenn sie ihn das Haus niederlegen ließ. Aber das konnte sie nicht, so kurz nach Hennings Tod.

Jörn sah vorsichtig zu Gesine hin. Sie war ja eben direkt ungemütlich geworden. Da hatte er mit seiner Frage nach dem neuen Hausgast wohl richtig gelegen … »Schon recht«, antwortete er begütigend, »kommt nicht alle Tage einer aus Nybøl zur Sommerfrische nach Norby.« Er klopfte auf seine Tasche. »Ich muss bald wieder.« Gesine nickte. »Ich hoffe, es hat geschmeckt.« »Wie immer ausgezeichnet«, erwiderte er in seinem eigentümlichen Singsang. »Tausend Dank, deine Zuckerkringel sind doch die besten.« Jetzt lächelte sie sogar, obwohl sie sicher wusste, dass er gerade ein wenig übertrieb. »Na, einen nehme ich noch«, setzte er augenzwinkernd hinzu, griff nach einem weiteren Plätzchen und lehnte sich wieder gemütlich zurück. *Charmeur*, dachte Gesine. Und doch war sein Lob eine kleine, unerwartete Freude, von denen es in der letzten Zeit wahrlich wenig genug gegeben hatte.

***

James Jul lenkte seinen Einspänner auf dem Landweg Richtung Ringkøbing nach Norden zu. Der Markt heute war anstrengend gewesen. Das Gedränge und die Hitze erschöpften die Tiere genauso wie die Bauern und die Händler. Das Bier und die Schnäpse taten ihr Übriges dazu. Er hatte wie immer mithalten müssen und sich vor der Abfahrt nur notdürftig am Wassereimer erfrischen können. Umso mehr genoss er es jetzt, sich die kühlende Brise durchs Hemd gehen zu lassen, und freute sich schon darauf, endlich aus seinen Stiefeln zu kommen. Er bog beim Krug in den Strandweg ein und schaute im Vorüberfahren zufrieden zu den Kälbern auf Steen Steensens Weide hinüber, denen er im Frühjahr auf die Welt geholfen hatte. Er wandte den Blick zum Weg zurück und sah Kathrine im Garten bei ihren Georginen stehen. Wie es heute wohl mit ihr gehen würde? Seit er um sie warb, war es schwierig zwischen ihnen geworden. Dabei konnte sie ihm noch nicht einmal erklären, warum sie ihn nicht wollte, nur, dass es nicht richtig war mit ihnen … Dabei waren sie einander doch seit Kindertagen vertraut, mochten sich, hatten zusammen Krabben gefischt und am Strand Dämme gebaut. Ihre Familien waren miteinander befreundet und seine Eltern konnten sich gar keine andere Schwiegertochter vorstellen. Ob sie ihn nicht leiden mochte, hatte er einmal unverblümt gefragt.»Unsinn«, hatte Kathrine erwidert, sie würden eben nicht zueinander passen, das sei alles. Er solle doch bitte aufhören, ihr lästigzufallen, sie mochte ja seinetwegen schon gar nicht mehr nach Julsgård kommen, um Tilda und Freja zu besuchen. Dabei hätte Kathrine es doch gut bei ihm, dachte er, er würde gern für sie sorgen.

Kathrine kam auf den Weg heraus, als James Balder neben dem Zaun halten ließ.»Du siehst müde aus. Viel heute?«, fragte sie, während sie seinem Falben den Hals klopfte.»Wie immer«, entgegnete er schulterzuckend und umfasste sie lächelnd mit seinem Blick: die schmale Gestalt in dem blau-weiß gestreiften Sommerkleid, ihre bloßen Füße in den Holzschuhen, ihre silberblonden Flechten und die meergrauen Augen mit den kurzen hellen Wimpern … *Ein Kuss wäre schön*, dachte er, wusste aber, dass er gar nicht davon anzufangen brauchte, und wies stattdessen auf das Päckchen neben sich.»Für Mutter?«, fragte sie und schlug das Papier auf.»Aber das ist ja braune Wolle, Mutter nimmt nur schwarze, das weißt du doch!«»Herrgott, Kathrine!«, entgegnete er gereizt. Er hatte sich mit Pferd und Wagen durch das Gewühl am Markt gedrängt, um die Wolle abzuholen, und dann auch noch einen Umweg fahren müssen. Braune oder schwarze Wolle – wer Gesine Pedersens Strümpfe tragen musste, fragte sicher nicht groß nach der Farbe.»Entschuldige«, sagte Kathrine zerknirscht,»es nimmt sich ja auch nicht viel.« Sie nahm das Päckchen vom Sitz und legte es an den Zaun.»Das meine ich«, entgegnete James, nun auch wieder sanfter. Er sah sie abwartend an.»Na?«, fragte er schließlich, als von ihr nichts kam.»Muss ich mich jetzt auch noch selbst auf eine Tasse Kaffee einladen, Kathrine?«»Ein andermal, James«, erwiderte sie zögernd, wohl wissend, wie sehr er sich kränken und ihr deshalb leidtun würde.»Jörn Jepsen ist gerade bei Mutter, glaube ich.« Er spürte, wie sein Ärger zurückkam. Dass sie ihn hier so betteln ließ und mit einer schäbigen Ausrede abspeiste!»Soviel ich weiß, hat euer Sofa Platz für zwei«, entgegnete er kurz.»Ach, lass gut sein, James«, antwortete Kathrine versöhnlich.»Es war nett von dir, dass du extra hergekommen bist, aber sieh mal, müde und schlecht gelaunt, wie du bist, würden wir sicher nur streiten. Fahr nach Hause und leg dich in die Badewanne, bestimmt hat Tilda für dich angeheizt.«»Du schickst mich also weg?«, fragte er ruhig, scheinbar ohne einen Anflug von Ärger in der Stimme. Doch Kathrine wusste, unter dieser Ruhe verbarg sich eine heiße, helle Wut, die er nur mühsam beherrschte.»Für heute, ja«, erwiderte sie genauso ruhig, seinem Blick standhaltend,»und du weißt, warum, James. Hör auf, mir mit der Heiraterei lästigzufallen. Ich mag dir nicht immerzu Nein sagen und dann zusehen müssen, wie du dich kränkst. Wir sind doch Freunde.«»So?«, entgegnete James trocken. Er hatte genug gehört. Sein Blick wurde hart.»Zurück, Kathrine!«, befahl er unwirsch. Er fasste Balders Zügel fester und wollte ihn eben den Wagen wenden lassen, als er die Hansens vom Strand heraufkommen sah.

Sofie Hansen ging langsam hinter ihrer Mutter her, die Strandtasche in der einen und den Sonnenschirm in der anderen Hand. Ihre kupferfarbenen Locken glänzten im Sonnenlicht, ihre Wangen waren von der Anstrengung ein wenig gerötet. *Sie sieht aus wie der Sommer*, dachte James. Für einen Moment vergaß er seinen Zorn, ließ die Zügel sinken und stieg vom Wagen. Ohne recht zu wissen, was er eigentlich wollte, ging er den Hansens entgegen. Malvine Hansen schaute ihn mit erhobenen Brauen an, als er sich knapp vor ihr verbeugte und sich dann neben Sofie gesellte.»Die Tasche ist viel zu schwer für Sie, Frøken Hansen«, sagte er bestimmt, »geben Sie mal her!« Er nahm der überraschten Sofie die Tasche aus der Hand, noch ehe sie etwas erwidern konnte. »Und der auch«, fuhr er fort und griff nach dem Schirm. Sofie sah ihn verwundert und auch ein wenig erschrocken von der Seite an, während sie nebeneinander hergingen. Was war denn mit James Jul geschehen, dass er sie plötzlich so herrisch und ungestüm bedrängte? Bislang hatte er es doch immer bei ein paar höflichen Worten bewenden lassen und sich dann Kathrine zugewandt. Er roch nach Schnaps, war er betrunken? Ja, ein wenig bestimmt. Und er wirkte zornig, aber vor allem schien er traurig zu sein. James passte sich Sofies Schritt an. Unter ihrem wissenden Blick verging seine Wut. *Es ist richtig für mich neben ihr*, dachte er plötzlich, ohne es wirklich zu verstehen. »Würden Sie am Sonntag nach der Kirche mit mir ausfahren, Frøken Hansen?«, fragte er unvermittelt, als sie am Zaun angelangt waren. »Es wäre mir die größte Freude.« Er reichte der verdutzten Kathrine Tasche und Schirm, ergriff Sofies Hände, hielt sie fest und drängte: »Sagen Sie Ja!« Sofie erwiderte seinen Händedruck und antwortete lächelnd: »Das will ich gern.« »Sofie!«, sagte Malvine mahnend. James ließ Sofies Hände los und verbeugte sich vor Malvine, die ihn missbilligend ansah. »Ich werde gut auf Ihre Tochter achtgeben, keine Sorge. – Ich freue mich sehr, Frøken Hansen.« Er lächelte Sofie zu, stieg wieder auf den Wagen und fuhr unter den verwunderten Blicken der Frauen davon.

14

III

Der Freitag brachte, wie die Tage zuvor, einen wolkenlosen Himmel mit einer angenehmen Brise von See. Der neue Hausgast war leider ganz das Gegenteil des von Gesine erhofften solventen, gediegenen Herrn in den besten Jahren. Geradezu lächerlich jung und schmal sah er aus, wie er da auf seinem Damenfahrrad den Strandweg herabgeradelt kam und sich in die Pedale stemmte. Der blonde Haarschopf hing ihm lässig ins Gesicht. Er trug einen flotten, zweireihigen blauen Anzug mit Umschlägen an den Hosenbeinen und eine lederne Umhängetasche quer über der Schulter. Auf seinem Gepäckträger hatte er einen braunen Pappkoffer festgebunden. Gesine seufzte und zog die Gardine ein wenig zur Seite, um besser aus dem Fenster sehen zu können. Nun, Bettler wählten nicht, dachte sie bitter. Sie musste nehmen, was sich bot. Hoffentlich konnte er bezahlen … nicht auszudenken, wenn sie ihm die Tür weisen müsste! Sie bat still darum, dass ihr diese Demütigung erspart bliebe, während sie zuschaute, wie der junge Mann sein Fahrrad gegen ihren Zaun lehnte und seinen Koffer vom Gepäckträger nahm. Wie er jetzt beschwingten Schritts den Zuweg zum Haus heraufkam, den Koffer in der Rechten, die Linke lässig in der Hosentasche, erinnerte er sie ein wenig an Christian. Ob er wohl auch diese amerikanische Jazzmusik mochte?

»Mutter, ich bringe dir Hr. Söderblom.« Axel Söderblom trat schnellen Schritts auf Gesine zu, blieb vor ihrem Sessel stehen und stellte seinen Koffer ab. Er neigte sich mit einer kleinen Verbeugung über ihre Hand, die sie ihm entgegenstreckte, und sagte sehr nüchtern und korrekt: »Guten Tag, gnädige Frau.« Gesine betrachtete ihn nachdenklich und ihr erster Eindruck verstärkte sich. Mit seinem blonden Haarschopf, den roten, vom Fahrradfahren erhitzten Wangen und der jungenhaften Stimme erinnerte er sie einmal mehr an Christian. »Willkommen, Hr. Söderblom«, erwiderte sie ebenso nüchtern und korrekt. »Ich hoffe, Sie hatten eine angenehme Reise. Meine Tochter wird Ihnen gleich das Zimmer zeigen und auch die Pensionsgebühr in Empfang nehmen.« Axel Söderblom deutete eine weitere kleine Verbeugung an, richtete sich auf und blickte Gesine abwartend an. Sie hob die Brauen. Dieser abschätzende Blick war schon bald unverschämt. Und wie lässig er dastand … Anscheinend machte sie dem jungen Mann kaum Eindruck.

Sie räusperte sich und fuhr noch ein wenig nüchterner fort: »Das Frühstück wird wochentags um halb acht aufgetragen. Sonntags um acht, danach gehen wir alle zum Gottesdienst, das Mittagessen wird um zwölf serviert. Ich bitte um Pünktlichkeit.«»Selbstverständlich«, entgegnete er und sah zu Kathrine hin, die ihn entschuldigend anlächelte.

***

Was hatte Mutter denn gegen ihn, dass sie so kalt und förmlich zu ihm war? Sah sie denn nicht, dass er war – wie Christian?, dachte Kathrine, während sie ihn dabei betrachtete, wie er sich im Zimmer ihres Bruders umsah. *Und auch wieder nicht.* Er war sicher nur wenig älter als ihr Bruder – zweiundzwanzig, dreiundzwanzig vielleicht? Aber ein Mann, und einer, der wusste, was er wollte, auch wenn er scheinbar so lässig daherkam. Wie er gerade vor Mutter gestanden hatte … Als ob ihm ganz egal wäre, was sie von ihm dachte. Und hübsch war er, besonders, wenn er lächelte, so ein kleines, leicht schiefes Lächeln. Und seine Augen … *Aber ich starre ihn ja an!* Sie schüttelte leicht den Kopf und rief sich zur Ordnung. »Bestimmt möchten Sie sich ein bisschen frischmachen. Ich hätte auch heißes Wasser für Sie, wenn Sie möchten.« »Danke, sehr gern, Frøken Pedersen.« Sie blickten einander lächelnd an. Kathrine bemerkte die kleinen gelblichen Einsprengsel in seinen graublauen Augen. Als er den Kopf drehte und das Licht auf sein Gesicht fiel, schimmerten sie fast türkisfarben. *Ach, er war überhaupt nicht wie Christian, sondern ganz anders. Ganz und gar anders …* »Wer schläft hier sonst?«, fragte Axel und legte seinen Koffer aufs Bett. »Sie?« »Nein, mein Bruder Christian«, entgegnete Kathrine ein wenig errötend. »Er studiert Philosophie in Kopenhagen, wissen Sie.« »Verstehe. Und Ihr Zimmer?« »Es liegt nebenan. Ich teile es mit Mutter.« Er nickte, streifte den Riemen seiner Umhängetasche hinunter und stellte die Tasche auf den Stuhl neben dem Bett. Einen Schrank gab es nicht, aber an der Waschschüssel auf der Kommode konnte er sich immerhin rasieren. Den kleinen Tisch in der Zimmermitte würde er ans Fenster rücken, um dort zu zeichnen, und das schmale Bord über dem Bett war gut für sein dänisch-englisches Wörterbuch und die Zeichenlehre. Fast wie in seiner Kammer in der Schmiedegasse kam er sich hier vor, da gab es auch nur das Nötigste. Dabei hatte er eben noch geglaubt, in ein wohlhabendes Haus gekommen zu sein. Es musste ein kleines Vermögen gekostet haben, die Balken und Wände im Flur so kunstvoll bemalen zu lassen. Und dann die polierten Kirschholzmöbel in der Wohnstube und diese Übergardinen aus schwerem rotem Samt vor dem Stubenfenster. Ein merkwürdiger Haushalt ...»Und die Badestube?«, fragte er. »Unser Häuschen finden Sie bei der Spülküche und das Badezimmer liegt am Ende des Korridors«, antwortete Kathrine und fügte entschuldigend hinzu:»Aber wir baden nur samstags. Der Badeofen verbraucht so viel Holz und Kohle. Wir sind ja nicht an die Gasleitung angeschlossen.« »Ja, natürlich. Und wer heizt den Ofen an, Sie?«»Sicher«, antwortete sie erstaunt,»wer sonst?«»Ja«, wiederholte er,»wer sonst ...« Sein Ton klang ärgerlicher, als er beabsichtigt hatte. Er sah an ihr hinunter und kränkte sich für sie. *Sie sollte das nicht tun müssen, nicht allein jedenfalls.*»Es tut mir leid«, sagte sie,»Sie sind sicher anderes gewohnt ...« »Durchaus nicht«, erwiderte er schnell.»Bitte, machen Sie sich keine Gedanken, es ist nur ...« Er brach ab und ließ seinen Blick erneut über ihre Gestalt wandern. Diese langen, fließenden Körperlinien, ihre feinen, silbrig überhauchten Farben, alles an ihr war vollkommen richtig. *Ich will sie malen ...*»Ihre Linien und Farben ...«, sagte er nachdenklich. »Sie sind mein Idealmodell, denke ich.«»Wie bitte?«, fragte Kathrine verblüfft.»Bitte, stehen Sie mir Modell«, bat er.»Alles an Ihnen ist gut, wissen Sie?« Er trat vor sie hin, legte beide Hände an ihren Zopfknoten und sagte:»Sie sollten die Haare kurz tragen, bis hier etwa«, und rührte an ihren Unterkiefer.»Dann würden die Halslinien noch besser herauskommen, und auch der Schwung Ihrer Wangenknochen.« Er lächelte sein kleines schiefes Lächeln, nahm seine Hände von ihr und fragte zweifelnd:»Sie würden ihren Zopf wohl nicht abschneiden lassen, wie?«»Ich weiß nicht«, erwiderte Kathrine vage. *Ich weiß bald gar nichts mehr ...* Sie entfernte sich ein Stückchen von ihm, trat ans Fenster und sagte leichthin:»Das Meer, es glitzert gerade so schön in der Sonne. Christian meint, hier hat man den besten Ausblick zwischen Esbjerg und Skagen.« Er stellte sich neben sie.»Nichts für ungut, Frøken Pedersen, ich war wohl eben etwas voreilig.«

Sie blickten eine Weile schweigend aus dem Fenster.»Nicht schlecht«, bemerkte er dann,»aber für ein Bild bräuchte es stärkere Kontraste. Mehr Grün und einige Schaumkronen auf den Wellen ... Bewegung ... und die Dünen etwas versetzter, mit Schattierungen von Weiß und Ocker. – Weiter drunten in Vejrs bauen sie jetzt Sommerhäuser auf die

17

Berge. Meinen Sie, das könnte hier auch ein Geschäft werden?« Kathrine zuckte mit den Schultern. Steen Steensen hatte davon erzählt und auch von einer Vermietungsgesellschaft für Norby gesprochen. Aber Steen hatte immer irgendwelche Einfälle. »Schwer zu sagen«, erwiderte sie. Axel wischte sich die Haare aus der Stirn. »Na, es war auch nur so eine Idee.« Er ging hinüber zum Bett, nahm sein Skizzenbuch, seinen Farbkasten und die Dose mit den Pinseln aus der Tasche und trug alles zum Tisch. »Ich bin hier, um das Meer nach der Natur zu zeichnen«, erklärte er, »für einige Plakatentwürfe, die ich drunten Vejrs anbieten will. An meinem Zeichentisch in Nybøl ist mir einfach nichts gelungen.« Kathrine nickte. »Ich kann mir auch nicht denken, in Nybøl das Meer zu malen.« »Nicht wahr?«, antwortete er eifrig. »Und was machen Sie so, außer Gäste empfangen und den Ofen anheizen, Frøken Pedersen?« Wenn er doch Kathrine zu ihr sagen würde, dachte sie und spürte immer noch seine Hand auf ihrem Haar. Aber es war natürlich ganz und gar ungehörig, ihn darum zu bitten, was sollte er denn von ihr denken … ? »Ich züchte Georginen«, sagte sie, »seit diesem Frühjahr. Sie wachsen schon ganz schön.« »Ah, die Blumenreihen hinterm Zaun«, erwiderte Axel. »Ja, sie sind sehr hübsch. Verkaufen sie sich gut?« »Nein«, entgegnete Kathrine unglücklich, »es gab kaum Bestellungen auf meine Anzeigen. Aber vielleicht erinnern sich die Leute daran, wenn sie im Frühjahr ihre Gärten bestellen.« »Verstehe«, sagte Axel Söderblom nun sehr sachlich. *Sie sollte das nicht tun müssen, nicht so,* dachte er wieder. »Viel Glück!«, fügte er hinzu. »Danke, das kann ich wirklich brauchen.«

Er nahm einen Briefumschlag aus seiner Tasche und reichte ihn ihr. »Die Pensionsgebühr, erst mal für die nächste Woche.« Kathrine sah ihn bestürzt an. »Aber Sie haben doch für den ganzen August bestellt.« »Ich möchte Ihr Angebot erst prüfen«, entgegnete er und senkte leicht seinen Blick. Kathrine sah die Scham in seinen Augen. Sie schämte sich auch für ihn und seine kleine feige Lüge. »Sie haben das Geld nicht, das ist alles!«, sagte sie zornig. »Bitte«, entgegnete er, »ich werde zahlen. Nur halten mich meine Auftraggeber hin, obwohl meine Plakate mittlerweile hängen. Die Kaufherren haben manchmal so eine Art … Bei Krøger und Jacobsen war gestern keiner im Kontor und der Gehilfe durfte nichts anweisen. Ich zahle sofort, wenn ich das Geld besorgt habe. Nächste Woche … bestimmt.« »Es ist nicht wegen des Geldes«, sagte Kathrine und schaute ihn eindringlich an. Er errötete, hielt aber ihrem Blick stand. »Ich wollte Sie nicht anlügen und schäme mich dafür. Aber als ich die Karte schrieb, hatte ich die Zusage für das Geld bereits erhalten und dachte, ich würde es bekommen, bevor ich zu Ihnen hinausfahre.« Kathrine steckte den Umschlag in ihre Schürzentasche. »Dann also nächste Woche«, sagte sie. »Und Ihre Mutter?« Sie hob kurz die Schultern und wandte sich zum Gehen. »Sie verlässt sich auf mich und wird nicht fragen. Und jetzt hole ich Ihnen Ihr Wasser.« »Warten Sie, Frøken Pedersen ...« Sie drehte sich zu ihm um und ein Lächeln erschien auf ihrem Gesicht. Da lächelte er auch. »Danke. Und ich verspreche es«, sagte er sanft. »Nächste Woche. Wenn Sie mir das bitte glauben möchten.« Sie nickte und ging mit schnellen Schritten hinaus.

***

Ich muss achtgeben, dachte Kathrine, während sie die Erde zwischen den Georginenknollen lockerte. Axel Söderblom hatte so eine Art an sich, einfach an ihr Haar zu rühren, über ihre Linien zu sprechen, als wäre das nichts. Wie er ihr in die Augen sah und ihr sagte, dass er sich wegen seiner dummen kleinen Lüge schäme, um dann um ihr Vertrauen zu bitten. Was hätte sie da anderes tun können, als ihm zu vergeben und es gut sein zu lassen? Lächelnd hackte sie weiter. Die Augen auf den Boden gerichtet und ganz in ihre Gedanken vertieft, bemerkte sie Axel erst, als er neben ihr stand. »Ihre Georginen wären gut zu malen«, sagte er. »Finden Sie?« Kathrine richtete sich auf. »Ja, die vielen unterschiedlichen Farbtöne zu den dunkelgrünen Blättern. Es würde Eindruck machen – und zum Kaufen anreizen.« Er ließ seinen Blick über die Blumen schweifen. »Ich könnte natürlich auch den ganzen Garten malen«, fuhr er nachdenklich fort, »mit dem Haus und dem Meer dahinter, als Beilage zu den Annoncen ... oder ein Plakat.« Er wandte sich zu ihr. »Wie heißen Sie?« Sie sah ihn überrascht an. »Mit Vornamen«, setzte er ungeduldig hinzu. »Kathrine.« »Georginen von der Westküste – robuste Qualität und strahlende Farben durch neuartige Züchtung, Bestellung bei Firma Kathrine Pedersen, Strandweg, Norby, Ribe Amt, Jütland. Und dazu Ihre Blumenreihen. Meinen Sie, das wäre was?« Kathrine sah die Begeisterung in seinen Augen und den Stolz in seinem Blick, auch seine Ernsthaftigkeit. Es war ganz zwecklos, weiter achtzugeben. »Ich würde mich über Ihr Bild sehr freuen.« Er nickte. »Dann machen wir es so. – Würden Sie mir wohl sagen, wo ich etwas zu essen herbekomme,

Frøken Pedersen?«»Im Ladengeschäft der Verbrauchervereinigung. Oder möchten Sie lieber im Krug essen?«»Ich möchte, dass Sie mit mir kommen ... und Du sagen. Würden Sie?«Er blickte sie lächelnd an. *Ganz und gar zwecklos,* dachte sie, legte die Hacke hin und folgte ihm zu seinem Fahrrad.

»Das Ladengeschäft ist beim Krug oben am Strandweg«, erklärte sie, während sie sich auf dem Gepäckträger zurechtsetzte. »Der Anbau mit den Stufen.« Axel nickte. »Halt dich fest«, sagte er, dann trat er langsam in die Pedale. Sie schlang ihre Arme um seine Mitte. Sie konnte seine Rippen und Muskeln unter der Anzugjacke spüren, als er beim Pedaletreten den Rücken beugte und streckte. Er fühlte sich gut an. Und er war ganz anders mit ihr als James, viel – vorsichtiger. Sie mochte es, wie er sie um ihr Einverständnis fragte. Wie es wohl war, mit ihm zu tanzen ...?«Gehst du zum Tanz ins Hotel Danmark?«, fragte sie. »Ja, manchmal«, antwortete er. »Und du?«»Nein ...« Sie seufzte. »Nie?«, entgegnete er erstaunt. »Aber du würdest gerne, oder?« Sie legte ihre Arme ein wenig fester um ihn. »Ja.« »Mit mir, vielleicht?«, fragte er. »Ja«, sagte sie lächelnd und begann mit offenen Augen vor sich hin zu träumen.

Kurz vor dem Krug kamen ihnen die Hansens entgegen. »Halt mal an«, sagte Kathrine. »Das sind die Hansens. Ich möchte euch bekannt machen.« Sie hatte Axel beim Wasserbringen kurz von den Gästen aus der Hauptstadt erzählt. Axel bremste und ließ Kathrine absteigen. Die Hansens waren abwartend stehen geblieben. »Ich hoffe, es hat geschmeckt«, sagte Kathrine freundlich. Wie immer fühlte sie sich vor Fru Hansens kühlem Blick und ihren leicht erhobenen Brauen zu besonderer Höflichkeit angehalten. »Danke, ja«, erwiderte Malvine Hansen gemessen, »Fru Steensen führt eine sehr gute Küche.« Kathrine hatte damit gerechnet, dass Axel, wie alle Männer, sofort von Sofies besonderer Schönheit eingenommen sein würde. Doch er schaute nur kurz auf Sofie und blickte dann lächelnd zu ihr. *Oh ...* »Unser neuer Hausgast, Hr. Söderblom«, übernahm Kathrine das Vorstellen, »Fru Krogh Hansen und Frøken Krogh Hansen.« Axel verbeugte sich hinter seinem Fahrrad leicht vor den beiden Frauen. »Gnädige Frau, Frøken.« Die Witwe aus Kopenhagen wirkte noch strenger als seine vornehme Gastgeberin, fand er. Und die zarte Sofie Hansen mit ihren braun-rot-goldenen Farben und ihrer elfenbeinweißen Haut sah aus wie aus einem Bild von Raffael. Er blickte wieder zu Kathrine hin. »Wir sind unterwegs zur Verbrauchervereinigung«, sagte sie. »Hr. Söderblom will sich umsehen.« Malvine nickte. Sie hatte Axels gleichgültigen Blick auf Sofie mit Erleichterung bemerkt. Endlich einmal ein junger Mann, auf den sie nicht aufpassen musste! Ein kleines Lächeln zeigte sich um ihren Mund. Sie wünschte höflich einen guten Tag und ging gemächlich weiter. »Ich freue mich, Sie kennenzulernen«, sagte Sofie freundlich. »Vielleicht können wir drei bald mal zusammen Karten spielen.« Dann schloss sie sich ihrer Mutter an.

Den Rest des Weges schob Axel sein Fahrrad. »Sofie und ich spielen abends manchmal zusammen«, erklärte Kathrine, während sie nebeneinanderher gingen. »Ihre Mutter legt lieber Patiencen, weißt du, und meine strickt. Aber zu dritt ist es mit den Karten natürlich viel besser.« Kathrine schaute Axel prüfend von der Seite an. »Sie ist sehr schön, nicht?«, setzte sie errötend hinzu. *Wie bezaubernd es doch war, dass sie sich nicht verstellte ... Nein, sie war bezaubernd ...* Lässig erwiderte er: »Ja, die alten italienischen Meister hätten sie sicher gern gemalt.« Er strich sich eine Haarsträhne aus der Stirn. »Ich brauche Brot und etwas Aufschnitt, darf ich die in der Spülküche zu euren Sachen legen?« *So, die alten italienischen Meister,* dachte Kathrine. »Natürlich, gern«, antwortete sie. Sie betraten das Ladengeschäft und Kathrine fragte sich, ob ihr Herz jetzt immer so schnell schlagen würde neben ihm ...

IV

Der Samstag auf Julsgård war wie überall in Norby mit den Vorbereitungen für den Sonntag ausgefüllt. Man schaffte Ordnung in Haus und Hof, erledigte die kleine Wäsche der vergangenen Woche und heizte die Badeöfen an. Auch James hatte wie jeden Samstag ein ausgiebiges Bad genommen und sich dann in seine kleine Wohnstube zurückgezogen, um vor dem Abendessen noch etwas für sich zu sein. Seit Mittwoch versuchte er zu verstehen, was mit ihm geschehen war. Er war wütend auf Kathrine gewesen, gekränkt darüber, einmal mehr so leichthin abgewiesen zu werden, und, ja, auch ein wenig betrunken. Aber das erklärte nicht, weshalb Sofie ihm plötzlich so anders vorgekommen war und er seitdem immerzu an sie denken musste. Er schob das Sofakissen unter seinem Kopf zurecht und blätterte weiter durch sein Buch über Rinderzucht. Ihr fragender, aufmerksamer Blick, als sie neben ihm hergegangen war. Da hatte er sich von ihr erkannt gefühlt, gespürt, dass etwas in ihr auf etwas in ihm antwortete. Ja, sie hatte gewusst, wie es um ihn stand, und fühlte mit ihm ... *Du liebe Güte!* Sie hatte doch nicht etwa Mitleid mit ihm? Nachdenklich klappte er sein Buch zu und blickte auf. Nein, da war etwas zwischen ihnen, er war sich sicher. Er legte das Buch auf den Tisch und verschränkte die Arme unter dem Kopf. *Und Kathrine?* Zum ersten Mal war er froh darüber, dass sie ihn abgewiesen hatte. Mit Sofie fühlte sich alles so anders an. Dass er überhaupt so fühlen konnte ... Und es war so neu und zart und ... wunderbar.

Welches Kleid sie wohl morgen zur Kirche anziehen würde? Das rosenrote, wie vergangene Woche? Sie sollte Mormors Ring dazu tragen, dachte er lächelnd. Bei Kathrine hatte er nie an den Ring gedacht, obwohl sie oft über Großmutter Ane gesprochen hatten. Heute, vor dem Schlafengehen, würde er ihn herausholen und ansehen, das Gold und die himbeerfarbenen Granate berühren ... Ob Sofie wohl Erdbeeren mochte? Er hatte extra ein Kästchen für sie besorgt.

»James?« Tilda rief im Korridor nach ihm. Einen Moment später öffnete sie die Tür und kam zu ihm herein. »Abendessen ist fertig.« Sie deutete lächelnd auf sein Buch. »Bist du wieder mal bei deinen schottischen Rindern?« James stand auf, ging zu seiner Schwester und legte den Arm um sie. »Lass mich nur«, erwiderte er ebenfalls lächelnd. »Eines Tages werde ich hier Rinder züchten. Da kann Vater sagen, was er will.« Er drückte sie an sich. »Was machen Poulines Kätzchen?« Die weiße Katze hatte kürzlich vier Junge bekommen, so weiß wie ihre Mutter, und Tilda war sehr damit beschäftigt, nach ihnen zu sehen und sich um sie zu sorgen. »Sie trinken und schlafen. Ich glaube, sie sind schon wieder gewachsen.« James lachte. »Das hast du heute Mittag auch schon gesagt«, entgegnete er. Die beiden traten in den Korridor hinaus. »Sie tun ja auch nichts anderes«, hielt Tilda dagegen. Auf dem Weg in die Küche fragte sie: »Sag, die Erdbeeren … Mutter meint, sie sind für Kathrine?« Er nickte halb verärgert, halb belustigt. »Sie sind für morgen«, bestätigte er leichthin, »aber nimm dir ruhig ein paar zum Nachtisch.« »Danke schön«, sagte sie artig. Während sie sich zu den Eltern an den Tisch setzten, schaute Tilda ihren Bruder forschend an. Was war nur mit ihm los? Er benahm sich so anders heute …

***

Sofie legte ihren Kriminalroman auf den Nachttisch. Nach dem langen warmen Bad war sie zu schläfrig, um der verwickelten Geschichte über einen flotten Detektiv im fernen London folgen zu können. Außerdem war sie mit ihren eigenen Angelegenheiten beschäftigt. Sie blickte vorsichtig zu ihrer Mutter, die neben ihr im Bett saß und schweigend im Damenjournal blätterte, die wollene Bettjacke um die Schultern gelegt und die schönen goldblonden Haare zu ordentlichen Zöpfen geschlungen. Ach, es hätte gerade so behaglich zwischen ihnen sein können, fast wie früher im Krausesvej, wenn Mutter ihr abends vorgelesen und mit ihr gebetet hatte. Stattdessen machte sie ihr seit Tagen Vorwürfe wegen ihrer Ausfahrt mit James Jul. Als ob noch etwas daran zu ändern wäre … Der Kandidat war offensichtlich betrunken, hatte sie ihr vorgehalten, es wäre gar nicht auszudenken, wie er sich aufführen könnte, wenn er mit Sofie allein war! Am Ende würde sie sich durch ihre unbedachte Freundlichkeit noch in Bedrängnis bringen. Wenn sie sich doch nur nicht so klein und dumm neben ihrer Mutter vorkommen würde. Und allein. *Ach, Søren …* Er hätte sie verstanden und getröstet. Sie sehnte sich sehr nach ihm. Es war nun bald zwei Wochen her, als sie den letzten Brief von ihm erhalten hatte. Vielleicht wollte er sie tatsächlich nicht mehr, war »zur Besinnung gekommen«, wie Mutter es nannte. Aber nein, von Helle hörte sie ja auch nichts. Es musste also an der Post liegen, oder an den Fähren. Sofie nahm es sich übel, dass sie für einen Moment den Zweifeln ihrer Mutter Glauben geschenkt hatte. Die meinte es natürlich gut mit ihr. Aber musste sie deshalb immer recht haben? Ihr ständig Vorhaltungen und Vorschriften machen, ganz egal, ob es nun um Søren, ihre Ausfahrt mit James Jul oder was immer ging? Ja, James Jul hatte sich am Mittwoch seltsam und auch ein bisschen erschreckend benommen, da hatte ihre Mutter leider recht. Vor allem aber war er traurig und verzweifelt gewesen ... Erstaunt merkte sie, dass sie ihn in Schutz nahm. Jedenfalls wollte sie nicht schlecht von ihm denken oder gar Angst vor ihm haben, nur weil ihre Mutter befürchtete, er könnte sich vergessen, wenn sie allein waren. Morgen, vor der Kirche, würde sie sich einen Platz hinter den Frauen suchen, wo sie ihn ungestört betrachten konnte – ohne Vorbehalte, wie Søren es ihr geraten hätte, freundlich ... Sie blies ihre Kerze aus.»Gute Nacht, Mutter«, sagte sie, schmiegte sich in die Kissen und schickte Søren einen Kuss. Vielleicht dachte er auch gerade an sie ...

V

Kathrine und Axel gingen gemächlich den Strandweg hinauf. Axel hatte erklärt, dass er Bewegung brauche, und Kathrine darum gebeten, ihm den Weg zur Kirche zu zeigen. Gesine und die Hansens ließen sich wie jeden Sonntag in Steens Wagen zum Gottesdienst fahren. Steen tat Gesine gern den Gefallen, ihre Hausgäste mitzunehmen und auch sonst gelegentlich seine Fahrdienste anzubieten. »Gehst du nach dem Gottesdienst mit mir über die Heide zum Leuchtturm?«, fragte Axel jetzt. Kathrine seufzte. »Nach der Kirche muss ich Mutter mit dem Mittagessen helfen, aber anschließend hätte ich wohl Zeit.« Axel hob die Brauen. Helfen? Sicher würde sie wieder die ganze Arbeit allein tun müssen. »Gut, dann also nach dem Mittagessen«, erwiderte er und betrachtete sie lächelnd. »Bleib mal stehen!« Sie stand still und blickte ihn fragend an. »Besser, die Sonne käme von der anderen Seite«, meinte er, »aber sonst: genau richtig! Sommerfrische an der Westküste ... Ich will sehen, wie die violette Heide und dein gelbes Kleid zusammengehen. Du vor dem Leuchtturm mit dem Meer im Hintergrund, die Sonne im Rücken, deine Farben und Linien. Es wird genau richtig, ich weiß es jetzt schon. Ich werde dich so zeichnen, ja?« »Dann gefällt dir mein Kleid also?«, fragte sie schüchtern und spürte, wie ihr die Hitze ins Gesicht stieg. Ihr Kleid war immerhin nach der neuesten Mode geschnitten, fiel gerade von den Schultern herab, war von der Hüfte ab in kleine Falten gelegt und ließ die halbe Wade frei. Sie hatte viel Mühe mit dem Nähen gehabt, besonders mit dem Ansatz des weißen Matrosenkragens. *Nun war sie bald fünfundzwanzig und überhaupt nicht geübt im Herumtändeln.* Es war geradezu lächerlich, dachte sie, böse mit sich selbst, und schaute unter ihrer Hutkrempe vorsichtig zu Axel. »Nicht nur das Kleid, Kathrine«, erklärte er eifrig, »auch dein Hut mit der kleinen Schleife, wie die Rockfalten sich im Wind bewegen, der weiße Matrosenkragen, alles!« »Verstehe«, erwiderte Kathrine enttäuscht und schaute zum Kirchturm hinüber. Er sollte sie ansehen, nicht ihre Rockfalten ... Axel blickte sie an, runzelte die Stirn und begann zu lächeln. »Kathrine, natürlich mag ich dich leiden in deinem Kleid. Was meinst du wohl, wie ich auf die Idee für die Zeichnung gekommen bin? Aber wenn mir ein Bild einfällt, sehe ich nur noch Farben und Linien und vergesse alles andere.« Er schaute sie eindringlich an, seine Stimme klang entschuldigend, fast bittend.

»Ich bin so, weißt du?« Kathrine lächelte auch. Ein kleines Glitzern kam in ihre Augen. »Danke für das Kompliment«, erwiderte sie. Wie sehr ihm das Herz neben ihr schlug, wenn sie sich so anmerken ließ, dass er ihr gefiel. Und dieses Glitzern in ihren Augen … »Darf ich gleich neben dir sitzen?« »Ja«, sagte sie, »natürlich.« *Was sonst …?*

***

Allmählich füllte sich der kleine kiesbestreute Platz vor der Eingangs-halle der neuen Kirche, die im letzten Jahr des alten Jahrhunderts an-stelle der baufälligen Fachwerkkirche errichtet worden war. Wie die Meierei und der Leuchtturm zeugte sie mit ihrem soliden Ziegelwerk davon, dass auch in Norby modernere Zeiten angebrochen waren. Den-noch waren die Norbyer ihrer althergebrachten Gewohnheit treu ge-blieben, sich vor dem Gottesdienst nach Männern und Frauen getrennt am Aufgang zur Kirche einzufinden, um zu plaudern und Neuigkei-ten auszutauschen. Für gewöhnlich drehten sich ihre Unterhaltungen um das Wetter, die Meierei und die alltäglichen Vorkommnisse in den Ställen und auf den Weiden, während sie darauf warteten, dass ihnen Jens Jensen, ihr Küster und Organist, die Kirchentüren öffnete. Doch seit Gesine Pedersens Hausgäste den Gottesdienst besuchten, schauten die Frauen auch gern auf die Damen aus der Hauptstadt, die so ganz andere Kleider trugen als sie – und besonders auf das Fräulein, das in der neusten Mode nicht nur ausnehmend hübsch aussah, sondern so freundlich und fein in seiner ruhigen Art daherkam und sich gar nichts darauf einbildete, eine Kopenhagenerin zu sein … Ah, da fuhr Steen die Damen vor. Als Erste stieg Mette Steensen vom Wagen, um Gesine Pedersen und dann den Hansens herunterzuhelfen. Frøken Hansen trug heute wieder ihr rosenrotes Seidenkleid, das ihr so gut zu Gesicht stand. Einen Stoff von solchem Glanz und solch besonderem Rot gab es sicher nicht bei Ibsens in Nybøl zu kaufen, wohl auch kaum in Esbjerg oder Ringkøbing. Und erst recht nicht das Gebilde aus himbeerroter Seide, nicht Hut, nicht Kappe, das sie leicht schief auf die rotbraunen Locken gedrückt hatte. Ja, das war mal was anderes als ihre nüchternen Strohhüte oder die schottisch karierten Tücher, und sicher besaß das Frøken auch zu jedem Kleid etwas Passendes. Malvine Hansen dagegen enttäuschte die Frauen heute. Nachdem sie letzte Woche in einem Som-merkleid aus lavendelfarbener Spitze und einer großen Kameenbrosche am viereckigen Ausschnitt zur Kirche gekommen war, schienen der dezente silbergraue Taft, die lange einreihige Perlenkette und das mit Gaze aufgeputzte Band über den fein ondulierten Haaren kaum einen zweiten Blick wert. Dabei war die kostbare Seide doch bestimmt um ein Vielfaches teurer gewesen als die lila Baumwollspitze … Wo denn Kathrine war, hörte man eine der Frauen fragen. Doch da die Hansens schon über den Kirchplatz gingen, richtete sich alle Aufmerksamkeit auf die beiden und Kathrine war vergessen. Auch die Männer auf der anderen Seite der Vorhalle bedachten die Hansens mit neugierigen Blicken. »Na, das Frøken sieht ja wieder aus wie einer von Bäcker Andersens kleinen Himbeerbaisers«, bemerkte einer und brachte damit seine Nachbarn zum Schmunzeln. Teufel auch! So was Hübsches und Feines sah man nicht alle Tage. Zu Malvine schwieg man sich aus. Bemerkungen über die stattliche und respektgebietende Dame verboten sich irgendwie von selbst. Auf beiden Seiten der Türen kam Gemurmel auf, als die Juls mit zwei Wagen heranfuhren. Vorneweg Theo mit Freja und Tilda auf dem Zweispänner, dahinter James auf seinem Tilbury. Das hatte es ja noch nie gegeben! Interessiert beobachteten die Norbyer, wie die Juls in den Pastoratshof gegenüber einfuhren, wo die Wagen während des Gottesdienstes stehen sollten.

Auf dem Weg zu den Männern blickte James suchend zu den Frauen hinüber. Ah, dahinten stand sie, fast an der Mauer. Und sie trug das rosenrote Kleid … Er nickte Sofie lächelnd zu. Sie neigte den Kopf, lächelte auch und senkte dann den Blick. Ein wenig verunsichert ging er weiter. Frøken Hansen mied ihn doch nicht etwa? Hatte er sie am Mittwoch vielleicht zu sehr bedrängt? Er nahm sich vor, heute besonders vorsichtig mit ihr zu sein. Erleichtert sah er, dass sie wieder zu ihm hinschaute und dabei lächelte. Immerhin … Von den Männern wurde er gleich mit der Frage nach dem zweiten Wagen begrüßt. »Ich hab heute noch was vor«, erwiderte er kurz angebunden. Die Kunde über seine Ausfahrt mit Sofie würde noch früh genug die Runde machen. Sofie beobachtete James von ihrem sicheren Platz aus. Wie ansehnlich er ausschaute und wie schick er angezogen war. Der rehbraune Sommeranzug ging gut zusammen mit seinen kastanienfarbenen Locken und dem sonnengebräunten Gesicht. Und den Kognakton der Krawatte hatte er, wie seine topasgeschmückten Manschettenknöpfe, offensichtlich mit Bedacht gewählt. Sofie, die einen Sinn für Formen und Farben hatte, gefiel seine Wahl. Und dass er wieder so gelassen und vernünftig dastand und mehr zuhörte als sprach, auch. *Ich würde ihm gern vertrauen*, dachte sie, einmal mehr von sich selbst überrascht. Sie sah, dass die Frauen die Köpfe drehten. Kathrine und Axel kamen über den Friedhof auf die Kirche zu.

Auch die beiden wurden aufmerksam beobachtet. Die Nachricht von Axels Ankunft war in Norby bereits herum. Das war also der Kaufmann und selbstständige Werbekünstler, der mit dem Fahrrad aus Nybøl zu ihnen herausgeradelt war? Viel älter als Gesines Christian konnte der schlanke junge Mann mit dem blonden Schopf jedenfalls nicht sein, und ob er seriös war, würde man sehen. Jedenfalls trug er sich recht flott, wie er da festen Schritts in seinem zweireihigen blauen Anzug lächelnd neben Kathrine herging. Einige der Frauen bemerkten, dass Kathrine anders schien als sonst, strahlend geradezu, und wunderten sich. Auch Freja sah es und hielt es für die Vorfreude auf die bestehende Ausfahrt mit James. Es war auch wirklich an der Zeit, dass ihr Sohn sich ein bisschen mehr um Kathrine bemühte, dachte sie und lächelte bei dem Gedanken an den Korb, den er heute Morgen für ihre Ausfahrt hergerichtet hatte. Sogar an Erdbeeren hatte er gedacht. Sie wandte sich an Gesine: »Dein neuer Hausgast?«, fragte sie, als Axel grüßend an den Frauen vorbeiging. »Ja«, erwiderte diese knapp. Sie hatte ja selbst der guten Ordnung wegen darauf bestanden, dass Hr. Söderblom mit ihnen zur Kirche ging, und natürlich gewusst, dass man reden und sie über ihn ausfragen würde. Aber sie hätte nicht gedacht, dass sie sich wieder so kränken würde, wenn ihre schlimme Lage einmal mehr vor allen offenbart wurde. »Kathrine zeigt ihm den Weg«, fügte sie etwas freundlicher hinzu. Schließlich ging es nicht an, sich unhöflich gegen Kathrines zukünftige Schwiegermutter zu betragen. »So?«, entgegnete Freja und wandte sich dann lächelnd Kathrine zu, die gerade zu ihnen trat, während Axel nach einer kleinen Verbeugung zu den Frauen hin weiter zu den Männern ging. Dass Gesine ihr nun auch noch den jungen Mann aufhalste, dachte Freja unwillig. Der sollte doch imstande sein, allein zur Kirche zu finden. Freja wollte Kathrine eben auf die Ausfahrt ansprechen, doch dann öffnete Jens Jensen die Kirchentüren und die Gelegenheit war vorüber.

Axel und Kathrine fanden sich am Aufgang zur Vorhalle wieder zusammen und gingen auf den Eingang zu. Etwas seitlich vor der Kirchentür stand Pastor Dahl, der Axel freundlich anblickte. »Hr. Söderblom, nehme ich an?« Die Neuigkeit von Axels Einzug bei den Pedersens war Abel Dahl von seiner Frau überbracht worden, die es, wie alle, von Jörn Jepsen hatte. Vor seinem Pastor hielt Jörn sich natürlich zurück. Axel neigte bejahend den Kopf. »Nun, willkommen in unserer Gemeinde!«, begann Abel Dahl mit einem väterlichen Lächeln. »Zögern Sie nicht, mich während Ihres Besuchs als Ihren Pastor zu betrachten, Hr. Söderblom, und wie alle in Norby meinen seelsorgerlichen Rat zu suchen.« Axel neigte nochmals den Kopf, erwiderte höflich: »Ich werde gewiss daran denken. Danke, Herr Pastor«, und ging an ihm vorbei in die Vorhalle hinein. Kathrine sah den verdutzten Blick des Pastors, als sie Axel folgte. *Oje, jetzt hat er ihn gekränkt,* dachte sie, *und Mutter hat's gemerkt.* Aber gefallen hatte es ihr doch, wie er Abel Dahl abgewiesen hatte. Sie lächelte Axel zu und hob ein wenig die Brauen dabei. Er verstand, lächelte auch und fragte leise: »Welche Bank?«

Pastor Dahl war verblüfft und spürte, dass er anfing, sich zu ärgern. Hatte ihn der junge Mann doch einfach stehen lassen! So etwas kannte er bisher nur von Steen Steensen, der offen den Respekt vor seinem Amt verweigerte. Steensen kam nur an den Feiertagen zur Kirche, seiner Frau zuliebe, und hielt ansonsten dafür, dass sie einander nicht vor die Füße liefen. Sein Geschäft als Kröger von Norby sei es nun mal, den Männern Bier und Schnaps zu verkaufen, hatte er auf Abel Dahls Nachfrage einmal bündig erklärt. Auch wenn es dem Herrn Pastor nicht gefiel … Abel Dahl rief sich zur Ordnung. Er hatte Gottesdienst zu halten und seine Gedanken zu wahren. Und der abschätzige junge Mann sollte sich lieber vorsehen, Unruhe in seiner Gemeinde würde er keinesfalls dulden!

***

In seiner Predigt erklärte Abel Dahl mit vielen Wendungen und Beispielen, was es hieß, der Sünde gestorben zu sein. Unterdessen dachte Malvine über ihre missliche Lage nach, denn sie war keineswegs der Sünde gestorben und trug schwer daran. Da Sofie beharrlich an Hr. Lauridsen festhielt, hatte sie vor bald zwei Wochen begonnen, alle Post von und nach Kopenhagen an sich zu nehmen, um ihren Sinneswandel zu befördern. Ein gewagtes, ja, verwerfliches Handeln, außerdem schwierig zu bewerkstelligen! Was, wenn es herauskäme? Zu allem Übel hatte es bisher kaum Wirkung gezeigt, denn Sofie zweifelte nicht etwa an Søren Lauridsen, sondern an der Zuverlässigkeit der Post. Wenn sie nur verständiger wäre … Oder war es am Ende ein Fehler, dass sie ihrer Tochter eine ernsthafte Liebe nicht zutraute? Eine Liebe, die auch Schwierigkeiten und Hindernissen standhalten, diese überwinden und an ihnen wachsen würde? Ach, es blieb ihr nur, abzuwarten, um Gottes Hilfe zu bitten und weiter zwischen Baum und Borke auszuharren. Sie konnte nun ja nicht mehr damit aufhören, die Briefe weiter an sich zu nehmen. Gerade versprach Pastor Dahl allen, die der Sünde absterben wollten, ein leichtes Herz, ein Leben in lauter Licht und Liebe. Malvine seufzte leise. Wahrlich ein schönes Versprechen. Wenn der Herr Pastor doch Amen sagen und das Zeichen zum Singen geben wollte …

***

»Theo!«, rief Freja und fasste nach der Hand ihres Mannes, als sie sah, wie James bei der Kirchentür Sofie den Arm bot und sie dann über den Kirchplatz zum Pastoratshof hinüberführte. *Oh!* Tilda lächelte ein wenig. James und das Frøken … Deshalb war er gestern so anders gewesen! »Er hat mir nichts … Ich dachte, der Korb wäre für Kathrine«, murmelte Freja ungläubig. Sie drückte Theos Hand und blickte zu Kathrine hinüber, die gerade fröhlich mit dem neuen Hausgast der Pedersens in Richtung Friedhofspforte ging. Anscheinend lachte sie über etwas, das er sagte, und verwandte keinen Blick auf James und das Frøken … »Nun, nun«, sagte Theo beruhigend und drückte Frejas Hand. Er war genauso überrascht und bestürzt wie sie und rechnete überdies darauf, dass Freja schon sehr bald mit heftigen Kopfschmerzen zu Bett liegen würde, wie immer, wenn sie etwas aufregte. *Sieh dich nur vor, mein Sohn* … »Wir sollten jetzt auch fahren«, sagte er. »Oder willst du mit hinüber zum Kaffee bei Grete Dahl?« »Um Gottes willen«, entgegnete Freja, »nur das nicht! Bring mich nach Hause, Theo. Bitte!«

VI

Das Mittagessen bei Pedersens zog sich hin, wenn auch die wenigen Scheiben Hackbraten, das bisschen Gemüse und die paar Kartoffeln in den Schüsseln den Aufwand kaum lohnten, den Gesine Pedersen dafür trieb. Axel griff nach der Fleischplatte und legte sich unter dem missbilligenden Blick seiner Gastgeberin ein zweites Stück Hackbraten auf den Teller. Er unterdrückte ein Lächeln. Eben hatte sie ihm schon die Kartoffeln in den Mund gezählt ... Sie mochte es auch nicht leiden, dass er sich mit Kathrine und Sofie Du sagte. Und als die drei Freitagabend beim Kartenspielen so vergnügt gewesen waren, hatte sie ihn streng um ein wenig mehr Zurückhaltung gebeten. Nein, sie war ganz und gar nicht einverstanden mit ihm. Aber Kathrine hatte ihre Freude gehabt und gestrahlt, als er ihre guten Karten bedient hatte. Ob sie beim Tanzen auch so fröhlich sein würde? *Er wollte es schon bald herausfinden*, dachte er und suchte ihren Blick. Kathrine sah errötend von ihrem Teller auf. *Wie sie Mutter mit ihrer unverstellten Art gefallen würde* ... Anders als seine feine Gastgeberin hielt seine Mutter nichts von Heuchelei und bot jedem die Stirn, der auf sie herabsah, weil sie ihren Sohn ohne Ehemann und Vater großgezogen hatte. Ja, so war es, seit Axel denken konnte, nur Mutter und er, zusammen in ihrer Häuslerwohnung in der Schmiedegasse, etwas außerhalb der Stadt, dort, wo die armen Leute wohnten. Von seinem Vater sprachen sie nie. Gesine Pedersen hingegen war sehr bedacht darauf, den vornehmen Schein zu wahren, dabei waren die Pedersens selber arm wie die Kätner. Er durfte ja nur an ihrem blankpolierten Esstisch mit dem schimmernden Porzellan aus der königlichen Manufaktur sitzen, weil die Pedersens die Pensionsgebühr so bitter nötig hatten. Kathrine hatte es ihm auf dem Heimweg vom Gottesdienst erzählt. Auch, dass sie James Jul heiraten sollte, aber nicht mochte. Dabei wäre sie mit ihm bestimmt gut dran, während er ... Er beugte sich wieder über seinen Teller.

Gesine legte die Serviette hin. »Ich hoffe, es hat geschmeckt.« Dann erhob sie sich und ging, gefolgt von Malvine, hinaus, während das benutzte Geschirr wie immer für Kathrine blieb. Die stand nun auch auf, griff nach dem Tablett und sagte lächelnd: »Wir können gleich los, ich beeile mich mit dem Abwasch.« »Ich helfe dir«, erwiderte Axel. Sie schaute ihn überrascht an. Er reichte ihr Teller und Schüsseln hin und schmunzelte über Kathrines erstaunten Blick. Dann nahm er das beladene Tablett auf, um es in die Küche zu bringen. »Was denn?«, fragte er halb ernst, halb scherzend. »Hast du noch nie einen Mann ein Tablett tragen sehen?« Kathrine biss sich auf die Lippe und senkte wortlos den Blick. »Wie?«, fragte er verblüfft. »Nicht mal deinen Bruder?« »Nein, Christian sollte seine Zeit nicht vertrödeln. Mutter hatte schon immer große Pläne mit ihm ...« Sie zuckte mit den Schultern. Axel wurde blass vor Zorn. Für den feinen Herrn Bruder konnte also nicht genug getan werden, während sie ... Er hatte Mühe, sich zu beherrschen. »Verstehe«, sagte er trotzdem leichthin und trug das Tablett in die Spülküche. Kathrine folgte ihm mit der Fleischplatte. »Ich brühe uns beim Abwaschen einen Kaffee auf, ja?«, fuhr er fort. »Oder zählt deine Mutter die Bohnen auch nach?« Er sah zufrieden, wie das Glitzern in ihre Augen kam und ein Lächeln um ihren Mund, als sie ihm wortlos die Kaffeedose hinstellte.

***

James hatte großen Gefallen an der Ausfahrt mit Sofie und freute sich, dass auch sie die kleine Landpartie mehr und mehr zu genießen schien. Nachdem sie zuerst sehr zurückhaltend, fast schüchtern gewesen war und zu allem nur genickt oder verhalten gelächelt hatte, saß sie jetzt ganz zufrieden neben ihm, die Hände locker über der Kappe im Schoß gefaltet, und hörte aufmerksam zu, wie er von Norby und der Westküste sprach. Er wies mit der Hand zu den Aufforstungen vor den Dünenketten hinüber, die nun die Versandungen aufhielten, und erzählte von den gefährlichen Untiefen hinter den Sandbänken, von Schiffsunglücken und dem Bau des Leuchtturms, erklärte ihr den warmen Draht, die Telefonleitung, mit der sich die Rettungswachten längs der Westküste verständigten, und kam schließlich auf den Hafen von Esbjerg zu sprechen, der nach und nach die Fischer aus den Dörfern in die neue, schnell wachsende Stadt weiter im Süden gezogen hatte. Deshalb gab es auch keine Berufsfischerei mehr in Norby und die Hütten unten am Strand standen leer. »Die sind Ihnen doch bestimmt schon aufgefallen, als Sie mit Ihrer Mutter spazieren gingen?« »Oja, und ich habe auch schon hineingesehen«, antwortete Sofie und schüttelte nachdenklich den Kopf. »Dass man so leben kann ...« »Nur im Sommer, zum Schlafen und Essen reicht es aus«, entgegnete James. Er erzählte von den jungen Frauen, die früher in wollenen Gamaschen und geschürzten Röcken den ganzen Tag nach Würmern gegraben hatten, um die Angeln für die Fischer vorzubereiten. All das gab es nun nicht mehr, mittlerweile fischte man mit Netzen und nur noch zum Vergnügen mit Angeln, und die Fischer verkauften ihren Fang direkt in Esbjerg auf der Auktion. Ob er denn zum Vergnügen angeln würde, fragte Sofie und zog auch noch die Handschuhe aus. Es war direkt behaglich, hier bei ihm zu sitzen und ihn erzählen zu hören. Wie klug er war und wie viel er wusste – und seine Stimme war so beruhigend …

»Schon, aber ich angle mehr an der Au«, erwiderte James. »Meist gehe ich auf Lachse, von denen gibt es reichlich im Fluss. – Aber lassen Sie uns doch von Ihnen sprechen. Dürfte ich Sie wohl fragen, womit Sie sich in Kopenhagen so die Zeit vertreiben?« Sofie seufzte kurz und sprach von den vielen langweiligen Gesellschaften in den Kreisen ihrer Mutter, wurde aber zusehends munterer, als sie über die Ausstellungen des Staatsmuseums für Kunst sprach, über ihre Schallplatten und Romane. Ja, antwortete James, er lese auch gern, am liebsten Naturkundebücher und Reisebeschreibungen. Übrigens habe er die Konzerte im Tivoli immer sehr genossen, als er zum Studieren in der Hauptstadt gewesen sei. Wie es ihm denn überhaupt in Kopenhagen gefallen habe, wollte Sofie nun wissen. Habe er vielleicht sogar mal überlegt, dort zu bleiben? James schüttelte den Kopf. Nichts gegen Kopenhagen, aber er gehöre hierher, an die Westküste, und sei mit gelegentlichen Ausflügen nach Nybøl und Esbjerg ganz zufrieden. Sofie nickte. »Ich habe schon gemerkt, wie sehr Sie Norby lieben.« »Und Sie, Frøken Hansen?« Er lächelte. »Lieben Sie Kopenhagen? Oder würden Sie vielleicht gern einmal woanders leben?« Sofie dachte kurz an Søren und erwiderte vage: »Vielleicht.« »Gut«, entgegnete James ebenso vage.

»Was meinen Sie, drehen wir um? Es wird langsam Zeit für unser Picknick, scheint mir.« Sofie bejahte und James ließ Balder wenden. Er folgte dabei ihrem Blick hinüber zu den Kühen und Kälbchen auf Steensens Wiese am Krug. »Die sind alle dieses Frühjahr geboren«, sagte er, »bei dem da vorn hab ich tüchtig nachhelfen müssen, das sah erst gar nicht gut aus.« Er wies auf ein Tier mit rotbraunem Fell, das mit seiner Mutter etwas abseits von den anderen stand. »Aber jetzt steht es kräftig da, nicht?«, fügte er stolz hinzu. »Können wir näher heranfahren?«, bat Sofie. »Ich möchte es mir ansehen.« Sofort lenkte James den Wagen in Richtung der Weide und ließ Balder nah bei dem Kälbchen halten. »Wir können auch zum Zaun gehen, vielleicht kommt es noch ein wenig näher«, schlug er vor. »Ja, bitte«, entgegnete Sofie begeistert. Sie stützte sich bereitwillig auf seine Hand, als er ihr vom Wagen half, und nahm dann seinen Arm. *Ganz ruhig*, mahnte James sich. Sein Herz schlug mittlerweile so heftig, dass er fürchtete, Sofie würde es bemerken. Aber die hatte gerade nur Augen für das Kälbchen, das nun langsam mit seiner Mutter an den Zaun herankam. »Hat es auch einen Namen?«, fragte sie. »Ja, es heißt Tilda, nach meiner Schwester. Steensen hat mich den Namen aussuchen lassen, als Dankeschön.« Er lächelte. »Ich glaube, sie würden einander mögen.« Nach einer kurzen Pause fuhr er fort: »Was meinen Sie, wollen Sie nicht bald mal nach Julsgård herauskommen? Unsere Katze hat Junge, die zeigt Tilda Ihnen bestimmt gern.« »Ach, das wäre schön«, entgegnete Sofie strahlend, »ich mag Tiere sehr, wissen Sie? Ich wollte immer einen Hund, aber Mutter findet große Haustiere in der Stadt nicht passend. Na, immerhin habe ich Mads, meinen Kanarienvogel.« Fröhlich erzählte sie von Mads' goldfarbenem Gefieder und seinen Flugrunden in ihrem Zimmer. Dann verdüsterte sich ihr Blick. »Ich glaube, er wäre gern frei«, setzte sie nachdenklich hinzu. James nickte. »Aber das ist nicht gut möglich«, fuhr sie ein wenig traurig fort, »oder?« James schüttelte den Kopf. »Lassen Sie nur«, erwiderte er tröstend, »ich bin sicher, er hat es sehr gut bei Ihnen. Sie müssen unbedingt nach Julsgård kommen, wegen der Kätzchen. Und um Tapper kennenzulernen, unseren Cockerspaniel.« Sofies Lächeln kehrte zurück. »Oh, das würde ich gern. Ich freue mich jetzt schon darauf.« »Ich mich auch, Frøken Hansen.« Sie sah ihn von der Seite an. »Wollen wir nicht Du sagen?« James, dem bald schwindelig wurde vor Glück, atmete tief ein und nickte. »Gut«, sagte sie zufrieden. Sie streckte die Hand nach dem Kälbchen aus. »Meinst du, ich könnte es streicheln, James?« »Sicher«, antwortete er und rührte an ihre Hand, »aber Vorsicht mit dem Stacheldraht.« Das Kälbchen ließ sich eine Weile über Nase und Hals fahren, dann sprang es davon. »Schade«, sagte Sofie enttäuscht. »Nicht traurig sein«, bat James, »wir können doch bald wieder herkommen.«

»Wie bist du denn darauf gekommen, dem Kälbchen den Namen deiner Schwester zu geben?«, wollte Sofie wissen, als sie wenig später neben dem Spülsaum entlangschlenderten, um sich vor dem Picknick noch ein wenig Bewegung zu verschaffen. »Weil sie was Besonderes ist, wie das Kälbchen«, erwiderte James weich. Wie empfindsam er doch war unter seiner ungestümen Art. Sofie mochte ihn immer mehr. »Du hast Tilda wohl sehr gern?«, fragte sie. Er nickte. »Erzähl mir von ihr.« Auf dem Rückweg zum Wagen erfuhr Sofie, dass seine kleine Schwester mit ihren achtzehn Jahren meist ein zappeliger Backfisch war, aber gar nichts Zappeliges an sich hatte, wenn es galt, ein Tier festzuhalten oder zu beruhigen. Deshalb holte James sie manchmal zum Helfen, bald lieber noch als seinen Vater, wenn es schwierig wurde. »Wie ähnlich ihr euch doch seid«, bemerkte Sofie. »Ja, ich weiß, die kastanienfarbenen Locken«, sagte er schmunzelnd. »Die haben wir von unserem Morfar.« »Ich meinte mehr die ruhige Art, wenn's aufs Vertrauen ankommt«, antwortete Sofie und bemerkte, wie er ein wenig errötete.

***

Kathrine und Axel spazierten barfuß über die Heide auf den Leuchtturm zu. Axel genoss es sehr, das Heidekraut unter seinen Fußsohlen zu spüren. »Ich hab ganz vergessen, wie es sich anfühlt«, sagte er, »ich bin schon so lange nicht mehr barfuß gelaufen.« »Gut, dass du hergekommen bist«, erwiderte Kathrine. »Ja, schon wegen des Lichts«, antwortete er kurz und beschleunigte seinen Schritt. Dass sie ihn so ansah … Am liebsten hätte er sie an sich gezogen und geküsst. Aber das durfte er nicht, sie wusste doch fast nichts von ihm – und wenn sie erst mehr erfahren würde … »Und wegen des Geruchs«, sagte Kathrine, die schnell aufgeholt hatte und nun wieder neben ihm herging. »In Nybøl kann man ja das Meer nicht riechen.« »Nein«, erwiderte er und dachte an den Geruch von Eisen und Staub in der Drahtspinnerei. Er würde ihr so gern davon erzählen, und von allem anderen auch. Und wenn sie ihn dann nicht mehr wollte?

Sie gingen schweigend weiter auf den Leuchtturm zu. Irgendwas musste geschehen, dachte Kathrine, so war es ganz unerträglich. Sie könnte nach seiner Hand fassen, sollte sie? Aber musste nicht er zuerst? Sie sah ihn von der Seite an. »Lass uns hierbleiben«, sagte er lächelnd, »es ist unsinnig, immer weiter zu laufen.« Sie blieben stehen und er holte Kathrines Hut und ihre Schuhe aus seiner Tasche. Kathrine hielt sich an seiner Schulter fest, um die Schuhe überzustreifen. Er neigte sich ein wenig dichter zu ihr. »Meine Mutter arbeitet bei Bäcker Andersen am Marktplatz«, sagte er leise in ihr Haar hinein. »Ich kenne meinen Vater nicht. Wir wohnen in der Schmiedegasse.« Er gab ihr den Hut. »Nun weißt du es.« »Ja, und es macht mir nichts«, entgegnete Kathrine fast beiläufig. Sie setzte sich den Hut auf und fragte: »Soll ich gleich hier stehen bleiben?« Er sah prüfend zum Leuchtturm, nahm sie beim Arm und führte sie ein Stück seitwärts. »Hier ist es besser«, sagte er und fügte leise hinzu: »Ich bin so froh, Kathrine.«

Dann saß er im Heidekraut, den Skizzenblock auf seinen Knien, und zeichnete. Gelegentlich hielt er inne, um ihr Anweisungen zu geben. »Den Hut mehr ins Gesicht ... nein, doch lieber wieder ein Stück aus dem Gesicht und dafür die Hüfte auf der rechten Seite etwas vorschieben ... Jetzt die Hand über die Augen halten und eine halbe Drehung zum Meer hin ...« Und Kathrine drehte und wendete sich mit klopfendem Herzen, wenn Axel von seiner Zeichnung aufsah, um sie zu betrachten. Was würde wohl sein, wenn sie zu ihm zurückkam? Würde etwas sein? »Erst mal fertig«, sagte er schließlich, legte Buch und Stift ins Heidekraut und suchte in seiner Tasche nach der Schachtel mit den Farbstiften. Er holte auch die Flasche Apfelmost heraus, die Kathrine für sie hineingetan hatte. »Darf ich kommen und es mir ansehen?«, fragte sie. Er schaute kaum auf, murmelte nur »Hmm«, während er begann, verschiedene Stifte am Rand des Skizzenblattes auszuprobieren. So war es also, wenn er ganz von den Linien und Farben in Anspruch genommen wurde, dachte sie, als sie zu ihm trat, und ihr Herz ging auf. Sie nahm den Hut ab, zog die Schuhe aus und setzte sich neben ihn. »Ich hab Durst, du auch?«, sagte sie, nahm einige Schlucke und hielt ihm die Flasche hin. Während er trank, betrachtete sie die Skizze. »Oh«, sagte sie enttäuscht, »aber du wolltest doch mich malen.« Er legte die Flasche weg. »Hab ich doch.« »Nein!«, erwiderte sie fast zornig. »Der Leuchtturm sieht aus wie der Leuchtturm, aber die Frau auf dem Bild – das bin ich nicht.« »Doch, das bist du«, antwortete er, auf die Gestalt im Bild deutend. »Sieh mal, so stehst du, die Hüfte ein wenig vorgeschoben. Und hier«, er fuhr mit dem Zeigefinger an der Halslinie der Figur entlang und weiter zur Seite hinab, »dein Hals, die feinen Sehnen und die lange Taille, ja?« »Aber mein Gesicht«, entgegnete sie und legte ihre Hand auf seinen Zeigefinger. Da drehte er sich zu ihr, hielt seine freie Hand an ihre Wange und schüttelte den Kopf. »Nicht auf einem Plakat, das zum Kaufen anreizen soll«, erwiderte er sehr bestimmt. »Dafür ist mir dein Gesicht zu schade, Kathrine. Ja?« Sie nickte, neigte ihr Gesicht zu seinem und küsste ihn.

***

Als sie dann auf ihrer Picknickdecke am Strand saßen, mit Gebäck, Saft und Erdbeeren vor sich, fragte Sofie: »Was war das mit dir am Mittwoch? Du warst so – ungestüm, ich wusste gar nicht, was ich von dir halten sollte.« Sie griff nach einem Apfelkrapfen, biss hinein, kaute, trank einen Schluck Kirschsaft dazu und schaute James fragend an. Er betrachtete Sofie, blickte auf ihr rosenrotes Kleid, ihre glänzenden kupferfarbenen Locken und ihr Lächeln mit den reizenden kleinen Grübchen. Er bemerkte den Zuckerkrümel in ihrem Mundwinkel und dachte, dass er noch nie etwas so gewollt hatte wie sie. Und es war nicht ihre Schönheit, sondern ihr Vertrauen in ihn, das ihn am meisten anzog – obgleich er am Mittwoch nicht gerade vertrauenswürdig auf sie gewirkt haben musste, das ahnte er. Er überlegte, was er ihr antworten konnte, ohne sich vor ihr zum Narren zu machen. »Mir war, als hätte ich dich in diesem Moment zum ersten Mal gesehen – plötzlich kamst du mir ganz anders vor, ich wusste gar nicht, wie.« Sofie wischte den Zuckerkrümel weg und nahm eine Erdbeere vom Teller. »Ganz anders«, wiederholte sie nachdenklich, »ja, so kommst du mir jetzt auch vor. Vielleicht warst du auch ein bisschen betrunken?« James sah auf die Grübchen in ihren Wangen und schmunzelte. »Vielleicht«, gab er zu, »ich kam ja vom Viehmarkt, und da ist es üblich, das eine oder andere Glas mitzutrinken, weißt du?« Schnell fügte er hinzu: »Aber denk um Gottes willen nicht, dass ich deshalb …« Sofie schüttelte den Kopf: »Nein«, und schob sich die Erdbeere in den Mund. »Köstlich! – Oh, ich glaube, du warst vor allem verwirrt«, fuhr sie fort, »da kommt man anderen manchmal seltsam vor. Ich weiß es genau, denn ich bin auch oft verwirrt.« James, der Sofie am liebsten in die Arme genommen und ihr übers Haar gestrichen hätte, berührte sacht ihren Arm. »Ja«, sagte er leise, »ich bin ganz durcheinander, Sofie, mehr als alles andere.« Sie sahen einander schweigend an. »Möchtest du nach dem Essen ein wenig kutschieren? Hier am Strand auf und ab?«, fragte er schließlich. »Liebend gern, danke schön, James«, antwortete Sofie begeistert. *Man muss behutsam mit ihm sein*, dachte sie.

***

Axel strich langsam über Kathrines Unterkiefer, fuhr an ihrem Hals entlang und die Seite hinab bis zu ihrer Hüfte, wo er seine Hand still liegen ließ. »Weiter«, sagte sie, lächelte mit geschlossenen Augen und schmiegte sich noch enger an ihn. Hier in seinen Armen zu liegen war das Köstlichste überhaupt. Und dass er ihre Küsse so gemocht hatte, mit den vielen kleinen Entschuldigungen dazwischen, weil sie doch schon bald fünfundzwanzig war und noch nie geküsst hatte und gar nicht wusste, wie. Schließlich hatte er ein wenig gelacht, seine Hände um ihren Hinterkopf gelegt und, seine Lippen an ihren, zärtlich gesagt: »Sch, Kathrine, still.« Und dann hatte er sie geküsst – und nun war alles anders geworden in ihr. Er stützte sich auf einen Ellenbogen, neigte sich über sie und fuhr langsam über die Innenseite ihres Arms. »Du bist so schön«, sagte er fast demütig, »so sehr schön, Kathrine.« Sie öffnete die Augen und wandte den Kopf. »Ich mag dich auch leiden. Deine Augen, das Licht spielt mit ihnen. Aber das haben dir bestimmt schon viele gesagt.« Er fuhr sich durchs Haar, sagte zögernd: »Schon. Aber die zählen nicht. Willst du mich deshalb, Kathrine?« Sie sah ihn überrascht an und setzte sich auf. »Wegen deiner Augen?«, fragte sie erst leichthin, sah dann, wie ernst es ihm war, und fuhr fort: »Ich mag, dass du am Ende ehrlich mit mir warst, wie du mich fragst, was ich will – und alles vergisst, wenn du malst. Und höflich zu Mutter bist, obwohl sie es doch so arg mit dir hat. Ich mag dich, weil ich gar nicht anders kann, du rufst mich ja.« Er setzte sich auch auf, legte seinen Kopf auf ihre Schulter und antwortete: »Ja, weil ich weiß, dass du richtig für mich bist, und ich will auch richtig für dich sein, nicht nur jemand, den du leiden magst.« »Aber du bist richtig für mich«, sagte sie leise, »ich wusste es, seit du an mein Haar gerührt hast, und dass ich schon die ganze Zeit auf dich gewartet habe.« Mit einem kleinen Lachen fügte sie hinzu: »Und natürlich will ich dich auch, weil du so hübsch bist.« Da lachte er auch, küsste sie und erzählte ihr dann von seiner Zeichenlehre und wie er sich selbst das Malen beigebracht hatte, von den Kaufherren, die ihn erst arbeiten ließen und dann im Preis drückten, weil er nicht von der Akademie kam, vom Schuften in der Drahtspinnerei, wenn wieder mal die Aufträge ausblieben, von seiner Kammer in Nybøl mit dem Zeichentisch vor dem Fenster und dass er Jazzmusik mochte. »Und willst du mich immer noch?«, fragte er schließlich. »Jetzt noch viel mehr«, erwiderte sie. Da küsste er ihre Schläfen und sagte wie nebensächlich: »Aber ich muss dich warnen, ich habe wirklich fast nichts.« »So wie ich«, antwortete sie und streichelte seine Hände, »außer meinen Georginen und deinem Versprechen, dass sie ein Verkaufsschlager werden, wenn du mir ein Plakat dazu malst.«»Ja, versprochen, versprochen, versprochen«, sagte er zwischen vielen kleinen Küssen. Wie sehr er es mochte, dass sie die Dinge leicht nahm, auch wenn sie gar nicht leicht waren – und dass sie seine Hände streichelte und ihn dabei so zärtlich ansah. »Wirst du bald mit mir nach Nybøl kommen? Ich will mit dir ausgehen.«»Du hast es nicht vergessen«, sagte sie glücklich. »Nein«, entgegnete er lächelnd und küsste wieder ihre Schläfen, ließ sich mit ihr ins Heidekraut fallen und verlangte: »Jetzt du. Erzähl mir mehr von dir. Wie ist das mit James Jul?« *Oh*, dachte sie entzückt …

***

»Du hast eine ruhige Hand«, sagte James, »das mag Balder.« Er ließ Sofie die Zügel allein halten und rührte vorsichtig an ihren Ärmel. »Würdest du mir sagen, wie das Rosenrot deines Kleiderstoffes heißt? So eine Farbe sehe ich zum ersten Mal.« Sofie lachte. »Aurora – der Stoff ist diese Saison ganz neu. Gefällt er dir? Ich hab ihn ausgesucht, weil er mich so an den Sommer erinnert hat.« Wusste sie, wie entzückend sie war? »Er gefällt mir sehr«, erwiderte er lächelnd, sah, wie sie sich freute, und dachte, wie gern er ihr den Granatring seiner Großmutter geben würde. »Jetzt wenden«, sagte er und fasste nach ihren Händen, um ihr mit den Zügeln zu helfen. Während sie langsam zurückfuhren, fragte Sofie ihn nach der Herkunft seines Namens. »Du hast wohl einen englischen Großvater, sagte sie, halb scherzend. »Stimmt«, antwortete er. »Mein Morfar kam aus Grimsby.« Er erzählte ihr von dem Bootsmann James Niven, der eines Tages in Esbjerg von Bord gegangen – und geblieben war, denn er hatte gesehen, dass sich im aufstrebenden Hafen besser Geld damit verdienen ließ, Schiffe auszurüsten, als auf ihnen anzuheuern. »Wie aufregend sich das anhört«, sagte Sofie sehnsüchtig. James sah sie mitfühlend an. »Arg schlimm mit der Langeweile in Kopenhagen?« Sofie nickte. »Meine Mutter kümmert sich mit Advokat Brandt um den Fahrradverkauf in der Nørrebrogade und Nielsine versieht unseren Haushalt. Da bleibt für mich nicht viel zu tun.« Sie seufzte. »Und hier ist es bald noch schlimmer, nur Strandspaziergänge und sonst nichts.« James schüttelte verständnislos den Kopf und fragte sich, warum Sofies Mutter ihre Tochter so von allem fernhielt. »Du bist auf Julsgård jederzeit herzlich willkommen«, antwortete er. »Mutter und Tilda bekommen gern Besuch – und ich auch.« »Aber du hast doch sicher zu tun?«, fragte Sofie lächelnd. Er winkte ab. »Ich kann's mir einrichten.« »Gut«, sagte sie, »also wirklich jederzeit?« Er nickte und ließ sie versprechen, dass er sie am Mittwochnachmittag zum Kaffee nach Julsgård bringen durfte.

Als Sofie James bald darauf vor dem pederschen Zaun nachwinkte, kam ihr Søren plötzlich wieder in den Sinn. Sie spürte ihr schlechtes Gewissen. *Aber wieso denn, ich habe doch nichts Unrechtes getan?*, dachte sie unwillig und beschloss, ihm gleich ausführlich ihren wunderbaren Nachmittag zu schildern, damit er sich mit ihr freuen konnte. Ach, warum schrieb er nur nicht?

***

Während James Balder ausspannte, stand sein Vater neben dem Wagen und schaute ihm schweigend bei der Arbeit zu, die kalte Pfeife zwischen die Zähne geklemmt. James seufzte in sich hinein. Die kalte Pfeife hatte nichts Gutes zu bedeuten. Und dass sein Vater ihn hier in der Stallgasse abgepasst hatte, auch nicht. Er hätte so gern noch ein wenig seinen Träumen nachgehangen, bevor er ins Haus gehen und Fragen beantworten musste … Wie verändert Sofie am Ende des Nachmittags gewesen war, so fröhlich und begeistert von allem. Und schon am Mittwoch würde sie nach Julsgård herauskommen, auch seinetwegen. Ihr Lächeln, als er versprochen hatte, er würde es sich einrichten, wenn sie ihn besuchen kam. Vielleicht gefiel er ihr ja auch … Wie sollte er bis Mittwoch essen, schlafen, atmen? Er seufzte, holte die Bürsten aus der Putzkiste und begann, Balders Fell zu striegeln. Sein Vater nahm die Pfeife aus dem Mund. »Was hat das alles zu bedeuten, James?« Er zuckte mit den Schultern. »Nichts weiter. Ich hatte Lust, mal wieder über Kopenhagen zu plaudern, und da Frøken Hansen aus Kopenhagen kommt …« Theo klemmte den Pfeifenstil wieder zwischen die Zähne. »So – und Kathrine?«, erwiderte er trocken. *Ja, Kathrine …* Auch wenn seine Eltern auf sie als Schwiegertochter rechneten, er konnte es nicht ändern. Jedenfalls war es viel zu früh, sich zu erklären. Er zuckte wieder mit den Schultern. »Lass gut sein, Vater. Außer mir wusste doch anscheinend jeder, dass sie mich nicht will. Übrigens habe

ich Frøken Hansen zum Mittwoch auf Kaffeebesuch zu uns gebeten.«
»Zum Kaffeebesuch«, wiederholte Theo, den Pfeifenstil fest zwischen
die Zähne geklemmt. Er wandte sich zum Gehen, drehte sich aber noch
mal zu James um. »Mutter liegt mit Kopfweh zu Bett, also keine Aufre-
gungen mehr heute, ich bitte dich.« »Schon gut«, erwiderte James. Seine
Mutter bekam immer Kopfweh, wenn ihr die Dinge aus den Händen
gerieten, nur würde es diesmal nichts nützen …

Tilda stand am Spülstein, als er mit dem Picknickkorb in die Küche
kam. »James!« Sie warf den Scheuerlappen hin und eilte auf ihn zu,
mit der Schürze über dem Sonntagskleid, die Locken in Unordnung.
»Sag schon«, drängte sie, »wie war's? – Ist sie nett?« James lächelte.
»Sehr …« Er legte den Arm um sie. »Sie kommt am Mittwoch her, zum
Kaffee. Ich hab ihr versprochen, dass du ihr Poulines Kätzchen zeigst.«
»Oh! Dann …« Tilda sah den Bruder von der Seite an. »Ja, das will
ich gern. Und ich kann sie doch nach Kopenhagen fragen, nicht?« »Sicher«, erwiderte James. Die Schwärmerei seiner kleinen Schwester für
die Hauptstadt ließ ihn schmunzeln. Er wies auf das Kästchen mit den
Erdbeeren: »Sieh mal, Sofie hat welche für dich übrig gelassen.«

∗∗∗

Sofie plagte sich seit dem Ende des Abendessens mit ihrem Brief an
Søren. Sie hatte zwischendurch immer wieder gefunden, dass sie einfach nicht den richtigen Ton traf. Schließlich legte sie, mit sich selbst
unzufrieden, den Füllfederhalter hin und rückte den Tisch vors Fenster,
um beim Schreiben den Sonnenuntergang zu beobachten. Sie drehte
die kleine Lampe neben ihrer Schreibmappe heller und sah wieder auf
den mit der Schilderung ihrer Ausfahrt eng beschriebenen Briefbo-
gen nieder. »… ich weiß, du würdest James auch mögen, lieber Søren«,
schrieb sie weiter. »Denk nur, ich habe ein Kälbchen gestreichelt und
auch ein wenig kutschiert. James hat mir geholfen – er ist wirklich ein
angenehmer Gesellschafter, wenn man ihn erst einmal näher kennen-
lernt …« Ihr Kinn in die Hände gestützt, blickte sie wieder zum Fenster
hinaus und schaute zu, wie die Dünen in der Dämmerung allmählich
zu Schattenbergen wurden. Wie James sie angesehen hatte … Und seine
Stimme, kräftig und klangvoll. Manche Laute dehnte er anders als sie,
dann wieder die gelegentlichen kleinen Verschleifungen zwischen den

Worten. Und wie er ihr von Norby und der Westküste erzählt hatte und sie erkennen ließ, dass er ernsthaft war und treu, sanft und empfindsam, der auf den ersten Eindruck so herrische und ungestüme James Jul … Sie erschrak augenblicklich. Sie konnte doch nicht … »Ich vermisse dich so, lieber Søren«, schrieb sie schnell und wusste, dass es nicht stimmte. Sie war den ganzen Nachmittag von James eingenommen gewesen, war es immer noch … Sie blickte in die Dämmerung hinaus und sah Kathrine und Axel langsam den Strandweg heraufkommen, barfuß und – Hand in Hand? Ja, tatsächlich. Sie ertappte sich bei dem Gedanken, dass ihr gefiel, was sie da sah. Besser, sie ließ es für heute gut sein mit dem Brief …

Als sie sich wenig später in ihr Kissen und ihre Decke schmiegte, hörte sie, wie Kathrine und Axel einander im Flur leise gute Nacht wünschten. »Bleib noch«, sagte Axel, »küss mich …«. Dann war es still. Sofie schloss die Augen, dachte: *Gute Nacht, Søren*, und sah noch einmal James vor sich, wie er am Strand auf der Decke saß und ihr lächelnd das Kästchen mit den Erdbeeren hinhielt.

✳✳✳

Auch Kathrine schlüpfte leise unter ihre Decke. Mutter schlief schon, Gott sei Dank. Sie konnte und wollte jetzt nicht reden, nur noch einschlafen und dabei von Axel träumen, sich erinnern, wie zärtlich er gewesen war, dabei fast ängstlich, dass sie ihn nicht wollen könnte … Und er war eifersüchtig auf James, auch wenn er es erst abgetan hatte. Wie es ihm gefiel, dass sie ihn leiden mochte, dachte sie und schloss lächelnd die Augen, und wie gut es war, wenn sie einander küssten …

VII

Diese öden Sonntage ... Um der Einsamkeit seiner Stubenwohnung zu entkommen, wäre Søren gestern gern nach Dragör hinübergefahren, um bei den Kameraden von der Segelgemeinschaft vorbeizuschauen. Aber die Aussicht, dann auch seinen Vater besuchen zu müssen, hatte ihn schließlich abgehalten. Der alte Herr hatte ihm immer noch nicht verziehen, dass er lieber Lehrer geworden war, statt der Familientradition zu folgen und Lotse zu werden. Und sich mit seinem Vater über sein Leben zu streiten, hätte seinen Kummer über das Ausbleiben von Sofies Briefen nur noch ärger gemacht. Also war er erst an den Seen entlangmarschiert und hatte sich abends mit einem Buch über Nautik abgelenkt.

Er überquerte Trianglen und bog in die Nordre Frihavnsgade ein. *Warum schrieb sie nur nicht mehr?* Zuerst hatte er bald jeden Tag einen Brief von Sofie bekommen, und jetzt, seit fast zwei Wochen, gar nichts mehr. *Wenn Sofie nur mutiger wäre*, dachte er und verbot sich diesen Gedanken sofort. Er war doch selbst der jämmerlichste Feigling gewesen, hatte sie einfach gehen lassen. Sollte er nach Jütland fahren und sie von ihrer Mutter wegholen? Sich endlich benehmen wie ein Mann? Er sah Sofies verzweifeltes Gesicht beim Abschiednehmen vor sich und wusste im gleichen Augenblick, dass es nicht recht wäre, schon jetzt eine Entscheidung von ihr zu fordern. Er hatte ihr doch versprochen, auf sie zu warten und geduldig zu sein. Also würde er warten und geduldig sein. Er liebte sie doch. Und er wollte ihr nicht wehtun. *Ob sie es sich anders überlegt hat mit uns? Nicht!*, rief er sich zur Ordnung. Er hatte doch ihr Versprechen, was wollte er denn? Was immer Sofie hinderte, ihm zu schreiben, an ihr lag es sicher nicht. Es konnte viele Gründe geben, da hatte Helle recht. *Also Schluss jetzt!* Immerhin war er auf dem Weg zu einer Nachmittagsgesellschaft, da wollte er den anderen doch nicht mit seinem sauren Gesicht die Laune verderben. Helle hatte irgendwelche Bekannten auf eine Badmintonpartie im Garten ihrer Eltern eingeladen und brauchte ihn beim gemischten Doppel als Partner. Wegen der Präzision seiner Schläge. *Na ja ...* Er lächelte. Wie gern er Helle hatte ... Sie war die beste und anständigste Kameradin, die man sich denken konnte. Tröstete ihn mit ihrer Munterkeit und bemitleidete ihn nie. Das konnte er ihr gar nicht hoch genug anrechnen. Er wollte ihr bestimmt die Freude machen, mit ihr als gutgelaunter Sieger im gemischten Doppel vom Rasen zu gehen ...

***

Helle saß am Gartentisch und wartete auf ihre Gäste. Søren würde sie doch nicht versetzen vor lauter Kummer? Schließlich hatte sie die Badmintonpartie eigens für ihn arrangiert. Der Ärmste brauchte dringend Abwechslung vom Hoffen und Bangen und Verzweifeltsein. Und gestern hatte sie sich nicht um ihn kümmern können, der Sonntagnachmittag war ihren Eltern versprochen gewesen. Was war nur mit Sofie? Hatte sie ihrer Mutter doch nachgegeben und traute sich nicht, es ihnen zu schreiben? Wie Søren hatte auch Helle ihren letzten Brief vor bald zwei Wochen bekommen. Seitdem versuchte sie, Søren auf langen Spaziergängen an den Seen entlang zu trösten, indem sie immer wieder dieselben Erklärungen hersagte: Natürlich habe Sofie ihn nicht vergessen, wo denke er denn hin? Sicher gebe es für das Ganze eine einfache Erklärung. Die langen Postwege zum Beispiel, und bestimmt würde Fru Hansen ihre Tochter in Norby noch mehr als in Kopenhagen beanspruchen, sie habe dort ja niemand anders zur Unterhaltung und Gesellschaft. Bestimmt sei Sofie dann abends zu müde und zu erschöpft, um sich noch vor ihre Schreibmappe zu setzen. Søren wusste sicher so gut wie sie, dass ihre Erklärungen nicht viel taugten. Aber immerhin erlaubten sie ihm, zu hoffen und weiter nach einer Lehrerstelle weit weg von Kopenhagen zu suchen, wo Sofie und er von ihrer Mutter unbehelligt leben konnten. *Tapferer Søren ...* Dass so ein feiner Mensch und prima Kamerad es so arg haben konnte, war doch zu ungerecht. Nun, heute Abend würde sie über weitere Erklärungen nachdenken, mit denen sie ihn beim Spaziergehen trösten konnte. Jetzt galt es erst mal, Bodil und Anders im gemischten Doppel zu schlagen. Da kam er ja! Und er sah einigermaßen zurecht aus, Gott sei Dank. »Søren!«, rief sie. »Oh, ich freue mich!« Sie stand auf und ging ihm entgegen. Während sie einander die Hand gaben, fragte sie: »Hattest du einen schönen Sonntag?« »Leidlich«, erwiderte er. »Irgendwas von Sofie?« Sie konnte nur noch den Kopf schütteln, denn Janne brachte Bodil und Anders in den Garten hinaus, die sich gleich zu ihnen gesellten und fröhlich verlangten, mit Søren bekannt gemacht zu werden.

***

Obwohl Steen Steensen schon in seinem einundfünfzigsten Jahr stand, war er noch immer unruhig und auf der Suche. In seinem Leben fehlte etwas, das blieb und mehr war als er selbst. Es reichte ihm nicht, der Kröger von Norby zu sein und sich gemeinsam mit Mette um das Ladengeschäft der Verbrauchervereinigung zu kümmern. Vielleicht wäre es anders mit ihm, wenn Mette und er Kinder gehabt hätten, dachte er manchmal. Doch da ihnen dieser Wunsch nicht erfüllt worden war, ging Mette darin auf, sich für das Wohlergehen anderer einzusetzen, und er lebte für seine Geschäfte und seine Posten als Vormann der Verbrauchervereinigung und des Rettungsboots von Norby. Und nun wollte er wieder etwas Neues anpacken. Da er viel herumkam, hatte auch Steen davon gehört, dass ein wenig weiter südlich, drunten in Vejrs, einige begonnen hatten, Land für den Bau von Sommerhäusern zu verkaufen. Er war hingefahren, hatte sich umgesehen und überlegt, ob so auch in Norby Geld zu verdienen sein könnte. Gesine Pedersens Zimmervermietung hatte ihn dann auf den Einfall gebracht, das Land nicht zum Verkauf anzubieten, sondern lieber einfache Holzhäuser darauf zu bauen und an Sommerfrischler zu vermieten, die kein eigenes Haus bauen wollten oder konnten. Das würde über die Jahre gerechnet mehr Geld einbringen als der Verkauf von Bauland. Und wenn die Norbyer, wie damals beim Bau der Meierei, dafür eine Anteilsgesellschaft gründen würden, in die jeder Land oder Geld einlegen konnte, hätten fast alle in Norby etwas davon. Der Zuspruch war gut, deshalb hatte er auf der Tafel am Eingang des Ladengeschäfts für nächste Woche auf eine Versammlung im Krug eingeladen, da würde sich zeigen, wer wirklich dabei sein wollte.

Er würde die Wiesen hinter dem Krug einbringen, seine Wiesen, die er aus den Gewinnen seiner bisherigen Unternehmungen erworben hatte. Es wäre das erste größere Geschäft, bei dem er nicht den Krug als Sicherheit bieten und um Mettes Einverständnis bitten müsste. Da sie die Wirtschaft mit in die Ehe gebracht hatte, blieb ihm schon anstandshalber immer nur das vorletzte Wort – das störte bei seinen Verhandlungen und verletzte auch nach sechsundzwanzig Ehejahren noch seinen Stolz, wenngleich Mette ihn nicht spüren ließ, dass er nur der eingeheiratete Kröger war, und sich noch nie ernsthaft gegen ihn gestellt hatte. Mit den Einnahmen aus der Gesellschaft aber würde sich einiges ändern. Er könnte endlich aufhören, so zu tun, als würde es ihm nichts ausmachen, nur dem Namen nach der Haushaltsvorstand zu sein. Und Mette müsste nicht länger so tun, als würde sie es nicht bemerken. Vielleicht könnten sie dann wieder unbeschwert und ohne Vorbehalte miteinander sein, wie in den Anfangstagen ihrer Ehe. *Und das war bald das Wichtigste*, dachte er.

Theo Jul war auf dem Rückweg von Nybøl auf ein Bier in den Krug eingekehrt. Am Montagnachmittag pflegte es in der Schankstube so ruhig zuzugehen, dass Steen Zeit für eine Plauderei mit seinem Freund erübrigen konnte. Er setzte sich zu Theo an den Tisch, und nach einigen kurzen Bemerkungen über das Wetter kamen sie auf Steens Pläne zu sprechen. »Und nächste Woche soll Versammlung sein?«, fragte Theo. Er griff nach seinem Glas. »Dann ist die Stimmung wohl gut?« Steen schmunzelte. »Ist sie. Wer kein Land hat, kann Geld einbringen, auch kleine Beträge, so können viele Anteilseigner werden. Das zieht. Und die Gesellschaft nimmt das Darlehen für den Bau der Häuser auf. Das ist doch besser, als wenn jeder einzeln zur Bank laufen müsste.« Theo nickte, das war Steen: Immer auf ein gutes Geschäft für sich selbst bedacht, ohne die anderen dabei zu vergessen. Wie Mette dachte auch er gemeinschaftlich – deshalb waren die beiden auch so beliebt in Norby. Steen hatte nicht von ungefähr die Posten als Vormann inne. »So bekommt die Bank bessere Sicherheiten«, fuhr Steen fort, »und wir einen höheren Kredit. Ich hab schon mal vorsichtig bei Broder Brodersen in Nybøl angefragt. Er wird überlegen, zu welchen Bedingungen die Bank ein Darlehen vergeben könnte.« »Hm …« Theo trank einen Schluck Bier und betrachtete die Tischplatte. Steen ahnte, was er dachte. Sein Freund war nicht für Kredite. Und von Risiken hörte er auch nicht gern. *Dennoch …* »Ohne ein Darlehen geht es nun mal nicht«, erklärte er. »Du wirst mich doch weiter unterstützen, Theo?« »Ich hab dich immer unterstützt, solange du nicht übers Ziel hinausgeschossen bist«, erwiderte Theo trocken. Sie sahen einander über ihre Biergläser hinweg an. Beide wussten, dass Theo auf Steens gescheiterte Pläne für den Bau einer Strandhalle am Leuchtturm anspielte. Steen hatte viel Geld aus kleineren Geschäften eingesetzt, um in Nybøl und Esbjerg Teilhaber für sein großes, gewagtes Unternehmen zu gewinnen – für das am Ende dann doch keine Bank ein Darlehen gegeben hatte. Steen winkte ab.

»Falscher Zeitpunkt, so bald nach dem Krieg. Aber du siehst ja, in Vejrs verkaufen sie ihre Grundstücke – und wenn es selbst Gesine geschafft hat, sich Gäste aus der Hauptstadt ins Haus zu holen …« »Na, wohl eher unsere tüchtige Kathrine«, unterbrach ihn Theo lächelnd. Und Steen, der wusste, dass Freja und er sie gern als Schwiegertochter auf Julsgård sehen würden, lächelte auch.

»Wie steht James übrigens zu den Sommerhäusern?«, fragte er vorsichtig. Er mochte den Sohn seines Freundes sehr, wusste aber auch, dass der junge Kandidat Jul gewaltig querschießen konnte, wenn ihm etwas nicht passte. Dann nämlich pflegte er den Gaul mit der berüchtigten julschen Sturheit zu Tode zu reiten. Sein Wort bekam zunehmend Gewicht in Norby, denn er war tüchtig als Tierarzt und deshalb gut angesehen. Ihn auf der Versammlung gegen sich zu haben, könnte unangenehm werden. Theo hob die Schultern. »Er wird sehen, dass viele dazuverdienen könnten. Und ob wir unsere Wiesen einbringen, entscheide ich.« Steen nickte zufrieden. »Der Junge macht sich«, erwiderte er. »Man hört auf ihn, deshalb …« »Ja«, entgegnete Theo verhalten. Er war noch nicht fertig damit, dass James gestern das Fräulein aus Kopenhagen spazieren gefahren und dann auch noch nach Julsgård eingeladen hatte. Steen sah ihn prüfend an. »Frøken Hansen?«, fragte er. Mette hatte ihm von James' Ausfahrt erzählt. Theo nickte. »Wir wissen nichts Genaues«, antwortete er. »Jedenfalls kommt sie am Mittwoch zu uns – Freja lag gestern mit Kopfweh zu Bett.« »Ach herrje …« Steen schnalzte mit der Zunge. Er kannte viele Geschichten über Frejas Kopfschmerzen und bewunderte Theo für seine Geduld. »Ich glaube«, fügte er bedächtig hinzu, »Freja muss sich keine Sorgen machen. Fru Hansen passt scharf auf ihre hübsche Tochter auf. Die hat bestimmt ganz andere Pläne für das Fräulein als eine Hochzeit in Jütland. Und Sofie Hansen ist ihrer Mutter ganz ergeben und tut immer, was sie will.« »Na, wir werden sehen«, entgegnete Theo vage und erhob sich. Er nickte dem Freund zu, bevor er hinüber in die Küche ging, um Mette Frejas Grüße und eine Einladung zum Kaffeetrinken zu überbringen.

Ja, man würde sehen, dachte Steen, während er die Gläser spülte. Dass Theo und Freja so fest auf Kathrine als Schwiegertochter rechneten, obwohl sie James doch immer Nein gesagt hatte … Er konnte es dem Jungen nicht verdenken, dass er sich auch anderweitig umsah. Und das Fräulein aus der Hauptstadt war so hübsch und charmant in ihrer freundlichen Art, die hatte hier nicht ihresgleichen. Nun waren Theo und er gar nicht mehr auf die Reklame zu sprechen gekommen, von der das Gelingen der Unternehmung doch zu einem großen Teil abhing. Da würde es mehr brauchen als Annoncen. Ob der junge Söderblom was taugte? Jedenfalls war auch er ein Unruhiger, das hatte Steen sofort gespürt, als er am Freitag ins Ladengeschäft gekommen war. Unter seiner lässigen Höflichkeit war etwas, das ihn trieb ... *Geschäftstüchtig scheint er jedenfalls zu sein*, dachte Steen schmunzelnd. Hatte wie er von den Landverkäufen in Vejrs gehört und gleich die Möglichkeit erkannt, an Aufträge zu kommen. Ansonsten hatte er sich bedeckt gehalten und auf die Frage nach seinem Kontor nur erwidert, dass er es vorziehe, zuhause, im Stillen zu arbeiten. Und Mette dann mit einem feinen Lächeln gebeten, ihm ein Stück von der Speckwurst abzuschneiden. *Geschickt.* Manchmal war es eben klüger, sich nicht so genau zu erklären. Er würde sich erst mal Arbeitsproben zeigen lassen, beschloss er, und den jungen Mann nach Vorschlägen für die Reklame fragen. Und mal hören, was Theo davon hielt. Danach würde man weitersehen. »Steen!« Mette trat in die Gaststube und wischte sich die Hände an der Schürze ab. »Denk dir, Theo hat eben erzählt, dass Freja gestern den ganzen Nachmittag mit Kopfweh gelegen hat. James wegen.« Steen lächelte. »Der Junge wird schon wissen, was ihm passt. Und bekommt Freja nicht immer Kopfweh, wenn ihr was nicht gefällt?« Mette lächelte auch. »Meinst du?« *Ich bin doch gut dran mit ihr*, dachte er, streckte die Hand aus, rührte an ihren Scheitel und blickte liebevoll auf ihr sanft glänzendes, haselnussbraunes Haar mit den ersten feinen silbrigen Strähnen darin. Sie sah ihm manches nach, seine Geplänkel mit der einen oder anderen hübschen Nachbarin zum Beispiel. Alles nur ein harmloser Zeitvertreib, aber dennoch ... Mette blickte ihn erstaunt an. »Sag mir Bescheid, wenn der junge Söderblom ins Ladengeschäft kommt«, bat er. »Ich will ihn wegen der Reklame für die Gesellschaft fragen. Er macht mir einen guten Eindruck.« Sie wusste, was er dachte, nahm seine Hand von ihrem Haar und hielt sie einen Augenblick fest. Ja, wenn sie Kinder gehabt hätten, einen Sohn wie den jungen Mann aus Nybøl. Aber natürlich war es ganz und gar unnütz, sich deswegen zu quälen. Sie waren doch alles in allem auch ohne Kinder gut dran, hatten einander, den Krug ... Sie nickte und wandte sich wieder zur Tür. »Mein Wasser – der Kessel ...« »Warte«, sagte Steen und sie drehte noch einmal den Kopf zu ihm. »Danke«, setzte er hinzu. »Ach Steen, Lieber …«, erwiderte sie und zog lächelnd die Tür hinter sich zu.

***

»Danke für den schönen Nachmittag.« Søren stellte sein leeres Limonadenglas auf den Gartentisch. »Danke für deine schönen langen Bälle«, erwiderte Helle augenzwinkernd. Nachdem Bodil und Anders gegangen waren, hatten sie eine ganze Weile nach Sørens verschlagenen Federbällen gesucht. Søren schmunzelte. »So viel zur Präzision.« »Trotzdem hatten die beiden es richtig schwer mit uns. Wir waren doch ein gutes Paar, nicht?« Er nickte und bot ihr die Hand. »Waren wir.« *Sieh an, er ist fast der Alte*, dachte Helle zufrieden, während sie seine Hand schüttelte. Er lächelte ganz unbeschwert und seine goldbraunen Augen glänzten vor Freude. *Vielleicht sollte ich ihn öfter durch den Garten jagen? Es scheint ihm gutzutun.* »Sehen wir uns morgen?« Søren schüttelte den Kopf und erhob sich. »Ich habe meine Nachmittagsschüler.« »Ah.« Helle stand auch auf. *Sehr gut, er hatte was vor.* »Ich bringe dich noch ein Stück«, sagte sie.

VIII

Sofie schob die Schale mit den Klammern und Haarspangen auf dem Frisiertisch beiseite und griff nach dem Rougetöpfchen. Seit Sonntagabend schien die Zeit langsamer zu vergehen. Der Montag gestern hatte sich scheinbar endlos gezogen und heute Nacht hatte sie wach gelegen und sich entweder um Søren bekümmert oder nach James gesehnt. Alles war in Unordnung geraten und sie musste es in Ordnung bringen, tun, was richtig war. *Nur, was war das Richtige?* Sie hatte ja nicht gewusst, dass man jemanden so wollen konnte, dachte sie, während sie begann, ein wenig von der Farbe auf ihren Wangen zu verreiben. Nach Søren hatte sie es nie so verlangt, dabei hatte sie doch gemeint, ihn zu lieben. Weil er sie so liebte. Und weil sie ihn so gern hatte, hatte sie ihn auch lieben wollen. Damit er glücklich war. Nur konnte man Liebe nicht wollen. Das verstand sie jetzt. Weil Liebe ein Geschenk war …

Was, wenn sie sich wieder irrte? Wenn sie nur eingenommen von James war, weil Søren ihr nicht mehr schrieb? Sie gab noch etwas Rouge auf die Wangenknochen. Nein, ihre Sehnsucht wies ihr doch den Weg. *Es tut mir leid, Søren, es tut mir leid …* Wie unglücklich und verzweifelt er sein würde. Und er würde nicht ihr, sondern sich die Schuld geben. Sie stellte den Schminktiegel zurück auf den Frisiertisch. Und wenn sie James vergessen, nach Kopenhagen zurückkehren und ihr Eheversprechen einlösen würde?, dachte sie und wusste, dass es unmöglich war. Sie würde James nicht vergessen können. Sie gehörte doch zu ihm … Und Søren hatte Besseres von ihr verdient als eine Lüge. Er musste die Wahrheit erfahren. *Bald.* Auch wenn sie ihm damit scheußlich wehtun würde.

»Sofie?«, mahnte ihre Mutter ungeduldig von der Tür her. Sofie seufzte in sich hinein. Statt ihre Zeit auf einem weiteren Strandspaziergang zu vertrödeln, hätte sie den Vormittag lieber für sich gehabt, um darüber nachzudenken, was sie Søren schreiben sollte. Aber das war ganz unmöglich. Stattdessen würde sie noch einmal Mutters Vorhaltungen wegen ihres Besuchs auf Julsgård zu hören bekommen. Und natürlich würde sie ihrer Mutter auch heute nicht nachgeben. Zu ihrer Überraschung hatte sie gestern das letzte Wort behalten, zum ersten Mal. Was konnten die Norbyer schon darüber zu reden haben, wenn sie sich auf

Julsgård ein paar Kätzchen ansah! Und was Kathrine anging, tat sie mit ihrem Besuch bei den Juls gewiss nichts Unrechtes. Was war das alles überhaupt dagegen, dass sie bald jemandem, den sie sehr gern hatte, sehr wehtun musste …? »Ich komme, Mutter«, erwiderte sie kühl und erhob sich.

***

Axel setzte das Frühstückstablett auf dem Küchentisch ab, trat zu Kathrine und strich mit beiden Händen sacht über ihr Haar hinab zu ihrem Zopfknoten. »Siehst du wieder mit den Händen?«, fragte sie lächelnd. Das hatte sie ihn am Sonntag auf der Heide auch gefragt, als er sie zum ersten Mal so berührt hatte, und versonnen hinzugefügt: »Ich möchte wohl kurze Haare haben, glaube ich.« Da hatte er fast erschrocken geantwortet: »Nicht meinetwegen, Kathrine.« Doch, seinetwegen, hatte sie gesagt, weil sie flott aussehen wolle, wenn er sie ins Hotel Danmark zum Tanzen ausführen werde – vielleicht schon am kommenden Donnerstag? Er hatte es ihr versprochen und würde deshalb gleich nach Nybøl radeln, um seiner Mutter Kathrines Besuch anzukündigen. Und um das Geld für die nächste Woche zu besorgen. Jacobsen würde diesmal sicher im Kontor sein. Er fuhr mit den Händen über ihre Arme, hinab zu ihrer Taille und zog sie an sich. »Ich fahre dann jetzt, Kathrine.« Sie nickte. »Und mach dir nichts draus, wenn es mit dem Geld nicht klappt. Notfalls nehme ich erst mal was von meinem Versandgeld für die Georginenknollen für die Einkäufe. Dann muss ich Mutter nichts erklären.« Er schüttelte den Kopf. »Ich kann dich doch nicht küssen und Schulden bei dir haben. Ich will ordentliche Verhältnisse, Kathrine. Ich schäme mich immer noch, dass ich dir am Anfang nicht gleich die Wahrheit gesagt habe.« Sie strich ihm zärtlich über die Wange. »Ach, Liebling.« Er lächelte. »Liebling … Das möchte ich noch sehr oft von dir hören.« Ernster fuhr er fort, seine Stirn an ihrer: »Es wird dauern, bis ich wieder da bin, Kathrine. Mutter arbeitet bis nachmittags und bei Krøger und Jacobsen wird man mich warten lassen.« »Es wird schon gehen«, sagte sie sanft. »Ich werde die ganze Zeit an dich denken«, ihre Augen lächelten, »und den Kessel für dich aufgesetzt lassen, damit du dir nachher gleich den Staub abwaschen kannst.« »Den Kessel für mich aufgesetzt lassen«, wiederholte er nachdenklich, »das möchte ich auch noch oft von dir hören, Kathrine.«

Und ich möchte es immer wieder zu dir sagen, dachte Kathrine, während sie ihm nachsah, wie er, schwungvoll in die Pedale tretend, den Strandweg hinaufradelte. Am Nachmittag würde sie sich um ihre Georginen kümmern, so hatte sie die Straße im Blick und konnte ihn schon von Weitem herankommen sehen.

***

Axel radelte über die Aubrücke Richtung Südstadt zur Schmiedegasse. Seine Mutter saß sicherlich schon bei der Buchenhecke im Gärtchen hinter dem Haus und ruhte sich von der Arbeit aus. Er genoss es, die warme weiche Sommerluft auf seinem Gesicht und den bloßen Unterarmen zu spüren, während er an Kathrines Lächeln dachte und vergnügt die Melodie von »Deep in my heart I long for you« vor sich hin summte. In seiner Umhängetasche hatte er ein Päckchen frisch gemahlenen Bohnenkaffee für seine Mutter, erstanden von den hundert Kronen, die der alte Jacobsen ihm zusammen mit einer Saldenbestätigung über die restlichen fünfundachtzig hingereicht hatte. Die Saldenbestätigung war so gut wie Bargeld. Überhaupt war es diesmal erstaunlich leicht mit Jacobsen gegangen. Als er ihm gesagt hatte, dass er das Geld nicht nur für sich brauchte, sondern bald auch noch für seine Frau aufkommen musste, hatte der genickt und seine Kassenschublade aufgezogen. Ja, so sollte es sein mit Kathrine und ihm, das wusste er, seit sie heute Morgen in der Küche übers Wasserbereiten gesprochen und ihn dabei so zärtlich angelächelt hatte. Er wollte sie zur Frau, eine Stube und eine Küche mit ihr haben, wo sie für ihn den Kessel aufsetzen und sich ihm lächelnd zuwenden würde, wenn er sie um etwas heißes Wasser bäte. Er hatte es so gemocht und wusste, ihr hatte es auch gefallen … Und deshalb hatte er von den hundert Kronen auch noch eine Margeritenblüte aus weißem Email an einer goldfarbenen Kette gekauft, die wollte er ihr heute Abend beim Spaziergang auf der Heide geben – und sie dann fragen.

»So, da hat mein Sohn nun endlich auch eine Liebste«, sagte Kerstine Söderblom leichthin, als Axel und sie mit ihren Stühlen und dem Kaffeetablett bei der Hecke saßen. Sie brannte sich eine von ihren selbstgedrehten Zigaretten an und legte dann Axel die Zigarettendose hin. »Eine Liebste? Nein, ich möchte, dass Kathrine meine Frau wird, Mutter. Ich will sie heute Abend fragen.« Er sah ihren erstaunten Blick, dann das Lächeln auf ihrem Gesicht. Vorsichtig holte er die Margeritenkette aus dem Papiertütchen und hielt sie ihr hin. »Sieh mal!«»Hübsch«, sagte sie, sah ihn abwartend an und blies einen Rauchring in die Luft. »Die Margerite passt zu ihren Farben, weißt du?«, entgegnete Axel. Er zündete sich auch eine Zigarette an und erzählte seiner Mutter dann von Kathrines silberhellen Haaren und ihren schönen grauen Augen. »Ich weiß, wir kennen uns noch nicht mal eine Woche, und es ist ja auch sonst nicht meine Art, aber ich bin mir sicher.« Kerstine fuhr ihrem Sohn durchs Haar. »Na, wenn du dir sicher bist. Und jetzt erzähl noch ein bisschen von ihr. Und von deiner zukünftigen Schwiegermutter …« Axel nickte. Wie sehr er seine Mutter doch liebte. Sie hatte ihm immer vertraut, ihn immer gelassen und nie etwas auf das Kopfschütteln ihrer Nachbarinnen gegeben. Auch jetzt, wo er sich verliebt hatte und es ihm mit dem Heiraten gar nicht schnell genug gehen konnte, erhob sie keine Einwände, sondern freute sich mit ihm. »Sie ist mein Idealmodell, Mutter«, sagte er und erzählte ihr wieder von Kathrines Schönheit, von dem besonderen Glanz in ihren Augen, wenn ihre Blicke Ja zu ihm sagten, und dass er immerzu an sie denken musste. Von ihrer strengen Mutter und der vornehmen Armut der Pedersens sprach er auch, erklärte, dass Kathrine das ganze Hauswesen allein besorgte und noch nie im Hotel Danmark tanzen gewesen war und dass er im Bett ihres Bruders schlief, der in der Hauptstadt Philosophie studierte. Und dann die Hansens aus Kopenhagen – Fru Hansen war eine große Dame und bald noch strenger als Kathrines Mutter. »Die beiden sind sehr höflich zueinander, Mutter«, fuhr er schmunzelnd fort, »das solltest du mal sehen.« Kerstine lachte. »Und du dazwischen.« Er nahm einen Zug aus seiner Zigarette und winkte ab. »Mich ärgert nur, dass Fru Hansen Kathrine so viel Arbeit macht«, sagte er und zählte ihre Extrawünsche auf: Eier im Glas, geröstetes Brot, sogar eine Omelette hatte sie gestern verlangt. Sofie, ihre Tochter, dagegen war in Ordnung – und klug; hatte sich über ihr Pech beim Kartenspiel nur belustigt und dann ihr schlechtes Blatt geschickt ausgespielt. Ihre Mutter schien sie allerdings für dumm zu halten. Sie schrieb ihr alles vor und passte auf sie auf wie auf ein kleines Mädchen. »Ein seltsamer Haushalt ist das, wie?«, schloss er. Kerstine lächelte, schenkte ihnen Kaffee nach. Sie erkannte ihren Sohn gar nicht wieder. Er war doch sonst so vorsichtig, überlegte sorgfältig und wog ab. Sie sorgte sich ein wenig wegen seiner künftigen Schwiegermutter – aber nein, er würde schon mit ihr zurechtkommen, gerade mit den Schwierigen konnte er doch gut, höflich und charmant wie er war. Er würde sich schon nicht den Schneid abkaufen lassen von der überheblichen Art dieser Frau. Und Kathrine? Nun, er hatte ja schon immer gewusst, was ihm passte, ihr eigenwilliger, gescheiter Sohn.

»Willst du von den Zigaretten mitnehmen?«, fragte sie, als sie sich am Zaun verabschiedeten. »Und zwischen Fru Pedersens kostbaren Möbeln Rauchringe in die Luft blasen? Lieber nicht«, antwortete er schmunzelnd. Sie steckte ihm einige Zigaretten in die Jackentasche. »Für den Weg«, sagte sie und umarmte ihn. »Ich freu mich auf Kathrine, grüß sie von mir, ja?« Er nickte.

***

Kathrine lockerte die Erde um ihre Georginen und sah zwischendurch immer wieder zur Straße oder zum Leuchtturm hin. Gerade stand die Sonne schräg über der Leuchtkuppel, da konnte es nicht viel später sein als vier Uhr durch. Sie seufzte. Es blieb ihr nichts, als weiter zu warten. *Auf ihren – Mann? Wie gern sie das sagen würde*, dachte sie lächelnd. *Keine Zweifel? Nein, keine Zweifel.* Heute Morgen, als sie Axel warmes Wasser versprochen hatte, war sie plötzlich sicher gewesen, dass es so gut bleiben würde mit ihnen, dass sie irgendwann ein Zuhause haben würden, eine Küche, einen Herd und einen Tisch, an dem sie essen, arbeiten und einander in stillem Einverständnis anblicken würden, und ein Bett … Oh, sie wollte ihn so sehr, wieder seinen Hals küssen, weiter und weiter und weiter, seine zarte Haut, kühl und glatt an der Oberfläche und warm darunter … Er schmeckte ein bisschen wie das Meer und roch so sauber wie in der Sonne gebleichtes Leinen. Und er war so zärtlich und tapfer … Das Bild ihrer Mutter schob sich vor seines. Sie war noch immer so förmlich mit ihm wie am Anfang, ließ ihn merken, dass sie nichts von ihm hielt. Oh, wie sie sich deswegen für ihn kränkte, da konnte Axel ihr hundertmal versichern, dass es ihm nichts ausmachte. Und morgen müsste sie ihr sagen, dass sie am Donnerstag mit ihm nach Nybøl fahren und erst am Freitag zurückkommen würde. Sie würde ihr erzählen, dass Axel sie wegen des Vertriebs ihrer Georginenknollen mit den Kaufleuten bekannt machen wolle, für die er Plakate entwarf. Ja, und sie würde bei seiner Mutter in deren Stube übernachten, so wäre doch alles ordentlich. Und sehr großzügig von Fru Söderblom, sie einfach so bei sich aufzunehmen … Aber wie sollte sie ihr die kurzen Haare erklären? Ein Augenblicksentschluss? Ach, wie lästig diese Notlügen waren, und alles nur, weil sie befürchtete, ihre Mutter könnte Axel aus dem Haus werfen, wenn sie von der Wahrheit erführe. *Dann gehe ich mit ihm*, dachte sie. *Es wäre vielleicht überhaupt das Beste.* Von sich selbst überrascht blickte sie wieder zur Straße hin. Aber natürlich sollte es nicht so weit kommen. Sie seufzte. Na, vielleicht würde Axel noch was Gescheites einfallen …

Kathrine sah ihn schon von Weitem die Landstraße heraufkommen, warf die Hacke hin und lief ihm entgegen, ein gutes Stück den Strandweg hinauf. Als er vor ihr anhielt, legte sie ihre Hände auf seine. »Da bist du. Ich hab immerzu nach dir ausgeguckt.« Er streichelte ihre Zeigefinger mit den Daumen, erwiderte lächelnd: »Und ich hab immerzu an dich gedacht, Kathrine. Komm, rauf mit dir auf den Gepäckträger, und halt dich ordentlich fest!« Sie setzte sich hinter ihn und fasste ihn um die Taille. »Willst du dir vielleicht den Staub abwaschen?«, fragte sie, als sie langsam den Strandweg entlangfuhren. »Hast du denn warmes Wasser für mich?« »So viel du willst«, erwiderte sie, »seit heute Mittag steht der Kessel für dich auf dem Feuer.« Sie lächelten beide und wussten es. »Ich hab mich die ganze Zeit darauf gefreut, dich das zu fragen, Kathrine.« »Und ich mich darauf, dir das zu antworten.« »Gehen wir nachher zusammen über die Heide? Ich möchte dir was geben.« Kathrine legte für einen Moment ihre Wange gegen seinen Rücken. »So? Was denn?« Axel lachte. »Wart's ab.« Kathrine lachte auch. »Geheimnisvoller Liebling … Schade, wir sind da.«

Auf dem Weg in die Küche fragte sie: »Wie ging es in Nybøl? Bist du zufrieden?« »Sehr.« Er nickte und erzählte ihr von den hundert Kronen und der Saldenbestätigung. »Die ist so gut wie Bargeld«, schloss er. Kathrine seufzte zufrieden. »Ich hab dir so die Daumen gedrückt.« »Ich hab's gemerkt. Weil alles ganz leicht ging«, erwiderte er mit einem kleinen Lächeln und zog die Küchentür hinter ihnen zu. »Mutter lässt grüßen. Sie freut sich auf dich.« Kathrine strahlte. »Dafür hab ich auch die Daumen gedrückt.« »Oh, Mutter und du, ihr werdet euch verstehen«, entgegnete er lässig, stellte seine Tasche auf den Boden, nahm sie in die Arme und hörte erst auf, sie zu küssen, als Gesine Pedersen vom Korridor her nach dem Abendessen fragte. »Ich bin dabei, es zu richten, Mutter«, erwiderte Kathrine hastig, »ich will nur eben Hr. Söderblom sein warmes Wasser geben. Und ein Glas Apfelmost. Du bist doch sicher durstig nach dem langen Weg?«, fragte sie laut zur Tür hin. Axel schmunzelte. »Sehr«, erwiderte er ebenso laut. »Für mich nur ein Butterbrot, Kathrine, und den Rest Kaffee vom Nachmittag«, entgegnete ihre Mutter, dann entfernten sich ihre Schritte. Kathrine wand sich aus Axels Armen, stellte ein Glas und einen Teller auf den Tisch, griff nach dem Topflappen und schob den Kessel mehr zur Herdmitte. Dann holte sie Apfelmost und Butter aus der Spülküche, nahm das Brot aus dem Brotkasten, setzte alles auf den Tisch und schenkte Axel ein Glas Saft ein. »Sicher hast du auch Hunger, nicht?«, fragte sie, während sie begann, Brot zu schneiden. Er schaute an den Tisch gelehnt zu, wie sie die Brotscheiben mit Butter bestrich. »Ich seh dir so gern zu, Kathrine«, sagte er sehnsüchtig. Er ging zu ihr, legte die Arme um sie und wollte sie wieder küssen. »Lass«, erwiderte sie halbherzig, das Buttermesser noch in der Hand. »Wie soll ich denn deine Brote streichen?« Er nahm ihr lächelnd das Messer aus der Hand, legte es auf den Teller und blickte sie aufmerksam an. »Kein Kuss mehr? Was ist los, Kathrine?« »Ich mag diese Heimlichkeiten nicht«, erwiderte sie missmutig und lehnte sich an ihn. »Es ist, als täten wir etwas Falsches, dabei ist doch alles ganz richtig mit uns.« »Ganz und gar richtig.« Er strich ihr übers Haar. »Sollen wir jetzt gleich zu deiner Mutter gehen und es ihr sagen, ja?« Sie schüttelte den Kopf. »Und wenn sie dich aus dem Haus wirft? Wäre dann alles zu Ende mit uns?« Er drückte ihren Kopf an seine Schulter. »Sch… Nichts ist zu Ende, wenn wir es nicht wollen, Kathrine. Ich könnte doch einfach in eine der Fischerhütten unten am Strand ziehen, was meinst du?« Ihr Lächeln kam zurück. »Lieber nicht«, antwortete sie, »sie sind ganz versandet und wirklich sehr unbequem. Es tut mir leid, dass ich gerade so mutlos war, Liebling. Es ist auch wegen Nybøl, weißt du? Ich mag nun mal nicht lügen.« »Das musst du auch nicht«, sagte er weich. »Wir reden morgen früh mit deiner Mutter, ja?« Sie nickte und blickte zum Komfur hinüber: »Oh, dein Wasser verkocht.« Er musste schmunzeln. »Mein Wasser verkocht? Weißt du eigentlich, wie bezaubernd du bist?« Er ging zum Herd, griff nach dem Topflappen und zog den Kessel an den Rand der Platte. Als er wieder vor ihr stand, küsste er sie doch noch einmal, und sie küsste ihn auch, Heimlichkeiten hin oder her. Da konnte er nicht mehr anders. »Wahrscheinlich mache ich alles falsch, aber … Ich liebe dich, Kathrine, und ich will, dass du meine Frau wirst.« Sie konnte ihn nur ansehen. »Du ... du sagst mir doch nicht Nein?« Plötzlich zweifelte er, als keine Antwort von ihr kam. Sie schlang ihre Arme um seinen Hals. »Bestimmt nicht«, erwiderte sie lächelnd. »Also ja? Wirst du mich heiraten, Kathrine?« Und als sie sagte: »Ja, ich denke doch auch schon die ganze Zeit daran«, legte er seine Stirn an ihren Hals. »Dann liebst du mich also?« »Ja«, entgegnete sie wieder. Da hob er den Kopf, lächelte auch und sagte: »Gut. Ich könnte nämlich gar nicht mehr ohne dich sein, glaube ich.« »Das sollst du ja auch nicht«, antwortete sie, seine Wangen streichelnd. »Ich weiß, es ist grässlich, aber das Abendbrot ...« »Schon gut.« Er gab sie lächelnd frei. »In einer halben Stunde vor der Haustür?«

***

Gesine schlüpfte in ihr Nachthemd und begab sich zu Bett. Am Ende des Tages das Korsett abzulegen gehörte zu den wenigen Annehmlichkeiten, die ihr geblieben waren. Seit Henning gestorben war, gerieten die Verhältnisse immer mehr in Unordnung. Da halfen auch die Sommergäste nicht, im Gegenteil – jeden Morgen Bohnenkaffee zum Frühstück, dazu ein Eiergericht und die Bitte um Aufschnitt ... lauter ungeplante Ausgaben, und der Sommer war noch lange nicht vorbei! Und dann Kathrine, die ihr kleines Erbteil lieber an eine Georginenzucht verschwendet hatte, statt es für ihre Aussteuer zu verwenden und James Jul zu heiraten. Nun ging sie schon wieder mit Hr. Söderblom spazieren und würde wohl erst zu nachtschlafender Zeit heimkehren, wie am Sonntag auch. Gesine hatte es bemerkt, aber lieber vorgetäuscht zu schlafen, um ihnen beiden die unvermeidlichen Fragen und Erklärungen zu ersparen.

Seitdem quälte sie sich mit der Frage herum, ob sie als Mutter an Kathrine gefehlt hatte. Dabei lag die Antwort doch auf der Hand. Sie hätte nicht einfach hinnehmen dürfen, dass Kathrine in ihrem Eigensinn die gute Möglichkeit, versorgt zu werden, immer wieder dankend ablehnte. Sie selbst war darin aufgegangen, sich um Mann und Sohn zu kümmern, da war wenig für Kathrine geblieben. Sie hatte sie das Haushalten gelehrt, natürlich, aber nie weiter für sie gedacht als bis zu James Jul, während sie alles darangesetzt hatte, dass Christian in Kopenhagen Philosophie studieren konnte. Er sollte den Erfolg genießen dürfen, den sein Vater nicht erlangt hatte. Henning war bei aller Achtung für sein Werk nie über die goldene Ehrenmedaille der poetischen Gesellschaft in

Nybøl hinausgekommen. Und die lag nun bei den Poliertüchern in der Kredenz ... *Man könnte denken, dass ich sie weniger liebe als Christian.* Seufzend klopfte Gesine das Kissen in ihrem Rücken zurecht. *Und, ist es so? – Nein,* gab sie sich selbst die Antwort. Aber sie hatte Christian immer vorgezogen und nach Möglichkeiten für ihn gesucht, während sie Kathrine vor allem Pflichten aufgebürdet und sie ans Haus gebunden hatte. Und nach Hennings Tod hatte sie sich ihrem Kummer ergeben und es ihr überlassen, nach einem Ausweg aus der finanziellen Misere zu suchen. Wenn dann ein flotter junger Mann mit charmanten Manieren daherkam ... Wusste Kathrine, was sie tat? Ein Lächeln huschte über Gesines Gesicht. Hatte sie denn gewusst, was sie tat, als sie, kaum neunzehn Jahre alt, vor ihrem Vater, dem strengen Herrn Pastor, darauf bestanden hatte, Henning Pedersen zu heiraten, den jüngsten Sohn einer Aalborger Kaufmannsfamilie? Gar nichts hatte sie gewusst, als sie mit ihm nach Norby gezogen war, wo er als Dichter und Privatgelehrter leben wollte, um die Geschichte der Westküste zu erforschen und ihre einzigartige Schönheit in seinen Versen zu verewigen – und sich selbst. Doch, Henning war auch eitel gewesen, selbstverliebt. Und sie hatte das Ihre dazu getan, dass er ungestört in seinen Träumereien leben konnte, und nie gefragt, wann es denn zu Ende sein würde mit der Abfindung und dem Voraus auf das Familienerbe ... Obwohl sie doch gewusst hatte, dass seine Gedichte sich nicht verkauften und er zum Arbeiten nicht taugte. Aber sie hatten einander geliebt, und die Erinnerung an diese Liebe würde sie festhalten, auch wenn das Ende schrecklich gewesen war ... Sie schüttelte ihre Decke auf, legte die Flechten ihres Nachtzopfs über die Schulter und lehnte sich bequemer in ihr Kissen zurück. Sie hatte sich damals die Freiheit genommen, ihr Glück zu suchen. Und es war richtig gewesen. Wenn es also Axel Söderblom sein sollte, würde sie Kathrine nicht im Weg stehen. Nachdenklich glättete sie einige Falten auf der Bettdecke. Gab es wirklich etwas gegen ihn einzuwenden? Dass er jung und fröhlich war, konnte sie ihm wohl kaum vorwerfen. Und dass sie sich über ihr Unglück so kränkte, war auch nicht seine Schuld. Gesine lächelte. Recht betrachtet war er ein manierlicher junger Mann. Und er arbeitete fleißig an seinen Entwürfen, skizzierte, zeichnete oder kolorierte immerzu, tagsüber am Gartentisch und abends in der Stube. *Sie würde es in Ordnung bringen mit ihm. Gleich morgen,* dachte sie und strich das letzte Fältchen aus. *Und Kathrines Mitgift?* Vielleicht war es zu früh, darüber nachzudenken, aber sie würde trotzdem noch mal mit

Steen sprechen, für alle Fälle. Auch wenn es wehtun würde, das Haus zu verlieren, sie hatte etwas an Kathrine gutzumachen und würde sie bestimmt nicht mittellos fortgehen lassen.

Am Ende könnte sie zufrieden sein, wenn Steen ihr das Land zu einem guten Preis abnähme, dachte sie, während sie ihre Hände zum Nachtgebet ineinanderlegte. Und sie konnte dankbar dafür sein, dass die Kinder ihr ihre unangenehme Lage nicht vorwarfen, weshalb auch sie sich jetzt vergeben konnte.

IX

Über Nacht hatte das Wetter sich geändert, der Mittwochmorgen brachte Wolken und eine leichte Schwüle. Am Frühstückstisch der Pedersens war die Wetteränderung Gegenstand einiger kurzer Bemerkungen, danach aß man, mit den eigenen Gedanken und Beobachtungen beschäftigt, schweigend weiter. Axel und Kathrine sahen einander über ihre Dickmilchschalen hinweg an. Kathrine, angespannt und glücklich zugleich, legte ihre Hand oft über die kleine Margerite unter ihrem Kleid. Axel sah es und lächelte. Er war aufgeregter, als er es sich selber zugeben mochte, hatte sogar seinen Koffer reisefertig gepackt und war darauf gefasst, noch heute nach Nybøl zurückzuradeln, Kathrine auf dem Gepäckträger hinter sich. Und es war gut zu wissen, dass sie seine Frau sein wollte, egal, was kommen würde.

Malvine blickte auf Sofie, die still vor ihrem Teller saß und in sich gekehrt auf das Tischtuch schaute. Sie kannte sich mit ihrer Tochter immer weniger aus. Auf dem Spaziergang gestern hatte sie sich direkt unfreundlich weitere Gespräche über ihren Besuch auf Julsgård verbeten und war in gehörigem Abstand hinter ihr am Spülsaum entlanggegangen. Wahrscheinlich war Sofie die ewigen Strandspaziergänge genauso leid wie sie. Wenn sie doch nur Hr. Lauridsen absagen wollte, damit sie heimfahren konnten. Missmutig legte Malvine ihr Marmeladenbrot unangerührt auf den Teller zurück.

Nur noch ein Strandspaziergang, dachte Sofie, *dann ...* Ihr lavendelblaues Nachmittagskleid mit der glänzenden Schleife hatte sie schon herausgelegt. Sie hob den Kopf und lächelte ein wenig. »Sofie?«, fragte Malvine erstaunt. Doch statt einer Antwort bat Sofie nur um etwas Kaffee und hielt Kathrine die Tasse entgegen.

Gesine war zufrieden. Heiter und mit sich selbst versöhnt wartete sie ungeduldig darauf, die Tischgesellschaft aufheben zu können. Sie hatte etwas gutzumachen und wollte es lieber jetzt als später erledigen. »Ob Sie mir wohl nach dem Frühstück für eine kurze Unterhaltung in die Stube folgen wollen, Hr. Söderblom?«, fragte sie, ihn freundlich anlächelnd. Kathrine legte den Löffel hin und fasste nach der Margerite, während sie besorgt zwischen ihrer Mutter und Axel hin und her blickte. Axel sah, wie ihre Augen dunkel wurden, schüttelte ein wenig den Kopf und deutete eine kleine Verbeugung in Gesines Richtung an. »Gern, selbstverständlich, Fru Pedersen«, erwiderte er höflich. Kathrine spürte eine kleine Bewegung unter dem Tisch, dann war sein Fuß an ihrem, sie schaute ihn an und Axel sah zufrieden, wie das Glitzern in ihre Augen zurückkehrte. »Danke«, entgegnete Gesine, ihrerseits den Kopf in seine Richtung neigend, und setzte hinzu: »Ich hoffe, es hat allen geschmeckt.« Sie erhob sich, um in die Stube hinüberzugehen. Axel folgte ihr und rührte im Vorübergehen wie zufällig an Kathrines Haar. Dann war er auch schon aus dem Zimmer.

Blass sah er aus, verschlossen, fand Gesine, und sehr jung, ihrem Sohn nicht unähnlich. Freundlich bat sie ihn, doch auf dem Sofa Platz zu nehmen, während sie sich selbst in ihren Sessel setzte. »Ich war Ihnen gegenüber anmaßend und unfreundlich, Hr. Söderblom«, begann sie, »und möchte Sie deshalb um Entschuldigung bitten – und es in Zukunft besser machen.« Axel sah sie verblüfft an. »Vielleicht sollte ich mich erklären«, fuhr sie fort, »Sie müssen mein Benehmen ganz erstaunlich finden. Der Tod meines Mannes, die schwierigen Verhältnisse, mit denen ich nicht zurechtkam. Ich habe gehadert, kannte nur noch meinen Kummer, wurde bitter – und ungerecht, ganz besonders gegen Kathrine.« *Allerdings*, dachte er. Doch dass sie so ehrlich zu ihm sprach … *Ob es gehen würde mit ihr?* »Verstehe«, erwiderte er mit einem kleinen Lächeln. »Danke«, entgegnete Gesine. Sie sah die Entschlossenheit in seinem Blick, als er aufstand und vor sie hintrat. »Ich möchte Sie auch um Verzeihung bitten.« »So?«, fragte sie nun, genauso erstaunt wie er zuvor. »Kathrine und ich werden heiraten«, fuhr Axel ruhig, aber bestimmt fort. »Und natürlich hätte ich Sie wohl zuerst fragen sollen und Ihnen meine Verhältnisse erklären, nur ging alles so schnell. Wir wurden von uns selbst überrascht. Es ist übrigens alles ganz und gar meine Schuld.« *Nun sah er noch blasser aus*, dachte Gesine und mochte es sehr, wie er beherzt auf sie losging und sich vor Kathrine stellte. Auch wenn er lächerlich jung aussah, wie er da vor ihr stand, war er doch verlässlich und meinte es ernst, das spürte sie, und er würde für Kathrine da sein. »Wenn Kathrine und Sie sich einig sind, habe ich nichts einzuwenden«, antwortete sie, erhob sich und streckte Axel die Hand entgegen, »und nochmals herzlich willkommen in meinem Haus, Hr. Söderblom … Axel?« Und als er nickte und ihre Hand ergriff, sagte sie: »Ich hoffe, dass du mich wie Kathrine ›Mutter‹ nennen wirst?« »Gerne. Doch zuerst möchte ich etwas klarstellen«, erwiderte er ernst. Seine Stimme klang nüchtern, flach. Gesine blickte ihn an, sah die Angst hinter seiner tapferen Miene und sagte, lächelnd aufs Sofa weisend: »Aber erst setzen wir uns wieder, mein lieber Junge, ich bitte doch.« Er setzte sich gerade hin und schaute ihr in die Augen. »Ich kenne meinen Vater nicht«, begann er, »und bin vielleicht unehelich geboren. Meine Mutter spricht nicht darüber. Sie arbeitet übrigens bei Bäcker Andersen am Marktplatz – ich liebe sie sehr.« Gesine nickte. »Wir wohnen in der Schmiedegasse, und das Malen habe ich mir selbst beigebracht. Manche halten das für einen Makel. Es ist schwer, mit der Plakatmalerei sein Auskommen zu finden, aber ich werde gut für Kathrine sorgen und hart arbeiten, das verspreche ich.« »Das wirst du sicher«, antwortete sie. Ein kleines Lächeln kam um seine Mundwinkel. »Kathrine weiß von alldem, nehme ich an?« Er nickte. »Und stört sie sich daran?« Sein Lächeln vertiefte sich. »Nein.« »Dann ist es ja gut«, sagte sie leichthin. »Mich stört es übrigens auch nicht. Und wenn wir schon dabei sind – du weißt, wie es hier steht?« Er nickte wieder. »Ich werde das Haus verkaufen, an Steen Steensen, bald, damit ich Kathrine überhaupt etwas mitgeben kann. Unsere …«, sie räusperte sich, »unsere Lage könnte man wohl auch als einen Makel ansehen.« Axel schüttelte den Kopf. Sein schiefes halbes Lächeln erinnerte Gesine einmal mehr an ihren Sohn. »Es gibt keinen Makel an Kathrine, an ihr ist alles richtig«, sagte er eifrig, »sie ist ganz und gar schön.« Gesine war gerührt über seine Liebeserklärung und nickte zufrieden.

Axel stand auf, sagte: »Ich hole sie«, und war auch schon zur Tür hinaus. Gesine hörte die beiden in der Küche lachen, dann vernahm sie ihre Schritte im Korridor. Kathrine, an Axels Hand, stürmte als Erste herein und rief außer Atem: »Mutter, ich bin so froh!«

In der Küche stießen sie fröhlich mit Apfelmost auf Axels und Kathrines Verlobung an. Sofie freute sich dabei nicht nur für die beiden, sondern auch ein bisschen für sich selber, und ihre Mutter dachte, dass Frøken Pedersen recht daran getan hatte, dem ungestümen Kandidaten abzusagen.

***

Frejas Stimmung glich ein wenig dem wolkenverhangenen Himmel. Theo und sie hatten schließlich eingewilligt, Sofie am Nachmittag zu empfangen. Etwas anderes wäre ihnen auch nicht übriggeblieben, dachte Freja, als sie nach einem schnellen Mittagsbrot den Kaffeetisch im Garten deckte. Man hätte das Fräulein wohl schlecht wieder ausladen können, ohne die Hansens vor den Kopf zu stoßen. Was James anging, war sie ratlos. Ihr Ältester blieb kurz angebunden und erklärte sich nicht, was Frøken Hansen anging, vielleicht, weil er es selber nicht so genau wusste? Es müsste ja nicht Kathrine als Schwiegertochter sein, hatte Theo zu bedenken gegeben, am Ende wollten sie doch, dass ihre Kinder glücklich würden. Natürlich wäre es mit Kathrine für alle das Einfachste gewesen, aber wenn es nicht sein sollte … *Aber schön wäre es doch,* dachte Freja. Schließlich kannten sie einander seit Jahren und Kathrine war Freja fast wie eine eigene Tochter ans Herz gewachsen. Sie mochte ihre fröhliche, anstellige Art und schätzte sie als tüchtige Hausfrau. Und Kathrine war eine von ihnen, während Frøken Hansen offenbar aus sehr wohlhabenden Verhältnissen kam und in Kopenhagen sicher nicht viel mit der Hauswirtschaft zu tun hatte. Dafür aber anscheinend umso mehr mit Schneiderinnen und Modeateliers … Freja konnte sich nicht vorstellen, dass sie wie die anderen Hausfrauen in Norby Schürze und Holzschuhe tragen würde, wenn es galt, auf dem Hof die große Wäsche zu erledigen. Oder mitten in der Nacht Kaffee wärmen würde, wenn James herausgerufen wurde. Und sicher war sie andere Abendunterhaltungen gewohnt als in traulicher Familienrunde Strümpfe zu stopfen oder Westen zu stricken. Und wenn das einfache Leben in Norby sie langweilen würde und sie deshalb unglücklich wäre, wäre James es auch. Sie alle auf Julsgård … Er hätte lieber mit Kathrine tanzen gehen sollen, statt ihrer Mutter Wolle mitzubringen, dachte Freja unwillig. Sie umwerben, sich ein bisschen um sie bemühen. Das gefiel einer jungen Frau nun mal. Sie hatte es James oft genug gesagt. Aber stur, wie er nun mal war …

Hoffentlich bekomme ich nicht wieder Kopfschmerzen, dachte sie. Das leise Ziehen hinter den Schläfen ließ nichts Gutes erwarten, aber eine Tasse starker, heißer Kaffee mit viel Zucker könnte es vielleicht noch richten. Und eine Viertelstunde mit Theo, nur sie beide. Zum Glück wusste er immer, wie er sie trösten und beruhigen konnte. Sie legte den letzten Löffel auf den Unterteller, nahm das Tablett auf und ging ins Haus, ihren Mann zu suchen.

Die Sehnsucht nach Sofie trieb James um wie noch nie etwas in seinem Leben. Ihr kluger, wissender Blick und ihr fröhliches Lächeln gingen ihm nicht aus dem Sinn. Zu wissen, dass er ganz und gar in ihrer Hand war – und es so sein musste, machte ihn glücklich und unglücklich zugleich. *Es fehlt nicht viel und ich zapple herum wie Tilda*, dachte er und schaute seine Schwester schmunzelnd an. Tilda stand aufgeregt neben ihm, in ihrem Sonntagskleid mit dem Matrosenkragen und dem blauen Satinband um die Hüfte, und schaute zu, wie er Balder anspannte. Sie freute sich sehr auf Sofies Besuch, die so schöne Kleider trug, wie eine richtige Dame sprach und ihr sicherlich von Kopenhagen erzählen würde, wenn sie sie darum bat. Sie wollte doch auch so gern einmal in die Hauptstadt fahren, die sie bis jetzt nur von den paar Geschichten aus James' Studentenzeit kannte. Da konnte Sofie sicher viel mehr erzählen ... Ob es was Ernstes war mit James und ihr? »Ich glaube, ich mag Sofie«, sagte sie, an ihren Locken herumzupfend. »Möchtest du jetzt lieber sie heiraten?« James schmunzelte, seine kleine Schwester hatte es bündig ausgesprochen. »Wenn sie mich will, Tilda«, erwiderte er. »Also drück mir die Daumen, aber ...« Er legte einen Zeigefinger an ihre Lippen. »Still, ja?« Sie nickte eifrig, ihre Locken zitterten um ihr Gesicht. »Ich sag nichts«, versprach sie, »ich werde sehr nett zu ihr sein und mit ihr über Kopenhagen sprechen.« »In Ordnung«, entgegnete James, küsste sie auf die Wange und schwang sich in den Wagen. Er warf ihr einen ernsten Blick zu und sagte: »Aber, Tilda ...« »Keine Sorge.« Sie legte lächelnd, wie James zuvor, einen Zeigefinger an ihre Lippen.

Ob Sofie wohl wieder das hübsche rosenrote Kleid trägt? Vielleicht würde sie am Zaun auf ihn warten und ihr Lächeln mit den Grübchen lächeln? James wünschte es sich sehr. Doch als er bei Pedersens vorfuhr, stand statt ihrer Kathrine am Zaun. »Tag, James«, begrüßte sie ihn, Balder wie immer den Hals klopfend. »Sofie kommt gleich heraus, ich habe sie gebeten, mir den Vortritt zu lassen.« »So?«, fragte er und schaute sie forschend an. Sie sah anders aus als sonst ... glücklicher? Oder kam es ihm nur so vor, weil er selbst alles viel heller und strahlender sah? »Ich habe mich verlobt«, fuhr sie fort, »mit Axel Söderblom. Das wollte ich dir sagen.« Er sah sie erstaunt an. Dass sie ihn nicht wollte, hatte sie ja immer gesagt, doch dass sie einen anderen nehmen könnte, wäre ihm nie in den Sinn gekommen. Und so schnell? Nun ja, vielleicht war es ihr genauso ergangen wie ihm ... »James!«, sagte Kathrine belustigt. »Jetzt

starr mich nicht so an – und bitte, behalte es noch für dich, ja? Axel hat
es gerade erst meiner Mutter erklärt. Hoffentlich werden deine Eltern
nicht enttäuscht sein.« »Doch«, entgegnete er und fasste sich allmählich
wieder. »Obwohl …« Er hielt inne. Nein, für eine Erklärung war es wohl
noch zu früh. »Ich kann's selbst noch nicht ganz glauben, weißt du?«,
fuhr sie fort. »Freust du dich für mich?« »Aber ja«, erwiderte er lächelnd.
»Entschuldige. Meinen Glückwunsch, Kathrine, auch an Axel.« »Ich
wünsch dir auch Glück«, antwortete sie und trat auf den Zuweg zum
Haus. »Ich sag Sofie Bescheid.«

Und dann kam sie endlich aus dem Haus, in ihrem lavendelblauen Kleid
mit der glänzenden Schleife am Hals genauso hübsch anzusehen wie
am Sonntag. James stieg vom Wagen und ging ihr entgegen. Sie lächelte
ihr Lächeln mit den Grübchen für ihn, während sie ihm die Hand hin-
streckte, die er sofort ergriff und festhielt. »Da bist du!«, sagte sie und
dachte, wie gut es sich anfühlte, so nah bei ihm zu stehen, ihre Hand
in seiner, und dass sie noch viel näher bei ihm stehen wollte. Zögernd
fuhr sie fort: »Kathrines Verlobung … Ich hoffe, du bist nicht traurig.«
»Nein, nur überrascht. Es ist sogar ganz gut so, glaube ich.« Sie lächelten
einander an. Er half ihr auf den Wagen und freute sich, als sie nah an ihn
heranrückte. »Auf Julsgård warten alle schon auf dich, besonders Tilda
mit den Kätzchen und Tapper.« Als sie losfuhren, war Sofie in Versuchung, einfach ihren Kopf an seinen Arm zu legen. »Ich freu mich sehr,
dass ich bei euch Besuch machen darf.« Sie blickte zum Himmel. »Es
ist ein bisschen drückend heute, ob es wohl ein Gewitter geben wird?«
»Vielleicht«, entgegnete er, »jedenfalls sollst du zur Erfrischung gleich
ein Glas Wasser direkt von der Pumpe bekommen.« »Gern.« Sie neigte
sich noch ein wenig näher zu ihm. James atmete den kühlen, reinlichen
Duft von Lavendelwasser und Seife ein, der von ihrem Kleid ausging,
auch ihren eigenen Geruch darunter, zarter, süßer. »Diese kleine blaue
Schleife an deinem Kleid glänzt so schön – wie deine Locken …« »Oh,
danke sehr«, erwiderte Sofie, erfreut darüber, dass es ihm aufgefallen
war. »Deshalb hab ich sie ja ausgesucht, es ist der Kontrast, weißt du?«
Er erlaubte sich, vorsichtig an ihr Haar zu rühren. »So, der Kontrast.
Fahren wir Sonntag wieder zusammen aus, Sofie?« Sie hielt ihr Gesicht
still an seiner Hand. »Das wäre schön.«

X

Helle stand vor Sørens Haus in der Ahornsgade. Sie hatte einige Male energisch geklingelt, und dann, wie so oft in der letzten Zeit, beschlossen, vor der Haustür auf ihn zu warten, als er nicht ans Fenster gekommen war, um ihr den Schlüssel hinunterzuwerfen. Ob er wieder ins Wannenbad gegangen war? Er liebte es ja, in der Badeanstalt in der Sjaellandsgade eine Wanne zu mieten, im warmen Wasser zu liegen und nachzudenken. *Aber doch wohl nicht bei diesem drückenden Wetter?* Ah, da kam er um die Ecke, die Aktentasche in der Hand. Sein zusammengerolltes Handtuch hatte er unter die Riemen der Tasche geschoben. Also war er tatsächlich baden gewesen, hatte sich wieder den Kopf zergrübelt, der Arme ... Sie winkte ihm zu. Er winkte auch und beschleunigte seinen Schritt. »Sag nicht, dass du dir bei dieser Gewitterschwere im warmen Wasser die Haut aufgeweicht und sinnloses Zeug hin und her gedacht hast«, begrüßte Helle ihn. Sie wusste, ihre kühle, leicht spöttische Art gefiel ihm und machte ihm seinen Kummer leichter, auch wenn er sie, ganz der Herr Lehrer, zur Sanftmut mahnte. »Heute nur ein Brausebad, zur Erfrischung.« Er strich sich lächelnd die feuchten Haare aus der Stirn und schloss die Haustür auf. »Möchtest du Kaffee?« »Unbedingt!«, erwiderte Helle und folgte ihm ins Treppenhaus. In der Stube streifte sie gleich ihre Schuhe ab, streckte ihre Zehen und seufzte wohlig. »Bei diesem Wetter Schuhe tragen zu müssen ist eine Qual, findest du nicht?« Søren zuckte die Schultern, hängte sein Handtuch zum Trocknen über die Stuhllehne und krempelte seine Ärmel auf. »Immer noch besser, als barfuß durch Kopenhagen zu laufen, denke ich mir. Wir wollen ja Straßenpflaster, dann müssen wir wohl die Schuhe dazu nehmen.« Helle lachte. »Wenn A, dann B, womit alles folgerichtig bewiesen wäre. So ähnlich geht doch die Mathematik, nicht? Aber meine Schuhe drücken mich trotzdem, Herr Lehrer.« »Warum ziehst du dann nicht welche an, die dir besser passen?« »Weil es nun mal keine hübschen bequemen Schuhe gibt.« Er sah den Übermut in ihren grünen Augen, dachte, wie sehr sie doch immer noch der kecken Helle Møller ähnelte, die ihn in der Mathematikstunde mit ihren vorlauten, falschen Antworten geplagt hatte, und musste wider Willen lächeln. »Ach, Helle ...« Er setzte den Kessel auf den Gaskocher. »Und?« »Immer noch nichts«, erwiderte sie, den Kopf schüttelnd. »Und bei dir?« »Auch nichts.« Er maß sorgfältig das Kaffeepulver ab. Helle seufzte in sich hinein, ging hinüber zum Fenster, öffnete es und besah sich den Himmel. »Es kann mächtig stickig werden hier drin, nicht? Was meinst du, können wir es riskieren, nach dem Kaffeetrinken ein bisschen spazieren zu gehen? Ich brauche frische Luft.« Søren brachte die Tassen zum Tisch und stellte die Milchflasche dazu. »Ich auch, weiß Gott. Und wenn ihre Mutter ihr verbietet, mir zu schreiben?« Helle trat zu ihm an den Tisch. »Aber nein, wir leben doch nicht im Mittelalter.« *Nur immerzu auf Sofie einreden wird sie und ihr vorhalten, dass sie alle ins Unglück stürzen wird, wenn sie dich heiratet*, fügte sie still für sich hinzu. Und da Sofie nun mal überzeugt davon war, dass ihre Mutter alles besser wusste als sie, würde sie wohl gar nicht daran denken, dass Fru Hansen auch unrecht haben könnte. Sie deutete auf eine der Tassen. »Meine?« »Welche du willst«, antwortete er gleichgültig. Sie nahm die Tasse auf und füllte Milch hinein. »Es wird an der Post liegen. Bestimmt bekommen wir nächstens drei Briefe hintereinander.« Er schüttelte den Kopf. »Unsere Post ist recht zuverlässig, Helle.« »Trotzdem könntest du doch mal auf der Hauptpost nachforschen lassen«, schlug sie vor. Es würde natürlich überhaupt nichts bewirken, ihn aber zumindest eine Weile beschäftigt halten. »Und übrigens wollen wir doch nicht vergessen, dass Sofie dich liebt, nicht?« »Ich denke an nichts anderes«, entgegnete er recht kurz angebunden, nahm den Kessel vom Kocher und begann den Kaffee aufzubrühen. »Gut, ich werde nachforschen lassen«, beschloss er. »Ich bin eine Pest, ich weiß, es tut mir leid, Helle«, setzte er nach einem Augenblick reuig hinzu. *Du tust mir leid*, dachte Helle, *ich kann dein Elend bald nicht mehr mit ansehen.* »Unsinn!«, erwiderte sie munter und trat neben ihn ans Küchenbord. »Hast du noch welche von den Kammerjunkern zum Einstippen?«

***

Die Juls hießen Sofie gastfreundlich willkommen. Freja bat sie höflich zu einer Tasse Kaffee an den Gartentisch. Tilda umarmte sie wie eine Freundin und setzte ihr direkt eines der weißen Kätzchen auf den Schoß. Auch Tapper kam an den Tisch und ließ sich eine Weile von Sofie den Rücken kraulen, bevor er sich zu Theos Füßen legte. Dann kam James mit dem versprochenen Glas Wasser von der Pumpe zurück und setzte sich lässig auf ihre Stuhllehne, um mit ihr gemeinsam das Kätzchen zu streicheln, das verschlafen in ihrem Schoß lag. Theo schaute den beiden zu. Ja, Sofie Hansen war liebreizend, ausnehmend hübsch und charmant; er verstand wohl, weshalb sein Sohn sich in sie verliebt hatte. Er schmunzelte in sich hinein, als er sah, wie sie beide über Rücken und Seiten des Kätzchens strichen und es dabei so einrichteten, dass ihre Hände sich scheinbar zufällig immer wieder berührten. *Und Freja?* Er sah ihr höfliches Lächeln und die kleine steile Falte zwischen ihren Brauen und lächelte ihr aufmunternd zu. Freja bekümmerte sich gern um Unabänderliches und malte sich die Dinge oft düsterer, als sie waren. Doch es half ja nichts. Wenn James und das Fräulein einander wollten, mussten sie sich dreinschicken. Er strich beruhigend über ihre Hand.

Eigentlich gibt es an Frøken Hansen nichts auszusetzen, dachte Freja. Sie war freundlich und gut erzogen, hatte Tilda gleich Du sagen lassen und gab anscheinend gar nichts darauf, dass sie aus der Hauptstadt kam. Auf den ersten Blick wirkte sie ein bisschen zurückhaltend, aber das war gewiss kein Nachteil. *Dennoch.* Sie seufzte in sich hinein. James und die Praxis würden nun mal eine tüchtige Hausfrau brauchen, die auch die Bücher zu führen verstünde und auf dem Hof mit anfassen könnte, wenn es sein musste. Eine Frau wie Kathrine Pedersen eben, auch wenn Theo darüber wegreden würde …

James griff in die Schale mit den Erdbeeren, suchte eine schöne große heraus und hielt sie Sofie hin. »Hier, du isst sie doch gern«, sagte er und sah zu, wie sie die Erdbeere in den Mund steckte und kaute. »Gut?« Sofie nickte. »Ja, schön süß.« »Das sind nun auch wirklich die letzten für dieses Jahr«, nahm Freja das Wort, »mein Mann hat sie extra aus Nybøl mitgebracht.« Sofie lächelte ihn an. »So eine große Mühe …«, sagte sie, und Theo verstand einmal mehr, warum es James egal war, ob Sofie als Hausfrau etwas taugte, und auch, dass sie nicht mehr auf Kathrine als Schwiegertochter zu hoffen brauchten. »Gar nicht«, antwortete Tilda nun an seiner statt, »Vater musste doch sowieso zur Apotheke.« »Tilda!«, mahnte ihre Mutter. »Aber es stimmt doch«, verteidigte Tilda sich. »Ich möchte auch von den Erdbeeren kosten, James.« »Da hast du.« James schob seiner Schwester schmunzelnd die Schale hin. Sofie betrachtete die beiden. Es war schön zu sehen, wie gern James seine Schwester hatte. »Und jetzt sag mal, Tilda«, fuhr er fort, »lässt du Sofie einen Namen für das Kätzchen hier aussuchen?« »Sicher«, erwiderte sie lässig, »für meine zukünftige …«»Tilda!«, unterbrach Freja mit scharfer Stimme. »Das ist sehr nett von dir, Tilda«, sagte Sofie errötend und senkte ihren Blick. »Aber gerne doch«, antwortete Tilda. »Dann lass mal hören, Sofie!« Sofie betrachtete versonnen das kleine weiße Kätzchen in ihrem Schoß, das gerade die Augen ein wenig öffnete, gähnte und sich streckte, dann langsam die Augen wieder schloss und sich an sie schmiegte. »James«, sagte sie, »es soll James heißen.« Die Juls lachten. Sofie zupfte James am Ärmel. »Du bist mir doch nicht böse, oder?«, flüsterte sie. »Nein«, erwiderte er ebenso leise, »das könnte ich gar nicht.« Sie sahen sich an, erkannten, dass sie einander gerade Ja gesagt hatten, und lächelten sich zu. James legte seine Hand in Sofies und sie ließ ihn gewähren. Das Kätzchen auf ihrem Schoß regte sich. James gab ihre Hand frei, hob die Katze hoch und reichte sie Tilda hin. »Ich bringe den kleinen James mit den anderen zurück zu Pouline«, sagte Tilda. »Erzählst du uns gleich von Kopenhagen, Sofie?«

Sofie sprach von ihrem Leben in der Hauptstadt, vom Krausesvej, von Helle, Frøken Rasmussens Institut, ihrer Begeisterung fürs Singen und ihrem Rätseln um die Mathematik. Sie musste kurz an Søren denken und erzählte schnell von den Tanzstunden in der staubigen kleinen Aula und von Mads, ihrem Kanarienvogel. Hunde und Katzen gebe es im Krausesvej leider nicht, ihre Mutter wolle keine anderen Tiere im Haus. Aber viele Gesellschaften hätten sie, bei denen sie sich, schön herausgeputzt, meistens schrecklich langweilte. Tilda hing an ihren Lippen. »Ich würde mich niemals langweilen«, nahm sie eifrig das Wort. »Schön angezogen zu sein und bewundert zu werden ist doch nicht langweilig, Sofie.« »Kommt immer darauf an, von wem«, entgegnete Sofie, zu James hinlächelnd. Er wollte etwas erwidern, doch Tilda kam ihm zuvor und verlangte, Einzelheiten vom Tivoli zu hören. Ob Sofie denn auch schon im königlichen Theater gewesen sei? Im Theater wohl öfter, antwortete sie, und früher, während ihrer Schulzeit, habe ihre Mutter sie auch ein-, zweimal im Sommer in den Tivoli geführt, wo sie die Garde gesehen und das Orchester gehört hätten. Doch nun habe sie andere gesellschaftliche Verpflichtungen, die, wie gesagt, leider nicht so vergnüglich waren, wie Walzern und Polkas von Lumbye zu lauschen. »Auf dem Winterball des Theatervereins in Nybøl werden auch Walzer und Polkas gespielt«, sagte Tilda strahlend, froh darüber, auch ein wenig mithalten zu können. »James hat mir übrigens versprochen, dass er wieder mit mir hingehen wird, aber nun …« Sie sah fragend von James zu Sofie. »Oh, aber bestimmt wird er das – nicht wahr, James?«, antwortete Sofie leichthin und er nickte. Sie griff nach einem der kleinen, mit Hagelzucker bestreuten Kringel in der Gebäckschale, lächelte Freja an und sagte: »Diese sind ganz besonders köstlich, Fru Jul.« Dann bekannte sie freimütig, überhaupt nicht kochen und backen zu können, es aber gern können zu wollen – genauso wie kutschieren. *Geschickt!*, dachte Freja anerkennend. *Ach, wenn sie wenigstens ein bisschen was könnte …* James habe sie ja Balders Zügel nehmen lassen, fuhr Sofie nun fort, und alles so gut und geduldig erklärt, dass ihr das Kutschieren ganz leicht vorgekommen sei. »Weil du so gelassen warst, Sofie«, antwortete er lächelnd, »dann geht es einfacher. Am Sonntag lassen wir Balder mal traben, was meinst du?« Sofie strahlte ihn an. »Oh, James, das würde ich so gerne …« *Sie ist wirklich reizend*, dachte Theo, *und so verliebt in James. Alles andere wird sich finden …* »Na, Donnerwetter eins, mein Junge«, sagte er schmunzelnd, »so über den grünen Klee gelobt zu werden!« James erwiderte lächelnd: »Endlich spricht mal jemand gut von mir. Dank dir, mein …«, er unterbrach sich, »Sofie!« »Es ist ja nur wahr, ich mag dir übrigens auch gern zuhören«, antwortete sie und bat ihn, wieder von Norby und der Westküste zu erzählen, was er gerne tat, genauso wie sein Vater. Der holte die Pfeife heraus und rauchte, während er von schweren Gewittern und Schiffsunglücken sprach, vom Bau des Leuchtturms und der Meierei, auf die die Norbyer so stolz waren. »Ich glaube«, sagte Sofie sehnsüchtig, »in Norby langweilt man sich nie. Es scheint mir hier aufregender zu sein als in Kopenhagen.« Das brachte die Tischgesellschaft erneut zum Lachen. James fasste wieder nach ihrer Hand. Tilda schüttelte den Kopf. »Kopenhagen langweiliger als Norby? Wo denkst du hin, Sofie!« Ein leises Donnergrollen von See her begleitete Tildas Worte und ließ alle aufhorchen. Theo runzelte die Stirn. »Ihr solltet lieber fahren, James.« James nickte. »Ich gehe anspannen«, erwiderte er und erhob sich. »Ich hoffe, es hat geschmeckt«, sagte Freja. »Wir danken sehr für Ihren Besuch, Frøken Hansen.« »Ich habe zu danken«, antwortete Sofie. »Sie waren alle so nett zu mir, besonders du, Tilda. Danke, dass ich deinem Kätzchen einen Namen geben durfte.« »Nicht dafür«, winkte diese höflich ab. »Komm bald wieder zu uns, ja?« »Schön, schön«, drängte sich Theo dazwischen, zum Himmel aufblickend. »Los jetzt, dass ihr noch trocken hinkommt.«

***

James ließ Balder im Schritt gehen. Das Wetterleuchten über der See war harmlos, das Gewitter würde weiter südlich niedergehen. Er wollte es so lange wie möglich auskosten, Sofie im Arm zu halten. Gerade hatte er sie geküsst, so zart und vorsichtig, wie er konnte, und sie hatte es gemocht und nach mehr verlangt. Jetzt saß sie an ihn geschmiegt, den Kopf an seinen Arm gelehnt, die Augen geschlossen. Sie sah so glücklich aus, und das sollte sie auch bleiben, egal was es ihn kosten würde. *Ich will dir immer alles geben*, dachte er und verspürte zum ersten Mal so etwas wie Demut, den Wunsch, gut zu sein, und er wusste, das machte Sofie mit ihm … *Ich werde noch ein ganz anderer Mensch*, dachte er, über sich selbst lächelnd, *du bist mein Herz, Sofie …* Kathrine fiel ihm ein. Viel erklären musste er ihr wohl nicht mehr, aber er wollte sich bei ihr entschuldigen – für die Selbstgefälligkeit, mit der er um sie geworben hatte.

Einfach immer so weiterfahren, dachte Sofie, sich noch enger an James lehnend, *bei ihm sein … seine Frau sein … hier in Norby mit ihm leben* … Es war richtig mit ihnen, sie spürte es so sehr … Und zu wissen, dass auch James so fühlte … Sie hatten einander Ja gesagt und nichts würde sie mehr trennen. Sie drückte ihren Kopf gegen seinen Arm. Auch ihre Mutter nicht. *Søren …* Sie musste James von ihm erzählen, jetzt gleich. Es sollte nicht zwischen ihnen stehen. Sie hob den Kopf, sah James lächelnd an, und fragte: »Weißt du, was du mit mir gemacht hast?« Er lächelte auch. »Nein, sag es mir.« »Dass ich eine Frau bin, die endlich weiß, was sie will … dich.« Dann begann sie zögernd: »Es gab da jemanden, mit dem war es ganz anders …«

»Du dachtest, du liebst Søren?«, wiederholte James ungläubig, als sie geendet hatte. »Du dachtest es nur, Sofie?« Sie seufzte. »Ja. Weil ich Søren so gern mag und er mich so geliebt hat, hab ich gedacht, dass ich ihn wohl auch lieben könnte … Damit er glücklich ist. Ich wusste ja nicht, dass man sich Liebe nicht vornehmen kann.« Sie spürte, dass er an ihren Worten zweifelte, und strich über seine Hand. »Aber jetzt weiß ich es. Wenn die Liebe zu einem kommt, versteht man es plötzlich, nicht?« Sie sah ihn fragend an. Er rührte behutsam an ihre Locken. »Ja.« Sie schwiegen einen Augenblick, dann fragte Sofie: »Und Kathrine? Muss ich mich ihretwegen bekümmern?« James schüttelte den Kopf, hielt sie fester und entgegnete dann bestimmt: »Nein, das war ja nichts.« Sie rückte ein wenig von ihm ab, sah ihn von der Seite an und lächelte ihr Lächeln mit den

Grübchen. »Vielleicht, weil du nur dachtest, dass du sie liebst?« »Ich hab dich überhaupt nicht verdient, Sofie«, erwiderte er, lenkte den Wagen an den Straßenrand und ließ Balder halten. »Nicht doch!«, antwortete sie und schmiegte sich wieder an ihn. »Weshalb halten wir an, James? Willst du mich wieder küssen?« »Ja«, sagte er lächelnd, legte Balders Zügel aus der Hand und nahm sie in die Arme. »Aber vorher will ich dich was fragen, mein Herz.«

XI

Bei Pedersens saß man bereits eine Weile behaglich um den Esszimmertisch. Nur Malvine Hansen, die sich wegen des drückenden Wetters und ihrer Sorge um Sofie nicht wohl fühlte, lag schon zu Bett. Kathrine hatte gerade die Lampe hereingebracht und rechnete nun eifrig in ihrem kleinen schwarzen Haushaltsbuch. Ihre Mutter strickte wie jeden Abend an schwarzwollenen Strümpfen für den Kirchenbasar. Axel kolorierte einen seiner Reklameentwürfe für die Sommerhäuser in Vejrs. Die Arbeitsproben für die Vermietungsgesellschaft hatte er Steensen heute vorbeigebracht. Mal sehen, ob sie seinen Vorstellungen entsprachen … Am Freitag würde er Bescheid bekommen, hatte Steensen gesagt und ihm auf die Schulter geklopft. Axel schaute auf, als ein Wetterleuchten den Himmel erhellte. »Das kommt nicht her«, bemerkte Kathrine, die seinen Blick gesehen hatte, »die in Vejrs werden das Gewitter kriegen – und wir die schöne klare Luft danach.« Sie lächelte, als Axel seine Hand auf ihre legte. »Fehlt nur noch der Rückenwind«, entgegnete er. »Den kriegen wir«, versprach Kathrine, »jedenfalls auf dem Hinweg.« Er erwiderte ihr Lächeln, antwortete: »Wenn du es sagst …«, und wandte sich wieder seinem Entwurf zu. Wie er es genoss, hier neben ihr zu sitzen, sie berühren zu können und zu sehen, wie ein Lächeln ihr Gesicht erstrahlen ließ, wenn sie von ihrer Rechenkladde aufblickte und zu ihm hinschaute. Anfangs hatte ihn ihre äußere Schönheit angezogen, doch nun sah er sie ganz anders an, wusste, das Schönste an ihr war ihre Art zu lieben, ihre Aufrichtigkeit, ihre Leidenschaft und die liebevolle Hingabe, mit der sie alles tat, fröhlich und ernsthaft zugleich. *Ich könnte ihr stundenlang zusehen, wie sie den Kessel aufsetzt*, dachte er, *wie sie die Tassen auf das Tablett stellt, sie ein bisschen dreht, damit das Sonnenlicht auf sie fällt, und sie anfangen zu glänzen.* Und wenn sie ihn anschaute, war ihr Blick voller Liebe und sagte so sehr Ja … Er würde es malen, ihr wunderbares Gesicht, wie es in Liebe erstrahlte, sie malen, ganz und gar, immer wieder … Neben ihr wurde alles andere unwichtig, schnurrte fast zu einem Nichts zusammen: die Kaufherren in Nybøl, diese alten Männer, die ihn erst arbeiten und dann um sein Geld betteln ließen, das Kontor in Esbjerg, das er sich so sehnlich gewünscht hatte … Er würde ein Kontor haben, irgendwann, irgendwo, doch sein Zuhause war jetzt Kathrine, und er würde für sie da sein; sie sollte es gut haben und ganz bestimmt nicht darunter leiden müssen, dass er aus der Schmiedegasse kam und seinen Vater nicht kannte. Noch immer saß sie stirnrunzelnd über ihr Haushaltsbuch gebeugt, sicher dachte sie darüber nach, wie sich aus den wenigen Bestellungen für ihre Georginenknollen, auf die sie so viel Mühe verwandte, ein Einkommen erzielen ließe. Es musste doch noch andere Möglichkeiten geben, es ihr und der Familie leichter zu machen? Wenn Steen Steensen richtig lag und sich genug wohlhabende Kopenhagener finden ließen, die hier Ferienhäuser mieteten, warum nicht auch welche, die nur ein Zimmer wollten? Das Haus der Pedersens mit seiner Lage nahe beim Strand würde durchaus für ein kleines Hotel taugen, wenn man es etwas umbaute. Und das Geld für den Umbau? Vielleicht könnten sie ein Darlehen bekommen, aber nicht von der Nybølbank, sondern von der Vermietungsgesellschaft, und als Sicherheit das Haus? Wie es hier stand, wäre Schwiegermutter ohnehin genötigt, das Haus zu verkaufen, zu jedem gebotenen Preis. Es wäre doch einen Versuch wert, die Gelegenheit zu nutzen, statt gleich alles wegzugeben.

Er legte seinen Stift weg und nahm Kathrines Hand. »Ich habe gerade über die Vermietungsgesellschaft nachgedacht ...« Kathrine sah ihn verwundert an. »Ja, Steen hat immer so originelle Ideen«, erwiderte Gesine und legte lächelnd ihre Strickarbeit in den Schoß, »die meisten muss Mette ihm allerdings wieder ausreden. Aber wenn sein Einfall mit der Sommerfrische etwas taugt, wäre die Reklame natürlich eine schöne Arbeit für dich, mein Junge. Ist es denn eine gute Idee von unserem Steensen, was meinst du?« Kathrine betrachtete die beiden belustigt. Es war ganz erstaunlich zu sehen, wie gut Axel jetzt bei ihrer Mutter dastand; sie ging mit ihm gerade so um wie mit Christian ... »Nach allem, was man hört, wäre wohl schon ein Geschäft damit zu machen«, erwiderte Axel bedächtig. »Deshalb war Steensen drunten in Vejrs, um sich umzusehen und mit den Leuten zu reden. Und ich arbeite auch an Reklameentwürfen, die ich dort vorzeigen will.« Er drückte Kathrines Hand. »Allerdings haben die in Vejrs ihre Grundstücke verkauft, während Steen Steensen es für das bessere Geschäft hält, selbst Häuser zu bauen und zu vermieten. Und viele in Norby sind wohl dafür, zumal die Gesellschaft das Risiko für ein Baudarlehen tragen würde. Steensen rechnet deshalb fest darauf, dass die Anteilsgesellschaft auf der Versammlung am nächsten Mittwoch gegründet wird.« Gesine lachte.

»Natürlich, was sonst? Aber gibt es denn so viele wohlhabende Kopenhagener, die sich eine solche Sommerfrische leisten möchten?« »Sicher mehr als solche, die sich gleich ein Haus bauen würden«, erwiderte Axel noch nüchterner, sorgsam seinen Eifer zurückhaltend. »Es kommt alles auf eine gute Reklame an. Und wer sagt denn, dass es nur was für die Kopenhagener wäre?« »Oh, sicher nicht«, entgegnete Gesine, die seinen Eifer bemerkte. »Vielleicht hat Steen diesmal wirklich eine ganz gute Idee.« Axel nickte und fasste Kathrines Hand fester. »Allerdings hat Steensen nicht an die gedacht, die vielleicht nur auf ein paar Tage herauskommen wollen oder können. In seinem Plan fehlt ein Hotel, meine ich, am besten mit einem Kaffeegarten oder einer Terrasse, nah beim Strand.« Er blickte Gesine an. »So wie hier«, setzte er vorsichtig hinzu. »Es müssten natürlich Umbauten vorgenommen werden.« Axel fuhr unauffällig mit dem Daumen über Kathrines Handfläche. »Aber wenn das Grundstück in die Gesellschaft eingebracht würde, könnte der Kredit für den Umbau auch über die Gesellschaft abgewickelt werden, denke ich. Oder Haus und Grundstück würden an die Gesellschaft verpachtet, die die Umbauten übernähme und dafür einen Teil der Einnahmen aus dem Hotel bekäme.« Kathrine hielt ihre Hand still in seiner, während Gesine ihn überrascht ansah. »Mein lieber Junge«, antwortete sie schließlich gerührt und beeindruckt, »wenn wir mit dem Haus ein dauerhaftes Einkommen erwirtschaften könnten, statt es zu verkaufen …« Sie lächelte. »Ich muss überlegen … und es mit Christian besprechen, es ist ja auch sein Erbe.« »Sicher«, erwiderte Axel. »Und ich möchte auf jeden Fall zurück nach Aalborg«, fuhr sie fort. »Es verlangt mich nämlich nicht danach, in meinem Alter noch einem Hotel vorzustehen. Das ist was für euch junge Leute. Wisst ihr, ich wäre viel lieber Großmutter …« Sie lächelte zu Axel und Kathrine hinüber, die einander ansahen. *Oh, nicht doch, Mutter,* dachte Kathrine. »Und ich weiß, dass Kathrine in dir jederzeit eine Stütze hätte, Axel«, fuhr Gesine fort und erhob sich. Sie trat zu Axel und legte ihm eine Hand auf die Schulter. »Nur, wovon sollen wir leben, bis die Erträge hereinkommen?« Axel nickte und drückte Kathrines Hand sehr fest. Die Antwort war schnell gefunden, denn viele Möglichkeiten boten sich nicht. Den Blick auf Kathrine gerichtet, entgegnete er so nüchtern wie möglich: »Von einem Kredit der Gesellschaft, verrechenbar mit den Einnahmen aus dem Hotel oder der Pacht.« Er spürte, wie die Hand seiner Schwiegermutter sich auf seiner Schulter leicht bewegte. »Ich habe noch nie um einen Kredit gebeten«, sagte sie leise und drückte Axels Schulter. »Nur, was sonst? Wir können doch nicht alle meinem Bruder auf der Tasche liegen oder meinen Schwagern Pedersen. Ich werde es also mit Steen besprechen. Und Christian muss nach Hause kommen, auch wenn er in Kopenhagen viel zu tun hat. Ich werde ihm gleich morgen schreiben.« Sie drückte noch einmal Axels Schulter, dann Kathrines, und ging hinüber zur Kredenz. Aus einer der Schubladen nahm sie die Goldmedaille der poetischen Gesellschaft und legte sie zwischen Axel und Kathrine auf den Tisch. »Verkauft sie.« Kathrine antwortete, gerührt und entsetzt zugleich: »Vaters Medaille? Nein, Mutter!« »Doch!«, erwiderte Gesine sanft. »Es ist nämlich alles, was ich dir im Moment mitgeben kann, Kathrine. Also, verkauft sie morgen in Nybøl. Axel wird dir helfen, nicht wahr, mein Junge? Und nimm das Geld für eure Hochzeit, Kathrine, du hast es mehr als verdient, in einem schönen Kleid zu heiraten.« Kathrine stand auf und umarmte sie. »Ach, Mutter! Wir gehen gleich morgen bei Ibsen vorbei und schauen nach einem Stoff.« Zu Axel gewandt fuhr sie fort: »Und du sollst mir raten. Meinst du, wir haben so viel Zeit?« »Um bummeln zu gehen?«, fragte er lächelnd. »Sicher, Mutter rechnet nicht vor Nachmittag mit uns.« »Ja, geht nur bummeln.« Gesine lächelte auch. »Und lass es dir ja nicht einfallen, am Stoff zu sparen, Kathrine, hörst du? Diesmal nicht«, sagte sie halb ernst, halb scherzend. »Und jetzt gute Nacht, ihr beiden, ihr werdet es mir wohl nachsehen, wenn ich ein bisschen allein sein möchte.« Sie legte Axel die Hand auf die Schulter. »Ich bin sehr froh, dass du da bist, mein Junge«, setzte sie hinzu. Dann ging sie hinaus und schloss die Tür hinter sich.

»Meine Güte, was für ein Tag!«, sagte Axel erschöpft und fuhr sich mit beiden Händen übers Gesicht. »Komm her zu mir, Liebling, ja?« Er streckte die Arme nach Kathrine aus. Sie ging lächelnd zu ihm, er zog sie auf seinen Schoß, umfasste sie und legte sein Kinn auf ihre Schulter. »So ist es gut … und vergib mir, dass ich einfach losmarschiert bin.« »Nicht doch«, sagte Kathrine, während ihre Hand langsam über seinen Rücken strich, »es war genau richtig. Wenn wir das Haus behalten könnten … Ich bin so froh über deinen Einfall, auch für Mutter und Christian.« Er schloss die Augen, sein Kopf lag schwer auf ihrer Schulter. »Pass nur auf«, sagte er träge, während Kathrine ihre Hand an seiner Wirbelsäule entlangwandern ließ, immer auf und ab, »wenn du mich so lobst, werde ich noch eingebildet.« »So?«, erwiderte sie zärtlich. »Aber gefallen tut's

dir doch, meine ich.« Er lächelte mit geschlossenen Augen. »Und wie …
Ich glaube, ich löse mich gleich auf vor Behagen, Kathrine.« Sie lächelte
auch und genoss es, zu spüren, wie sein Rücken unter ihren Händen
immer weicher wurde. Wie so oft dachte sie, dass sie nichts mehr wollte,
als seine Frau zu sein. Als sie es ihm sagte, öffnete er die Augen, sah, wie
sie ihn anlächelte, ihr Gesicht an seinem, und küsste sie.

Sie waren so ineinander versunken, dass sie die Schritte auf dem Korridor und das Klopfen an der Tür überhörten. Plötzlich standen Sofie und
James mitten im Zimmer. Kathrine fasste sich als Erste, löste sich aus
Axels Armen und ging auf die beiden zu. »Ah, James, bringst du Sofie
nach Hause?« James räusperte sich. Kathrine ausgerechnet in einer solch
vertraulichen Situation zu stören, genierte ihn doch. »Entschuldigt!«,
sagte er. »Wir haben Licht gesehen und dachten, dass Sofies Mutter
vielleicht noch auf wäre.« »Wir hätten nämlich mit ihr zu reden«, fügte
Sofie hinzu, ihre Hand auf James' Arm. »Deine Mutter ist schon zu
Bett.« Axel war neben Kathrine getreten und legte ihr einen Arm um
die Taille. »Meinen Glückwunsch«, sagte James lächelnd und streckte
Axel die Hand hin. Der ergriff sie, ebenfalls lächelnd, und sah James eindringlich an, als würde er sagen wollen: *Sie gehört mir, und ich werde auf
sie aufpassen – also, gib acht!* James verstand seinen Blick und schmunzelte. Der Bursche war nicht verkehrt, einer, der kämpfte und nicht
gleich davonlief, nur weil einer größer und stärker aussah als er selbst.
Und er passte auf sein Mädchen auf, wie es sein sollte … Sofie drückte
seinen Arm. »Ich finde, wir sollten es ihnen sagen, James.« Er lächelte
und nahm ihre Hand. »Nur zu, mein Herz.« »James und ich haben uns
gerade verlobt. Wir werden am ersten Freitag im September heiraten,
nach den Viehmärkten«, verkündete Sofie strahlend und mit rosigen
Wangen. Zu Kathrine gewandt sagte sie, fast ein wenig herausfordernd:
»Du wolltest ihn ja nicht …« Kathrine begann zu lachen. Na, so was!
Die beiden hatten es ja noch eiliger als Axel und sie … »Nie!«, erwiderte
sie. »Auch wenn du es nicht einsehen konntest, James«, fügte sie hinzu.
Sie legte Axel die Hand auf die Schulter: »Ich will den hier – und zum
Glück will er mich auch.« James ging auf Kathrine zu. »Lass sie mir mal
einen Moment«, sagte er mit einem Blick zu Axel, »und guck mich nicht
gleich wieder so finster an, wenn ich sie umarme.« Axel lachte und ließ
Kathrine aus seinem Arm. »Ich gebe eben gut auf sie acht«, erwiderte
er lässig und ging ein paar Schritte auf Sofie zu.

»Tut mir leid, dass ich so selbstherrlich und verbohrt war, Kathrine«, sagte James leise, während sie einander umarmten. »Aber siehst du, bevor ich Sofie getroffen habe, wusste ich doch gar nicht, was das ist, Liebe …« »Ach, James«, entgegnete Kathrine gerührt, »ich ja auch nicht. Aber jetzt … mit Axel ist es einfach richtig, weißt du?« »Und man kann gar nichts dagegen tun.« Sie lächelte. »Nein …« »Freunde?«, fragte er. »Aber ja, natürlich!« Sie küsste ihn auf die Wange und löste sich aus seiner Umarmung. »Sieh mal, unsere beiden warten schon auf uns.«

»Ich kann's noch gar nicht glauben«, sagte Kathrine, nachdem Sofie und James hinausgegangen waren. »Stell dir mal vor, James hat sich bei mir dafür entschuldigt, dass er so verbohrt war und mir lästiggefallen ist. Ausgerechnet er …« Nachdenklich fügte sie hinzu: »Das hat Sofie gemacht. Sie war übrigens auch ganz anders, oder?« »Ich hab nur auf dich geguckt, nicht auf Sofie«, entgegnete Axel lächelnd. »Und auf James«, erwiderte Kathrine. Er legte den Arm um sie und drehte die Lampe herunter. »Soll ich denn nicht auf dich achtgeben, Kathrine?« Sie schmiegte sich an ihn. »Oh, aber bestimmt sollst du das«, erwiderte sie, ihre Lippen über seinen. »Und jetzt muss ich schlafen. Ach, ich freu mich so auf morgen.« Er strich über ihre Wange, dann ließ er sie widerstrebend los. »Und ich mich erst. Schlaf schön, Kathrine.« »Du auch.« Sie lächelte und ging zur Tür.

XII

Hoffentlich wird Mutter sich bald an James als Schwiegersohn gewöhnen, dachte Sofie. Sie legte das letzte Stück Brotrinde an den Tellerrand und sah zu Fru Pedersen hinüber, die Axel gerade ein Kissen für den Gepäckträger reichte, damit Kathrine und er es auf dem Weg nach Nybøl etwas bequemer hatten. Mit Axel und Fru Pedersen war ja auch alles gut geworden, obwohl sie zuerst sehr unfreundlich gegen ihn gewesen war. Und jetzt nannte sie ihn sogar lächelnd ihren lieben Jungen und umarmte ihn zum Abschied ... »Ich hätte dich gern gesprochen, Mutter«, sagte sie, als Axel und Kathrine hinausgegangen waren.

Sofie folgte ihrer Mutter ins Zimmer und schloss die Tür hinter sich. Sie spürte, dass ihre alte Unsicherheit zurückkam, und ging energisch dagegen an. Wie hatte Helle es ihr immer wieder gesagt? Sie konnte leben, mit wem und wo sie wollte. Und wenn James nachher ihre Mutter um ihr Einverständnis zur Verlobung bitten würde, war das eine höfliche Geste, die seinen Respekt ausdrückte, aber nötig war es nicht. Und sie würde ihr bestimmt nicht erlauben, ihn so abzutun wie Søren. »Setz dich doch«, sagte sie und rückte ihrer Mutter einen der Korbsessel am Tisch in der Zimmermitte zurecht. Malvine hob die Brauen, setzte sich aber und bedeutete Sofie, im Sessel gegenüber Platz zu nehmen. Die folgte dem Wink ihrer Mutter, legte ruhig ihre Hände ineinander und atmete langsam aus. »Ich werde bald heiraten, Mutter.« Malvine sah ihre Tochter entsetzt an. Wie konnte das sein? Sie hatte doch alle Briefe von und nach Kopenhagen an sich genommen? Offensichtlich war Sofie keinesfalls zur Besinnung gekommen und hatte sich in ihr unglückliches Heiratsversprechen an Hr. Lauridsen weiter hineingesteigert. Nun, es war bestimmt noch nicht zu spät, es in Ordnung zu bringen. Sie sammelte sich. »Ich muss schon sagen, ich bin überrascht, Sofie«, erwiderte sie, nüchtern genug, um ihre Missbilligung auszudrücken, aber nicht so unfreundlich, dass Sofie darüber kopfscheu wurde, sich in ihren Tränen verlor und Vernunftgründen nicht mehr zugänglich wäre. »Du weißt, warum ich mit Hr. Lauridsen nicht einverstanden bin, wir haben oft genug darüber gesprochen. Er passt weder für dich noch fürs Geschäft, Sofie, und ich fürchte sehr, dass du dich und ihn unglücklich machen wirst.«

»Ich spreche nicht von Søren«, entgegnete Sofie leicht ungeduldig, »sondern von James Jul, Mutter. Wir haben uns verlobt und wollen am ersten Freitag im September heiraten, nach den Viehmärkten.« Malvine wurde bleich, Schweiß trat auf ihre Stirn, sie atmete schnell und flach. »Er kommt heute Mittag, um dir Besuch zu machen«, fuhr Sofie fort. »Mutter?« Dann sprang sie auf und lief auf den Korridor hinaus. »Fru Pedersen, bitte ein Glas Wasser! Schnell!«

Als Gesine mit dem Wasserglas ins Zimmer gelaufen kam, saß Malvine in sich zusammengesunken im Sessel. Sofie hatte das Fenster geöffnet und fächelte ihr mit dem Damenjournal Luft zu. »Du meine Güte!« Gesine hielt Sofies Mutter das Glas an die Lippen. »Trinken Sie, meine Liebe, kleine Schlucke, und dann sollten Sie Ihr Korsett lockern.« »Es geht schon«, erwiderte Malvine mühsam und trank. »Vielen Dank, Fru Pedersen.« Ihre Hände zitterten. Gesine hielt weiter das Glas für sie, während sie sich zu Sofie umwandte und fragte: »Was ist denn eigentlich geschehen?« »Ich habe mich mit James Jul verlobt«, antwortete Sofie, das Journal auf den Tisch zurücklegend, »und das hat Mutter überrascht.« Malvine begann zu weinen, und Gesine sah Sofie verblüfft an. »Mit James Jul?«, fragte sie. »Das ist in der Tat eine Überraschung, mein Kind.« Sich ihrer guten Manieren entsinnend fügte sie hinzu: »Meine herzlichen Glückwünsche, Frøken Hansen, Fru Hansen.« »Vielen Dank«, antwortete Malvine matt, bemüht, sich zu fassen. Hatte sie nicht am letzten Sonntag in der Kirche noch darum gebetet, nicht mehr zwischen Baum und Borke sitzen zu müssen? Nun, dieser Wunsch war ihr erfüllt worden, nur, dass es ihr jetzt keineswegs besser ging. So elend war es das letzte Mal mit ihr gewesen, als die Nachricht von Jespers Tod kam. Und wie damals war auch jetzt nicht die Zeit zu jammern, sondern es galt, einfach weiterzugehen und das Schlechte irgendwie zu etwas Erträglichem zu wenden. Sie spürte, wie sie langsam zornig wurde, auf Gott, der zugelassen hatte, dass ihr Mann gestorben war, und ihr jetzt die Tochter nahm … auf Sofie … und auf sich selbst. Sie hatte Sofie des Guten gar nicht genug tun können, ihr alles abgenommen; wenn sie schon den Vater entbehren musste, sollte es ihr doch an nichts anderem fehlen. Aber offenbar hatte sie versäumt, ihr klarzumachen, wie gut es ihr ging. »Wir wären jetzt gern wieder allein, wenn's beliebt, Fru Pedersen«, sagte sie, nun schon etwas lebhafter. »Selbstverständlich.«, entgegnete Gesine und wandte sich zu

Sofie: »Rufen Sie mich jederzeit, mein Kind – und helfen Sie Ihrer Mutter. Sie sollte sich jetzt ein bisschen ausruhen.«

Aber Malvine wollte sich nicht helfen lassen oder gar ihr Korsett lockern, das ihr half, sich noch einigermaßen aufrecht zu halten. »Es tut mir leid, Mutter«, sagte Sofie, als Gesine gegangen war, und wollte sie beim Arm nehmen, »ich wollte dich nicht erschrecken. Komm, vielleicht wird dir wohler, wenn du liegst.« Doch Malvine zog ihren Arm weg und hieß Sofie, sich wieder hinzusetzen. »Mir ist wohl genug«, sagte sie in demselben nüchternen Ton wie zuvor. »Ich kann mich nur über dich wundern, Sofie. Und ich frage mich, ob du überhaupt verstanden hast, was ein Eheversprechen ist.« »Selbstverständlich«, entgegnete Sofie, die wieder im Sessel Platz genommen hatte, die Füße gekreuzt, die Hände locker im Schoß gefaltet. Malvine sah sie erstaunt an. Sofie schien vollkommen gefasst. So kannte sie ihre Tochter nicht. »Gut«, fuhr sie etwas freundlicher fort, »willst du mir dann bitte deinen, nun, Sinneswandel erklären?« Sofie nickte. »Als ich Søren die Ehe versprach, wusste ich noch nicht, was Liebe ist. Aber jetzt weiß ich es, Mutter. Und als James mich gestern Abend gefragt hat, ob ich seine Frau werden will, habe ich ihm sehr gern Ja gesagt. Weil ich ihn liebe.« »Du wusstest nicht, was Liebe ist?«, wiederholte Malvine. »Und jetzt auf einmal weißt du es? Ich glaube, ich verstehe nicht, Sofie. Du hast dich also in Hr. Lauridsen geirrt?« Sofie schüttelte den Kopf. »Nein. Aber zu denken, dass man jemanden liebt, und jemanden zu lieben ist eben nicht dasselbe.« *Wohl wahr*, dachte Malvine. Hätte Sofie doch gleich auf sie gehört … »Umso bedauerlicher, dass du dir nicht raten lassen wolltest«, entgegnete sie kühl. »Zu wissen, dass wir seit vier Wochen in dieser Einöde herumsitzen, weil du *dachtest*, Hr. Lauridsen zu lieben … Ich muss schon sagen, Sofie!« »Wir sitzen seit vier Wochen hier, weil du nicht haben wolltest, dass ich mein aufrichtig gemeintes Eheversprechen an Søren einlöse. Und weil ich dich nicht kränken wollte, indem ich gegen deinen Willen handle.« Sofie sah ihrer Mutter geradewegs in die Augen. »Irrst du dich eigentlich nie, Mutter?« Malvine senkte den Blick. Sofie wartete geduldig auf ihre Antwort. »Natürlich irre ich mich manchmal«, sagte sie schließlich zögernd, »aber eine Hochzeit in Jütland … Und der Kandidat Jul … Nein, Sofie.« Sofie sah, wie Malvines Gesichtszüge sich wieder verhärteten. *Sie macht es sich schwer, nicht mir*, dachte sie und verstand zum ersten Mal, dass ihre Mutter hinter all ihrer Tüchtigkeit, ihrem Gesellschaftsleben und ihrer liebevollen und strengen Fürsorge traurig und einsam war. *Vielleicht braucht sie mich mehr als ich sie?* So hatte sie es bisher noch gar nicht betrachtet. *Ich werde versuchen, es im Guten mit ihr zurechtbringen ...* »Ich weiß, meine Verlobung mit James kommt überraschend«, fuhr sie deshalb freundlich fort, »und natürlich kann er auch nicht unserem Geschäft vorstehen. Aber bestimmt findet Advokat Brandt einen Weg für uns.« Malvine schüttelte den Kopf. »Was stellst du dir nur vor? Und Hr. Jul ...« »Warte!«, Sofie unterbrach ihre Mutter. »Ich liebe James und ich weiß, dass es richtig für mich ist bei ihm. Wirst du ihn also empfangen, Mutter? Ich bitte dich sehr.« Malvine hob die Brauen. »Du bittest mich für einen ungestümen jungen Mann, dessen Benehmen einer Mutter nur Anlass zur Sorge geben kann? Du weißt, wie ich über Hr. Jul denke.« Sofie musste wider Willen schmunzeln. »Ach, Mutter! James ist ganz anders, als du meinst. Er ist ernsthaft und klug und fleißig und tüchtig und überhaupt wunderbar, genau wie die ganze Familie Jul übrigens. Hör ihn dir doch wenigstens an.« »Tüchtig und fleißig sagst du? Neulich war er betrunken, und das mitten am Nachmittag.« Sofie lächelte. »Er war nicht betrunken, nur verwirrt, meinetwegen ... und über sich selbst. Er kam vom Viehmarkt – soll er ablehnen, wenn seine Kunden ihn auf ein Glas einladen? Da geht es ihm doch nicht anders als den Herren in deinen Kreisen, wenn sie von ihren Essen heimkommen.« »Wenn die Herren aus meinen Kreisen von ihren Essen heimkommen, sind sie sicher nicht betrunken«, erwiderte Malvine in schneidendem Ton, und beide wussten, dass es nicht stimmte. »Und James war es auch nicht.« Sofie fühlte Wut in sich aufsteigen. Ihre Mutter weigerte sich, ihn kennenzulernen, maßte sich aber an, über ihn zu urteilen. »Noch einmal, Mutter: Er war nur verwirrt. Aber wie auch immer, wenn du ihn nicht sehen willst, auch gut. Ich weiß, wohin ich gehöre, und wir werden heiraten, mit oder ohne dein Einverständnis.« Malvine, der über Sofies Ton die Hitze zu Kopf stieg, griff nach dem Damenjournal und fächelte sich Luft zu. »Es reicht!«, erwiderte sie streng. »Wir werden noch heute nach Kopenhagen zurückfahren.« »Du vielleicht, Mutter«, entgegnete Sofie im selben harschen Ton. »Ich bleibe hier. Und ich verlange, dass du mir mein Erbteil auszahlst, für James und mich. Und jetzt ... entschuldige, ich habe Briefe zu schreiben.«

Sie hielt ihre Tränen zurück, bis sie das Schlafzimmer verlassen hatte. Dann eilte sie weinend den Korridor entlang, zur Wohnstube hin, wo sie sich in Fru Pedersens Sessel warf. Dass ihre Mutter so unfreundlich und kleinlich James gegenüber war, damit hatte Sofie nicht gerechnet. Genauso wenig hatte sie es für möglich gehalten, dass sie einmal so hart gegen ihre Mutter sein konnte. Ein bisschen über sich selbst erschrocken setzte sie sich im Sessel zurecht. Und doch, es war richtig gewesen, dachte sie. Sie würde niemandem erlauben, auch ihrer Mutter nicht, schlecht von James zu denken oder zu reden. Und jetzt musste sie sich beruhigen und aufhören zu weinen. James sollte doch nichts davon merken und sich ihretwegen bekümmern, wenn er gleich kam …

Gesine, die den Streit der Hansens in der Küche beim Spülen mit angehört hatte, legte das Geschirrtuch hin und lauschte, hörte Sofie in der Wohnstube weinen und überlegte, was sie tun sollte. *Nun, Frøken Hansen würde wohl zurechtkommen*, dachte sie lächelnd. Wer hätte gedacht, dass sie sich so zu behaupten wusste? Im Schlafzimmer der Hansens dagegen war es still, und das bereitete ihr Sorge. Hoffentlich war Fru Hansen nicht ohnmächtig geworden. Sie stellte ein Glas Apfelmost und einen Teller Kekse auf das Küchentablett und ging damit zum Schlafzimmer hinüber. »Fru Hansen?«, fragte sie leise an der Tür, wartete einige Augenblicke auf Antwort und betrat schließlich vorsichtig das Zimmer, als keine Erwiderung kam. »Bitte verzeihen Sie«, sagte sie förmlich, »ich habe mir Sorgen um Sie gemacht.« Malvine Hansen saß still und blass im Sessel, trank aber einige Schlucke von dem Apfelmost, als Gesine sie freundlich nötigte. Zum Gebäck ließ sie sich allerdings nicht drängen, nickte nur schweigend, als Gesine darum bat, sich setzen zu dürfen. »Ich würde Ihnen gerne etwas erzählen«, fuhr Gesine fort, Fru Hansen gegenüber Platz nehmend. *Was denn?*, dachte Malvine unwillig. Sie hatte sich die letzten zehn Jahre damit abgeplagt, aus ihrer schüchternen, ängstlichen Tochter eine Dame und begehrte Heiratskandidatin zu machen, und soeben war ihr der Lohn für alle diese Mühen unter den Händen zerfallen. Ihre Tochter hatte sich in einer Weise gegen sie gewendet, wie sie es nie für möglich gehalten hätte. Von den Briefen, die ihr schwer auf dem Gewissen lagen, ganz zu schweigen. Und jetzt kam Fru Pedersen und wollte sie … belehren? … Trösten? Da sie zu erschöpft war, um sich wehren, sah sie Gesine nur schweigend an. »Es ist schwer, wenn die Kinder plötzlich alles ganz anders haben wollen, nicht?«, begann Gesine. »Ich war auch sehr überrascht, als ich hörte, dass Kathrine Hr. Söderblom heiraten würde.« »Es ist vor allem schwer, weil ich immer dachte, alles richtig zu machen, und nun sehen muss, dass alles ganz verkehrt war«, erwiderte Malvine trocken. Gesine nickte. »Ich habe Christian immer seiner Schwester vorgezogen und es noch nicht einmal gemerkt«, fuhr sie fort. »Als mein Mann starb und uns in … schwierigen Verhältnissen zurückließ, habe ich dafür gesorgt, dass Christian in Kopenhagen studieren kann. Mein Bruder kommt für ihn auf. Für Kathrine habe ich nicht so gesorgt, ich habe einfach angenommen, dass sie irgendwann James Jul heiraten würde, obwohl sie immer gesagt hat, dass sie ihn nicht will. Das war sehr ungerecht von mir.« »Sie meinen also, ich war ungerecht gegen Sofie?«, fragte Malvine, zu müde, um sich zu empören und den Vorwurf zurückzuweisen. »Darüber zu urteilen, steht mir nicht zu«, entgegnete Gesine freundlich, »aber meine Geschichte ist noch nicht zu Ende. Darf ich fortfahren?« »Bitte.« Malvine lehnte sich ergeben im Sessel zurück. »Als mir klar wurde, wie sehr ich Kathrine liebe und wie ungerecht ich gegen sie gewesen war, bin ich hart mit mir ins Gericht gegangen … und dann habe ich mir verziehen und es in Ordnung gebracht«, schloss Gesine, lehnte sich wie Malvine im Sessel zurück und blickte auf ihre Hände nieder. »So …«, sagte Malvine nach einer Weile in das Schweigen hinein. »Ich wäre jetzt gern wieder allein, Fru Pedersen.« »Natürlich.« Gesine erhob sich. »Und nichts für ungut, ich hoffe, ich konnte helfen.«

Sofie lächelte. Sie dachte an James und konnte gar nicht anders, auch wenn sie bis eben noch geweint hatte. Für seinen Besuch wollte sie ihr Kleid mit den gestickten Schmetterlingen und Kolibris tragen, aus zartgrünem Batist. Sie freute sich schon darauf, ihm zu erzählen, dass diese Schattierung von Grün »Eau de Nil« genannt wurde, da sie wusste, dass er darüber lächeln würde. Außerdem, hoffte sie, würde es ihn von ihrem Gesicht ablenken und er es gar nicht bemerken, dass sie geweint hatte, denn das sollte er auf keinen Fall. Er war gestern Abend so besorgt gewesen, hatte sie beim Abschied am Zaun kaum aus seinen Armen lassen können. Und auch nicht gewollt, dass sie allein mit ihrer Mutter sprach, als sie ihm gesagt hatte, dass es anfangs schwierig werden könnte. Aber sie hatte ihn damit getröstet, dass alles zurechtkommen würde, wenn ihre Mutter sich erst gewöhnt hätte. Und jetzt wollte sie ihn nicht sehen … Nun, jedenfalls sollte es ihr Glück nicht schmälern oder gar zwischen James und ihr stehen. Und wenn Mutter nicht zu ihrer Hochzeit käme? *Nicht doch!*, ermahnte sie sich und sah zur Standuhr hinüber. In längstens einer Stunde würde James da sein, sie musste sich jetzt fassen und ihren Kummer abtun. Er sollte in ein fröhliches Gesicht blicken, wenn er zu ihr kam, das würde es auch für ihn leichter machen … Und vielleicht käme ja noch alles zurecht, wenn ihre Mutter sich erst einmal daran gewöhnt hatte, dass sie nun ihre eigenen Entscheidungen traf? Schließlich liebten sie einander doch … Um sich abzulenken, ging sie hinüber zum Bücherschrank und suchte nach Frøken Jensens Kochbuch. Sicher hatte Fru Pedersen auch eins im Regal stehen. Nielsine behauptete ja immer, dass bald jede dänische Hausfrau bei Frøken Jensen nachschlug, wenn sie nach einem Rezept suchte … *Ah, da.* Sofie nahm das Buch heraus und schlug es neugierig auf. Sie hätte besser bei Nielsine in der Küche etwas lernen sollen, statt Romane zu lesen, dachte Sofie bedauernd, während sie durch die Rezepte blätterte. Nielsine, die Tüchtige, wusste sicherlich, wie man überwellte, passierte, entbeinte, und konnte auch Gurken süßsauer einlegen, ohne dass sie dafür extra bei Frøken Jensen nachschlagen musste. Was James wohl am liebsten aß? *Hoffentlich etwas Einfaches,* dachte sie lächelnd und beschloss dann, sich zuerst an seiner Lieblingsspeise zu versuchen, egal, was es war …

Sofie hatte sich von ihr gelöst und sie hatte es nicht wahrhaben wollen, dachte Malvine. Stattdessen hatte sie Sofies Widerworte lieber für ein Zeichen von Langeweile genommen und weiter daran festgehalten, dass ihre Tochter unfähig war, Entscheidungen zu treffen, die weiter reichten als bis zur Wahl ihrer Kleiderfarbe. Malvine erhob sich aus dem Korbsessel und begann, langsam im Zimmer auf und ab zu gehen. War Sofie vielleicht schon immer so kraftvoll gewesen? Und sie hatte es zugedeckt mit ihrer Fürsorge und Strenge und all dem Lieben und Guten? Hatte Sofie gespürt, wie sehr die Mutter die Tochter brauchte, und deshalb nie widersprochen, sondern immer nur gelächelt und gedankt? *Ja, es stimmte doch, sie war ungerecht gegen Sofie gewesen …* Malvine fasste an ihre Haarrolle, zog die Kämme heraus und ließ ihr Haar über die Schultern herabfallen. Aber nun war Sofie aus ihrem Schatten herausgetreten, ganz ohne ihr Zutun … *Weil sie liebte? Den stürmischen Hr. Jul mit den schroffen Manieren?* Nun, es war nicht mehr an ihr, für Sofie Entscheidungen zu treffen und sie ihren Plänen einzurechnen.

Das Handelshaus Krogh Hansen … Bislang hatte sie nur an die einfachste Lösung gedacht: einen Schwiegersohn, der die Geschäfte führen konnte. Nun würde auch hier alles anders kommen. Malvine setzte sich aufs Bett, streifte die Schuhe ab und ließ sich auf die Decke sinken. Aber wie hatte Sofie gesagt? Bestimmt würde Advokat Brandt einen Weg finden. Sie schloss die Augen. Die Briefe fielen ihr ein. Besser, sie würde darüber schweigen, entschied sie, und ihr Gewissen nicht um den Preis neuerlichen Kummers erleichtern …

»Auf ein Wort, bitte, Sofie.« Sofie blickte auf. Ihre Mutter durchquerte langsam die Stube und nahm in Gesines Sessel Platz. »Willst du kochen lernen?«, fragte sie, auf Frøken Jensens Kochbuch weisend. Sofie sah ihre Mutter an. Sie war noch immer blass unter ihrem frisch aufgetragenen Puder und dem dezenten Wangenrot, schien aber einigermaßen zurecht zu sein. »Ja, schließlich will ich eine gute Hausfrau werden«, entgegnete sie mit vorsichtigem Lächeln. Malvine lächelte auch. Vielleicht war ja doch nicht alles vergeblich gewesen … »Ich habe es mir überlegt, Sofie. Ich werde Kandidat Jul empfangen.« »Mutter …« Sofie stellte das Kochbuch zurück in den Schrank und blickte ihre Mutter an. »Du wirst ihn genauso wunderbar finden wie ich, du wirst sehen.« Malvine betrachtete ihre Tochter. Sofie hatte sich auch äußerlich verändert, stand aufrechter, straffer um die Schultern. Man sah ihr an, dass sie jetzt eine Frau war, die entschlossen für das eintrat, was ihr etwas bedeutete. »Ich werde ihn freundlich ansehen, Sofie, wie eine Schwiegermutter ihren Schwiegersohn ansehen sollte, und natürlich will ich eurem Glück nicht im Weg stehen. Ich möchte nur sichergehen, dass dein James gut auf dich achtgibt.« Sofie begann zu lachen. »Oh, Mutter, wenn das alles ist, worum du besorgt bist. Ich fühle mich bei ihm so sicher und geborgen, er hat doch gemacht, dass ich weiß, was ich will.« »Nun, wenn das so ist«, erwiderte Malvine lächelnd und streckte Sofie ihre Hände entgegen, »dann freue ich mich, ihn gleich zu sehen. Willst du zu mir kommen, Sofie?« Sofie ging zu ihr und nahm Malvines Hände in ihre. »Ich bin so froh, Mutter, danke!«, sagte sie. »Stell dir nur vor, ich habe darüber nachgedacht, ob du wohl zu unserer Hochzeit kommen würdest.« »Ob ich zu eurer Hochzeit kommen würde?«, wiederholte Malvine und drückte Sofies Hände. »Kind, es tut mir leid, dass du meinetwegen bekümmert warst – vieles tut mir leid, ich wollte so sehr alles richtig machen für dich, und jetzt sehe ich, wie falsch manches war.« »Mutter, nicht«, entgegnete Sofie bestürzt, sie konnte kaum fassen, dass ihre Mutter, die doch scheinbar nie an sich gezweifelt hatte, plötzlich so von sich sprach – vor ihr … »Lass nur«, entgegnete Malvine ruhig. »Es musste gesagt werden, Sofie, auch wenn es für uns beide unbehaglich ist.« »Ich war auch nicht sehr nett zu dir«, sagte Sofie, »und ungerecht, als ich mein Erbteil verlangt habe.« Malvine winkte ab. »Eben deshalb komme ich ja zu dir. Ich werde Advokat Brandt anweisen, dir dein Erbteil auszuzahlen. Du bist volljährig und es steht dir zu, es selbst zu verwalten. Du hattest jedes Recht, es von mir zu verlangen. Und ich werde so schnell wie möglich nach Kopenhagen zurückkehren, um deine Aussteuer vorzubereiten. Ich nehme an, du wirst bis zu deiner Hochzeit hier bei Fru Pedersen bleiben? Es wäre mir eine große Beruhigung.« »Jetzt bin ich wieder ganz verwirrt, Mutter«, sagte Sofie. »Du bist erwachsen«, entgegnete Malvine, »und viel stärker, als ich dachte, das weiß ich jetzt.« Sie erhob sich und fasste Sofie um die Taille. »Ich wünsche euch sehr, dass ihr glücklich werdet, mein Kind.« »Und das Geschäft?«, fragte Sofie. Malvine lächelte. »Advokat Brandt wird einen Weg finden …«

***

James schritt eilig den Strandweg hinab, den Ring seiner Mormor in der Jackentasche, dessen himbeerrote Granate er als Kind so gern angesehen und berührt hatte. Sein Morfar hatte Großmutter Ane den Ring an ihrem fünften Hochzeitstag geschenkt und sie hatte ihn von da an immer getragen, auch während ihrer langen Witwenschaft, als Zeichen ihrer Treue zu Großvater James, nach dem sie keinen anderen Mann mehr gewollt hatte. Nach ihrem Tod war der Ring dann an James gegangen, für seine Braut. Mormor hätte Gefallen an Sofie gefunden, dachte James lächelnd, und den Ring gern an ihrer Hand gesehen. Sie hätte ihnen sicher auch mit Sofies Mutter geholfen, die ihn hoffentlich einigermaßen wohlwollend empfangen würde, schon, um ihrer Tochter Kummer zu ersparen. Nein, es war nicht abzusehen, wie es gleich mit ihr ausgehen würde. Deshalb hatte er sich von Steen, bei dem er gerade seinen Wagen untergestellt hatte, lieber Stillschweigen über die große Neuigkeit versprechen lassen. »Natürlich«, hatte der geantwortet und ihm kräftig die Schulter geklopft. Es musste nicht gleich jeder wissen, dass er nun statt Kathrine das hübsche Fräulein aus der Hauptstadt heiraten wollte. »Teufel auch, mein Junge«, hatte Steen ausgerufen, »du sorgst für Überraschungen!« James hatte gelächelt und sich vorgenommen, ein

Auge auf ihn zu halten. Steen sollte sich ja nicht einfallen lassen, Sofie schönzutun. Im Hof war ihm dann auch noch Jörn Jepsen über den Weg gelaufen, der ihn nachdenklich angesehen hatte, bevor er mit der Post in den Krug hineingegangen war. Hoffentlich schwatzte der jetzt nicht wieder irgendeinen Unsinn herum, den man den Leuten anschließend mühsam ausreden musste, dachte James und vergaß Jörn Jepsen augenblicklich, als er Sofie aus dem Haus laufen sah. »James!« Sie fiel in seine Arme und hob ihm lächelnd ihr Gesicht entgegen. Er murmelte: »Sofie, mein Herz!«, zog sie an sich und küsste sie zärtlich. »Ich habe immerzu an dich gedacht.« Lächelnd schaute er an ihr hinunter. »Wie machst du es nur, immer noch hübscher auszusehen als beim letzten Mal?« Sofie lachte und deutete auf ihr Kleid. »Das macht dieses Grün; Eau de Nil ist gut für meine Farben, weißt du? Und die kleinen Schmetterlinge und Kolibris schmeicheln mir auch, glaube ich.« »So?«, entgegnete James, tatsächlich über ihre Antwort lächelnd. Er rührte vorsichtig an ihren Ärmel. »Oder schmeichelst du den Schmetterlingen und Kolibris hier?« »Ach, James …« Sofie zeigte ihm ihr Lächeln mit den Grübchen und sah ihn von der Seite an. »Du siehst aber auch sehr gut aus.« »Danke schön«, antwortete er und freute sich darüber, dass Sofie ihn so leiden mochte. Auch wenn er seinen Alltagsanzug aus rotbraunem Kammgarn und die braune Krawatte nicht um ihretwillen gewählt hatte, sondern um sich damit bei ihrer Mutter ins rechte Licht zu setzen. Schließlich war er ein vielbeschäftigter Tierarzt, der nach dem Antrittsbesuch bei seiner zukünftigen Schwiegermutter gleich zu seiner Arbeit zurückkehren musste und deshalb nicht im Sonntagsanzug vorsprechen konnte. »Es ist mein Anzug für alle Tage, deine Mutter soll doch sehen, wie beschäftigt und fleißig ich bin«, sagte er schmunzelnd, neigte sich zu ihr, wollte sie eben nochmals küssen, da stutzte er. Es war etwas um ihre Augen … Er blickte genauer hin. »Hast du geweint?« »Lass«, antwortete Sofie, »es ist nichts, James …« »Deine Mutter? Will sie mich nicht sehen?« »Jetzt schon«, erwiderte Sofie. »Wir haben uns ausgesprochen und nun will sie dich sehr gern empfangen. Du solltest dich deswegen gar nicht bekümmern.« James strich über ihre Wange. »Wie das denn, Sofie? Also, sag: Habt ihr meinetwegen gestritten?« Sofie seufzte. »Ja … Ich habe Mutter gesagt, dass ich zu dir gehöre, ganz egal, ob sie dich nun als Schwiegersohn will oder nicht, und dass ich bei dir geborgen und sicher bin … und dass niemand schlecht über dich reden darf, auch sie nicht. Und ich habe verlangt, dass sie mir mein Erbteil auszahlt … für uns beide.« »Um

Himmels willen, Sofie!«, sagte er bestürzt. »Ich hätte dich doch nicht mit ihr allein lassen dürfen.« »Aber nein«, Sofie legte ihm eine Hand auf den Arm, »es ist doch alles gut. Siehst du, Mutter hat verstanden, dass ich viel stärker bin, als sie dachte ... und ich auch. Endlich kann ich mutig sein ... für uns. Sie fährt bald nach Kopenhagen zurück, um meine Aussteuer zu besorgen, und ich bleibe bis zur Hochzeit hier, bei dir.« »Donnerwetter, Sofie! Verwegener als der alte Tordenskjold ...« Er schmunzelte und küsste ihr Haar. »Ich konnte gar nicht anders, glaube ich. Versprich mir, dass du nicht böse mit Mutter sein wirst. Sie freut sich wirklich, dich zu sehen.« »Versprochen«, erwiderte er und hielt sie den ganzen Zuweg zum Haus hinauf fest im Arm.

Malvine erhob sich lächelnd, als Sofie und James Hand in Hand in die Wohnstube kamen. »Da sind wir, Mutter«, sagte Sofie und trat einen Schritt hinter James zurück. Malvine streckte James die Hand hin. »Guten Tag, Kandidat Jul.« »Danke, dass Sie mich empfangen, Fru Hansen.« James verbeugte sich sehr korrekt und schüttelte Malvine die Hand, dann sahen die beiden einander abschätzend an. Was für ein hübscher junger Mann er war ... Malvines Blick wanderte über seinen Anzug, der ganz danach aussah, als würde er ihn bei der Arbeit tragen. Nun, es sprach für ihn, dachte sie, dass er lieber mit seinem Fleiß beeindrucken wollte als durch Eleganz. *Ich glaube, dass Sofie sich auf ihn verlassen kann.* James fand, dass seine Schwiegermutter müde aussah, und lächelte in sich hinein. Na, Sofie hatte ihr heute wohl auch nichts geschenkt. Überrascht bemerkte er, dass er sich in Fru Hansens Gesellschaft wohl fühlte. Sie wirkte zurückgenommen und beherrscht, förmlich – aber nicht kalt. »Setzen wir uns doch«, sagte Malvine jetzt freundlich und wies auf Gesines Sessel, den Sofie vor den Tisch gerückt hatte. »Eine Tasse Kaffee, Hr. Jul?« »Danke, gern.«, erwiderte James, und Malvine begann einzuschenken, während er Platz nahm und Sofie sich zu ihm auf die Sessellehne setzte. James zog eine Tasse zu sich heran. »Nur Milch, Sofie?«, fragte er. »Ja, bitte.« Sofie lächelte, eine Hand auf James' Schulter. »Meine Mutter lässt ihre besten Grüße bestellen und bittet Sie morgen Nachmittag zur Kaffeetafel nach Julsgård«, erklärte James. »Ich würde Sie dann auf halb drei abholen, wenn es recht ist.« Er reichte Sofie die Tasse. »Aber ja«, erwiderte Malvine gerührt, wohl wissend, dass Fru Jul ebenso plötzlich von der Verlobung überrascht worden war und ihr kaum Zeit für die Vorbereitung der Kaffeetafel bliebe.

»Bitte sagen Sie Ihrer Mutter meinen Dank und meine besten Grüße, wir kommen natürlich sehr gern, nicht, Sofie?« »Liebend gern«, antwortete diese. »Dann wirst du sehen, wie nett die Juls sind, Mutter.« Sie wandte sich an James: »Ich habe Mutter nämlich von euch vorgeschwärmt … wie klug und tüchtig du bist und wie wunderbar ihr Juls seid. Vielleicht zeigt Tilda meiner Mutter ja auch das James-Kätzchen, was meinst du?« James lachte. »Sie wird es nur zu gerne herumzeigen, schätze ich.« Er rührte Milch und Zucker in seinen Kaffee und nahm einen Schluck. »Ich soll dir übrigens sagen, dass der Kleine schon viel munterer geworden ist.« Sofie lehnte sich lächelnd an ihn. »So?« James strich über ihren Arm. »Und auf dich wartet …« Dann sahen beide zu Malvine hinüber, die ihnen zulächelte. »Ich freue mich sehr für euch. Schade nur, dass wir nichts zum Anstoßen haben. Ob Hr. Steensen wohl Champagner dahat? Für morgen Nachmittag?« »Champagner wohl nicht, aber irgendeinen Schaumwein sicherlich«, erwiderte James und versprach, auf dem Rückweg einige Flaschen zu bestellen. Malvine erhob sich und ging um den Tisch herum. »Bitte vergeben Sie mir, dass ich anfangs nichts von Ihnen wissen wollte«, sagte sie und reichte James nochmals die Hand. »Am Ende war es wohl auch eher eine Sache zwischen Sofie und mir. Jedenfalls bitte ich dich herzlich, mich nun auch als deine Mutter anzusehen, James.« Der stand auf und ergriff Malvines Hand. »Danke, Mutter«, antwortete er ernst, »auch für die zweite Chance – und ich werde für Sofie immer alles tun, versprochen.« Malvine küsste ihn auf beide Wangen. »Lieber James, das wirst du bestimmt.« Sie blickte zu Sofie hin, die strahlend neben dem Sessel stand, und fuhr lächelnd fort: »Ich lasse euch jetzt besser allein, dein Anzug verrät mir, dass du wohl noch zu arbeiten hast, James, und deine knappe Zeit gehört Sofie, nicht mir. Nochmals Grüße an deine Eltern, also, auf morgen.«

»Du hast es geschafft, James«, sagte Sofie und lachte. »Oh, Mutter mag dich sogar sehr, glaube ich.« »Wir haben es geschafft, mein Herz«, entgegnete er. »Ich mag sie auch, übrigens.« Er hob Sofie hoch und setzte sich mit ihr in den Sessel, griff in seine Jackentasche und holte das Seidenbeutelchen mit dem Ring heraus. »Von meiner Mormor«, sagte er lächelnd und reichte es ihr, »für meine Braut. Willst du mal nachsehen, Sofie?« Sie nickte und nestelte an der Kordel. »Ein Ring! Oh, James!« Ihre Finger zitterten ein wenig, als sie den schmalen Goldreif mit der Blüte aus himbeerfarbenen Granaten aus dem Beutel nahm und auf ihre ausgestreckte Hand legte. Fünf helle ovale Steine, einzeln in Gold gefasst, lagen wie Blütenblätter um einen runden, dunkleren Stein in der Mitte. Der Ring war anrührend altmodisch und wunderschön. Sie nahm ihn auf und hielt ihn ins Licht. Die Steine begannen zu leuchten, wurden durchscheinender, wirkten fast flüssig, lebendig. »Und, was sagst du? Gefällt er dir?« James fragte es leichthin, doch Sofie sah die Bitte in seinen Augen. »Er ist wunderschön und was ganz Besonderes«, erwiderte sie leise und hielt ihm ihre rechte Hand hin. »Willst du ihn mir anstecken?« James nickte. »Großmutter Ane hat ihn immer getragen«, sagte er, während er ihr langsam den Ring über den Finger streifte. »Es war Morfars Geschenk zu ihrem fünften Hochzeitstag. Sie hat ihn mir versprochen, als ich ein kleiner Junge war. ›Für deine Braut‹, hat sie gesagt. Ich mochte die Steine so gern ansehen … und berühren …« Seine Stimme verlor sich. Sofie sah, dass er weit weg war und wartete, ihre Hand in seiner. »Er passt wohl ganz gut«, sagte er schließlich, über ihre Hand und den Ring streichelnd. »Ich habe dich immer vor mir gesehen gestern Nacht, in deinem rosenroten Kleid … mit dem Ring an deiner Hand.« Sofie betrachtete den Ring, der eine Bitte war und ein Versprechen, und suchte nach Worten. »Ich bin froh, dass ich dich haben darf«, sagte sie langsam, »und deine Liebe … Ich will so gerne deine Frau sein … Du bist mir kostbar.« Er wischte sich schnell über die Augen, erwiderte lächelnd: »Du bist alles, was ich will, Sofie. Also wirst du den Ring tragen, ja?« »Aber ja … Ja!« Sie umfasste seine Wangen und küsste ihn sanft. Er erwiderte ihren Kuss und schmiegte seine Wange an ihr Haar. »Ich muss bald gehen. Vater vertritt mich, aber nicht den ganzen Nachmittag.« Sofie lächelte. »Schon gut, so ist das wohl, wenn man mit einem Tierarzt verlobt ist.« Sie strich ihm über die Locken. »Aber bevor du gehst, sag mir noch, was du gern zu Mittag isst. Ich will nämlich kochen lernen, weißt du? und gleich morgen fange ich an, mit deinem Lieblingsessen.« »Mein Lieblingsessen … gleich morgen? Ach, Sofie.« Er lachte und zog sie enger an sich. »Also, mal sehen«, erwiderte er, nahm ihre rechte Hand und küsste die Kuppe ihres Zeigefingers. »Schmorbraten, mit viel Sauce und Kartoffeln und grünen Bohnen.« »Köstlich«, sagte Sofie. »Und das Beste daran ist die Sauce, nicht?« Er nickte. »Und noch?« »Noch mehr?«, fragte er lächelnd. »Ja, noch mehr, sag!« James küsste die Kuppe ihres Ringfingers, überlegte und antwortete: »Gebackene Scholle in brauner Butter … Apfelspeck. Willst du das denn wirklich alles kochen, Sofie?« Sie lachte. »Das und noch viel mehr. Und dann sollst du es probieren. Aber jetzt sag, was hast du am liebsten?« Er küsste die Kuppe ihres kleinen Fingers. »Dich!« »Oh, James«, sie küsste schnell sein Kinn, »das gilt doch nicht. Sag schon.« »Reispudding mit Kirschen. Mormor hat ihn immer für uns gemacht. Ein Kinderessen, ich weiß.« Sofie sah, wie er errötete und blickte ihn zärtlich an. »Und eine schöne Erinnerung. Du hast sie sehr gern gehabt, nicht?« »Und sie mich. Ich konnte mit allem zu ihr kommen, weißt du?« Er schmunzelte. »Sie hat mich schrecklich verwöhnt, bestimmt oft mehr, als gut für mich war.« Sofie stellte sich vor, wie der kleine James am Tisch seiner Großmutter vergnügt seinen süßen Reis aß und sich dabei eifrig über den Löffel neigte, die hübschen kastanienfarbenen Locken um seine geröteten Wangen gebauscht, die Hand neben dem Teller vielleicht zu einer kleinen Faust geballt? »Jamsie und seine Mormor«, erwiderte sie lächelnd und erzählte ihm, was sie sich gerade ausgemalt hatte. Da lächelte er auch, sagte: »Meine hübschen Locken, na, ich weiß nicht, aber sonst … Mormor hat mich übrigens tatsächlich Jamsie genannt.« »Und wenn ich dich auch manchmal so nennen würde?«, fragte sie und strich ihm wieder übers Haar. »Du ja - sonst niemand«, antwortete er ernst, neigte sich über sie und küsste sie. *Oh … So hatte er sie gestern nicht geküsst …* Sofie sah, wie seine Augen dunkler wurden, sah die Schatten unter seinen Wangenknochen, sein ernstes Gesicht. Sie legte die Arme um seinen Hals. »Ich kann's kaum erwarten, deine Frau zu werden.« James strich lächelnd über die Granatblüte ihres Rings. »Ich auch nicht. Ich liebe dich so sehr, Sofie.« Sie zog seinen Kopf zu sich herab. »Und ich dich, James. Küss mich noch mal wie eben.«

***

Jörn Jepsen sann beim Mittagsbrot in seiner Küche weiter über die Begegnung mit James nach. Wenn der junge Jul sein Pferd bei Steensens einstellte, wollte er für gewöhnlich auf längeren Besuch bei Pedersens. Wegen Kathrine … Aber um die Mittagsstunde? Da war er doch eigentlich noch auf Besuchsrunde oder tauchte wie die meisten Norbyer seinen Löffel in die Suppenschale. War vielleicht was gewesen mit Steens Kühen? Nee. Davon hätte der ihm sicher erzählt. *Hm.* Jörn biss ein großes Stück von seinem Wurstbrot ab und kaute genüsslich. Irgendwas war anders gewesen mit dem Jungen. Er hatte es auch so verdammt eilig gehabt, war nicht wie sonst für einen kleinen Schwatz stehen geblieben.

Und wie er dagestanden war, die Hand schützend über die Tasche seines Jacketts gelegt. Jörn runzelte die Stirn, dann breitete sich ein Lächeln über sein Gesicht. Da hatte James wohl was Schönes für Kathrine dabeigehabt. Wurde ja auch Zeit, dass er voranmachte und sich endlich ihr Eheversprechen geben ließ. Und wenn in Norby bald die Hochzeitsglocken läuten würden, hatte er es wie immer als Erster kommen sehen, dachte er zufrieden und spülte mit einem großen Schluck Kaffee die letzten Brotkrümel hinunter.

XIII

Kathrine hielt durch das Ladenfenster des Friseurgeschäfts Ausschau nach Axel. Wo er nur blieb? Konnte etwas so Einfaches wie der Verkauf einer Goldmedaille denn länger dauern als ein neuer Haarschnitt? Sie lächelte über ihre Ungeduld und besah sich wieder im Spiegel. Ja, doch, die neue Linie, wie die Friseurin den Schnitt genannt hatte, war genau das Richtige für sie. Ihre silberblonden Haare fielen jetzt in leichten Wellen bis zum Kinn und betonten die Konturen ihres Gesichts, die hohen Wangenknochen, ihre gerade Nase und den Schwung ihrer Kinnbeine. Sie ließen die Gesichtszüge zarter und feiner erscheinen als vorher und lenkten den Blick auf ihre Augen, die, so hatte die Friseurin gemeint, silbergrau glänzten wie das Meer in der Sonne; selbst ihre Haut schien seidiger, noch glatter als vorher. Kathrine beugte sich näher zum Spiegel. Tatsächlich, ein Glanz lag über Gesicht und Haaren, ein hauchfeiner silberner Schimmer, den sie so noch nie bemerkt hatte. Sie lächelte ihrem Spiegelbild zu. Ja, sie war einverstanden mit dem, was sie sah, und hoffte, Axel würde es auch sein. Vielleicht hatte er sie schon so vor sich gesehen, als er in Christians Zimmer an ihren Zopfknoten gefasst und sie gefragt hatte, ob sie sich die Haare abschneiden lassen würde? Sie stellte sich vor, wie er erst ihr Haar berührte und sie dann küsste, und sah wieder durch das Schaufenster hinaus auf die Straße.

Endlich sah sie ihn. Er fuhr vom oberen Ende des Marktplatzes her an den Läden vorbei und langsam auf das Friseurgeschäft zu. Sie stand eilig auf, zahlte und lief rasch die kleinen Stufen hinab auf den Gehsteig, wo Axel gerade sein Fahrrad an eine der Laternen lehnte. Dann stand sie lächelnd vor ihm. »Na, was sagst du?«, fragte sie. Er lächelte auch. »Lass dich mal ansehen«, erwiderte er, legte seine Hände um ihr Gesicht und drehte ihren Kopf ein wenig nach links, dann nach rechts, fuhr die Linie ihrer Augenbrauen mit seinen Zeigefingern nach, tastete über die Wangenknochen, an ihren Kinnbeinen entlang, berührte schließlich die Schnittkante ihres Haars. Dort ließ er seine Hände einige Augenblicke ruhig liegen, bevor er ein paar Schritte zurück auf den Gehsteig trat und ein wenig hin und her ging, um sie aus verschiedenen Blickwinkeln zu betrachten. Kathrine fragte sich, ob er ihr wohl gleich Anweisungen geben würde, wie beim Zeichnen auf der Heide am Sonntag, und lächelte, als sie sah, dass die Vorübergehenden ihn interessiert anblickten. Er selbst bemerkte es nicht, das wusste sie; wenn er anfing, über ein Bild oder eine Skizze nachzudenken, vergaß er ja alles andere, sogar sie ... Nun kam er zu ihr zurück und legte ihr die Hände auf die Schultern. »Es ist genau richtig, Kathrine«, sagte er eifrig, »die Farben und Konturen kommen noch viel besser heraus, als ich dachte.« Kathrine sah ihn zärtlich an. »Ja, ich finde auch ... Aber sag, gefalle ich dir so?« Er lachte. »Natürlich gefällst du mir so«, erwiderte er und nahm ihre Hände, »sehr sogar.« Er zog ihre Hände mit einer kleinen schnellen Bewegung an seine Lippen und küsste sie – eine Geste, die ihr allmählich vertraut war und die sie sehr gern hatte. »Ich hätte es natürlich als Erstes sagen sollen«, fuhr er fort, »ich war nur so beschäftigt mit deinen Farben, weißt du? Und dann ...« Er fasste wieder nach ihren Haaren und hielt ihren Hinterkopf, während er seine Stirn gegen ihre neigte. »Lach mich jetzt nicht aus, aber da ist so ein Schimmer auf deinem Gesicht, deine Haut und deine Augen sind wie das Meer in der Sonne; irgendwann werde ich dich so malen, dich und das Meer.« Er hatte es also auch gesehen ... »Ja«, entgegnete sie lächelnd und küsste ihn, ohne einen Gedanken daran zu verschwenden, dass sie auf dem Marktplatz von Nybøl standen und ihr Kuss von jedermann gesehen werden konnte. »Und wird man mein Gesicht auf diesem Bild denn erkennen können?« Er nahm ihre kleine Herausforderung an. »Wenn du möchtest«, antwortete er lässig. »Ich kann das Bild natürlich auch abstrakt anlegen ...« »Bestimmt nicht«, erwiderte Kathrine. Ein kleines Glitzern zeigte sich in ihren Augen und erinnerte Axel noch viel mehr an die silbrig glänzende See. Sie schien auch so zurückgenommen und sich selbst genug und war doch so warm und lebendig. Er mochte es sehr und würde sie genauso malen, irgendwann ... »Ich werde dich malen wie – ein Geheimnis.« Er küsste sie, fasste um ihre Taille und setzte hinzu: »Sollen wir mal sehen, was es für dreihundert Kronen alles zu kaufen gibt?«

»Dreihundert Kronen!«, sagte Kathrine glücklich, als sie kurz darauf um den Markt schlenderten und dabei in die Schaufenster blickten. Sie gingen Hand in Hand, das Fahrrad schob Axel neben sich her. »Die Medaille wog zweihundert Gramm, da hat die poetische Gesellschaft sich nicht lumpen lassen«, erwiderte er. »Ich habe noch nie so viele Kronen auf einmal gesehen, nicht einmal, als Vater noch lebte – und Mutter hat die Medaille einfach so an mich weitergegeben.« Axel überlegte. »Mag sie vielleicht Schokolade?« »Ja … Vater hat ihr immer welche geschenkt, zu Weihnachten und an ihrem Geburtstag.« Sie kauften zwei Kästchen, für jede Mutter eines, und ein Viertelpfund Bohnenkaffee in ganzen Bohnen für sie selbst. Kathrine nahm sich vor, Axel von dem Geld auch etwas zu schenken, etwas, das er sich selbst nicht kaufen würde. Dann standen sie vor Ibsens Stoff- und Kurzwarenhandlung und betrachteten die Stoffballen auf den Tischen. Axel hielt ihr die Tür auf. Kathrine begann zwischen den Auslagen hin und her zu gehen, hob Stoffe an, prüfte ihre Qualität und kehrte schließlich zu Axel zurück. »Ich glaube, ich möchte ein Kleid, in dem ich heiraten und tanzen gehen kann.« Er lächelte. *Eigensinniger Liebling …* Es gefiel ihm so sehr, dass Kathrine ihre besondere Art hatte, mit den Dingen umzugehen. »Also suchen wir nach einem Stoff für ein Tanzkleid, ja?« Kathrine nickte, konnte aber nicht mehr antworten, weil eines der Ladenfräuleins zu ihnen kam. Sie blickte unwillig von Kathrine zu Axel und wieder zu Kathrine. Dass die eine oder andere junge Dame neuerdings in Herrenbegleitung zum Einkaufen erschien, behagte ihr gar nicht. In Ibsens Stoff- und Kurz- warenhandlung waren die Frauen immer vertraulich unter sich gewe- sen. Und gerade die älteren Stammkundinnen des Hauses wollten gern weiterhin vor dem großen Spiegel im hinteren Teil des Ladengeschäfts ungeniert ihre Stoffe probieren. Sie lächelte höflich. »Bitte schön?« Axel legte Kathrine eine Hand auf den Arm. »Meine Verlobte benötigt Stoff für ein Kleid, in dem sie heiraten und tanzen gehen kann. Wären Sie wohl so nett, uns etwas zu zeigen?« Die Verkäuferin schürzte die Lip- pen. »Eine eher unübliche Bitte«, bemerkte sie. »Nichts Reinweißes also, nehme ich an?« »Auf keinen Fall!«, entgegnete Kathrine hastig. »Etwas Kleingeblümtes vielleicht?« Die Verkäuferin ging zu einem der Tische, zog eine Kunstseide heraus und schlug sie auf. »Ich glaube nicht«, sagte Kathrine und sah Axel unglücklich an. Der trat auf die Verkäuferin zu und vollführte eine seiner kleinen, knappen Verbeugungen. »Tausend Dank für Ihre Bemühungen, Frøken, lassen Sie uns nur selbst umher- gehen. Meine Verlobte hat einen besonderen Geschmack und weiß doch am besten, was ihr passt.« »Es ist eigentlich nicht üblich«, antwortete das Fräulein unwillig. Doch Axel versprach ihr freundlich, dass sie ganz bestimmt nach ihr verlangen würden, wenn sie nicht zurechtkämen. Sie erwiderte knapp: »Wie Sie wünschen«, und zog sich zum Ladentisch zurück. Kathrine lächelte in sich hinein. Diese Art, zu bekommen, was er wollte; man konnte ihm einfach nichts abschlagen. Nicht einmal das strenge Fräulein ... »Danke, Liebling«, sagte sie, »wie gut, dass du sie losgeworden bist. Ich hatte schon gar keine Freude mehr.« »Ich weiß«, entgegnete er weich und nahm sie bei der Hand. »Komm!« Und während eilige Kundinnen kamen und gingen, schlenderten sie zwischen den Tischen hin und her, schlugen genussvoll Stoffe auf, strichen über die Seiden und Kunstseiden, legten Ballen nebeneinander, verglichen lächelnd Qualität und Farben, entdeckten, dass sie einen ähnlichen Geschmack hatten, und genossen es, zusammen zu sein. »Was Blaues, glaube ich«, sagte Axel schließlich. »Hm ... ich trage doch fast jeden Tag etwas Blaues.« »Aber nichts Glänzendes. Ein helles Blau wäre gut zu deinen Farben.« Er ging zu einem der hinteren Tische und begann die Stoffballen umzuschichten. Kathrine sah ihm zu und betrachtete dabei aufmerksam die Seiden auf der Auslage. Eine matt glänzende, silber-blaue Kunstseide fiel ihr auf. »Die da!«, sagte sie und wies auf den Ballen. Axel zog ihn heraus; der Stoff schimmerte silbern auf, als Kathrine ihn ins Licht drehte. Die beiden sahen einander an und Axel sagte: »Lass uns mal zu dem großen Spiegel da gehen.« Kathrine schaute zweifelnd in den Spiegel, während Axel ihr die Seide hinhielt. »Ein bisschen blass, oder?«, fragte sie. Axel nickte. »Da muss noch was Warmes dran, ein Kontrast.« Er legte den Ballen wieder auf den Tisch, suchte herum und kam schließlich mit einem orangegoldenen Moiré zu ihr zurück. »Sieh mal!« Er stellte sich neben sie und wickelte den Stoff ab, bis er auf ihre Füße hinabfiel. Sie blickten einander im Spiegel an. »Schön«, sagte Kathrine. »Ja, ein Stoff für eine Königin.« Sie fasste ihm um die Hüfte und entgegnete: »Und für einen König.« Doch bevor sie ihn küssen konnte, kam das Ladenfräulein wieder zu ihnen. »Sie haben sich entschieden?« Axel wandte sich zu ihr um und entgegnete freundlich: »Danke, wir probieren noch.« Das Fräulein hob die Brauen, zog sich aber wieder zurück. »Schade, dass wir nicht allein sind«, sagte Kathrine. Er lächelte und schickte ihr eine Kusshand, dann legte er die blaue Seide etwas versetzt über den Moiré, sodass er an den Kanten leicht hervorblitzte, und hielt ihr beide Stoffe vor. »So dachte ich«, sagte er. Sie nickte. »Sehr gut.« Axel brachte die Stoffe zur Auslage zurück, nahm Skizzenbuch und Stift aus der Tasche und begann zu zeichnen. Kathrine stellte sich neben ihn und sah zu, wie er mit raschen Strichen ein Kleid entwarf. Er ließ den Stoff von den Schultern bis zur halben Wade lose hinabfallen, skiz-zierte einen ovalen Ausschnitt, der den Halsansatz freigab, und kleine, angeschnittene Ärmel. Jetzt schraffierte er die Kanten um Ausschnitt und Ärmel. »Der Moiré, von innen gegengesetzt. Geht das so zu nähen?« Kathrine nickte. »Kannst du das Kleid unten schräger zeichnen? Auf der einen Seite nur bis zum Knie?« Er berichtigte seine Zeichnung, ergänzte in Hüfthöhe noch ein schmales Band mit einem Volant an der kurzen Rockseite und fragte lächelnd: »So vielleicht?« Kathrine nickte wieder und küsste ihn auf die Wange. »Es wird sehr gut aussehen, glaube ich. Und jetzt zeichne mir noch eine Jacke dazu, ja? Sie soll wie ein Überwurf sein, ganz gerade, ohne Kragen, mit dem Moiré innen.« Axel nickte und skizzierte wieder, während Kathrine, das Kinn auf seiner Schulter, ihre Wünsche beschrieb. Schließlich holte er das Fräulein herbei, das ihnen die Stoffe abmaß und in braunes Packpapier einwickelte. Kathrine ging zum Ladentisch und zählte stolz das Geld hin.

»Wenn ich nur das Geld für die Hochzeit schon beisammenhätte, Kathrine«, sagte Axel, als sie die Stufen vor dem Ladengeschäft hinabgingen. »Ich möchte so viel lieber dein Mann sein als dein Verlobter und dich so gern vor allen meine Frau nennen.« Er legte das Stoffpaket über die Lenkstange. Kathrine nahm wieder seine Hand. So gingen sie langsam über den Marktplatz auf die Brogade zu, um über die Au in den Südteil der Stadt zu kommen. »Aber es geht noch nicht«, sagte er. »Wir brauchen die Ringe, einen neuen Anzug für mich und einen Kleiderstoff für Mutter, neue Schuhe …« Kathrine streichelte seine Hand, während sie überlegte, ob er sie etwas beisteuern lassen würde. Zu den Ringen vielleicht? Nein, entschied sie, das würde ihm sicher nicht recht sein, ihn kränken. »Wenn du den Auftrag von der Gesellschaft bekämst, könnten wir noch in diesem Jahr heiraten, oder?«, fragte sie. »Ja, im Herbst vielleicht …« Er nickte. »Und dafür werde ich arbeiten, Kathrine«, setzte er, mehr für sich selbst, hinzu. »Ich will, dass du es gut bei mir hast und dass es ordentlich zwischen uns ist, nicht wie mit meinem Vater.« »Aber ich habe es doch gut bei dir, und es ist ordentlich zwischen uns; immerhin sind wir verlobt«, erwiderte sie. »Außerdem bist du nicht dein Vater, Liebling, du wirst mich nicht im Stich lassen, das weiß ich.« »Niemals«, antwortete er. Wie sehr er es verabscheute, arm zu sein. Aber er wollte Kathrine nicht die Freude verderben mit seinem plötzlichen Missmut. »Und wir haben uns«, fuhr sie lächelnd fort. »Ist das nicht mehr als alles andere?« »Ja, ist es. Weißt du übrigens, was mir an deinem Kleid am besten gefällt?« »Was denn?«, fragte sie, auf seinen lässigen Ton eingehend. Da war noch etwas, das spürte sie, worüber er nicht weiter sprechen wollte. »Dass wir es uns zusammen ausgedacht haben«, sagte er und legte den Arm um ihre Schultern. Mittlerweile waren sie schon am Hotel Danmark vorbei und über die Brücke gegangen. Die ersten Felder am Stadtrand kamen in Sicht. Kathrine nickte und antwortete: »Und wenn es fertig ist, führst du mich darin zum Tanzen aus, ja?« »Versprochen – und ich werde mächtig mit dir angeben, dass du es nur weißt …«

Kerstine Söderblom hatte in der Stube gedeckt, obwohl das schöne Wetter eigentlich zum Kaffeetrinken im Garten einlud. Aber der erste Besuch ihrer zukünftigen Schwiegertochter war etwas Besonderes. Bei der Hecke sitzen und plaudern konnte man immer noch. Sie hatte einen Kringel aus der Bäckerei besorgt und auf der schönen Platte aus Lüsterporzellan angerichtet; der Kessel stand bereit, sie musste nur noch den Bohnenkaffee aufbrühen. Jetzt stand sie wartend an der Haustür und richtete den Kragen ihres guten schwarzen Kleids. Jemanden heiraten zu wollen, den man nicht einmal eine Woche kannte … Aber verliebt, wie Axel war … Jedenfalls würde er es mit seiner Frau besser machen als sein Vater mit ihr, das wusste sie. Der hatte genommen und war gegangen. Sie hob ein wenig die Schultern. *Vorbei* … Aber ihr Sohn würde zu seiner Frau stehen, dachte sie und war einmal mehr stolz auf ihn. Sie hätte ihm so gern mehr gegeben als ihre Liebe, er hätte noch so viel anderes gebraucht … Aber er hatte nie geklagt, sondern war seinen Weg gegangen, hatte sich selbst beigebracht zu zeichnen und konnte sogar ein bisschen Amerikanisch, von dieser Jazzmusik her, die er so gern hörte.

Kathrine ging an Axels Hand die Schmiedegasse entlang. Natürlich konnte man hier das Meer nicht riechen, bei all dem Staub, aber es war vor allem der Himmel, der anders schien, flacher als in Norby, endlicher, obwohl hinter den Fachwerkhäuschen schon offenes Land lag, Wiesen und Felder, ein Wäldchen. »Sagst du mir, was du als kleiner Junge hier gespielt hast?«, fragte sie. »Trudelreifen vielleicht oder Kriegen?« »Am liebsten hab ich immer schon gezeichnet, Kathrine«, antwortete er lächelnd und fasste sie fester um die Schulter. Dann winkte er einer blonden Frau im langen schwarzen Kleid zu, die vor einem der niedrigen, langgestreckten Häuser auf der anderen Straßenseite stand. »Deine Mutter?« Er nickte und Kathrine winkte auch.

Axel lehnte das Fahrrad gegen den Zaun, nahm das Stoffpaket über den Arm und führte Kathrine den kleinen Zuweg zur Haustür hinauf. »Mutter, das ist Kathrine«, sagte er. »Kathrine, meine Mutter.« Kathrine hörte den nüchternen, flachen Ton seiner Stimme und ahnte, dass sein Herz gerade genauso heftig schlug wie ihres. »Danke für die Einladung«, sagte Kathrine höflich und sah sofort die Ähnlichkeit zwischen Mutter und Sohn. Beide waren schlank und sehnig und hatten dieselben graublauen Augen mit den gelben Einsprengseln um die Pupille. Kerstine Söderblom ging einen Schritt vor und umarmte Kathrine. »Herzlich willkommen! So ist es doch besser.« Dann nahm sie Kathrines Hände und trat wieder etwas zurück. »Na, lass dich mal anschauen.« Sie berührte Kathrines Haar: »Schmuck!« Zu Axel gewandt fügte sie hinzu: »Ich hätte direkt Lust, es auch zu probieren.« *Wie ähnlich sie sich doch sind*, dachte Kathrine. Dieses kurze Lächeln mit den leicht erhobenen Brauen und diese Art, einfach zu berühren, was sie anzog … »Jetzt mach nicht so ein Gesicht, mein Sohn«, sagte Kerstine lachend, »ich bleibe schon bei meinem Zopfknoten, keine Sorge.« Sie umarmte ihn und er drückte sie, mit dem Stoffpaket über dem Arm, fest an sich. »Lasst uns in die Stube gehen und ein bisschen feiern«, sagte sie dann und streckte einen Arm nach Kathrine aus: »Wollt ihr eure Mutter nicht in die Mitte nehmen?«

Axel legte Kathrines Kleiderstoffe auf den Tisch am Stubenfenster und nahm seine Tasche ab. Dann reichte er seiner Mutter die Schokolade. »Ihr meint es aber gut mit mir«, sagte Kerstine augenzwinkernd. »Mach's dir bequem, Kathrine«, fuhr sie fort und wies einladend auf ihren Sessel, den sie zusammen mit dem Stubentisch vor ihr Bett gerückt hatte. »Und du könntest Kaffeewasser holen gehen«, wandte sie sich nun an Axel und folgte ihrem Sohn dann in die Küche, um den Kaffee aufzubrühen. »Kathrine sitzt übrigens bei mir auf dem Bett«, hörte Kathrine Axel mit seiner Mutter in der Küche sprechen. »So? Na, sie wird schon wissen, was ihr passt«, antwortete Kerstine. Axel lachte. Kathrine hörte den beiden schmunzelnd zu und beschloss, vorerst stehen zu bleiben, wo sie war und sich ein wenig umzusehen. Lächelnd betrachtete sie das Kaffeegeschirr aus goldglänzendem Lüsterporzellan auf dem Stubentisch und die mit bunten Seidengarnen bestickten Paradekissen auf Kerstines Bett. *Noch eine Ähnlichkeit,* dachte sie. Auch ihre zukünftige Schwiegermutter hatte offensichtlich Freude an glänzenden

Farben und eleganten Linien. An den Wänden hingen Plakatentwürfe und ein Porträt von Kerstine, auf Karton gezogen. Neben der Küchentür stand eine Kommode mit einer kleinen Uhr darauf und am Fenster zur Straße der Tisch mit Kerstines Nähzeug und ihrer Lampe. Die Tür zu Axels Kammer, Kerstines Bett gegenüber, stand offen, und Kathrine ging ein paar Schritte darauf zu, um hineinzusehen. Auch er hatte einen Tisch vor dem Fenster zur Straße stehen. Zeichnete er dort? *Bestimmt*, dachte sie. Vielleicht unterhielt er sich dabei ja durch die geöffnete Tür mit Kerstine? Die Stube war ein guter Ort, behaglich. Kathrine wusste, sie würde gern nach Nybøl kommen, es würde auch ihr ein Zuhause sein …

»Du sitzt doch bei mir?«, fragte Axel, als er die Stube betrat. Sie streckte ihm lächelnd die Arme entgegen und antwortete: »Wo sonst?« Er ging auf sie zu, zog sie an sich und sagte leise: »Ich bin so glücklich, dass du bei mir bist … zu Hause.« Wie er darauf gewartet hatte, sie heute hierherzubringen, alles mit ihr zu teilen. Kathrine legte ihre Wange an seine. »Ich mag hier sein«, erwiderte sie, »es ist so behaglich, voller Liebe.« Er lächelte und küsste sie sacht. »Dann ist es dir nicht … zu wenig?« Kathrine sah ihn überrascht an. »Zu wenig?« Sie erkannte die Unsicherheit in seinem Blick. Plötzlich verstand sie, warum er sich so verbissen plagte. Es war nicht das Wenige, sondern der Makel. Er schämte sich dafür, arm zu sein, weil andere ihn dafür verachteten und ihm so seine Ehre nahmen. Sie legte ihre Wange wieder an seine. »Aber nein, es ist alles genau richtig und mehr als genug.« Sie spürte seine Tränen auf ihrer Wange und wischte sie lächelnd fort. »Nicht weinen, Liebling … Sag, lässt du mich nachher mal an deinem Tisch sitzen? Ich will sehen, was du siehst, wenn du dort zeichnest, weißt du?« »Mein Tisch?« Er streichelte ihre Wange. »Alles, was mir gehört, gehört doch jetzt auch dir.« Er wollte sie küssen, doch sie erwiderte: »Warte – und was meins ist, ist auch deins.« Axel legte seine Stirn gegen ihre Schulter und atmete langsam aus. »Ja«, antwortete er schließlich, »und ich werde für uns arbeiten, versprochen.« »Aber ja«, sagte sie lächelnd, »das wirst du bestimmt, und jetzt küss mich.« Es war ein sehr schneller Kuss, denn Kerstine kam mit der Kaffeekanne auf dem Topflappen aus der Küche. Axel nahm Kathrine bei der Hand und führte sie zum Tisch.

Kathrine genoss den Kuchen sehr. Es war so lange her, dass sie welchen gehabt hatte. Sie musste an sich halten, nicht unmanierlich zu schlingen. Doch Kerstine hielt ihr die Kuchenplatte hin und nötigte sie freundlich, nochmals zuzugreifen. »Bäcker Andersen gibt extraviel Butter an die Remonce, deshalb sind seine Kringel die saftigsten«, erklärte sie und schenkte auch noch Kaffee nach. Lächelnd beobachtete sie, wie Kathrine Axel von ihrem Kuchen abbeißen ließ und ihm einen Krümel aus dem Mundwinkel wischte, bevor sie sich wieder an ihn lehnte und weiteraß. Es war schön zu sehen, wie liebevoll sie mit ihm war und wie sehr er es genoss. »Und jetzt erzähl doch mal, mein Sohn, was du in deiner Sommerfrische noch so treibst, außer dich zu verloben«, sagte Kerstine, sich selber auch noch ein Stück von dem Kringel auf den Teller legend. »Ich arbeite«, erwiderte Axel kauend. Dann erzählte er ihr von der bevorstehenden Gründung der Vermietungsgesellschaft und der Anfrage an ihn für die Reklame. »Eine große Arbeit also«, sagte Kerstine. »Herzlichen Glückwunsch, mein Junge!« »Noch ist es nicht ausgemacht, Mutter. Steen Steensen hat noch nichts zu meinen Arbeitsproben gesagt – und die künftigen Gesellschafter müssten auch zustimmen. Aber wenn es klappt, dann wäre es vor allem regelmäßiges Geld.« Er fasste nach Kathrines Hand. »Und wir könnten vielleicht noch in diesem Jahr heiraten«, setzte er hinzu. »Also, drück uns die Daumen, Mutter!« Sie versprach es und fragte, zum Nähtisch weisend: »Der Stoff für dein Hochzeitskleid?« Kathrine nickte und ging das Paket holen. Gemeinsam breiteten Axel und Kathrine die Stoffe auf dem Bett aus. Kerstine sah sie sich begeistert an. »Schön!«, sagte sie, die silberblaue Seide ein wenig anhebend. »So eine Kunstseide ist was ganz Feines, nicht? Genauso gut wie echte Seide.« Sie strich über den Moiré und setzte hinzu: »Prächtig!« »Axel hat ihn gefunden«, erklärte Kathrine. »Ist er nicht wunderbar?« »Der Stoff oder ich?«, fragte Axel und drückte einen Kuss auf ihr Haar. »Wie kann man nur so plump auf Schmeicheleien ausgehen!«, sagte Kerstine schmunzelnd und gab ihm einen Klaps auf den Arm. »Beachte ihn einfach gar nicht, Kathrine.« »Aber ich will unbedingt von ihr beachtet werden, Mutter«, entgegnete er und hielt sein Gesicht vor Kathrines. Wie anders er hier war, freier und ungezwungener als in Norby, vielmehr wie ein Junge, dachte Kathrine, und noch bezaubernder. Sie küsste ihn und antwortete: »Ihr beide!« Er nahm sie um die Taille, sagte entzückt: »Wir beide? Du bist die Beste, Kathrine!«, und küsste sie auch. »Die Einzige, wolltest du wohl sagen«, neckte sie ihn und lächelte, als er sie darauf sehr ernst seinen garantiert einzigen Liebling nannte. Kathrine bat um sein Skizzenbuch und erklärte Kerstine, wie sie den Schnitt von seiner Zeichnung abnehmen wollte. Diese schmunzelte, als sie hörte, dass Kathrines Hochzeitskleid auch ihr Tanzkleid sein würde, und ließ sich dann erzählen, wie Axel das Ladenfräulein dazu gebracht hatte, sie inmitten der Stoffe allein zu lassen. »Ich weiß nicht, wie er es macht«, schloss Kathrine, »und das Fräulein wollte es ja auch nicht, aber man kann ihm einfach nicht Nein sagen. Keiner …« Als Kerstine sah, wie verliebt ihre zukünftige Schwiegertochter ihren Jungen anblickte, lächelte sie in sich hinein. *Gut gemacht, mein Sohn!* »Oh, ich schon …«, erwiderte sie dann und schaute Axel von der Seite an. »Glaube ich jedenfalls.« Der lächelte sein schiefes Lächeln und zuckte mit den Schultern, sah, wie seine Mutter Kathrine zuzwinkerte und die mit einem Lächeln antwortete. *Er hatte ja gewusst, dass sie einander mögen würden*, dachte er und legte Kathrine den Arm um die Schulter. »Was meinst du, gehen wir ein bisschen ausgucken?«

Kathrine saß an Axels Tisch und schaute nachdenklich durch das kleine Fenster. Es bot einen sehr beschränkten Ausblick auf die Schmiedegasse, auf ein Stück von Hauswand und Dach der Kate gegenüber und auf einige Büsche im Vorgarten. Kathrine verstand, dass Axel hier keine Plakate von Holzhäusern auf Dünen zeichnen konnte, mit dem Meer davor und dem weiten Himmel darüber, von dem hier fast nichts zu sehen war. Und sie verstand auch, dass genau dieser Ausblick ihn zu ihr nach Norby gebracht hatte. Sie lehnte ihren Kopf gegen seine Brust und sah zu ihm auf. »Stell dir mal vor, man könnte von hier aus das Meer sehen«, sagte sie, »dann wäre ich heute nicht hier. Seltsam, wie die Dinge manchmal zusammenkommen, nicht?« Axel, der hinter ihrem Stuhl stand und sich über sie gebeugt hatte, um auch aus dem Fenster sehen zu können, küsste ihr Haar. »Und wenn du nicht den Einfall gehabt hättest mit deiner Anzeige im Nybøler Tageblatt …« »Und wenn du nicht von den Häusern in Vejrs gehört hättest …« Er küsste wieder ihr Haar. »Dann sollte wohl alles so sein.« »Ja.« Einen Augenblick schwiegen sie, dann fuhr Kathrine fort: »Ich möchte dir so gern was schenken.« »Mir was schenken?«, fragte er überrascht. »Ich hab doch dich.« »Nein, etwas, das du dir wünschst … sag!«, entgegnete sie, ihre Wange gegen seinen Hals schmiegend. »Es gäbe da schon etwas«, sagte er zögernd. »Steh mal auf, Kathrine, und komm in meine Arme, dann kann ich's dir besser sagen.« Und als er sie in seinen Armen hatte, fuhr er fort: »Du machst, dass ich viel lieber Bilder malen will als Plakate ... dich ... ganz und gar.« Kathrine versuchte, in seinem Blick zu lesen. »Oh«, antwortete sie und errötete, »du meinst ... ganz und gar, ohne ...?« Axel nickte. Sie sah ihn an, sah seine Liebe, sein Begehren, seine Verletzlichkeit. Sie wusste, dass ihre Antwort etwas zwischen ihnen verändern würde. Sie blickte zu seinem Bett hinüber, das sie heute Nacht mit ihm teilen würde. Keiner von ihnen hatte es ausgesprochen, aber so würde es sein, das wussten sie beide, und sie wollte es so sehr. Doch ganz und gar nackt vor ihm zu sein, sich von ihm anschauen zu lassen? *Aber was zweifle ich denn?*, dachte sie. *Er wird mich doch mit Liebe ansehen, und seine Blicke werden wie Küsse sein* ... »Ja«, erwiderte sie lächelnd, »für dich schon.« »Kathrine ...« Er küsste sie innig. »Ich will endlich sehen, wie schön du bist, ich sehe dich immerzu vor mir.« Er legte seine Stirn gegen ihr Brustbein. Kathrine strich über seine Wangen und küsste sein Haar. »Aber nichts Abstraktes«, sagte sie. Er blickte auf, sah das Glitzern in ihren Augen und lächelte. »Versprochen«, antwortete er. »Komm her!«, er zog sie noch fester an sich und küsste sie wieder. Dann gab es nur noch sie beide, bis es Zeit wurde, dass er für das Tanzvergnügen sein sauberes Hemd anzog und sich noch einmal rasierte, während Kathrine seiner Mutter half, Suppe und Brote für das Abendessen herzurichten.

***

Kathrine summte die Melodie der Kehrauspolka und Axel stimmte leise pfeifend ein, als sie nach dem Tanzen müde und glücklich hinunter zur Süderbrücke gingen. Auf der Brücke blieben sie stehen, um sich auszuruhen, sahen auf das dunkle Wasser hinunter und genossen die erfrischende kühle Luft, die vom Fluss her zu ihnen aufstieg. »Und?«, fragte Axel schließlich. »Zufrieden? Hat's dir gefallen im Hotel Danmark?« Kathrine legte ihren Kopf an seine Schulter. »Schon, obwohl ...« »Obwohl?« Sie drückte einen Kuss auf seinen Oberarm. »Na ja, all die Walzer und Polkas und Galopps ... Es kam ja gar nichts Langsames, nur dieser grässliche Rundtanz mit Abklatschen.« Er zog sie an sich. »Es hat mir gefallen, dass du mich nicht weggeben wolltest«, sagte er leise in ihr Haar, »sehr sogar.« Dann begann er, eine süße, sehnsüchtige Melodie zu summen, und sang leise in ihr Ohr: »Sleep, my darling, good night, in dreams of mine I hold you tight, sleep ...« »Englisch ...«, murmelte

Kathrine. »Amerikanisch … langsam genug?« »Hm …« Er wiegte sie in seinen Armen und drehte sich mit ihr, während er weitersang und -summte. »Bring mich nach Hause«, sagte Kathrine irgendwann, ihren Mund an seinem, »ja?«

XIV

Kathrine erwachte als Erste, schmiegte sich, noch im Halbschlaf, enger an Axels Rücken und genoss es, seine warme Haut an ihrer zu spüren. Langsam öffnete sie die Augen, küsste seinen Nacken und ließ eine Hand sanft über seinen Körper wandern. Ihn so zu berühren, zu spüren, wie er sich unter ihrer Hand zu ihr hinbewegte und dann wieder still lag, war köstlich. Und zu wissen, dass sie einander heute Morgen ganz für sich haben würden, auch. Sie strich vorsichtig über sein Haar. »Liebling?« Er regte sich nicht. Nein, sie würde ihn nicht wecken. Behutsam löste sie sich von ihm, stieg aus dem Bett, hob sein Hemd vom Fußboden auf und zog es über. Nach einem letzten Blick auf Axel schloss sie die Tür hinter sich. Auf dem Tisch in der Stube sah sie einen Zettel liegen. »Liebe Kinder«, hatte Kerstine geschrieben, »bitte nehmt vom Kuchen. Zigaretten sind in der Dose im Küchenschrank. Habt einen schönen Tag und kommt gut nach Norby zurück, Mutter.« Kathrine stand ganz still; Kerstines einfache, liebevolle Worte, dazu das Glück der letzten Nacht … Sie spürte die Holzdielen unter ihren Fußsohlen, hörte die Uhr auf der Kommode leise summen und sah die akkurat geschichteten Kissen auf Kerstines Bett. Vor ihren Füßen hatte die Morgensonne ein helles Viereck auf den Boden gezeichnet. Sie atmete den Duft von Axels Haut ein, der in seinem Hemd war, wusste, dass alles genau so sein musste, und fühlte sich vollkommen geborgen. Ein Dielenbrett knarrte leise, der besondere Augenblick war vorüber. Lächelnd legte sie den Zettel zurück auf den Tisch und ging hinaus in den Garten, um das Bretterhäuschen bei der Hecke aufzusuchen.

Als sie wieder herauskam, stand Axel an der Küchentür, barfuß, in seiner Schlafanzughose, mit zerzausten Haaren. In die Sonne blinzelnd sagte er: »Hier bist du.« Seine alberne, unbegründete Angst, Kathrine könnte einfach weggegangen sein, als sie eben beim Aufwachen nicht neben ihm gelegen hatte, behielt er für sich. »Ich musste mal raus«, erwiderte sie lächelnd, »und ich wollte dich nicht wecken.« Na also. Es war ganz einfach, wie alles zwischen ihnen, einfach und schön. Er ging zu ihr, schob seine Hände unter das Hemd und fasste um ihre Taille. »Morgen, Liebling.« Kathrine lehnte sich gegen ihn. »Auch Morgen, mein Liebling.« Er küsste sie und sagte: »Ich hab dich vermisst.« »Ich dich auch … Schon auf der Bettkante schienst du plötzlich schrecklich weit weg.« Er fasste in ihr Haar, neigte sein Gesicht gegen ihres, so standen sie einige Augenblicke still in der warmen Morgensonne und genossen es, beieinander zu sein. »Frühstück im Garten?« Kathrine nickte. »Wir sollen vom Kuchen nehmen, deine Mutter hat uns einen Zettel auf den Stubentisch gelegt.« »Hab ich schon gesehen«, entgegnete er. So über Kleinigkeiten zu sprechen, dieses selbstverständliche Einvernehmen, war auch köstlich, dachte Kathrine. Axel brühte den Kaffee auf und sie schnitt den Kuchen in Stücke, füllte Dickmilch in die Schalen und richtete das Frühstückstablett. Er legte noch seine Zigaretten und die Streichhölzer dazu. Sie sprachen nicht viel, auch nicht, als sie dann im Schatten der Hecke frühstückten. Gelegentlich sahen sie einander über den Rand ihrer Tassen oder Schalen hinweg lächelnd an und waren es zufrieden. »Ach, ich könnte jeden Tag Kuchen zum Frühstück essen«, brach Kathrine schließlich doch das Schweigen und hielt Axel den Kuchenteller hin, »besonders Kringel!« Axel winkte lächelnd ab. »Nimm du … und auch noch Kaffee, hier.« Er schenkte ihr ein und zündete sich eine Zigarette an. »Ich wusste gar nicht, dass du rauchst«, sagte Kathrine, genussvoll kauend. »Doch«, erwiderte er, »und besonders an hohen Feiertagen. Aber natürlich niemals in den heiligen Hallen deiner Mutter.« Er hielt ihr die Zigarette hin. »Du auch?« Kathrine schüttelte den Kopf. »Nein danke, ich bin mit meinem Kuchen ganz zufrieden. Du würdest dich übrigens wundern, Mutter mag Männer, die rauchen. Vater hat ihre heiligen Hallen mit seinen ewigen Zigarren manchmal ganz schön vollgeräuchert.« Sie angelte nach der Zigarettendose und sah hinein. »Wer hat die denn alle gedreht? Du?« »Mutter«, erwiderte Axel zwischen zwei Zügen, »sie dreht auf Vorrat und lässt mir welche nach.« »Deine Mutter … ich mag sie sehr«, sagte Kathrine und erzählte ihm von ihrem besonderen Moment in der Stube, mit Kerstines Briefchen in der Hand. Axel streifte scheinbar lässig die Asche von seiner Zigarette, doch Kathrine sah, wie gerührt er war. »Ja, Mutter ist schon in Ordnung«, antwortete er lächelnd. »Vielleicht habe ich jetzt gerade einen besonderen Moment …« Er griff nach ihrer Hand: »Ich hab nachgedacht. Weißt du, dass wir schon in drei Wochen verheiratet sein könnten, Kathrine?« »Eine Trauung auf dem Rathaus?« Er nickte. »Wir würden einfach hingehen, unterschreiben und wären verheiratet. Nur eben ohne Ringe, Hochzeitsglocken und all das.« Er sah sie zweifelnd an. »Klingt nicht sehr feierlich, wie?« »Und die Blumen für die Braut?«, fragte Kathrine mit einem verschmitzten Lächeln. Axel sah ihr Lächeln und lächelte auch. »Natürlich kriegst du Blumen und wir werden auch eine richtige Feier haben und Ringe. Nur später.« Sie streichelte seine Hand. »Einverstanden. Und jetzt sag mir, was du mir gestern nicht sagen wolltest. Es sind die ordentlichen Verhältnisse, nicht?« Er nahm einen Zug aus seiner Zigarette, atmete den Rauch aus und nickte. »Wir können doch nicht einfach im Haus deiner Mutter als Verlobte zusammenleben. Man wird auf uns sehen und reden, am meisten über dich. Ich will nicht, dass man dich schief ansieht, nur weil mein Geld für eine Hochzeit nicht reicht. Ich will ordentlich mit dir leben, Kathrine.« *Altmodischer, anständiger Liebling*, dachte sie. Aber er hatte ja recht. Sie nahm ihm die Zigarette aus der Hand, drückte sie auf der Erde aus, legte seinen Arm um ihre Schultern und sagte lächelnd: »Also gehen wir lieber ganz schnell aufs Rathaus. Ich hab nämlich Angst, dass du mich sonst nicht mehr in dein Bett lässt.« »Ich glaube nicht, dass ich dir widerstehen könnte«, erwiderte er ernsthaft und küsste sie. »Aber du würdest dir ein Gewissen daraus machen«, antwortete Kathrine und fuhr mit den Lippen an seiner Halssehne entlang, »und das will ich nicht.« Sie bedeckte seinen Oberkörper mit vielen kleinen Küssen. »Ich möchte, dass es wieder so schön ist wie gestern Nacht … für uns beide«, sagte sie zwischen zwei Küssen. Er lehnte sich gegen die Hecke zurück, antwortete leise: »Ich auch.« »Willst du vielleicht dein Hemd zurück?«, fragte sie lächelnd. Er nickte, legte seine Hände um ihre Wangen und küsste sie. »Lass uns reingehen …«

***

Sofie faltete ihren Einkaufszettel zusammen und stand vom Küchentisch auf. »Ich möchte, dass der Reispudding besonders gut schmeckt, Tante Pedersen.« Da Sofie bis zu ihrer Hochzeit wie eine Verwandte in ihrem Haus leben würde und von Gesine außerdem Kochen und Haushalten lernen wollte, hatte Gesine ihr das Du angeboten und ihr vorgeschlagen, sie Tante Pedersen zu nennen, um ihr besonderes Verhältnis auszudrücken. »Und danke, dass ich dazu von deinen Kirschen nehmen darf«, fügte Sofie höflich hinzu. »Zum Glück hat Kathrine welche eingeweckt, ich glaube nicht, dass Mette Kirschen dahat. Sag ihr einen schönen Gruß von mir, ja?«, erwiderte Gesine und reichte ihr den Einkaufskorb. Sofie nickte und eilte mit dem Korb über dem Arm aus der Küche, während Gesine sich wieder dem Komfur zuwandte. Der Herd mit seiner schwarzglänzenden Platte, der polierten Messingstange, den Klappen vor Backofen und Feuerstelle, den Eisenringen und dem Schürhaken hatte Sofie großen Eindruck gemacht, genauso wie die Aschenschublade und das Anfeuern mit Papierstreifen und Kleinholz. Natürlich gab es auch im Krausesvej einen Herd, aber der wurde mit Gas beheizt, soviel Sofie wusste. Sie ging zuhause nicht oft in die Küche. Nielsine, die Hauswirtschafterin der Hansens, konnte es gar nicht haben, wenn man ihr zwischen den Füßen herumstand, hatte Sofie erzählt. Auch war sie bislang ganz mit ihren Romanen, Schallplatten und Kleidern beschäftigt gewesen – so hatte ihre Mutter es gewollt. Eine Dame, die ein großes Haus führte, musste nicht kochen, sondern einem elegant gedeckten Tisch vorsitzen können, ihre Gäste gut unterhalten und sich in Gesellschaft zu bewegen wissen. Gesine hatte genickt und allmählich verstanden, wie die Hansens in Kopenhagen lebten. Kein Wunder, dass Sofie das Kochen eines Reispuddings vorkam wie ein Abenteuer … und erst recht das Anfeuern! Aber anstellig und geschickt war sie gewesen und mit Freude bei der Sache. Freja auf Julsgård konnte sich auf eine tüchtige Schwiegertochter freuen, die Kathrine in nichts nachstehen würde, dachte Gesine.

Mit dem Einkaufskorb am Arm lief Sofie den Strandweg hinauf und ärgerte sich wieder einmal über ihre Schuhe. Die waren schick ausgeschnitten, mit einem Riemen quer über den Fuß und flotten Absätzen versehen – genau das Richtige für das Kopenhagener Straßenpflaster, doch ganz verkehrt für die Sandwege von Norby. Vielleicht würde James ja bald mit ihr nach Nybøl fahren, Besorgungen machen und Schuhe kaufen – diese Vorstellung brachte ihre gute Laune sofort zurück. Fröhlich schüttelte sie den Sand aus ihren Schuhen und betrat das Ladengeschäft.

Mette, die den Laden der Verbrauchervereinigung neben der Wirtschaft mit versah, war gerade in der Küche beim Spülen, als die Ladenglocke ertönte. Sie wischte sich die Hände an der Schürze ab und eilte nach nebenan. *Ah, die zukünftige junge Fru Jul …* Steen hatte ihr, natürlich unter dem Mantel der Verschwiegenheit, die erstaunliche Neuigkeit von James' Verlobung mit Frøken Hansen erzählt. Nachdem er mit seiner hartnäckigen Werbung um Kathrine bald einen Narren aus sich gemacht hatte, schien er diesmal mehr Glück zu haben. Frøken Hansen war mittlerweile in Norby gern gesehen, so hübsch und charmant und freundlich, wie sie war. »Guten Morgen!« Sofie trat an den Ladentisch heran und stellte ihren Einkaufskorb auf die Holzplatte. »Guten Morgen, Frøken Hansen«, grüßte Mette und streckte Sofie über den Ladentisch die Hand entgegen. »Meinen herzlichen Glückwunsch zu Ihrer Verlobung. So eine nette Überraschung!« Sofie sah Mette erstaunt an. »Vielen Dank, Fru Steensen«, sagte sie, Mettes Hand schüttelnd, »aber woher wissen Sie …?«»Von meinem Mann«, entgegnete Mette. »James hat doch gestern Balder bei uns untergestellt, bevor er zu Ihnen ging. Aber außer uns weiß es wohl noch niemand, es sei denn, Jörn Jepsen hat davon Wind bekommen …« Mette blickte auf den Ring an Sofies Hand. *Sieh an*, dachte sie, *er hat ihr den Ring seiner Großmutter gegeben, dann ist es ihm also wirklich ernst.* »Ane Nivens Ring kleidet Sie sehr gut«, fuhr sie fort. »Oh, Sie kennen ihn?«, fragte Sofie noch erstaunter. »James hat ihn mir gestern geschenkt«, ihr Gesicht erstrahlte, »ich bin sehr stolz, dass ich ihn tragen darf.« Mette nickte. »Das glaube ich, er hing ja so an seiner Mormor. Und den Ring kennt jeder hier, sie hat ihn immer getragen.« Sie hob die Klappe im Ladentisch hoch und kam zu Sofie heraus. »Hier sagen wir übrigens Du zueinander. Also, ich heiße Mette.« »Und ich heiße Sofie.« Mette umarmte sie herzlich. »Also, Sofie, dann auf gute Nachbarschaft. Und wenn du dir mal meine Nähmaschine oder mein Fahrrad ausleihen möchtest oder sonst etwas brauchst, musst du es nur sagen. Wir helfen einander gern.« Sie trat einen Schritt zurück, um Sofie zu betrachten. Das butterblumengelbe Baumwollkleid mit dem Bubikragen und den kurzen Ärmeln stand ihr vorzüglich. »Ich muss schon sagen«, fuhr sie fort, »dein James bekommt eine richtig flotte junge Dame zur Frau. Ein wunderhübsches Kleid.« Sofie bedankte sich artig für das Kompliment, obwohl sie ihr Kleid überhaupt nicht leiden mochte und es nur wegen der Küchenarbeit angezogen hatte. »Ich will heute Reispudding kochen«, erklärte Sofie, »und da dachte ich, wenn mein Kleid kurze Ärmel hat, spare ich mir das Krempeln und es kann nichts herunterhängen.« Mette lächelte. Viel in der Küche gestanden hatte Sofie sicher noch nicht … »So, Reispudding. Na, da wird James sich aber freuen – der Pudding ist doch für James, oder?« Jeder in Norby wusste, dass Ane Niven ihren Enkel geradezu damit vollgestopft hatte. Freja hatte es stets missbilligt, war aber, wie in vielem, nicht gegen ihre Mutter angekommen, wenn es um James ging. »Ja, ich will ihm eine Freude damit machen, wenn wir am Sonntag zusammen ausfahren.« Dann holte Sofie ihren Einkaufszettel aus der Geldbörse und las ihre Liste herunter, während Mette Flaschen, Päckchen und Tüten herbeibrachte. »Und Sahne brauche ich noch.« »Sahne?«, fragte Mette. »Du hast doch die Milch?« »Aber der Pudding soll richtig gut werden«, erwiderte Sofie. »Ich kann James doch nicht mit ein bisschen Milch abspeisen.« »Gut, also eine Flasche Sahne.« Mette wandte sich schon um, da sagte Sofie: »Zwei.« Mette lächelte in sich hinein. Sofie war Ane Niven sehr ähnlich. Die hatte auch immer allen, die sie liebte, Gutes getan, sie verwöhnt und sich davon nicht abbringen lassen. Und auch unter Sofies Lieblichkeit verbargen sich ein starker Wille und eine große Entschlossenheit, die schnell genug hervortraten, wenn es darum ging, für ihren James das Beste zu bekommen. Hatte der junge Jul, schroff und stur, wie er manchmal war, in Sofie vielleicht seine Meisterin gefunden und wollte es so? Bereitwillig holte sie die Sahne herbei und dachte bei sich, dass man die junge Frau Jul in Norby sicher sehr gut aufnehmen würde. Ob auch die anderen die Ähnlichkeit mit Ane Niven bemerkten?

Die Ladenglocke läutete und Frau Pastorin Dahl trat ein. Sie grüßte höflich und betrachtete verwundert die Ansammlung von Flaschen, Tüten und Päckchen auf dem Ladentisch. »Ich koche Reispudding«, erklärte Sofie, während sie begann, ihre Einkäufe in den Korb zu legen. »Lieber etwas mehr, damit es sich auch lohnt, nehme ich an«, antwortete Grete Dahl freundlich. »Damit es auf jeden Fall ausreichend ist«, erwiderte Sofie ebenso freundlich, zahlte und wünschte einen guten Tag. Grete Dahl sah ihr nachdenklich hinterher. Der Ring an ihrer Hand hatte ausgesehen wie der von der Ane Niven. Unmöglich, natürlich. Wie einen doch die eigenen Augen manchmal täuschen konnten! Wie sollte der wohl an die Hand des Fräuleins aus Kopenhagen gekommen sein? *Nun, wie auch immer.* Sie wandte sich Mette zu und bat um ein Sträußchen Petersilie für die Sauce zu ihrem gekochten Fisch.

***

Malvine plagte sich im Esszimmer der Pedersens mit den Frachtlisten für Sofies Aussteuer. Sie fügte ihren Aufstellungen immer neue Posten hinzu, strich dafür andere aus und überlegte dabei, was noch besorgt werden musste, um Sofies Ausstattung zu vervollständigen. Und das war eine Menge, angefangen von Poliertüchern für das Silberbesteck bis hin zu einer neuen Bürstengarnitur für Sofies Frisiertisch. Sie wollte doch wohl einen Frisiertisch? Malvine war sich nicht mehr sicher, wenn es um Sofie ging. Sie blickte nachdenklich zur Küche hinüber, wo Sofie, mit Kathrines Schürze über ihrem guten Kleid, gerade eifrig die Zutaten für den Reispudding abmaß. Hatte sie überhaupt jemals gewusst, was Sofie wollte? Oder danach gefragt? Sie hatte doch immer angenommen, zu wissen, was Sofie brauchte, und gerade das Richtige zu tun, indem sie besonders gut auf sie achtgab und über sie wachte, wenn sie ihr schon den Vater nicht ersetzen konnte. Sie rieb über ihre Schläfen. *Ich werde Sofie verlieren*, dachte sie traurig. *An Gesine Pedersen, an die Juls, an diese Einöde an der Westküste ...* Entschlossen wandte sie sich wieder ihren Listen zu und setzte ein Fragezeichen hinter die Bürstengarnitur. Was sollte sie heute Nachmittag anziehen? Nichts Auffälliges sicherlich, es war ja Sofies Tag, nicht ihrer. Das Grauseidene vielleicht? Ja, das Grauseidene, entschied sie und verlor sich wieder in ihren Listen, um sich von ihrer Traurigkeit abzulenken.

Gesine betrachtete belustigt Sofies Einkäufe auf ihrem Küchentisch. »Was willst du denn mit der Sahne?«, erkundigte sie sich. »Die Sahne muss sein«, entgegnete Sofie entschieden. »Der Pudding ist für James, also soll er wirklich gut werden, gehaltvoll.« »Verstehe. Ja, da hat jeder so seine eigenen Ideen«, antwortete Gesine. Sie lächelte in sich hinein, während sie einen großen Topf neben die Flaschen stellte. *Das Mädchen ist wie Ane Niven. Wahrscheinlich hat die auch Sahne an ihren Reispudding getan.* Sofie mischte derweil Milch und Sahne, setzte den Topf aufs Feuer und sah interessiert zu, wie die Flüssigkeit im Topf allmählich anfing zu simmern, dann langsam hochstieg, und plötzlich fast über den Rand schäumte. »Teufel auch!«, sagte sie überrascht und nahm schnell den Topf vom Herd. Gesine lachte. »Grade noch mal gut gegangen. Jetzt schütte den Reis dazu.« Sofie rührte den Reis in die Milch und zog den Topf dann auf Gesines Geheiß an den Rand der Herdplatte, wo der Reis quellen sollte, während Gesine den Wasserkessel aufsetzte, um mit dem heißen Wasser die Weckgläser für den Pudding auszukochen. Weinbrand zum Ausspülen der Gläser war leider nicht im Haus, so musste es eben mit dem heißen Wasser gehen.

Da Sofie ihren Reis einstweilen sich selbst überlassen konnte, lief sie ins Schlafzimmer hinüber, um ihr Kleid für den Nachmittag herauszusuchen. Sie hielt sich vor dem Spiegel einige ihrer Kleider vor, doch keines erschien ihr richtig, bis auf das rosenfarbene, das sie am letzten Sonntag getragen hatte und in dem James sie so gern leiden mochte. *Ich will ihm die Freude machen*, entschied sie und legte ihre rechte Hand über den Kleiderstoff. Ja, die Schattierungen von hellem und dunklem Himbeerrot spielten wunderschön ineinander. Und vielleicht hatte James sie genau so gesehen, als er sie sich mit seinem Ring am Finger vorgestellt hatte. Sie malte sich aus, wie er nachher bei ihrem Anblick lächeln würde, und kam darüber selbst ins Lächeln. Jetzt die Schuhe …
Sie hielt ihre Kopenhagener Stadtschuhe mit den flotten Absätzen vor das Kleid. Die wären genau richtig, allerdings nicht auf dem Sandweg, leider. Sie suchte die Sandalen heraus – ja, die waren besser und würden James sicher auch gefallen. Aus der Küche roch es nach Angebranntem und Tante Pedersen rief nach ihr. Sofie warf die Schuhe aufs Bett und eilte durch den Korridor. Gesine hatte schon den Topf vom Herd genommen und in den kalten Handstein gestellt, als sie in die Küche kam. »Hoffentlich ist jetzt nicht alles verdorben«, sagte Sofie zerknirscht. »Ich habe mein Kleid probiert und darüber den Reis ganz vergessen.« Gesine schüttelte lächelnd den Kopf. »Er hat nur unten am Topfboden ein wenig angesetzt.« »Gut«, sagte Sofie erleichtert. »Und nun?« »Jetzt füllen wir den Reis in eine Schüssel um und schlagen Eischnee.« Gesine half ihr, das Eiklar in die Rührschüssel zu trennen. Sofie begann kräftig zu schlagen und beobachtete fasziniert, wie die Flüssigkeit in ihrer Schüssel sich allmählich in einen festen, strahlend weißen Schaum verwandelte.

Malvine kam in die Küche. Sofie wandte sich zu ihr um und rief begeistert: »Schau mal, Mutter, man kann die Schüssel sogar umdrehen und es macht gar nichts aus!« Sie führte es ihr vor. »Und sieht es nicht aus wie die Schneelandschaft bei der Schneekönigin im Märchenbuch?« Malvine trat näher und betrachtete lächelnd Sofies Werk. Als junge Frau hatte sie auch noch selbst gekocht, doch als Jesper mit dem Verkauf der Fahrräder so erfolgreich geworden war, hatte sie andere Pflichten übernehmen müssen und Nielsine war ins Haus geholt worden, um das Kochen und Wirtschaften zu besorgen. *Ich hätte Sofie zeigen sollen, wie man Reispudding kocht und Eier trennt*, dachte sie wehmütig. Sie hatte das Beste für ihre Tochter gewollt und ihnen beiden dabei wohl viel Gutes vorenthalten. »Ach ja, die Schneekönigin. Ihre Geschichte mochten wir beide immer besonders gerne hören, nicht?«, antwortete sie und begann leise zu weinen. Sofie legte Schüssel und Schneebesen aus der Hand und umarmte ihre Mutter, während Gesine taktvoll zum hinteren Ende des Küchentischs ging und begann, Zitronenschale abzureiben. »Hätte ich gewusst, dass es dir Freude macht, in der Küche zu arbeiten ...«, sagte Malvine nach einer Weile, nahm ihr Taschentuch aus der Rocktasche und wischte sich die Tränen ab. »Ich wusste es ja selbst nicht, Mutter«, entgegnete Sofie ruhig. »Und ich dachte ja auch, dass du eine sehr gute Partie machen würdest. Da muss man repräsentieren können, nicht kochen.« Gesine hatte die Zitronenschale abgerieben und kratzte das Mark aus den Vanilleschoten. Jetzt legte sie das Messer weg, schob die Schüssel mit den Eigelben zum Tischrand hin und stellte Butter und Zucker daneben. »Vielleicht möchten Sie Zucker und Butter zu den Eigelben rühren, Fru Hansen?«, fragte sie leichthin. Als Malvine nickte, legte Gesine einen Rührlöffel neben die Schüssel und ging, um ihr eine Schürze aus der Spülküche zu holen.

»Früher habe ich auch selbst gekocht«, erklärte Malvine und band sich die Schürze um. »Vor Nielsine, als wir noch nicht so viel Geld hatten ... und du noch ein ganz kleines Mädchen warst.« Sie rührte Butter und Zucker in den Reis und hielt Gesine die Schüssel hin, die Zitronenschale und Vanille dazutat. Sofie sah ihre Mutter erstaunt an. Wie wenig sie doch von ihr wusste ... und auch von ihrem Vater, über den ihre Mutter nie sprach. »Und dann?«, fragte sie. »Dann brauchte dein Vater mich fürs Geschäft, und Nielsine übernahm das Kochen.« Sofie stellte die Schüssel vor sich auf den Tisch und häufte Eischnee auf die Reismasse. »Du musst den Eischnee unterheben«, sagte ihre Mutter, »nur leicht mit dem Löffel verteilen, nicht rühren.« Sofie tat, wie ihr geheißen, und hob vorsichtig den Eischnee unter den Reis, während Malvine die Schüssel für sie hielt. »Und dann ist Vater gestorben«, sagte sie leise. Ihre Mutter nickte. »Ja, ich dachte auch gerade an ihn ... und wie er sich heute mit uns freuen würde, sein Spatz eine Braut ...« Sie hielt inne, blickte Sofie an. »Du hast ihn sicher oft vermisst«, fuhr sie fort. »Er ging so plötzlich, so unerwartet. Ich habe nie ... Ich konnte einfach nicht von ihm sprechen, aber ich hätte es wohl sollen, für dich ...« »Ich habe es mir oft gewünscht«, antwortete Sofie. Malvine nickte wieder. »Das denke ich mir«, entgegnete sie. »Aber vielleicht ist es noch nicht zu spät«, fuhr sie lächelnd fort. Und dieser kleine Satz machte vieles wieder gut – für sie beide.

Nachdem sie die Wasserwanne mit den Weckgläsern zum Einkochen in den Ofen geschoben hatten, saßen sie mit Gesine zusammen am Küchentisch und genossen den frischen Bohnenkaffee, den Malvine für sie aufgebrüht hatte. Sofie und ihre Mutter hatten zuvor noch die Küche aufgeräumt und gespült. Gesine hatte sie gelassen und sich derweil wieder an ihren Strickstrumpf gesetzt. Sofie, noch ganz begeistert vom Puddingkochen, überlegte laut, was sie wohl als Nächstes zubereiten könnte. »Schmorbraten vielleicht«, sagte sie. »James liebt nämlich Schmorbraten, wisst ihr?« Malvine und Gesine sahen einander lächelnd über ihre Kaffeetassen hinweg an. »Du wirst sehen, der macht sich fast von allein, wenn der Schmortopf erst mal im Ofen steht«, bemerkte Gesine. »Prima.« Sofie nickte. »Das wäre doch etwas für unser Picknick, wenn wir am Sonntag ausfahren. Ich könnte ihn aufschneiden und einpacken. Und, oh, wie wäre es denn mit Scholle in brauner Butter? Die liebt er nämlich auch.« »Die kannst du ihm aber nicht im Picknickkorb hinterhertragen«, entgegnete Gesine belustigt, »da muss dein James schon zum Essen herkommen.« »Oh, dürfte ich ihn denn einladen, Tante Pedersen?«, fragte Sofie, entzückt von der Aussicht, James schon bald ein richtiges Essen an einem schön gedeckten Tisch vorsetzen zu können. »Sicher.« Gesine nickte. »Sie sind sehr großzügig mit Sofie, Fru Pedersen«, sagte Malvine gerührt. Ich kann Ihnen gar nicht genug danken.« »Nicht doch«, antwortete Gesine, zur Haustür hinhorchend. »Es ist mir wirklich eine Freude – übrigens sagt man in Norby Du …« Malvine nickte. »Ist mir sehr recht …« »Oh, wir bekommen Besuch, glaube ich«, sagte Gesine und erhob sich. Sie eilte den Korridor hinab und öffnete die Tür. »Steen!«, rief sie erfreut. »Tag auch, Gesine. Ich bringe den Schaumwein für Fru Hansen und hätte mit Axel Söderblom zu sprechen.« »Der ist in Nybøl. Aber komm doch herein, ich habe heißen Kaffee für dich. Fru Hansen ist in der Küche, geh nur durch.«

***

Es war bald Mittag, als Axel an der Pumpe im Garten Wasser holen ging. Kathrine setzte den Kessel auf, füllte dann zwei Schüsseln mit heißem Wasser und trug ihre in die Stube hinüber. Axel wusch und rasierte sich in der Küche und brühte nebenbei noch einmal Kaffee auf. Sie plantschte genüsslich mit dem warmen Wasser herum, fühlte sich dabei vollkommen zu Hause, war glücklich und wusste, Axel war es auch. Und hatte sie nicht schon in der Küche ihrer Mutter gewusst, dass es so sein würde mit ihnen? Dass es immer irgendwo ein Zuhause für sie geben würde, weil sie überall zu Hause sein konnten, solange sie einander hatten? Sie ließ sich das warme Wasser über Gesicht und Oberkörper laufen und lächelte Axel zu, der, den Rasierpinsel in der Hand, im Türrahmen stand und sie betrachtete. *Ich muss es mir merken*, dachte er, *wie sie sich über die Schüssel beugt, das weiche Licht ...* Er trat zu ihr an den Tisch. »Ich würde jetzt so gern eine Skizze von dir anfangen, aber wir müssen leider bald los. Steen Steensen kommt ja heute vorbei, er will mir Bescheid geben wegen der Entwürfe.« Er legte eine Hand an Kathrines Taille und hielt einige Wassertropfen auf, die an ihren Rippen hinabliefen, während sie weiter von dem warmen Wasser schöpfte und es spielerisch über ihre Arme und seine Hand goss. »Aber ich könnte dich am Sonntag malen, was meinst du?«, fuhr er lächelnd fort, seine Hand an der Schlafanzughose trocknend. Sie hob den Kopf und zwinkerte ihm zu. »Splitternackt auf der Heide?« Er lachte und tupfte ihr mit seinem Rasierpinsel etwas Seifenschaum auf den Rücken. »Nein, in meinem Hemd, so wie du heute Morgen warst, im Garten. Dein Lächeln, als du mich gesehen hast, da wusste ich, du wirst nicht weggehen.« Und dann erzählte er ihr doch von seiner Angst. Kathrine griff nach dem Handtuch und trocknete sich langsam ab. »Aber jetzt denkst du es nicht mehr? Jetzt weißt du, dass ich bei dir bleiben werde?« Er dachte an ihr Lächeln, ihre Hände auf seiner Haut, ihr Verlangen nach ihm, gestern Nacht und eben wieder, an ihre Freude über das Zuhause, das er ihr geschenkt hatte, an das Vertrauen zwischen ihnen und nickte. »Gut«, entgegnete sie und legte eine Hand an seine Wange. »Wir gehören zusammen, ich weiß es, und du weißt es auch. Ja?« Er nickte, legte den Rasierpinsel hin und nahm sie an den Händen. »In längstens drei Wochen wirst du meine Frau sein«, sagte er versonnen. »Das bin ich doch schon«, erwiderte Kathrine. »Aber wenn ich erst mal Kathrine Söderblom heiße, glaubst du es noch ein bisschen mehr, oder?« Ein Lächeln trat in seine Augen. »Erwischt!«, antwortete er, hob ihre Hände an seine Lippen und küsste sie.

Obwohl sie es eilig hatten, ließen sie sich auf dem Rückweg Zeit. Axel hielt immer wieder an, um rasche Skizzen von Kathrine zu zeichnen –

Kathrine, wie sie am Gepäckträger lehnte, zu ihm hinlächelnd, Kathrine, am Straßenrand sitzend, den Kaffeebecher in der Hand, und langgestreckt im Heidekraut, die Arme unter dem Kopf verschränkt. Dieser Anblick war so verlockend, dass er zu ihr ging und sich neben sie legte. »Einen Augenblick nur«, sagte er und schloss die Augen. Kathrine stützte sich auf einen Ellenbogen und begann, sanft über seinen Rücken zu streichen. Axel schmiegte sich gegen ihre Hand und lag dann ganz ruhig da. Wie sie es liebte, wenn er sich unter ihrer Berührung entspannte … Er atmete jetzt gleichmäßiger, war er eingeschlafen? Sie hielt ihre Hand still, lächelte, als er unwillig murrte, und fuhr dann weiter langsam mit den Fingerspitzen an seiner Wirbelsäule entlang. Er war so verbissen dazu bereit, sich abzuplagen, jetzt auch noch für sie … Und alles wollte er allein schaffen, nichts schuldig bleiben, als hätte er etwas gutzumachen oder zu beweisen. Und immer war es eine Frage der Ehre … die Scham darüber, arm zu sein. Und Steens großer Auftrag würde es bestimmt noch schlimmer machen. Dabei wollte er doch so gern Bilder malen. Und sie würde ihn immer wieder daran erinnern. Und ihn behüten. Sie neigte sich über ihn. Jetzt war er wirklich eingeschlafen. Kathrine beschloss, ihn zu lassen, ein bisschen nur, damit er sich nicht über sich selbst ärgerte, wenn er aufwachte, und legte sich auch wieder hin, ihre Hand an seinem Rücken. *Ich will für ihn sein wie warme Milch mit Honig … und ihm zu seinen Bildern helfen. Und nachher, auf dem Fahrrad, tauschen wir, damit er sich ausruhen kann.* Sie berührte lächelnd sein glattes, entspanntes Gesicht. Dass er so neben ihr schlief, zufrieden und geborgen, war auch köstlich. Sie fühlte sich auch müde, zwang sich aber, die Augen offen zu halten. Sacht fuhr sie ihm über sein Haar und setzte sich dann wieder auf, griff nach seiner Tasche und holte die Wärmekanne, seine Zigarettendose, Streichhölzer und die Brote heraus. Sanft berührte sie seine Schulter. »Axel? Liebling? Wach mal auf!« Sie musste es mehrmals sagen, bis er sich schließlich aufsetzte und sich verschlafen über Gesicht und Haare strich. »Bin ich doch tatsächlich weggesackt«, murmelte er. »Du hast geschlafen wie ein Wiegenkind«, erwiderte sie lächelnd. Er lächelte auch, dehnte und streckte sich. »Weil ich wusste, dass du gut auf mich aufpasst, Kathrine …« »Hab ich.« Sie schob ihm Kaffeebecher und Zigaretten hin. »Möchtest du auch ein Brot?« »Später vielleicht, danke.« Er lehnte sich an sie, trank einen Schluck Kaffee und gab den Becher an sie weiter. Dann zündete er sich eine Zigarette an, nahm einen Zug und sagte, den Rauch wieder ausatmend: »Ich hab von dir geträumt, Kathrine. Ich wollte dich malen, über der Waschschüssel, das weiche Licht, deine schimmernde Haut. Und plötzlich hatte ich Angst, dass ich es nicht hinbekomme. Aber dann habe ich deine Hand an meinem Rücken gespürt, und alles war gut.« Kathrine hielt ihm den Kaffeebecher hin. »Weil ich für dich bin wie warme Milch mit Honig, weißt du?«, antwortete sie ernsthaft. Er sah sie überrascht an, nahm den Becher und lächelte. »So?«, sagte er und küsste ihre Nasenspitze. »Ja, du bist wie warme Milch mit Honig ... süß, aber noch viel mehr ...« »Oh«, sagte Kathrine. Axel gefiel es, dass sie über seinem Kompliment ein wenig errötete. Er stellte den Kaffeebecher beiseite, zog sie an sich und fuhr fort: »Du bist für mich wie – Béarnaisesauce ...« Jetzt war es an Kathrine, ihn erstaunt anzusehen. »Béarnaisesauce?« Er fuhr mit seinem Zeigefinger über ihre Augenbrauen und die Wangenknochen zum Kinn hinunter. »Weil sie was Besonderes ist, elegant, und genauso schimmert wie deine Haut und sich auch so anfühlt auf der Zunge.« Kathrines Blick hing an seinem Gesicht. Dass er so zu ihr sprach ... »Und dann der Duft, frisch wie saubere Leinentücher, aber auch lieblich wie eben gemähtes Heu.« Er sah sie lächelnd an. »Einverstanden?« Kathrines Herz schlug jetzt sehr schnell, und ihre Wangen brannten. Sie nickte und fragte atemlos: »Und der Geschmack?« »Der Geschmack ist sehr fein, man muss ganz genau schmecken, denn es ist von allem nur ein Hauch. Herb zuerst, wie Zitrone, es prickelt ein bisschen auf der Zunge, dann sanft und süß wie Rosinenbrot ... und zum Schluss: Pfeffer, eine zarte Hitze ...« Axel sah auf ihre halbgeöffneten Lippen, dachte: *Was tue ich denn?* Aber aufhören konnte er nicht mehr, wollte es auch gar nicht. Er drückte langsam seine Zigarette aus und hielt sie fester. »Und der Geschmack bleibt noch lange auf der Zunge«, stammelte er fast, »eine Erinnerung an etwas Köstliches, das ich immer wieder schmecken möchte.« Kathrine unterdrückte ein Keuchen. Er zog sie an sich und küsste sie, wie er noch nie zuvor jemanden geküsst hatte, und Kathrine nahm seine Küsse und gab ihm ihre zurück.

Später lagen sie Hand in Hand nebeneinander. »Dass ich so sein kann, Kathrine, ich wusste es nicht.« Er streichelte ihr Haar. »Sag du mir, wieso ...« »Weil du auch wie das Meer bist. Oft liegt es sanft glitzernd in der Sonne, aber manchmal ist es wild und gefährlich, und wenn ein Sturm aufkommt, kann man darin ertrinken.« Er strich mit dem

Daumen an ihrer Wange entlang. »Eben ... ich wollte so gern mit dir ertrinken.« »Ich auch ...« »Halt mich fest, Kathrine ...«

XV

Kathrine hatte darauf bestanden, dass sie ein Stück des Weges vorn saß. Sie radelte gegen den leichten Wind von See an und überlegte, ob in Nybøl wohl frischer Estragon zu haben war. Über die Zutaten für eine Béarnaisesauce nachzudenken, brachte sie wieder auf festen Grund. Sie spürte Axels Arme an ihrer Taille. Dass sie sich so verloren, einander so sehr gewollt hatten. Sie waren wahrhaftig das Meer und der Sturm füreinander, das wusste sie jetzt. »Geht's dir gut, Liebling?«, fragte Axel, sie fester um die Taille fassend. Kathrine trat kräftig in die Pedale. »Sehr, und dir?« »Auch. Es gefällt mir, dass du mich spazieren fährst.« Sie lachte. »So? Mir gefällt es auch.« Er rieb seine Wange an ihrem Rücken. »Eine Béarnaisesauce, kannst du die zubereiten?« »Ja, man braucht Butter, Eigelb, Wein, Essig, ein bisschen Zitrone, Estragon, und am besten vier Hände.« »Vier Hände?« »Ja, einer schlägt die Sauce auf und der andere gibt die Butterstückchen hinein.« Er ließ seine Hände langsam über ihren Bauch wandern. »Wenn wir das nächste Mal in Nybøl sind, will ich mit dir im Garten sitzen und Béarnaisesauce mit weißen Kartoffeln und Erbsen essen. Und ich helfe dir mit den Butterstückchen, ja?« »Ja ... Deine Hände sind schön warm.« Sie schmiegte sich an ihn, so gut es ging. »Wenn das Geld reicht, könnten wir auch ein Hühnchen dazu essen. Oh, ich hab noch was vergessen: eine Messerspitze Cayennepfeffer – für die süße Schärfe.« »Nicht, Liebling.« Er legte sein Kinn auf ihre Schultern, sah, wie ihre Augen glitzerten, als sie sich kurz zu ihm umwandte, und sagte: »Weißt du, ich kann nämlich gar nicht mehr ...« Ernster fuhr er fort: »Dein Lachen ... Das Glitzern in deinen Augen ... Ich liebe dich so sehr.« Sie wandte sich wieder zu ihm um, sagte: »Ich dich auch«, und küsste ihn schnell.

***

Im Haus war es still geworden. Gesine Pedersen besprach sich mit Steen Steensen in der Wohnstube und Sofies Mutter hatte sich zu einem kurzen Mittagsschlaf hingelegt. Sofie hob die Weckgläser aus dem Wasserbad und trug sie in die Spülküche hinüber. Die Wanne schob sie unter den Handstein, denn Tante Pedersen wollte das Wasser noch zum Spülen der kleinen Wäsche verwenden. Auch das war etwas völlig Neues für Sofie. In Kopenhagen gab es einen Waschkessel mit Anschluss an die Wasserleitung, hier gab es nur den Poulschen Patentofen im Badezimmer, der mit einer Handflügelpumpe versehen war und mit Holz und Kohle befeuert werden musste. Bestimmt gab es auf Julsgård auch so einen und das Tragen von Wasserwannen würde schon bald zu ihren Hausfrauenpflichten gehören. Sofie hatte vorhin einen kurzen Blick auf die Frachtlisten ihrer Mutter geworfen und dabei einen Eindruck vom Verheiratetsein bekommen, der ihr gar nicht gefiel. Das Wichtigste in einer Ehe waren doch nicht Poliertücher und ein Frisiertisch. Irgendein Teller, von dem James und sie essen konnten, würde sich schon finden, wie alles andere auch. Dass sie einander hatten, war wichtig, sonst nichts. Sofie war sich sicher, dass James dasselbe sagen würde. Sie musste ständig an ihn denken, selbst beim Puddingkochen hatte sie wieder sein Gesicht vor sich gesehen. Sie meinte, immer noch zu spüren, wie er sie gestern geküsst und gehalten hatte, und wünschte sich sehr, dass es bald wieder so zwischen ihnen sein würde … und noch mehr, auch wenn sie gar nichts davon wusste. Sie lächelte in sich hinein. James würde es wissen und sie beide dahin bringen. Das war es doch, worum es beim Verheiratetsein ging? Bei Søren hatte sie nie darüber nachgedacht. *Søren … Bald* würden Helle und er ihre Eilpost erhalten. Es waren zwei kurze Briefe geworden; viel zu erklären gab es ja nicht. Sie hatte Helle gebeten, Søren zu trösten und sich um ihn zu kümmern. Wie grässlich es doch war, ihn so traurig machen zu müssen, dachte sie und spürte, wie ihr das Herz schwer wurde.

***

James schlüpfte in die Jacke seines zweitbesten Anzugs und betrachtete sich zufrieden im Spiegel. Er war frisch rasiert, hatte seine Locken mit Klettenwurzelhaaröl geglättet und die silberne Krawatte zu seinem dunkelblauen Anzug mit Bedacht gewählt. Heute war ein Festtag, und er wollte festlich aussehen, wenn er Sofie nach Julsgård holte. Seine Braut … Er fasste prüfend nach seinen Manschettenknöpfen, griff zum Rasierwasser und sprengte einige Tropfen davon auf Hemd und Hals. *Für dich, mein Herz,* dachte er lächelnd, atmete genüsslich den Duft von Zedernholz und Bergamotte ein, schob ein letztes Mal seine Krawatte zurecht und ging hinüber in den Stall, wo sein Vater Balder für ihn angespannt hatte. »Donnerwetter, mein Sohn!«, rief Theo schmunzelnd, als James an den Wagen herantrat. »Du siehst aus, als wärst du schon auf dem Weg zur Kirche.« James schmunzelte ebenfalls. »Na ja, immerhin fahre ich meine Braut abholen. Danke, dass ihr es Sofie und mir so leicht macht, Vater. Wo ihr doch mit einer ganz anderen Schwiegertochter gerechnet hattet.« Theo legte ihm die Hand auf die Schulter. »Hauptsache, ihr beiden seid euch einig. Sofie ist uns genauso recht wie Kathrine, und Mutter wird ihr gern helfen, sich in alles einzufinden. Wo bleibt sie eigentlich? Sie wollte sich doch auch noch verabschieden.« Kurz darauf betrat Freja den Stall und ging auf die beiden zu. Unter der Schürze trug sie ihr bestes Sonntagskleid. »Na, sag mal, mein Großer, du siehst ja elegant aus«, sagte sie erstaunt und wollte wie immer seine Haare zausen, doch James wich schnell einen Schritt zurück. »Mutter! Untersteh dich!« Freja lachte. »Entschuldige! Ich bin es einfach nicht gewöhnt, dich so ordentlich frisiert zu sehen. Fährst du jetzt los?« James nickte. »Ja, ich sollte wohl langsam«, erwiderte er und umarmte sie. »Danke für alles, Mutter.« Freja drückte ihn an sich. »Mein Junge, ich freue mich für Sofie und dich und ich wünsche euch, dass ihr beide es gut miteinander haben werdet.« James küsste seine Mutter auf die Wange. »Werden wir«, entgegnete er weich. »Sofie ist mein Wunder, weißt du?« Er ließ Freja los, führte Balder hinaus in den Hof und schwang sich in den Wagen. Die Haustür flog auf und Tilda kam herausgelaufen, auch sie im Sonntagskleid mit vorgebundener Schürze. »Warte!«, rief sie. »Ich will doch auch sehen, wie du losfährst!« Sie eilte zu ihm, stellte sich aufs Trittbrett und umarmte ihn. »Alles Gute, James!« Er war gerührt, musste aber auch ein wenig lachen. »Danke, Tilda«, erwiderte er und strich ihr mit seiner freien Hand übers Haar. »Ich fahre doch nur um drei Wegbiegungen und bin in längstens einer halben Stunde wieder da.« »Ja, aber ich bin so aufgeregt, weil Sofie deine Braut ist.« Er strich ihr über die Wange. »Ich bin auch aufgeregt. Und danke, Tilda, danke, dass du Sofie magst.« »Ach, das ist einfach. Sie ist lieb, nicht wahr?« »Ja …« Die beiden sahen einander lächelnd an, dann sagte James: »Ich muss los.« Und während Tilda zu den Eltern hinüberging, ließ James Balder anziehen und fuhr vom Hof auf die Landstraße hinaus.

Theo legte den Arm um Freja, die dem Wagen nachsah und sich dabei die Augen wischte. »In einer halben Stunde hast du ihn ja wieder«, sagte er tröstend. Freja seufzte. Da fuhr er, ihr Großer, um seine Braut nach Julsgård zu bringen, und war doch eben noch ein kleiner Junge mit zerzausten Haaren gewesen, der vom Spielen zu ihr in die Küche kam, ihr die Muscheln zeigte, die er am Strand gesammelt hatte, oder ihr ein Glas mit Krabben hinhielt. Und immer hatte er ein paar Schneckenhäuser seiner geliebten Wellhornschnecken mit sich herumgetragen. Wie er sich über sein erstes Pony gefreut hatte, um das sie sich mit ihrer Mutter so heftig gestritten hatte, und wie traurig er gewesen war, als er auf der Staatsschule in Nybøl nicht mehr schwänzen konnte. Dann hatte er in der Hauptstadt studiert und war als erwachsener Mann zurückgekehrt. Nun würde er heiraten, die Zeit war so schnell vergangen. Und eine andere Frau würde sich um ihn kümmern. Sie würde ihn zwar immer noch jeden Tag sehen, Sofie und er blieben ja auf Julsgård wohnen, aber es würde nicht mehr dasselbe sein. Und sie musste ihren Herd mit Sofie teilen. Sie seufzte. Gut, dass Theo sie so getröstet hatte. Er hatte ja recht, es war nicht an ihnen, für James eine Frau zu wählen. Und Kochen konnte man schließlich lernen. Es war nur … *Nein, ich bekomme eine sehr nette Schwiegertochter*, dachte sie, *und mit Kathrine wäre es auch nicht anders gewesen.* Warum war es nur so schwer, seine Kinder gehen zu lassen? »Mutter ist nervös, weil Fru Hansen aus Kopenhagen kommt und sie denkt, dass deshalb nichts gut genug für sie ist«, erklärte Tilda ihrem Vater. »Tilda!«, sagte Freja tadelnd, gab ihr aber im Stillen recht. Von ihrer Hausfrauenehre getrieben war sie seit Mittwoch praktisch nicht mehr aus der Küche herausgekommen, damit sie heute etwas auftischen konnte, was dem Anlass entsprach: Brot, verschiedene Marmeladen, Käse, Aufschnittplatten, eine mit Rumcreme und Johannisbeergelee gefüllte Biskuitroulade, Himbeerschnitten, Mürbteigküchlein mit eingelegten Früchten und Sahnehaube, Mokka-Eclairs und Kleingebäck. Für den Abend hatte sie kalten Schweine- und Rinderbraten, eingelegtes Gemüse und zum Nachtisch überbackenen Eischnee mit Vanillesauce vorbereitet. Trotzdem wurde sie das lästige Gefühl nicht los, es könnte nicht genügen. *Unsinn!*, schalt sie sich. Sofies Mutter führte in Kopenhagen doch selbst ein großes Haus, die wusste, was man in knapp zwei Tagen zu Wege bringen konnte, mit Tilda als einziger Hilfe, die wieder so herumgezappelt hatte, dass am Ende beim Polieren noch zwei gute Gläser in Stücke gegangen waren. Aber nun war alles bereit und der Tisch im Garten eingedeckt. Nur den Kaffee musste sie noch aufbrühen. Sie zwang sich zu guter Laune zurück und lächelte ihrem Mann zu. Stattlich sah er aus in seinem grauen Anzug, war fast noch so schlank wie in den ersten Tagen ihrer Ehe, die blonden Haare und der Bart nur um eine Kleinigkeit grauer als damals.« »Ich dachte gerade, wie doch die Zeit vergeht …« Theo streichelte ihre Schulter. »Ja, die Jahre kommen einem vor wie ein Tag. Und du hast es heute wieder mal sehr gut gemeint, meine Liebe. Vielleicht ruhst du dich noch ein bisschen aus, bevor James mit den Damen kommt?« »Du meinst, ich habe mal wieder übertrieben, Theo?« »Ich meine, dass du es wieder mal sehr gut gemeint hast, meine Liebe«, wiederholte er, sie beim Arm nehmend. »Jetzt kommt ins Haus, ihr beiden. Tilda wird den Kaffee aufbrühen, und du setzt dich in der Stube in deinen Sessel und tust nichts.«

Freja ließ sich willig von Theo ins Wohnzimmer führen, band die Schürze ab und sank in ihren Sessel. »Ist Tapper angebunden? Ich will nicht, dass Fru Hansen sich vor ihm erschreckt.« Theo schaute sie schmunzelnd an. Der goldbraune Cockerspaniel hatte ein sanftes Wesen und fand den größten Gefallen daran, ungestört vor sich hin zu dösen. »Freja, ich bitte dich, niemand erschreckt sich vor Tapper. Ich nehme ihn mit in den Stall, da kann er schlafen.« »Ja, gut. Und bitte, sag Tilda noch, keine vorlauten Bemerkungen!« Theo atmete tief durch. Freja war so nervös wie schon lange nicht mehr. »Ich werde Tilda ausrichten, dass du dich über ihre Hilfe sehr gefreut hast. Und sicher ist sie alt genug, zu wissen, wann sie den Mund halten muss. Meinst du nicht auch?« »Nein«, erwiderte Freja, schloss die Augen und nickte ein.

Ach, Liebe … Theo betrachtete seine schlafende Frau mit nachsichtigem Blick. Sie war als junges Mädchen genauso zappelig gewesen wie Tilda. Damals hatte sie kaum die Leinen für ihn zurechtschneiden können, um derentwillen er in die Schiffsausrüsterei ihrer Mutter gekommen war. Die ersten Male hatte sie sich beim Spazierengehen in ihren Röcken verfangen und beim Sprechen dauernd verhaspelt. Aber dann, in seinen Armen, war es gut gewesen. Er richtete vorsichtig das kleine Kissen in ihrem Nacken. Was würde sie sich ärgern, wenn sie nach dem Schläfchen ihre kunstvoll verschlungenen Strähnen von Neuem stecken müsste! Ihr helles, honigblondes Haar war doch ihr schönster Schmuck, dachte er. Es war ihm immer noch ein Genuss, ihr Haar anzusehen und zu berühren, sie zu berühren. Sie liebten einander noch wie damals, hatten auch in den schwierigen Zeiten nie voneinander gelassen, im Gegenteil. Er küsste behutsam ihre Schläfe, wand ihr die Schürze aus den Händen und lächelte ihr zu, als sie kurz die Augen öffnete. »Es ist nichts«, sagte er. Da lächelte sie auch und schmiegte ihren Kopf fester an das Polster. So glücklich sein zu dürfen ... Hoffentlich würde es mit James und Sofie auch so gut auskommen.

***

»Ich bin müde, Steen.« Gesine trank noch einen Schluck Kaffee. »Und ich möchte zurück nach Aalborg, zu Mogens. Ich würde ja an dich verkaufen, aber ich muss auch an die Kinder denken, und da erscheint mir die Idee mit dem Hotel doch günstiger.« »Hm ...« Steen überlegte. Dass Henning Pedersen seine Familie in angespannten finanziellen Verhältnissen zurückgelassen hatte, wusste in Norby jeder. Aber dass es so schlimm um sie stand, hatte keiner geahnt, er auch nicht. Und jetzt kam Gesine ihn um ein Darlehen an, verrechenbar mit den zukünftigen Erträgen aus einem Hotel, das noch gar nicht gebaut war, gewährt von einer Gesellschaft, die es erst noch zu gründen galt. Das hatte ihr der junge Söderblom in den Kopf gesetzt, ihr zukünftiger Schwiegersohn, wie sie ihm eben erzählt hatte, und – Steen schmunzelte – so verkehrt war sein Einfall gar nicht, wenn auch vom falschen Ende her gedacht. Die Lage des Hauses würde dem Vorhaben zugutekommen, und ein Hotel wäre sicher eine passende Ergänzung zu den Sommerhäusern. Nur konnte die Gesellschaft keine Privatdarlehen an ihre Mitglieder vergeben. Er aber schon, aus alter Freundschaft. Auch wenn es riskant war und er es mit Mette besprechen musste. »An wie viel hattest du denn gedacht?«, fragte er. »Zweieinhalb- bis dreitausend Kronen«, erwiderte Gesine vorsichtig. Er nickte, verstand, dass sie ihn nicht um mehr bitten mochte. Dreitausend Kronen würden nicht reichen, um sie alle mindestens ein Jahr lang zu erhalten, selbst wenn Axel Söderblom in Zukunft für Kathrine mit aufkam. Aber der hatte selbst genug zu strampeln, und auch der Auftrag für die Reklame der Vermietungsgesellschaft würde ihn nicht über Nacht wohlhabend machen. »Nun, ein Privatdarlehen der Gesellschaft wird schwierig. Das Geld müsste also von Mette und mir kommen. Ich werde es mit ihr besprechen, Gesine.« »Das wäre sehr großzügig von euch, Steen, und du wirst euch natürlich einen guten Zinssatz berechnen.« Steen winkte ab. »Wir helfen gern, wenn wir können. Und wir bekämen mit dem Haus auch eine solide Sicherheit.« Gesine nickte. »Nimmst du noch Kaffee?« »Gern.« Während sie ihm einschenkte, öffnete er seine Börse, holte einige Zwanziger heraus und legte sie in die Mitte des Tisches. »Sag, wenn du mehr brauchst«, setzte er beiläufig hinzu und griff nach einem der Plätzchen auf dem Keksteller. »Und Christian?«, fuhr er im Plauderton fort. »Kommt er bald nach Hause, um seinen Schwager kennenzulernen?« Gesine nahm die Zwanziger und verwahrte sie in ihrer Rocktasche. »Du ahnst nicht, wie sehr du mir damit hilfst, Steen. Es ist beschämend, ich weiß, aber leider kann ich es mir im Moment nicht erlauben, stolz zu sein.« Sie richtete ihren Haarkamm. »Ich habe an Christian geschrieben, dass er gleich heimkommen soll. Es gibt ja einiges zu besprechen.« Steen schmunzelte. »Na, der wird staunen! Wann wird eigentlich geheiratet?« »Nun, sobald das Geld beisammen ist. Es wird wohl eine stille Hochzeit geben.« Steen nickte. »So passt es wohl am besten.« Augenzwinkernd fuhr er fort: »Ach, noch mal jung sein, was, Gesine?« Die schüttelte lächelnd den Kopf. »Mir würde es genügen, Großmutter zu werden.« Sie bemerkte, dass Steen unbehaglich sein Kinn rieb, und fügte taktvoll hinzu: »Es ist anders für Frauen als für Männer, glaube ich.« »Da sagst du was Wahres, Gesine«, antwortete er dankbar und ließ sich behaglich in den Sessel zurücksinken.

***

Für das letzte Stück des Wegs tauschten sie auf Axels Bitte hin noch einmal die Plätze. Schließlich wollte er den Norbyern nicht vorkommen wie einer, der sich lieber spazieren fahren ließ anstatt selbst in die Pedale zu treten. Kathrine summte das Lied von letzter Nacht – ihr Lied –, während Axel ordentlich strampelte. Sie streichelte seinen Rücken. »Mein eifriger Liebling«, sagte sie verträumt. »My Darling.« »Wenn du es sagst«, erwiderte er lächelnd. »Sage ich. Min elskede …« Sie summte, probierte, suchte auch nach dänischen Worten. »… og drøm om mig en lyllaby, oh, sov, min elskede sov …« Sie sang es langsam, mit Unterbrechungen, und Axel stimmte ein, suchte wie sie nach passenden Worten. »Jazz auf Damerikanisch«, sie lächelte, »so singen nur wir.« Axel lachte. »Wenn das Scott Lieberman wüsste …« »Schade, dass er nicht im Hotel Danmark auftritt. Ich würde ihn so gern mal unser Lied singen hören.« Axel fasste nach ihrer Hand. »Lass uns bald mal nach Esbjerg fahren, ja? Bei den Ställen am Hafen gibt es ein Lokal, da wird amerikanische Musik gespielt. Das ist was für uns, Kathrine, du wirst sehen.« Er lächelte. »Und vielleicht haben wir Glück und Scott Lieberman schaut vorbei.« »Oder er schaut bei uns vorbei«, erwiderte Kathrine versonnen. »Bei uns?«, fragte Axel. Kathrine legte kurz ihre Wange gegen seinen Rücken. »Ja, stell dir mal vor, wir hätten das erste Jazzhotel Dänemarks und Scott Lieberman aus New York City würde bei unserer Eröffnungsfeier singen.« Axel schüttelte bedauernd den Kopf. »Es gibt leider nicht so viele Leute, die amerikanische Musik mögen, Kathrine. Nicht genug jedenfalls, um damit auf die Dauer ein Hotel zu füllen.« »Meinst du? Aber wenn wir gute Reklame machen und es sich herumspricht … Ich möchte so gerne mit dir tanzen, auf unserer Terrasse … zu unserem Lied.« Axel lehnte sich gegen sie. »Ja«, sagte er seufzend, »das würde mir auch gefallen – vielleicht, wenn wir es allmählich aufbauen. Lass uns erst mal sehen, wie das Hotel überhaupt läuft, es könnte auch ein Jazzhotel werden – und wir bräuchten ein Klavier … und dann die Künstler … Ich muss darüber nachdenken, ja?« »Ja«, erwiderte Kathrine, »denk drüber nach. Tagsüber malen und abends Musik, wäre das nicht herrlich?« Axel zog ihre Hand zu sich heran und küsste sie. »Das wäre zu schön«, entgegnete er sehnsüchtig.

Sie bogen in den Strandweg ein und Kathrine erblickte Sofie, die in ihrem rosenroten Kleid vor dem Zaun stand. »Wie das Gespräch mit ihrer Mutter wohl ausgegangen ist?«, sagte sie nachdenklich. Axel zuckte mit den Schultern. Er musste auf dem Sandweg ordentlich in die Pedale treten. »Ich hatte sie und James über uns ganz vergessen«, bemerkte er. »Du auch?« Kathrine nickte. »Völlig vergessen.« *Gut*, dachte Axel und spürte, wie über Kathrines kleiner, scheinbar belangloser Bemerkung der letzte Rest Eifersucht auf James in ihm verging. Er hielt vor dem Zaun an, Kathrine stieg ab und legte lächelnd die Arme um seinen Hals. »Willkommen zu Hause, Liebling!«, sagte sie und küsste ihn. Er wollte eben ihren Kuss erwidern, da stand auch schon Sofie bei ihnen. Sie schaute Kathrine prüfend an. »Oh, deine Haare!«, rief sie erstaunt und trat ein wenig zurück, um die neue Frisur zu betrachten. »Es war Axels Idee«, antwortete Kathrine, zu ihm hinlächelnd. »Nun sag, Sofie, gibt's gute Neuigkeiten?« Sofie nickte strahlend. »James kommt gleich, um Mutter und mich zur Kaffeetafel nach Julsgård zu bringen.« »Ach, Sofie!« Kathrine umarmte sie. »Wie mich das für euch freut!« »Glückwunsch auch von mir.« Axel schüttelte ihr die Hand. »Danke schön, ihr beiden. Und denkt nur, Mutter ist mit allem einverstanden, wir haben uns ausgesprochen. Sie fährt am Montag nach Kopenhagen zurück, um meine Aussteuer vorzubereiten. Bis zur Hochzeit wohne ich noch bei euch, Kathrine, deine Mutter und ich sagen jetzt übrigens Du zueinander, und Mette Steensen und ich auch.« Kathrine warf einen Blick auf Sofies Hand: »Na, sag mal, das ist ja Großmutter Anes Ring!« »Natürlich, du kennst ihn auch. Alle Norbyer kennen ihn wohl.« Sie drehte ihre rechte Hand ins Licht, die himbeerfarbenen Granate glänzten in der Sonne. »Ist er nicht wunderschön?« Axel nickte lächelnd. »Und gut zu malen.« Er sah fragend zu Kathrine hin. »Großmutter Ane?« »James' und Tildas Mormor«, entgegnete Kathrine. »Die beiden waren so …« Sie verschränkte ihre Finger. »Als sie starb, war er lange sehr traurig.« »Er war ihr Liebling. James sagt, sie hat ihn schrecklich verwöhnt«, setzte Sofie lächelnd hinzu. »Und Tilda auch … Aber er hat sie mehr gebraucht.« Kathrine lächelte ebenfalls. »Sie hat ihm nicht nur sein erstes Pony geschenkt, obwohl Freja und Theo dagegen waren, sie hat ihn auch immer rausgehauen, wenn er lieber an den Strand statt in die Schule gegangen ist. Seine Mutter und Großmutter Ane hatten viel Streit seinetwegen. Sicher war sie für Freja oft eine Plage, aber James und Tilda hatten die beste Mormor, die man sich nur denken kann.« »Und sie hat ihm Reispudding gekocht«, sagte Sofie. »Oh ja! Regelrecht vollgestopft hat er sich damit«, antwortete Kathrine. Axel lachte. »Glücklicher James …« Sofie stimmte in sein Lachen ein. »Hoffentlich schmeckt ihm mein Pudding genauso gut. Ich hab jede Menge gemacht für unsere Ausfahrt am Sonntag.« »Da kommt er übrigens«, bemerkte Axel und deutete mit dem Kopf den Strandweg hinauf.

»Endlich!«, rief Sofie und fiel ihm in die Arme, nachdem er vom Wagen gestiegen war. »Wie ich auf dich gewartet habe!« James lächelte und strich ihr übers Haar. »Mein Herz«, sagte er und küsste sie. »Sieh mal!« Sie legte ihre rechte Hand neben den Ausschnitt ihres Kleides. »Genauso habe ich es mir vorgestellt«, entgegnete er leise, »dein Kleid und der Ring … ganz genau so.« »Denk nur, Mette und Tante Pedersen haben ihn gleich erkannt und freuen sich für uns«, erwiderte Sofie. »Ich bin so glücklich«, sagte er und legte den Arm um sie. »Entschuldigt …«, fuhr er, zu Axel und Kathrine gewandt, fort. »Nicht doch!« Axel winkte ab. Kathrine betrachtete ihn und nickte anerkennend: »Wie schick du aussiehst, alle Achtung!« »Oh, danke schön. Immerhin komme ich meine Braut abholen, weißt du?« Er wandte sich an Axel: »Ich kann übrigens noch Gesellschaft beim Angeln gebrauchen. Wie wäre es?« »Gern«, erwiderte Axel mit seinem kleinen schiefen Lächeln. »Ich bin dabei – und nichts für ungut.« »Ach, woher denn!«, entgegnete James und lächelte dann Kathrine an: »Keine Bange, ich nehme ihn dir schon nicht zu oft weg.« Kathrine sah vom einen zum anderen. Sie hatten ihr gerade, ohne es zu wissen, einen Herzenswunsch erfüllt. »Oh, geht nur immer angeln, ihr beiden.« »Wo bleibt Mutter denn?« Sofie blickte stirnrunzelnd zur Haustür, dann zu James. »Sie will heute natürlich einen besonders guten Eindruck machen, aber dass du deshalb hier herumstehen sollst …« »Was denn?«, antwortete James lächelnd. »So bleiben uns noch einige ungestörte Augenblicke.« »Na, dann wollen wir nicht länger lästigfallen«, sagte Axel augenzwinkernd und fasste nach Kathrines Hand. »Komm, lass uns reingehen.« Er wollte eben das Stoffpaket vom Lenker nehmen, als die Haustür aufging und Steen auf den Zuweg heraustrat.

Kathrine erschrak. Bis eben war Norby noch weit weg gewesen, hatte es nur sie beide und ihre Träume gegeben. Alles war ihr so leicht erschienen. Aber nun waren sie zurück und Steen würde fordern und verlangen und Axel bestimmt alles drangeben, ihn zufriedenzustellen – auch seine Sehnsucht, Bilder zu malen. Damit sie es gut hatte bei ihm … Und wenn er sich darüber verlieren würde? Und sie ihn? Wenn sie ihn nicht behüten konnte? Sie sah ihn an. Er stand ruhig da, scheinbar lässig, und richtete seinen Blick auf Steen. Sie fasste hastig nach seiner Hand. »Wir brauchen den Auftrag nicht«, sagte sie. »Ich könnte doch in Nybøl Arbeit suchen oder bei Mette aushelfen. Es würde mir nichts ausmachen.« Axel spürte ihre Unruhe, wunderte sich und streichelte ihre Hand. »Aber mir«, erwiderte er lächelnd. »Und deine Bilder?« »Lass nur«, sagte er sanft.

James blickte die beiden erstaunt an. Er hatte ihre Bemerkungen nicht verstanden, sah aber Kathrines aufgeregten Blick. »Was habt ihr denn?«, begann er, doch dann trat Steen zu ihnen heran. »Ah, unsere jungen Leute!«, sagte er und ging lächelnd auf James und Sofie zu. »James.« Er nickte ihm zu und schaute dann Sofie an. »Frøken Hansen, wir haben uns ja drinnen schon kurz unterhalten.« »Haben wir«, erwiderte sie. »Und bitte, ich heiße Sofie, dazu sind wir vorhin gar nicht mehr gekommen. Dabei sagt man in Norby doch Du.« »Meine Liebe …«, antwortete Steen erfreut, von ihrem Charme sichtlich eingenommen. »Komm, lass dich umarmen. Ich darf doch, James?« Ohne eine Antwort abzuwarten, zog er sie in seine Arme und küsste ihre Wangen. »Also, Sofie, ich heiße Steen.« Sofie nickte und antwortete lächelnd: »Dann auf gute Nachbarschaft.« Sie wand sich geschickt aus seinen Armen, und als Steen sich Axel und Kathrine zuwandte, sagte sie leise zu James: »Ich will doch zeigen, dass ich dazugehören möchte. Keiner soll denken, die junge Fru Jul trägt die Nase oben, weil sie aus der Hauptstadt kommt.« James streichelte ihren Arm. »Niemand denkt so, mein Herz.« Er blickte ärgerlich zu Steen hinüber. »Und Steen soll dir nur nicht lästigfallen!« »Wird er nicht.« Sofie schmiegte sich an ihn. »Schon, weil du es ihm gar nicht erlauben würdest«, setzte sie lächelnd hinzu. James schmunzelte. »Ganz recht.« Steen hatte mittlerweile Kathrines Hände ergriffen und drückte sie. »Meine herzlichen Glückwünsche auch an euch, ihr beiden. Da werden die Norbyer am Sonntag vor der Kirche aber staunen! Und Kathrine«, er nickte ihr freundlich zu, »deine kurzen Haare, sehr flott!« Kathrine zwang sich zu einem Lächeln. »Danke schön.« Steen blickte sie überrascht an. Was war denn mit ihr? Na, kannte sich einer aus mit Kathrine. Er nahm Axel beim Arm. »Auf ein Wort, mein Lieber.« Zu Kathrine gewandt setzte er hinzu: »Es dauert nicht lange.« Dann ging er mit Axel gemächlich den Strandweg hinauf.

Die drei am Zaun blickten ihnen gespannt nach. »Das Hotel«, hörten sie Steen im Vorübergehen sagen, »sehr gute Idee. Deine Schwiegermutter …« In einiger Entfernung blieben die beiden stehen und Steen sprach lächelnd und sichtlich gut gelaunt auf Axel ein. Er antwortete mit einem scheinbar ungezwungenen Lächeln. Doch Kathrine konnte an seiner Haltung erkennen, wie angespannt er war, und litt mit ihm. *Bitte,* dachte sie, *denk auch an uns … an deine Bilder …* James trat neben sie und legte ihr eine Hand auf die Schulter. »Warum bist du nur so nervös, Kathrine? Steen will ihn, das sieht man doch; und was der will … Vater und ich unterstützen Axel auch, also mach dir keine Sorgen.« Sofie trat an ihre andere Seite. »Und ich drücke euch natürlich auch die Daumen.« Kathrine wurde es immer elender. »Ihr versteht nicht«, brachte sie gequält heraus. »Ich habe solche Angst, ihn zu verlieren – an Steen, an den Auftrag, weil er doch alles so gut machen will für mich. Dabei möchte er viel lieber Bilder malen als Plakate.« James suchte Sofies Blick. Er verstand nicht, was Kathrine umtrieb, warum sie plötzlich gegen den Auftrag war, den Axel und sie doch so notwendig brauchten. Er kannte sich gar nicht mehr aus mit ihr. Sofie lächelte ihm kurz zu, bevor sie sanft und sehr nüchtern sagte: »Kathrine, Axel liebt dich … und er ist sehr gescheit. Also wird er schon wissen, was das Richtige für euch ist, und auch, wie er es Steen sagen muss, meinst du nicht?« »Ja«, antwortete Kathrine langsam, »vielleicht«, und senkte den Blick. »Er liebt dich«, wiederholte Sofie unbeirrt, »und das zählt!« Dann ergriff James energisch das Wort: »Nun behalt mal schön den Kopf oben, Kathrine, das braucht Axel jetzt von dir. Du willst ihm doch beistehen, oder etwa nicht?« Kathrine sah ihn erstaunt an. Dass er jemals so mit ihr sprechen würde … Und auch noch recht hatte … Sie stellte sich aufrecht hin und bemühte sich um ein kleines Lächeln. »Doch, doch … Natürlich.« »Gut.« James drückte ihre Schulter.

Während Steen allein weiter den Strandweg zum Krug hinaufschritt, kam Axel zu ihnen zurück. »Geschafft!«, sagte er lächelnd, den Arm um Kathrine legend. »Nächste Woche soll ich meine Ideen auf der Versammlung vorstellen.« Er blickte James an. »Wie es aussieht, habe ich wohl einige Fürsprecher in Norby.« Doch James winkte ab. »Vaters Wort hat viel mehr Gewicht als meins, und Steens erst recht. Du bist gut, das ist es.« Axel fuhr sich mit der freien Hand durch die Haare. »Wenn du es sagst … Wisst ihr, am schwierigsten war es, Steen davon zu überzeugen, dass ich für so einen großen Auftrag Hilfe benötigen werde.« Kathrine hielt einen Moment den Atem an. Sofie lächelte und James schmunzelte in sich hinein. »Wir fangen ja etwas völlig Neues an, da hängt am Anfang alles von einer guten Reklame ab. Steen ist damit einverstanden, und ich hoffe, die Gesellschafter werden auch zustimmen.« »Keine Sorge«, erwiderte James. »Die Norbyer wissen, dass man die Kuh erst füttern muss, bevor man sie melken kann. Also Glückwunsch, mein Lieber!« »Von mir auch«, sagte Sofie. »Danke euch«, antwortete Axel, über James' Vergleich lächelnd. Dann wandte er sich an Kathrine: »Gehst du ein Stück mit mir?«

Er führte sie ein wenig beiseite, stand einige Augenblicke ganz still, neigte sein Gesicht gegen ihres und genoss es, bei ihr zu sein. »Mein verdammter Stolz«, begann er. »Es ist mir so schwergefallen, Kathrine, Steen zu sagen, dass ich es nicht allein schaffen kann, obwohl es doch nur vernünftig war.« Sie hielt ihn, so fest sie konnte. »Dieses Gefühl, nicht zu genügen …«, fuhr er fort. »Ich konnte es fast nicht tun, aber dann hab ich dein Gesicht gesehen, und du sahst so verzweifelt aus.«

»Weil ich solche Angst hatte, dich zu verlieren, an Steen, an den Auftrag. Ich möchte nicht, dass du das Bildermalen vergisst, meinetwegen.« Sie begann zu weinen. »Warte«, Axel strich über ihre Wangen, »nicht weinen, Kathrine. Als ich dich gesehen habe, wusste ich plötzlich wieder, was wichtig ist. Mein Stolz, meine Ehre – es ist nichts, unwichtig. Du bist wichtig, wir. Und auf einmal war es ganz leicht. Das werd ich nicht mehr vergessen, Kathrine, versprochen.« Sie begann zu lächeln, als er ihr mit seinem Hemdsärmel vorsichtig übers Gesicht wischte. »Versprichst du auch, dass du das Bildermalen nicht vergessen wirst?« »Ich verspreche, dass ich nie aufhören werde, dich zu lieben, Kathrine.« »Wir werden nie aufhören, uns zu lieben«, sagte sie und ihr Lächeln erreichte nun auch ihre Augen. Er wischte ihr mit den Fingerspitzen die letzten Tränen vom Gesicht. »Und die Bilder?«, fragte sie und schaute ihn streng an. Er musste schmunzeln. »Ja, auch versprochen.« »Da bin ich froh«, erwiderte sie und küsste ihn.

»Ihr könnt einem wirklich die Nerven strapazieren«, sagte James, als die beiden Arm in Arm zum Zaun zurückkehrten. »Balder wird auch schon ganz unruhig.« »Der wird unruhig, weil sich keiner um ihn kümmert, und das ist er nicht gewohnt«, hielt Kathrine dagegen. Sie ging zu dem Falben, sprach leise mit ihm und klopfte dabei seinen Hals, wie er es von ihr kannte. Sofie lächelte. »Ich gehe und hole was Feines für ihn – und schaue gleich mal, was Mutter macht.« »Schön, aber bleib nicht so lange weg«, sagte James unwillig. Sofie lachte, küsste ihn und wollte gehen, doch dann kam ihre Mutter aus dem Haus, in Seidentaft und Perlengarnitur, den Flaschenkorb mit dem Schaumwein in der Hand.

Welch ein hübsches Paar!, dachte Malvine, als sie James und Sofie erblickte. Vorsichtig ging sie den Zuweg hinab und lächelte in sich hinein, als sie sah, wie die beiden sich küssten. *Ja, die Zeiten haben sich geändert ...* So hätten sie es sich damals auch gewünscht, Jesper und sie. Sie mussten ja immer warten, bis sie allein waren. Aber vielleicht – ihr Lächeln vertiefte sich – war es deshalb umso schöner mit ihnen gewesen? Sie öffnete die Gartenpforte und trat auf den Strandweg hinaus. »James, lieber Junge, entschuldige, ich wollte die Unterhaltung mit Hr. Steensen nicht stören.« »Keine Sorge, Schwiegermutter, wir kommen noch zurecht«, erwiderte er lächelnd, nahm ihr den Korb ab und half ihr in den Wagen. »Ich hoffe, Sie sind zufrieden?«, fragte sie freundlich an Axel gewandt. »Sehr, danke schön«, erwiderte dieser mit einer kleinen Verbeugung. James hob Sofie in den Wagen und stieg dann selbst ein. »Sitzt du bequem, Schwiegermutter?« Sie nickte und er ließ Balder den Wagen wenden. Während sie schon den Strandweg hinauffuhren, drehte sich Sofie noch mal zu Axel und Kathrine um und rief: »Nehmt von dem Reispudding, bitte!«

***

Die beiden gingen ins Haus, geradewegs in die Küche, um Sofies Pudding zu probieren. Sie setzten sich an den Tisch und machten sich ein Glas Kirschen auf, die köstlich zu dem Reis schmeckten. Während sie aßen, überredete Kathrine Axel zu einem Nachmittagsschläfchen und versprach, ihm dafür später auch beim Kolorieren zu helfen, damit er mit den Entwürfen nicht ins Hintertreffen kam. Er hatte doch gesagt, dass er Hilfe brauchte. Und Axel ließ sich gern überreden, unter der Bedingung, dass sie ihn nicht allein zu Bett schickte.

Wie gut, dass seine Liebe zu Kathrine stärker gewesen war als seine Ehre, dachte er, während er vor dem Fenster in Christians Zimmer zu den Dünen hinschaute und darauf wartete, dass Kathrine mit ihrem Kopfkissen zu ihm kam. Nie wieder sollte sie es seinetwegen so elend haben. Das war das Schlimmste gewesen, sie so unglücklich zu sehen und zu wissen, es lag an ihm. Kathrine trat neben ihn ans Fenster. »Guckst du aus?« Er wandte sich ihr zu und schenkte ihr ein langsames, zärtliches Lächeln. »Dein Bruder hat doch recht«, antwortete er. »Die Aussicht hier ist wirklich besonders. Nicht auf den ersten Blick, aber nach einer Weile sieht man, wie die Farben und die Linien sich verändern. Das Licht spielt mit dem Sand … Ich will es malen, Kathrine, ich will den Bergen Gesichter geben.« Sie legte ihre Arme um ihn. »Das wirst du, Liebling, noch oft, und jetzt komm ins Bett.« Er nickte, tastete an ihrem Nacken entlang nach den Knöpfen ihres Kleides, löste behutsam einen nach dem anderen aus den Knopflöchern, zog ihr Kleid und Hemd aus, ließ beides fallen und küsste ihren Hals. »Halt mich, Kathrine«, sagte er leise und sie zog ihn an sich und hielt ihn fester.

XVI

Allmählich begann Malvine die kurze Fahrt nach Julsgård hinüber zu genießen. Es hatte ihr gutgetan, gemeinsam mit Sofie in der Küche zu arbeiten und zu sehen, dass ihre Tochter es genauso gemocht hatte wie sie. Sie würde Sofie nicht verlieren, im Gegenteil. Auch wenn sie bald weit voneinander entfernt lebten, würden sie sich in Zukunft viel näher sein als im Krausesvej. Sie erlaubte sich, einige Augenblicke daran zu denken, wie glücklich sie alle miteinander im neuen Haus in Østerbro gewesen waren, bevor dieses Glück so plötzlich zu Ende gegangen war. Sie vermisste Sofies Vater immer noch sehr und es schmerzte sie, dass er heute nicht bei ihnen sein und sich mit ihr für ihre Tochter freuen konnte. Sie sah zu James und Sofie hin. Sofie hatte ihre Wange an seine Schulter gelegt und strich über seinen Arm. Von Zeit zu Zeit wandte er kurz den Kopf, um ihr zuzulächeln. Die beiden brauchten ihre Unterhaltung wahrlich nicht, dachte Malvine, ebenfalls lächelnd, und lehnte sich ein wenig aus dem Wagen, um die Landschaft zu betrachten. Zu ihrer Überraschung gefiel ihr, was sie sah. Aufblühende Heide zwischen Wiesen, auf denen Kühe grasten, Brombeerhecken und weit auseinanderliegende Höfe aus roten Ziegelsteinen oder mit geweißtem Mauerwerk. In der Ferne, nach Süden zu, erhob sich das dunkle Grün der Aufforstungen mit dem See davor, der grausilbern in der Sonne schimmerte. Seewärts leuchteten die Dünen im Licht des frühen Nachmittags in vielen Weißtönen. Dahinter das Meer, ein schmales dunkelblaues Band vor der Horizontlinie. Und über allem wölbte sich der hohe Himmel. Diese Landschaft mit ihren kräftigen und doch zurückgenommenen Farben war von ganz eigener Schönheit, ruhte still in sich und war sich selbst genug. Was für ein Unterschied zum lauten, rastlosen Kopenhagen, dachte sie. Wie schade es doch wäre, wenn es hier irgendwann auch so viele Automobile gäbe. Bis jetzt hatte sie nur in Nybøl einige gesehen, und den Milchwagen der Meierei natürlich. Aber sonst? Es war ihnen ja bislang überhaupt noch niemand begegnet. Man könnte meinen, ganz allein auf der Landstraße unterwegs zu sein. Sie würde James danach fragen. Vielleicht war ihre Abneigung gegen Norby doch eher aus ihrer misslichen Lage zwischen Baum und Borke erwachsen und gar nicht der Abgeschiedenheit oder dem vielen Sand geschuldet, mit dem sie sich anfangs so geplagt hatte? In Kopenhagen störte er sie schließlich auch nicht und am Ende kam sowieso alles auf das passende Schuhwerk heraus. Sie blickte auf Sofies Füße hinunter, die in flachen Sandalen steckten. Ja, ihre Tochter würde zurechtkommen, lernen und vor allen Dingen glücklich sein – auch ohne silberne Bürstengarnitur und Frisiertisch. Es gab also keinen Grund, sich wegen der Verfrachtung der Aussteuer von Kopenhagen nach Jütland weiter den Kopf zu zergrübeln. Ein Gehöft aus rotem Ziegelwerk kam in Sicht. Der Danebrog an der Fahnenstange vor dem Haus bewegte sich leicht im Wind. »Julsgård?«, fragte sie. James nickte. »Wir sind da.«

Die Juls standen bereits vor der Haustür und hielten Ausschau nach ihnen. Freja und Tilda begannen zu winken, als James in den Hof einfuhr, während Theo ihnen entgegenging. »Herzlich willkommen auf Julsgård.« Er trat lächelnd an den Wagen heran. »Fru Hansen, Sofie … Lassen Sie mich Ihnen helfen, meine Liebe.« Malvine bedankte sich, stieg, auf seine Hand gestützt, aus dem Wagen und wies dann auf den Korb mit dem Schaumwein. »Bitte, Hr. Jul, eine Kleinigkeit zum Anstoßen.« Theo nahm den Korb und bot ihr seinen Arm, um sie zu Freja und Tilda zu führen. »Wie reizend von Ihnen, uns so etwas Schönes mitzubringen, da komme ich mit meinem Schnaps ja gar nicht hinterher.« »Aber ich bitte Sie, Hr. Jul«, entgegnete Malvine lächelnd. Im Weggehen wandte Theo sich noch einmal zu James um. »Lass Balder nur für mich.« James nickte. »Danke, Vater.« Er stieg vom Wagen und sagte lächelnd zu Sofie: »Dass ich dich heute nach Julsgård holen darf … Ich habe mich so auf diesen Augenblick gefreut.« Sofie streckte die Arme nach ihm aus. »Und ich mich erst. So soll es jetzt immer mit uns sein, ja, James?« »Ja!« Er hob sie vom Wagen herunter und drückte sie an sich.

Als sie schließlich Arm in Arm zur Familie hinüberkamen, sagte Theo augenzwinkernd: »Das wird aber auch Zeit! Mutter fürchtet schon für den Kaffee. Und jetzt komm her und umarme deinen Schwiegervater, Sofie.« Das tat Sofie gern, ließ sich von Theos Bart kitzeln und roch seinen Pfeifentabak, als er sie an sich drückte. »Willkommen in der Familie, mein liebes Kind!«, fuhr er gerührt fort. Dann zog Freja Sofie in ihre Arme. »Liebe Sofie, wer hätte gedacht, dass wir eine so reizende Schwiegertochter bekommen würden!« Sofie dachte kurz an die tüchtige Kathrine und wollte eben zu einer Antwort ansetzen, als Tilda sich zwischen sie und ihre Schwiegermutter drängte. »Ich freue mich auch für euch, Sofie. Wir werden wie Schwestern sein, du wirst sehen!«»Das werden wir, Tilda«, versprach Sofie, ihre Schwägerin umarmend. »Und danke euch allen! Ich freue mich auch über meine neue Familie.« Sie lächelte James zu, der stolz und glücklich neben ihrer Mutter stand. »So, so«, murmelte Theo, immer noch gerührt, während Freja an die Kaffeekannen unter den Wärmehauben dachte. »Nimm den Korb mit dem Schaumwein, James, und dann lasst uns in den Garten gehen. Theo, ich bitte dich, beeile dich mit Balder, du weißt, der Kaffee …«

Die Sonne schien über der Kaffeetafel, als die kleine Gesellschaft sich um den Tisch setzte. Freja hatte Großmutter Anes Porzellan mit den Ansichten von Kopenhagen und das gute Silberbesteck gedeckt, die Servietten zu Mützchen aufgefaltet und Tilda angewiesen, die Gläser ihrer Großmutter so lange zu polieren, bis das Licht sich funkelnd in ihnen brach. »Wie schön das aussieht«, sagte Sofie und ließ ihren Blick über den Tischschmuck wandern. Auf dem gestärkten Leinentuch lagen Strandnelken, Frauenflachs und Glockenblumen hingestreut. »Und so viel Arbeit für dich, Schwiegermutter …« Malvine betrachtete anerkennend die Auswahl an Marmeladen und Gelees, die rotbraun und gelb in der Sonne glänzten. Kuchen, Gebäck, Brot und Käse waren akkurat auf Tellern und in Schalen geschichtet. Freja lächelte. »Tilda hat mir geholfen.« »Da haben Sie beide viel Mühe gehabt, Fru Jul«, sagte Malvine freundlich. »Mein Kompliment zu Ihrer Kaffeetafel. Ich kann mich gar nicht erinnern, wann ich das letzte Mal an so einem schönen und reich gedeckten Kaffeetisch gesessen habe.« »Es sind nur Kleinigkeiten«, wehrte Freja ab. »Zu mehr hat es nicht gereicht, dazu hatten unsere beiden hier es einfach zu eilig.« »Aber es sind sehr viele Kleinigkeiten«, bemerkte Sofie, »nicht, James?« James lächelte Mutter und Schwester zu und griff nach Sofies Hand. »Ich glaube, wir schulden den beiden was, mein Herz.« Sofie nickte. »Ja«, entgegnete Freja, »dass ihr glücklich miteinander werdet. Und jetzt öffne den Schaumwein, James, damit wir anstoßen können, wenn Vater kommt.« James tat, wie ihm geheißen, und Sofie hielt ihm die Gläser hin, damit er einschenken konnte. Freja schaute Malvine an. »Wo wir doch gleich mit unseren Kindern anstoßen werden … ich heiße Freja. Außerdem sagt man hier in Norby Du.« »Ich habe schon davon gehört.« Malvine lächelte Freja zu. »Ja, dann also, ich heiße Malvine. Tilda, willst du mich vielleicht Tante nennen?« Tilda nickte ernst. »Ja, Tante Malvine, das will ich gerne tun.«

Freja blickte unwillig auf Hund und Herrchen, als Theo, gefolgt von Tapper, an den Tisch herantrat. Er hatte es nicht über sich gebracht, den Hund im Stall einzusperren. Sofies Mutter machte zwar einen reservierten Eindruck, aber ängstlich war sie gewiss nicht. Auch wenn sie in Kopenhagen nur einen Kanarienvogel als Haustier duldete, würde sie doch wohl keinen Anstoß an dem harmlosen alten Kerl nehmen. »Ich bitte dich, meine Liebe«, sagte Theo lächelnd, Frejas Blick auffangend, »Tapper gehört doch auch zur Familie, lass ihn nur.« Der goldbraune Cockerspaniel war derweil zu James getrottet, der ihm die Ohren kraulte, ging nun weiter zu Sofie, die ihm über den Rücken strich, und blieb schließlich neben Malvines Stuhl stehen. Sie hielt ihm ihre Hand hin. »Na, du Hübscher …« Sofie staunte zum zweiten Mal an diesem Tag über ihre Mutter. Sie mochte Hunde? Im Krausesvej hatte sie nie einen Hund geduldet, obwohl reichlich Platz gewesen wäre. Nur weil sie der Meinung war, dass Hunde nicht in die Stadt passten? Wie wenig sie einander doch kannten, dachte Sofie bedauernd. »So ein netter Hund«, sagte Malvine nachdenklich. Zu Sofie gewandt fügte sie leise hinzu: »Ich hätte es dir erlauben sollen. Es tut mir leid.« Sofie betrachtete ihre Mutter, die lächelnd Tappers Kopf streichelte, und verstand zum ersten Mal, dass sie über den Tod ihres Vaters so verschlossen und streng geworden war. Wie einsam sie die ganzen Jahre hindurch gewesen sein musste, auch wenn die Sorge um ihre Tochter und die Sorge ums Geschäft ihr nicht viel Zeit zum Nachdenken gelassen hatten. *Was würde ich tun, wenn Jamsie …* Sofie verbot sich, diesen erschreckenden Gedanken zu Ende zu denken. »Lass nur«, antwortete sie, die Hand ihrer Mutter streichelnd, »ich liebe Mads sehr.« Malvine hielt ihre Hand fest und drückte sie. »Ich werde gut auf ihn aufpassen, versprochen.« »Tapper ist mein Hund«, warf Tilda nun voller Besitzerstolz ein. James lachte. »Was du nicht sagst …« »Als er zu uns kam, war ich noch klein«, erklärte Tilda, »wie auch, deshalb.« »Tapper gehört der Familie«, sagte Freja. »Und gut, er darf bleiben, aber du fütterst ihn nicht, Tilda, hörst du?« Tilda verdrehte die Augen. »Tilda!« »Ja, Mutter.« Sie drehte sich zu Tapper, der noch immer vor Malvine saß, und befahl: »Leg dich!« Sogleich legte sich der Cockerspaniel zu Malvines Füßen.

Theo stand hinter seinem Stuhl und sammelte sich. Freja sah ihm an, dass er in Gedanken seine Rede durchging, die Hände nebeneinander auf die Lehne gelegt, den Blick in die Ferne gerichtet. Sie dachte wieder an die Kaffeekannen, die schon viel zu lange unter den Wärmehauben standen, und neigte sich zu ihrem Mann. »Lieber«, sagte sie leise, »ich bitte dich, fasse dich kurz. Der Kaffee!« Theo schaute Freja an, dachte an die Mühen, die sie mit der Vorbereitung der Tafel gehabt hatte, an ihre Erschöpfung, an Kopfweh und Bettlägerigkeit, die sich unweigerlich einstellen würden, wenn heute etwas nicht nach ihrem Willen geriet, dachte kurz auch an die vielen guten Worte und Wünsche, die er Sofie und James hatte mitgeben wollen, und verzichtete dann mit leisem Bedauern darauf, die Rede zu halten, die er sich so sorgfältig ausgedacht hatte. Er nickte seiner Frau zu, hob sein Glas und wandte sich lächelnd an die Runde. »Ihr Lieben! Der Kaffee … Freja mahnt mich zu Recht. Also: Auf unsere Verlobten! Liebe Sofie, lieber James, möge euer Glück nie enden!«

Der Kaffee war zu Frejas Erleichterung noch heiß genug, um sie in ihrer Hausfrauenehre nicht zu kränken. Malvine lobte noch einmal die Kaffeetafel in höchsten Tönen und Freja lehnte sich entspannt in ihrem Stuhl zurück. Zufrieden blickte sie über den Tisch und auf ihre Gäste, die eifrig zugriffen und sich den Kuchen schmecken ließen. Dann stand Sofie auf. »Ich möchte auch etwas sagen …« Sie legte eine Hand auf James' Schulter. Er genoss ihre kleine vertrauliche Geste, schmiegte rasch seine Wange an ihren Handrücken und blickte lächelnd zu ihr auf. »Als ich nach Norby kam, war ich noch wie ein Kind«, begann Sofie, »und wusste überhaupt nicht, was ich wollte. Also tat ich einfach, was man mir sagte, und ließ andere für mich entscheiden. Ich hatte überhaupt keinen Schneid.« James nahm Sofies Hand von seiner Schulter und hielt sie fest. Am Tisch war es sehr still geworden. Man legte Löffel und Kuchengabeln zur Seite und sah erstaunt zu Sofie hin. *Was für eine ungewöhnliche junge Frau*, dachte Freja erstaunt, *beherzt, gescheit und viel stärker, als man auf den ersten Blick vermuten würde*. Hatte James diese Entschlossenheit unter ihrem Charme gespürt, als er sich in sie verliebte? Und hatte er auch bemerkt, dass sie darin seiner Mormor ähnelte? Sie spürte einen kleinen Stich und rief sich zur Ordnung: *Unsinn, Sofie ist Sofie und nicht meine Mutter.* Lächelnd blickte sie auf James' und Sofies Hände. Es würde gut werden mit ihnen. Sie waren nicht nur verliebt, sie schätzten sich auch, das sah man sofort. Und James würde sicherlich auf Sofie hören, wenn sie es geschickt anstellte und ihm seine kleinen Wege ließ … Sie riss sich aus ihren Gedanken zurück und wandte ihre Aufmerksamkeit wieder Sofies Rede zu. »Dann kam unser Ausflug.« Sofie sah James zärtlich an. »Erst wusste ich gar nicht, ob ich richtig daran getan hatte, mitzufahren. Ich hatte sogar ein bisschen Angst vor dir, Jamsie. Aber du warst so sanft und aufmerksam und konntest so schön erzählen. Und es gefiel mir, dass du Norby so liebst.« »Nicht so sehr wie dich«, warf James lächelnd ein. Sie streichelte seine Hand. »Jedenfalls mochte ich dich immer mehr und verstand immer weniger, warum ich mich anfangs vor dir gefürchtet hatte. Ich spürte, dass ich dir vertrauen konnte, dass du aufrichtig und ehrlich bist und treu. Dass du – gut bist. Da wusste ich, was ich wollte: dich. Und plötzlich konnte ich mutig sein, für uns beide. Das hast du mit mir gemacht, James.« »Sofie …« »Warte.« Sie drückte seine Hand. »Du machst mich stolz und glücklich, und ich möchte, dass alle es wissen. Ich liebe dich, James.« »Mein Herz.« James nahm ihre Hand von seiner Schulter und legte sie an seine Wange. »Dass ich dich haben darf …« Sofie hob lächelnd ihr Glas. »Auf dich, James! Auf meinen wunderbaren Mann.« Die Tischgesellschaft hob die Gläser. »Auf James!« »Und auf meine neue Familie«, fuhr Sofie strahlend fort, »und auf meine Mutter!« Sie blickte Malvine an. »Danke, dass du verstanden hast und mich gehen lässt.« Wieder wurde es still am Tisch, als Sofie sich gesetzt hatte. Malvine lächelte, während ihr einige Tränen der Rührung die gepuderten Wangen hinabliefen. »Aber ich freue mich ja für euch beide«, antwortete sie leichthin. Sie tupfte sich vorsichtig die Wangen. »Ich weiß, dass du es gut haben wirst. Das macht es leichter für mich.« Nun hob Freja ihr Glas und neigte sich zu Malvine. »Auf dich, meine Liebe. Du hast es von uns allen am schwersten und nimmst es so tapfer. Ich weiß nicht, ob ich meine Tilda so hergeben könnte. Du bist uns jederzeit herzlich willkommen auf Julsgård, wann immer du herauskommen willst.« Theo schaute irritiert zu seiner Frau hinüber. Sie sah ihn warnend an und setzte nachdrücklich hinzu: »Wirklich, jederzeit.« »Dank euch, das ist sehr großzügig. Aber ich hoffe doch, die Kinder dann und wann in Kopenhagen zu sehen – auch wenn du sicher viel zu tun haben wirst, James.« Malvine lächelte James und Sofie zu. James lächelte auch. »Natürlich werde ich mir die Zeit trotzdem nehmen, Mutter.« Er fasste Sofie um die Taille. »Und jetzt lasst uns auf Sofie trinken. Auf meine kluge, mutige und wunderschöne Frau, die ich mehr liebe als alles andere. Auf dich, mein Herz!« Und wieder wurden die Gläser erhoben. »Auf Sofie!«

»Sind unsere Kinder nicht rührend?«, sagte Freja zu Malvine. »Und so verliebt«, entgegnete Malvine. Tilda lehnte sich über den Tisch, um an ein Mokka-Eclair und die Karaffe mit dem Kirschsaft zu kommen. Freja tadelte sie dafür, während Malvine ihr freundlich nickend beides hinschob. Theo trank unterdessen, in sich hineinlächelnd, seinen Kaffee aus. Schon erstaunlich, dachte er, wie James neuerdings sein Herz auf der Zunge trug. Das war sonst gar nicht seine Art gewesen. Er war gespannt zu sehen, wozu seine reizende Schwiegertochter ihn noch bewegen würde. Sofie lehnte sich an James und sagte leise: »Lass uns auch auf Großmutter Ane trinken. Vielleicht sieht sie uns heute zu.« »Ja, vielleicht.« Lächelnd hob er sein Glas, berührte ihres und sagte: »Auf Großmutter Ane!« Er stellte sein Glas hin und erhob sich. »Ich bin gleich wieder da.« Tapper stand gähnend auf und trottete hinter James her ins Haus.

XVII

Als er mit Tapper in den Garten zurückkehrte, war man dort inzwischen auch zu Brot, Gelees und Käse übergegangen. Malvine hatte Theo das Du angeboten, und er hatte Erlaubnis erhalten, am Tisch seine Pfeife zu rauchen. Tilda war auf dem Weg in den Stall, um das James-Kätzchen zu holen, die Mütter plauderten über Rezepte für gekochte Kuchen und Sofie erzählte Freja von dem Reispudding, den sie an Gesine Pedersens Komfur für ihre Ausfahrt am Sonntag zubereitet hatte. Freja erwiderte lächelnd: »Mein Herd ist genau wie ihrer, du wirst sehen. Erinnere James nur daran, dir auch die Küche zu zeigen, wenn er dich nachher herumführt.« »Was soll ich Sofie zeigen?«, fragte James. Er stellte sich neben Sofies Stuhl, derweil Tapper sich wieder zu Malvines Füßen legte. »Die Küche«, sagte Freja. »Besonders den Herd.« »Ja, natürlich«, antwortete James. Jetzt sah Sofie, dass er ein Tuch mitgebracht hatte. Er faltete es auseinander und hielt es ihr hin. »Sieh mal. Es ist auch von Großmutter Ane.« Sofie betrachtete das Umschlagtuch aufmerksam. Es war, wie ihr Ring, im Geschmack einer anderen Zeit gearbeitet – und sehr hübsch mit seinem Webmuster aus altrosa und erdbraunen Blüten, Arabesken, Kreuzen und Kreisen und dem dichten schwarzbraunen Fransenbesatz um die Webkante herum. »Oh, Mormors Tuch!«, rief Tilda, die mit dem Kätzchen auf dem Arm an den Tisch zurückkam. »Was soll Sofie denn damit, James? Schenk ihr doch lieber was schickes Neues!« »Tilda!«, sagte Freja mahnend. Sie setzte sich und streichelte das Kätzchen in ihrem Arm. »Legst du es mir um, Jamsie?«, bat Sofie und lehnte sich im Stuhl etwas nach vorn. Sie spürte, dass seine Hände ein wenig zitterten, als er ihr das Tuch um die Schultern legte, ein bisschen an den Falten herumzupfte und die Fransen richtete. »Du musst nicht«, sagte er zögernd, an Tildas Worte denkend, »also, wenn du es nicht magst ...« »Lass nur«, erwiderte Sofie lächelnd, »ich möchte es mir ansehen, ja?« James setzte sich wieder neben sie. Sofie sah an sich hinunter. »Seht nur, wie gut das Tuch zu meinem Kleid passt«, sagte sie. »Ich glaube, ich könnte es in der Kirche tragen.« »Am Sonntag?«, fragte Tilda. »Nein, dazu ist es zu alt und zu kostbar. Schau nur, hier ist der Stoff schon ein wenig mürbe, man muss ihn ganz vorsichtig anfassen. Eure Mormor hatte es doch bestimmt für besondere Anlässe aufbewahrt, nicht?« »Oh ja«, erwiderte James, »sie hatte es aus Frankreich. Es war wie der Ring ein echter

Schatz für sie.« Sofie stand auf und entfernte sich einige Schritte vom Tisch. Dann wandte sie sich der Tischgesellschaft zu, legte ihre rechte Hand auf das Tuch und ließ sich ansehen. Das Gold und die roten Steine ihres Rings glänzten über dem matten Stoff des Tuchs, und ihr himbeerrotes Kleid leuchtete unter dem schwarzbraunen Fransenbesatz. »Was meinst du«, fragte sie James, »nimmst du mich so mit in die Kirche, als deine Braut?« »Wie?«, warf Malvine ein. »Kein weißes Brautkleid und auch keinen Schleier?« »Nein«, entgegnete Sofie sanft, aber bestimmt. »Ich möchte genau so zu unserer Hochzeit gehen – wenn es James auch gefällt. Ein weißes Kleid, das ist Kopenhagen, aber ich gehöre jetzt hierher, und das soll jeder sehen.« Alle blickten nun auf James, der wiederum Sofie ansah. Sie kam lächelnd an den Tisch zurück. James stand auf, um sie an ihren Platz zu führen, und rückte ihr den Stuhl zurecht. »Du würdest mir die größte Freude machen«, sagte er lächelnd und küsste ihre Hand, als sie wieder Platz genommen hatte. Theo schmunzelte. Er erkannte seinen Sohn wirklich kaum wieder. So eine galante Geste hätte er dem Jungen gar nicht zugetraut. »Gut«, antwortete Sofie. »Genau das will ich!« Sie sahen einander an. »Eine Insel für uns beide, Jamsie«, murmelte Sofie, »heute noch …« James strich ihr übers Haar. »Kriegen wir«, sagte er leise. Dann legte Tilda Sofie das James-Kätzchen in den Schoß und sagte stolz: »Sieh nur, wie er gewachsen ist.« »Ja, wirklich.« Sofie wandte sich dem Kätzchen zu. »Er ist schon bald ein richtiger Kater.« Sie strich sanft über das weiße Fell, bis das Kätzchen anfing zu schnurren, hob ihren Blick und lächelte James zu. Er sah ihre Liebe und die Hingabe in ihrem Lächeln und dachte: *Ja, das ist Sofie.* Er wusste, dass er dieses Bild, genau wie die Erinnerung an ihren Anblick vor dem Haus der Pedersens, immer in seinem Herzen tragen würde. Und er würde dieses Bild malen lassen, genau so: Sofie in ihrem rosenroten Kleid, mit dem Schal seiner Großmutter um die Schultern, das Kätzchen im Schoß, der Ring an ihrem Finger und ihr Lächeln, das sagte: Ich liebe dich. Sofie, sanft und stark, zärtlich und liebevoll. Das Bild sollte über der Kommode im Korridor hängen, damit er es immer gleich sehen konnte, wenn er von draußen hereinkam. Er erwiderte ihr Lächeln; einen Augenblick lang gab es nur sie beide. Als er eben seine Hand über ihre legen wollte, streckte sich das Kätzchen in Sofies Schoß und sie reichte es ihrer Mutter. Tilda begann, von Poulines anderen Katzenkindern zu erzählen. Seine Mutter forderte die Gäste auf, zuzugreifen, und sein Vater erhob sich, um den kaltgestellten Schnaps zu holen. Ihr wunderbarer Augenblick war vorübergegangen.

Später sprachen Freja und Malvine über die Ausrichtung der Hochzeitsfeier. Freja erklärte Malvine, dass sie im Alltag mit dem Ladengeschäft der Verbrauchervereinigung gut zurechtkamen, aber für alles Besondere nach Nybøl oder nach Esbjerg fahren mussten. So kamen sie auf das Leben in Norby und natürlich auch auf die Vermietungsgesellschaft zu sprechen. »Die Gesellschaft wird die Dinge sehr verändern«, sagte James nachdenklich, »und vielleicht nicht nur zum Guten.« Malvine sah ihn fragend an. »Wie meinst du, James?« »Nun«, antwortete er, »die Sommergäste werden doch auch nach Zerstreuung und Unterhaltung verlangen, und es wäre mir zuwider, wenn aus Norby über die Zeit ein Rummel würde.« Malvine nickte. »Ich verstehe, Norbys Schönheit liegt natürlich auch in der stillen und weiten Landschaft. In Kopenhagen ist es zuweilen sehr unruhig und laut, und dann die vielen Automobile! Sie mögen ja ganz praktisch sein, aber ich habe den Eindruck, dass sie die Menschen noch rastloser machen.« James sah seine Schwiegermutter erstaunt an. »Genau«, pflichtete er ihr bei. »Aber Schwiegervater und du, ihr unterstützt doch die Gesellschaft?«, fragte Sofie. »Sicher, weil einige durch die Vermietung ein besseres Einkommen haben werden. Ach, ich hätte gar nicht davon anfangen sollen.« »Das wird sich alles finden«, warf Theo ein. »Es schadet überhaupt nicht, wenn es hier in Norby ein wenig belebter zugeht, denke ich.« »Ja, mag sein«, antwortete James. »Jedenfalls ist mir jetzt nach ein bisschen Bewegung. Und ich stecke schon viel zu lange in dieser Anzugjacke.« »Dann zeig Sofie doch mal das Haus«, schlug Freja vor. »Es wird ohnehin Zeit, den Tisch für die Fleischplatten herzurichten, da stört ihr nur.« »Kann ich helfen?«, fragte Sofie höflich. »Nein«, erwiderte Freja lächelnd, »nicht heute. Nun geht schon, ihr beiden!« James hängte seine Anzugjacke über die Stuhllehne, krempelte seine Hemdsärmel hoch und steckte einige Stücke Zucker in seine Hosentasche. »Schon besser«, sagte er lächelnd und nahm Sofies Hand. »Wollen wir die Pferde besuchen gehen?«

Sie liefen zu den Koppeln hinter dem Haus hinüber, gingen ein Stück am Zaun entlang und blieben schließlich in einiger Entfernung vom Garten vor dem Zaun stehen. Rosa, die Fuchsstute, und Balder kamen zu ihnen heran, ließen sich den Hals tätscheln und nahmen den Zucker von ihrer Hand. Klementine, die Schimmelstute, sah nur kurz zu ihnen hinüber und graste dann weiter. Sofie schaute zu James, der still und nachdenklich neben ihr stand, und beschloss, ihn zu lassen. Er würde schon anfangen zu sprechen, wenn er so weit war. »Die Vermietungsgesellschaft«, sagte er endlich. »Ich wollte am Tisch nicht davon anfangen, aber weißt du, wenn man am Ende mit der Vermieterei mehr Geld verdienen kann als mit der Landwirtschaft, dann werde ich vielleicht als Tierarzt nicht mehr gebraucht.« Sofie gab Balder das letzte Stück Zucker. »Ist gut, Balder«, sagte sie und wandte sich James zu. »Ich werde mit dir teilen, egal, was kommt«, erwiderte sie ruhig. James zog sie an sich. »Dann würde es dir nichts ausmachen?« »Nein, warum sollte es? Aber für dich würde es mir leidtun.« James schob ihr behutsam eine Locke aus dem Gesicht. »Das muss es nicht«, erwiderte er, »ich liebe zwar Tiere und die Natur, aber ich wäre lieber Naturforscher geworden als Tierarzt. Doch Vater wollte gern, dass der Beruf in der Familie bleibt.« Sofie lehnte sich gegen seinen Arm. »Und du wolltest ihm gern ein guter Sohn sein?« Er nickte. »So ungefähr …« »Ja, aber … was ist mit dir? « Er schob ihr wieder die Locke aus der Stirn. »Oh, ich bin deswegen nicht unglücklich, und jetzt, wo ich dich habe, ist es noch – unwichtiger.« Sofie schüttelte den Kopf. »Ist es nicht«, antwortete sie entschlossen. »Ich möchte, dass du ganz und gar glücklich bist, nicht nur meinetwegen.« Er lächelte, begann zögernd: »Weißt du, ich denke schon länger darüber nach, Rinder zu züchten, Galloways und Hochlandrinder. Und vielleicht ist jetzt der richtige Zeitpunkt, damit anzufangen – Land zu kaufen, solange das Land noch günstig ist. Auf diesem Weg ließe sich auch etwas von der Natur bewahren, die es hier so vielleicht bald nicht mehr geben wird.« »Wegen der Feriengäste, meinst du?« Sofie schüttelte leicht den Kopf. »Ich glaube, Mutter hatte vorhin eine gute Idee, ohne es zu wissen.« James sah sie aufmerksam an. »So?« »Ja, die rastlosen Kopenhagener, von denen sie sprach, erinnerst du dich? Für die Großstädter ist die stille weite Landschaft vielleicht Norbys größter Schatz.« James nickte zustimmend. »Ja, gut möglich. Aber es wird sicher schwierig, Steen zu überzeugen, dass wir hier keinen Rummel brauchen. Er wird um die Einnahmen fürchten. Trotzdem, einen Versuch ist es auf jeden Fall wert.« Sofie drückte seinen Arm. »Er wird es schon verstehen, wenn du es ihm erklärst.« Lächelnd fuhr sie fort: »Dann kaufen wir jetzt also Land und züchten Rinder und bewahren so Norbys größten Schatz?« James lachte, sagte zärtlich: »Ach, Sofie … Du wärst damit einverstanden?« Sie nickte. »Was sollte ich dagegen haben?« »Aber du musst wissen, dass es am Anfang schwierig werden könnte mit dem Geld. Ich habe zwar ein paar Rücklagen, aber vielleicht kann ich dir nicht immer die hübschen Sachen kaufen, die du eigentlich haben solltest.« »Wir werden zurechtkommen, James«, erwiderte Sofie ruhig, dachte an ihr Erbteil und beschloss, eine bessere Gelegenheit abzuwarten, um mit ihm darüber zu sprechen. »Ich habe genügend hübsche Kleider. Warte nur, bis meine Koffer aus Kopenhagen kommen. Am Sonntag ziehe ich schon wieder etwas an, das du noch gar nicht kennst, nur, um dir eine Freude zu machen.« Er musste wider Willen lächeln. »Sofie, du verstehst nicht.« »Doch«, entgegnete sie ernst, »doch, ich verstehe. Aber vielleicht hast du mich noch nicht verstanden. Sollte ich wirklich etwas brauchen, kann ich es übrigens auch selbst nähen. Mette Steensen würde mir ihre Nähmaschine leihen, weißt du, und ein Stück Stoff ist nicht so teuer wie ein fertiges Kleid.« Er nahm sie bei den Armen und drehte sie so schnell zu sich herum, dass sie ins Stolpern kam. »Ich will dir alles geben, was du brauchst«, sagte er leise in ihr Haar. »Alles, immer!«, fuhr er eindringlich fort. »Hörst du, Sofie?« Sie sah zu ihm auf. »Ja, und das wirst du auch, denn am allermeisten brauche ich dich«, entgegnete sie. »Dich!«, wiederholte sie entschlossen. »Also lass uns nicht über Kleider streiten, James. Mein größter und liebster Schatz bist doch du.« Obwohl er sie immer noch festhielt, spürte Sofie, wie er sich entspannte. »Ich will dir doch so gern alles geben, Sofie«, wiederholte er, nun auch ruhiger, »alles, immer.« Sie lächelte. »Und ich werde so gerne alles nehmen, was du mir gibst, Jamsie. Und wenn es mal nicht geht, na, dann nicht. Wir beide haben doch jetzt was zusammen vor, oder?« »Haben wir.« Er nahm ihre Hand und küsste sie. »Und ich will mich bestimmt nicht mit dir streiten.« »Oh, wir werden uns sicherlich noch oft streiten«, antwortete Sofie fröhlich, »und uns wieder vertragen. Und uns lieben. Und es wird sehr gut sein mit uns.« Sie lächelte ihn an. »Lass uns noch ein Stück gehen«, setzte sie hinzu und küsste ihn.

Sie gingen Hand in Hand an den Wiesen entlang, Balder und Rosa folgten ihnen in einiger Entfernung. »Weißt du, ich habe lange überlegt, was wohl das Richtige wäre«, sagte James. »Erst wollte ich auf Angus-Rinder gehen, wegen des schnellen Wuchses, aber es geht mir ja nicht nur um das Fleisch. Ich will Tiere, die auch auf schwierigen Böden zurechtkommen und das ganze Jahr im Freien bleiben können. Deshalb bin ich dann auf Galloways und Hochlandrinder gekommen. Vielleicht ist es einfacher, mit Galloways zu beginnen, aber so ein Hochlandrind ist einfach ein großartiges Tier, Sofie. Vater ist übrigens ganz und gar dagegen, er hält das alles für großen Unfug, bestenfalls für Liebhaberei. Wir haben schon oft deswegen gestritten.« Sofie sah ihn zärtlich von der Seite an. Oh, wie sie es mochte, wenn er so ernsthaft und begeistert zugleich zu ihr sprach. »Du wirst schon wissen, was du tust«, antwortete sie, ebenso ernsthaft wie er, »und ich weiß, dass du es weißt, da kann dein Vater denken, was er will.« James lachte. »Er sieht mich manchmal noch in kurzen Hosen herumlaufen, schätze ich, und davon abgesehen ändert er seine Meinung höchst ungern.« »Oh, ich weiß so gut, was du meinst.« Sofie nickte. »Aber lass nur, wir werden ja sehen, wer am Ende recht behält. Und jetzt erklär mir mal die Unterschiede zwischen all diesen Rindern, Jamsie, ich kenne doch nur rotbraune und schwarzbunte Kühe.« Er drückte ihre Hand. »Natürlich, entschuldige … Ich habe drinnen ein Buch mit Zeichnungen. Aber eigentlich muss man sie vor sich sehen, um den richtigen Eindruck zu bekommen. Ich hatte auch erst ein einziges Mal die Gelegenheit, mit Vater zusammen, in Esbjerg am Hafen. Wir waren dabei, als die Tiere aus England ankamen, für einen Züchter droben in Skagen. Vorneweg die Galloways, fünf wunderschöne schwarze Kühe und ein Stier, und dann der Kyloe.« Sofie blickte ihn fragend an. »Ein schottisches Hochlandrind«, erklärte James. »Sofie, dieser Anblick ist mir nie mehr aus dem Kopf gegangen. Wie er da oben auf der Gangway stand, das dichte rotbraune Fell, die mächtigen Hörner – pure Kraft, ein richtiger König! Und dann sollte er vom Schiff hinunter. Ich dachte, dass es ein schönes Theater geben würde, aber er ging ohne Weiteres mit. Ich spürte seine Stärke und seine Sanftmut und wusste, dass er sich führen ließ, weil er einverstanden war, weil er vertraute. Seitdem träume ich davon, Rinder zu züchten und auch so einen Kyloe auf meiner Weide stehen zu haben.« Sofie sah ihn lächelnd an. *Stark, sanftmütig und klug*, dachte sie, *und anscheinend sehr hübsch – genau wie du …* James sah ihren liebevollen Blick. »Du findest wohl, er ist wie ich, was?«, fragte er errötend. »Ein bisschen«, sie lächelte, küsste ihre Fingerspitzen und legte sie an seine Lippen, »aber bestimmt bist du viel hübscher als er.« Das machte ihn vollends verlegen. »Sofie …« Sie sah ihn verschmitzt an. Auch das war also James. Aufrichtig, gescheit, vertrauenerweckend, so hatte er ihr den Weg zu ihrem eigenen Mut gezeigt. Doch wenn es um ihn selbst ging, war er fast schüchtern. »Darf ich dir denn nicht sagen, dass ich dich leiden mag? Du sagst mir doch auch, dass du mich hübsch findest.« »Schon, aber …« Sie fuhr mit ihrem Zeigefinger an seiner Oberlippe entlang. »Nicht aber … Und nun sag, kommen diese Rinder alle aus England oder gibt es die auch hier bei uns?« »Nein. Es sind schottische Rassen, und man muss sie aus Schottland über England hierherholen, wie dieser Züchter in Skagen.« Er überlegte einen Moment. »Sofie, wollen wir nach Schottland fahren?« Sie sah ihn verblüfft an. »Um Rinder anzusehen?« Er nickte. »Warum nicht?« Sie begann zu lachen. »Oh, Jamsie! Soll das vielleicht unsere Hochzeitsreise sein?« Er lächelte. »Na ja, so ungefähr. Sieh mal, ich kann ja nicht oft weg, und ich würde so gern sehen, wie die Tiere leben und mit den Züchtern in Schottland sprechen. Aber sicherlich möchtest du lieber nach Paris? Oder nach Rom?« Sofie überlegte. »Rom oder Paris?«, wiederholte sie langsam. »Nein, ich glaube nicht, am Ende sind es ja auch nur Städte – wie Kopenhagen. Aber Schottland hört sich an wie ein Abenteuer, und ich möchte ein Abenteuer – mit dir.« Sie legte ihre Hand an seine Wange. »Und ich möchte, dass du glücklich bist. Und alle diese Rinder anzusehen, würde dich glücklich machen, nicht? Glücklicher als Rom oder Paris …« »Sehr glücklich, weil du bei mir sein wirst. Und du kriegst dein Abenteuer, versprochen, wir werden es so genießen, Sofie. Denk mal, nur wir beide, ganz allein.« »Ja«, erwiderte sie sehnsüchtig, »nur wir beide, allein.« Sie hob ihm ihr Gesicht entgegen; er küsste sie und sagte dann mit einem Blick zum Haus hinüber: »Wir sollten besser reingehen, bevor Mutter Tilda nach uns ausschickt.« Er nahm sie bei der Hand und führte sie zurück zum Hof, hob sie hoch und trug sie über die Schwelle der Stalltür. »Jetzt bin ich wirklich deine Braut«, sagte Sofie, als er sie langsam aus seinen Armen ließ. »Du bist mein Leben«, erwiderte er, »nicht umsonst nenne ich dich mein Herz.« »James …« Sofies Stimme zitterte. Er fuhr ihr lächelnd durchs Haar und sah dann auf ihre Sandalen hinab. »Nicht das Richtige auf dem Pflaster hier«, entschied er und hob sie wieder hoch. »Ich trage dich bis zur Spülküche.« Sofie schlang ihre Arme um seinen Hals, legte ihren Kopf an seine Schulter und schloss die Augen. »Ich brauche andere Schuhe«, sagte sie leise. »Fährst du mit mir nach Nybøl, Jamsie?« Er lachte. »Ja, mal sehen, nächste Woche. Dann können wir auch zum Goldschmied gehen wegen der Ringe.« Sie genoss es, von ihm getragen zu werden, machte sich schwer in seinen Armen. Sein Duftwasser roch nach Holz und Bergamotte, es vermischte sich mit dem süßen Duft des Heus und dem Geruch von Staub und Leder aus der Stallgasse. »Es riecht so gut hier. Du riechst so gut. Ich würde so gern neben dir liegen und dich einatmen.« Sein Griff um ihre Taille wurde fester. »Sofie …«, sagte er leise, als sie vorsichtig seinen Hals küsste. »Ich möchte noch viel mehr von dir küssen.« »Und ich von dir.« Er küsste ihre Schläfe, ihre Wangen, ihr Haar. »Du machst mich ganz verrückt, Sofie!«

James trug sie bis in die Küche und ließ sie, nach einem letzten Kuss, vor dem großen Herd aus seinen Armen. Sofie schaute sich um. Erstaunlich, wie die Küche ihrer Schwiegermutter der von Tante Pedersen glich. Der große Komfur mit der polierten Messingstange und der schwarz glänzenden Herdplatte sah aus – bis auf den Behälter für warmes Wasser – wie der von Gesine Pedersen. An der Wand über dem Herd hingen die gleichen Pfannen für Apfelkrapfen und auch ein Waffeleisen, das in den Herd eingesetzt werden konnte. Sie lächelte vergnügt bei dem Gedanken, hier für James zu kochen, bis ihr einfiel, dass sie den Herd mit ihrer Schwiegermutter teilen würde. Eine verheiratete Frau zu sein und keinen eigenen Herd zu haben … Sie drängte den Gedanken zur Seite und wandte sich James zu, der sich über ihr vergnügtes Lächeln freute, aber auch den Schatten gesehen hatte, der über ihr Gesicht gehuscht war. »Der Komfur ist genau wie der von Tante Pedersen«, erklärte Sofie. »Ich werde gut mit ihm zurechtkommen, glaube ich. Morgen werde ich übrigens einen Schmorbraten machen, für unsere Ausfahrt am Sonntag. Und ich habe Sahne an den Reispudding getan, für dich, damit er auch wirklich gut ist.« James legte seinen Arm um sie. »Sahne, Braten, Reispudding. Du verwöhnst mich, mein Herz.« Sofie lächelte ihr Lächeln mit den Grübchen. »Ich denke mir gern schöne Sachen für dich aus, es ist fast so gut, wie dich zu küssen.« »So?« James nahm ihr Gesicht in seine Hände, hob ihr Kinn an und strich mit dem Zeigefinger sacht an ihrem Kieferknochen entlang, bevor er sie wieder küsste. »Und jetzt sag mir, woran du eben gedacht hast«, verlangte er dann. »Irgendwas hat dir nicht gefallen, das hab ich doch gesehen.« Sofie holte tief Luft. »Ich dachte an einen eigenen Herd«, erwiderte sie. James sah sie nachdenklich an und verstand. Er erinnerte sich noch gut an die Streitereien mit seinem Vater über das Geschäft, als er, vom Studium zurück, auf Julsgård einiges ändern wollte. Eine Zeichnung für den Ausbau seines Zimmers hatte er schon angefertigt, an eine Küche hatte er allerdings nicht gedacht. Fürs Erste würde vielleicht ein Herd genügen, wenn er auch noch nicht wusste, wo der stehen sollte. »Sag mal, Sofie, sind alle Herde hier so groß wie dieser?« »Oh, ich weiß nicht. Bis heute Morgen wusste ich rein gar nichts von Herden.« Sie blickten einander ratlos an, dann sagte James: »Nächste Woche schauen wir in Nybøl auch nach einem kleinen Herd für uns. Und wenn es in Nybøl keinen gibt, soll deine Mutter einen aus Kopenhagen schicken.« Sofie nickte begeistert. »Und wo soll der stehen?« James nahm ihre Hand. »Komm mit, wir schauen mal.«

Er führte sie durch die große Stube seiner Eltern auf die Diele, um auf die linke Seite des Hauses hinüberzuwechseln, wo sich seine Räume befanden. Ganz vorn, zur Straße hin, lag sein Arbeitszimmer, als Nächstes folgte seine kleine Stube, daran anschließend sein Schlafzimmer und als letzter Raum dahinter Frejas Abstellkammer. Wieder war Sofie erstaunt, wie sehr das julsche Haus dem pederschen glich, auch wenn Letzteres wohl größer war. Es roch sogar ähnlich, ein leicht schaler, abgestandener Geruch, der anscheinend vom Estrich aufstieg. Wie bei den Pedersens gingen die Räume auch hier hintereinander von der Diele ab, allerdings schien ihr der Korridor dort länger, schmaler und düsterer zu sein. Die bemalten Wände und die schweren Möbel ließen das ganze Haus dunkel wirken, während das julsche Haus mit dem geweißten Korridor und der Glasscheibe im oberen Teil der Eingangstür einen hellen, freundlichen Eindruck machte. »Es sieht so ähnlich aus wie bei Tante Pedersen und doch ganz anders«, erklärte Sofie. »Wo ist denn dein Arbeitszimmer, James?« »Vorn, zur Straße raus, ich zeige es dir zum Schluss, ja?« Er führte sie ungeduldig weiter und öffnete die Tür zu seinem Wohnzimmer. »Unsere Stube«, sagte er stolz. »Hier komme ich her, wenn ich meine Ruhe haben will.« Sofie betrat das Zimmer mit klopfendem Herzen. *Unsere Stube*, wiederholte sie in Gedanken und schaute sich langsam um. Die Wohnstube lag bereits im Schatten, das Licht erinnerte vage an abendliche Gemütlichkeit. Sofie musste lächeln, als sie das Sammelsurium an Möbeln erblickte, die aus verschiedenen Zeiten stammten. Der Bücherschrank, der Zeitungsständer und das mit farngrünem Samt bezogene Sofa waren neu und modern, genauso wie der einzige Stuhl mit dem grünen Lederbezug. Tisch und Sessel dagegen sahen alt und abgenutzt aus, besonders der Sessel mit seinem roten Plüschbezug. Beides war wohl, wie auch die Petroleumlampe auf dem Tisch und die Standuhr an der Wand gegenüber dem Fenster, noch von

Großmutter Ane? Sofie stellte sich vor, wie sie hier die Abende miteinander verbringen würden. Vielleicht würden sie einander ja vorlesen? Es wäre schön, hier im Sessel zu sitzen und James' Stimme zu hören, sich über die Zeitung oder ein Buch hinweg anzulächeln. »Na?«, fragte James. »Was sagst du?« »Ich finde es sehr behaglich«, erwiderte sie. »Ist das die Insel, die du mir versprochen hast, James?« Er lächelte zufrieden. »Ja.« Tilda hatte ihm geraten, Mormors Plunder, wie sie die alten Stücke nannte, hinauszuwerfen. Aber er hing nun mal an diesen Möbeln, auch wenn sie nicht seinem Geschmack entsprachen, und hatte gehofft, dass Sofie sich nicht an ihnen stören würde. »Das Sofa ist ganz neu«, setzte er stolz hinzu, »ich habe es zusammen mit dem Schrank, dem Stuhl und dem Zeitungsständer gekauft.« »Es ist schick, der farngrüne Samt geht gut zusammen mit dem Nussbaumholz. Wirst du mich in Mormors Sessel sitzen lassen, Jamsie?« »Natürlich.« Er lachte. »Woher weißt du …?« »Meine hatte so einen ähnlichen, außerdem scheint Großmutter Ane immer bei dir zu sein.« Sie ging zum Bücherschrank. »Ich hätte gerne, dass wir einander abends vorlesen. Würde dir das auch gefallen?« Er trat hinter sie, legt seine Arme um ihre Taille und sein Kinn auf ihre Schulter. »Sicher. Was magst du denn, mein Herz? Da hinter dem Glas stehen meine Naturkundebücher, geografische Werke, Reisebeschreibungen, solche Sachen. Ich hab auch einige Kriminalromane aus England, nur keine Damenromane.« Sofie schmiegte sich an ihn. »Die brauchen wir auch nicht. Ich habe viele moderne Romane aus Amerika und Frankreich. Ach James, ich glaube, ich würde mir sogar aus dem Kirchenregister vorlesen lassen, wenn ich nur deine Stimme dabei hören kann.« Es kratzte an der Tür. »Seid ihr hier?«, hörten sie Tilda fragen. Seufzend ließ James Sofie los. »Sind wir.« Die Tür öffnete sich und Tilda kam herein. »Mutter schickt mich. Ihr sollt kommen, das Abendessen ist fertig. Sofie, wie gefällt dir James' Sofa?« »Es ist unser Sofa, Tilda«, entgegnete James und warf einen schnellen Blick zur Uhr. »Sag Mutter, wir kommen, wenn wir hier fertig sind.« »Aber der Tisch ist doch schon gedeckt«, wandte Tilda ein. »Dann fangt halt ohne uns an. Wir kommen, wenn wir fertig sind, Tilda«, wiederholte er eindringlich. Sofie, die inzwischen zum Fenster hinübergegangen war, um die Gardine zu betrachten, lächelte in sich hinein. *James, der Unerbittliche – und er hat »unser Sofa« gesagt.* Die Gardinen waren sicher auch von Großmutter Ane übrig geblieben. Vielleicht könnte man sie durch Vorhänge, passend zum Sofa, ersetzen? Nicht sofort, natürlich. Sie würde Mettes Nähmaschine gut gebrauchen können. »Das Sofa gefällt mir sehr gut, Tilda«, sagte Sofie. »Magst du es auch leiden?« Tilda nickte. »Sehr, weil es so modern ist, nicht wie Mormors schäbiger Sessel. Gut, ich sage Mutter, dass ihr bald herauskommt.« »Und sag ihr auch, es hat gar keinen Zweck, dass sie selbst nachfragt. Ich will Sofie ihr neues Zuhause zeigen, und wir kommen zu euch, wenn sie alles gesehen hat, was sie sehen will.« *Oh, Jamsie* … »Danke, dass du dir extra die Mühe gemacht hast, Tilda«, setzte Sofie freundlich hinzu. »James hat recht. Fangt einfach an und vergesst uns.« Tilda lachte. »Bin schon weg.« »Danke, Tilda!«, rief James ihr noch nach, doch sie war schon auf den Korridor hinausgegangen und gab keine Antwort mehr. »Ah, Mutter …«, sagte er seufzend und trat zu Sofie ans Fenster. Er legte wieder die Arme um sie. »Wo waren wir stehen geblieben?« Sofie lächelte. »Beim Vorlesen.« Sie nahm ein blaugraues Schneckengehäuse von der Fensterbank und hielt es ihm hin. »Sag, was ist das?« »Das Haus einer Wellhornschnecke«, sagte er, »die gibt es nur hier auf unserem Stück Strand, wo wir am Sonntag waren.« Er legte seinen Zeigefinger über ihren und fuhr langsam über das Gehäuse. Sofie spürte die Erhebungen und Riefen. »Wunderschön, oder?«, fragte er leise. »Weißt du, die Natur ist regelmäßig, aber nicht gerade.« Sofie sah ihn erstaunt an. »Bevor ich auf die Staatsschule nach Nybøl kam«, fuhr James fort, seine Hand über ihre haltend, »hab ich mich oft am Strand und auf der Heide herumgetrieben, statt in die Schule zu gehen. Und Mormor hat mir geholfen, weil sie wusste, dass es so richtig für mich war. Ich sah diese Gehäuse am Strand herumliegen, hob sie auf, fuhr ihre Windungen mit den Fingern nach, sah, wie die vielen kleinen Blüten des Heidekrauts eine Rispe geformt hatten und die Knubbelchen am Blasentang ein Muster, und allmählich begann ich zu verstehen, dass die Natur mehr ist als nützlich … dass sie schön ist, weil Gott, oder wer auch immer, sie sich klug ausgedacht hat und dass wir sie deshalb schützen müssen.« Sofie stand ganz still, spürte, wie sich sein Brustkorb an ihrem hob und senkte, verstand, dass er bat: *Wirst du das mit mir teilen?*, und auf ihre Antwort wartete. »Heute Morgen habe ich zum ersten Mal Eischnee geschlagen. Weißt du, wie das geht?«, fragte sie. »Nein, erklär es mir.« Er legte seine Hände an ihre Taille und sah sie aufmerksam an. Sofie lächelte. »Es ist ganz einfach, man braucht nur einen Schneebesen und eine Prise Salz. Zuerst passiert gar nichts, aber allmählich wird das Eiklar in der Schüssel zu Schaum, und dieser Schaum wird immer fester und weißer und fängt an zu glänzen, wie die

Eisberge bei der Schneekönigin im Märchenbuch. Man kann die Schüssel sogar umdrehen, der Eischnee bleibt, wo er ist. Und dabei habe ich doch nur ein bisschen Luft untergeschlagen.« Sie lächelten einander an. Sofie legte vorsichtig das Schneckengehäuse zurück auf die Fensterbank. James zog sie fester an sich und schmiegte seine Wange an ihre. »Das meinte ich«, erwiderte er nach einer Weile, »klug ausgedacht. Mir ist übrigens eingefallen, wo wir unseren Herd hinstellen könnten.« Sofie musste lachen. »So?« »Ja, warte …« Er ging zum Tisch hinüber und kam mit einem Blatt Papier zu ihr zurück. »Oh, du hast deine Räume gezeichnet?«, sagte Sofie überrascht. »Ja, als ich darüber nachgedacht habe, wie ich uns beiden mehr Platz schaffen kann. Sieh mal, dies ist unsere Stube«, begann er die Zeichnung zu erklären, »dahinter liegt mein Schlafzimmer und dahinter Mutters Abstellkammer. Sie ist winzig, aber es gibt immerhin ein Fenster, und man kann sicherlich einen Abzug nach draußen bauen. Ich schätze, für einen kleinen Herd wäre sie groß genug. Sollen wir sie uns ansehen?« Sofie hakte sich bei ihm ein. »Ja, jetzt gleich.«

Die Abstellkammer war in der Tat winzig und ganz und gar mit großen Körben vollgestellt, in denen Freja ihre Weckgläser und allerlei Tücher und Putzlappen aufbewahrte. »Das kommt alles auf den Boden.« James deutete mit der Hand auf Frejas Körbe. »Meinst du, es wird gehen, mein Herz?« »Aber ja«, erwiderte Sofie und trat ans Fenster. »Wenn der Herd klein genug ist, bleibt vielleicht sogar noch Platz für ein Regal und einen kleinen Tisch vor dem Fenster. Dann kann ich beim Arbeiten nach dir ausgucken. Das würde mir gefallen.« »So?« James schmunzelte, stellte sich neben sie und öffnete das Fenster. »An manchen Tagen kann man hier das Meer riechen.« Sofie lehnte sich hinaus und atmete tief ein. »Heute nicht«, sagte sie, »heute riecht es nach Sommer. Nach Heu und Staub.« James legte ihr eine Hand auf die Schulter, beugte sich ebenfalls nach draußen und nahm einen tiefen Atemzug. »Ja«, entgegnete er, »der Geruch von Sand und Staub und Heu, auch das ist Norby.« »Ich rieche es gern«, sagte Sofie und fügte verträumt hinzu: »Und weißt du, wenn du nach Hause kommst, kann ich von hier aus nach dir rufen: ›Beeile dich, James, das Essen ist fertig!‹« »Und ich kann zu dir ans Fenster kommen und dich küssen und sagen: ›Bin gleich bei dir!‹«, antwortete er. »Siehst du, so!« Er umfasste ihre Arme, drehte sie zu sich herum und neigte sein Gesicht über ihres.

James schloss das kleine Fenster hinter ihnen und nahm Sofies Hand. »Und jetzt unsere Schlafstube«, sagte er und führte sie wieder hinaus auf den Korridor. Er öffnete die Tür zum Zimmer vor Frejas Abstellkammer und ließ Sofie eintreten. An die Kommode gelehnt schaute er dann zu, wie sie langsam im Zimmer herumspazierte und die Möbel betrachtete. Er lockerte seine Krawatte und fuhr sich mit einem Finger unter den Hemdkragen. Sofie sah es. »Warum legst du die Krawatte nicht ab?«, schlug sie vor, »wir sind doch zuhause.« »Danke.« Lächelnd löste er den Knoten, rollte die abgezogene Krawatte zusammen und legte sie neben sich auf die Kommode. »Wenn du die Sachen nicht magst, werfen wir alles raus und kaufen was anderes, ich hänge an nichts«, sagte er und öffnete die obersten Knöpfe seines Hemds. »Auch nicht am Schrank?«, fragte Sofie lächelnd, während sie mit den Fingerspitzen über das polierte Kirschholz fuhr. »Doch, an dem schon«, gab er zu. »Großmutter Ane?« »Woher weißt du?« »Er passt zu den Möbeln in der Wohnstube. Lass ihn uns behalten.« Sie trat zu ihm und tippte mit dem Finger auf die Kommode. »Die brauchen wir als Waschtisch, und ich hätte gern einen Wandschirm davor.« James nickte zustimmend, nahm eine Strickjacke aus einer der Kommodenschubladen und schlüpfte hinein. »Ist dir auch warm genug, Sofie? Sonst gebe ich dir einen von meinen Pullovern.« Sofie war nicht kalt, aber die Vorstellung, von James einen seiner Pullover umgelegt zu bekommen, war so verlockend, dass sie nicht widerstehen konnte. »Ja, bitte, Jamsie«, antwortete sie lächelnd. »Mormors Tuch ist wunderhübsch, aber nicht sehr warm, wie?«, antwortete er, öffnete eine Kommodenschublade und zog einen blauen Pullover heraus. »Der hier dürfte gehen«, sagte er und legte ihn ihr um. »Besser?« Sie küsste ihn auf die Wange. »Viel besser, danke.« Sie zog die Ärmel um ihre Schultern zurecht. »Eigentlich braucht man gar nicht viel, um zurechtzukommen, nicht?«, setzte sie hinzu und erzählte ihm von den Aussteuerlisten ihrer Mutter. James schüttelte ungläubig den Kopf. »Wozu soll man das alles denn gebrauchen?«, fragte er. »Man braucht es ja nicht, das meiste davon ist lästiger Kram«, erwiderte Sofie heiter. James griff nach ihrer Hand. »Du sollst aber nichts von dem entbehren, was du gewohnt bist.« »Staubwedel und Poliertücher? Eine silberne Bürstengarnitur? Nicht doch!« Sie schmunzelte, fuhr dann ernster fort: »Vor allem brauche ich dich … wir uns. Daran wollen wir immer denken, ja?« »Immer!«, versprach er. »Oh, wir werden es so gut haben«, entgegnete sie, plötzlich übermütig, und begann, sich langsam, mit erhobenen Armen, um den Tisch in der Zimmermitte zu drehen. »Der Tisch soll in unserer Wohnstube am Fenster stehen, ja? Und ich will Vorhänge nähen, auf Mettes Nähmaschine.« Sie tänzelte zu ihm hin. James legte einen Arm um sie und drückte sie an sich. »Dir wird noch schwindelig«, sagte er lächelnd. »Nicht, wenn du mich festhältst. Bist du auch glücklich?« »Du bist wie ein Wunder für mich, Sofie«, entgegnete er leise. »Ich kann es immer noch nicht fassen, dass ich dich haben darf.« Sie legte ihre Hände an seine Wangen. »Manchmal bekommt man eben Geschenke, weißt du? Ich bin dein Geschenk, und du bist mein Geschenk.« »Ja«, er fasste um ihre Taille, »das bist du, ein Geschenk und ein Wunder. Und ja, wir werden es sehr gut haben, und noch mal ja, der Tisch kann meinetwegen in die Wohnstube.« »Oh«, Sofie lachte, »so viele Ja auf einmal! Jetzt tanz mit mir hinüber zur anderen Seite, ich möchte gern deinen Schrank ansehen.« James zog sie an sich und begann sich mit ihr im Walzerschritt zu wiegen. Er tanzte mit ihr, wie sie zuvor, um den Tisch herum, einmal, zweimal, seine Wange an ihrer. »Noch mal?«, fragte er. »Noch mal!«, antwortete sie. »Stell dir vor, es wäre unser Brautwalzer.« Er lachte und küsste ihr Haar. »Jetzt andersrum, sonst wird uns schwindelig.« Während sie sich wieder drehten, sagte er: »Ich hätte gern, dass Axel dich malt, Sofie, in diesem Kleid hier und mit Mormors Schal, wie vorhin im Garten. Das Bild soll bei uns in der Diele hängen, damit ich's gleich sehen kann, wenn ich von draußen hereinkomme.« Sie rieb ihre Wange an seiner. »Damit der Anblick dich aufmuntert, wenn deine widerspenstigen Patienten dich geplagt haben?«, fragte sie lächelnd. Er blieb stehen und hielt sie fest. »Damit es mich immer daran erinnert, wie du mich vorhin angesehen hast.« »Oh, Lieber«, sagte sie gerührt. »Übrigens sind die meisten meiner Patienten gar nicht so widerspenstig«, fuhr er lächelnd fort. »Ich bin es, der manchmal die Geduld mit ihnen verliert.« Sie dachte an den Kyloe auf der Gangway, an seine schroffe Antwort gegenüber Tilda eben in der Wohnstube. Dann strich sie über seine Wange. »Ja, so bist du, aber ich beschütze dich schon vor dir.« »Das sollst du auch, ich bitte dich sogar darum. Du bringst mich zum Nachdenken, du machst, dass ich gut sein will, sanfter …« »Aber du bist gut«, erwiderte sie, »und sanft und ungestüm und liebevoll und zärtlich.« Er hob abwehrend die Hand. »Doch«, fuhr sie fort, »und klug und – bescheiden. Der beste Mann, den eine Frau haben kann.« »Sofie …« »Der beste«, wiederholte sie lächelnd. »Lässt du mich jetzt in deinen Schrank gucken?« Er öffnete ihr bereitwillig die Schranktüren. »Darf ich?«, fragte sie, auf die Kleiderbügel an der Stange weisend. James nickte und sah lächelnd zu, wie sie die Bügel mit seinen Anzügen und Jacken auseinanderschob, sie umhängte, wieder zusammenschob und dann nachdenklich die Stapel mit seinen Hemden auf den Regalbrettern betrachtete. Es gefiel ihm zu sehen, wie sie allmählich sein Zimmer in Besitz nahm und es so zu ihrem gemeinsamen Zimmer machte, während sie über ihre Kleider in Kopenhagen plauderte. Schließlich trat sie zu ihm, lächelnd, mit rosigen Wangen und entzückend anzusehen. »Viel Platz bleibt nicht«, sagte sie fröhlich, »aber es wird schon gehen.« »Meinst du? – Komm, setz dich doch.« Er legte den Arm um sie und führte sie zum Tisch, wo er den Stuhl für sie vorzog. »Wir setzen uns beide, ja?«, antwortete sie. Er nahm sie lächelnd auf seinen Schoß und sie machte sich schwer in seinem Arm. »Ich möchte dir so gern alle meine Kleider zeigen«, sagte sie. »Und ich möchte dich sehr gern in ihnen sehen«, er strich ihr eine Locke hinter das Ohr, »besonders in dem blauen Samtkleid, dass deine Figur so nett betont, und in dem Pfirsichfarbenen, mit dem Überwurf, der so schöne Linien macht.« »Es heißt Pelisse«, antwortete Sofie mit einem Glucksen in der Stimme. »Jetzt machst du dich über mich lustig, Jamsie. Aber wart nur ab, ich sehe wirklich sehr hübsch darin aus.« »Bestimmt«, sagte er und küsste ihren Nacken, »wirst du sie anziehen, wenn wir uns abends vorlesen?« »Man trägt die Pelisse doch nur zum Ausgehen.« Ihre Stimme wurde träge. »So? Aber wir werden ja ausgehen.« Sie hob ihr Kinn, damit er ihren Hals küssen konnte. »Zum Winterball?« »Auch«, erwiderte er zwischen zwei Küssen, »und ins Theater.« »Hmm … Versprochen?« »Versprochen.« »Wie ich mich darauf freue, meine Kleider zu deinen zu hängen«, sagte sie, »und du hilfst mir aussuchen, und den Rest tun wir einfach auf den Dachboden.« Langsam strich sie mit einem Finger über seinen Hals, am Kinn entlang und an der anderen Seite wieder hinab. James neigte sich ein wenig mehr zu ihr hin. »Warte nur, bis wir ein richtiges Schlafzimmer haben, mit einem großen Schrank für alle deine Kleider … und einem schönen großen Bett für uns beide.« Sie hielt inne, öffnete die Augen und richtete sich auf. »Das will ich nicht!«, erklärte sie. James sah sie verblüfft an. »Aber Sofie …« »Ich will kein Bett, in dem du weit weg von mir liegst. Du sollst nah bei mir sein, so wie jetzt.« »Aber Sofie, mein Herz, wer sollte uns wohl daran hindern, in unserem eigenen Bett nah beieinanderzuliegen?« Er zog sie enger an sich. Sie schlang die Arme um seinen Hals und drückte sich noch fester an ihn. »Halt mich nicht für dumm«, erwiderte sie fast zornig, »nur weil ich noch nicht weiß, wie … Willst du mich denn nicht nah bei dir haben?« Das war fast zu viel für ihn. »Wenn du wüsstest, wie nah … wie sehr ich dich will … jetzt …« Sofie schaute ihn an, sah seine Leidenschaft, wusste, dass auch er ihr Verlangen sah, und sagte leise: »Bring mich irgendwohin, wo wir allein sein können. Bald.« Er nickte, legte sein Gesicht an ihre Wange und atmete ihren Duft ein. Sie roch wie der Sommer. Holunderblüten, süß und herb, ein kleines Prickeln in der Nase, Schwarze Johannisbeeren, Rhabarber … Er wollte so gern mehr von ihr küssen als nur ihr Gesicht. Vorsichtig schob er den Pullover zur Seite, küsste wieder ihren Hals, ihre Kehle, ihre Schlüsselbeine, den Ansatz ihrer Schulter und sah sie an. »Mehr?« »Ja … Viel mehr.«

XVIII

Sofie saß auf dem schönen neuen Sofa in ihrer Wohnstube, die Locken frisch gebürstet, James' Pullover sorgsam um die Schultern gezogen, und streckte die Hände nach dem Buch über Rinderzucht aus, das James ihr über den Tisch hinüberreichte. Er schob den Teller mit den Zuckerplätzchen vor sie hin und setzte sich neben sie. *Bald wird es immer so sein*, dachte er glücklich und schenkte ihnen von dem Kirschsaft ein, den er gerade aus der Küche geholt hatte. »Wie behaglich es ist mit uns«, sagte Sofie. »Schade, dass wir bald wieder zurück in den Garten müssen. – Sollen wir jetzt das Buch ansehen?« James nickte und Sofie blätterte, an seinen Arm gelehnt, die Seiten um. Die Uhr gegenüber sahen beide nicht an. Sofie setzte sich bequemer hin, legte ihre Beine über seine und wies auf das Bild eines schwarzen Galloways. »Sie haben viel dichteres Fell als unsere Kühe«, bemerkte sie, »und der hier sieht aus, als hätte er Locken.« James lächelte. »Etwas übertrieben dargestellt – aber ja, sie haben sehr dichtes, wolliges Fell, auch dichteres Unterhaar als unsere Rinder, deshalb brauchen sie auch keinen Stall.« »Und Hörner haben sie auch nicht.« »Nein, sie stammen von hornlosen Rindern ab. Die alten Römer …« Er winkte ab und sah nun doch hinüber zur Uhr. »Halb sechs durch«, sagte er unwillig. »Wir können uns freuen, dass Mutter noch nicht aufgetaucht ist. Aber einen Hochländer will ich dir wenigstens noch zeigen.« Er blätterte im Buch ein paar Seiten vor und zeigte dann mit dem Finger auf eine der Abbildungen. Sofie sah sofort, was James vorhin gemeint hatte: die kräftige Gestalt unter dem dichten rotbraunen Fell, dazu die anmutig geschwungenen, ausladenden Hörner. Schon in der Zeichnung drückte sich das Wesen der Tiere so lebendig aus, dass sie beeindruckt sagte: »Sie stehen wirklich da wie Könige.« »Ja, nicht? Aber warte, bis du welche zu sehen kriegst, dann wirst du noch viel besser verstehen, was ich meine.« Sein Eifer machte sie lächeln. »Ich kann's kaum erwarten, mit dir nach Schottland zu fahren.« »Ich auch nicht, obwohl … Das Klima ist rau dort drüben und ich will nicht, dass du es allzu unbequem hast. Vielleicht sollten wir doch lieber bis zum Frühjahr warten?« Sofie legte ihre Hände auf seine. »Nein, so war es in Kopenhagen. Bitte nicht, Jamsie.« James' Gesicht wurde hart. »Ich versuche nur, so gut wie möglich auf dich achtzugeben, Sofie.« Sie konnte der Versuchung nicht widerstehen, sein vorgerecktes Kinn zu küssen. »Ich weiß, aber bis zum Frühjahr warten, nur weil ich in Schottland frieren könnte.« Er musste wider Willen lächeln. »Mutter soll mir auch meinen gefütterten Umhang aus Kopenhagen schicken und die warmen Stiefel. Wenn es ganz schlimm kommt, nimmst du mich einfach mit unter deinen Mantel, ja?« »Ja«, sagte er, sich fester an sie schmiegend. Sofie blätterte weiter und wies entzückt auf das Bild eines Kälbchens mit flauschigem Fell und winzigen Hörnern. »Sieh mal, so was Niedliches hätte ich auch gern auf unserer Weide stehen.« James schmunzelte. »So?« Sie sah ihn versonnen von der Seite an. »Und wenn es bald wieder einen kleinen James auf Julsgård gäbe?« James ließ sich bereitwillig von ihr einfangen. »Oder eine kleine Sofie«, murmelte er in ihr Haar, »und die wird mich dann genauso um den Finger wickeln wie ihre Mutter ...«

Als sie in den Garten zurückkehrten, dämmerte es schon. »Ihr wart aber lange weg«, sagte Tilda vorwurfsvoll. »Euretwegen hocken wir hier fast im Dunkeln. Ich durfte die Lampe nicht herausbringen, weil Mutter euch nicht stören wollte.« Sofie, in James' Pullover gewickelt und fest in seinen Arm geschmiegt, übernahm das Entschuldigen für sie beide. »Wir waren wirklich sehr unhöflich zu euch, bitte verzeiht, aber es gab so viel anzusehen und zu besprechen, darüber haben wir ganz die Zeit vergessen.« »Also, Tilda, dann lauf und bring eben die Lampe heraus«, sagte Freja. Zu Sofie gewandt fuhr sie lächelnd fort: »Ich hoffe, du hast alles gesehen, was du sehen wolltest, meine Liebe.« »Fast alles, nur James' Arbeitszimmer nicht, das haben wir aufs nächste Mal verschoben, nicht, James?« Der nickte lächelnd. Sofies charmante kleine Ausrede schützte, was nur sie beide etwas anging: wie er ihr die Schuhe angezogen und dabei ihre Beine gestreichelt hatte und die Zeit darüber hingegangen war, ihre letzten unzähligen Küsse ... Erst als es in der Stube so schummrig war, dass sie einander kaum noch erkennen konnten, hatten sie sich schließlich in den Garten aufgemacht. James rückte Sofie den Stuhl zurecht. »Danke«, sagte sie lächelnd und setzte sich. Oh, wie er es mochte, dass sie sich für seine guten Manieren bedankte und ihm so die Freude bereitete, sich als Kavalier zu fühlen. Freja stellte einen Teller mit belegten Broten vor sie hin. »Ihr seid bestimmt hungrig.« »Das kann man wohl sagen.« James griff nach einem leeren Teller und legte einige Schnitten darauf. »Außer ein paar Keksen hast du ja nichts Essbares im Haus gelassen, Mutter«, fuhr er schmunzelnd fort und schob Sofie den Teller hin. Theo schaute gut gelaunt hinter seiner Pfeife hervor. Er hatte den Nachmittag in angenehmer Unterhaltung mit Malvine verbracht, die sehr charmant und mit gehörigem Augenzwinkern Geschichten aus ihren Kopenhagener Kreisen zum Besten gegeben hatte. »Was möchtet ihr denn trinken?«, fragte Theo, Sofie zulächelnd, deren strahlende Augen und rosige Wangen allerhand über die Angelegenheiten verrieten, um die es zwischen ihr und James gegangen war. Und sein Sohn, nun, der blickte so glücklich drein, wie er es noch nie bei ihm gesehen hatte. »Was meinst du, Sofie, trinkst du ein Glas Wein mit mir?«, fragte James. Theo und Freja sahen ihn erstaunt an. Das hatte es ja noch nie gegeben! Normalerweise trank James mit seinem Vater am Abend ein Bier. »Ich hätte gern ein Glas Rotwein«, sagte Sofie. Theo suchte zwischen den Flaschen nach dem Wein, stellte ihn vor James auf den Tisch und legte den Korkenzieher dazu. Wie gut, dass Freja ihn geheißen hatte, auch den Rotwein herauszubringen, für alle Fälle. Freja und Malvine hatten sich für Schaumwein entschieden und Tilda trank Saft. Theo hätte nicht vermutet, dass nun ausgerechnet die zarte Sofie, der er bestenfalls ein Glas Schaumwein zugebilligt hätte, nach Rotwein verlangte. James öffnete die Flasche und goss etwas Wein in Sofies Glas. »Da, koste mal …« Sie nahm einen Schluck. »Hm, gut – jetzt du.« Sie hielt James das Glas hin, er nahm es und probierte auch.

»Ganz schön kräftig«, sagte er überrascht. »Und sanft«, erwiderte Sofie. Sie lächelten beide über die Anspielung, dann hob James die Flasche und schenkte ihnen die Gläser voll. Theo schmunzelte. Freja und er waren auch so gewesen … Als die beiden dann ihre belegten Brote aßen, kam Tilda mit ihrer großen Neuigkeit heraus. »Denkt nur«, rief sie aufgeregt, »nach eurer Hochzeit fahre ich direkt mit Tante Malvine nach Kopenhagen zurück – und ich werde bei ihr wohnen, solange ich möchte!« Sofie sah ihre Mutter erstaunt an und Malvine nickte lächelnd. »Solange Tante Malvine es möchte«, verbesserte Freja sie, »und wir haben von längstens einem Monat gesprochen.« »Zu Weihnachten komme ich auf jeden Fall nach Hause«, erwiderte Tilda und hatte damit die Lacher auf ihrer Seite. »Donnerwetter, Tilda, du bist ein richtiger Glückspilz«, sagte James und griff nach einem weiteren Stück Brot mit kaltem Bratenaufschnitt. »Das ist aber sehr großzügig von dir, Schwiegermutter.« »Nun, sagen wir mal, es hilft uns beiden, lieber James«, erwiderte Malvine lächelnd. Sofie nahm ihre Hand. »Versprich mir, dass du Weihnachten herkommst, Mutter.« »Ach Sofie«, erwiderte diese, »es ist doch noch viel zu früh für Pläne. Erst mal soll Tilda Kopenhagen kennenlernen. Sie möchte so gerne ins Ballett.« »Oh ja!«, schwärmte Tilda. »Sofie, deine Mutter hat gesagt, man könnte vielleicht einige deiner Gesellschaftskleider für mich umarbeiten lassen.« »Sicher«, erwiderte Sofie lächelnd. »Ich glaube, so viel wird man gar nicht ändern müssen. Vielleicht die Säume ein bisschen auslassen …« »Nachdem du dir die Kleider ausgesucht hast, die du behalten möchtest, mein Herz«, warf James ein. Sofie lachte und sah ihn verliebt an. »Keine Sorge, ich gebe Mutter eine Liste mit.« Zu Tilda gewandt, fuhr sie fort: »Einige Kleider werde ich behalten, aber von dem Rest suchst du dir aus, was dir gefällt.« »Wozu du die wohl hier brauchen willst?«, erwiderte Tilda. »In Norby gibt es keine Gesellschaften. Und wenn man sich trifft, zieht jeder an, was er sowieso immer anhat. Die Winter in Norby sind schrecklich öde. Man hockt herum und wartet auf den Frühling. Oh, Sofie, du wirst Kopenhagen sicher vermissen.« James schüttelte lachend den Kopf. »Unsere Winter sind ganz und gar nicht öde«, warf Theo ein, »wenn man es schafft, sich nützlich zu machen.« »Ich mache mich immer nützlich«, verteidigte Tilda sich, »das weißt du wohl, Vater. Nur hilft es überhaupt nicht gegen die Langeweile.« »Ich glaube nicht, dass ich Kopenhagen vermissen werde«, sagte Sofie. »Aber bitte grüß Mads von mir, ja?« »Ich kann ihn dir doch mitbringen«, bot Tilda an. Sofie überlegte. »Nein, danke. Ich glaube, es wäre nicht gut für den kleinen Kerl, in einer Pappschachtel durch ganz Dänemark zu reisen, oder James?« »Ganz bestimmt nicht.« »Mach dir nichts draus, Sofie, James kauft dir sicher einen anderen.« James lächelte. »Ich glaube, Sofie hält nichts davon, wenn Tiere in Käfigen leben müssen.« Sie schüttelte den Kopf. »Nein, Vögel sind nun mal fürs Fliegen gemacht, nicht zum Herumsitzen auf Käfigstangen.« »Dann soll James dir doch einen kleinen Hund schenken«, schlug Tilda vor. Sie war sehr darum bemüht, Sofie über den Verlust ihres Kanarienvogels hinwegzutrösten. Sofie musste lachen. »Das ist lieb von dir, Tilda, aber wir haben doch Tapper und das James-Kätzchen, das schon bald eine große Katze sein wird. Und ich stelle es mir gar nicht gemütlich vor, in unserer Wohnstube eine Menagerie zu versammeln.« »Ganz recht«, stimmte James ihr zu. »Außerdem«, fuhr Sofie fort, »was ich … wir«, verbesserte sie sich, »wirklich möchten … James weiß schon, was ich meine«, schloss sie vage. Sie schauten einander lächelnd in die Augen. »Was denn, James?«, erkundigte sich Tilda neugierig. Ihr Bruder winkte

ab. »Lass gut sein, du wirst es schon noch sehen – alles zu seiner Zeit.«
»Ich hab's!«, rief Tilda aus. »Ihr wollt Kinder!«, platzte sie heraus. »Aber
die hat doch jeder«, setzte sie enttäuscht hinzu, »das ist ja nichts Besonderes.« »Oh, doch …« Sofie strich lächelnd über James' Wange. »Na,
wenn du meinst. Willst du's dir nicht doch noch mal überlegen mit dem
Hund?« »Ich glaube nicht.« In Sofies höflicher Ablehnung lag so viel
freundliche Bestimmtheit, dass Tilda aufgab.

Einige Augenblicke lang blieb es still am Tisch, dann räusperte Malvine
sich leise. »Darf ich neugierig sein und fragen, ob ihr schon wegen eurer
Hochzeitsreise gesprochen habt?« James und Sofie blickten einander
an, James nickte. Es musste ja doch irgendwann gesagt werden – und
um sich mit Vater über Rinderzucht zu streiten, war dieser Zeitpunkt
genauso schlecht wie jeder andere. Natürlich würde er nicht damit anfangen, aber wenn Vater es darauf ankommen ließ … Sofie legte ihre
Hand auf seine und erwiderte gelassen: »Wir werden nach Schottland
fahren, Mutter.« Malvine schaute sie überrascht an. Freja seufzte und
sah prüfend zu ihrem Mann hinüber, der bedächtig seine Pfeife aus der
Hand legte. »Was für eine ungewöhnliche Wahl«, sagte Malvine, die
Frejas warnenden Blick bemerkt hatte, ihn aber nicht zu deuten wusste
und deshalb unbefangen weitersprach. »Nun, warum nicht Edinburgh
statt Rom oder Paris? Man sagt ja, es soll eine interessante Stadt sein.
Und sicherlich auch sehr romantisch, man denke nur an Maria Stuart.«
»Meine liebe Malvine«, erwiderte Theo trocken, »ich glaube nicht, dass
die beiden der Romantik wegen nach Schottland wollen.« »Ich glaube,
ich verstehe nicht.« Malvine wurde nun doch ein wenig unbehaglich
zumute. Sofie drückte James' Hand, dann erwiderte sie genauso gelassen
wie zuvor: »Es gibt keinen Grund, sich Sorgen zu machen, Mutter, lass
es uns dir erklären.« Malvine hörte aufmerksam zu, als James ihr, wie
zuvor Sofie, die Unterschiede der verschiedenen Rinderrassen erläu-
terte. Sofie berichtete ihr auch von James' Plänen mit der Rinderzucht,
und als die Sprache auf den Erhalt der Landschaft kam, nickte Malvine
zustimmend. Unterdessen wurde Theo immer ärgerlicher. Dass James
Sofie vorschickte, um Malvine seine ungaren Fantastereien schmackhaft
zu machen! Und Sofie, naiv und verliebt, gab sich auch noch dafür her,
statt ihn an seine Verantwortung ihr gegenüber zu erinnern. Er begann,
mit den Fingerspitzen auf die Tischplatte zu klopfen, ein untrügliches
Zeichen dafür, dass es bald zu einem seiner seltenen, aber dafür umso

heftigeren Zornesausbrüche kommen würde. »Bitte nicht, Theo!«, sagte Freja ungewöhnlich kurz angebunden. Theo hielt still, aber sein wütender Blick zu James hinüber verhieß nichts Gutes. »Du siehst also, Mutter«, schloss Sofie heiter, »James hat sich alles gut überlegt – und du musst mir unbedingt gleich meinen gefütterten Umhang und die warmen Stiefel schicken.« Sie versprach es lächelnd. Nun hatte Theo genug gehört. Dass selbst die verständige und in Geschäften erfahrene Malvine, Witwe eines bedeutenden Kopenhagener Kaufmanns, keine Einwände gegen die unsinnigen Pläne ihres künftigen Schwiegersohns erhob, brachte ihn um den Rest seiner Selbstbeherrschung. »Ich will nichts mehr davon hören!«, polterte er los. »Genug von diesem Unfug! Du solltest wissen, wo deine Verantwortung liegt, James!« An Sofie gewandt fuhr er fort: »Und du solltest ihn besser zur Vernunft bringen, als seine Schwärmerei auch noch zu unterstützen!« Sofie blickte von Theo zu James. Anscheinend hatte ihr Schwiegervater, der ihr bisher so geduldig und charmant entgegengekommen war, auch noch eine andere Seite, und es war nun offensichtlich, woher James sein Temperament hatte. Sie hielt James' Hand fester und lehnte sich gegen seinen Arm, als sie sah, wie er die Lippen zusammenpresste und sein Kinn vorreckte. »Lass Sofie in Ruhe, Vater«, erwiderte er, mühsam beherrscht. »Ich kenne meine Verantwortung. Und wenn Sofie auch nur ein Wort sagt, werde ich alles aufgeben.« Er blickte Sofie an. »Ich würde nie etwas tun, was du nicht willst, mein Herz.« Sie nickte. »Das weiß ich doch. Und ich hab Ja gesagt, und dabei bleibt es!« »Kindsköpfe«, rief Theo erbost, »alle beide!« »Vater«, James rang immer noch um Beherrschung, »ich bin dir zuliebe Tierarzt geworden, weil du es dir so gewünscht hast und ich dir ein guter Sohn sein wollte. Dass du mich jetzt einen Kindskopf nennst, nur weil ich auch meinen eigenen Weg gehen will …« Er unterbrach sich. Sofie legte den Arm um ihn. »Vater, du glaubst doch nicht wirklich, dass alles immer so bleiben wird, wie es jetzt gerade ist«, fuhr er ruhiger fort. »Wie es aussieht, wird es zur Gründung der Vermietungsgesellschaft kommen, dann werden sich die Dinge in Norby sehr verändern, und nicht nur hier. Wer weiß, ob ein Tierarzt dann überhaupt noch sein Auskommen haben wird.« Tilda, die es nicht gut haben konnte, wenn Vater und Bruder miteinander stritten, stand auf. »Komm, Tapper, lass uns reingehen.« »Verdammt, Vater!« James konnte es nur schwer ertragen, dass Tilda wegen ihres dummen Streits so bekümmert war. »Lassen wir es doch gut sein, ja?« Theo, keineswegs besänftigt, begann wieder, mit den Fingerspitzen auf den Tisch zu klopfen. Erst leise, dann allmählich lauter, als keiner ihn zur Ordnung rief. James beobachtete seinen Vater. Sein Zorn verging, als er erkannte, dass er künftig sein Einverständnis nicht mehr suchen würde. Er hatte Sofie an seiner Seite – mehr brauchte er nicht. Durch sie kamen für ihn die Dinge ganz einfach an ihren richtigen Platz. Keine sinnlosen, kränkenden Machtkämpfe mehr, sie liebten einander doch, Vater und er … Sofie spürte, dass James' Griff um ihre Hand sich lockerte und sah ihn an. Er löste seine Hand aus ihrer, begann zu lächeln und strich ihr über die Wange. »Ich bin so froh, dass du da bist, Sofie.« Sie erwiderte sein Lächeln. »Mach dir nichts draus«, sagte sie leise. Er schüttelte den Kopf. »Nein.« Theo und Malvine sahen zu den beiden hin. Malvine war gerührt, Theo unwillig, wenn er auch zugeben musste, dass ihm gefiel, wie sie zusammenhielten. Er griff wieder zur Pfeife. »Gut«, sagte er knapp, »lassen wir es dabei. Ihr werdet also nach Schottland fahren und Rinder ansehen.« »Ganz recht«, erwiderte James gelassen, ich möchte mit den Züchtern sprechen und sehen, wie die Tiere dort gehalten werden, wo sie herstammen. Und wir sollten uns Edinburgh ansehen. Sofie, was denkst du?« Sofie lachte und küsste ihn. »Oh, bestimmt! – Und danke dir für die gute Idee, Mutter.«

Freja kam aus dem Haus, eine Kaffeekanne in der einen und eine kleine Lampe in der anderen Hand, die ihr den Weg durch den dunklen Garten beleuchtete. »Tilda ist zu Bett und lässt euch allen gute Nacht sagen. Ich hab uns noch einmal frischen Kaffee aufgebrüht.« Sie stellte Kanne und Lampe auf den Tisch und blickte in die Gesichter reihum. James hatte seinen Arm um Sofie gelegt und wirkte geradezu gut gelaunt, während Theo sich, wie immer nach seinen Streitereien mit James, brummbärig in sich selbst zurückgezogen hatte. Sofie und Malvine lächelten einander über die Lampe hinweg in stillem Einverständnis an. Hatten die beiden für ein Ende des Zanks gesorgt? Es wäre jedenfalls gut für alle auf Julsgård, wenn James sich zukünftig um Sofies willen mäßigte. Sie verteilte die Tassen vom Beistelltisch und begann Kaffee einzuschenken. »Es tut mir leid für Tilda«, sagte Sofie, »jetzt ist sie ganz allein im Haus.« Freja schüttelte den Kopf. »Tapper ist bei ihr. Ich habe seinen Korb in ihr Zimmer gestellt.« Im Vorbeigehen strich sie über Theos Schulter und setzte sich dann wieder neben ihn. »Tilda wird auch noch lernen, dass ein Streit nicht das Ende der Welt bedeutet. Es wird ihr guttun, mal aus Norby herauszukommen«, Freja lächelte erst Malvine, dann Sofie an, »und dich um sich zu haben, Sofie. Da kann sie sich abgucken, wie man die Ruhe bewahrt, wenn unsere beiden Männer sich zanken, und das wird für uns alle sehr gut sein.«»Letzte Woche hätte ich es auch noch nicht gekonnt«, erklärte Sofie, »aber wenn man weiß, wo man selbst steht, ist es leichter.« Lächelnd fügte sie hinzu: »Und wenn man weiß, was wirklich zählt.«»Sehr richtig.« James nahm sie fester um die Schultern. Theo beobachtete die beiden nachdenklich, während er langsam einen Schluck Kaffee trank. Passte er noch in diese Zeit? Waren James' Ideen am Ende gar nicht so abwegig? *Ich bin müde*, dachte er. *Und ich werde alt* ... Freja schob ihm die Zuckerschale hin. »Du hast gar keinen Zucker in den Kaffee getan, Lieber. Zwei Löffel, wie immer?« Er griff nach ihrer Hand. »Ja, bitte.«»Der heiße Kaffee tut gut«, sagte Malvine. »Er belebt so schön. Wir sollten trotzdem bald fahren, Sofie. Es geht schon auf zehn Uhr.«»Nicht doch«, erwiderte Freja, »nehmt lieber noch Kaffee. Wo ist eigentlich der Likör, Theo?« Er wollte antworten, doch Freja war schon aufgestanden, suchte selbst nach der Flasche mit dem Brombeerlikör und schenkte die Gläser voll. »Auf unsere Kinder!« Sie hoben die Gläser. »Und auf euch! Und auf das, was kommt«, fügte Sofie hinzu. »Auf das, was kommt«, wiederholte Malvine nachdenklich, als sie ihr leeres Glas auf den Tisch zurückstellte. »Das hätte auch von deinem Vater sein können, Sofie. Er war ja für alles Neue, auch wenn andere darüber lächelten ... Oh, wie er sein Fahrrad liebte! ›Das ist die Zukunft, Malvine‹, sagte er immer, wenn er von seinen Touren zurückkam. Ich mochte es erst gar nicht, es erschien mir so unelegant, dieses Gestrampel.« Sie legte ihre Hand über Sofies. »Entschuldigt, ich sollte vielleicht nicht ... Es ist nur ... ausgerechnet heute fehlt er mir so sehr.« Malvine senkte den Blick, sichtlich um Fassung bemüht. Sofie streichelte ihre Hand. Theo griff wieder nach seiner Pfeife und Freja bedeutete James, den Docht der Lampe etwas herunterzuschrauben. Dann beugte sich Freja zu Malvine vor. »Darf ich fragen, was ihm zugestoßen ist? War es ein Unfall?«»Nein, es war sein Herz«, begann Malvine und eine Träne rollte über ihre Wange. »Dabei wirkte er so kräftig und gesund, so lebensfroh ... Und dann ist er im Warenlager gestürzt, wohl weil ihm die Luft wegblieb, und ist nicht mehr aufgestanden. Unsere Arbeiter haben ihn gefunden, man sandte mir Nachricht in den Krausesvej. Es war am 21. Mai 1908, ein Donnerstag, ich war gerade mit dir in deinem Zimmer, Sofie.«»Wie schrecklich, du warst noch so jung und Sofie so klein«, entgegnete Freja mitfühlend. »Was für eine schwere Prüfung, Malvine.«

Malvine lächelte und tupfte sich mit der Serviette die Tränen fort. »In der Tat. Aber zum Trauern blieb wenig Gelegenheit. Das Leben ging einfach weiter. Ich musste mich um Sofie kümmern, und um das Geschäft. Jesper hatte ja begonnen, neben dem Handel mit Kakao und Gewürzen auch Fahrräder zu verkaufen, bezahlbare Fahrräder für jedermann zu langfristigen Raten mit niedrigen Zinsen. Wie ist er anfangs dafür belächelt worden!« Malvine wurde munterer. »Aber mittlerweile ist es unsere beste Sparte und wir verkaufen die Räder bis nach Helsinki.« »Es ist so lange her«, sagte Sofie. »Wenn ich mir seine Fotografien ansehe, ist es, als würde ich auf einen Fremden blicken ... Ich weiß noch, Vater war groß«, sie schaute James an, »so wie du.« Malvine nickte. »Und manchmal hat er gesungen, das mochte ich«, setzte Sofie lächelnd hinzu, doch ihre Stimme klang traurig. Sie lehnte sich in James' Arm zurück. »Und wenn es schiefgegangen wäre mit den Fahrrädern, Malvine?«, fragte Freja. »Dann wäre es wohl recht ungemütlich für uns geworden«, gab Malvine zu. »Aber mit den Einnahmen aus dem Kakao- und Gewürzhandel hätten wir wohl immerhin unser Dach über dem Kopf behalten.« »Wie mutig ihr wart«, sagte Freja anerkennend. Sie mochte Unwägbarkeiten überhaupt nicht. Schon die gelegentlichen kleinen offenen Posten in der Buchhaltung ihres Mannes bereiteten ihr großen Verdruss. »Ich hab's lieber gemütlich, nicht wahr?« Sie schaute Theo an. Er streichelte ihre Hand. »Wir haben es beide lieber gemütlich, meine Liebe«, antwortete er lächelnd. »Wer etwas Neues beginnt, muss immer ein Wagnis eingehen«, erklärte Malvine nachdenklich. »Ich hätte es ja auch lieber gemütlich gehabt, aber ich liebte Jesper doch und wollte, dass er glücklich war. Und nur auf die althergebrachte Weise mit Kakao und Gewürzen zu handeln, hätte ihn auf die Dauer unglücklich gemacht, das wusste ich. Und ich wusste auch, dass er niemals leichtfertig oder gegen meine Wünsche gehandelt hätte.« Sie schaute Sofie lächelnd an. »Dazu liebte er uns viel zu sehr.« Sofie sah James an. »So wie du mich.« Er lächelte. »Ja.« »Aber bei aller Begeisterung blieb Jesper doch Kaufmann und ging nüchtern an seine Geschäfte heran, darauf konnte ich mich bei ihm immer verlassen. Also habe ich Ja gesagt«, schloss Malvine. Sofie nickte nachdenklich. Dieser dumme Streit eben ... Theos Blick suchend sagte sie: »Und ich möchte, dass James glücklich ist. Er ist ebenso wenig ein Kindskopf, wie mein Vater einer war, und ich vertraue ihm, wie meine Mutter meinem Vater vertraut hat. Wir werden uns in Schottland die Rinder ansehen, und danach wird James entscheiden, was das Beste für uns ist. Und ich wünsche mir, dass du in Esbjerg am Kai stehst und dich mit uns freust, wenn wir die ersten Galloways nach Hause bringen.« »Mein Herz, nicht …«, murmelte James und drückte sie an sich. Er wollte nicht, dass sie seinetwegen Vaters Unmut auf sich zog. Sie wusste ja nicht, dass er lange grollen konnte. Aber Sofie schüttelte nur den Kopf und fuhr, zu Theo gewandt, fort: »Sag Ja, Schwiegervater, bitte.« Freja schaute mit erhobenen Brauen zu Sofie hinüber, dann blickte sie Theo an, der bedächtig seine Pfeife aus der Hand legte. Er räusperte sich. »Na, dann seht euch meinetwegen diese Rinder an«, antwortete er schließlich mit einem kleinen Lächeln, »vielleicht taugen sie ja doch was auf unseren Böden.« »Vater«, sagte James überrascht und gerührt. »Schon gut!« Theo griff nach der Flasche mit dem Brombeerlikör und begann noch einmal einzuschenken. »Bedank dich bei Sofie. Und bei deiner Schwiegermutter. Dein Beispiel, Malvine …« Er deutete eine Verbeugung in ihre Richtung an, bevor er die Likörflasche zurück auf den Beistelltisch stellte.

Freja war sehr enttäuscht über Sofies Benehmen. Dass sie ausgerechnet Theo angegangen war, der so wohlwollend für sie gesprochen hatte! Sie nahm sich vor, Sofie bei nächster Gelegenheit, am besten noch heute, ein Wort zu sagen. Sie wollte Frieden auf Julsgård und würde auf keinen Fall dulden, dass Sofie sich in die Streitereien zwischen Theo und James einmischte. Oder es gar an Achtung ihrem Schwiegervater gegenüber fehlen ließ und ihn noch einmal so nötigte wie gerade eben. Sie wandte sich ihrem Mann zu und lächelte ihn zärtlich an. »Theo, Lieber …« »Schon gut, Freja«, erwiderte er leise. »Heute Abend bin ich ein müder alter Mann.« »Mein allerliebster Mann bist du«, berichtigte sie ihn sanft und strich ihm über die Wange.

Malvine befürchtete, dass der Abend in einem Missklang enden könnte, und drängte zum Aufbruch. »Es ist spät geworden, wir sollten uns auf den Weg machen, Sofie.« Zu Freja und Theo gewandt fuhr sie fort: »Und bitte entschuldigt, dass ich von den alten Geschichten angefangen habe.« Theo winkte ab. »Wir haben sie gern gehört«, erwiderte er und erhob sich. »Ich werde noch einmal nach Tilda sehen und dann anspannen, wenn's recht ist.« Er trat hinter James und Sofie und legte ihnen die Hände auf die Schultern. Sofie drehte ihren Kopf zu ihm. »Danke, Schwiegervater«, sagte sie, »und bitte entschuldige, wenn ich …« Theo zwinkerte ihr zu. »Wo kämen wir denn da hin, wenn eine Frau nicht bei ihrem Mann steht!« »Ich helfe dir«, sagte James und wollte aufstehen.

»Bleib nur bei den Damen, mein Junge«, antwortete Theo. »Ich wäre jetzt gern einen Augenblick allein.«

Theo legte Balder nachdenklich das Geschirr an. Was hatte er Freja zugeredet und für Sofie gebeten … Und jetzt das … Es würde nicht leichter werden für sie, wenn Sofie erst einmal auf Julsgård wohnte. Sie war zwar reizend, zweifellos, aber sanftmütig war sie nicht. Und sie würde James um jeden Preis beschützen – wie damals seine Schwiegermutter. Er seufzte bei der Erinnerung an die vielen Streitereien zwischen ihr und Freja. Ach, es würde sich schon finden. Er fühlte sich müde und nahm es sich übel, dass erst seine Schwiegertochter ihm zeigen musste, wie ungerecht er gegen seinen Sohn gewesen war. »Ist gut, Balder«, sagte er und nahm die Zügel in die Hand. Dann sah er James mit den Damen in die Stallgasse herauskommen, Sofie und Freja gingen plaudernd und lächelnd vorneweg. *Na also*, dachte Theo erleichtert. »Ihr kommt gerade richtig, ich wollte Balder eben nach draußen bringen. Die Laternen richte ich euch zum Schluss, James.« Sein Sohn legte ihm eine Hand auf die Schulter. »Ich weiß, du willst es nicht hören, aber ich bin verdammt froh … Also danke, Vater!« Theo lächelte. »Du wärst doch ohnehin mit Sofie nach Schottland gefahren.« »Schon«, entgegnete James schmunzelnd, »aber so ist es besser. Du weißt ja, ich halte viel von deiner Meinung.«

***

Sofie wartete, bis ihre Mutter ins Haus hineingegangen war, dann warf sie sich vor dem pederschen Zaun in James' Arme. »Mein kluger und mutiger Schatz«, sagte er lächelnd. Sofie strahlte ihn an. »Danke schön.« James strich ihr übers Haar und blickte zu Balder hinüber. »Der arme Kerl. Ich muss ihn ein bisschen bewegen, sonst schläft er uns noch im Stehen ein. Komm.« Er hob sie wieder in den Wagen, setzte sich neben sie und ließ Balder im Schritt den Strandweg hinuntergehen. »Dass du Vater so angegangen bist«, begann er, »meine Güte, Sofie – ich hatte direkt Angst um dich.« Er sagte es mit einem Augenzwinkern, aber Sofie hörte die Sorge in seiner Stimme. »Ich konnte doch nicht zulassen, dass er dich vor allen als einen verantwortungslosen, kindischen Tropf hinstellt, nur weil ihm nicht gefiel, was du vorhast. Und ich dachte daran, wie mein Vater belächelt wurde, als er seinen neuen Weg gehen wollte.

Deine Eltern sollten doch wissen, wie klug und ernsthaft du bist – und wie sehr ich dir vertraue. Ich habe deinen Vater darum gebeten, sein Einverständnis zu geben, damit ihr nicht mehr streiten müsst. Ich will, dass du glücklich bist, James.« Er neigte sich zu ihr und küsste sie. »Ich bin glücklich, wenn du bei mir bist. Alles andere ist unwichtig. Durch dich sind die Dinge an ihren richtigen Platz gerückt.« Sofie sah ihn überrascht an. »Dann hätte ich Vater gar nicht bitten müssen?« James überlegte. »Doch, denn ich hätte es bestimmt nicht mehr getan. Und ob Vater jemals von sich aus eingelenkt hätte, stur, wie er nun einmal ist ... Aber so konnten wir unseren Frieden machen, und das ist gut für alle auf Julsgård.« Lächelnd legte Sofie einen Arm um seinen Hals und küsste ihn behutsam auf den Mundwinkel. Er wandte ihr sein Gesicht zu. »Besser?« Sofie lachte. »Ja ... Ob du wohl auf dem Weg bleiben wirst, wenn ich dich mehr küsse, James?« »Probiere es auf jeden Fall aus«, entgegnete er und beugte sich zu ihr hinüber.

James ließ Balder den Wagen am Übergang zum Strand wenden und dann langsam den Weg wieder zurückgehen. »Und Mutter?«, fragte er scheinbar beiläufig. Er hatte gesehen, dass Sofie und Freja auf dem Weg zum Stall miteinander geplaudert hatten, aber nicht gehört, worum es ging. Sicherlich war es ungemütlich für Sofie gewesen, er hatte ja das angespannte Gesicht seiner Mutter bemerkt, als sie vom Tisch aufgestanden waren, und wusste, dass sie schwierig sein konnte. »Oh, sie war gar nicht einverstanden mit mir.« James ließ sich von Sofies gelassenem Ton nicht täuschen. »Sie war wohl recht ärgerlich auf dich?«, tastete er sich weiter vor. Sofie seufzte. »Ja«, gab sie zu, »leider.« »Ich ahnte es schon«, erwiderte er grimmig, beherrschte sich aber und fuhr ruhiger fort: »Was hat sie denn gesagt?« Sofie schluckte. »Schwiegervater und du ... dass ihr eure Angelegenheiten allein regelt ... und dass Männer es nicht mögen, wie kleine Jungen behandelt zu werden.« James spürte Sofies Unbehagen, sah ihren zweifelnden Blick. Wie konnte seine Mutter nur! »Sie meint, du hast mich wie einen kleinen Jungen behandelt?« Er schaute Sofie erstaunt an, dann lächelte er. »Weil du den Mut hattest, Vater Dinge zu sagen, die ich ihm nie gesagt hätte? Weil du vor allen für mich eingestanden bist? Da kennt Mutter mich schlecht, wenn sie meint, dass mich das kränken würde.« Er strich mit seinem Daumen sanft ihre Wange entlang. »Ich erlaube meiner klugen, mutigen Frau jederzeit, für mich zu sprechen – auch wenn es meiner Mutter nicht gefällt.« Er sah ihr verhaltenes Lächeln und küsste sie. »Gut?«, fragte er. Sofie nickte und lehnte erleichtert ihren Kopf an seinen Arm. »Ich denke, es ging ihr sowieso eher um deinen Vater. Sie liebt ihn doch genauso sehr, wie ich dich liebe, und beschützt ihn deshalb so, wie ich dich beschütze.« »Wahrscheinlich hast du recht. Und sie ist es gewohnt, dass auf Julsgård alles nach ihrem Willen geht. Nun kommt eine zweite Frau ins Haus, das ist nicht leicht für sie.« Er schmunzelte. »Und dann noch eine, von der Vater sich was sagen lässt!« »Deine Mutter und ich werden schon zurechtkommen«, erwiderte Sofie, »du wirst sehen.« »Sicher«, sagte James nachdenklich und neigte seinen Kopf gegen Sofies. »Lass uns ein eigenes Haus bauen, Sofie. Sobald wie möglich.« Sie blickte ihn überrascht an. »Wirklich? Oh James ...« Als sie ihn diesmal küsste, verlor er wirklich fast den Weg.

Irgendwann schob er sie vorsichtig von sich. »Ich muss Balder nach Hause bringen« sagte er sanft und fügte lächelnd hinzu: »Geh lieber, bevor ich dich einfach wieder mitnehme. Ich warte noch, bis du ins Haus gegangen bist.« Sofie blickte zu Balder hinüber und nickte. »Armer Balder, er muss schrecklich müde sein. Also, Nacht, James.« Sie küsste ihn noch einmal, bevor sie, auf seinen Arm gestützt, vor dem Zaun aus dem Wagen stieg. »Komm schnell zurück zu mir«, sagte sie, die Hand noch an seinem Arm. »Im Handumdrehen«, versprach er lächelnd. »Schlaf schön, mein Herz.« »Du auch, Jamsie – und du auch, Balder.« Sofie strich über Balders Nase, dann war sie auch schon hinter dem Zaun und auf dem Weg zum Haus, James' Pullover fest um sich gewickelt. Auf dem Weg zur Haustür drehte sie sich noch oft nach ihm um und warf ihm Kusshände zu, aber schließlich war sie doch fort und James lenkte den Wagen auf den Weg hinaus, müde, glücklich und voller Sehnsucht.

XIX

Kathrine hängte im Garten die kleine Wäsche der vergangenen Woche an die Leine. Axels Anzug lag schon, frisch gebürstet und gedämpft, über der Stuhllehne in ihrem Zimmer, bereit für den Sonntag. Er hatte ihr beim Spülen der Wäsche geholfen, anschließend die Wäschewanne für sie hinaus in den Garten getragen und danach auf dem Hackklotz an der Tür zur Spülküche das Brennholz zum Anfeuern des Badeofens gehackt. Jetzt stellte er den großen Holzkorb schräg vor den Hackklotz, damit Kathrine hineinsehen konnte. »Guck mal, reicht das schon?« Kathrine drehte sich zu ihm herum. »Wir brauchen einen guten Korb voll«, erwiderte sie. Axel nickte. »Dann haben wir bald genug.« »Mhm.« Sie holte eines seiner Hemden aus der Wäschewanne und zog es glatt. »Ich möchte dich nachher malen, Kathrine«, sagte er. »In der Badestube. Ja?« »Beim Baden?«, fragte Kathrine und klammerte sein Hemd neben ihr Unterkleid an die Leine. »Ja, und die Lampe soll auf dem Hocker am Fußende der Wanne stehen, sodass der Lichtschein auf dein Gesicht fällt, dazu die Schatten auf dem Fußboden, deine Hand mit dem Schwamm auf dem Wannenrand; seine Honigfarbe gegen das Silbergrün des Estrichs …« Kathrine legte die restlichen Wäscheklammern in die Wanne zurück und drehte sich wieder zu ihm um. »Ich glaube bald, das Bild ist schon fertig, du musst es nur noch malen«, erwiderte sie lächelnd. Axel schüttelte den Kopf. »Nein. Ich sehe zwar ein Bild vor mir, aber ohne dich könnte ich es nicht malen. Halt doch mal die Haare aus dem Gesicht und dann schau her zu mir.« Kathrine blickte ihn belustigt und liebevoll zugleich an. »Wie du mich ansiehst, ist wichtig«, sagte er lächelnd, »alles andere kommt nur dazu, weißt du?« »Komm zu mir, ja?«, bat Kathrine. Er ging zu ihr hinüber und fasste um ihre Taille. »Dazu die blaue Vase vom Tisch im Korridor«, fuhr er fort, »mit ein paar von deinen Georginen darin. Einige von den lilafarbenen und roten wären gut, zusammen mit welchen von den zitronengelben da drüben, das gibt einen schönen Kontrast … und die Vase mit den Blumen darin auf dem Boden, vor der Wanne, mehr zum Kopfende hin, zu deinem Gesicht. Ja?« Kathrine nickte. »Natürlich, was sonst?«, erwiderte sie lächelnd und fasste ihn um die Hüfte. »Sie sind schön, nicht?«, sagte Kathrine nachdenklich, als sie gemeinsam zu den Georginen hinüberblickten. »Schade, dass sie keiner will«, fügte sie ein bisschen traurig hinzu. »Oder doch!«, entgegnete Axel, einem plötzlichen Einfall folgend. »Die Leute kommen ja hier vorbei und sehen, wie hübsch sie blühen. Weißt du, was? Nächstes Frühjahr bringen wir die Knollen zu Mette Steensen ins Ladengeschäft, mit einem Plakat dazu, wie ich's dir am Anfang versprochen habe. Und dann lass uns mal sehen, ob die Leute deine Georginen nicht doch wollen.« »Ja, wir verkaufen sie einfach hier in Norby ... zu fünfzehn Øre das Stück.« Kathrine legte ihre Arme um Axels Hals. »Oder zu fünfunddreißig oder fünfundvierzig Øre, meinetwegen auch zu einer Krone«, entgegnete Axel entschieden. »Verschleudern werden wir sie jedenfalls nicht, schließlich verkaufen wir keine Kartoffeln!« Kathrine lachte ihn an. Sich vorzustellen, dass die Norbyer bei Mette für ihre Georginenknollen um eine Krone das Stück anstehen würden, war ebenso erheiternd wie tröstlich. »Eine Krone das Stück«, wiederholte Axel und rieb seine Nasenspitze an ihrer Wange. »Nicht vergessen! Und nächsten Sommer blühen deine Georginen dann in ganz Norby. Ja?« Sie lächelte. »Ja.« Er nickte zufrieden, nahm sie bei der Hand und schlenderte mit ihr zur Spülküche zurück. »Und jetzt zeig mir mal, wie der Badeofen angeheizt wird.«

***

Sofie hatte zum ersten Mal die Küche aufgewischt und danach die Herdplatte des Komfurs mit Herdschwärze poliert. Nun saß sie in ihrem gelben Kochkleid, Kathrines Schürze umgebunden, am Küchentisch, die Packliste für ihre Kleider vor sich und eine Tasse frisch aufgebrühten Kaffee daneben. Es duftete köstlich nach Fleisch und Bratensaft, gebräunten Kartoffeln und Bohnen, die sie in einer großen Schüssel zum Warmhalten auf die Herdplatte gestellt hatte. Der Schmorbraten machte sich wirklich fast von selbst, ganz wie Tante Pedersen es gesagt hatte. Sofie konnte es kaum erwarten, James davon probieren zu lassen, wenn er auf dem Rückweg von seinen Nachmittagsbesuchen zu ihr kommen und hoffentlich gute Nachrichten von der Schwiegermutter mitbringen würde. Ihr kleiner Streit gestern Abend ging Sofie noch nach. Auch wenn sie James scheinbar guten Mutes versichert hatte, dass sie schon zurechtkommen würden, leicht würde es nicht werden. Immerhin hatte sie auf Julsgård ihren eigenen Herd. Es würde sicher noch eine Weile dauern, bis das Haus gebaut war. Sie lächelte, als sie Axel und Kathrine im Garten miteinander lachen hörte, und ihre Sehnsucht nach

James drängte die Gedanken an ihre Schwiegermutter beiseite. Auch er brachte die Dinge für sie ganz einfach an ihren richtigen Platz, so wie sie für ihn, und schon der Gedanke, dass sie ihn bald wieder bei sich haben würde, machte alles gut. Søren kam ihr kurz in den Sinn. Sicher wusste er jetzt schon Bescheid. Die Eilpost wurde ja extra gebracht … *Lass ihn nicht allein, Helle,* bat sie still. *Nächste Woche schreibe ich ihr und frage, wie es ihm geht …*

***

Kathrine betrachtete zufrieden die Wäsche an der Leine: Axels Hemden neben ihrem Unterkleid, Mutters Unterröcke, einige Unterhemden, Strümpfe und die Geschirrtücher der letzten Woche, die sich sacht in der Nachmittagsbrise bewegten. Den Badeofen hatten Axel und sie inzwischen angeheizt und auch die Georginen für die blaue Vase ausgesucht und geschnitten. Jetzt musste sie nur noch das restliche Feuerholz in die Badestube bringen und Kohle nachlegen, dann war die Arbeit für die Woche getan. Sie liebte die geruhsame Stille der Samstagnachmittage, die mit der Vorfreude auf den arbeitsfreien Sonntag einherging. Und diesen Samstagnachmittag genoss sie besonders, weil er der erste war, den Axel und sie miteinander verbrachten, als wären sie schon verheiratet. Sie wandte sich zu ihm um. Er saß in seinem Unterhemd und einer von Christians alten Hosen bequem am Tisch, rauchte und lächelte ihr zu, offenbar genauso zufrieden wie sie. Sie erwiderte sein Lächeln und begann, die letzten Holzstücke vor dem Hackklotz in den Korb zu sammeln, genoss dabei das einträchtige Schweigen zwischen ihnen und sah plötzlich ihr gemeinsames Leben vor sich: Wenn das Haus erst ein Hotel und voller Gäste war, würde es solche kostbaren stillen Momente hier im Garten zwischen ihnen kaum noch geben. Obwohl das ganze Haus ihnen gehörte, gäbe es doch keinen Raum mehr für sie allein. »Der Platz vor der Spülküche soll unser Garten bleiben«, sagte sie, sich den Korb auf die Hüfte setzend, »nur für uns, damit wir immer hierherkommen können wie heute, nur du und ich.« Axel ahnte, was ihr durch den Kopf ging, und nickte. »Wir passen drauf auf, versprochen.« »Gut.« Sie wandte sich zur Tür. »Und es wird noch viele Nachmittage wie heute geben, auch versprochen.« Ihr Lächeln vertiefte sich. »Bin gleich wieder da.«

Ja, er würde dafür sorgen, dass es noch viele dieser langen, stillen, geruhsamen Nachmittage für sie beide geben würde. Er hatte ja ganz vergessen gehabt, wie köstlich es war, einfach dazusitzen und nichts zu tun. Doch letzte Nacht, geborgen in Kathrines Armen, waren ihm die Sommernachmittage mit den Schulkameraden an der Au wieder eingefallen. Damals hatten sie stundenlang unten an der Brücke gesessen und vergebens darauf gewartet, dass ihnen die Fische an ihre selbst geknüpften Angeln aus Stöcken und Schnüren gingen. Manchmal hatten sie auch gerauft oder Steine übers Wasser hüpfen lassen, waren in die Au hineingewatet, um Fische mit der Hand zu fangen, wie die Südseeinsulaner es machten, auch vergeblich ... Ja, das waren schöne Tage gewesen ... Kathrine hatte über seine Geschichte gelächelt und ihn geküsst, entzückt von dem fröhlichen Jungen, der diese wunderschönen Augenblicke unbefangen ausgekostet hatte, weil er noch nicht wusste, dass Armut auch ein Schimpfwort sein konnte. Aber bald danach hatte er es verstanden und seitdem alles darangesetzt, nicht mehr arm zu sein. Und darüber hatte er irgendwann die Erinnerung an die friedlichen und unbefangenen Augenblicke am Fluss vergessen. »Versprich mir, dass du sie von jetzt an nicht mehr vergisst«, hatte Kathrine geflüstert, ihn noch fester gehalten und wieder geküsst. Da hatte er es ihr und sich versprochen. Ja, er würde nichts mehr tun, was ihn hinderte, seine Bilder zu malen, nur weil er nicht vergessen konnte, dass er aus der Schmiedegasse kam und seinen Vater nicht kannte. »Versprich mir auch, dass du wieder anfängst zu träumen«, hatte Kathrine noch gesagt, und er hatte sie geküsst und auch das versprochen. Und jetzt saß er müßig hier im Garten und genoss es, darüber nachzudenken, wie er den Bergen Gesichter geben wollte. Er wusste immer noch nicht recht, was gestern Nachmittag über ihn gekommen war, als er, schon fast im Schlaf, den Wechsel von Licht und Schatten auf den Dünenketten und die winzigen Veränderungen der Formen und Farben in ihren Sandschichtungen beobachtet hatte. Er wusste nur, dass seine Sandbilder anders sein würden als alles, was er bisher gemalt hatte, viel Rotbraun, Ocker und Weiß, metallisch glänzende Einsprengsel aus Kupfer, Stahlblau und Gold, große und kleine Flächen neben- und übereinandergeschichtet, wie die unzähligen farbigen Sandkörnchen der Dünen selbst. Für diese Art von Malerei brauchte er keine Skizze oder Vorzeichnung. Er wusste, er würde einfach lange am Strand sitzen, seine Farben und Spachtel neben sich, und schauen ... und immer wieder die Schönheit des Augenblicks erfassen und malen. Dazu hatte Kathrine ihn gebracht. In ihren Armen fühlte er sich vollkommen sicher und konnte Dinge denken und sagen, die er sonst nicht denken oder sagen würde. So hatte sie ihm gestern Nacht geholfen, sich an die Schönheit des Augenblicks zu erinnern, und auch daran, die Schönheit in den Dingen wieder um ihrer selbst willen zu sehen und zu lieben – so wie sie, wenn sie begeistert den Duft des Heidekrauts einatmete oder den Schüsseln auf dem Frühstückstisch diesen kleinen Dreh gab, damit das Porzellan im Sonnenlicht noch schöner glänzte. All das, dachte er, machte sie zu einer Dichterin, einer besonderen Dichterin, die keine Worte brauchte, weil sie die Dinge für sich selbst sprechen ließ. Und sie wusste nicht einmal, wie besonders sie war … Er würde es ihr sagen, auch, wie sehr er sie dafür liebte, dass sie seine Seele beschützte, indem sie ihm half, sich zu erinnern, und ihn mahnte, nicht wieder zu vergessen. *Heute Nacht*, dachte er, *werde ich sie in meine Liebe einhüllen und sie halten, wie sie mich gehalten hat, mir von ihr erzählen lassen und sie dann langsam und lange lieben – und nicht wieder vorher einschlafen … wie letzte Nacht.* Über sich selbst lächelnd stand er auf. Wo blieb sie denn? Ungeduldig sah er zur Tür, ging zur Wäscheleine hinüber, zupfte ein wenig an den Leintüchern herum und überlegte, wie er ihr wohl eine Freude machen könnte. Zurück am Tisch begann er, in seiner Dose mit den Ölkreiden nach den passenden Farben für das Bild in der Badestube zu suchen. Kathrines wunderbare, schimmernde Haut brauchte kräftige, ins Bläuliche gehende Farben. Er wählte eine kirschrote und einige violette Kreiden für die Blütenblätter, probierte die Farben in seinem Skizzenbuch aus, blätterte ein wenig darin herum, sah dabei die schnell hingeworfene Zeichnung ihres Tanzkleids und beschloss, den Entwurf gleich noch einmal neu und sorgfältiger zu zeichnen, damit sie – wie hatte sie es noch genannt? – den Schnitt davon leichter abnehmen konnte.

»Oh, du zeichnest den Entwurf für mein neues Kleid ins Reine?« Kathrine setzte das Tablett mit dem Kaffeegeschirr, ihrem Nähkörbchen und der Flickwäsche auf den Tisch. Axel nickte lächelnd, während er weiterarbeitete. Sie stellte sich hinter ihn, um ihm beim Zeichnen über die Schulter zu sehen. »Damit du den Schnitt leichter abnehmen kannst – so sagt man doch, oder?« »Ja, so sagt man … Oh, das freut mich – danke schön.« Er hörte das Lächeln in ihrer Stimme und sah zu ihr hoch, um es auch sehen zu können. »Für dich tue ich alles, Kathrine«, sagte er halb ernsthaft, halb scherzend. »Ich weiß.« Sie fuhr ihm durchs Haar und legte dann die Hand auf seine Schulter. Dass sie das tat, war neu – und er mochte es sehr. »Du warst lange weg«, fuhr er fort, wandte sich wieder dem Skizzenblatt zu und begann, die Ärmelkanten noch einmal nachzuziehen. »Ach, gar nicht. Du hast mich wohl vermisst?« Er nickte. »Ich dich auch. Ich hab' uns Kaffee aufgebrüht und dabei ein bisschen mit Sofie geplaudert; sie sitzt vorm Herd und schreibt Packlisten. Wir sind übrigens von ihr zu Schmorbraten mit Kartoffeln und Bohnen eingeladen. James kommt später auch zum Essen.« »Hmm … Und wieso setzt Sofie sich nicht zu uns in den Garten?« »Weil sie den Braten nicht allein lassen will, da war nichts zu machen.« Axel lachte. »Na, immerhin hast du's versucht, Liebling.« Kathrine setzte sich zu ihm an den Tisch und schenkte ihnen Kaffee ein. Sie faltete das Hemd auseinander, das zuoberst auf dem Wäschestapel lag, und fuhr mit der Hand langsam die Knopfleiste entlang. Axel sah ihr interessiert zu, während er Zucker in seinen Kaffee löffelte und umrührte. »Für dich«, erklärte Kathrine, »es ist eines von Christians Anzughemden. Zwei von den Knöpfen sind lose, aber das ist schnell gerichtet. Immerhin ist es schon geplättet.« Sie fädelte das Garn ein und begann zu nähen. Axel nickte nur und trank einen Schluck Kaffee; es beschämte ihn nicht mehr, dass er nur einen einzigen halbwegs anständigen Anzug und zwei dazu passende Hemden besaß und deshalb in den geliehenen Kleidern seines Schwagers herumlaufen musste. Er schmiegte seine Hände um die Kaffeetasse und beobachtete, wie Kathrine, ihren Kopf über das Hemd gebeugt, den Faden durch den Stoff führte. »So ist es wohl, wenn man erst mal verheiratet ist«, sagte er lächelnd. Kathrine blickte von ihrer Näharbeit auf. »Gefällt es dir denn?«, fragte sie. »Sehr«, antwortete er, »es macht mich so … zufrieden.« Sie lächelte ihn an. »Mich auch.« »Weißt du«, fuhr Axel fort, »ich habe auch schon oft die Knöpfe an meinen Hemden angenäht – aber nicht so, wie du es tust, ich habe Knoten gemacht.« Und er beschrieb ihr, wie er hinter jedem Stich mit der Nadel eine Schlinge gelegt und zum Knoten gezogen hatte, damit die Knöpfe fester saßen. Kathrine konnte nicht anders, sie musste darüber lachen; das Ganze erinnerte sie sehr an die selbst geknüpften Angelschnüre. »Wie grässlich umständlich, aber jetzt musst du das nicht mehr tun – nie mehr, versprochen.« »Du verwöhnst mich«, erwiderte er. »Bestimmt werde ich noch faul und verzogen, Kathrine, pass bloß auf.« »Du? Nie!« Sie lächelten einander über den Tisch hinweg. »Lass doch mal das Hemd, Kathrine«, bat er,

»und komm her zu mir, ich will dir was sagen.« Er rückte seinen Stuhl vom Tisch weg und streckte die Arme nach ihr aus. »So?«, fragte Kathrine. Sie legte das Hemd hin und ging zu ihm. »Was denn?« »Erst mal hinsetzen.« Er zog sie auf seinen Schoß und schlang die Arme um sie. »Weißt du eigentlich, was du für mich bist?« Kathrine legte ihre Hände auf seine Unterarme und lehnte sich in seine Umarmung zurück. »Sicher, deine Frau – und bald deine Ehefrau.« »Noch viel mehr.« Sie sah ihn nachdenklich an. Auf seinen leichten Ton eingehend entgegnete sie scherzhaft: »Oh, ich weiß: Ich bin dein Idealmodell.« Er lachte. »Ja, ich hab sofort gesehen, dass du wie für mich gemacht bist – deine Farben, der Schimmer deiner Haut.« Er schmiegte wieder sein Gesicht an ihren Hals. »Da wusste ich noch nicht, wie gut du riechst. Der Duft deiner Haut … ich werde ihn malen, Kathrine.« Sie lächelte ihn zärtlich an. »Aber du bist noch viel mehr für mich.« »So?« Kathrine nahm zwei Kreiden vom Tisch auf, hielt sie nebeneinander, zeichnete rasch einige dicke Striche neben den Entwurf ihres Kleids und wischte dann die Farben mit der Kuppe ihres Zeigefingers vorsichtig ineinander. »Für die Blütenblätter«, erklärte Axel, »deine Haut braucht Blautöne.« Seine Lippen berührten ihren Hals. »Du machst, dass ich wieder spielen möchte.« »Oh …« Kathrine küsste seine Schläfe, zog die Dose mit den Kreiden zu sich heran, kippte sie um und suchte mit den Fingerspitzen zwischen den Farben herum. »Jetzt das Blau für die Vase – und das alles wegen meiner Haut?« Sie lachte. »Du machst, dass ich mich schön fühle, weißt du das?« »Du bist schön«, erwiderte er, nahm eine blaue Kreide vom Tisch auf und hielt sie ihr hin. Kathrine nahm sie und setzte einen kräftigen Strich neben das Rotviolett. »Zu dunkel, oder?« Er nickte, suchte weiter nach einer Farbe und hielt ihr schließlich eine andere Kreide hin, ein helleres Blau, das mehr ins Türkis ging. »Diese?«, fragte er und malte ein blaues Rechteck auf die andere Seite des Rotviolett. »Ja, besser, viel strahlender …« »Hm, weil mehr Gelb drin ist.« »Aha …« Kathrine fuhr mit ihrem Mund an seiner Schläfe entlang. »Und jetzt sagst du mir, was du mir eigentlich sagen willst, ja?« Er seufzte zufrieden. »Du bist so sehr mein Zuhause, Kathrine. Bei dir kann ich wieder Dinge sagen und denken, die ich ganz vergessen hatte; du machst, dass ich sicher bin. Der Junge mit den Angelschnüren.« Sie fuhr ihm wieder durchs Haar, strich ihm eine Strähne aus der Stirn und bemerkte, wie sehr er es genoss. »Der Junge an der Au ist also nach Hause gekommen?«, fragte sie. »Ja«, sagte er und erzählte ihr von den Sandbildern, von der Schönheit des Augenblicks und von der wiedergefundenen Freude an den geruhsamen Nachmittagen. »Du machst, dass ich mich wieder über die Schönheit der Dinge freuen kann, einfach so«, fuhr er fort. Kathrine richtete sich ein wenig auf und sah ihn aufmerksam an. »Du bist was ganz Besonderes, Kathrine – und weißt es nicht mal, glaube ich.« Jetzt strich er ihr die Haare aus der Stirn. Sie lächelte. »Ich bin einfach, wie ich bin. Das ist alles.« Axel griff nach ihrer Schulter und hielt sie fest. »Das ist alles? Das ist so viel. Du siehst die Schönheit in den Dingen und die Schönheit in den anderen, aber deine eigene Schönheit siehst du nicht. Schau hin, Kathrine!« »Nicht …« Sofort ließ er ihre Schulter los. »Entschuldige … entschuldige …«, sagte er, ganz leicht über ihre Wange streichend. »Es ist nur … du gibst mir so viel, wie du die Dinge ansiehst, wie du mich ansiehst, aufmerksam und voller Liebe, aber dich selbst schaust du so nicht an, Kathrine – und das scheint mir falsch.« Sie ließ sich in seine Arme zurücksinken. Er spürte ihre Traurigkeit, griff nach einer goldgelben Kreide und begann zu zeichnen, während sie ihm nachdenklich zuschaute. »Sonne, Mond und Sterne«, sagte sie leise. »Ja«, erwiderte er, »das bist du, das alles ist in dir.« Er zeichnete mit der blauen Kreide ein lächelndes Gesicht neben die Sterne; und tatsächlich – nun lächelte sie ein wenig. »Ich weiß gar nicht, weshalb ich plötzlich so traurig bin.« »Weil du dich erinnerst«, antwortete er, »weil du wieder weißt, was du eigentlich vergessen wolltest.« Sie nickte, stand schnell auf und entfernte sich ein paar Schritte von ihm. Vor der Wäscheleine blieb sie stehen, ihm den Rücken zugekehrt. Axel trat hinter sie und legte ihr seine Hände auf die Schultern. »Du bist eine Dichterin, Kathrine, eine ganz besondere.« »Eine Dichterin, die noch keine einzige Zeile geschrieben hat.« »Weil du die Dinge für sich selbst sprechen lässt.« Er konnte ihr Gesicht nicht sehen, aber er spürte, dass sie lächelte. »Mein Vater war doch der Dichter in der Familie«, sagte sie, den Blick zu den Dünen gerichtet. »Das dachtet ihr, weil er viele Worte gemacht hat, aber – hat er auch was gesagt?« Sie fuhr herum und sah ihn entsetzt an. Er wollte die Arme um sie legen, aber sie begann, neben der Wäscheleine auf und ab zu gehen. Axel folgte ihr mit seinen Blicken, sah, wie sie mit sich kämpfte, und spürte, dass er sie lassen musste. Er durfte jetzt nichts sagen und sie nicht berühren, auch wenn er genau das am liebsten getan hätte.

»Ich kannte ihn nicht anders«, sagte sie nach einer Weile, »er und seine Gedichte … man durfte ihm nicht lästigfallen. Er war doch der Poet der Westküste, und wir waren … nichts. Und ich hab's ihm geglaubt, wir alle.« Axel nickte. »Und er hat euch übel hängen lassen, Kathrine, mit diesem unnützen Kasten von Haus und bettelarm dazu.« »Er ist sehr plötzlich gestorben«, sagte sie entschuldigend. »Sicher«, entgegnete Axel hart, »aber er muss doch gesehen haben, dass das Geld zu Ende ging und seine Gedichte sich nicht verkauften. Trotzdem hat er einfach weitergemacht, als ob nichts wäre.« Kathrine war stehen geblieben und blickte Axel an. Sie wusste, dass er recht hatte – und es war seine Liebe zu ihr, die ihn so zürnen ließ. Aber Vater hatte sie doch geliebt? Auf seine Weise? Eine nüchterne Stimme meldete sich in ihr, erst zögerlich, dann bestimmter. Nein, in seinem Leben war nur Platz für ihn selbst gewesen. Am Ende hatte sie genauso wenig einen Vater gehabt wie Axel. Sie ging auf ihn zu und ließ sich von ihm umarmen. Den Kopf an seiner Schulter sagte sie: »Er hat uns überhaupt nicht angesehen.« »Und das war unrecht von ihm und sehr dumm«, erwiderte er. »Ich möchte dich immerzu ansehen, Kathrine und dich daran erinnern, wer der Dichter in der Familie ist.« Sie hob den Kopf und blickte ihn an. »Du wirst es nicht mehr vergessen, versprochen?«, fuhr er fort, sie an den Armen haltend. »Versprochen«, sagte sie lächelnd und dachte, wie gut es doch war, dass sie einander so behüteten.

Als sie wieder am Tisch saßen, griff Kathrine nach Christians Hemd, um den zweiten losen Knopf anzunähen. »Sollen wir nachher noch ein bisschen an den Strand?«, fragte Axel. »Sehen, wie das Meer in der Sonne glitzert?«, sagte sie lächelnd. Axel nahm ihr Lächeln auf. »Ja, und schauen, wie die Sonne untergeht …« Er wählte eine orange Kreide für den Ansatz des Moiré und zeichnete weiter an ihrem Kleid. »Ich bin noch nie im Meer geschwommen, Kathrine«, sagte er, während er Ärmel- und Ausschnittkanten mit schnellen kleinen Strichen schraffierte. »Aber ich würde gern. Du gehst doch mit mir schwimmen?« »Oh, sicher! Und du wirst es herrlich finden, warte nur. Jetzt im August ist das Meer am schönsten, so warm und meistens ganz klar.« Axel hob den Kopf. »Ich glaube, ich werde es herrlich finden, mich mit dir von den Wellen tragen zu lassen«, sagte Kathrine verträumt. Er fasste nach ihrer Hand und sie legte das Hemd beiseite. »Und wenn ich dir sage, dass ich wohl auch ein bisschen Angst haben könnte im tiefen Wasser?« Kathrine schüttelte lächelnd den Kopf. »Nicht doch. Wir werden uns an den Händen halten, so«, sie schob ihre Finger zwischen seine, »und das

Wasser wird wie eine Wiege sein, du wirst sehen, wir werden es sehr genießen.« Über sich selbst schmunzelnd antwortete er: »Es ist ja nur … Ach, ich bin nun mal ein Stadtkind, Kathrine, und das Meer ist nicht die Au.« »Aber doch sicher das Richtige für einen Südseeinsulaner?« Wie er es mochte, wenn sie ihn so herausfordernd ansah … »Da hast du recht, schätze ich.« Er hob ihre Hand an sein Gesicht und küsste sie. »Gut, dass du mich erinnert hast.« »Siehst du«, antwortete Kathrine belustigt und löste langsam ihre Hand aus seiner. »Aber jetzt lass mich eben zu Ende nähen, ja? Sicher kommt James bald. Ich möchte nicht, dass du dann in einem unordentlichen Hemd am Tisch sitzen musst.« »Ich auch nicht«, erwiderte er und griff wieder zum Stift. »Gut, dass ich keine Knöpfe mehr annähen muss, Liebling.«

XX

James hatte seinen Wagen bei Steen untergestellt und ging nun gut
gelaunt den Strandweg entlang. Obwohl er müde und erschöpft war,
schritt er kräftig aus. Zu wissen, dass er in wenigen Augenblicken bei
Sofie sein würde und außerdem mit einer guten Nachricht zu ihr kam,
machte ihn seine Müdigkeit vergessen. Letzte Nacht hatte er noch lange
wach gelegen, glücklich, voller Sehnsucht, und nachgedacht. Nach
dem Gespräch am gestrigen Abend hatte er verstanden, dass es Veränderungen geben musste, wenn Sofie und er glücklich miteinander
bleiben wollten. Natürlich würde er sich immer vor Sofie stellen, aber
trotzdem nicht verhindern können, dass sie und Mutter seinetwegen
stritten. Nein, sie brauchten ein eigenes Haus, in einiger Entfernung
zur Familie, und deshalb hatte er überlegt, ob nicht die julschen Wiesen ihr Bauland werden könnten. Sie waren aus dem Vermächtnis des
alten Iver Iversen an Großvater Asger zur Familie gekommen und lagen
etwas außerhalb an der Straße nach Ringkøbing. Die Wiesen mit der
Kate und der Gartenlaube auf dem vorderen Land zur Straße hin waren
lange sich selbst überlassen geblieben, weil die Familie keine rechte
Verwendung mehr für sie gehabt hatte. Milchkühe gab es auf Julsgård
schon einige Jahre nicht mehr und für den Gebrauch als Pferdekoppel
lagen die Wiesen zu weit weg vom großen Haus. Seine Mutter hatte vor
einiger Zeit einen Gemüsegarten zwischen der Kate und den hinteren
Hecken angelegt, doch bald wieder aufgegeben, als sein Vater es strikt
abgelehnt hatte, sich zum Vegetarismus zu bekehren. James lächelte in
sich hinein. Sicher würde es Sofie amüsieren, zu erfahren, was es mit
den Gemüsebeeten seiner Mutter auf sich gehabt hatte, wenn auch die
Aussicht auf die ewigen Kohl- und Gemüsesuppen zum Mittagessen
seinerzeit alles andere als belustigend gewesen war. Sein Vater hatte
vor, die Wiesen in die Vermietungsgesellschaft einzubringen, doch
James war sicher, dass er darüber mit sich reden ließe. Er würde es
verstehen, und James wollte das Land auch nicht geschenkt von ihm.
Natürlich würde es noch eine Weile dauern, bis Sofie und er dort ihr
Haus bauen konnten, aber ein Anfang wäre jedenfalls gemacht. Gleich
morgen wollte er Sofie alles zeigen. Deshalb hatte er heute seine Nach-
mittagsrunde auf das Nötigste beschränkt und war stattdessen zu den
Wiesen hinausgefahren, um sich einen Eindruck zu verschaffen und

zumindest die Stube des Häuschens so herzurichten, dass Sofie und er dort morgen einigermaßen gemütlich essen konnten. Der ehemalige Gemüsegarten seiner Mutter war inzwischen ganz verwildert, aber er hatte sich mit Händen und Füßen durch die Hecken gemüht und ein Stück ausgelichtet. Dann könnten sie dort ihre Picknickdecke hinlegen, wenn Sofie das gern wollte. Die Kate selbst war inzwischen völlig heruntergekommen; das Mauerwerk war an vielen Stellen feucht, das Strohdach überall dünn und sicher auch undicht. Wohnen konnten sie dort also nicht. Aber das Häuschen bestand ohnehin nur aus einem Raum und der kleinen Spülküche mit der Feuerstelle darin, nicht einmal einen Herd gab es. James lächelte in sich hinein. Er wusste, dass Sofie ihre Freude an der altertümlichen Feuerstelle mit dem schmiedeeisernen Dreibein haben würde, genauso wie an dem Alkoven in der Stube. Immerhin war die Pumpe vor dem Haus noch in Ordnung und das Wasser gut genug, um sich nach der Arbeit Gesicht und Hände zu waschen und den Schmutz aus den Haaren zu spülen. Er hatte auch seine Schuhe damit gesäubert, seine Hemdsärmel ordentlich aufgekrempelt und seine Hosen gründlich ausgeklopft, bevor er nach Norby zurückgefahren war. Schließlich wollte er einigermaßen sauber und adrett vor Sofie treten, auch wenn er den ganzen Nachmittag im Schmutz gesteckt hatte. Als seine Frau würde sie ihn noch oft genug staubig und verdreckt nach Hause kommen sehen.

James öffnete die Gartenpforte, schritt den Zuweg zum Haus hinauf und klopfte. Da niemand kam, um ihm zu öffnen, ging er nach kurzem Warten ins Haus, was in Norby durchaus üblich war. Drinnen war es still. Aus der Küche duftete es nach gebratenem Fleisch – vielleicht der Schmorbraten, den Sofie ihm gestern versprochen hatte? Er lächelte. Der liebevolle Eifer, mit dem sie für sie beide sorgte, war, genau wie sie selbst, ein großes, unverdientes und kostbares Geschenk. Der Korridor lag im sanften Nachmittagslicht. Im Vorübergehen fielen James die frisch geschnittenen Georginen auf, die in einer blauen Vase auf dem Tischchen an der Wand standen. Er wunderte sich über die Zusammenstellung der Farben. Kirschrot, Violett und Zitronengelb, das sah so gar nicht nach Kathrine aus. Wobei … Seit er sie gestern Mittag in ihrer Sorge um Axel so völlig aufgelöst erlebt hatte, wusste er, dass es neben der nüchternen, zurückhaltenden, alles mit einem Augenzwinkern betrachtenden Kathrine noch eine ganz andere gab: die gefühlvolle, leidenschaftliche und voller Hingabe liebende Kathrine, die sich ihm allerdings nie gezeigt hatte. Es tat ihm immer noch leid, dass er ihr mit seinem sturen, dummbockigen Werben so eine Plage gewesen war, und er rechnete es ihr hoch an, dass sie es ihm nicht übelnahm. Vielleicht hatte ja auch Axel die Farben ausgesucht? James schmunzelte. Mit ihm gab es jetzt wieder einen Künstler im Haus – und zwar einen, mit dem sich auch was anfangen ließ … Angeln gehen, beispielsweise. Und natürlich wollte er ihn auch noch wegen Sofies Bild fragen. Aus der Küche hörte er jetzt Sofies Stimme, sie sang oder summte ein Lied, eine süße, sehnsuchtsvolle Melodie. Er blieb vor der Küchentür stehen, um zu lauschen. Kannte er das Lied? Nein, es hörte sich modern an. So etwas wurde im Hotel Danmark nicht gespielt. *Kopenhagen eben*, dachte er lächelnd, öffnete leise die Tür und blieb in der Öffnung stehen, um Sofies Anblick für einen Moment still zu genießen. Sie stand am Herd, eine Schürze vor ihr hübsches gelbes Kleid gebunden, und summte vor sich hin, während sie, ganz vertieft in ihr Tun, mit einem Saucenquirl in einem kleinen Topf rührte. James sah ihr lächelnd zu und stellte sich vor, wie sie gerade an ihn dachte und sich auf ihn freute. »Sofie …«, sagte er und ging zu ihr an den Herd. Sie blickte auf, ließ den Quirl los und war auch schon in seinen Armen. »Jamsie, endlich … Oh, ich habe noch die Schürze um.« James schmunzelte. *Darf man seiner Verlobten sagen, dass man sie in der Schürze leiden mag?* Er wagte es. Sofie lachte und verlangte dann, dass er sie küsste – was er tat, sehr zärtlich und immer noch einmal aufs Neue. »Was hast du da eben gesummt?«, fragte er, als sie dann schließlich Arm in Arm vorm Herd standen. »Es klang so sehnsüchtig.« »War es auch.« Sofie lächelte. »Das Lied erinnert mich an dich, wahrscheinlich geht es mir deshalb auch schon den ganzen Tag im Kopf herum.« Also hatte sie wirklich an ihn gedacht. Ihre Taille streichelnd erwiderte James: »Ich denke auch immerzu an dich. Du bist überall in mir, glaube ich.« Sofie lachte. »Sogar in deinen kleinen Zehen?« »Überall«, entgegnete er. »Sagst du mir, wie das Lied heißt, Sofie?« »Es ist ›Deep in my heart‹ von Hope Valentine.« »Ein Jazzschlager?« »Ja, ihr schönster Song, finde ich.« »In Kopenhagen hört man wohl viel Jazzmusik?« Sofie nickte. »Oh ja. Und hier?« »In Norby gibt es selten die Gelegenheit dazu. Da muss man schon bis Esbjerg fahren. Dort hat vor einiger Zeit eine Jazzkneipe eröffnet, bei den Exportställen am Hafen.« »Warte!«, sagte Sofie, löste sich aus seinen Armen und setzte sich an den Küchentisch. Sie griff nach einem Bleistift und begann zu schreiben. James trat hinter ihren Stuhl und legte ihr die Hände auf die Schultern. »Meine Packliste«, erklärte Sofie und drehte sich kurz zu ihm um. »Grammophon« und »Schallplatten« hatte sie geschrieben, beide Worte mit großen Ausrufezeichen. »Mutter soll beides gleich als Erstes schicken. Dann können wir zusammen Musik hören und ich spiele dir das Lied vor. Das wäre doch schön, oder?« »Sehr schön«, James strich ihr übers Haar, »nur würde ich es schon jetzt gerne hören … von dir. Ja?« »Oh …« Sofie legte den Bleistift hin und stand auf. »Dann lass mich wieder in deine Arme, Jamsie.« Er hielt sie lächelnd, während sie, ihre Wange an seiner Schulter, leise zu singen begann. »Deep in my heart I long for you, deep in my heart I know our love is true, the spell of your touch keeps me missing you so much, darling, come back to me soon …« Und James sah, wie sie erst lächelte, dann die Augen schloss und sich fester an ihn schmiegte. Er hörte die Sehnsucht in ihrer Stimme und begann vorsichtig, sie wieder zu küssen, nahm ihr die letzten Töne von den Lippen und murmelte: »So ist das also, wenn du an mich denkst …« Sie öffnete die Augen, hob den Kopf und erwiderte lächelnd: »Ja, so ist das. Ich kann gar nicht mehr ohne dich sein, Jamsie.« Eine Weile blickten sie einander an, zu glücklich, um zu sprechen, dann fasste Sofie nach seiner Hand. »Komm«, sagte sie, ihn zum Herd zurückführend, »ich will dir was zeigen.« James folgte ihr, ein wenig belustigt darüber, dass Sofie sich so ohne Weiteres wieder den Alltagsdingen zuwenden konnte. »Sieh mal«, sagte sie, als sie vor dem Herd standen, »das ist für uns.« Sie wies auf die Fleischplatte und die Gemüseschüssel. »Für morgen, für unsere Ausfahrt.« James betrachtete nachdenklich die große Platte und die noch größere Gemüseschüssel. »Das ist alles für uns?«, fragte er, während er überlegte, wie er das Geschirr in seinem Wagen unterbringen konnte, ohne dass es unterwegs zu Schaden kam. Sofie drückte seinen Arm und strahlte ihn an. »Es ist eine ganze Menge, nicht? Ich wollte auf keinen Fall zu wenig machen, weißt du? Aber ich stelle auch noch etwas für Mutter und Tante Pedersen warm – und ich habe Axel und Kathrine eingeladen, mit uns heute im Garten zu essen. Es ist dir doch recht?« Er nickte. »Aber ja, natürlich.« »Gut – und jetzt sollst du probieren, ich freue mich schon die ganze Zeit darauf.« Lächelnd ließ Sofie ihn los, legte ein Stückchen Braten auf einen Teller und goss aus dem kleinen Topf noch ein wenig Sauce über das Fleisch. »Hier, es ist heiß, vorsichtig …« Mit einem Topflappen reichte sie ihm den Teller und eine Gabel. Er nahm ihn, kostete den Braten und nickte. »Gut«, sagte er, »sehr gut«, schob sich den Rest des Fleischs in den Mund und kaute schweigend. Sofie betrachtete ihn zufrieden. »Und es ist wirklich genauso einfach wie Eischnee-Schlagen, man muss nur den Topf in den Ofen schieben, den Rest erledigt die Wärme. Nur die Sauce macht ein bisschen Mühe. – Findest du, dass genug Butter dran ist?« James nahm etwas Sauce auf den kleinen Finger, um zu probieren. »Ja«, erwiderte er entschieden, »genug Butter.« Sofie tat es ihm gleich. »Hm, finde ich auch.« James stellte den Teller weg, legte ihr die Hand unters Kinn und fuhr mit einem Daumen ihre Wange entlang. »Wie ich dich liebe«, sagte er leise, »und dass es so ist mit uns …« Sofie sah ihn einen Augenblick lang überrascht an, dann erwiderte sie: »Und bald wird es immer so sein. Ich liebe dich auch, James, sehr.« Lächelnd fuhr sie fort: »Es gibt übrigens Wein zum Essen, würdest du die Flaschen für uns öffnen?« Er nickte und trat an den Tisch.

Während er mit dem Korkenzieher hantierte, nahm Sofie das Geschirr aus dem Schrank, brachte Teller, Gläser und Besteck zum Küchentisch und begann schließlich, die Gläser mit einem Geschirrtuch auszuwischen. James beobachtete ihre kleinen, energischen, akkuraten Bewegungen. *Sie ist so tüchtig,* dachte er, *und sie mag so sehr, was sie da tut. Kein Wunder, dass sie sich in Kopenhagen gelangweilt hat. Sie gehört eben hierher, zu mir.* Schmunzelnd betrachtete er die Flaschen auf dem Tisch und das Geschirr auf dem Herd. Dann runzelte er die Stirn angesichts der Mengen, die Sofie herbeigeschafft hatte, und fragte sie fast ein wenig ärgerlich: »Sag mal, hast du das alles ganz allein hergetragen?« Sofie lachte. »Vergisst du schon wieder,« dass ich nicht aus Zucker bin, James? – Aber nein, ich habe die Sachen nicht hergetragen. Ich durfte mir heute Axels Fahrrad ausleihen. Und ich brauche wirklich dringend andere Schuhe.« Sie hielt inne und sah ihn über den Tisch hinweg aufmerksam an. »Du siehst müde aus. Hattest du viel zu tun?« James lächelte. »Auch. Und wenig Schlaf letzte Nacht …« Sofie nickte. »Oh ja. Ich auch. Möchtest du Kaffee?« »Gern.« Sie füllte ihre Tasse und brachte sie ihm. »Ich glaube, ich kann erst wieder gut schlafen, wenn du neben mir liegst, nicht nur dein Pullover auf meinem Kopfkissen.« Er lächelte, zog sie an sich und trank einen Schluck. »Ich hab mir was überlegt, Sofie.« Und dann erzählte er ihr von den julschen Wiesen. Dass er dort den halben Nachmittag geputzt und geräumt hatte, um die Stube und das Gartenhaus für sie beide gemütlich herzurichten, sagte er nicht. Er erzählte auch nichts von der Feuerstelle und dem

Alkoven, das sollte seine Überraschung für sie werden. »Ich dachte, wir sehen es uns morgen mal an, was meinst du?«, schloss er. Sofie war begeistert. »Natürlich sehen wir es uns an! Oh, wenn es ginge, dass wir dort unser Haus bauen … Was für ein guter Einfall von dir, James!« Er lächelte. »Freust du dich?« »Aber ja … Sag, wohnen könnten wir dort wohl nicht?« Er schüttelte den Kopf. »Nein, das Dach ist wohl an vielen Stellen undicht und das Häuschen selbst ganz und gar heruntergekommen. Aber unser Picknick können wir dort halten, in der Stube, oder im Garten – wo du möchtest. Es sind auch schon eine Menge Brombeeren reif.« Sofie lächelte. »Ich hab noch nie Brombeeren gepflückt, weißt du?« James drückte einen Kuss auf ihr Haar. »Wart's nur ab, unsere Ausfahrt wird ein richtiges Abenteuer.« Er wies auf den Stapel Teller und das Besteck: »Ich nehme sie mit in den Garten.« »Gleich«, erwiderte Sofie, »jetzt sollst du erst mal deinen Kaffee trinken – ich will dich nämlich noch ein bisschen für mich allein haben. Erzähl mir bitte mehr von den Wiesen.« James drückte sie fester an sich. »Was möchtest du denn wissen?« Sofie schmiegte sich an ihn. »Alles! Und trink deinen Kaffee schön langsam …« An den Küchentisch gelehnt, die Kaffeetasse in der Hand und Sofie im Arm, erzählte er von den Wiesen, auf denen früher Großvater Asgers Kühe geweidet hatten, vom alten Iver, dem Sonderling des Dorfs, der das Land samt seinen Ziegen und seinem Hund James' Großvater vermacht hatte, weil sie Freunde gewesen waren, und von Frejas Gemüsebeeten und dem Gartenhäuschen vor der Brombeerhecke. »Dort könnten wir auch sitzen«, schloss er. »Wir probieren alles aus«, entgegnete Sofie, »vielleicht könnten wir dort unseren Kaffee trinken.« »Das wäre schön.« James stellte seine Tasse hin und rieb sich übers Gesicht. »Der Garten ist schon ganz verwildert, aber einen Platz für unsere Decke haben wir. Ich muss bald wieder hin, Sofie, sensen und ein wenig Ordnung schaffen, sonst wuchern uns die Hecken alles zu.« Sofie sah ihn liebevoll an. Er war so ernsthaft, wollte alles so gut für sie machen – und sah so müde aus. »Nicht du allein, mein Schatz«, erwiderte sie und strich ihm über den Rücken, »wir beide. Ich kann bestimmt auch Hecken stutzen, und du zeigst mir, wie man senst, ja?« Er sah sie zärtlich an. »Weißt du, wie gut das klingt – wir beide?« »Es ist das Beste überhaupt.«

James stellte seine Tasse hin und deutete auf die Teller und das Besteck, die Sofie auf dem Küchentisch bereitgestellt hatte. »Ich bringe sie in den

Garten.« Sofie nickte und fragte vorsichtig: »Wie geht es deiner Mutter? Konnte sie sich ein bisschen ausruhen?« »Sie liegt mit Kopfweh zu Bett«, entgegnete James und nahm die Teller auf. »Das wundert mich gar nicht. Bitte sag ihr meine lieben Grüße und gute Besserung von mir.« Sie senkte den Kopf und biss sich auf die Lippe. »Ich habe mir auch was überlegt, James. Ich werde noch mal mit ihr sprechen, ihr alles erklären und mich entschuldigen. Ich möchte nicht, dass ein Missklang zwischen uns bleibt, das wäre für uns alle nicht gut.« James stellte die Teller wieder auf den Tisch. »Nein, ich werde mit Mutter sprechen, Sofie, morgen früh, bevor wir zur Kirche fahren. Und du wirst dich nicht entschuldigen, das dulde ich nicht.« Er griff nach ihrer Hand. »Mutter wird sich nicht zwischen uns stellen – ich weiß, zu wem ich gehöre, Sofie. Lass mich das erledigen, ja?« Sofie sah, wie ernst es ihm war, spürte, dass ihn diesmal nichts davon abbringen würde, sie zu beschützen und für sie zu sprechen, wusste auch, dass es so richtig war, und drückte seine Hand. »Gut. Aber bestell ihr trotzdem meine Grüße, bitte.« »Natürlich«, antwortete er, ihren Händedruck erwidernd. »Ich liebe Mutter sehr, aber das erste Recht an mir hast du, immer. Das werde ich ihr morgen klarmachen.« Er nahm die Teller und das Besteck wieder auf und ging zur Spülküche vor. Sofie öffnete ihm die Tür. »Ich bin froh, dass du mit ihr sprechen wirst, James, so kommt sicher alles an seinen richtigen Platz und ich muss mir keine Sorgen mehr machen.« »Überhaupt keine Sorgen«, erwiderte er lächelnd.

»Tag, ihr beiden«, grüßte James, als er Axel und Kathrine im Garten sitzen sah. Er trat zu ihnen, betrachtete schmunzelnd die Unordnung auf dem Tisch und stellte die Teller ab. »Ihr habt es wohl gerade richtig gemütlich, wie?« »Kann man so sagen«, erwiderte Axel und stand auf, um James zu begrüßen. »Ich mache rasch Platz«, sagte Kathrine. Sie räumte die Ölkreiden in die Dose und stellte sie mit dem benutzten Kaffeegeschirr und ihrem Nähkorb auf das Tablett. Dann stand sie ebenfalls auf und küsste James auf die Wange. »Und wie geht es dir?«, fragte sie. »Sehr gut«, erwiderte er zufrieden. »Sofie kommt gleich mit der Bratenplatte heraus.« »Dann will ich mich mal feinmachen.« Axel zwinkerte Kathrine zu, griff nach dem Hemd, das über der Stuhllehne hing, und zog es über. James sah, wie sie einander in stillem Einverständnis über irgendetwas belustigt ansahen und wie stolz Kathrine Axel betrachtete. Es gefiel ihm sehr, die beiden so glücklich miteinander zu sehen. Als

Kathrine begann, den Tisch zu decken, wandte James sich Axel zu: »Ich hätte eine Bitte an dich.« »Nur zu«, erwiderte Axel und streifte seine Hosenträger wieder über. »Sag, würdest du Sofie für mich malen? Wir würden uns freuen.« »Sicher, gern. Wie habt ihr euch das Bild denn vorgestellt?« James begann zu erklären und Axel hörte zu, nickte, fragte nach. Kathrine sah zu den beiden hinüber. Sie standen lässig nebeneinander, die Hände in den Hosentaschen, wie zwei gute Freunde. *Wie schön es ist, sie so zu sehen*, dachte sie. »Ich helfe Sofie«, sagte sie und nahm das Tablett auf. Beide blickten nur kurz zu ihr hin, Axel nickte ihr zu, dann nahmen sie ihre Unterhaltung wieder auf. Kathrine sah es zufrieden und ging ins Haus.

XXI

Søren ging im møllerschen Wintergarten auf und ab. Mit langen Schritten durchmaß er den Raum, schmallippig, die Wangen zornesrot, mit Sofies Brief in der Hand. Helle saß lässig ins Sofa zurückgelehnt, die Beine übereinandergeschlagen, und zog an ihrer Zigarette. Auch sie hatte heute Morgen Post von Sofie erhalten und sich vorgenommen, Søren am Nachmittag in Nørrebro zu besuchen. Doch er war ihr zuvorgekommen. Ganz entgegen seiner zurückhaltenden Art war er vorhin in den Wintergarten gestürmt, hatte sich vor das Sofa gestellt und Helle ohne weitere Vorrede Sofies Brief vorgelesen. »Es tut mir so leid«, hatte Helle gesagt. »Ich wollte dich später besuchen und nach dir sehen.« »Dann wusstest du es schon?« »Ja, mein Brief kam mit der Morgenpost. Aber sag, willst du dich nicht setzen und vielleicht auch etwas essen?« »Nein, danke«, hatte er nur knapp erwidert. Seitdem ging er vor ihr auf und ab, während Helle ihn schweigend beobachtete. So leidenschaftlich, wie er sich heute gab, kannte sie ihn gar nicht. Und dieser andere Søren gefiel ihr gut – auch wenn er natürlich gerade scheußlich dran war und ihr deshalb von Herzen leidtat. In seiner Fassungslosigkeit hatte er noch nicht einmal bemerkt, dass sie eine Hose trug. Andernfalls hätte er ihr gegenüber längst sein Missfallen zum Ausdruck gebracht, da er Frauen in Hosen nicht mochte. Gerade streifte er im Vorbeigehen die große Topfpalme, die ihre Mutter sorgsam hegte und pflegte, und wischte ungeduldig einen Wedel beiseite. »Vorsicht, sie ist Mutters Liebling«, sagte Helle. »Verzeihung!« Søren schleuderte seine Entschuldigung verächtlich heraus, drehte sich herum und kam zu ihr an den Tisch. Hastig zog er sein Jackett aus und warf es achtlos über die Sofalehne. Helle blickte auf den Brief in seiner Hand und richtete sich darauf ein, ihn ein weiteres Mal vorgelesen zu bekommen. Sie atmete den Rauch ihrer Zigarette aus. »Auch eine?« Er nickte und bediente sich aus dem marmornen Kästchen, das sie ihm hinhielt. Helle riss ein Streichholz für ihn an und Søren neigte sich zu ihr, um seine Zigarette anzubrennen. Als er sich wieder aufrichtete, sah er stirnrunzelnd an ihr hinunter. »Meine Hose gefällt dir wohl nicht, wie?«, fragte sie lächelnd. Er zuckte nur mit den Schultern, nahm einen tiefen Zug aus der Zigarette und begann erneut vorzulesen: »… war ich noch ein Kind und wusste nicht, was Liebe ist. Aber dann lernte ich James kennen und alles wurde anders.

Ich liebe ihn und ich weiß, dass ich zu ihm gehöre und er zu mir …« Er blickte auf, schaute Helle an, wütend und hilflos zugleich. »Erklär's mir, Helle! Wir wollten doch heiraten, Sofie und ich – und jetzt geht sie hin und verlobt sich mit diesem … James!« Helle drückte ihre Zigarette aus und ließ sich noch tiefer ins Sofapolster zurücksinken. »So was kann passieren«, erwiderte sie sanft, »manchmal irrt man sich eben.« »So?«, fragte Søren hitzig. »Dann bin ich also Sofies Irrtum, ja? Schönen Dank auch, Helle.« »Wir wissen doch beide, dass Sofie noch ein richtiges Baby war. Alles durften andere für sie entscheiden, du auch, übrigens …« Sie schaute ihn eindringlich an. »Wie sollte sie denn da wissen, was Liebe ist?« Er hielt ihrem Blick stand. »Sie ist großjährig«, erwiderte er knapp. »Komm schon, du weißt, was ich meine.« Søren überlegte. »Vielleicht ist ja auch alles ein Irrtum«, sagte er langsam, »oder ihre Mutter steckt wieder dahinter. Besser, ihre Tochter versauert in Jütland, als dass sie in Kopenhagen einen mittellosen Lehrer ohne Familie heiratet.« »Du sollst nicht so schlecht von dir sprechen, Søren, das mag ich nicht. Und du hast eine Familie, auch wenn du deinen Vater nicht sehen willst.« Ein kleines Lächeln zeigte sich auf seinem Gesicht. »Schon gut, Helle. Und weißt du was? Ich fahre nach Norby und rede mit ihr … und mit diesem James … und mit ihrer Mutter. Dann kommt alles in Ordnung, du wirst sehen.« »Nicht doch!«, erwiderte Helle energisch. Sofies Brief war deutlich – sie wollte ihn nicht mehr, so einfach und so schrecklich war es nun mal. Doch Helle würde keinesfalls zulassen, dass Søren in seinem Kummer auch noch einen Narren aus sich machte. »Sofie hat sich entschieden, Søren. Sie will diesen James, nicht dich. Und glaub mir, sie wusste ganz genau, was sie tat, als sie sich mit ihm verlobt hat. Da gibt's nichts zu bereden, also kannst du ebenso gut vernünftig sein, ihr Glück wünschen, das Ganze vergessen und hierbleiben.« »Du bist dir ja sehr sicher.« Sørens Wut kam zurück. »Sie hat zu mir gesagt: Ich liebe dich. Und drei Wochen später liebt sie plötzlich einen anderen? Ich liebe dich, bis der Nächste kommt? Das ist doch albern, Helle!« Er blickte sie entschlossen an. »Weißt du was? Ich packe jetzt ein paar Sachen zusammen und gehe zum Bahnhof.« Er drückte seine Zigarette aus, schob Sofies Brief in seine Hosentasche und war mit einigen langen Schritten bei der Tür.

»Nein!« Helle kam vom Sofa hoch, um ihm den Weg zu verstellen, aber Søren war schneller. Schon marschierte er an der verblüfften Janne vorbei den Korridor entlang und zur Haustür hinaus. Helle eilte ihm nach. »Aber Frøken Helle, wo wollen Sie denn hin?«, rief Janne ihr nach. Helle hielt sich nicht mit einer Antwort auf. Sie lief auf den Krausesvej hinaus; Søren war schon auf der Randersgade und ging zügig Richtung Stadt. Kurz vor der Nordre Frihavnsgade holte sie ihn ein. »Warte!« Er ging langsamer, blieb aber nicht stehen. Helle passte sich seinem Schritt an. »Du hast deine Jacke vergessen«, sagte sie, »willst du in Hemdsärmeln nach Jütland fahren?« Er wischte ihren Scherz mit einer ungeduldigen Handbewegung beiseite. »Ich bin so ein Idiot!«, sagte er wütend, »warum hab ich sie auch gehen lassen? Es ist alles meine Schuld, Helle!« Sie widersprach ihm nicht. Ihre Gegenrede würde ihn sicher nur noch mehr reizen. »Und mein größter Fehler war meine Geduld«, fuhr er in schneidendem Ton fort, sich selbst anzuklagen, »und mein ewiges Verständnis. Aber damit ist jetzt Schluss!« *Du liebe Zeit*, dachte Helle. *Was hatte er vor?* Sie gingen nun die Nordre Frihavnsgade entlang, auf Trianglen zu. »Schön«, sagte sie sehr nüchtern, »du wirst also nach Norby fahren und mit Sofie reden. Und dann?« »Mit ihr reden? Ich nehme sie mit nach Hause. Ohne Wenn und Aber.« »Und wenn sie nicht will?« Søren atmete tief ein. »Dann soll sie mir ins Gesicht sagen, dass sie mich nicht liebt. Vor ihrer Mutter. Vor diesem James.« Trianglen kam in Sicht. »Nicht doch!«, erwiderte Helle eindringlich, »Bleib hier! Ich will nicht, dass du dir weh tust und dich vor Sofie und diesem James lächerlich machst! Dazu habe ich dich viel zu gern.« »Aber …« Sie hob abwehrend die Hände. »Nein, warte! – Und was die Liebe angeht … Man kann sie sich nicht aussuchen.« Sie hatten Trianglen erreicht. Helle blieb mitten auf dem Platz stehen, holte tief Luft und fuhr fort: »Man denkt, man liebt jemanden, und dann kommt einer und plötzlich ist alles ganz anders, und dann weiß man es. Man weiß, dass man zu ihm gehört. Und man kann nichts dagegen tun, auch wenn alles ganz vergeblich ist. Glaub's mir!« Sørens Wut verging. Er betrachtete Helle nachdenklich. Konnte das sein? Die spottlustige, unbekümmerte, immer kameradschaftlich aufgelegte Helle war unglücklich verliebt? In wen denn? Er überlegte, aber es fiel ihm niemand ein. Und da war schon mal einer gewesen? All das war ihm völlig entgangen, aber er hatte ja auch immer nur Augen für Sofie gehabt. Dabei waren sie doch gut befreundet. Sein schlechtes Gewissen regte sich, und es rührte ihn sehr, dass Helle ihm jetzt trotzdem etwas von ihrem Kummer zeigte, um ihn zu trösten und ihn vor einer, wie sie meinte, Dummheit zu bewahren. »Ich wusste gar nicht, dass du so arg dran bist, Helle«, entgegnete er versöhnlich, »das tut mir wirklich leid.« »Ja«, erwiderte Helle schroff und fügte dann etwas freundlicher hinzu: »So was geschieht eben, wie gesagt … Und dir könnte es auch passieren, Søren.« Er lächelte ein wenig. »Mir? Nein. Ich liebe Sofie, das weiß ich und dabei bleibt es.« »Ja, noch. Aber es wird vorübergehen, und dann …« »Ich will gar nicht, dass es vorübergeht!«, entgegnete er, schon wieder ärgerlich. »Schon gut«, antwortete Helle besänftigend. »Aber versprich mir, dass du hierbleibst, ja?« Søren war immer noch gerührt von ihrem Freundschaftsbeweis. Außerdem begann er widerwillig einzusehen, dass Helle vielleicht recht haben könnte. »Versprochen«, sagte er mit einem kleinen Lächeln. »Danke, Helle.« Helle winkte ab. »Lass uns umdrehen«, sagte sie erleichtert und hakte sich bei ihm ein. »Janne soll uns gleich eine Kanne Kaffee aufbrühen und dir ein paar Eier in die Pfanne hauen. Rührei auf Röstbrot, wie wär's?« »Klingt verlockend«, gab er zu, während sie sich langsam auf den Rückweg machten, »ich bin tatsächlich ziemlich hungrig.« »Kein Wunder nach diesem Galopp«, entgegnete Helle. »Ich glaube, ich könnte auch eine Kleinigkeit vertragen.«

**

Sofie reichte die Schüssel mit Bohnen und Kartoffeln herum, während James noch einmal Wein einschenkte. »Jörn Jepsen hat mal wieder ganze Arbeit geleistet«, sagte er und stellte die Flasche weg, »nur dass er sich diesmal geirrt hat.« »Warum denn das?«, fragte Sofie. James zerteilte sein Fleisch. »Na ja, er hat mich gesehen, als ich am Donnerstag den Wagen bei Steensens eingestellt habe. Da hat er sich zusammengereimt, dass ich nun endlich Kathrine einen Antrag machen würde. Es lag ja auch in der Luft, sozusagen. Und jetzt erzählt er überall herum, dass wir uns verlobt haben, Kathrine.« Er hob die Gabel und schob sich ein Stück Fleisch in den Mund. »Ach, köstlich«, sagte er kauend. »Wo ich konnte, habe ich es heute schon richtiggestellt, und einige hatten sich auch schon gewundert, denn immerhin hatte man Sofie am Sonntag nach der Kirche mit mir wegfahren sehen. Trotzdem wird man sich morgen die Augen nach uns beiden ausgucken, Kathrine.« Axel und Sofie amüsierten sich. Kathrine schaute von ihrem Teller auf und sagte: »Du meine Güte, wie lästig. Ich freue mich ja auf die Glückwünsche und all das, aber angeschaut zu werden wie eine Jahrmarktsattraktion …« »Keine Sorge.« Axel trank einen Schluck Wein. »Wenn die Leute erst mal Sofie und James sehen, wird gar keiner mehr auf uns achten, Kathrine.« James schmunzelte. »Glaub nur nicht, dass ihr euch hinter uns verstecken könnt, mein Lieber, da unterschätzt du die Norbyer gewaltig. Sie werden sich genauso auf euch stürzen wie auf uns.« Sofie dachte an James' merkwürdige Scheu, wenn es um ihn selbst ging, legte ihr Besteck hin und lächelte ihm zu. »Macht es denn was, wenn die Leute uns angucken, Jamsie? Lass sie doch sehen, wie glücklich wir sind, und sich mit uns freuen.« »Aber natürlich sollen sie sich mit uns freuen«, entgegnete er und griff nach ihrer Hand. Seine Bedenken, dass Jörn Jepsens Gerede ihren Einstand in Norby unnötig erschweren könnte, behielt er für sich. »Aber für Jörn Jepsen wird es arg, glaube ich«, fuhr Sofie fort. »Er wird morgen dastehen wie ein Tropf, der Arme.« »Überhaupt nicht arm.« James hielt ihre Hand fest. »Er hat uns das Durcheinander eingebrockt und ist sowieso oft genug eine richtige Plage. Stimmt's, Kathrine?« »Schon«, erwiderte sie, »aber so ist es hier nun mal. Man erzählt ihm was und schon wissen es alle. ›Jörn Jepsen hat's gesagt‹, heißt es, und keiner fragt mehr danach, wo es eigentlich hergekommen ist und ob es auch stimmt.« Die anderen mussten lachen. »Ob ich mich daran gewöhnen kann?«, sagte Axel. Sofie zwinkerte ihm zu. »Wir werden uns zusammen daran gewöhnen.« »Und manchmal ist es auch ganz praktisch, nicht, James?« sagte Kathrine. Er schmunzelte. »Wie man's nimmt … Aber sagt, wer von euch hat die Blumen in der blauen Vase ausgesucht?«, fuhr er fort. »Die Farben fielen mir auf.« »Axel«, entgegnete Kathrine. »Es ist wegen meiner Haut, weißt du? Axel will mich nämlich nachher malen, in der Badewanne. Und die Vase soll auch mit aufs Bild. Alles muss stimmen … das Licht … die Farben.« »Genau«, Axel nickte, »alles ist gut, was den Silberschimmer deiner Haut noch mehr zum Leuchten bringt.« Er legte seine Gabel hin und erzählte James und Sofie, wie er sich das Bild gedacht hatte. »Meine Güte«, sagte James, »wie man überhaupt auf so eine Idee kommen kann!«, und dachte: *Alles richtig gemacht, Kathrine.* Schließlich hatte er sie auch schon oft genug angesehen, aber den besonderen Schimmer ihrer Haut hatte er noch nicht bemerkt, dafür musste man wohl Axel Söderblom aus Nybøl sein … Und für ein Bild stundenlang still in der Badewanne zu hocken, während das Wasser kalt wurde, war sicherlich auch nicht nach jedermanns Geschmack. Aber Kathrine schien sich direkt darauf zu freuen. Dabei war es doch zu zweit in der Wanne viel gemütlicher …

Auch Sofie beobachtete Axel und Kathrine aufmerksam. *So ist es also, wenn man ...*, dachte sie, *dann geniert man sich wohl gar nicht mehr.* Sie schaute James an, sah, dass auch er ihren Blick suchte, und sandte ihm ein kleines, vielsagendes Lächeln, bevor sie das Wort nahm. »Da bin ich aber mal gespannt. Du zeigst uns das Bild doch, Axel?« Sie überlegte einen Augenblick, fügte dann hinzu: »Diese kräftigen Farben, die ganze Anordnung, ein bisschen wie bei Gauguin oder Matisse stelle ich's mir vor.« Axel trank einen Schluck Wein. »Nichts gegen die beiden, aber es wird aussehen wie ein Söderblom, Sofie.« Er sagte es mit seinem kleinen schiefen Lächeln und Stolz in der Stimme. Sofie lachte. »So wie du es sagst, hängt es bestimmt irgendwann in Kopenhagen in unserem Kunstmuseum. Ich würde mich für dich freuen, Axel.« James nickte zu Sofies Worten. Offenbar war er nicht der Einzige in Norby, der seine Träume hatte. Er hob sein Glas. »Auf dich, Axel, und auf die vielen zukünftigen Söderbloms überall in unseren Museen!« Sie prosteten Axel zu und Kathrine lächelte ihn zärtlich an, glücklich darüber, dass er sich so freute. »Wirst du übrigens mit mir hingehen, wenn wir in Kopenhagen sind, Sofie?«, fragte James. »Ich verstehe ja rein gar nichts von Malerei und Kunst, aber mit dir zusammen hätte ich wohl Lust, die Bilder im Kunstmuseum anzuschauen.« Sofie strahlte. »Oh, das würde mir solchen Spaß machen!« Sie wandte sich an Axel und Kathrine: »Sagt, wollt ihr dann nicht auch auf ein paar Tage zu uns kommen? Wir vier in Kopenhagen, das wäre doch schön, nicht?« »Ja«, erwiderte Kathrine lächelnd, »das wäre es. Es ist nur ...« Sie brach ab. Axel legte einen Arm um sie. »Nicht doch!«, sagte er bestimmt. »Natürlich werden wir mit euch nach Kopenhagen fahren. Im nächsten Frühjahr vielleicht – oder bist du dann Tag und Nacht mit lammenden Schafen beschäftigt, James?« »Nicht nur.« James schmunzelte. »Die meisten Lämmer kommen schon im Februar.« »Gut.« Axel neigte sich zu Kathrine und sagte leise: »Wir finden einen Weg – versprochen.« Sie nickte. »Ich dachte nur ...« »Sch...«, er zog sie an sich. James, der ihnen zusah, lächelte. So sah also der Mann aus, von dem Kathrine Pedersen sich was sagen ließ. »Bitte nehmt noch«, Sofie wies auf Braten und Gemüse, »auch vom Wein.« Sie hielt Axel die Fleischplatte hin. »Also dann, nächstes Frühjahr vielleicht ...« Axel nickte und legte sich ein Stück Fleisch auf den Teller. »Da sind wir schon ein altes Ehepaar, Jamsie. Und ihr auch«, fuhr Sofie schmunzelnd fort. »Aber jetzt erzählt doch mal, wann werdet ihr heiraten? Kathrine, du sagtest, ihr habt euch für eine stille Hochzeit entschieden?« »Wir wollen vor allem eine schnelle Hochzeit«, erwiderte Axel. »Es wird noch dauern, bis ich unsere Ringe kaufen kann, aber ich will Kathrine wenigstens meinen Namen geben, damit zwischen uns alles seine Richtigkeit hat. Und da sie zum Glück einverstanden ist, wird es eine kurze Hochzeit im Rathaus werden, noch im August«, schloss er. »Eine Hochzeit ohne Ringe?«, fragte Sofie. Sie betrachtete Großmutter Anes Ring – ihren Ring, an dem sie jetzt schon so hing. Ihr Blick wanderte über den reich gedeckten Tisch und sie strich kurz über den Stoff ihres ungeliebten Kochkleides aus feinster ägyptischer Baumwolle. Sie dachte an den Besuch in Kopenhagen, ihre Ausfahrt zu den julschen Wiesen morgen. Was immer sie brauchte oder wollte, war da. Sie musste es nur verlangen. Zum ersten Mal überhaupt verstand sie, wie es war, arm zu sein. Und gestern hatte sie leichthin gesagt, dass sie natürlich verzichten könnte, wenn es sein müsste, ohne zu wissen, wovon sie eigentlich sprach. Und war James fast böse geworden, weil er sie gerne verwöhnen und beschützen wollte. »Aber ich hab doch die hier.« Kathrine nestelte die Kette mit dem Margeritenanhänger unter ihrem Ausschnitt hervor. »Und dich. Mehr brauche ich nicht.« Sie lächelte Axel zu und sah ihn aufmunternd an. Er nickte und wandte sich dann an Sofie und James. »Wir hätten euch beide übrigens gern als Trauzeugen.« James schaute ihn überrascht und gerührt an. Im ersten Moment war er sprachlos. »Wir freuen uns sehr«, sagte Sofie und legte ihre Hand auf seine. »Schön, dann ist es also abgemacht.« Axel lächelte zufrieden. »Und anschließend laden wir euch dann auf eine Tasse Kaffee ins Hotel Danmark ein«, verkündete Kathrine fröhlich. »Ich war übrigens mit Axel inzwischen dort, James, und es schien mir nicht halb so aufregend und anrüchig, wie alle sagen. Nur ein Spielmann mit Ziehharmonika war da, und die ganze Zeit wurden Polkas und Galopps gespielt, gar nichts Langsames, bis auf den Schwedischen mit Abklatschen, aber den haben wir ausgesetzt. Das mochte ich schon gleich gar nicht, Axel an eine andere abgeben.« Sie lachte und die anderen stimmten mit ein. Sofie sagte: »Und das, wo du doch bald einen schwedischen Nachnamen trägst, Kathrine. Söderblom ist doch Schwedisch, oder?« Sie schaute Axel an, der mit den Schultern zuckte. »Hört sich jedenfalls schwedisch an. Ehrlich gesagt, Sofie, ich weiß es nicht. Ich kenne meinen Vater nicht. Meine Mutter spricht nie von ihm und ich mag sie nicht bedrängen. Es gab immer nur sie und mich und die Schmiedegasse, deshalb weiß ich gar nicht so genau, woher ich eigentlich komme.« Er drehte sein Weinglas, hielt es schräg, beobachtete, wie die Flüssigkeit im Glas sich durch die Drehung bewegte. »Es hat mich lange gestört«, fuhr er fort, mehr zu sich selbst, »aber jetzt stört es mich nicht mehr«, er lächelte Kathrine an, »weil es dich nicht stört.«

Am Tisch war es still geworden. Sofie räusperte sich und fragte vorsichtig: »Die Schmiedegasse?« »Ah ja, die kennst du nicht. Da wohnen in Nybøl die armen Leute. Frag James, der weiß es.« Der nickte. »Sieh mal, Sofie«, setzte Axel hinzu, auf sein Hemd und seine Hose weisend, »die Sachen hier gehören meinem zukünftigen Schwager, und ich trage sie, weil Kathrine vorhin meine beiden Hemden gewaschen hat und mein Anzug schon für den Sonntag gebürstet ist. Aber es stört mich überhaupt nicht mehr, nur einen anständigen Anzug zu besitzen und nicht zu wissen, wer mein Vater ist, weil ich endlich weiß, dass ich trotzdem gut genug bin. Und das macht alles Kathrine mit mir.« Nach einem kurzen Augenblick des Schweigens fuhr er fort: »Entschuldige, Sofie. Vielleicht war es nicht ganz das, was du hören wolltest.« Er stellte sein Glas wieder gerade hin und wandte sich zu Kathrine: »Ich bin so froh, dass du meinen Namen willst … und mich.« Kathrine lächelte ihn zärtlich an. Oh, er war wirklich nach Hause gekommen … »Wenn ich nur erst vor allen sagen kann: ›Mein Mann‹.« Axel nahm ihre Hände und küsste sie. »Ich werde es so genießen, jeden einzelnen Tag.« Sofie blickte zu James hinüber, sah, dass er genauso beeindruckt war wie sie, und sagte ernst: »Es war viel mehr, als ich erwartet hatte.« »Und verdammt mutig«, fügte James hinzu. Er zwinkerte Axel und Kathrine zu, die nun eng umschlungen dasaßen. »Jedenfalls könnt ihr euch die vier Kronen für einen neuen Nachnamen sparen. Wer in Dänemark heißt schon Söderblom?« »Wir«, antwortete Axel, »meine Mutter – und mein Vater vielleicht.« Er ließ Kathrine los und trank seinen Wein aus. Dann stand er auf, lockerte seine Schultern und nahm die Zigarettendose aus der Hosentasche. »Ah, das war ein prima Essen, Sofie. Danke vielmals!«, sagte er. Zu James gewandt fuhr er fort: »Du hast natürlich recht, in gewisser Weise ist mein Name auch ein Geschenk.« »Das meine ich«, entgegnete James. Er legte seine Serviette neben den Teller. »Es war köstlich, Sofie, ich freue mich schon auf den Nachschlag morgen.« Sofie begann lächelnd das Geschirr einzusammeln. »Und ich freue mich, dass es euch geschmeckt hat.« Sie schaute Kathrine an, die ganz und gar in Axels Anblick versunken schien. »Kathrine?«, fragte sie vorsichtig. »Ja?« Kathrine schreckte aus ihren Gedanken hoch. »Oh, das Essen war ausgezeichnet, Sofie. Nochmals vielen Dank für die Einladung.« Sofie strahlte. Von Kathrine, die selbst eine gute Köchin war, gelobt zu werden, bedeutete ihr viel. »Es gibt noch Reispudding mit Kirschen zum Nachtisch. Ich hole ihn eben«, sagte sie und wollte aufstehen. »Lass mal, ich mache das.« James legte ihr eine Hand auf die Schulter. »Axel, kann ich dich um eine Zigarette angehen? Meine Pfeife und der Tabaksbeutel stecken im Arbeitskittel.« »Sicher, lass uns in die Küche gehen und Kaffee aufbrühen«, antwortete Axel. James nahm den Tellerstapel und die Gemüseschüssel auf, Axel die Servierplatte und die Sauciere. Dann verschwanden sie in der Spülküche, während Kathrine und Sofie ihnen lächelnd nachschauten.

James suchte in Gesines Küchenschrank nach Kompottschalen und zog gelegentlich an seiner Zigarette. »Wir sind doch Glückspilze, wie?« »Sind wir«, bestätigte Axel, der Kaffee aufbrühte und nebenbei rauchte. »Wenn ich denke, dass ich Kathrine heiraten wollte!« James schüttelte den Kopf. »Schon verrückt. Und jetzt, wo sie dich hat, erkenne ich sie gar nicht wieder. Sie sieht so verdammt glücklich aus, mein Lieber.« Axel lachte. »Na ja, und wenn ich mir Sofie so ansehe, kann ich nur sagen: Alles richtig gemacht, James.« James schmunzelte. Axel konnte ja nicht ahnen, dass er dasselbe heute auch schon von ihm und Kathrine gedacht hatte. Er kam mit vier Glasschalen zurück an den Tisch. »Meinst du, die hier gehen?« »Klar.« Axel klappte den Deckel auf die blaue Emaillekanne und drückte seine Zigarette aus. »Weißt du«, fuhr er fort, »Kathrine gibt mir ein Zuhause. Sie will, dass ich Bilder male, nicht nur Plakate. Und sie will es für mich, weil sie mich liebt und weiß, dass es das Richtige für mich ist. Dass es so was geben kann, habe ich gar nicht gewusst. Und dass ich es so verdammt brauche, auch nicht. Ich kannte ja nur … Na, du weißt sicher, wie es im Hotel Danmark zugehen kann.« »Ja«, erwiderte James, »deshalb habe ich Kathrine auch nie mitgenommen.« »Oh, ich habe gut auf sie aufgepasst, das kannst du dir denken, und ich hätte sie mit keinem anderen tanzen lassen.« Versonnen lächelnd fügte er hinzu: »Aber sie wollte sowieso nur mich.« Er steckte Zigarettendose und Zündhölzer wieder in seine Hosentasche. »Und ich sie … Manchmal sitze ich einfach nur da und weiß gar nicht, wie ich so viel Glück ertragen soll.« »Du sagst es.« James drückte seine Zigarette neben Axels aus. »Sofie ist gestern meinen Vater angegangen und hat von ihm verlangt, dass er mich meinen Weg gehen lassen soll. Sie war so mutig, dass ich direkt Angst um sie bekommen habe. Aber ich werde schon gut auf sie achtgeben. Sie macht, dass ich anfange, über andere nachzudenken … und dass ich gut sein will. Sie ist mein Leben, weißt du? Ich liebe sie sehr.« Er legte Axel eine Hand auf die Schulter. »Nächste Woche, wir beide, Angeln an der Au?« Axel nickte. »Sicher.«

»Ach, Jamsie ist so ein Schatz.« Sofie sah lächelnd zur Tür. »Jetzt musste er unbedingt das Geschirr wegtragen, um mir eine Freude zu machen, dabei ist er doch so müde. Ich verstehe gar nicht, dass du ihn nicht wolltest, Kathrine. Ich meine natürlich, ich bin sehr froh darüber«, verbesserte sie sich augenzwinkernd. »Na ja«, antwortete Kathrine, »ich kenne ihn doch schon, seit ich acht Jahre alt bin, wir waren Spielkameraden – und Freunde. Wir haben sogar schon miteinander gerauft, unten am Strand.« »Oh, erzähl mal«, bat Sofie. Sich vorzustellen, wie ein wütender kleiner James und eine zornige kleine Kathrine sich im Sand balgten, war belustigend und anrührend zugleich. »Ich habe eine seiner geliebten Wellhornschnecken mit dem Fuß beiseitegeschubst. Das konnte er nicht leiden. Ich sollte sagen, dass es mir leidtut, aber ich wollte nicht. Da ist James sehr wütend geworden und hat mich den Strand entlanggejagt, und ich hab ihn mit Sand beworfen und ihn einen Klotzmajor geschimpft. So gab ein Wort das andere, irgendwann hatte er mich im Schwitzkasten und hat von mir verlangt, dass ich nachgebe.« Sofie lachte hell auf und wischte sich mit ihrer Serviette über die Augen. »Ah, sein Temperament … Und dann?« »Oh, ich habe nicht nachgegeben und nach einer Weile hat er mich losgelassen. Ich glaube, es ist ihm einfach langweilig geworden. Aber vielleicht hat ihn auch beeindruckt, dass ich nicht klein beigegeben habe. Und danach waren wir Freunde. Ich war nicht wie die anderen Mädchen, das mochte er auch. Wir haben am Strand Sanddämme aufgeschaufelt und Kanäle ausgehoben. Manchmal waren wir zusammen Krabbenfischen, ach, das war schön. Man kann eine Menge Spaß mit ihm haben, weißt du?« »Und irgendwann wollte er dich heiraten.« Kathrine wischte mit einer lässigen Handbewegung einige Krümel vom Tisch. »Das war doch bloß seine Sturheit. Er hatte es sich in den Kopf gesetzt und darüber ganz vergessen, dass ich nur sein Mangel an Gelegenheit war. Aber mit dir ist er ganz anders.« »So?« »Oh ja, viel … weicher. Gar nicht mehr so stur und selbstgerecht. Ich glaube, er denkt nur noch darüber nach, was er dir Liebes tun kann.« Kathrine lächelte Sofie an, und die erwiderte ihr Lächeln. »Ich weiß, man merkt es ihm nicht gleich an, aber er braucht jemanden, der auf ihn aufpasst. Mich …« Sofie lachte. »Er ist gar nicht so selbstgerecht, wie es manchmal scheint, und nur stur im ersten Moment. Wusstest du übrigens, dass er seinem Vater zuliebe Tiermedizin studiert hat? Er wäre viel lieber Naturforscher geworden.« Kathrine schüttelte den Kopf. »Nein, das wusste ich nicht, aber dass er seinen Vater sehr liebt und ihm ein guter Sohn sein will, wohl.« Einige Augenblicke lang schwiegen sie, jede ihren Gedanken nachhängend. »Jamsie und ich haben gestern über einen kleinen James und eine kleine Sofie gesprochen«, sagte Sofie lächelnd, »das hat uns sehr gefallen. Und ihr, Kathrine, wollt ihr auch bald Kinder?« »Einen kleinen Axel und eine kleine Kathrine?« Sie überlegte. »Ja, das wäre schön, irgendwann. Aber erst mal möchte ich den großen Axel noch ein bisschen für mich allein, da ist noch kein Platz für jemand anders. Weißt du, er sagt, ich bin sein Zuhause, aber er ist genauso meins, mehr als er glaubt vielleicht. Er hat mir versprochen, wieder zu träumen, und ich möchte mit ihm träumen, mit ihm über die Heide wandern, auf das Licht über dem Wasser schauen, sehen, wie das Meer in der Sonne glitzert, wie er Bilder malt und dabei glücklich ist. Ich möchte so sehr, dass er glücklich ist. Ich wusste gar nicht, dass man etwas so sehr wollen kann, Sofie.« »Aber genauso ist es«, erwiderte Sofie nachdenklich. »Ich möchte immerzu meine Arme um Jamsie legen und ihn beschützen. Am liebsten würde ich ihn ganz und gar in mich hineinnehmen, damit ich ihn immer bei mir haben kann.«

***

»Ich kann das alles noch gar nicht begreifen«, sagte Søren niedergeschlagen, als sie nach einem ausgiebigen Imbiss wieder auf dem Sofa im Wintergarten saßen. »Sofie und ich waren uns doch einig. Und ich hab zum September eine Lehrerstelle angenommen, Helle. An der Staatsschule in Rønne.« »In Rønne? Das ist ja am Ende der Welt!« Helle war entsetzt. »Bornholm, meine Güte, Søren!« »Ja, schön weit weg von Kopenhagen – alles wegen Sofies Mutter. Ach, Helle, was soll ich denn jetzt tun?« Er schlug die Hände vors Gesicht und begann leise zu weinen. *Oje.* Helle widerstand der Versuchung, ihn in ihren Armen zu trösten, blieb stattdessen still neben ihm sitzen und überließ ihn eine Weile seinem Kummer. Auch wenn Sofies Brief sie wieder hoffen ließ, sie würde ihr Herz hüten. Und Sørens auch. Sie legte sacht eine Hand auf seinen Arm und hielt ihm ihr Taschentuch hin. »Nimm nur, es ist noch ganz sauber.« Søren hob den Kopf, griff nach ihrem Tuch und fuhr sich damit übers Gesicht. »Danke«, sagte er, sichtlich um Fassung bemüht. »Entschuldige, ich hätte nicht weinen sollen, jedenfalls nicht hier. Es tut mir leid.« »Aber wieso denn?«, fragte Helle. »Zum Weinen ist Mutters Wintergarten doch genauso gut wie jeder andere Ort in Kopenhagen. Geht es dir jetzt besser?« Søren lächelte. »Ein bisschen.« »Gut.« Helle lächelte ebenfalls. »Was meinst du, gehen wir noch in die Stadt?« Søren schüttelte den Kopf. »Ich bin nicht in der Stimmung.« Dann schaute er Helle an, die ihm aufmunternd zunickte. »Oder doch …« In seinem verhaltenen, irgendwie lässigen, ein wenig traurigen und ganz und gar bezaubernden Lächeln sah Helle zum ersten Mal den sanften und den anderen Søren gleichermaßen. *Genau so will ich ihn*, dachte sie und senkte rasch den Blick, um sich nicht zu verraten. »Dann also«, sagte sie energisch. »Sollen wir los?« Søren nickte und stand auf.

***

Zufrieden vor sich hin summend verteilte Sofie einige Löffel Kirschen auf ihrem Reispudding. Axel schaute sie schmunzelnd an und sagte: »Ah, Hope Valentine …« »Mhm«, erwiderte Sofie, »Deep in my heart‹, ihr bekanntester Song, glaube ich.« »Eine Jazzsängerin?«, fragte Kathrine. »Ja, aus Chicago«, antwortete Axel, »und sie ist richtig gut, bestimmt gefallen dir ihre Songs auch.« Kathrine zwinkerte ihm zu. »Wenn sie so gut ist, wie du sagst, wollen wir sie auch haben. Was meinst du?« »Wir können ihrem Impresario ja mal eine Einladung schicken«, entgegnete Axel und strich ihr eine Haarsträhne aus dem Gesicht. »Und Scott Lieberman auch.« »Natürlich …« »Ich glaube, ich komme nicht mehr ganz mit«, erklärte James und schaute die beiden fragend an. Axel legte seine Hand auf Kathrines. »Unser Haus soll Dänemarks erstes Jazzhotel werden«, begann Kathrine strahlend. »Wir wollen Jazzkünstler engagieren, Tanzabende geben und Jazzfreunde aus ganz Dänemark zu uns einladen. Es klingt vielleicht ein bisschen verrückt, aber stellt es euch doch mal vor: die schöne Musik, Tanz auf der Terrasse, das Meeresrauschen, Mondschein über dem Wasser …« Über sich selbst lächelnd fuhr sie fort: »Da könnt ihr mal sehen, was Axel mit mir macht; ich hätte nie gedacht, dass ich so ins Schwärmen kommen könnte.«

James zwinkerte ihr über den Tisch hinweg zu. »Das hätten wir alle nicht, Kathrine – ich am allerwenigsten. Aber ernsthaft, vielleicht wäre das Jazzhotel genau die richtige Abwechslung zu den Tanzvergnügen im Hotel Danmark.« Axel schüttelte den Kopf. »Aber wir werden es langsam angehen lassen mit den Jazzabenden, erst mal sehen, wie sich das Hotel überhaupt so macht.« James nickte. »Hört sich vernünftig an.« »Es wird ganz bestimmt das Richtige sein.« Sofie lächelte James zu und träumte dann versonnen vor sich hin. »Überleg mal, Jamsie, wir beide … im Mondschein auf der Terrasse …« Sie lehnte sich an ihn. »Und dann Bostons und Foxtrotts – und zwischendurch einen Wiener Walzer, nur für uns beide.« James legte ihr den Arm um die Schultern und sie wusste, dass er, wie sie gerade, an ihren Walzer gestern in seinem Zimmer dachte. »Einen Wiener Walzer für den Mann, der seine Frau beim Tanzen am liebsten ganz altmodisch fest im Arm hält?«, fragte er. »Und für die Frau, die beim Tanzen von ihrem Mann am liebsten sehr fest im Arm gehalten wird«, erwiderte Sofie und küsste ihn. Sie sahen einander einige Augenblicke lächelnd an, dann wies Sofie auf die leeren Puddingschalen. »Möchtet ihr Nachschlag?« Axel und Kathrine winkten ab. Auch James schüttelte den Kopf. »Nein, das war mehr als genug. Ich hatte doch fast vergessen, wie gut so ein Reispudding ist. Danke schön, Sofie.« Sie strich ihm über die Wange. »Und es ist auch noch genug für morgen da. Wir fahren nämlich nach dem Gottesdienst zu den julschen Wiesen hinaus«, erklärte sie. »James hat dort heute Nachmittag schon mal nach dem Rechten gesehen.« Kathrine begann, Kaffee nachzuschenken. »Ah ja, eure Wiesen. Steht das Häuschen eigentlich noch?« James zog seine Tasse zu sich heran. »Schon, aber es ist mittlerweile völlig heruntergekommen. Na, es muss sowieso weg, wenn Sofie und ich dort bauen.« »Ihr wollt bauen? Und Julsgård?« Kathrine stellte die Kaffeekanne auf den Topflappen zurück und sah die beiden überrascht an. »Erst mal werden wir natürlich dort wohnen, aber auf die Dauer möchten wir gern was Eigenes«, erklärte James. Sofie nickte zu seinen Worten und fuhr fort: »Wir werden zwar in der Abstellkammer einen kleinen Herd für uns aufstellen, aber später hätte ich auch gerne so einen schönen großen Herd wie deine Mutter, Kathrine.« »Ja, so ein großer Komfur ist schon was Feines«, erwiderte Kathrine und überlegte, ob es gestern Missstimmigkeiten zwischen ihr und Freja gegeben haben könnte. Oder vielleicht wieder einmal zwischen James und seinem Vater? Als Schwiegertochter auf Julsgård zu leben wäre auch für sie nicht einfach gewesen, das wusste sie. Und für Sofie, die ganz neu in Norby war und sich in vielem überhaupt nicht auskannte, musste es noch schwieriger sein. Sicher war ein eigenes Haus besser für die beiden. »Wollt ihr deinem Vater denn das Land abkaufen?«, fragte Kathrine. »Ja«, antwortete James, »und auch von dem umliegenden Land Stücke dazunehmen, solange es in Norby noch günstig Land zu kaufen gibt.« »Als Einlage für die Gesellschaft?«, fragte Axel. »Nein, als Weide für unsere Rinder«, erklärte Sofie. »Jetzt komme ich nicht mehr mit.« Kathrine schob ihre Tasse beiseite. »Willst du denn wieder Milchwirtschaft betreiben wie dein Farfar?« James lächelte. »Ich hab auch so meine Träume, Kathrine. Ich möchte gerne schottische Rinder züchten und die Natur in Norby erhalten, und ich habe Glück, dass Sofie es mir erlaubt.« Er küsste Sofies Hand, sah auf und blickte sie an. Kathrine sah erstaunt den Ausdruck vollkommener Ergebenheit auf seinem Gesicht. So sah er also aus, der liebende James, dachte sie und lächelte in sich hinein. »Deshalb machen wir auch unsere Hochzeitsreise nach Schottland«, erklärte Sofie. »Um euch Rinder anzusehen?«, fragte Kathrine verblüfft. Sofie nickte. »Ja, Galloways und Hochlandrinder. James will gern sehen, ob sie für die Zucht in Norby taugen.« »Galloways und Hochlandrinder?«, fragte Axel. »Noch nie gehört – die gibt's bei uns wohl nicht?« »Ich weiß nur von einem Züchter droben in Skagen«, erwiderte James. »Es sind wunderschöne Tiere«, sagte Sofie. »James hat ein Buch mit Abbildungen, das haben wir uns gestern zusammen angeschaut. Und besonders die Hochlandrinder kommen einem schon auf den Bildern vor wie Könige, mit ihrem dichten rotbraunen Fell und den geschwungenen Hörnern.« James drückte ihre Hand. »Warte nur, bis du in Schottland welche zu sehen bekommst.« »Ich freue mich schon darauf, unsere Rinder in Esbjerg vom Schiff zu holen«, antwortete Sofie. *Nach Schottland*, dachte Kathrine, *um Rinder anzusehen*. Axel und sie hatten auch schon Pläne für ihre Hochzeitsreise geschmiedet. Sie würden nach Esbjerg fahren und die Jazzkneipe am Hafen bei den Ställen besuchen. Und am nächsten Morgen den ersten Zug zurück nach Nybøl nehmen, um die Kosten für die Übernachtung zu sparen. Kathrine war damit zufrieden und wollte auch nichts anderes. Doch hätten sie Geld gehabt, wären sie sicher nach Frankreich gefahren, oder nach Skagen, des Lichts und der Farben wegen. Sofie dagegen, die von James alles hätte haben können, Frankreich, Italien, die Schweiz, die sich für Kunst interessierte, gern Jazzmusik hörte und auf deren Nachttisch die neuesten amerikanischen

Romane lagen, hatte sich für Schottland entschieden, James zuliebe. Nichts schien ihr größeres Vergnügen zu bereiten, als mit ihm Abbildungen von Kühen zu betrachten und ihm seinen Herzenswunsch zu erfüllen, auf den julschen Wiesen schottische Rinder grasen zu sehen. Sie war ihm genauso ergeben wie er ihr, und es würde ihr die größte Freude sein, zu sehen, dass er glücklich war. »Aber sagt, werdet ihr denn die ganze Zeit nur Rinder anschauen?«, fragte sie und lächelte Sofie zu. »Du meine Güte, nein.« James hob abwehrend die Hände. »Vor allem werden wir durchs Land reisen, Zeit in Edinburgh verbringen.« »Und James hat mir jede Menge Abenteuer versprochen«, fuhr Sofie lächelnd fort. »Und ich werde dich die ganze Zeit für mich allein haben«, sagte James und drückte sie an sich. »Ja«, erwiderte Sofie, »nur du und ich. Und das wird das Allerschönste, du wirst sehen.«

Da kein Schnaps im Haus war, griffen die vier vergnügt auf den Wein zurück, und die beiden Männer erhielten Erlaubnis, am Tisch zu rauchen. Gesine und Malvine, die bei Mette Steensen zum Kaffee gewesen waren, kamen nun auch zu ihnen heraus, um Sofies Braten zu loben und ein wenig zu plaudern. Gesine ließ dazu ihr Schokoladenkästchen am Tisch herumgehen. Sie berichtete, dass sie bei Mette auch Grete Dahl angetroffen hatten, die ihnen die Geschichte von ihrem »putzigen Irrtum«, wie sie es nannte, über Großmutter Anes Ring an Sofies Finger erzählt hatte. So waren sie genötigt gewesen, die Sache richtigzustellen und von den Verlobungen zu sprechen. »Ich habe ihr erklärt, dass ihr eine stille Hochzeit haben möchtet, Kathrine, und euch in Nybøl im Rathaus trauen lassen werdet«, sagte Gesine. »So weiß es Pastor Dahl morgen schon. Das spart euch jedenfalls die Erklärungen vor der Kirchentür. Und ihn wird es auch freuen, denn er weiß doch immer ganz gern als Erster Bescheid.« »So gesehen war es gut, dass ihr Grete Dahl getroffen habt«, erwiderte Kathrine. »Mal sehen, was er zu unserer Trauung in Nybøl sagen wird.« Gesine winkte ab. »Er wird ein bisschen gekränkt sein, schätze ich, aber nun, er hat ja James und Sofie, über die er sich freuen kann. So eine schicke junge Dame aus Kopenhagen in seine Gemeinde zu bekommen, wird ihm sehr gefallen.« »Aber lass dich nur nicht zu irgendetwas überreden, Sofie«, sagte Kathrine schmunzelnd. »Es gibt genug Frauen in Norby, die diese abscheulichen schwarzen Wollstrümpfe für den Kirchenbasar stricken, frag Mutter.« »Wie gut, dass ich gar nicht stricken kann«, entgegnete Sofie. »Außerdem bin ich vorerst damit beschäftigt, unseren Haushalt einzurichten, das wird der Herr Pastor doch sicher verstehen.« James zog ihre Hand an seinen Mund und küsste sie. »Wenn du es ihm so sagst, mein Herz, kann er gar nicht anders.« Axel hatte seiner Schwiegermutter aufmerksam zugehört und dachte sich seinen Teil. Pastor Dahl hatte ihm letzten Sonntag ja gleich den Eindruck gemacht, einer von den ganz Wichtigen zu sein. Aber da Kathrine ihn nicht allzu ernst nahm, musste er es zum Glück auch nicht tun. »Sofie, denk dir«, sagte Malvine nun, »Mette hat für dich ein Reispuddingrezept herausgesucht. Ich habe es leider auf ihrem Kaffeetisch liegen lassen. Na, es eilt zum Glück nicht«, sagte sie lächelnd. »Dann nimmst du es eben mit, wenn du das nächste Mal einkaufen gehst.« »Wie reizend von ihr.« Sofie war gerührt. »Obwohl sie mir die Sahne doch erst ausreden wollte.« »Ja, so ist Mette, immer zuvorkommend und auf das Wohl aller bedacht«, erwiderte Gesine. »Und sie passt gut auf ihren Steen auf«, fügte sie lächelnd hinzu. »Ohne sie wäre er schon einige Male arg dran gewesen.« Sie erhob sich. »Nun, ich würde vor dem Baden gern noch ein wenig ruhen. Wenn du also das erste Bad möchtest, Malvine …« »Weiß dein Vater eigentlich schon von euren Plänen, James?«, fragte Kathrine, als sie wieder zu viert am Tisch saßen. »Nein, ich spreche erst mit ihm, wenn Sofie das Grundstück gesehen und Ja dazu gesagt hat«, erwiderte James und lächelte Sofie zu. Er griff noch einmal nach Axels Zigarettendose. »Du musst wirklich entschuldigen, dass ich dir so auf der Tasche liege – es ist nur gerade so gemütlich, und wenn unsere Damen schon erlauben, dass wir bei ihnen am Tisch rauchen.« Axel schmunzelte und riss ein Streichholz für ihn an. James nahm genüsslich einen tiefen Zug. »Nimmst du FDB-Tabak zum Drehen?« Axel nickte. »Er schmeckt gut. Aber sag, willst du uns nicht mal deine Entwürfe für die Vermietungsgesellschaft zeigen?« »Oh ja, die würde ich auch gern sehen«, schloss sich Sofie James' Bitte an, und Axel ging, um seine Mappe zu holen.

Er breitete die Entwürfe auf dem Tisch aus und griff nach Kathrines Hand, als James und Sofie sich über die Zeichnungen beugten. James nickte anerkennend, während er den ersten Entwurf betrachtete. Axel hatte die Eigenheiten der Norbyer Landschaft gut erfasst und ins Bild gesetzt – die sanft geschwungene Strandlinie hinter dem Horn mit dem weiß gekalkten Leuchtturm, sein umlaufender Mauerkranz, die hellviolette Heide über der silbrig grünen See, die sandfarbene Dünenkette mit dem blaugrünen Strandhafer, die gelben Leinblüten und rosa Strandnelken um das schwarz gestrichene Holzhaus herum, die weiße Fahnenstange mit dem aufgezogenen Danebrog daneben – und vor dem Sommerhaus Kathrine, auch wenn das fröhliche Gesicht mit den leuchtend blauen Augen und den kurzen blonden Locken unter dem Glockenhut nicht ihres war. Doch die Umrisse der langen, schmalen Gestalt in dem blauen Kleid mit dem vom Wind gebauschten Rock, diese Art, die Hüfte leicht vorzustellen und den Hals etwas nach hinten zu biegen … Jeder, der sie kannte, sah sofort: Das war ganz und gar sie. James wandte sich dem nächsten Entwurf zu. Kathrines Gestalt war auch hier erkennbar. Sie stand am Rand der Heide, ganz in Weiß, in Faltenrock, Bluse und ärmellosem Pullover, und blickte auf die See hinaus. Eine Hand hatte sie über den Augen, die andere locker an die Hüfte gelegt, während ihr gelber Schal im Wind wehte. Die Sommerhäuser lagen dezent im Hintergrund. Auf der dritten Zeichnung saß sie vor dem Haus, im hellblauen Kleid, einen Strauß aus gelbem Lein und dunkelblauen Glockenblumen in den Händen. »Wirklich gut getroffen, Axel«, sagte James, »es ist alles da, was Norby ausmacht – sogar Kathrine.« Axel lachte. »Sie war ja auch mein Modell«, antwortete er. »Und ist es nicht genau richtig so?« »Auf jeden Fall«, erwiderte James. »Aber warum hast du denn nicht auch ihr Gesicht gemalt?« »Nein, nicht auf einem Plakat«, entgegnete Axel bestimmt. Sofie blickte auf und sah ihn überrascht an. »Für ein Plakat will er mein Gesicht nicht hergeben«, erklärte Kathrine lächelnd. »Die Zeichnungen gefallen mir sehr«, sagte Sofie. »Man meint, direkt den Wind zu spüren, wenn man auf den Danebrog und Kathrines Rock sieht.« Axel nickte zufrieden. »Gut, sehr gut!« »Die Entwürfe sind überhaupt mehr wie Bilder angelegt, gar nicht wie die üblichen Plakate. Vielleicht hängst du damit auch eines Tages im Kunstmuseum.« Axel neigte dankend den Kopf. »Wenn, dann hängen Kathrine und ich damit zusammen im Kunstmuseum; ohne sie wäre ich noch lange nicht so weit. Wir haben gestern bis spät an den Entwürfen gearbeitet«, entgegnete er, während er über ihre Hand streichelte. »Eure Schufterei hat sich gelohnt«, sagte James. »Es fehlen nur noch die Überschriften, nicht?« »Die auch«, erwiderte Axel, »und noch eine Menge mehr. Ich habe überlegt, farbige Beilagen für die Zeitungen drucken zu lassen und Postkarten mit der Anschrift des Krugs für die Bestellung der Häuser. Aber wir brauchen noch viel mehr, um Norby wirklich bekannt zu machen. Ich dachte an Zeitungsartikel; wir sollten Reporter zu uns einladen und ihnen Norbys Schönheit und unser Leben hier zeigen. Norby ist doch viel mehr, als man mit einem Plakat ausdrücken kann.« Axel verschränkte die Arme hinter dem Kopf und fuhr fort: »Nicht nur das besondere Licht und diese silbrigen Farben, sondern auch der hohe Himmel über dem Meer, die Sandberge mit ihren unendlichen Schichten und Schattierungen, die weite, stille Landschaft dahinter, der Duft von blühendem Heidekraut, der Geruch von Heu und Staub, die salzige Luft … und der Mondschein auf dem Wasser natürlich.« Er legte Kathrine eine Hand auf die Schulter, sie lächelte und drückte ihre Wange gegen seinen Handrücken. »Und wir sollten den Zeitungen auch eigene kleine Geschichten über Norby anbieten«, erklärte Axel. »Geschichten, in denen die Leser Norby fast hören, riechen und schmecken können. Die eine Sehnsucht in ihnen wecken. Dann werden sie herkommen. Und waren sie erst einmal hier, werden sie auch wiederkommen, denn Norbys Schönheit wird sie nicht mehr loslassen.«

»Donnerwetter«, sagte James, »das war eine richtige Liebeserklärung.«

»Ja, nicht schlecht für einen aus Nybøl, wie?« Axel lächelte. »Das macht Kathrine mit mir. Sie hat so eine Art, die Schönheit in den Dingen zu sehen, und ich lerne es von ihr. Durch sie sehe ich alles ganz anders an.« Er strich ihr über die Wange, dann legte er seine Zeichnungen sorgsam in die Mappe zurück. »Es ist immer aufregend, seine Entwürfe zum ersten Mal vorzuzeigen, sogar bei Freunden«, erklärte er. »Dass man sie selbst für gelungen hält, heißt noch gar nichts. Aber wenn sie euch gefallen, werden sie auch das Publikum ansprechen.« Er lehnte sich zufrieden in seinem Stuhl zurück. »Mir gefällt übrigens deine Idee mit den Geschichten über Norby, denn das wird die richtigen Leute herbringen und uns davor schützen, über die Zeit zu einem Rummel zu werden«, erwiderte James. Kathrine spürte, dass ihn der Gedanke traurig machte, und sagte tröstend: »Aber James, niemand will einen Rummel aus Norby machen. Dazu lieben wir es doch alle viel zu sehr.« »Du vielleicht nicht, Kathrine, und viele andere auch nicht. Aber Steen hat große Pläne.« Kathrine lächelte. »Steen hat immer große Pläne, bis Mette ihn daran erinnert, woher das Geld kommt und wem der Krug eigentlich gehört. Und natürlich hat er viel Einfluss, aber gehören tut ihm Norby nicht.« Sie griff über den Tisch hinweg nach James' Hand und drückte sie. »Du magst einfach keine Veränderungen, James, mochtest du noch nie. Und wenn's um die Natur geht … Na, du weißt, was ich meine.« James schmunzelte und blickte auf Sofie. »Manche Veränderungen mag ich schon. Aber du hast recht, im Grunde bin ich ein Bauer wie Großvater Asger. Ich mag die Stadt – von fern. Ich liebe den Viehmarkt in Nybøl, ich freue mich darauf, mit dir einkaufen zu gehen, Sofie, und dann nach Hause zu kommen in die – wie sagtest du, Axel? – stille, weite Landschaft. Und etwas davon möchte ich gerne für uns bewahren.« »Und das werden wir auch«, erwiderte Sofie ruhig und legte ihm eine Hand auf den Arm. »Du wirst es auf der Versammlung erklären. Ich bin sicher, dass die Norbyer dich verstehen und dir gerne folgen werden, wenn sie nicht ohnehin schon deiner Meinung sind.« »Genau.« Kathrine zwinkerte ihm zu. »Und vergiss nicht, nur weil Steen gern den Ton angibt, hat er noch lange nicht recht. Und das wissen die Norbyer.« »Wohl wahr.« James lächelte. »Er sieht zwar in allem eine Rechenaufgabe, aber er ist auch großzügig und hilft, wenn er kann.« Kathrine nickte. »Er springt Mutter gerade sehr bei.« James strich sich übers Kinn. »Trotzdem bin ich froh, wenn der Mittwoch vorbei ist«, sagte er, »ich habe nämlich das Gefühl, dass Steensen diesmal nicht so einfach von seinen großen Plänen lassen wird.« »Vielleicht sollten wir wirklich Land dazukaufen, wie du es gestern gesagt hast«, schlug Sofie vor, »dann wäre das Geld aus meinem Erbteil doch für uns beide gut angelegt.« »Siehst du, James«, Kathrine lächelte ihm zu, »so käme doch alles zurecht. Ein paar mehr Menschen in Norby und viel stilles, weites Land für euch beide ganz allein. Und jede Menge Brombeergestrüpp, hinter dem ihr euch notfalls verstecken könnt.« James schüttelte den Kopf. »Das kann ich nicht«, erwiderte er zögernd, »nicht das Geld aus deinem Erbteil, Sofie.« »Schon gut«, antwortete sie. »Aber du wirst darüber nachdenken, Jamsie, ja?« Er seufzte. »Ja.« Axel suchte seinen Blick. »Noch was, James. Ich bin Steen dankbar für die Chance, aber sein Lied singe ich deshalb nicht. Ich werde am Mittwoch meine Vorschläge und Entwürfe bringen, und wenn die Versammlung sie dann will – gut. Wenn die Gesellschafter lieber etwas anderes wollen – auch gut, aber dann ohne mich.« Kathrine nickte. »Norbys Schönheit mit unseren Gästen zu teilen, darum wird es gehen. Einen Rummel brauchen wir dazu nicht.« James' Gesichtsausdruck entspannte sich. »Gut zu wissen«, erwiderte er. An Axel gewandt fuhr er schmunzelnd fort: »Deine Liebeserklärung an Norby … wirklich sehr schön, aber ich hab unser Rotwild und die Lachse in der Au vermisst.« Axel zeigte sein schiefes Lächeln. »Erzähl mir beim Angeln davon.«

James füllte ihnen noch einmal die Gläser. Während der Nachmittag allmählich in den Abend überging, unterhielten Kathrine und er Axel und Sofie mit Geschichten aus Norby. Oft ging es in ihnen um Steen mit seiner viel belächelten kleinen Schwäche für hübsche Frauen, seinen unermüdlichen Bemühungen um gute Geschäfte und um Mette, die wegen beidem immer wieder Nachsicht mit ihm übte. So erfuhren auch Axel und Sofie von Steens Einfall, am Leuchtturm einen Anleger und eine Strandhalle zu errichten und Ausflügler in großer Zahl mit Schiff und Wagen nach Norby zu holen – und wie froh Mette darüber gewesen war, dass nicht einmal die Bank in Esbjerg Geld für solch eine riskante Unternehmung gegeben hatte. So konnte sie ihren Steen trösten, statt ihm als letzten Ausweg eine Hypothek auf den Krug zu verweigern …
»Na, jedenfalls sorgt Steen in Norby für den richtigen Schwung, scheint mir«, erklärte Sofie belustigt. »Und genau deshalb muss man ihm auch hübsch auf die Finger schauen«, entgegnete James trocken. Sofie lachte. »Das wirst du bestimmt, mein Schatz.«

Auch auf Pastor Dahl kam die Rede. Er hatte James im Konfirmandenunterricht einmal den Mund verboten, als der den anderen Darwins Theorien erklären wollte, die ihm viel schlüssiger erschienen als die alte Geschichte von der Schöpfung in sechs Tagen. »Und?«, fragte Sofie erheitert. »Sei ehrlich, hast du still geschwiegen oder hat der Herr Pastor eine Kostprobe deines Temperaments erhalten?« James schmunzelte. »Ich hab eingesehen, dass es zwecklos war, mit ihm zu streiten, weil er rein gar nichts verstanden hatte, und bin angeln gegangen.« »Und nicht mal einen Tadel hat er dafür bekommen, weil seine Mormor ihn wieder rausgehauen hat«, ergänzte Kathrine. »Stimmt's, James?« Er nickte. »Ja, vor Mormor hatte er Respekt. Ich musste ihm nur versprechen, die anderen nicht mehr zu verwirren, und das konnte ich ohne Weiteres, denn der einzig Verwirrte war ja er …« Die anderen schmunzelten. »Aber lasst nur«, fuhr er in das Gelächter hinein fort, »man kann doch ganz gut mit ihm auskommen. Wenn man ihm nicht allzu offensichtlich widerspricht und ihn schön die erste Geige sein lässt, hat man seine Ruhe. Unter uns Männern hat er sowieso nicht viel zu sagen, Axel. Aber natürlich erweist man hier der Kirche seine Achtung – und den Traditionen.« Axel nickte. »So, so, die Traditionen.«, sagte er und zwinkerte Kathrine zu. »Also keine Gespräche über abstrakte Malerei, wie schade.« »Oh, ärgere ihn nicht, Liebling«, erwiderte Kathrine, »sonst muss ich am Ende Abbitte für dich leisten und zur Wiedergutmachung auch diese grässlichen Strümpfe stricken.« Sie sah stirnrunzelnd von Axel zu James. »Ihr Männer macht es euch leicht, nickt ihm zu und geht eurer Wege. Aber uns Frauen liegt er dauernd mit irgendwas in den Ohren – und es ist immer für die Gemeinde und für den guten Zweck, wie soll man ihm da Nein sagen? Außerdem mag ich Grete Dahl und will sie nicht kränken, indem ich unfreundlich zu ihrem Mann bin«, fügte sie hinzu. »Also halte ich es wie alle Norbyer und zeige ihm Respekt; inzwischen hat er es zum Glück aufgegeben, mich zum Basarkreis zu überreden. Mutter strickt schließlich Strümpfe für zwei und sagt fast nie Nein, wenn er sie um etwas bittet.« »Und in Zukunft«, erwiderte Axel, »werde ich ihm Nein sagen, wenn er bei dir um irgendwas ankommt. Er wird dir nicht mehr lästigfallen, Kathrine, versprochen.« Sie küsste ihn auf die Wange. »Ach, Liebling, danke schön. Aber weißt du, ich kaufe mich frei, indem ich Grete Dahl helfe, wenn sie zum Kirchkaffee in den Pastoratshof einlädt – dann tue ich es für sie.« »Kann ich mich nicht auch so freikaufen?«, erkundigte sich Sofie lächelnd. »Dir wird er sicherlich erst mal mit dem Literaturkreis kommen. Das ist auch so ein Ehrgeiz von ihm, wenn er's auch auf seine Frau schiebt.« »Ein Literaturkreis? Ach, warum eigentlich nicht? Wir könnten Scott Fitzgerald lesen oder, noch besser, Tom Kristensen.« »Donnerwetter, Sofie, du wirst Abel Dahl noch das Fürchten lehren!«, sagte James beeindruckt. Sofie lachte ihn an und fing seine Hand ein. »Wenn du es sagst …« »Sage ich …« Er drückte ihre Hand und fuhr fort: »Übrigens, wir müssen uns auch freikaufen, Axel. Die Männer werden uns morgen hochleben lassen und wir schulden ihnen dafür einen Umtrunk. So ist es hier üblich.« »So?«, fragte Axel. »Morgen schon?« Kathrine sah seine verschlossene Miene, hörte den flachen Ton seiner Stimme und wusste, dass er am Rechnen war. Er hatte natürlich nicht wissen können, dass diese Extraausgabe auf ihn zukommen würde, und sie hatte nicht daran gedacht. Jetzt war es an ihr, einen Weg zu finden … »Nächsten Sonntag«, antwortete James. »Morgen wird uns zu knapp, oder?« Axel nickte und sah zu Kathrine, die leise zu ihm sagte: »Ich weiß, wie wir's machen. Und sag mir ja nicht Nein, hörst du? Wir nehmen das restliche Geld vom Verkauf der Goldmedaille. Das sollte wohl reichen für einen Schnaps und ein Bier für jeden.« Kathrine sah ihm an, wie er mit sich kämpfte. Sie legte ihre Hand auf seinen Arm, um ihn an sein Versprechen zu erinnern. Er verstand. »Ja«, stimmte er also leise zu, »fürs Erste. Danke, Liebling.«

Sie streichelte seinen Arm. »Sch…« Ein Lächeln kam um seine Augen. »Du hast mir einen Riesenschrecken eingejagt, James«, sagte er leichthin, »aber Kathrine hat mir gerade vorgerechnet, wie ich meinen Einstand in Norby mit Ehre geben kann. Also, dann nächsten Sonntag, ich bin dabei.« »Abgemacht! Ich denke, Kathrine sorgt schon dafür, dass ihr nicht auf Grund lauft«, sagte James in demselben leichten Ton wie Axel. »So war sie früher schon. Während wir anderen bei Mette vorm Ladentisch gelungert haben, konnte sie immer noch ein Øre aus ihrer Rocktasche kramen.« Er sah auf seine Uhr. »Schon sieben Uhr durch. Schade, aber ich sollte wohl bald los. Bringst du mich noch ein Stück, Sofie?« »Ich bringe dich den ganzen Weg, Jamsie, und fahre dann mit dir zurück. Wie wäre das?« »Genau richtig«, antwortete er. »Und ihr zwei?« Kathrine schaute Axel an. »Sollen wir noch an den Strand?« Axel nickte. »Ein kleiner Spaziergang, den Sonnenuntergang ansehen – und dann dich malen.«

XXII

»Ach, das war ein schöner Nachmittag«, sagte Sofie, als sie gemächlich, Arm in Arm, den Strandweg zum Krug hinaufgingen. »Mhm ...« Auch James war rundum zufrieden. »Es geht uns gut, nicht?«, sagte Sofie nach einer kleinen Pause. »Sehr gut«, bestätigte James. Er blieb stehen und sah sie fragend an. »Was ist, Sofie?« »Es ist wegen gestern«, begann sie, »da hab ich dir versprochen, dass ich auf alles verzichten würde, wenn es sein müsste, und wusste gar nicht, wovon ich rede.« Sie legte ihm ihre Hände auf die Brust. »Erst als Kathrine so traurig aussah wegen meiner Einladung nach Kopenhagen, hab ich ein bisschen verstanden, was es heißt, arm zu sein. Und dann die Hochzeit ohne Ringe, der Umtrunk ... Ich hatte doch immer alles, weißt du, und hab es einfach so genommen.« »Sofie ...« James legte seine Hände über ihre. »Warte. Ich hab's gestern trotzdem ernst gemeint, und ich will es immer noch. Das wollte ich dir sagen.« Er drückte ihre Hände fest an seine Brust. »Ich habe nicht eine Sekunde daran gezweifelt, mein Herz, gestern nicht und heute auch nicht. Ich weiß, dass du auf alles verzichten würdest, wenn es sein müsste, ohne ein Wort darüber zu verlieren.« »Nur auf den Ring nicht«, warf sie schnell ein. Er hob ihre rechte Hand an seine Wange. »Nein, bestimmt nicht. Aber ob ich es ertragen könnte, dich so zu sehen ...« Nachdenklichkeit lag in seiner Stimme. »Ich hoffe, dass ich dich nie darum bitten muss, dein Versprechen einzulösen«, setzte er in leichtem Ton hinzu. Sofie lehnte sich einige Augenblicke an ihn, dann gingen sie langsam weiter. »Es ist so ein großes Geschenk, dass du mich verwöhnen und beschützen willst«, sagte sie nach einer Weile in ihr Schweigen hinein. »Das habe ich jetzt verstanden. Ich möchte es sehr gerne, James, auch wenn ich dir gestern fast ein bisschen böse deswegen war. Das wollte ich dir auch noch sagen.« James blieb wieder stehen und zog sie an sich. Sofie dachte, dass er sie wieder küssen wollte, und hob ihm ihr Gesicht entgegen, doch er schmiegte seine Hände um ihre Wangen und lächelte sie an. »Nichts auf der Welt wird mich davon abhalten, dich zu beschützen und zu verwöhnen, wenn ich es will, nicht mal du«, erklärte er. Sofie lächelte. »Und nichts auf der Welt wird mich davon abhalten, dir hübsche Sachen zu schenken, auch wenn ich dafür in Nybøl am Bahnhof betteln müsste ...« Sofies Grübchen zeigten sich. »Jetzt übertreib nicht so, Jamsie«, sagte sie zärtlich. »Ich will dir immer

alles geben, Sofie. Alles. Immer.« Sie nickte. »Ich werde auf uns achtgeben … und ich verspreche dir, dass wir es gut haben werden.« Sofie
schlang die Arme um seinen Hals. »Ja, das werden wir, James.«

***

Sofie saß mit untergeschlagenen Beinen, ihre Schuhe neben sich, auf
einem Strohballen an der Stallwand und beobachtete aufmerksam, wie
James den Sitz des Geschirrs prüfte. Er ging um Balder herum und kon-
trollierte die Verschnallung der Scherbäume und den Sitz des Bauch-
gurts, zog probeweise an den Riemen. »Wirst du mich morgen auf der
Landstraße ein Stück kutschieren lassen, James?« Er griff nach seinem
Arbeitskittel und wischte sich die Hände sauber. »Sicher. Wenn du es
gern möchtest.« »Ich möchte es ernsthaft lernen«, sagte sie entschieden, »genauso wie Anschirren.« »So?«, fragte James. »Ich glaube bald,
es gibt nichts, was du nicht lernen möchtest, Sofie. Als Nächstes willst
du wohl noch Balders Hufe auskratzen und den Stall misten.« »Du sagst
es.« Einen Augenblick lang betrachteten die beiden einander lächelnd,
dann fuhr James fort: »Am besten, wir kaufen dir in Nybøl auch gleich
ein Paar anständige Stiefel und eine Arbeitsjacke. In meinen Kitteln
würdest du wohl doch versinken.« »Bestimmt.« Sofie streifte ihre Schuhe
über. James ging zu ihr, zog sie vom Strohballen hoch und nahm sie
in die Arme. »Wenn ich dich heute nur nicht gehen lassen müsste«,
murmelte er an ihrem Mund und wollte sie eben fester umfassen, als
die hintere Stalltür geöffnet wurde. »Da kommt Steen«, sagte er leise
und gab Sofie frei. »Ich bringe Balder in den Hof und dann können wir
auch los«, sagte er sehr sachlich und nickte Steen zu, der den Stallgang
herunterkam. Steen nickte ebenfalls und ging nun fröhlich auf Sofie
zu. »Ich möchte unserer hübschen Sofie gern Guten Abend sagen und
ihr Mettes Grüße und ein Rezept Reispudding bringen.« Er umarmte
sie, fasste sie an den Händen und küsste sie auf beide Wangen. »Guten Abend, Steen«, sagte Sofie höflich. James beobachtete die beiden,
fing Sofies verschmitzten Blick auf und schüttelte unwillig den Kopf.
Er würde nicht dulden, dass Steen sich unter dem Vorwand gut nach-
barschaftlicher Art schon wieder kleine Freiheiten bei ihr herausnahm,
und ihm deshalb ordentlich Bescheid geben, wenn er ihn das nächste
Mal allein antraf. Fürs Erste sagte er kühl, Balder am Halfter fassend:
»Auf ein Wort, Steen.« Steen ließ Sofie los, wandte sich aber nicht um,

sondern griff stattdessen in seine Westentasche und zog ein Zettelchen heraus. »Mette lässt dir sagen, es ist ein Rezept für Reispudding mit Sahne, sie hat es für dich herausgesucht.« »Mutter erzählte es mir schon, bitte sag ihr meinen herzlichen Dank«, entgegnete Sofie und nahm das Rezept entgegen. »Ich werde es ausrichten, meine Liebe.« Dann drehte er sich zu James um. »Was gibt es denn?« »Es geht um deine großen Pläne. Ich werde am Mittwoch dagegensprechen, dass wir aus Norby einen Rummel machen«, erwiderte James bestimmt. »Einen Rummel? Ach wo …« Steen winkte ab. »Wer will denn so was? Mach mir die Leute nicht wild, James, hörst du?« »Ich werde sagen, was ich zu sagen habe, Steen. Und freu dich, dass ich es dich vorher wissen lasse.« James fasste Balders Halfter fester und straffte die Schultern. »Wir sollten Norbys Natur schützen, statt sie zu verkaufen. Also weniger Sommerhäuser bauen …« Steen atmete langsam aus. Er hätte es wissen müssen, dass James ihm irgendwann so kommen würde, schließlich kannte er ihn lange genug. »Nun, das werden wir sehen«, entgegnete er leichthin. »Natürlich kann nicht alles bleiben, wie es ist. Das wirst du auch einsehen, James. Wenn das Ganze sich rechnen soll, müssen die Investitionen entsprechend sein, und dafür muss das Land effektiv genutzt werden.« »Weniger Häuser heißt weniger Kredit, und damit entsteht auch weniger Druck, dass Geld hereinkommen muss. Das würde es doch für alle leichter machen. Wir würden die Natur besser schützen und unser bisheriges Leben beibehalten können«, antwortete James wütend. »Vor allem bedeuten weniger Häuser weniger Einnahmen«, erwiderte Steen trocken. »Das Ganze ist eine Rechenaufgabe.« »Nicht nur«, sagte Sofie. Sie stellte sich neben James und nahm seine Hand. »Ich möchte auch etwas zu bedenken geben.« Steen blickte sie erstaunt an und erinnerte sich, dass Mette sie mit Großmutter Ane verglichen hatte. Er hatte den Kopf geschüttelt, aber nun … diese entschiedene Art … War doch mehr an ihr dran als ein hübsches Gesicht und charmante Manieren? »Und was wäre das, meine Liebe?« »Nun«, begann Sofie, »man könnte meine Mutter und mich als Norbys erste Feriengäste ansehen, nicht?« Steen nickte. »Und Mutter schätzt an Norby die stille, unberührte Natur und das ruhige Leben hier«, fuhr sie fort. »Ich weiß, sie wird ihren Freunden und Bekannten Norby genau deshalb als Sommerfrische empfehlen. Für einen Rummel käme bestimmt keiner von ihnen ganz zu uns heraus.« Steen blickte sie nachdenklich an. »Und deshalb sollten wir gut überlegen, was wir unseren Gästen anbieten«, schloss Sofie, »gerade wegen der Einnahmen, meine ich.« Steen seufzte in sich hinein. Was Sofie da sagte, war immerhin bedenkenswert. Er sah, wie James und sie sich anblickten, und seufzte abermals. Schon James allein konnte schwierig genug sein, aber die beiden zusammen … Es würde nicht leichter für ihn werden. »Ich werde darüber nachdenken«, sagte er versöhnlich. »Grüße an deinen Vater, James, ich komme Montagabend zu euch herum, dann sprechen wir noch mal darüber. Und danke dir, Sofie.« Er nickte ihr zu. »Gern. Ich könnte Mutter bitten, alles aufzuschreiben, was ihr an Norby gefällt und weshalb sie es als Sommerfrische empfehlen würde. Vielleicht würde das helfen?« Sofies Ton war freundlich, aber nüchtern, fast geschäftsmäßig. »Sicher«, antwortete Steen etwas zögerlich. »Wenn sie die Mühe auf sich nehmen will, wären wir ihr sehr verbunden.« Nach einer kurzen Pause setzte er hinzu: »Ich muss zurück zu meinen Gästen. James …« Die beiden Männer nickten einander zu. Sofie streckte ihm die Hand hin. »Gute Nacht, Steen. Und nochmals meinen lieben Dank an Mette.« »Werde ich bestellen.« Er schüttelte ihre Hand und ging um den Wagen herum zurück in den Stallgang.

James und Sofie sahen ihm nach und hielten an sich, bis er die Tür hinter sich geschlossen hatte. »Meine Güte, Sofie!« James wischte sich übers Gesicht. »Wir sollten überlegen, was wir unseren Gästen anbieten, gerade wegen der Einnahmen … Das war gut!« Sofie schmunzelte. »Ja, nicht? Ich glaube, es hat ihm Eindruck gemacht.« »Und wie!« James lachte. »Unser lieber Steen hat jetzt einen gehörigen Respekt vor dir. Und das ist auch gut so.« Er legte ihr einen Arm um die Schultern. »Ich schätze, er wird dich jetzt hübsch in Ruhe lassen, mein Herz, aber ich werde ihm nächstens deswegen auf jeden Fall noch Bescheid sagen. Ich mag es überhaupt nicht, wenn er dich anfasst, als hätte er irgendwelche Rechte an dir.« »Ich auch nicht, aber lass nur.« Sie strich ihm lächelnd über die Wange. »Er hat seinen Dämpfer bekommen, und dazu jede Menge, worüber er nachdenken kann. Du warst nämlich auch gut, James. Nicht umsonst holt er sich deinen Vater zu Hilfe.« Nachdenklich fügte sie hinzu: »Es wird schwierig werden am Mittwoch, nicht?« James nahm sie fester um die Schultern. »Ja, und zwar für Steen. So leicht wird er nicht gegen uns ankommen. Ich werde jedenfalls sagen, was ich zu sagen habe, und wenn Axel dann noch so spricht wie vorhin …« Er küsste ihr Haar. »Und natürlich werde ich nicht lockerlassen.« Sie zwinkerte ihm zu. »Natürlich nicht. Dafür sind die Juls schließlich bekannt, oder?«

»Ganz recht«, erwiderte er schmunzelnd, nahm sie um die Taille und hob sie auf den Wagen.

Sie hielten ihr Gesicht in die Abendsonne, während sie den Strandweg entlangfuhren. »Da wären wir«, sagte James und ließ Balder vor dem pederschen Zaun halten. »Leider«, entgegnete Sofie. Sie löste ihre Hand aus seiner und wandte sich ihm zu. »Sieh mal, so klein möchte ich dich machen«, sie hielt Daumen und Zeigefinger auseinander, »und dich dann mit mir nehmen und die ganze Nacht auf meinem Herzen halten.« Sie versuchte zu lächeln, sah dabei aber so traurig und sehnsüchtig aus, dass James die Zügel weglegte und ihre Hände ergriff. »Wenn ich nur mit dir kommen könnte«, erwiderte er genauso sehnsüchtig. Eine Weile sahen sie sich schweigend an, dann huschte ein Lächeln über Sofies Gesicht. »Weißt du, was? Ich möchte in unserem Haus nicht nur einen großen Herd, sondern auch eine schöne große Badewanne.« James' gute Laune kam zurück. »Vielleicht kaufen wir die sogar zuerst, was meinst du?« »Ja, das machen wir, und dann …« Die beiden lächelten einander an, James ließ Sofies Hände los, wickelte sich Balders Zügel um die Rechte und zog Sofie an sich. »In einem Monat werden wir schon verheiratet sein, dann hat das Elend gottlob ein Ende.« Er schmiegte seine Wange an ihren Hals. »Küss mich«, sagte er leise und schloss die Augen, »wie du mich gestern Nacht geküsst hast.« Und Sofie schlang ihre Arme um ihn und neigte ihr Gesicht über seines.

***

Axel stand mit vorgeneigtem Oberkörper im tieferen Wasser und versuchte zu fischen wie ein Südseeinsulaner. Immer wieder fuhr er mit seinen Unterarmen durch die Wellen und zog seine Hände wie Schaufeln durch das Wasser. Von Zeit zu Zeit hielt er inne, richtete sich kurz auf und änderte die Richtung, um dann sein Spiel von vorn zu beginnen. Er fühlte sich leicht, ganz und gar mit allem einverstanden, und wusste, dass es Kathrine ebenso ging. Das Gefühl, in den schützenden Armen des anderen geborgen zu sein und vollkommen zu vertrauen, hatte sie beide befreit. Er war froh darüber, dass Kathrine es ihm so leicht gemacht hatte, ihr Geld anzunehmen, und es am Ende keine große Sache zwischen ihnen gewesen war.

Er richtete sich auf und sah zu ihr hinüber. Sie stand mit geschürztem Kleid im flachen Wasser, ließ die kabbeligen kleinen Wellen um ihre Beine branden und winkte ihm fröhlich zu. Er winkte zurück und watete zu ihr heran. »Ach, das war herrlich, Kathrine, noch viel besser, als ich's in Erinnerung hatte«, sagte er lachend. Sie strich ihm über die Wange und wies mit ausgestrecktem Arm aufs Meer hinaus. »Da ist noch mehr, Liebling, sieh mal!« Axel stand einige Augenblicke ganz still und blickte auf das Wasser, das im Licht der tief stehenden Sonne ruhig und glitzernd dalag wie ein großer funkelnder Silberspiegel. Er bückte sich, schöpfte Wasser mit den Händen und entgegnete: »Das Licht macht alles aus, schau.« Dann warf er das Wasser hoch in die Luft. Beide reckten den Kopf und beobachteten, wie sich das Sonnenlicht vielfarbig in dem feinen Sprühregen brach, der nun auf sie niederging. Axel drehte sich zu Kathrine. »Oh, entschuldige«, sagte er und küsste ihr schnell die Wassertropfen vom Gesicht. Sie ließ ihr Kleid los, schob ihre Hände in seine Hosentaschen und zog ihn näher zu sich heran. »Küss mich mehr«, sagte sie leise und neigte ihm ihr Gesicht zu.

»Oje, dein Kleid!« Axel kniete sich vor Kathrine hin und begann, den tropfenden Saum ihres Kleides auszuwringen. Kathrine zog unterdessen mit dem Fuß ein Büschel Blasentang auseinander, das neben Axels Knien am Spülsaum lag. Sie hatte zwischen den grünen Algenblättchen ein braungoldenes Klümpchen hervorblitzen sehen. »Schau mal«, sagte sie, mit dem Fuß darauf weisend. Er ließ ihr Kleid los und fuhr vorsichtig mit einer Hand unter die Blätter. Dann hielt er ihr das Klümpchen auf seiner ausgestreckten Handfläche hin. Kathrine griff mit Daumen und Zeigefinger danach und knabberte ein bisschen daran herum. »Bernstein?«, fragte er, stand auf, klopfte sich den Sand von den Hosen und krempelte die Umschläge hinunter. Sie nickte. »So schnell findet man also einen Schatz.« »Lass mich noch mal sehen, ja?« Er trat neben sie und legte ihr einen Arm um die Schultern. Kathrine hielt das Klümpchen gegen das Licht und er betrachtete es einige Augenblicke lang nachdenklich. »Es ist schon was Besonderes, so einen Bernstein zu finden, nicht? Was meinst du, das wäre doch eine schöne Geschichte: Bernstein – auf der Suche nach dem dunklen Gold der See …« »Es klingt jedenfalls nach einem Abenteuer«, entgegnete Kathrine, legte ihm einen Arm um die Hüfte und ließ das Klümpchen vorsichtig in seine Hosentasche gleiten. »Hier, trag du unseren Schatz nach Hause«, fügte sie hinzu. Er nahm ihre Hand und schob seine Finger zwischen ihre. So gingen sie schweigend den Weg zurück, den sie gekommen waren, und stöberten von Zeit zu Zeit in den Tangbüscheln entlang der Wasserkante nach weiteren Bernsteinklümpchen. In ihr zufriedenes Schweigen hinein sagte Axel: »Du machst, dass ich anfange, über Namen nachzudenken, Kathrine.« Sie sah ihn fragend an. Er lächelte. »Für unsere Kinder.« Sie erwiderte sein Lächeln zwar, doch er sah, dass sie etwas bekümmerte. »Was denn?«, fragte er halb scherzend, halb ernsthaft. »Hab ich dich erschreckt?« Kathrine blieb stehen. »Ja«, gab sie zu, »ich möchte dich nämlich noch eine Weile für mich allein haben, da ist noch gar kein Platz für jemand anderes. – Ich brauch dich doch«, setzte sie leise hinzu, »mehr, als du weißt, vielleicht.« »Oh, ich glaube, ich weiß es ganz genau«, antwortete er ruhig und nahm sie in die Arme. »Und ich bin für dich da, Kathrine. Ich sehe dich an und ich lass dich nicht im Stich, versprochen – hörst du?« Sie nickte und lehnte sich gegen ihn, während er leise weitersprach und ihren Rücken streichelte. »Du bist doch mein Mädchen«, sagte er in ihr Haar, »und auf mein Mädchen passe ich gut auf.« Sie lächelte ein wenig. »Und deine Frau«, sagte sie. Er strich über ihre Wange. »Und meine Frau. Und mein Liebling. Alles, was du willst. Ja?« »Ja«, erwiderte sie und hob den Kopf. Sie sah die Liebe in seinen Augen, wusste, dass er sein Versprechen halten würde, und war getröstet. »Wenn du es so sagst«, fügte sie wohlig seufzend hinzu, »dann ist es wie … Medizin.« Er küsste sie zärtlich. »Ja, ich bin deine Medizin – und du meine.« Er legte behutsam seine Hände auf ihren Bauch. »Irgendwann, ja?«, fragte er. Kathrine nahm seine Hände. »Ja …« »Und jetzt sag mir die Namen.« »Also«, begann Axel, »ich dachte an … Thorvald.« »Thorvald«, wiederholte sie. »Thorvald Axel Henning Söderblom, wie hört sich das an?« »Genau richtig.« Axel lachte. »Dass man so glücklich sein kann, Kathrine«, sagte er und fuhr sich schnell über die Augen. »Wir sollten langsam weiter«, er sah sie prüfend an, »du frierst.« »Ja, ein wenig«, antwortete sie. »Aber sag, gibt's noch einen Namen?« Er nickte und fasste sie fester um die Taille. »Ja, Ingrid. Aber jetzt komm …« Sie gingen schnellen Schrittes weiter den Strandweg entlang. »Ah, falls es ein Mädchen wird«, bemerkte Kathrine. »Du hast an alles gedacht.« Sie mussten beide schmunzeln. »Und weiter?« Axel fuhr fort: »Kathrine Kerstine Gesine Söderblom. Einverstanden?« Kathrine freute sich, dass er so liebevoll und stolz ihren Namen und den seiner Mutter ausgesprochen und auch an ihre Mutter gedacht hatte. »Vollkommen einverstanden.« Sie lächelte ihn zärtlich an. Er wollte sie küssen, merkte aber, dass sie zitterte, und sagte energisch: »So, jetzt aber schnell, dass du aus deinem nassen Kleid und ins warme Wasser kommst!« »Und der Sonnenuntergang?« Er wandte sich flüchtig um und sah, dass die Sonne schon fast unter den Horizont gesunken war. »Fast vorbei – ein andermal«, sagte er gleichgültig.

»Und wenn wir einen richtigen Schatz finden würden?«, fragte Kathrine, während sie den Zuweg zum Haus hinaufliefen. »Was würdest du damit anfangen?« Sie fügte schmunzelnd hinzu: »Aber sag nicht: den Umtrunk davon bezahlen. Das gilt nicht.« »Du hast es gerade mit den Schätzen, wie?« Axel lächelte. »Also, ich würde natürlich den Umtrunk davon bezahlen«, begann er, »und dann würde ich dich schmücken, mit vielen Perlen und Opalen und einem großen Aquamarin und noch mehr Perlen.« »Ich weiß gar nicht, wie Opale aussehen, und unter einem Aquamarin kann ich mir auch nicht recht was vorstellen. Aber eine Perlengarnitur irgendwann, ja, das wäre schön.« »Kriegst du, versprochen.« »Ach, Liebling ... Und jetzt sag, was hättest du gern für dich?« »Ein Automobil«, sagte er, »in dem ich mit dir durch die Gegend fahren kann. Würde dir das gefallen?« »Oh, aber sehr«, erwiderte sie. »Noch viel besser als eine Perlengarnitur.« Axel öffnete die Haustür. »Stell dir nur vor, wir beide auf der großen Straße nach Ringkøbing«, schwärmte Kathrine begeistert, während sie den Flur entlanggingen. Axel lachte. »Mit unseren Kindern auf dem Rücksitz?« Kathrine stimmte in sein Lachen ein. »Oh ja, und dann singen wir was zusammen.«

***

»König Christian stand am hohen Mast, in Rauch und Dampf ...« Axel und Kathrines Stimmen klangen durch den Korridor. Gesine hob lächelnd den Kopf von ihrer Nadelarbeit, um zu lauschen. »Ich hol eben unsere Sachen, dann helfe ich dir mit dem Badewasser, Kathrine.« »Aber mach schnell, ich vermiss dich jetzt schon.« »Ich dich auch.« Es wurde still im Flur. Wenig später hörte sie Axel leise pfeifend an ihrer Tür vorbeigehen. Christian und er würden sich sicherlich gut verstehen, dachte Gesine. Wenn er nur von sich hören lassen würde ... In seinem letzten Brief Ende Juni hatte er nur kurz geschrieben, dass er die Semesterferien in Kopenhagen verbringen werde, um noch einige Arbeiten abzuschließen. Ihm war doch wohl nichts zugestoßen? Nein, dann hätte seine Zimmerwirtin in der Webersgade eine Nachricht geschickt. Sie führte die Nadel wieder durch den Stoff, hielt inne und zählte die Stiche nach. Was war es dann? Und wenn sie ihn zu sehr bedrängt hatte mit ihren vielen Briefen? dachte sie und legte sich den Faden für den nächsten Stich zurecht. Schrieb Christian nicht mehr, weil sie sich zu genau erkundigt, ihn ermuntert hatte, nur recht ausführlich zu schreiben? Sie lächelte. Nun, vielleicht war sie ihm mit ihren Bitten ein wenig lästiggefallen, aber dass er deswegen gleich gar nicht mehr schrieb … Oder hatte er es doch noch nicht verwunden, dass sie ihm die Arbeitssuche in Esbjerg ausgeredet hatte? Er hatte doch verstanden, dass es zu seinem Besten geschah? Und ihr war es ein Trost gewesen, dass ihre missliche Lage nach Hennings Tod seine Zukunft nicht überschatten würde … Sie legte die Hände auf den Stickrahmen und blickte nachdenklich durchs Fenster zu den Dünen hin. *Mir ein Trost und ihm eine Last?* Hätte sie ihm vielleicht doch helfen, ihm mehr Freiheit lassen sollen, selbst zu entscheiden? Es klopfte. Malvine steckte den Kopf zur Tür herein. »Die Badestube ist frei, Gesine.«

***

Axel kletterte aus der Badewanne und ging hinüber zum Handtuchhalter. Er zog das größere der beiden Tücher von der Stange und kam damit zur Wanne zurück. »Viel von dir gezeichnet hab ich nicht«, sagte er und warf einen Blick auf das Skizzenbuch, das vor der Badewanne auf dem Boden lag. »Aber immerhin weiß ich, dass die Farben richtig sind.« Kathrine zog den Stöpsel heraus und stand auf. »Dafür hast du mich mit deinen Händen gemalt«, erwiderte sie. Axel lächelte. »Und das war auf jeden Fall die bessere Idee.« Er streckte ihr eine Hand hin: »Komm.« Kathrine stieg, seine Hand fassend, aus der Wanne und ließ sich von ihm in das Handtuch wickeln. »So«, sagte er zufrieden, »jetzt hast du's schön warm.« Sie rieb mit einem Handtuchzipfel das Wasser aus ihren Haaren und sah ihm dabei zu, wie er in seine Schlafanzughose schlüpfte und das Bindeband um die Hüften zur Schleife knotete. Dann bückte er sich, um sein Skizzenbuch, die Stifte und Kreiden und ihre Kleidung vom Fußboden aufzusammeln. »Ich hole unsere Sachen morgen früh«, sagte er und legte alles ordentlich unter der Handtuchstange zusammen. Kathrine nickte. Wie hübsch er doch war und wie gerne sie ihn ansah … Es war so ein Vergnügen, ihm einfach nur zuzuschauen, wie er umherging, sich bückte, aufrichtete, die Schultern dehnte – und dann zu sehen, wie er ihren Blick bemerkte und lächelnd stehen blieb, um sich von ihr anschauen lassen. »Morgen können wir ein bisschen länger liegen bleiben«, sagte sie verträumt. Axel löschte die Lampe, öffnete die Tür einen Spalt, um vom Korridor her etwas Licht hereinzulassen, und ging auf sie zu. »Und was machen wir dann?«, erkundigte er sich, sie um die Taille fassend. »Oh …« Kathrine legte den Kopf auf seine Schulter. »Es gemütlich haben. Ich will in deinen Armen sein und es schön warm haben bei dir.« Er nickte. »Und dann?« »Dann will ich meine Hände auf dich legen und dir zeigen, wie sehr ich dich liebe.« »Morgen erst?«, fragte er, hob sie hoch und trug sie über den langen Korridor in ihr Zimmer.

XXIII

Helle und Søren gingen Arm in Arm die Esbjerggade entlang. Sie waren die ganze Nacht durch die Stadt gelaufen, hatten getrunken, gegessen und wieder getrunken. Beim Gefion-Brunnen, nahe am Hafen, hatten sie erst ein bisschen gesungen und dann ein wenig geweint – Søren um Sofie, der er ewige Liebe geschworen hatte, auch wenn sie ihn nicht mehr wollte, und Helle um Søren und sich, weil seine Treue zu Sofie sich als genauso nutzlos erweisen würde wie ihre Liebe zu ihm. Dann waren sie zur Meerjungfrau weitergegangen, hatten dort lange aufs Wasser geschaut, geraucht und wieder gesungen, geweint und schließlich geschwiegen, bis über der See der Morgen dämmerte. Da war Helle eingefallen, dass es Sonntag war und sie bald mit ihren Eltern zum Gottesdienst sollte, und sie hatten sich auf den Heimweg gemacht. »Helle«, sagte Søren ernst, »du verlässt mich nicht, oder?« »Nie«, versicherte Helle genauso ernst. »Gut, schwör's mir.« »Ich schwöre«, antwortete sie und dachte, dass sie noch nie etwas so gern und gleichzeitig so ungern geschworen hatte. Schweigend gingen sie ein Stück. »Helle«, fing Søren wieder an, »ich will nicht, dass du traurig bist.« »Ich bin nicht traurig.« »Doch, bist du, ich weiß es.« »Ein wenig«, gab sie zu. »Ich bin dein Freund, Helle«, fuhr Søren eifrig fort, »und ich bringe das für dich in Ordnung, du wirst sehen. Ich rede mit ihm, dann bist du nicht mehr unglücklich.« »Mit wem willst du denn sprechen?«, fragte Helle erstaunt. »Na, mit dem, der alles anders gemacht hat; der, zu dem du gehörst.« »Oh, Søren, nein, das kannst du nicht.« »Doch«, beharrte Søren, »ich bin dein Freund und ich will, dass du glücklich bist. Wie hieß er gleich noch mal?« »Frag nicht, Søren«, sagte Helle, »ich kann's dir nicht sagen.« »Warum denn nicht?« »Das kann ich dir auch nicht sagen.« »Du bist albern, Helle«, sagte Søren streng, »ich will doch nur …« »Nein«, unterbrach Helle ihn, »ich mag nicht, Søren. Und gleich fange ich wieder an zu weinen.« »Das sollst du nicht, Helle. Aber sag mir auf jeden Fall Bescheid, wenn du es dir anders überlegst.« Sie bogen in den Krausesvej ein. Sørens Arm lag schwer auf Helles Schulter. »Helle, ich hab dich gern – und deine Hose mag ich auch, dass du es nur weißt.« »Ich hab dich auch gern, Søren«, erwiderte Helle ernst. »Übrigens kannst du Frauen in Hosen nicht leiden, erinnerst du dich?« »Schon«, entgegnete Søren nachdenklich, »aber dich mag ich leiden und deine Hose auch.«

Er zog sie mit sich auf die andere Straßenseite zum møllerschen Vorgarten. »Das war ein schöner Bummel«, sagte er zufrieden, umarmte Helle und küsste sie auf die Wangen. »Gute Nacht, ich hol dich nachher zum Spazierengehen ab, nicht vergessen … Meine Güte, hab ich einen Schlaf.« Er legte den Kopf auf ihre Schulter und schloss die Augen. Helle strich ihm übers Haar und legte ihre Hand an seine Wange. »Gut«, sagte Søren schläfrig, »sehr gut … Vielleicht bleibe ich gleich hier.« Helle ließ ihn sich ein bisschen ausruhen und genoss es, seinen Körper an ihrem zu spüren, seine Wärme, seine Schwere, seine Haut an ihrer. *Wenn es doch nur immer so wäre, wenn ich ihn doch nur mit zu mir nehmen könnte.* Sie lehnte sich stärker an ihn. *Einen Augenblick nur,* überredete sie sich selbst und schloss auch die Augen. So standen sie, halb schlafend, beieinander, bis Søren Helle fester an sich zog und etwas murmelte, das ebenso gut »Helle« wie »Sofie« heißen konnte. Helle öffnete die Augen. »Søren?« Er gab keine Antwort. Sie wiederholte seinen Namen und schob ihn dann sanft von sich. »Geh jetzt nach Hause, hörst du?« »Was tust du denn?« Søren hob widerstrebend den Kopf und öffnete die Augen. »Es war gerade so gemütlich, Helle.« »Ja«, erwiderte sie traurig, »aber ich will nicht, dass wir …« Sie unterbrach sich. »Janne steht gleich auf, du musst jetzt gehen«, setzte sie energisch hinzu. Wie sie es sich selbst versprochen hatte, hütete sie wahrlich ihr Herz. Es war ein grässliches Versprechen, aber doch besser so, dachte sie, während sie in ihrer Handtasche nach dem Hausschlüssel kramte. »Und geh nicht durch den Stadtpark nach Hause«, fuhr sie fort, »am Ende legst du dich noch auf die nasse Wiese zum Schlafen, müde, wie du bist.« Søren lachte und hielt sich am Gartenzaun fest. »Nein … was denkst du dir denn, Helle?« Er sah sie forschend an. »Du bist schon wieder traurig. Sag mir doch seinen Namen, ich bring das für dich in Ordnung.« »Quäl mich nicht, Søren, hörst du? Bis nachher.« »Na, wenn du ganz und gar nicht willst, also, bis nachher dann.« Søren ließ den Gartenzaun los, winkte Helle noch einmal zu und ging dann langsam den Krausesvej entlang, der Randersgade entgegen. Helle sah ihm nach, strich ihre Haare aus dem Gesicht und glättete ihre Jacke. Janne sollte sie keinesfalls unordentlich sehen. Es reichte schon, dass sie nach Schnaps roch, von dem sie und Søren reichlich getrunken hatten. *Warum muss ich auch ausgerechnet dich lieben*?, dachte sie, während sie die Haustür aufschloss, und lächelte im selben Moment, weil sie sich die Antwort darauf bereits selbst gegeben hatte. Ganz egal, wie es ausgehen würde mit ihnen, dass sie Søren liebte, war richtig. Sie wollte es nicht anders haben. »Oh, guten Morgen, Janne«, grüßte sie munter und lief rasch an ihr vorbei die Treppe in den ersten Stock hinauf.

***

Als Søren sich nach einem ausgiebigen Spaziergang durch den Stadtpark müde und ziemlich traurig in sein Bett fallen ließ und mit dem Kopfkissen im Arm einschlief, saß Helle bereits vor ihrem Frisierspiegel. Sie bürstete ihr Haar, verrieb ein wenig Rouge auf ihren Wangen und puderte anschließend ihr Gesicht, um ihrem Aussehen zumindest den Anschein rosiger Frische zu geben, bevor sie sich zu ihren Eltern an den Frühstückstisch setzte. Ihr war elend. Janne hatte ihr gerade ein Glas Wasser und ein Briefchen Kopfwehpulver gebracht, sie wissend angeschaut und vermeldet, dass ihr Herr Vater allmählich ungeduldig werde. Sie blinzelte Janne zu. »Ich bitte um Entschuldigung und schicke dem Väterchen meine besten Morgengrüße.« Janne unterdrückte ein Lächeln. »Nun, nun, Frøken Helle. Beeilen Sie sich lieber.« Helle nickte, ließ das Pulver ins Glas rieseln und trank in großen Schlucken aus. Nach einem letzten prüfenden Blick in den Spiegel stand sie auf und folgte Janne aus dem Zimmer und die Treppe hinunter.

Es war nicht ratsam, ihren Vater zu verärgern; denn auch wenn sie mündig war und tun und lassen konnte, was sie wollte, hielt ihn das nicht davon ab, sich in ihr Leben einzumischen. Wegen der Firma, aus der auch sie ihren Unterhalt bezog, pochte er auf ihren untadeligen Lebenswandel. Ihr guter Ruf musste gewahrt bleiben, damit das Ansehen des Handelshauses Møller keinen Schaden nahm – eine hoffnungslos altmodische Einstellung natürlich, die aber von seinen Geschäftsfreunden geteilt wurde und auf die deshalb leider eine gewisse Rücksicht genommen werden musste. Davon abgesehen hatte Helle den Plan gefasst, Søren nach Bornholm zu begleiten, um ihn in der ersten schweren Zeit über seinen Kummer hinwegzutrösten. Auch deshalb musste sie ihren Vater bei guter Laune halten, sein Einverständnis zu ihrem Vorhaben war sicher leichter zu erlangen, wenn sie ihn nicht anderweitig verärgerte. Gleich heute Nachmittag wollte sie es Søren vorschlagen, wenn er sie zum Spazierengehen abholte. Hoffentlich hatte er es nicht vergessen … Falls doch, würde sie eben zu ihm in die Ahornsgade gehen. Lächelnd öffnete sie die Tür zum Esszimmer. »Guten Morgen, ich hoffe, ihr seid nicht am Verhungern meinetwegen.« Ihre Mutter sah sie prüfend über ihr Pincenez hinweg an. »Warst du aus, Liebchen?«, fragte ihr Vater, als sie Platz genommen hatte. Gottlob konnte er ihr nie lange böse sein, das wusste Helle sehr gut. Aber trotzdem musste sie vorsichtig sein. »Ja, ein bisschen bummeln.« Ihre Mutter schenkte ihr schweigend Kaffee ein. »Danke«, sagte Helle. »Sagt, hatte nicht Tante Louises erster Mann Familie in Rønne?«

***

Auch Freja saß vor ihrem Frisierspiegel, darum bemüht, die übliche Miene heiterer Entschlossenheit wiederzuerlangen, während sie ihre Haare aufsteckte. Vor den Kindern würde sie sich wegen ihres Aussehens mit Kopfweh herausreden können, und tatsächlich brannte es um ihre Augen und hinter ihren Schläfen noch von den Tränen, die sie gerade erst getrocknet hatte. Ausgerechnet heute Morgen war Theo, der doch sonst immer so tief zu schlafen pflegte, davon aufgewacht, dass sie neben ihm leise in ihr Kissen weinte. Über ihr Sträuben hinweg hatte er geduldig ihren Kummer aus ihr herausgefragt und sie danach so zärtlich getröstet wie in der ersten Zeit ihrer Ehe. Er hatte nicht ein Wort des Vorwurfs an sie gerichtet, als sie ihm von ihrem Gespräch mit Sofie auf dem Weg in den Stall erzählt hatte. Der Gute war nur erstaunt gewesen, denn Schwiegermutter und Schwiegertochter hatten doch anscheinend so vergnügt miteinander geplaudert. Nun, er wusste ja nicht, dass Frauen, die auf sich hielten, im Plauderton zu streiten pflegten. Doch er hatte verstanden, dass Freja vor allem seinetwegen so verärgert gewesen war, weil sie fand, dass Sofie ihren Schwiegervater höchst ungehörig vorgeführt hatte. Was für eine Enttäuschung nach dem guten Eindruck, den sie mittlerweile von ihr gewonnen hatte … Und nun war er gegangen, der Liebe, um Tilda zu bitten, Kaffee aufzubrühen und den Tisch zu decken. Er wollte ihr Zeit geben, sich zu fassen. War sie tatsächlich zu streng mit Sofie? Oder gar ungerecht gegen sie? Theo hatte es vorsichtig angedeutet, meinte auch, dass sie auf sie zugehen und keine große Sache aus der Angelegenheit machen sollte. »Weißt du«, hatte er, ihren Nacken streichelnd, zu bedenken gegeben, »ich glaube, Sofie wollte James genauso beschützen wie du mich. Das kann man ihr doch nicht verdenken, oder? Und ich habe angefangen zu streiten und war sehr ungerecht gegen James, das wissen wir doch beide, meine Liebe, nicht?« Sie hatte genickt; so weit, so gut. Doch es änderte nichts daran, dass Sofie sich zu sehr eingemischt hatte, sie hatte Theo sein Einverständnis praktisch abgenötigt … Würde es jetzt immer so sein? – Ja, sie seufzte, das würde es. Zwei Frauen, die genau wussten, was sie wollten, und ein Haus – darin lag die Schwierigkeit. *Nicht noch einmal*, dachte sie und spürte, wie das Brennen hinter ihren Augenlidern wieder stärker wurde. Und James, ihr Großer? Oft war er mehr das Kind ihrer Mutter als ihres gewesen, so hatte sie es jedenfalls empfunden. Und nun würde es wieder so sein, er wäre da und doch nicht da. Sie seufzte abermals. Natürlich hatte Sofie jetzt das erste Recht an ihm, und sie musste ihn gehen lassen, vernünftig sein. Ja. Sie wollte doch, dass er glücklich würde, sie alle … Aber hier zusammen auf Julsgård? *Es wird nicht gehen*, dachte sie nüchtern, legte die Hände auf ihren Frisiertisch und blieb ganz still sitzen.

So fand Theo sie, als er in die Schlafstube zurückkam. »Nun, Freja?«, fragte er und blieb lächelnd hinter ihr stehen. Sie wandte sich zu ihm um. »Ich bekomme wieder Kopfweh, Theo.« Er nahm ihre Hände und streichelte sie. »Kein Kopfweh, Liebes. Tilda macht jetzt Kaffee und du bekommst die erste Tasse, schön heiß und frisch. Das tut dir doch immer gut.« Sie seufzte. »Ich kann es nicht, Theo … und es wird auch nicht gutgehen.« »Ist da noch ein bisschen Platz für mich auf deinem Hocker?«, fragte er. Freja nickte und rückte ans äußerste Ende der kleinen Sitzbank vor. Sie begann zu lächeln, als Theo sich neben sie setzte, den Arm um sie legte und seinen Kopf gegen ihren neigte. So hatten sie früher oft gesessen und einander lächelnd im Spiegel betrachtet. Es war ihre Zuflucht gewesen, vor ihrer Mutter, den Kindern, den Alltagsgeschäften. Einige Augenblicke saßen sie ruhig nebeneinander, dann fragte Theo sanft: »Sofie und du?« Sie nickte. »Erinnerst du dich, wie es war, Theo? Wie oft Mutter und ich wegen James gestritten haben. Und jetzt, wo Sofie da ist … Ich mag nicht mehr streiten, nicht um ihn und nicht um dich, Theo, und auch nicht um Julsgård. Wir werden uns etwas ausdenken, mein Lieber, versprich mir das.« Theo streichelte ihre Schulter und versprach es. Er wollte vor allem, dass Freja glücklich war, und verstand ihren Wunsch, nach den schwierigen Jahren auch in Zukunft die einzige Hausfrau auf Julsgård zu bleiben. Und in der Küche wartete James auf sie, entschlossen, ihr wegen Sofie ein deutliches Wort zu sagen. Dass er ihn gerade um Nachsicht mit seiner Mutter gebeten hatte, war sicher auch ein Vorgeschmack auf Kommendes. Freja würde keinesfalls aufhören, sich in James' und Sofies Angelegenheiten einzumischen, nur weil sie heute dem Streiten abgeschworen hatte. Auf die Dauer war es sicher für alle das Beste, wenn die jungen Juls ihren eigenen Hausstand gründeten. Nun fielen ihm die julschen Wiesen ein; vielleicht ließe sich mit dem Haus noch etwas anfangen? Er würde mit James darüber sprechen, aber erst einmal musste die kleine Sache zwischen Freja und Sofie aus der Welt. »Ich könnte mit James über unsere Wiesen sprechen, was meinst du?«, begann er vorsichtig. »Vielleicht könnten die beiden das Häuschen in Ordnung bringen, ein bisschen anbauen …« Ihr Lächeln zeigte ihm, dass er auf dem richtigen Weg war. Freia nickte zustimmend und fasste nach seiner Hand. »Gut, dann spreche ich also mit James«, fuhr er fort. »Und, Liebes, wirst du wohl nachher auf Sofie zugehen?« Er zog sie an sich. »Und ihr zeigen, wie großherzig ihre Schwiegermutter ist?« »Schmeichler«, erwiderte sie halb erfreut, halb unwillig. Sie blickte ihn lächelnd an und sah sein ernstes Gesicht. »Du hast schlechte Nachrichten für mich, stimmt's?« Theo nickte. »James. Er wartet in der Küche auf dich.« »Ach herrje, auch das noch … Ist er sehr böse auf mich, Theo?« Auch wenn Freja das Streiten mehr als leid war, fand sie doch immer noch, dass Sofie sich ungehörig benommen hatte. Und nun sollte sie sich auch noch James' Vorhaltungen anhören? Das ging denn doch ein bisschen weit. Theo schüttelte den Kopf. »Oh, nicht sehr, er war eigentlich ganz vernünftig. Aber natürlich will er, dass ihr zurechtkommt, du und Sofie.« Freja sah ihn prüfend an und verstand. »Was täten wir nur ohne dich!« Sie küsste ihn auf die Wange. Er lächelte. »Was täten wir ohne dich, mein Liebes?« »Ach, Theo …« Sie legte ihren Kopf auf seine Schulter. »Wir sollten allmählich zu den Kindern«, sagte er. »Bestimmt wartet Tilda schon mit dem Kaffee auf uns.« »Lass doch die Kinder … einen Augenblick noch«, bat Freja, ihn umfassend. »Nur wir beide, ja?« Und er ließ sich gern überreden. »Liebste Freja«, murmelte er und streichelte ihre Taille; einige kostbare Augenblicke lang war sie wieder das junge Mädchen, das er am Strand spazieren geführt hatte … Freja löste sich langsam aus seiner Umarmung, schaute ihn lächelnd an und erhob sich. »Weißt du was?«, sagte sie munter, während sie Arm in Arm durch den Flur zur Küche gingen. »Wenn James und Sofie erst mal in ihrer kleinen Stube sitzen und Tilda in Kopenhagen ist, werden wir das erste Mal seit fast dreißig Jahren unsere Ruhe haben.« »Und wir werden uns nicht mal von Tapper stören lassen«, entgegnete Theo schmunzelnd, »um den können sich dann James und Sofie kümmern.« Er hielt Freja die Küchentür auf:»Nach dir, meine Liebe.« »Guten Morgen, Mutter!«, rief Tilda fröhlich.

***

Sofie schlang die Enden ihres Mantelkleids locker auf den Hüften zusammen. Der Überwurf aus Chiffon kam einer Pelisse recht nahe, dachte sie lächelnd, es würde James sicher Freude bereiten, sie nach dem Namen des Musters aus zarten, ineinander verlaufenden Gelb-, Aprikosen- und Rosentönen auf dem elfenbeinfarbenen Stoff zu fragen. Sommerträume … Sie nickte ihrem Spiegelbild zufrieden zu. Der Überwurf mit dem Unterkleid aus elfenbeinweißer Seide schmeichelte ihren Farben und ihrer Figur genauso dezent, wie sie es von der Anprobe her noch erinnerte. Sie drehte sich zu Malvine herum, die am Tisch saß und in ihrem Schmuckkästchen nach einem passenden Abschiedsgeschenk für Kathrine suchte. Sie trug schon ihr Reisekostüm, alle anderen Kleider waren bereits eingepackt. »Seh ich nicht nett aus, Mutter?« Malvine blickte zu ihr hinüber. »Das Ensemble kleidet dich ausgezeichnet«, erwiderte sie. »Du wirst James darin sehr gefallen, glaube ich.« Sofie nickte. »Glaube ich auch. Besonders, wenn ich ihm erkläre, dass ich eine Pelisse trage.« Sie lächelte versonnen. Malvine sah sie einen Augenblick fragend an, aber Sofie schien schon wieder in ihre Träumereien versunken zu sein. Nachsichtig lächelnd schüttelte sie den Kopf und beugte sich wieder über ihr Schmuckkästchen. Sofie begann ihr Haar zu bürsten und dachte dabei kurz und mit Sorge an Freja. Schnell verdrängte sie ihre trüben Gedanken wieder, James würde es schon in Ordnung bringen. Und sie würde in Zukunft besonders nett zu Schwiegervater sein, damit Schwiegermutter sah, wie sehr sie ihn achtete. Auf jeden Fall würde sie es nächstes Mal geschickter anstellen, wenn James ihre Hilfe brauchte. Nachher würden sie zu den julschen Wiesen fahren. Dann wären sie endlich allein, sie würden Brombeeren pflücken und barfuß laufen – und vielleicht … In sich hineinlächelnd setzte sie die elfenbeinfarbene Kappe auf, die zu dem Kleid gehörte und mit einer Hutnadel im Haar befestigt wurde, schob die Nadel durch den Stoff und betrachtete sich abermals im Spiegel. Im Geschäft hatte sie ihr gut gefallen, aber hier? Zu viel Kopenhagen vielleicht? Nein, entschied sie, die

Kappe betonte den Schwung ihrer Jochbeine, und der gebrannte Amethyst, der die Hutnadel schmückte, nahm die Gelbtöne aus der Pelisse sehr harmonisch auf. Man sah, wie sorgfältig alles aufeinander abgestimmt war. Die Frauen sollten heute ruhig sehen, dass sie sich Mühe gegeben hatte. Sie würde bald eine von ihnen sein und wollte ihnen gern zeigen, dass sie es zu schätzen wusste, in Norby dazuzugehören. Nichts erschien ihr daher unpassender, als den Eindruck gleichgültiger Nachlässigkeit zu erwecken. Handschuhe? – Nein, besser nicht. Wenn es nachher Hände zu schütteln galt, würden sie ihr nur hinderlich sein. Und die Frauen trugen zu ihren Hüten und schottisch karierten Tüchern auch keine Handschuhe. »Eigentlich sind diese ganzen Hüte und Handschuhe doch lästig, nicht?«, fragte sie, zu Malvine gewandt. »Es gibt so viel über sie zu bedenken. Wirst du nachher deinen Hut mit dem Schleier tragen?« Zum Reisekostüm ihrer Mutter gehörte ein Hut mit einem kleinen Netzschleier, der ihr Gesicht zur Hälfte bedeckte, um sie vor neugierigen Blicken der Mitreisenden zu schützen – eine ganz und gar altmodische Angelegenheit, fand Sofie. Malvine sah lächelnd von den Schmuckstücken auf, die sie vor sich auf dem Tisch ausgebreitet hatte. »Ich werde gar keinen Hut aufsetzen und auch keine Handschuhe tragen. Meine Haare sind ordentlich frisiert, das sollte genügen.« Sofie sah ihre Mutter verwundert an. Die lachte. »Erstaunlich, was Norby so alles mit einem macht«, fuhr sie fort, »ich werde auch zu Hause wieder einfacher leben – weniger Verpflichtungen und umso mehr Vergnügen.« »Du?« Sofie konnte es fast nicht glauben. Ihre Mutter zwinkerte ihr zu. »Mal sehen, was meine Freundinnen dazu sagen – jedenfalls werde ich ihnen Norby sehr empfehlen.« Sie sah Sofie prüfend an und bemerkte ihre rosigen Wangen. »Aufgeregt?«, fragte sie. »Ein bisschen«, antwortete Sofie. »Ich will doch Ehre einlegen, für James und die Juls. Die Kappe ist nicht zu sehr Kopenhagen, oder?« Ihre Mutter schüttelte den Kopf. »Überhaupt nicht. James wird stolz sein auf seine bezaubernde Braut, genauso wie Freja und Theo auf ihre elegante Schwiegertochter. Und den Frauen wird gefallen, dass du dir solche Mühe gegeben hast.« Sofie nickte zufrieden. »Aber jetzt sieh mal her, Sofie!« Malvine legte ein Paar Ohrstecker auf ihre ausgestreckte Handfläche und hielt sie Sofie hin, kleine Perlen in Kränzen aus geflochtenem Silber. »Ich dachte, die könnten passen.« Sofie nahm die Kappe ab und ging zu ihr an den Tisch, um den Schmuck aus der Nähe zu betrachten. »Ja, die sind genau richtig für Kathrine – und warte nur, Axel wird sagen, die

Perlen und das Silber betonen den Schimmer ihrer Haut.« Malvine lächelte. Sofie hatte ihr erzählt, was es mit den Georginen in der blauen Vase auf sich hatte. »Umso besser. Auch wenn außer ihm wohl niemand diesen geheimnisvollen Schimmer sehen kann, nicht einmal Kathrine selbst.« Sie legte die Ohrstecker zurück auf den Tisch, nahm Sofies Hände und hielt sie fest. »Du musst sagen, wenn du die Perlen lieber behalten möchtest – immerhin kommen sie von deiner Mormor.« »Nein.« Sofie dachte an die Hochzeit ohne Ringe. »Ich gebe sie gerne ab, und weil sie aus Silber sind, werden sie an Kathrine sowieso viel besser zur Geltung kommen als bei mir, du wirst sehen.« »Gut, dann also.« Malvine legte die Perlenstecker in einen Briefumschlag, auf den sie schwungvoll Kathrines Namen schrieb. Zu Sofie aufblickend sagte sie: »Es ist recht, dass du teilen willst, Kind.« Ihr Lob und der warme Ton ihrer Stimme brachten Sofie für einen Augenblick zurück in ihr Kinderzimmer im Krausesvej. »Ich werde dich vermissen, Mutter«, sagte sie und begann zu weinen. »Ich dich auch.« Malvine lächelte, doch Sofie sah ihre tränenfeuchten Augen. »Vielleicht gibt es bald eine Fernsprechleitung nach Norby«, fügte sie aufmunternd hinzu. »Komm, setz dich mal zu mir, meine Liebe.« Sofie nahm im Korbsessel gegenüber Platz und trocknete ihre Wangen. »Zum Glück hast du Tante Pedersen. Sie kann dir raten und wird dir helfen, das ist mir eine große Beruhigung. James wird sicher immer hinter dir stehen, aber manchmal braucht man als Frau eine andere Frau. Versprich mir, dass du zu gehen wirst, wenn es mal schwierig werden sollte.« »Du meinst Schwiegermutter, nicht?« Malvine nickte. »Dass sie so böse auf mich wurde, habe ich mir selbst eingebrockt«, erwiderte Sofie. »Ich glaube, sie ist vor allem wegen Schwiegervater bekümmert – und vielleicht auch wegen meiner Manieren. Ich denke, sie hat gar nicht verstanden, dass ich James nur helfen wollte.« »Oh doch«, erwiderte Malvine bestimmt. »Aber es ist eine Sache, mutig und entschlossen für die einzutreten, die man liebt, und eine andere, wie man es tut.« »Ja.« Sofie seufzte. »Ich hätte wohl mit Schwiegermutter geredet und mich auch bei ihr wegen Schwiegervater entschuldigt, aber jetzt spricht James mit ihr. Er fand, ich hätte keinen Grund, sie um Verzeihung zu bitten, und ich hätte es auch nur um des Friedens willen getan; das wollte er aber nicht haben.« Sie lächelte. »Außerdem kennt er seine Mutter auch viel besser als ich.« »Sicher«, antwortete Malvine. *Sie wird zurechtkommen, es ist nur mein Abschiedsschmerz*, dachte sie, doch ein kleines Unbehagen blieb. Sie nahm wieder Sofies Hände und streichelte sie. »Du wirst zu Tante Pedersen gehen, versprich es mir, damit ich beruhigt nach Kopenhagen zurückfahren kann.« »Ach, Mutter«, erwiderte Sofie tröstend, »Schwiegermutter und ich werden schon miteinander auskommen, schließlich hat sie ihren Herd und ich werde meinen haben. Und wenn James das nächste Mal meine Hilfe braucht, werde ich es ganz anders anstellen als am Freitag, versprochen.« Sie stand auf und küsste ihre Mutter auf die Wange. »Sofie!«, sagte Malvine mahnend. »Gut, ich verspreche es. Und jetzt entschuldige mich, ich will den Korb für die Ausfahrt richten.« Malvine sah ihr nach, wie sie energischen Schritts zur Tür ging. *Was habe ich denn?*, dachte sie. *Sie ist doch meine kluge Tochter und wird es sicher richtig anfangen ...* »Es wird schon gut werden, mein Kind«, sagte sie. Sofie drehte sich noch einmal zu ihr um. »Es wird sehr gut werden, Mutter«, erwiderte sie, »wart's nur ab.« Sie öffnete die Tür und trat in den Korridor hinaus. »Guten Morgen, Tante Pedersen!«

***

Theo legte die Serviette neben seinen Teller, drückte noch einmal Frejas Hand und erhob sich mit einem warnenden Blick zu James hinüber. »Komm, Tilda, gehen wir anspannen. Tapper!« Der Cockerspaniel hörte seinen Namen, kam auf die Beine und trottete zu Tilda hin. »Lässt du mich Balder allein anspannen, Vater?«, fragte sie eifrig. Freja sah lächelnd auf ihre Jüngste. Tilda hatte ihre Locken ganz fraulich zur Rolle gesteckt und sah in ihrem Sonntagskleid mit dem Matrosenkragen und dem blauen Satinband um die Hüften bald selbst aus wie eine Braut. Nun, bis dahin würde es hoffentlich noch dauern ... »Gib auf dein Kleid acht«, mahnte sie. »Aber bestimmt wird sie das«, erwiderte Theo. »Nicht, Liebes?« Er nahm Tilda um die Mitte und führte sie zur Spülküche hinaus.

James hatte sich über den Blick seines Vaters geärgert, es war der stumme Befehl gewesen, seiner Mutter mit Rücksicht zu begegnen und sie nicht aufzuregen. Diese neuerliche Ungerechtigkeit Sofie gegenüber erzürnte ihn sehr, immerhin hatte seine Mutter sie an ihrem ersten Tag als Braut auf Julsgård auch nicht geschont. »Lass Sofie in Ruhe, hörst du!«, fuhr er Freja deshalb an, sobald Vater und Schwester zur Tür hinaus waren. »Sie wird meine Frau und sie kennt mich, wie du mich nicht kennst, Mutter. Deshalb darf sie jederzeit für mich sprechen, wenn sie es für richtig hält. Ich hab sie sogar darum gebeten.« »Wahre deinen Ton, James, ich bitte dich!«, herrschte sie ihn an. »Und was Sofie betrifft«, fuhr sie gemäßigter fort, »hat sie deinen Vater gestern auf eine sehr unschöne Weise vorgeführt, und das dulde ich nicht. Er hat es verdient, dass man ihn mit Respekt behandelt, das solltest du eigentlich wissen.« Frejas Stimme war ruhig, doch James ahnte, dass seine Mutter unter ihrer Selbstbeherrschung genauso wütend war wie er. Er wusste ja, wie sehr sie seinen Vater liebte und sich deshalb für ihn kränkte, wenn sie dachte, dass man es ihm gegenüber an Respekt fehlen ließ. Letztlich stellte sie sich nur ebenso schützend und unbedingt vor ihn wie er sich vor Sofie stellte, und dafür achtete er seine Mutter, auch wenn sie Sofie in diesem Fall unrecht getan hatte. »Vater hat angefangen, und das weißt du, Mutter. Sofie wollte mir helfen, das musst du doch verstehen«, fuhr er ein wenig versöhnlicher fort. »Mag sein, dennoch war es sehr taktlos. Sofie hat deinen Vater vor deiner künftigen Schwiegermutter schlecht dastehen lassen – und uns damit alle in eine missliche Lage gebracht, auch ihre eigene Mutter. Ein ganz und gar ungehöriges Benehmen. Ich war sehr enttäuscht, James.« James schaute seine Mutter grimmig an. Dass sie Sofie wie selbstverständlich die Verantwortung für den Streit zuschob, entfachte seinen Zorn von Neuem. »Ach so?«, knurrte er Freja an. »In die missliche Lage, wie du es nennst, hat uns ja wohl Vater gebracht, nicht Sofie, und zwar durch seine Sturheit. Und nenn ihren Mut nicht ungehörig. Sie hat Vater nur um sein Einverständnis gebeten – damit ich im Guten mit ihm meinen Weg gehen kann.« Er machte eine kleine Pause und fuhr dann fort: »Aber da wir schon von Enttäuschung sprechen – ich war auch sehr enttäuscht, Mutter, und zwar von dir. Du hast es geschafft, dass Sofie wieder an sich gezweifelt hat. Sie dachte, sie hätte falsch an mir gehandelt, obwohl sie Vater doch, aus Liebe zu mir, höflich um sein Einverständnis gebeten hat und nur Gutes für uns alle wollte. Es war unrecht von dir, Mutter, es ihr vorzuwerfen, das hättest du nicht tun dürfen. Und damit das klar ist zwischen uns: Ich werde mich immer vor Sofie stellen, egal, was sie sagt oder tut.«

Genauso hatte Freja es sich vorgestellt. Und dieser Streit würde wahrscheinlich nur der erste von vielen weiteren sein. Hoffentlich brachte Theos Idee mit dem Haus bei den julschen Wiesen eine Lösung. Ein kleines Pochen hinter ihren Schläfen kündigte schon das nächste Kopfweh an. *Bitte nicht schon wieder*, dachte sie; sie hatte genug davon, ständig Kopfschmerzen zu bekommen und sich zu streiten. »Ach, lass uns aufhören zu zanken, James«, lenkte sie ein. »Ich will Frieden und werde mich deshalb nachher bei Sofie entschuldigen. Dann ist die Sache hoffentlich erledigt.« »Ist sie nicht!«, erwiderte James böse. »Es geht hier nicht um deinen Frieden. Du hast Sofie unrecht getan, Mutter, aber das willst du nicht einsehen, wie?« »Werde bitte nicht unverschämt, James!« Auch Frejas Wut kam zurück. »Wer im Unrecht war, kann man so oder so sehen. Ich will jedenfalls mit Sofie nicht solche Streitereien haben wie mit deiner Großmutter – nicht noch einmal.« »Für die Mormor ja wohl nichts konnte – genau wie Sofie«, erwiderte James hitzig, hielt bestürzt inne und schaute Freja nun reuig an. Sie sah es und erwiderte, sanft über ihre Schläfen streichend: »Wir benehmen uns beide wie rechte Kindsköpfe, nicht?« »Ich vor allem«, erwiderte er weich, »ich war eben wirklich ekelhaft zu dir, Mutter. Es tut mir leid.« Sie griff über den Tisch hinweg nach seiner Hand. »Schon gut«, entgegnete sie, »mir tut's auch leid, mein Großer. Vielleicht habe ich Sofie tatsächlich Unrecht getan – und dabei nur an mich gedacht.« »Und ich nur an Sofie. Weißt du, ich liebe sie sehr, sie ist doch mein größtes und schönstes Geschenk.« Freja lächelte. »Es ist gut, dass du so von ihr denkst, James, und ich wünsche euch beiden sehr, dass ihr so glücklich werdet wie Vater und ich.« »Danke.« James zog Frejas Hand an seine Lippen und küsste sie. »Oh«, sagte sie gerührt, »das hast du noch nie getan.« »Dann wurde es mal Zeit«, erwiderte er lächelnd. »Wir fahren nach der Kirche zu unseren Wiesen raus, Mutter«, fuhr er fort. »Wenn es Sofie gefällt, würden wir dort gern bauen; ich hoffe, Vater macht mir einen anständigen Preis.« Freja lachte. »Ach, wie ähnlich ihr euch doch seid, Vater und du. Er hatte nämlich ganz dieselbe Idee. Na, ihr werdet euch schon einig. Wir haben auch noch nicht über euer Hochzeitsgeschenk gesprochen.« »Das wäre aber ein sehr großzügiges Hochzeitsgeschenk«, entgegnete James fast erschrocken.

»Genau das Richtige, würde ich sagen«, antwortete Freja. »Auf die Dauer ist es sicher das Beste für uns alle, wenn ihr dort draußen euren eigenen Hausstand gründet, oder?« James nickte. »Sofie ist ein bisschen wie Mormor, nicht?«, fragte er zögernd. »Und wie ich«, entgegnete Freja gelassen und erhob sich, über James erstaunte Miene lächelnd. »Wir sollten rechtzeitig los«, fuhr sie fort. »Ich möchte noch vor dem Gottesdienst mit Sofie sprechen. Hilf mir eben mit dem Geschirr, ja?«

***

Kathrine schlüpfte in ihre Schuhe und blickte zu Axel hinüber, der vor dem Bett stand und gerade seine Hemdknöpfe schloss. »Mmm, es riecht schon nach Kaffee«, sagte sie und begann, ihr Waschzeug auf der Kommode zusammenzuräumen. »Schade, dass wir nicht im Bett frühstücken können.« Axel nickte. »Warte nur, nächste Woche in Nybøl … da haben wir unsere Ruhe und viel Zeit.« Er sah an sich hinunter und bemerkte, dass er sein Hemd schief zugeknöpft hatte. »Ach, verflixt!«, rief er aus und begann noch einmal von vorn. »Das machst alles du, Kathrine – ich bin noch ganz benommen von dir.« Sie lachte. »Und ich von dir. Wenn's nach mir ginge, wären wir noch lange nicht aufgestanden.« Sie sah ihn zärtlich an. Oh, sie hatten einander gezeigt, wie sehr sie sich liebten, gestern Nacht und eben wieder – über alles hinaus, was Worte sagen konnten, und es war wahrhaft köstlich gewesen. Lächelnd ging sie auf ihn zu. »Komm, lass mich dir helfen«, sagte sie und er stand bereitwillig still und ließ sich von ihr das Hemd zuknöpfen. Schließlich trat sie einen Schritt zurück, um ihn zu betrachten. »Gut so?«, fragte er. Kathrine sah wohlgefällig an ihm hinunter. »Ja, obwohl …« Sie fasste wieder nach seinem Kragen und richtete ihm ein wenig die Spitzen, nur um des Vergnügens willen, ihn noch einmal zu berühren. Dann strich sie den Hemdenstoff über seinen Schultern glatt und küsste ihn. »Ach, ich bin so stolz auf dich, Liebling«, sagte sie und fasste nach der Margeritenkette, die sie heute zum ersten Mal für jeden sichtbar über ihrem Kleid trug. »Und bald wissen alle, dass wir verlobt sind.« Axel strich ihr übers Haar und legte einen Arm um sie. »Ich kann's kaum erwarten, nachher allen vor der Kirche zu sagen: Seht her, das wird meine Frau!« Sie drehte sich ein wenig in seinem Arm, damit er den obersten Knopf ihres Kleides für sie schließen konnte. Es war mittlerweile zu einer kleinen Gewohnheit zwischen ihnen geworden, genauso wie der gemeinsame Blick zu den Dünen, bevor sie am Morgen zusammen das Zimmer verließen.

»Sieh nur, wie weiß der Sand leuchtet, wenn die Sonne gegen die Berge scheint«, sagte er, »ganz, als ob das Licht die anderen Farben wegschluckt.« Gedankenverloren streichelte er Kathrines Schulter und fügte nach einer Weile hinzu: »Ich glaube, so fange ich an. Viel Weiß in dicken Tropfen und Körnchen.« »Das Licht wird sich bald ändern«, erwiderte Kathrine, »schau mal!« »Was denn?« Axel wandte seinen Blick von den Dünen zum Himmel, der in hellem klarem Blau über der See glänzte. »Ganz hinten, nach Nordwesten zu.« Axel blickte zur Horizontlinie hin, und tatsächlich, von weit draußen zog langsam ein feiner, milchig weißer Schleier über den Himmel. »Wird es Regen geben?« »Vielleicht, es kommt auf den Wind an. Was meinst du, wollen wir Christian fragen, ob er uns sein Zimmer überlässt? Ich fange an, mich zu gewöhnen. Und ich mag es so, hier morgens mit dir auszugucken.« »Ja, es wäre schön, wenn dies unser Schlafzimmer sein könnte. Und natürlich mag ich es, dass mein Zeichentisch hier am Fenster steht. Aber es ist eine große Bitte und vielleicht sollten dein Bruder und ich uns erst mal richtig kennenlernen, bevor wir ihn um sein Zimmer fragen.« »Aber warum denn?«, fragte Kathrine, erstaunt über sein Zögern. »Er kommt doch sowieso nur noch in den Ferien her – und natürlich bekommt er mein Zimmer, wenn Sofie nach Julsgård zieht.« Axel lächelte. »Schon, trotzdem soll er nicht denken, dass ich ihm seinen Platz streitig machen will, Kathrine.« Sie sah ihn erstaunt an. »Du meinst, er könnte etwas gegen dich haben?« »Das nicht, aber sieh mal, Christian kennt mich doch überhaupt nicht. Und ich weiß von ihm nur, dass er in der Hauptstadt Philosophie liest und noch nie ein Tablett getragen hat. Also brauchen wir vielleicht ein bisschen Zeit, um uns aneinander zu gewöhnen.« Er hatte es leichthin gesagt, aber Kathrine spürte die Ernsthaftigkeit seiner Worte. »Oh«, sie fasste ihn um die Mitte, »du hältst meinen kleinen Bruder für so einen verwöhnten Jungen, der alles geschenkt bekam, nicht? Und weil du um jedes bisschen kämpfen und betteln musstest, fürchtest du, dass es deshalb schwierig werden könnte zwischen euch.« »So ungefähr«, erwiderte er unglücklich. Er legte seine Stirn an ihre Wange. »Aber keine Sorge, wir werden miteinander auskommen, versprochen.« Kathrine neigte ihre Wange gegen sein Haar. »Und wenn ich dir sage, dass alles ganz anders ist? Denk dir, Christian wollte sich lieber in Esbjerg Arbeit suchen, statt zu studieren und Onkel Mogens auf der Tasche zu liegen, als sich herausstellte, dass wir praktisch mittellos sind. Aber Mutter hat ihm so zugesetzt und war so außer sich wegen Vater, da mochte er sie nicht enttäuschen.« »Und warum Philosophie? Will er denn Lehrer werden?« »Nein, auch wegen Mutter. Er selbst weiß gar nicht, was er will; er sagt, er will das Leben studieren. Er ist manchmal noch ein richtiges Kind, und er hatte es eben auch nicht leicht mit Vater, konnte ihm nichts recht machen, obwohl er sich wirklich bemüht hat. Und Mutter hat sich in den Kopf gesetzt, aus ihm einen zweiten Kierkegaard zu machen.« »Wie soll einer auch wissen, was ihm passt, wenn jeder an ihm herumzerrt? Ich hab ganz falsch von ihm gedacht, Kathrine, das tut mir leid. Es schien mir nur so ungerecht dir gegenüber, weißt du? Er fein heraus in Kopenhagen, während du hier mit allem allein zurechtkommen musstest.« Er hob den Kopf, sah sie an und lächelte sein schiefes Lächeln. »Das hat mich gleich gegen ihn eingenommen. Idiotisch, nicht?« Er blickte in ihre glitzernden Augen und wusste, dass alles gut war. »Idiotisch? Liebe, würde ich sagen«, entgegnete sie lächelnd, »auch wenn du es da natürlich noch nicht wusstest.« Er lachte und begann wieder ihre Schultern zu streicheln. »Gut, dass du mich so verstehst, Kathrine.« Sie zwinkerte ihm zu. »Gut, dass du mich so liebst. Versprichst du mir, dass du gerecht gegen ihn sein wirst, Axel? Er ist doch mein kleiner Bruder und ich hab ihn sehr gern – euch beide.« Er fasste sie bei den Armen. »Ich verspreche dir, dass er genauso mein Bruder sein wird wie deiner, wenn er es auch möchte, Kathrine. Ja?« Sie nickte. »Da bin ich froh.« Er zog sie an sich, wandte sich wieder zum Fenster und betrachtete nachdenklich den Himmel. Nach einer Weile sagte er: »Die Geschichten von Norby …« Kathrine sah ihn fragend an. »Es wäre gut, wenn wir am Mittwoch auf der Versammlung schon eine vorlesen könnten, meine ich.« »Wir?«, fragte Kathrine lächelnd. Er lächelte auch. »Ja, wir. Ich hab überlegt, selbst eine zu schreiben, nur liegt mir das Malen mit Worten nicht so. Aber dir bestimmt. Mit deiner Art, die Dinge anzusehen, findest du sicher die richtigen Worte. Willst du's versuchen, Kathrine? Wollen wir zusammen an der Geschichte arbeiten?« Sie nickte zustimmend. »Wie Freitag an den Entwürfen? Ich mochte es sehr.« Axel fasste nach ihrer Hand. »Ich auch.« »Kathrine? Axel?« Sofie rief vom Korridor her leise nach ihnen. »Tante Pedersen lässt fragen, ob ihr wohl zum Frühstück kommen wollt?« »Wir sind gleich bei euch«, antwortete Axel durch die Tür hindurch und begann, sein Hemd in die Hose zu stopfen. »Fangt nur schon an.« »Gut, ich sage Bescheid.« Sie entfernte sich mit raschen Schritten. Er streifte seine Hosenträger über. »Aber einen Kuss kriege ich noch, bevor wir gehen, ja?« »Sogar einen richtigen.« Er zog sie wieder an sich. »Einen richtigen? Wie geht denn der?« Kathrine neigte ihr Gesicht gegen seins. »Pass auf, ich zeig's dir …«

***

Während des Frühstücks sprach man auch von der Versammlung. Gesine bezweifelte, dass sie noch vor Mittwoch eine Antwort auf ihren Eilbrief an Christian erhalten würde. »Wenn er überhaupt schreibt«, fügte sie seufzend hinzu. »Oder nach Hause kommt.« Axel lächelte in sich hinein. Vielleicht hatte sein Schwager in Kopenhagen ja doch den Mut gefunden, mehr das Leben als seine Bücher zu studieren, und Besseres zu tun gehabt, als seine Zeit mit dem Erledigen der Post zu vertrödeln. »Oh, sorge dich nicht, meine Liebe«, erwiderte Malvine tröstend, »er weiß jetzt von euren Plänen mit dem Hotel und wird sich sicher gleich auf den Weg machen, damit er noch rechtzeitig zur Versammlung eintrifft. Vielleicht kommt er sogar zusammen mit seinem Antwortbrief zuhause an.« »Oder vorher«, warf Sofie ein, »es würde mich nicht wundern.« Malvine errötete ein wenig unter ihrem Puder. »Es ist eben ein weiter Weg hierheraus«, sagte sie, »da weiß man nie. Aber sag, Gesine, ich könnte doch für alle Fälle in der Webersgade vorbeigehen und mich nach ihm erkundigen?« »Das ist natürlich viel zu viel verlangt«, antwortete diese, »aber es wäre mir doch eine große Beruhigung. Ganz lieben Dank, Malvine.« »Ach, es ist nur ein kleiner Spaziergang zu den Seen hinaus. Und danach schicke ich dir gleich ein Telegramm.« »Tausend Dank.« »Nicht der Rede wert.« Die beiden Frauen lächelten sich an. Malvine griff nach dem Briefumschlag für Kathrine und reichte ihn ihr. »Eine Kleinigkeit zum Abschied«, sagte sie, »von Sofie und mir. Wir möchten uns für die gute Zeit und eure Gastfreundschaft bedanken.« Kathrine nahm den Umschlag überrascht entgegen. »Ich fühlte mich wirklich wie eine Freundin des Hauses«, wandte sich Malvine nun an ihre Gastgeberin, »gar nicht wie ein Feriengast, Gesine.« Es entsprach zwar nicht ganz der Wahrheit, zumal es den Juli über zwischen ihnen – nun ja – schwierig gewesen war, doch sie trug es Gesine nicht nach, wohl wissend, dass auch sie ihren Teil zu den Missstimmungen beigetragen hatte. Gesine neigte dankend den Kopf. »Ihr wart uns sehr willkommen«, erwiderte sie, über Malvines Kompliment und deren höfliche kleine Lüge lächelnd. »Ich bin froh, dass Sofie wie eine Tochter bei dir wohnen wird und sich jederzeit um Rat an dich wenden kann«, fuhr Malvine mit einem Blick zu Sofie hinüber fort. »Das ist mir eine große Beruhigung.« Gesine nickte Sofie zu. »Wir werden uns schon verstehen, und die Zeit wird uns vergehen wie nichts; wenn ich bedenke, was du alles noch lernen willst, bis du heiratest, Sofie.« Kathrine hatte mittlerweile den Briefumschlag geöffnet und hielt die silbernen Kränze, für alle gut sichtbar, auf ihrer ausgestreckten Handfläche. »Seht nur«, sagte sie, »wie schön sie sind … und wie kostbar. Vielen lieben Dank.« »Gern geschehen«, entgegnete Malvine lächelnd, »du hast sie mehr als verdient, meine Liebe.« »Halt sie doch mal hin«, sagte Sofie, »damit wir sehen, wie sie dir zu Gesicht stehen. Ich dachte nämlich, sie würden den Schimmer deiner Haut hervorheben.« Kathrine hielt einen der Kränze gegen ihr rechtes Ohrläppchen. »Schade, dass ich meine Ohren nie durchstechen ließ – aber nächste Woche in Nybøl lasse ich mir die Kränze beim Friseur einsetzen. Dann kann ich sie zu unserer Hochzeit tragen – und natürlich auch zu eurer, Sofie. Also, was sagt ihr?« »Genau richtig«, erwiderte Sofie. »Ich wusste, dass sie dir besser stehen würden als mir. Sie muss wirklich Silber tragen, nicht, Axel?« »Unbedingt«, entgegnete er. »Und du musst doch geschmückt werden, Kathrine, auch wenn du es nicht einsiehst und lieber ein Automobil hättest statt einer Perlengarnitur.« »Oh, aber ich sehe es ja ein«, verteidigte sie sich, »dann kaufen wir eben ein Automobil und eine Perlengarnitur.« »Einverstanden«, erwiderte Axel und zwinkerte ihr zu. Kathrine tastete nach ihrer Margeritenkette. »Ich freue mich sehr. Nun bekomme ich schon wieder so was Schönes geschenkt.« »Liebes Kind …«, erwiderte Malvine gerührt und wandte sich dann an Gesine: »Ich weiß, dass du in Aalborg bei deinem Bruder viel zu tun haben wirst; aber versuche doch, dir etwas Zeit zu sparen, und besuche mich in Kopenhagen. Du bist mir jederzeit herzlich willkommen.« Wieder neigte Gesine dankend den Kopf. Sie verstand die feine Höflichkeit in Malvines Worten. »Wie großzügig du doch bist. Ich werde gerne zu dir kommen, sobald ich es einrichten kann. Allerdings kann ich noch gar nicht sagen, wie ich es bei Mogens vorfinden werde.« »Du bist willkommen, wann immer es dir passt, Gesine.« Sie wussten beide, dass sie nicht über Zeit, sondern über Geld sprachen, und lächelten über die verwunderten Blicke der jungen Leute, die ihr kurzes Gespräch nicht recht aufzufassen wussten. »Wir sollten langsam aufbrechen«, sagte Gesine mit einem Blick zur Uhr. »Steen wird jeden Augenblick hier sein. Kathrine, ich lasse euch den Tisch.« »Soll ich denn nicht helfen?«, fragte Sofie. »Lass nur, das machen Axel und ich«, erwiderte Kathrine abwinkend. »Fahr du nur mit zur Kirche, wir gehen zu Fuß.« »Ich hoffe, es hat allen geschmeckt.« Gesine legte ihre Serviette hin und erhob sich – und mit ihr die übrige Tischgesellschaft. »Danke sehr.« Die Antwort kam prompt und beinahe im Chor. Dann gingen die drei Frauen hinaus, Malvine voran, um am Zaun auf Steen zu warten.

Kurz darauf waren auch Axel und Kathrine bereit, sich auf den Weg zu machen. »Fertig?«, fragte Axel und schulterte seine Tasche. »Fertig«, erwiderte Kathrine, die bei der Haustür auf ihn wartete. »Dann los, Frau Söderblom«, sagte er lächelnd und öffnete die Tür für sie. Einander fest an der Hand haltend, traten sie auf den Zuweg hinaus und gingen langsam, jeden Schritt genießend, zur Straße hinunter.

XXIV

Auch James bemerkte den feinen Dunstschleier am Horizont, als er seinen Tilbury auf die Straße hinauslenkte. Vor ihm fuhren seine Eltern mit Tilda im großen Wagen. *Hoffentlich hält sich das Wetter,* dachte er. Die Aussicht auf eine Ausfahrt im Regen war nicht sehr verlockend, auch wenn Sofie es wahrscheinlich von der heiteren Seite nehmen würde. Oh, er freute sich schon darauf, sie wieder nach der Farbe und den feinen Raffinessen ihres Kleides zu fragen, das sie heute tragen würde. Er wusste, dass sie dieses kleine Spiel zwischen ihnen genauso mochte wie er. Er selbst trug seinen rot-braun melierten Alltagsanzug. Damit konnte er für Sofie und sich bei den Brombeerhecken einen Weg zum Pflücken freimachen, ohne sich dabei das Anzugtuch zu zerreißen. Aber natürlich hatte er ein sauberes Hemd angezogen und seine elegante kastanienbraune Krawatte angelegt, um einigermaßen sonntäglich auszusehen, und zum Schluss wieder sein gutes Rasierwasser benutzt, dessen Duft Sofie so gefallen hatte. Sein Herz begann schneller zu schlagen, als die Kirche in Sicht kam. Er gestand sich ein, dass es nicht nur die Vorfreude war, sondern auch der Ärger über Jörns Jepsens dumme Tratscherei, zusammen mit der absurden Besorgnis, dass man Sofie deshalb weniger freundlich in Norby aufnehmen würde. *Ach komm, du bist nervös, James Jul, weil du es nicht leiden kannst, wie ausgestellt herumzustehen und dich angucken und ausfragen zu lassen, richtig?* Über sich selbst schmunzelnd, überholte er den Wagen seines Vaters, der eben vor dem Kirchplatz hielt, um Freja und Tilda aussteigen zu lassen, und fuhr in den Pastoratshof ein.

Während er an der Pumpe den Wassereimer für die Pferde füllte, fuhr Steen bei der Kirche vor. »Sofie ist da, geh nur hinüber, James«, sagte sein Vater, der eben von seinem Wagen gestiegen war und nun die Pferde anband. »Danke, Vater.« James eilte über die Straße in Richtung Kirchplatz und stand auch schon neben Steen, der gerade Malvine vom Wagen herunterhalf. »Guten Morgen!«, grüßte James, Sofies Blick suchend, die ihn von der Wagenbank herab anstrahlte. »Guten Morgen, mein lieber Junge«, sagte Malvine. Sie verzichtete darauf, James auf die Wangen zu küssen, wie es sonst ihre Art war, und nickte ihm nur zu; sie wollte ihm und Sofie nicht vorgreifen und ihnen gern einen kleinen ungestörten Augenblick lassen. »Ach bitte, würden Sie wohl Theo den Korb geben, Hr. Steensen?«, bat sie noch, dann folgte sie Gesine und Mette, die schon auf dem Weg zu den anderen Frauen waren. »Morgen, James.« Sofie rutschte ans Ende der Bank, um sich beim Aussteigen helfen zu lassen. Steen trat zur Seite. »Nicht meine Angelegenheit«, brummte er und zwinkerte James zu. *Oha, er hat also verstanden*, dachte James – und dann gab es nur noch Sofie für ihn. Er streckte ihr lächelnd die Hand entgegen und sagte leise, nur für sie: »Endlich habe ich dich wieder. Hast du gut geschlafen, mein Herz?« Sie ergriff seine Hand. »Nicht so. Und du?« Er zuckte mit den Schultern. »Auch nicht.« Auf seine Hand gestützt, ihr Überkleid zusammenhaltend, stieg sie aus dem Wagen und schmiegte sich kurz an ihn, bevor sie sich neben ihn stellte. »Aber jetzt sind wir wieder beieinander.« Sie bemerkte, wie er sie anblickte. »Gefällt dir mein Kleid?«, fragte sie. »Es ist so eine Art Pelisse, weißt du? Ich erkläre es dir nachher, wenn wir allein sind.« Er nickte. »Erkläre es mir nur ganz genau.« Er blickte ihr in die Augen. »Wollen wir es hinter uns bringen, Sofie?« »Es wird schon gehen, Jamsie«, erwiderte sie aufmunternd. »Ja, sicher, es ist nur … Ach, gar nichts.« Er schüttelte unwillig den Kopf über sich selbst. Sie sah ihn aufmerksam an. Was war es mit ihm? Wieder seine Bescheidenheit, wenn es um ihn persönlich ging? Die plötzliche Angst, dass man sie nicht willkommen heißen könnte? Oder beides? »Keine Sorge«, sagte sie sanft, »es wird alles sehr gut werden. Ich freue mich schon darauf, allen meinen Ring zu zeigen.« Sein Lächeln kam zurück. »Und das sollst du auch, jetzt gleich.« Er nahm ihre Hand und setzte, für alle hörbar, hinzu: »Ich bringe dich zu Mutter, Sofie. Sie freut sich schon auf dich.« »Gern, James«, antwortete sie im selben Ton. »Wiedersehen, Steen.«

»Wie geht es ihr?«, fragte Sofie leise, während sie Hand in Hand, unter den aufmerksamen Blicken der Gemeinde, zur Kirche hinübergingen. »Oh, alles in Ordnung«, entgegnete er. »Ach, Jamsie, du bist doch der beste Mann, den eine Frau haben kann.« Sie drückte seine Hand. »Und der flotteste«, fuhr sie mit einem Blick auf seinen Anzug fort. »So?« »Mhm … und du hast wieder von dem guten Rasierwasser genommen. Extra für mich?« Sie beugte den Kopf für einen schnellen Atemzug leicht über sein Anzugrevers. »Extra für dich«, bestätigte er. Sofie hob den Kopf, sie lächelten einander an, dann waren sie bei der Gruppe der

Frauen angelangt. »Guten Morgen«, grüßte James. »Mutter, ich bringe dir Sofie.«

Freja trat aus der Gruppe der Frauen heraus und ging auf James und Sofie zu. »Guten Morgen, Sofie«, sagte Freja, ihre Schwiegertochter beim Arm nehmend. »Lass mir mal deine Braut, James.« Während Freja Sofie an die Seite zum Friedhofszaun führte, nahm er auf dem Weg durch die Frauen schon die ersten Gratulationen entgegen. James kam sich vor, als sei er von einer Traube Bienen umgeben, die mit schwirrenden Flügeln um ihn herumsummten und brummten. Das hübsche Fräulein aus der Hauptstadt wollte ihn also zur Frau, na, wer hätte das gedacht? Wo sie doch von Jörn Jepsen anderes gehört hatten … Ob sie denn in Kopenhagen heiraten würden? Er gab bereitwillig Auskunft, erklärte, dass sie nächste Woche in Nybøl aufs Rathaus gehen und Sofie anmelden wollten, denn die Hochzeit sollte hier bei ihnen in Norby sein, da waren sie beide gleich einig gewesen. Die Aussicht auf eine große Feier nährte die Begeisterung der Frauen weiter. Als sie dann hörten, wie bald die Hochzeit stattfinden sollte, ließen sie glücklicherweise ein wenig von ihm ab und wandten sich Malvine zu, um von der Brautmutter Einzelheiten über die Aussteuer und die Feier zu erfragen. So, schon morgen würde sie nach Kopenhagen zurückkehren? Und nicht mal mehr einen Monat Zeit, um alles zu besorgen! – Man gratulierte ihr und bedauerte sie auch, erfuhr, dass wohl Steen die Feier ausrichten würde, und freute sich über die großzügige Ausstattung. Und würde denn auch etwas aus Kopenhagen geliefert? Ja, wahrscheinlich der große Kranzkuchen, erwiderte Malvine, oder bekomme man so einen auch in Nybøl? Aber sicher! Nicken ringsum. Bäcker Andersen würde sich über den Auftrag freuen. Nein, es würden kaum Gäste aus der Hauptstadt zur Hochzeit herauskommen, beantwortete Malvine schnell die nächste Frage, Sofies Großeltern würden ja nicht mehr leben und sie und Sofies Vater hatten weiter keine Geschwister. Vielleicht würde man Sofies beste Freundin einladen, aber das musste Sofie selbst sagen … James beschloss, den summenden und brummenden Frauenschwarm seiner Schwiegermutter zu überlassen, und sagte leise zu Tilda, die neben ihm stand und ebenfalls eifrig Glückwünsche entgegennahm: »Ich gehe zu Vater hinüber, Tildi.« Er bemerkte die roten Wangen seiner Schwester. »Die Aufregung hier gefällt dir, wie?« »Es ist bald, als würde ich selbst heiraten«, seufzte sie glücklich und fasste kurz nach seiner Hand. Er drückte sie lächelnd.

Während er das kurze Stück zu den Männern hinüberging, wo sein Vater bereits Hände schüttelte und sich auf die Schulter klopfen ließ, schaute er prüfend nach Freja und Sofie. Die beiden standen noch immer am Friedhofszaun und sprachen miteinander. Er sah ihre heiteren Mienen und dachte zufrieden: *Gut, es kommt zurecht mit ihnen.* Etwas abseits von den Männern stand Jörn Jepsen für sich allein und sah ihn beinahe verzweifelt an. James' Groll verging sofort. Der Arme hatte gerade seinen Ruf als zuverlässiger Überbringer von vertrauenswürdigen Nachrichten aller Art verloren und würde fürs Erste einfach nur noch der Postbote sein – und dazu den gutmütigen Spott der Norbyer ertragen müssen. »Tag, Jörn«, grüßte er ihn freundlich. Jörn Jepsen nickte bedächtig. »Schöner Tag heute, James. Und meinen Glückwunsch euch beiden. Nichts für ungut, hab's anders kommen sehen, weißt du?« »Ist besser so … für alle«, erwiderte James und nahm sich vor, für ihn zu sprechen, sollte gleich die Rede auf ihn kommen. Er ging die letzten Schritte auf die Männer zu, um dann lächelnd weitere Hände zu schütteln und Glückwünsche entgegenzunehmen. Scheinbar gut gelaunt hörte er sich die kleinen Anspielungen auf die Freuden des Ehelebens an, während er sah, wie seine Mutter und Sofie langsam zu den Frauen zurückgingen.

»Es tut mir auch leid, Mutter«, sagte Sofie. »Es war sicher nicht sehr geschickt von mir. Ich wollte Vater bestimmt nicht kränken, aber ich werde mich immer vor James stellen, egal was kommt, das sollst du auch wissen – ihr beide, Vater und du.« Freja lächelte. Dass Sofie wieder so entschlossen und unbedingt für James gesprochen und dazu ehrlich ihren eigenen Fehler eingestanden hatte, brachte ihre Sympathie für ihre Schwiegertochter zurück. »Aber das sollst du ja auch«, erwiderte sie herzlich, »alles andere wäre gar nicht auszudenken. James sagte, ihr fahrt nach dem Gottesdienst zu unseren Wiesen hinaus?« Sofie nickte. »Er meinte, dass wir dort vielleicht später wohnen könnten.« »Das sollt ihr bestimmt. Sieh dir nur alles genau an, Sofie; sicher ist es am besten, wenn ihr jungen Juls dort euren eigenen Hausstand gründet.« »Danke, Mutter«, entgegnete Sofie erleichtert. Freja winkte ab und drückte Sofies Arm. »Schau nur, die Frauen warten schon auf dich – also vergessen wir jetzt am besten schnell das dumme Missverständnis. Nochmals herzlich willkommen auf Julsgård, Sofie!« Sofie lächelte Freja zu. Erwidern konnte sie nichts mehr, denn die ersten Gratulantinnen traten bereits an sie heran, um sie zu umarmen und ihr Glück zu wünschen. Von den Frauen Norbys so herzlich aufgenommen zu werden, war wunderbar und viel mehr, als Sofie sich erwartet hatte. Zufrieden sah sie, dass auch ihre Mutter unter den Norbyerinnen stand, wie Tilda und Freja eifrig Auskünfte gab und sich zu ihrem tüchtigen Schwiegersohn gratulieren ließ. Man ging ohne viele Umstände zum Du über, und Gesine übernahm es, Sofie die Namen der Gratulantinnen zu nennen. In einem ruhigeren Moment blickte sie zu James hinüber, der ihr lächelnd zunickte und sofort vom Nächsten in ein Gespräch verwickelt wurde, während schon ein Weiterer von hinten an ihn herantrat und ihm ordentlich auf die Schulter schlug. Oh, er sah schon ganz erschöpft aus. Wenn doch Axel und Kathrine bald kämen, dann würde man sie bestimmt in Ruhe lassen. Sie schalt sich selbstsüchtig, hielt aber trotzdem Ausschau nach den beiden – und tatsächlich, da kamen sie, waren schon am Krug vorbei und schienen es nicht sehr eilig zu haben. Von weiter hinten kam plötzlich die Frage: »Kommt Kathrine heute nicht?« Das Gemurmel der Frauen wurde leiser. Man drehte sich nach der Sprecherin um, die sich aber nicht zu erkennen gab, und wandte sich stattdessen Gesine zu. »Kathrine ist sicher schon unterwegs«, erwiderte diese. »Sie wollte gerne zu Fuß gehen.« »Aber da kommt sie ja«, bemerkte eine der Frauen. »Wieder mit deinem Hausgast, Gesine.« »Und sie gehen Hand in Hand«, setzte eine andere Frau verblüfft hinzu. Wer hätte denn auch an so was gedacht! Wenn die beiden gelegentlich zusammen in Norby unterwegs waren, hatte man ihnen gar nichts angemerkt … Die Frauen erhoben über dieser Neuigkeit jetzt dermaßen die Stimmen, dass auch die Männer aufhorchten und ihre Blicke zur Straße hinwandten, wo Axel und Kathrine gerade den kleinen Zuweg zur Pforte hinaufschritten.

Axel öffnete die Pforte für Kathrine, ließ sie als Erste hindurchgehen und nahm sie wieder bei der Hand. Während sie sich langsam den Frauen näherten, verstummten auf beiden Seiten der Kirchentür die Gespräche. Man wusste das Ganze nicht recht einzuschätzen: Die spröde, zurückhaltende Kathrine hatte den geduldigen James, der ihr lange so ergeben gewesen war, immer wieder abgewiesen – und jetzt, da er anderweitig gebunden war, kam sie plötzlich mit diesem ungewöhnlichen jungen Mann aus Nybøl daher, der sich selbst einen Kaufmann und selbstständigen Werbekünstler nannte und noch dazu der Hausgast ihrer Mutter war. Nun, sie musste ja wissen, was ihr passte, dachten die einen, während andere durchaus auch ein wenig Mitleid mit ihr hatten. Die Männer betrachteten Axel noch genauer als am letzten Sonntag. Würde er einer von ihnen werden – werden wollen? Wie Steen Steensen? Der kam ursprünglich aus Janderup, war aber mittlerweile durch und durch Norbyer und in vielen Angelegenheiten des Dorfs ganz unverzichtbar. Und er hielt große Stücke auf Axel Söderblom, erzählte überall, wie fleißig und begabt der junge Mann in seinem Fach war – zudem war er schon so weit herumgekommen und somit bestens geeignet für die große Aufgabe, die Steensen ihm zugedacht hatte. Und nicht nur er, sondern auch die Juls sprachen gut von ihm. Adrett und ordentlich genug sah er ja aus, Kathrines Verlobter. Sein Anzug war sauber und frisch gedämpft – Kathrines Werk? Und ein hübscher junger Mann war er, das musste man ihm lassen. Könnte direkt der Bruder der beiden Pedersens sein, hatte auch so ein fein gezeichnetes Gesicht und diese schlanke, irgendwie eckige Gestalt. Und was war mit Gesine? Sie war doch einverstanden? Hatte ja zu niemandem ein Wort über die Verlobung ihrer Tochter verlauten lassen. Man schaute unauffällig zu ihr hin; sie stand ruhig da und lächelte. Also billigte sie die Verlobung wohl? Auch wenn die beiden sich kaum eine Woche kannten … So blickte man von links und rechts der Kirchentüren gespannt auf Kathrine und Axel, nicht unfreundlich, aber doch abwartend und ein wenig verhalten, während Jörn Jepsen noch einmal sein schlechtes Gewissen plagte, weil er sich so gründlich geirrt hatte. Auch bei diesen beiden gab es etwas für ihn gutzumachen. Er würde Axel Söderblom jedenfalls besonders herzlich willkommen heißen, dachte er und ging langsam zu den Männern hinüber.

Kathrine blickte ratlos zu den Frauen hin und konnte nicht verstehen, dass sie nicht lächelten. Was war denn falsch an Axel in ihren Augen? Sahen sie ihn denn nicht, wie sie ihn sah? Axel fasste Kathrines Hand noch fester und sie sagte leise, auch ein wenig traurig: »Ich weiß nicht, was sie haben … Es tut mir so leid.« »Es ist nur, weil sie gar nichts mit uns anzufangen wissen, glaube ich, und weil sie mich noch nicht kennen. Es wird gleich besser, du wirst sehen.« Kathrine drückte seine Hand. »Du bist jedenfalls das Liebste, was ich habe. Egal, was die anderen sagen.« »Ich weiß«, versicherte Axel ruhig. Er streichelte mit dem Daumen über ihre Hand und sagte dann lauter, zu den Frauen gewandt: »Guten Morgen.« Er sagte es gelassen und nicht zu freundlich, deutete aber eine kleine Verbeugung an. Man erwiderte murmelnd seinen Gruß.

Die Frauen beobachteten, wie Kathrine den jungen Mann anschaute, ganz und gar hingegeben und vor Liebe strahlend, sahen, wie er Kathrine anblickte, dabei erst ein kleines Lächeln über seine Mundwinkel strich und dann seine Gesichtszüge ganz weich wurden; da begannen sie auch zu lächeln – und sich für die beiden zu freuen. Tilda rief: »Komm schnell her, Kathrine, damit wir dir gratulieren können, es macht so einen Spaß, all die Glückwünsche gesagt zu bekommen!« Es gab Gelächter und Schmunzeln auf beiden Seiten der Kirchentüren. Die Spannung löste sich. Axel ließ Kathrines Hand los. Mette Steensen kam als Erste zu ihnen vor, umarmte Kathrine rasch und sagte dabei laut, für alle: »Noch eine Überraschung! Alles Gute euch beiden – und jetzt lass mich mal zu deinem Verlobten, Kathrine.« Kathrine trat beiseite. Mette sprach auch Axel ihre Glückwünsche aus und fügte hinzu: »In Norby sagt man übrigens Du«, sie streckte ihm die Hand hin, »ich heiße Mette.« Leise sagte sie: »Das wird schon, sie sind nur ein bisschen überrascht, weißt du?« Sie sah die Dankbarkeit in seinen Augen und war gerührt. »Danke«, antwortete er, ihre Hand schüttelnd. »Dann also, Mette, ich heiße Axel.« Er hatte dabei nur Mette angesehen, aber er hatte es für alle gesagt – und die Frauen begannen sich für ihn zu erwärmen. Indem er unaufdringlich zeigte, dass er dazugehören wollte, bewies er seine guten Manieren, das gefiel ihnen. Tilda schob sich nach vorn, ergriff Axels Hand und schüttelte sie. »Ich bin Tilda Jul, James' Schwester, meine Glückwünsche, Axel, darf ich zusehen, wenn du Sofie malst?« Sie brachte alles in einem Atemzug vor und strahlte ihn dabei begeistert an. Axel lächelte. »Sicher, wenn Sofie es erlaubt.« Gesine stellte sich neben Tilda, um ihm, wie zuvor Sofie, die Namen der Frauen zu sagen, die jetzt an ihn herantraten, ihn zu beglückwünschen. Freja rief Tilda zu sich, als sie sah, dass diese einfach neben Axel stehen blieb, um ihre Plauderei fortzusetzen, als gäbe es sonst nichts auf der Welt. »Oh, wie schade, Mutter ruft mich. Kommt uns bald besuchen, Kathrine und du, ja?« »Danke für die Einladung, wir kommen gern«, erwiderte Axel ernst, und Tilda kehrte hoch zufrieden, mehr hüpfend als gehend, in die Mitte der Frauen zurück, wo sie von ihrer Mutter mit tadelndem Blick und der Aufforderung empfangen wurde, sich gefälligst ordentlich aufzuführen.

Die Frauen nickten verständig, als sie von der stillen Hochzeit hörten – man wusste ja, wie es bei Pedersens stand. Man gratulierte Gesine zu ihrem fleißigen und gewinnenden Schwiegersohn und deutete an, dass sie doch einen kleinen Wink hätte geben sollen, damit man nicht gar so überrascht worden wäre. Ob Axels Eltern denn auch bald zu ihnen herauskommen würden? – Ah, es gab also nur die Mutter … Axel nickte und erwiderte, sie werde sicher bald nach Norby kommen, sobald es sich einrichten ließe. So ging es eine Weile, gelegentlich suchte Axel Kathrines Blick, oder sie den seinen, dann lächelten sie nur füreinander, bis die nächste Frage, der nächste Glückwunsch kam. Schließlich fasste Gesine nach Axels Hand, während sie zu Theo hinüberwinkte. »Der Gottesdienst beginnt bald. Geh jetzt eben noch zu den Männern hinüber, mein Junge; Theo wird dir helfen.« Axel blickte noch einmal zu Kathrine, sah, dass sie glücklich war, und ging lässig, nicht zu langsam, nicht zu schnell, auf die Männer zu. »Ah, Axel«, sagte Theo, der ihn in Empfang nahm. »Nochmals meinen Glückwunsch! Da hat Kathrine was richtig gemacht, scheint mir. Einen wie dich können wir hier nämlich gut gebrauchen.« Er zwinkerte den Männern zu und legte Axel die Hand auf die Schulter. »Und unsere Gesine kriegt endlich wieder einen Mann ins Haus.« Man schmunzelte, drängte sich nach vorn und Axel schüttelte Hände, ließ sich auf den Rücken klopfen, hörte sich – wie zuvor James – Bemerkungen über die Freuden des Ehelebens an und erklärte, wie drüben bei den Frauen, dass sie eine stille Hochzeit haben würden, sehr bald. »Ich habe noch nicht viel anzubieten außer meinem Namen«, setzte er hinzu, »und ich möchte, dass die Dinge zwischen uns ihren ordentlichen Gang gehen – das schulde ich Kathrine doch.« Die Männer um ihn herum nickten. »Ja, recht so. Dein Name ist ein guter Anfang«, sagte einer, »der Rest kommt schon noch.« Sie würden ein gutes Gespann abgeben, Kathrine und er, das sähe man jetzt schon, bemerkte ein anderer, und Axel freute sich über das schöne Kompliment. James kam zu ihm und legte ihm kurz die Hand auf die Schulter. »Geschafft! Jetzt bist du auch einer aus Norby. – Ich bin so erledigt wie nach drei Tagen Viehmarkt nicht …« Axel schmunzelte. »Ist mehr was für die Frauen hier, wie?« Sie schauten zu Kathrine und Sofie hinüber, die fröhlich zu ihnen herüberlachten und winkten, als sie ihre Blicke bemerkten. »Du sagst es«, entgegnete James lächelnd. »Aber sieh nur, wie glücklich sie sind. – Zeit, den Umtrunk anzusagen, meine ich.« Axel nickte. »Nur zu!«

Die Männer ließen die beiden und ihre Bräute hochleben; ihre Rufe und Hurras schallten Pastor Dahl entgegen, als er wie jeden Sonntag vom Pastoratshof her über den Kirchplatz zur Kirche schritt, diesmal besonders nach den neuen Gemeindemitgliedern Ausschau haltend. Seine Frau hatte ihm gestern natürlich von den Verlobungen berichtet und dabei auch belustigt erzählt, dass sie schon am Freitagmorgen Großmutter Anes Ring an Sofies Hand erkannt, es aber schlechterdings für unmöglich gehalten hatte, dass er bei dem Fräulein aus Kopenhagen am Ringfinger sitzen könnte. *Grete und ihr Hang zu Schnurrigkeiten*, dachte er lächelnd. Und wo war nun Frøken Hansen? Ah, da stand sie ja – neben ihrer Mutter, elegant wie aus dem Journal, aber nicht zu herausgeputzt. Sie könnte einen ganz neuen Schwung in die Gemeinde bringen. Seine Frau träumte ja schon länger von einem Literaturzirkel, da konnte die junge Frau Jul sicher behilflich sein und vielleicht auch Schwiegermutter und Schwägerin zum Mittun überreden. Und ihr würde es helfen, sich in ihre neue Welt einzuleben, die ihr am Anfang wahrscheinlich in manchem fremd oder sogar merkwürdig erscheinen mochte. Schließlich ging es in Kopenhagen doch anders zu als hier im beschaulichen Norby. Er würde sie hoffentlich zugänglicher finden als Kathrine, die sich nie zu irgendetwas hatte überreden lassen. Die war immer eines seiner schwierigen Pfarrkinder gewesen, freundlich und höflich zwar, hatte den christlichen Unterweisungen auch nie offen widersprochen – und doch war da ein innerer Vorbehalt, das spürte er. Was sie wirklich glaubte, wusste er nicht und sollte es wohl auch nicht wissen; jedenfalls hatte sie ihre ganz eigene Art, die Dinge anzusehen, und machte sich nichts aus den üblichen Gewohnheiten und Gepflogenheiten. Und jetzt sollte es also Axel Söderblom aus Nybøl sein, auch das war ganz Kathrine. Mit James hätte sie es gut und bequem haben können, aber daran war ihr offensichtlich nicht gelegen. Und ihre Mutter? Die hätte ihr wohl raten können, war aber ganz vergraben in ihren Kummer gewesen und hatte leider auch nicht den Trost ihres Pastors gesucht … Soweit Grete wusste, wohnte der junge Söderblom weiter bei ihr, als wäre er nur Hausgast. Das war nun etwas, was falsch aufgefasst werden könnte. Doch es war schwierig, da einen Wink zu geben, ohne Gesine Pedersen vor den Kopf zu stoßen; die erhob als Tochter eines Pastors ja Anspruch darauf, sich auch ohne Hilfe ihres Seelsorgers in der Bibel und ihren Geboten zurechtzufinden. Pastor Dahl blickte auf die Gruppe der Männer. Ah, da stand er ja, neben James, der junge Söderblom. Wieder musste er sich eingestehen, mit dem jungen Mann aus Nybøl nicht viel anfangen zu können. Schon letzten Sonntag war ihm dessen glatte Höflichkeit unangenehm aufgefallen. Diese Art verhieß meist nichts Gutes. Auch hatte er nicht alle Lieder gekannt, ging also wohl in Nybøl nicht so oft zum Gottesdienst? Vielleicht war das aber nur einer nachlässigen Erziehung geschuldet und noch zu ändern? Ohne ihm unrecht tun zu wollen, hoffte er für Kathrine, dass sie sich nicht in ihm geirrt hatte und ihrer Mutter weiterer Kummer erspart blieb … genau wie Steensen, der den jungen Mann fast wie seinen Ziehsohn behandelte. Aber wenn er sich, wie es aussah, mit James anfreundete, konnte das nur gut sein. Der wusste schließlich, trotz manch unleidlichem Benehmen in seinen jungen Jahren, was sich in Norby gehörte. Bei aller Sturheit und Veranlagung zu Jähzorn war der junge Jul doch auch aufrichtig und geradeaus. So in Gedanken die Vor- und Nachteile erwägend, die Sofies und Axels Aufnahme in seine Gemeinde mit sich bringen mochte, ging er auf die Männer und Frauen vor der Kirche zu, die sich jetzt wieder als Familien zusammenfanden.

James und Axel ließen sich von Kathrine und Sofie begrüßen wie lang Vermisste. »Sie finden dich schmuck«, sagte Kathrine strahlend, nach Axels Händen greifend, »und sie sagen, du hast so ein feines Benehmen. Stell dir vor, sie konnten sich erst gar nicht vorstellen, was nun aus mir werden sollte, wo James doch jetzt vergeben ist. Sie hatten sogar Mitleid mit mir.« Sie schmunzelte ein wenig. »Zuerst wussten sie gar nicht, was sie von uns denken sollten, so wie du es gesagt hast. Und sie haben mich nach der Margerite gefragt … Ach, ich bin so froh und stolz und glücklich.« Sie bemerkte, wie angestrengt er aussah, ließ eine seiner Hände los und strich ihm das Haar aus dem Gesicht. »Geht es dir gut?« Er nahm ihre Hand und küsste sie schnell, was einige der Frauen wieder zum Lächeln brachte. »Ja«, erwiderte er, seine Finger zwischen ihre schiebend, »dich so glücklich zu sehen, ist das Schönste, Kathrine.« Gesine kam auf sie zu. »Lasst uns hier auf Pastor Dahl warten«, sagte sie, »er wird sicher auch mit euch sprechen wollen. Bist du zufrieden, mein Junge?« »Sehr«, entgegnete Axel lächelnd. Sie nickte. »Ich denke, wir können alle zufrieden sein«, erwiderte sie und schaute zu James und Sofie hinüber, die Pastor Dahl bis zur Mitte des Kirchplatzes entgegengegangen waren und gerade seine Glückwünsche entgegennahmen.

»Mein lieber James«, sagte Pastor Dahl leutselig, »es scheint mir kaum einen Sommer her zu sein, dass ich dich konfirmiert habe. Und nun stehst du vor mir und willst heiraten, noch dazu so eine anmutige junge Dame aus der Hauptstadt. Herzlich willkommen in unserer schlichten Gemeinde, Frøken Hansen.« Sofie, die mit ihrer Mutter am Sonntag stets nur in die neue Lutherkirche um die Ecke zum Gottesdienst gegangen war, also keineswegs in eine der großen Kirchen Kopenhagens, wie der Herr Pastor vielleicht denken mochte, erwiderte höflich: »Danke schön. Aber bitte, Herr Pastor, auch wenn sie mich nicht konfirmiert haben, wäre es mir lieb, wenn Sie Du sagten – wie würde ich mir denn sonst vorkommen neben James?« Natürlich war Pastor Dahl mehr als einverstanden mit dem Du und ließ sich auch überreden, sie ausnahmsweise gleich Montagnachmittag, an seinem Pastorensonntag, zum Traugespräch zu empfangen. »Und ich könnte eure Trauung schon heute abkündigen, wenn ihr möchtet«, fügte er lächelnd hinzu, sich langsam wieder in Bewegung setzend. James und Sofie sahen einander an, und Sofie nickte. »Sehr gern, Herr Pastor«, antwortete James. Pastor Dahl blickte die beiden an, spürte die Entschlossenheit hinter Sofies Liebenswürdigkeit, die sie Ane Niven so ähnlich machte, und dachte: *Sie ist genau die Richtige für James. Er wird ihr bereitwillig folgen und dabei gar nicht merken, wie sehr sie seinen Kopf nach ihrem dreht.*

Vor der Kirche angelangt, blieb er vor Gesine stehen, während Jens Jensen die Kirchentüren für die Gemeinde öffnete und die ersten Norbyer an ihnen vorbei in die Vorhalle hineingingen. »Wie ich höre, darf man hier auch gratulieren«, begann Pastor Dahl und nickte Gesine lächelnd zu. »Gottes Segen und meinen herzlichen Glückwunsch zur Verlobung«, fuhr er zu Axel und Kathrine gewandt fort, »und nochmals willkommen in der Gemeinde, Hr. Söderblom.« Axel deutete eine kleine Verbeugung an. »Vielen Dank, Herr Pastor.« Die beiden Männer maßen einander mit abschätzenden Blicken und Abel Dahls Eindruck vom vergangenen Sonntag verstärkte sich. *Ein Freigeist mit vielen Vorbehalten,* dachte er, *schwierig, aber vielleicht umso lohnender, wenn man's richtig anfängt mit ihm ...* Er sah Axels ablehnenden Blick und ermahnte sich zu Wohlwollen. »Nun, ich verstehe natürlich, dass es eine stille Hochzeit sein soll«, fuhr er fort, »schon wegen eurer Trauer, Kathrine, aber wenn ich einen Rat geben oder irgendwie behilflich sein kann ...« Kathrine und Axel wechselten einen kurzen Blick. »Sehr freundlich, Herr Pastor«, erwiderte Axel. »Und besten Dank für Ihre guten Wünsche«, setzte Kathrine hinzu. Abel Dahl seufzte in sich hinein. Ganz wie er vermutet hatte ...

»Meinen Glückwunsch zum Schwiegersohn, Fru Pedersen«, wandte er sich nun an Gesine. »Und wie geht es Christian – kommt er denn jetzt nach Hause?« »Danke, Herr Pastor, er ist vielleicht schon unterwegs«, erwiderte sie mit mehr Zuversicht in der Stimme, als sie empfand. »Obgleich er während der Semesterferien in Kopenhagen bleiben wollte, weil er so viel zu tun hat. Aber nun muss er doch nach Hause kommen.« Pastor Dahl neigte verständnisvoll den Kopf. »Sicher, sicher, meine Liebe, er soll seinen Schwager kennenlernen, nicht? Wie gut, dass es bei Ihnen so geräumig ist, mit den vielen jungen Leuten im Haus.« Gesine hob die Brauen und richtete sich noch ein wenig mehr auf. »Nicht wahr?«, erwiderte sie lächelnd. Wie sie ihren Haushalt führte, ging nur sie etwas an, das galt auch für Pastor Dahl. Und Andeutungen über unordentliche Verhältnisse in ihrem Haus standen ihm schon gleich gar nicht zu. »Wollen wir hineingehen, Kinder?« Sie nickte Pastor Dahl zu, der sich daraufhin zu den Juls und Malvine Hansen begab. Als Gesine sah, dass Axel schmunzelte, sagte sie leise zu ihm: »Er meint es immer so schrecklich gut, unser Pastor, aber man darf ihm nicht erlauben, sich allzu viele Sorgen um andere zu machen, weißt du?« »Ganz recht«, entgegnete Axel und trat zur Seite, um seiner Schwiegermutter den Vortritt in die Kirche zu lassen.

Die Juls und die Hansens kamen nach ihnen durch den Mittelgang und nahmen in der Bank hinter ihnen Platz. James beugte sich zu Axel und Kathrine vor. »Na«, fragte er grinsend, »hat der alte Knabe euch verziehen, dass ihr nicht in seiner Kirche getraut werden wollt?« »Ich glaube nicht«, erwiderte Kathrine. »Und stell dir vor, es stört ihn auch, dass Axel und ich einfach weiter so bei Mutter leben, dabei sind wir doch verlobt und werden in längstens drei Wochen verheiratet sein.« James zuckte mit den Schultern. »Du weißt doch, wie er ist, Kathrine, er hält seine Moral nun mal für die beste und bildet sich gern was drauf ein.« »Aber Schwiegermutter hat ihm gezeigt, wo sein Platz ist«, sagte Axel, »und das zu erleben war die reine Freude.« »Das glaub ich dir aufs Wort, mein Lieber«, entgegnete James in das beginnende Orgelspiel hinein. Axel schlug das Gesangbuch auf und hielt es Kathrine mit einem kleinen Zwinkern hin. Sie lächelte ihm zu. Dann beugten sie sich über die Seiten und stimmten wie James und Sofie hinter ihnen in das »Lobet den Herren« der Gemeinde ein.

XXV

Sofie hielt die Zügel und ließ Balder leicht traben, während James, seine Hände über ihren, ihr bisweilen durch einen leichten Händedruck zeigte, was zu tun war. So fuhren sie gemütlich dahin, die Landstraße nach Ringkøbing entlang, nach Norden zu, den julschen Wiesen entgegen. »War das schön, so viele Glückwünsche zu bekommen«, sagte Sofie. »Man hat mir so viele nette Sachen über dich gesagt, wie tüchtig du bist und wie hübsch – und dass ich zu beneiden bin, was ja auch stimmt.« Sie seufzte glücklich. James hörte ihr lächelnd zu, genoss es, still neben ihr sitzen zu dürfen, keine Antwort geben zu müssen und zu wissen, dass Sofie mit seiner Gegenwart und seinem Schweigen vollkommen zufrieden war. »Und meine Kappe hat ihnen auch gefallen, denk nur, sie haben mich sogar nach dem Stein in der Hutnadel gefragt. Aber ohne ist es viel schöner; ich mag es so, wenn mir ab und zu der Wind durch die Haare geht.« James schmunzelte und warf einen kurzen Blick auf den Korb, in dem die Kappe lag, die Hutnadel steckte im Korbgeflecht. Er hatte sie ihr, auf ihr Geheiß hin, im Pastoratshof unter den erstaunten Blicken des Pastors vorsichtig vom Kopf gezogen, ihre Locken gezaust und sie geküsst, und gleich noch einmal geküsst, nachdem er sie in den Wagen gehoben hatte. Dann waren sie mit fröhlichem Winken zu Pastor Dahl hin vom Hof gefahren. Sie sah James von der Seite an. »Du sahst heute Morgen ganz erschöpft aus, Jamsie. Ich war froh für dich, als Axel und Kathrine endlich auftauchten.« James lächelte. »Ich auch. Erst die Frauen mit ihrem vielen Gerede und ihrer Neugier; sie meinen es ja gut, aber trotzdem. Und dann die Männer mit ihren Geschichten und ihrer Angeberei. Ich kann das alles nicht gut haben, Sofie. Ich sag dir bestimmt alles von mir, wenn du möchtest, aber doch nicht jedem.« Sofie nickte. »Nein, du bist viel zu ernsthaft für Geplapper und Angeberei – und zu empfindsam.« »Ich, empfindsam?«, fragte er überrascht. »Oh ja, deshalb kommst du auch so gut mit Tieren zurecht – und mit ängstlichen Mädchen aus der Großstadt.« Sie lachte ihn an. Er schmunzelte und drückte ihre Hände. »Vielleicht hab ich mich bei unserer ersten Ausfahrt noch mehr gefürchtet als du. Du kamst mir vor wie ein Wunder und ich wollte doch alles richtig machen.« »Und wie du alles richtig gemacht hast, Jamsie.« Sofie legte kurz ihre Wange gegen seinen Arm. »Sag, ist es da vorn?« Die ersten Brombeerhecken kamen in Sicht. Er nickte. »Ja, beim Holzgatter biegen wir ein.« Sofie wollte die Hände von den Zügeln nehmen, um James das Überqueren der Straße und das Einfahren vor dem Gatter zu überlassen, aber er sagte: »Wir zusammen«, und hielt ihre Hände unter seinen, während er Balder über die Straße und vor das Holzgatter lenkte.

James stellte den Korb mit der Decke vor der Haustür ab und Sofie schaute an der Kate hinauf. Das Häuschen war wirklich winzig und heruntergekommen. Das Strohdach wirkte dünn und brüchig, das Mauerwerk an vielen Stellen feucht und zur Rückwand hin fehlte sogar ein Ziegelstein in der Mauer. Nein, man müsste das Haus niederlegen und an derselben Stelle neu bauen, größer natürlich und – Sofie lächelte in sich hinein – mit dem Badezimmer, das sie sich beide so sehr wünschten. James hatte gestern vor dem Haus das Gestrüpp weggerissen, einen Weg zum Gartenhäuschen freigemacht und einen Platz für ihre Decke ausgelichtet. Irgendwo an den hinteren Brombeerhecken mussten Frejas Gemüsebeete liegen, zu erkennen waren sie unter dem Gewirr der wuchernden Ranken allerdings nicht mehr. Das Gartenhäuschen sah noch recht neu aus und gefiel Sofie gut. Der achteckige Pavillon mit der eleganten schmiedeeisernen Schmuckkante aus kleinen Blüten und dem Blattwerk um das Holzdach herum war zur Gartenseite hin mit großen Glasscheiben in Kupfergrün gestrichenen Halterungen ausgestattet. Es gab einen Korbtisch mit zwei Sesseln, ähnlich denen in ihrem Zimmer bei Tante Pedersen, an der hinteren Wand stand eine Chaiselongue vor einer Blumentreppe mit einigen leeren Ziertöpfen darauf. Bestimmt konnte man den Pavillon versetzen, um den Platz für ihr Haus bestmöglich zu nutzen? Sofie stand ganz still, versuchte zu spüren, ob dies ein guter Ort war, an dem sie gerne mit James leben würde. Sie stellte sich vor, wie ihr neues Haus sein könnte – Julsgård ähnlich, vielleicht? Kleiner natürlich, aber dafür mit einem ausgebauten ersten Stock unter dem Dach, für ihr Schlafzimmer … und die Zimmer für die Kinder … Sie würde wieder einen Garten anlegen, mit Rosenstöcken am Haus und einigen von Kathrines Georginen. Und einen Sitzplatz an der Rückwand mit Aussicht auf die Weiden und ihre Rinder sollte es geben, damit sie nach der Arbeit dort zusammen sitzen konnten und die Abendsonne genießen. Oh, und glänzend lackierte rote Ziegel für das Dach! Die würden schon von Weitem über die Hecken hinweg zu sehen sein und sie begrüßen, wenn sie nach Hause kamen. *Ja*, dachte sie, *dies ist ein guter Ort für uns, unsere Familie,* und wandte sich lächelnd zu James: »Lass uns hier unser Haus bauen, Jamsie.« »Ich freue mich so, dass du es magst, Sofie«, erwiderte er glücklich, »und du wirst sehen, wenn Ivers Kate erst mal niedergelegt und das Gestrüpp fort ist, bleibt uns ein ordentliches Stück Bauland. Ich spreche also mit Vater, ja?« Sie nickte, hakte sich bei ihm unter und legte ihren Kopf gegen seinen Arm. »Vielleicht können wir einige von den alten Ziegelsteinen für unsere neuen Mauern behalten, was meinst du?«, fragte sie und erzählte ihm, wie sie sich gerade ihr neues Haus vorgestellt hatte. »Und bestimmt schenkt uns Kathrine auch welche von ihren Georginenknollen für unseren Garten«, schloss sie. James sah sie zärtlich an. »Bestimmt. Ach, Sofie, glänzende Dachziegel und Zimmer für die Kinder, ein Sitzplatz mit Aussicht auf unsere Weiden … und du und ich zufrieden in der Abendsonne – ich sehe es direkt vor mir.« »Ich auch. Und du hast so viel Arbeit gehabt gestern, mit all dem Gestrüpp hier«, sagte sie, ihm über den Arm streichend. »Oh, na ja, ich wollte doch, dass du einen guten Eindruck bekommst. Aber was sagst du, sollen wir hineingehen? Ich hab eine Überraschung für dich.« »So? Ach James, ich hab's so gut bei dir, am liebsten würde ich jetzt sagen, dass ich dich gar nicht verdient hab. Aber ich weiß ja, dass du das nicht hören willst.« »Überhaupt nicht!«, erwiderte er lächelnd.

Als James den altertümlichen Haustürschlüssel aus der Jackentasche nahm, musste Sofie lachen. »So ein großer Schlüssel für so ein kleines Haus!« »Der gehörte bestimmt schon dem Großvater vom alten Iver«, antwortete James. Er schloss auf, nahm sie bei der Hand und führte sie in die Spülküche. Vor der gemauerten Feuerstelle mit dem Dreibein blieb er stehen. »Na, was sagst du dazu?«, fragte er. Sofie besah sich die Feuerstelle. »So eine nette Überraschung. Wie im Märchen komme ich mir vor hier drinnen, mit diesem seltsamen Kamin und dem schummrigen Licht.« Sie fuhr ihm durch die Locken. »Ich glaube, die Feuerstelle ist so groß, dass wir hineingehen können. Komm!« Sie zog ihn mit sich. Gebückt standen sie dann in dem ummauerten Geviert inmitten der rußgeschwärzten Ziegelwände und blickten an der hinteren Mauer bis in den Himmel hinauf. »Muss das geraucht und gequalmt haben«, sagte Sofie. »Was der alte Iver hier wohl so gekocht hat?« James wies auf das Dreibein. »Bestimmt keinen Schmorbraten und Reispudding und solche feinen Sachen. Graupensuppe vielleicht, in seinem alten Jütepott.« Sofie nickte. »Tante Pedersen hat auch so einen, aber sie benutzt ihn nicht mehr. Also Graupensuppe, kennst du die Zutaten?« James schmunzelte. »Na ja, Graupen fürs Erste.« Sofie lachte ihn an. »Oh, das versteht sich wohl … Kartoffelstücke vielleicht?«»Und eine ordentliche Portion geräucherter Speck.« James konnte sich gar nicht ausdenken, wie sonst der Geschmack an die Suppe kommen sollte, wohl aber Sofie, die sich an die Sauce für ihren Schmorbraten erinnerte und Wurzelwerk und Sellerie vorschlug. »Und diese Lauchstangen und überhaupt Zwiebeln, meine ich«, sagte James. »Oh ja, und ein Butterbrot dazu, was denkst du?«»Unbedingt.« James zog sie an sich und legte seine Stirn an ihre. »Wir werden es so gut haben, Jamsie. Lass uns dieses Dreibeingestell behalten, für ein Feuer im Garten, und dann zeigen wir unseren Kindern, wie man Graupensuppe im Jütepott kocht.« Er rieb seine Stirn an ihrer. »Und wir werden Fische am Spieß mit ihnen braten.«»Und mit ihnen Krabben fischen gehen.«»Und die Krabben über dem Feuer sieden.« James lachte leise. »So wird es sein, unser gutes Leben, mein Herz.« »Unser sehr, sehr gutes Leben«, ergänzte Sofie. Eine Weile standen sie so, schweigend aneinandergeschmiegt, ihrer Vorstellung vom guten Leben nachträumend, bis James' Magen plötzlich laut zu knurren begann. »Oh«, Sofie legte ihm lächelnd die Hände auf den Bauch, »das kommt von unserem Gerede über Graupensuppe und Fische am Spieß. Sollen wir nach draußen gehen und unseren Schmorbraten essen?« James legte seine Hände auf ihre und schüttelte den Kopf. Dass sie ihn so berührte, war solch ein wunderbares Geschenk, eine Liebeserklärung ganz ohne Worte … und so gut … Sofie spürte, wie er sich gegen ihre Hände lehnte, und blickte ihn an, sah seine Liebe, sein Begehren und auch seine Bitte, strich langsam und suchend über den Stoff seines Hemds, schob zwei ihrer Finger durch die Knopfleiste und ließ ihre Hände so liegen. James legte ihr die Hände auf die Hüften, schloss die Augen und schmiegte sich noch fester gegen ihre Hände. Auch Sofie schloss lächelnd die Augen und atmete, wie er atmete …

Irgendwann sagte James leise: »Unter deinen Händen vergeht sogar mein Hunger, Sofie. Mach mal deine Augen auf!«»Warum?«, fragte sie träge. »Weil ich dir noch was zeigen will«, erwiderte er, ihre Schläfe küssend. Sie hörte das Lächeln in seiner Stimme und öffnete die Augen. »Was denn?« »Komm.« Er nahm sie an der Hand und führte sie in die kleine Stube hinein. »Ich dachte, das hier würde dir auch gefallen«, sagte er, auf den Alkoven weisend. »Was ist das? Ein Schrank?«, fragte

Sofie. Sie sah sich in der Stube um. Außer einem Tisch und einer Bank gegenüber dem seltsamen Kasten gab es nur ein leeres Küchenbord, mit Fächern für die Teller und Haken für die Tassen. »Sieh nach«, forderte James sie lächelnd auf. Sie schob die Tür beiseite und blickte neugierig in den leeren Holzkasten hinein, sah sich noch einmal im Zimmer um und verstand. »Ah, Ivers Bett! Wie seltsam, in so einer Kiste zu schlafen. Aber …« Sie brach ab, schaute erst an sich, dann an James hinunter und fuhr fort: »War Iver denn so klein?« »Ich schätze, er hat im Sitzen geschlafen.« »Ich möchte es probieren«, sagte Sofie. Sie krabbelte in den Alkoven hinein, streifte die Schuhe ab, reichte sie James nach draußen und streckte die Beine aus. »Und?«, fragte er. »Ist es bequem?« Sofie zog ihre Nase kraus. »Nein – aber komm doch zu mir und versuch es selbst, ich rücke an die Wand.« James bückte sich und setzte sich neben Sofie in den Alkoven. Seine Beine ließ er über die Bettkante hängen. »Bettzeug gibt es wohl nicht mehr?«, fragte sie und schlang ihre Arme um ihn. »Nein, die klumpigen Daunen hat Farmor zusammen mit der Moosmatratze verbrannt, als das Häuschen an Farfar ging.« »Eine Moosmatratze? Oje!«, entgegnete sie schmunzelnd. »Ich glaube, ich werde es doch sehr genießen, mit dir in unserem gemütlichen neuen Bett zu liegen. Und wenn erst mal das Grammofon da ist, können wir vor dem Einschlafen auch noch Musik hören.« »Oder du singst mir was vor, so wie gestern«, sagte James. »Oder du mir.« Sie lächelten einander an. »Wir werden gar nicht wissen, wohin mit unserem Glück.« Sofie streichelte seinen Arm. »Das waren schöne Überraschungen, Jamsie.« »Ich hab mich die ganze Zeit darauf gefreut, dass du dich freust«, gestand er. »Krieg ich einen Kuss dafür?« »Zwei«, erwiderte Sofie. Doch gerade, als sie ihr Gesicht zu seinem neigte, begann sein Magen wieder zu knurren. »Oh«, sagte sie, »jetzt aber raus aus dieser Kiste hier. Gibst du mir mal meine Schuhe?« »Erst will ich meine Küsse«, entgegnete James, »vorher rücke ich keinen Millimeter von dir weg!« Sofie lachte, legte ihre Hand an sein Kinn und drehte sein Gesicht zu sich. »Sturkopf«, sagte sie zärtlich. »Lieber, liebster Jamsie, komm her.«

Als sie wieder in der Stube standen und Sofie sich das Kleid abklopfte, bemerkte sie erstaunt, dass es gar nicht staubig war. »Na, so was«, sagte sie, sah sich noch einmal aufmerksam in der Stube um, bemerkte die glänzenden Fensterscheiben und begann zu verstehen. Sie ging zum Stubentisch hinüber und fuhr mit einem Finger über die Tischplatte.

»Sag, James, du hast ja nicht nur Gestrüpp ausgerissen, sondern auch noch sauber gemacht. Jetzt wundert's mich nicht mehr, dass du gestern so müde warst.« »Nur den groben Dreck, damit es ein bisschen behaglich für uns ist und du dir dein schönes Kleid nicht schmutzig machst«, erwiderte James, seine Schufterei vom Samstag herunterspielend. Er sah, wie gerührt Sofie war, und freute sich. »Ich hab schon gar keine Worte mehr, um dich zu loben und Dankeschön zu sagen«, entgegnete sie und lächelte ihr Lächeln mit den Grübchen. Er trat vor sie hin und neigte sich zu ihrem Gesicht hinab. »Ich weiß was Besseres ...« Sofie gab ihm einen schnellen Kuss auf die Wange. »Das muss reichen vor dem Essen«, sagte sie energisch. »Ich will nicht schuld sein, wenn du vor lauter Hunger schlechte Laune kriegst.« Er ließ sich willig von ihr nach draußen ziehen und breitete auf ihr Geheiß hin die Decke aus. Sofie holte die Schüsseln aus dem Korb, füllte ihnen die Teller und sah dann vergnügt zu, wie er sich über Fleisch und Bohnen hermachte. Es dauerte nicht lange, bis er ihr seinen leeren Teller hinhielt. »Es schmeckt fast noch besser als gestern. Entschuldige, dass ich so schlinge, aber ich bin dermaßen hungrig.« »Nicht doch«, erwiderte Sofie, legte ihm ein großes Stück Fleisch auf den Teller, schöpfte reichlich Sauce aus der Schüssel darüber und gab einige Löffel Bohnen dazu. »Willst du auch ein Butterbrot?« »Ja, bitte.« James stellte seinen Teller beiseite, biss große Stücke von dem Brot ab, das sie ihm gereicht hatte, und kaute herzhaft. »Ah, jetzt geht es mir schon besser«, sagte er nach einer Weile zufrieden, nahm seinen Teller wieder und aß nun langsamer und mit Genuss. »Dann kannst du mir ja mal erzählen, wie deine Mutter auf die Idee mit dem Gemüsegarten gekommen ist«, sagte Sofie, schenkte ihnen Kaffee ein und stellte James seine Tasse hin. »Es ist doch ein ganz schöner Weg hier heraus, zu Fuß.« »Schon, aber da sie es sich in den Kopf gesetzt hatte, nur noch selbstgezogenes Gemüse, Butterbrote und Dickmilch auf den Tisch zu bringen, hat sie den Weg eben auf sich genommen.« Er schmunzelte. »Zum Glück dauerte ihre vegetarische Manie, wie Vater es nannte, nicht lange an.« Sofie lachte. »Deine Mutter eine Anhängerin des Vegetarismus? Ich kann es kaum glauben. Wie ist sie nur darauf gekommen?« James wischte mit einem Stückchen Brot seine Sauce vom Teller. »Grete Dahl hat sie darauf gebracht. Es gab da so eine Dame aus Nybøl, die hat vor dem Basarkreis Vorträge gehalten über Gymnastik an der frischen Luft und urgesundes Essen. Ich glaube, es hat Mutter Eindruck gemacht, dass es auch bei Pastors nur noch Gemüsesuppe zu essen geben sollte.« Sofie stellte ihre Kaffeetasse hin und prustete los. »Du meinst, der Pastor musste Gymnastik an der frischen Luft treiben und anschließend Kohlsuppe essen?« James schmunzelte. »Eine Zeitlang jedenfalls. Aber als er immer magerer und griesgrämiger wurde, hat seine Frau die Gemüsesuppen wieder aufgegeben.« Sofie wischte sich die Augen. »Oh, James, das ist köstlich.« Ernster werdend fügte sie hinzu: »Aber ihr, seid ihr denn überhaupt satt geworden?« »Och, na ja, ab und zu gab es auch noch diese eingeweichten Körner«, sagte er augenzwinkernd. Sofie schwankte zwischen Entsetzen und Erheiterung. »Meine Güte, James, das klingt schrecklich.« »War es ja auch«, gab er zu. »Du wirst doch für uns so etwas nicht probieren – oder, mein Herz?« »Bestimmt nicht, keine Sorge. Aber sag, hatte dein Vater denn gar nichts dagegen?« James lächelte. »Mutter und Vater lieben einander sehr, du hast sie ja zusammen gesehen; sie lassen sich gegenseitig ihre kleinen Launen und kommen so bestens miteinander aus. Aber als Vater merkte, dass es ihm ernsthaft an seinen Schweinebraten gehen würde, hat er sich geweigert, weiter Mutters Suppen zu essen, und ihr angedroht, zu Mette in den Krug zu gehen. Mutter wusste gar nicht, was sie tun sollte, denn so kannte sie Vater ja nicht. Doch da er standhaft blieb, hat sie schließlich nachgegeben. Und danach hat Vater ihr dann das Gartenhäuschen geschenkt, damit sie sich hier ab und zu von der Familie erholen konnte, und das hat sie versöhnt.« Beide blickten zu dem Pavillon hinüber, auf Frejas Korbmöbel und ihre Chaiselongue. »James«, sagte Sofie ernst, »wir wollen uns versprechen, dass wir uns nicht mit unseren Launen quälen werden, und wenn wir was nicht mögen, sagen wir's einfach, ja?« »Abgemacht«, erwiderte er. »Gut. Möchtest du noch von dem Fleisch oder willst du lieber deinen Nachtisch? Oder noch Kaffee?« »Am liebsten würde ich jetzt mit dir zu den Brombeeren spazieren und dabei eine Pfeife rauchen, wenn ich darf.« »Sicher. – Oh, ich werde barfuß gehen.« James blickte zum bedeckten Himmel hoch. »Nicht zu kalt?«, fragte er. »Jamsie!« »Schon gut«, antwortete er schmunzelnd. Sofie zog ihre Schuhe aus und stellte sie neben die Decke. Dann drehte sie James den Rücken zu, streifte Strumpfbänder und Strümpfe ab und legte sie neben ihre Schuhe. »Fertig«, sagte sie und stellte sich vor ihn. James blickte lächelnd zu ihr hoch; ihr elegantes Kleid, die bloßen Füße mit den rosig überhauchten Zehennägeln … wie sie ihn, lässig mit den Armen baumelnd, übermütig anschaute … Er sah ihre Liebe, ihr Verlangen nach ihm, diese kleine Herausforderung in ihrem Blick, mit dem sie ihn zu sich locken wollte. Er stand auf und sagte: »Ich hab mich gerade schon wieder in dich verliebt, mein Herz.« Sie streckte die Arme nach ihm aus. »Das sollst du auch ... immer wieder – und ich mich in dich. Du sollst überhaupt nie aufhören, mich zu lieben. Versprichst du mir das?« »Sofie!« Er zog sie an sich. »Wenn du aufhören würdest, mich zu lieben, wäre es ... wäre ich ... Nein, versprich es mir, James, und dann will ich nicht mehr daran denken.« Ein Schatten ging über ihr Gesicht, er spürte ihre Angst, ahnte ihr plötzliches Erschrecken darüber, dass ihr Glück vergänglich sein könnte, und sagte feierlich: »Ich verspreche, dass ich dich immer lieben werde, Sofie. Immer und immer und immer.« Sofie lächelte. »Und jetzt ich ... Ich verspreche, dass ich dich immer lieben werde, James. Immer und immer und immer.« Ihr Lachen kam zurück. »Was hab ich nur? Ich weiß doch, dass du bei mir bleiben wirst.« »Immer«, wiederholte er und küsste ihr Haar. »Was meinst du, sollen wir jetzt zu den Brombeeren gehen?«

XXVI

Søren erwachte mit einem Gefühl dumpfen Unbehagens, sein Kopf schmerzte und er schwitzte unter seiner Decke. Die Sonne stand über dem Haus und erwärmte seine kleine Wohnung auch durch die dichten Wolken hindurch. Er stand auf und öffnete das Stubenfenster, um frische Luft zu atmen. Aus dem Haus gegenüber kam gerade eine Familie: voran der Vater, einen Korb am Arm, sonntäglich in Anzug und Hut, gefolgt von der Mutter in Mantelkleid und mit Kunstblumen geputzter Kappe. Sie hatte die Kinder an der Hand, zwei Jungen in kurzen Hosen, auch sie für den Sonntag fein gemacht; der kleinere der beiden sprach eifrig auf seine Mutter ein, die lächelnd auf seine Plaudereien antwortete. Søren blickte ihnen das kurze Stück bis zur Straßenecke nach und lächelte ein wenig. So ähnlich hatte er sich sein Leben mit Sofie vorgestellt. Er hatte ihren gemeinsamen Weg genau vor sich gesehen und war sich so sicher gewesen – und nun war er wieder ganz am Anfang. Seine Wohnung hatte er gekündigt, seine Stelle auch, und obwohl er überhaupt keine Lust mehr hatte, aus Kopenhagen wegzugehen, musste er nun wohl fürs Erste nach Bornholm ziehen. Obwohl, recht betrachtet kam es auf dasselbe heraus – ob er nun hier oder in Rønne unglücklich war, eigentlich war ihm sowieso alles ganz egal. Er rieb sich über Stirn und Nacken, um das dumpfe Gefühl in seinem Kopf zu vertreiben. *Selbst schuld*, dachte er mit einem gequälten Lächeln. Nicht mal auf seiner Examensfeier hatte er sich so betrunken. Und Helle hatte wacker mitgehalten … Sollte er sie nicht zum Spaziergehen abholen? Er würde auf jeden Fall zu ihr gehen, sie war seine Kameradin und Freundin und hatte ihm versprochen, ihn nie zu verlassen. *Sei nicht albern*, mahnte er sich und spürte plötzlich, wie traurig er war. Seine Augen füllten sich mit Tränen. Er ging zum Küchenregal und holte die Dose mit dem gemahlenen Kaffee hervor, setzte den Kessel auf den Gaskocher und wischte sich über das Gesicht. Ein starker, heißer Kaffee würde vieles richten, auch ein Duschbad wäre jetzt genau das Richtige. Leider hatte das Wannenbad sonntags geschlossen, so musste es der Handstein sein. Kaltes Wasser würde auch helfen – und eine Rasur, frische Wäsche. Und hungrig war er, bei allem Kummer. Er schnitt sich einige dicke Scheiben Brot herunter und bestrich sie mit Butter, während er nebenbei seinen Kaffee aufbrühte. Zum Frühstücken stellte er sich wieder ans

Fenster, beobachtete die sonntäglich gekleideten Menschen unten auf der Straße und beschloss, Helle nach dem Spaziergang auf Kaffee und Marmeladenbrot zu sich einzuladen. Von ihrem Stadtbummel wusste er nicht mehr viel. Er war so durcheinander gewesen, ihm war, als hätte er Helle vor ihrer Haustür geküsst. Hoffentlich nicht! Sie hatten doch über diesen Mann gesprochen, um dessentwillen sie so bekümmert war? Und dann hatte sie ihn plötzlich weggeschickt. Seine Sehnsucht nach Sofie kam zurück - und auch sein Zorn meldete sich wieder. *Warum?*, dachte er und erkannte im selben Moment, wie sinnlos diese Frage war. Helle hatte recht, so etwas geschah eben einfach – und dennoch plagte ihn die Eifersucht. Jetzt bekam dieser andere sie – und alles, was eigentlich ihm gehört hätte … Und wenn er doch nach Jütland fahren würde, um sich diesen James mal so richtig vorzunehmen? *Hör auf, Søren Lauridsen!*, befahl er sich, mühsam seine Wut bezähmend. So einen heftig brennenden Zorn hatte er in sich noch nie verspürt, nicht einmal vermutet, dass er überhaupt so wütend werden konnte. Gut, dass Helle ihn zur Vernunft gebracht und davor bewahrt hatte, sich vor Sofie und diesem James zum Narren zu machen. Er ging zum Gaskocher hinüber, schenkte sich Kaffee nach, kramte im Regal nach seinem Tabaksbeutel und stellte sein Rasierzeug bereit. Ein Gedanke kam ihm, der ihn von seinem Kummer ablenkte. Er schuldete Helle was und würde ihr helfen. Vielleicht konnte so wenigstens einer von ihnen beiden glücklich werden …

***

Axel stellte seine Tasche ab und sah zu Kathrine hinüber, die in einiger Entfernung von ihm über die Heide lief. Von Zeit zu Zeit blieb sie stehen, ging ein Stück zurück oder auch zur Seite und sah dabei immer wieder zum Leuchtturm hin. Offensichtlich suchte sie etwas, wenn er sich auch nicht vorstellen konnte, was. Er zog seine Anzugjacke aus und legte sie auf die Tasche. Jetzt kam der beste Teil des Tages, auf den er sich freute, seit er Kathrine das erste Mal hier stehen gesehen hatte. Bei allen Überlegungen für die Plakatentwürfe hatte er sofort und vor allem ein Bild im Kopf gehabt: Sommer in Norby … Kathrine im Heidekraut, mit seinem Hemd bekleidet, die Arme um die Beine geschlungen, lächelnd zu ihm hinsehend. Er würde sie bitten, ihre Wadenmuskeln anzuspannen, damit sie sich noch deutlicher unter der Haut abzeichneten … diese gegeneinander gewölbten Ovale, die er so gerne mit seinen Händen nachfuhr, die geraden, harten Linien der Schienbeine, und dann der silberne Schimmer über allem: auf ihrer Haut, in den Farben der Landschaft, dazu das klare, unverschattete Licht, überraschend anders als in Nybøl ... Sommer in Norby ... Die Margeritenkette ... Am liebsten würde er sie bitten, sie abzunehmen, ihr Hals sollte ohne ablenkendes Beiwerk zur Geltung kommen, nichts die aufsteigende Linie zum Kinn unterbrechen. Und dann, unter dem Hemd, nur angedeutet, hauchzart, der Ansatz ihrer Brüste, diese kleine Stelle in der Mitte des Brustbeins, die er so mochte und auf die er so gern seinen Kopf legte. Er würde dem Betrachter nur eine Ahnung erlauben, auf keinen Fall mehr preisgeben ... Ob sie die Kette abnehmen würde? Er war sich nicht sicher, die kleine Margerite bedeutete ihr viel. *Sie soll es entscheiden.* Wie froh sie auf dem Weg hierher gewesen war. Nach dem Gottesdienst hatten sie noch einmal gemeinsam Hände geschüttelt und sich beglückwünschen lassen. Er konnte nur ahnen, wie sehr es sie getroffen hatte, dass die Norbyer sie nicht lächelnd empfangen hatten, als sie am Morgen auf die versammelte Gemeinde zugeschritten waren. Sie kannte diese Art der Ablehnung ja nicht und es hatte sie völlig unvorbereitet getroffen. Er hätte ihr diesen Schmerz gern erspart, würde ihr gern jeden Schmerz ersparen, seine Liebe wie ein Schild vor sie halten. »Soll ich zu dir kommen?«, rief er zu ihr hinüber. Kathrine schüttelte den Kopf. »Nein, ich komme zu dir.« Sie lief auf ihn zu, schlang die Arme um ihn und rieb kurz ihre Wange an seiner, bevor sie den Kopf an seine Schulter legte.

Axel verstand, zog sie an sich und legte seine Hand an ihren Hinterkopf. »Ich bin da, Kathrine«, sagte er, »ich bin da.« Sie hob den Kopf und suchte seinen Blick. »Das war wieder wie Medizin.« Er fuhr mit den Daumen über ihre Wangen. »Sag mir, was du da eben gesucht hast.« Sie lächelte. »Die Stelle, wo wir uns zum ersten Mal geküsst haben; ich möchte so gerne, dass du mich dort malst. Aber ich bin mir nicht sicher, es sieht alles gleich aus.« Axel überlegte einen Augenblick. »Ich weiß was«, sagte er dann, »komm.« Er nahm ihre Hand und sie liefen ein Stück auf die Heide hinaus. »Hier?«, fragte Axel, blieb stehen und küsste sie. »Kalt!«, erwiderte Kathrine. Sie gingen noch ein Stück, er küsste sie wieder, fragte nochmals: »Hier?« Kathrine lachte. »Ich weiß nicht. Es fühlt sich immer richtig an, wenn du mich küsst.« »Also nicht richtig.« Sie liefen weiter und hielten ein wenig auf den Leuchtturm zu. »Hier war es«, sagte Kathrine augenzwinkernd und blieb stehen. Er küsste sie lange. »Genauso fühlte es sich an«, sagte sie schließlich. »War es für dich auch so? Ich meine«, fügte sie fast schüchtern hinzu, »weil du doch schon andere vor mir geküsst hast.« Er zog sie fester an sich. »Aber nicht so wie dich. Ich hab dieses Bild vor mir gesehen, du in meinem Hemd, im Heidekraut, und ich wusste, es ist etwas in dir, das ich gern berühren will … dich. Und ich wollte, dass du mich berührst. Wie hast du heute Morgen gesagt? Es war Liebe, auch wenn ich es noch nicht wusste.« »Lass uns hierbleiben.« Sie lächelte. »Kann man Liebe eigentlich malen?« »Sicher. Ich hole meine Sachen«, erwiderte Axel. »Lauf mir nicht weg!« Kathrine lachte. »Keine Sorge!« Er ließ sie langsam los. »Gut.«

»Wie ich mich darauf gefreut hab, dich hier zu malen … in meinem Hemd«, sagte er, als er mit Jacke und Tasche zu ihr zurückkam. »Und jetzt ist es so weit«, antwortete Kathrine. Er nickte glücklich. Sie streifte ihr Kleid ab und wollte auch das Hemd ausziehen, doch er sagte: »Warte«, und fuhr mit den Fingerkuppen die Linien ihres Halses nach, über ihren Nacken zu ihren Schultern. Dann trat er ein wenig zurück, um sie zu betrachten. »Dein Hals, diese langen Linien«, sagte er und kam wieder näher. »Würdest du die Margerite abnehmen, nur fürs Bild?« Er legte seine Hände über den Verschluss der Kette. Kathrine schüttelte den Kopf. »Nein, die Kette ist doch wie ein Teil von dir.« Er küsste sie sanft. »Ich wusste es«, sagte er. »Dein Hemd, Kathrine?« Sie gab es ihm, er legte es zu ihrem Kleid, sagte lächelnd: »Jetzt ich«, streifte seine Hosenträger hinunter und zog sein Hemd aus. Kathrine sah ihn verliebt an. »Warum malt dich eigentlich keiner?« Axel lachte. »Weil außer mir kein Maler da ist.« »Schade …« »Ach nein, ich mag es lieber so. Dich zu zeichnen und bei jedem Strich genau zu wissen, wie du dich anfühlst, das liebe ich fast so sehr wie dich«, erwiderte er und hielt ihr sein Hemd hin. »Und ich liebe es, wie du mich dabei ansiehst«, sagte sie.

Sie schlüpfte in sein Hemd, er ordnete den Stoff und war plötzlich Axel Söderblom, der Maler. Kathrine setzte sich ins Heidekraut und tat, worum er sie bat, schlang die Arme um ihre Knie, spannte ihre Muskeln an und drehte den Kopf, bis er zufrieden nickte. »Nicht bewegen!« Axel beugte sich über sie und richtete die Margerite. »Sie soll genau in der Mitte sitzen, in der kleinen Grube hier.« Er berührte vorsichtig ihren

Hals. »Warte, das Hemd etwas höher … so.« Er betrachtete sie und küsste sie leicht auf die Wange. »Hab ich schon Danke gesagt? Für deine Geduld?« »Nein. Wenn du malst, vergisst du ja alles andere.« »Dich vergesse ich nie«, antwortete er ernsthaft. »Ich bin nur so …« »Vertieft?«, fragte Kathrine. »Ja.« Er drückte ihre Schultern nach hinten, sagte: »Sehr gut, danke«, lächelte auch, als sie lächelte, und setzte sich ein Stück von ihr entfernt ins Heidekraut, um zu zeichnen.

Kathrine lockerte von Zeit zu Zeit unauffällig ihre Muskeln, während sie ihm zusah. Axel, ganz bei der Sache, führte den Stift erst vorsichtig, beinahe tastend, über das Papier, zeichnete dann rascher und hielt plötzlich inne, um erst zu ihr hinüber und dann wieder auf sein Zeichenpapier zu blicken. So ging es eine Weile, bis er immer öfter von seinem Skizzenbuch aufschaute, den Himmel betrachtete und sich schließlich sogar anders hinsetzte. Er schien ungeduldiger zu werden, und Kathrine sah zum ersten Mal eine Andeutung von schlechter Laune auf seinem Gesicht. Schließlich warf er seinen Stift ins Heidekraut. »Es geht nicht«, sagte er verdrossen. »Ich hab mich so darauf gefreut, dich hier zu zeichnen, und jetzt kann ich es nicht tun. Etwas fehlt, und ich komm nicht drauf … Es ist alles ganz verkehrt«, fügte er fast verzweifelt hinzu. »Ist es vielleicht das Licht?«, fragte Kathrine, streckte die Beine aus und setzte sich bequemer hin. Er schüttelte den Kopf. »Hm …« Sie überlegte, und plötzlich schien es ihr ganz falsch, dass er nicht bei ihr saß. Ohne ihn würde das Bild nicht vollständig sein, Sommer in Norby, das waren doch sie beide, ihre Liebe … »Komm her zu mir«, sagte sie. Axel sah sie überrascht an. »Wozu?« »Tu's«, verlangte sie bestimmt. Da stand er auf und ging zu ihr. »Und nun?« »Setz dich hinter mich. – Ja, so.« Sie ließ sich gegen ihn fallen und schmiegte ihren Hinterkopf an seinen Hals. »Jetzt nimm mich um die Taille.« Er tat es, zog sie an sich und legte seine Hände flach auf ihren Bauch. »Du hast gefehlt, Axel, merkst du es auch? Sommer in Norby, das sind doch wir beide.« Er streckte seine Beine neben ihren aus. »Vielleicht warst du wirklich zu weit weg von mir«, antwortete er nachdenklich, »weil ich doch viel mehr von dir malen will als nur deine … Linien. – Dich«, setzte er hinzu. »Uns«, Kathrine legte ihre Hände auf seine, »unsere Liebe. Kannst du die so malen?« Axel begann, sich mit ihr zu wiegen, langsam und sacht. »Sicher, mit einem Spiegel, aber das ist nicht wichtig.« »Nein.« Er ließ sich mit ihr ins Heidekraut sinken, Kathrine machte sich schwer auf ihm, lächelte ihn zärtlich an und strich ihm das Haar aus dem Gesicht. »Wir beide«, flüsterte sie, »du und ich, unsere Liebe … ja?« Er umfasste ihr Gesicht mit seinen Händen. »Ja …«

***

Sie pflückten die Beeren für den Nachtisch in ihre Kaffeetassen. James, in Jacke und Schuhen, die ausgeklopfte Pfeife in der Jackentasche, hielt die Ranken auseinander, damit Sofie auch von den reifen Beeren weiter oben pflücken konnte. Er schimpfte mit ihr, weil er Sorge hatte, dass sie sich die bloßen Beine an den Ranken und Dornen ritzen würde. Sofie lachte ihn aus, griff immer höher und ging tiefer in die Hecke hinein, bis James sie von hinten umfasste und stehen bleiben hieß. »Wir haben doch längst genug«, sagte er, »und ich will nicht, dass du dir in dem Gestrüpp ernsthaft wehtust.« Sie wandte den Kopf zu ihm, sah ihn an und erkannte den Vater, der er einmal sein würde: liebevoll, fürsorglich, auch ein wenig streng – und ihr Herz ging auf. »Nur die zwei da oben noch, Jamsie, eine für dich, eine für mich.« Sie reichte ihm die beiden Beeren auf der ausgestreckten Handfläche hin. Er nahm sie und steckte ihr die erste in den Mund und sich die andere. »Für den Rückweg«, sagte Sofie lächelnd. Hand in Hand, die Tassen sorgsam gerade haltend, gingen sie zur Decke zurück. »Wenn unser kleiner James später mal die Schule schwänzt, wirst du ihn raushauen oder mit ihm schimpfen, James?« Er überlegte ernsthaft. »Beides, glaube ich«, antwortete er schließlich. Sofie lachte. »Du wirst so ein guter Vater sein, der beste … Und ich liebe dich jetzt schon dafür.« »Dann bist du mir nicht böse, dass ich eben mit dir geschimpft habe?« »Nein«, antwortete sie weich, »es ist doch nur, weil du mich liebst.« Er nickte, zog seine Jacke aus, warf sie auf die Decke und begann seine Ärmel aufzukrempeln. »Und weil ich dir versprochen habe, gut auf dich achtzugeben, Sofie«, sagte er, nahm seine Krawatte ab, rollte sie zusammen und steckte sie in die Tasche seines Jacketts. Dann öffnete er die beiden obersten Knöpfe seines Hemds. »Was aufs selbe hinauskommt, nicht?«, entgegnete sie lächelnd. Während sie Pudding in die Schalen füllte, fügte sie hinzu: »Und jetzt stell noch deine Schuhe zu meinen, dann hast du's richtig gemütlich, du wirst sehen.« Er lachte, setzte sich zu ihr auf die Decke und küsste sie. »Halt mal still«, sagte er und lehnte sich an ihren Rücken. Er zog Schuhe und Strümpfe aus, machte die Beine lang, beugte und streckte seine Füße und seufzte behaglich dazu. »Siehst du«, sagte Sofie, die wohlige Wärme seines Rückens an ihrem genießend. »Und hier kommt dein Nachtisch, mein liebster Schatz.«

Nach Reispudding mit Kirschen und Brombeeren lagen sie müde und satt nebeneinander auf der Decke. »Du hast mich noch gar nichts zu meinem Kleid gefragt, Jamsie«, sagte Sofie. »Weil es so viel anderes zu tun gab«, antwortete er schläfrig und rieb genüsslich seine Wange an ihrer Schulter. »Essen … und noch mehr Essen … dich küssen … und retten.« Sofie gluckste. »Aber jetzt gibt's gar nichts mehr für dich zu tun, also …« Sie fuhr ihm durch die Locken, er öffnete langsam die Augen und stemmte sich auf einem Ellenbogen hoch. »Mal sehen«, antwortete er, behutsam die Linien ihres Überkleids mit einem Finger nachfahrend. »Das ist also eine Pelisse, ja?« »Mhm, so was in der Art.« Er ließ seine Hand einen Augenblick lang auf dem locker geschlungenen Knoten liegen und zupfte dann ein wenig an ihm herum, bis der Stoff auseinanderfiel. »Ist das alles?«, fragte er überrascht. »Keine Knöpfe?« »Nein«, erwiderte Sofie lächelnd. »Die würden doch nur stören, die Pelisse soll ja leicht sein … wie ein Hauch.« »So?« Er schob behutsam den Stoff des Überkleids beiseite und streichelte die dünne Seide über ihrem Bauch. »Ich hab sie gekauft, weil sie meine Farben hat«, sagte Sofie, die sich unter seiner Berührung räkelte wie James, das Kätzchen. »Ja«, antwortete er lächelnd, »lauter Rosenfarben – das bist du, Sofie.« »Hm«, seufzte sie zufrieden, schob ihre Hände unter seine aufgekrempelten Hemdsärmel, genoss es, zu spüren, wie seine Muskeln sich unter ihren Händen bewegten, und zog ihn wieder zu sich herab. Er schmiegte sich in ihre Arme. »Und so warm und weich … ich möchte in deiner Wärme sein wie … wie Weißbrot in süßer Suppe.« Sie mussten beide lachen. Sofie neigte sich über ihn. »Das sollst du bestimmt.« Sie küsste die glatte, seidige Haut um seine Schlüsselbeine und sah ihn fragend an. Da gab er sich in ihre Hände, ließ sie sein Hemd aufknöpfen und streichelte ihre Arme, während sie vorsichtig mit den Fingerspitzen über seine Rippen und seine Brust fuhr und schließlich über seinem Herzen verharrte. »Ich halte es bald nicht mehr aus, Jamsie«, flüsterte sie. Er sah sie an, spürte ihr Vertrauen, ihre Zärtlichkeit, ihr Begehren und dachte plötzlich: *Was, wenn sie es nicht mochte?*, und schalt sich einen Narren. Er würde doch mit ihr sein wie – eine Glucke mit ihren Küken …

Die Sonne war herausgekommen und schien zu den Fenstern des Gartenhauses herein, als Sofie allmählich die Augen öffnete. James schlief wie ein kleiner Junge neben ihr auf der Chaiselongue, tief und zufrieden, das Gesicht an ihrer Schulter. Wie glücklich er gewesen war und wie geduldig. Und sie so ungeduldig ... Lächelnd strich sie ihm übers Haar. *Mein Mann und mein Schatz und mein Liebster ...* Es war ganz anders und viel schöner gewesen, als sie es sich vorgestellt hatte. Und es hatte gemacht, dass sie James noch viel mehr liebte als vorher. Oh, sie würde ihn so beschützen ... Er fasste schläfrig nach ihr. »Sofie?« »Ich bin da, liebster Jamsie«, antwortete sie lächelnd und schlief wieder ein, eine Hand auf seiner Brust.

Das nächste Mal erwachte sie mit dem Gefühl, angesehen zu werden – und wirklich, James kniete vor der Chaiselongue, sein Gesicht nah an ihrem, betrachtete sie und streichelte ihr Haar. Sofie erwiderte sein Lächeln und streckte die Hand nach ihm aus. »Was tust du denn da, Jamsie?« »Ich sehe dir beim Schlafen zu«, entgegnete er. »Auf dem Fußboden? Ach, James ...« Sie nahm seine Hand und küsste sein Handgelenk. »Du bist ja angezogen, müssen wir denn schon gehen?« Er schüttelte den Kopf. »Ein bisschen Zeit haben wir noch – ich hab unsere Sachen geholt und nach Balder gesehen.« »Ach, du Lieber.« Sie rieb ihre Stirn an seiner Hand. »Geht es ihm gut?« »Sehr gut, er hat sich ordentlich im Gras gewälzt, wie's aussieht, und stob gerade über die Wiese, als ich zu ihm herauskam.« »Oh«, sagte Sofie, »da hast du nachher beim Bürsten wohl ordentlich Mühe mit ihm.« »Ja, aber was macht das schon?« Er neigte sich zu ihr und küsste sie. »Bist du auch hungrig?« »Ein bisschen.« »Dann lass mich mal los, ich mache uns ein paar Brote zurecht, ja?« Sie ließ ihn und er stand auf, ging zum Tisch hinüber und setzte sich, nahm die restlichen Brotscheiben aus der Dose im Korb, bestrich sie mit Butter und belegte sie mit Bratenfleisch. Sofie dehnte und streckte sich unter der Picknickdecke, während sie ihm zusah und die Vertrautheit genoss, die jetzt zwischen ihnen war und die sie sich so gewünscht hatte. Sie spürte, auch James war sich ihrer nun noch viel sicherer, und das machte es so selbstverständlich und gut zwischen ihnen. Gerade zerteilte er die Brotscheiben, liebevoll und sorgfältig, ernsthaft in dem, was er tat – ganz und gar James eben. »James?« Er legte das Messer hin und sah lächelnd auf. »Ja?« »Ich liebe dich.« »Ich liebe dich auch, mein Herz.« »Und ich finde«, fuhr Sofie fort, dem Einfall folgend, der ihr bei

seinem Anblick gekommen war, »Axel soll dich auch malen – so ernsthaft und bei der Sache wie eben. Ich will dich auch immer ansehen
können.« Sein Lächeln vertiefte sich. »Dann soll er doch ein Bild von uns
beiden zusammen malen, was meinst du?« Sofie räkelte sich ein letztes
Mal und setzte sich auf. »Ja, von dir und mir und dem James-Kätzchen.«
Er lachte. »In Ordnung. Möchtest du auch Kaffee?« Sie nickte. »Und
dich. Kommst du bald wieder her zu mir?« »Bin schon unterwegs.« Er
stand auf, kam mit Teller, Wärmekanne und einer Tasse zu ihr ans Bett,
stellte alles auf den Boden und sagte: »Ich dachte, wir trinken aus einer
Tasse.« »Mhm …« Sofie genoss es, zuzusehen, wie er sein Hemd über
den Kopf zog und dann aus seiner Hose schlüpfte. Er war so … wohl-
geformt; schlank, aber kräftig. Seine Haut hatte denselben Elfenbeinton
wie ihre, nur an den Unterarmen und am Hals war sie gebräunter, da er
während der Arbeit die Hemdsärmel aufzukrempeln pflegte und den
Kragen offen trug. Sie hielt die Decke für ihn hoch, und er legte sich
wieder zu ihr, schmiegte sich an sie und seufzte zufrieden. Dann lag er
ganz ruhig, mit geschlossenen Augen, wollte nichts mehr, als sie wieder
warm und weich neben sich zu haben, ihre Hände auf seiner Haut, die
Zärtlichkeit in ihrer Stimme, mit der sie ihm sagte, wie gern sie ihn
ansah, wie gut er sich anfühlte, überall, wie seine und ihre Haut sich
doch glichen. »Elfenbein, wir beide, Jamsie.« Er lächelte, als sie ihn ihren
liebsten Schatz nannte, ihr schönstes Geschenk. »Es hat mich bald verrückt gemacht, die Haut über deinen Schlüsselbeinen durch dein Hemd
hindurch schimmern zu sehen und sie nicht berühren und küssen zu
können. Du hast mich überhaupt ganz verrückt gemacht …« Sie küsste
ihn, und er ließ sich küssen, strich über ihr Haar, ihren Nacken, ihren
Rücken, genoss es, zu spüren, wie sie sich unter seiner Hand bewegte,
und dabei ihre kleinen wohligen Seufzer zu hören. »Ich könnte für den
Rest meines Lebens hier so mit dir liegen«, sagte er, »dich streicheln
und küssen und bei dir sein. Weißt du, dass ich für einen Moment die
dumme Idee hatte, es könnte dir vielleicht nicht gefallen mit uns?« Er
strich über ihre Taille. »Zu denken, dass ich dich nicht wollen könnte …
dabei wollte ich dich doch wie nichts sonst.« Sie suchte seinen Mund,
streichelte seine Lippen mit ihren. »Es war viel besser, als ich's mir überhaupt ausmalen konnte.« Er sah ihr Lächeln und neigte sich über sie.

∗∗∗

Helle schob sich an Søren vorbei und betrat seine Stube. »Puh, bin ich erledigt.« Sie nahm ihre Kappe ab, zog die Jacke aus und ließ beide zusammen mit ihrer Tasche auf den Boden fallen. Dann schlüpfte sie schnell aus den Schuhen und warf sich rücklings auf Sørens Bett. Sie waren vom Krausesvej an den Seen entlang zur Ahornsgade spaziert, ein Weg, der ihr sonst gar nichts ausmachte, doch heute … Sie hatte Kopfschmerzen und das drückende, schwüle Wetter tat das Übrige dazu. Zum Schluss war wenigstens noch die Sonne herausgekommen und ein erfrischender Wind hatte die Wolken auseinandergeweht. »Aber das dumpfe Gefühl in meinem Kopf ist besser«, fuhr sie fort. »Und bei dir?« »Ein bisschen«, erwiderte Søren und legte die Zeitung auf den Tisch, die er auf Helles Anraten hin gekauft hatte, um sich von seinem Kummer abzulenken. Er schlüpfte ebenfalls aus Jacke und Schuhen, sammelte Helles Zeug vom Fußboden auf, legte alles zusammen mit seiner Jacke über die Stuhllehne und schob ihre und seine Schuhe auf die Fußmatte vor der Haustür. Helle drehte sich auf den Bauch und stemmte sich auf die Ellenbogen hoch. »Ordentlicher Søren«, sagte sie lächelnd. »Soll ich dir nicht was helfen? Ich könnte das Brot schneiden.« »Lass nur«, entgegnete er, ging zum Handstein und füllte den Kessel. »Ich richte uns die Brote, während ich den Kaffee aufbrühe.« »Auch gut«, antwortete Helle träge und ließ sich auf die Decke zurücksinken. Mit geschlossenen Augen überlegte sie, wie sie Søren davon überzeugen sollte, dass er in Rønne mit ihr besser dran wäre als ohne sie. Ihren Vater hatte sie schon halbwegs überredet, er hatte ihr bereits die Anschrift von Tante Louises angeheirateter Kusine herausgesucht. Gleich morgen würde sie ihr schreiben, und vielleicht auch an Sofie, ihre Glückwünsche zur Verlobung senden, wenn Søren sie nicht dringender brauchte. Der ging natürlich vor, dachte sie und döste weg.

Søren schob einen Stuhl ans Bett, stellte den Teller mit den Marmeladenbroten darauf, schenkte ihnen Kaffee ein und setzte sich mit den gefüllten Kaffeebechern in den Händen zu Helle aufs Bett. »Helle? Hier, dein Kaffee.« Sie öffnete die Augen, setzte sich gähnend auf und fuhr sich durchs Haar. »Bin ich doch tatsächlich eingenickt. Danke«, sagte sie und nahm den Becher entgegen. Eine Weile aßen und tranken sie stumm. Dieses Schweigen hatten sie auch die meiste Zeit ihres Spaziergangs über gehalten, ihrer Kopfschmerzen wegen – und weil sie beide mit ihren eigenen Angelegenheiten beschäftigt gewesen waren. »Noch Kaffee?«, fragte Søren schließlich. Helle nickte und leckte sich Marmelade und Butter von den Fingern, während Søren ihr einschenkte. »Heute Morgen ...«, begann er, ihr Becher und Milchflasche hinschiebend, »du hast mich so plötzlich weggeschickt ... Ich weiß gar nicht mehr viel, nur, dass es sehr gemütlich war mit uns. Sag, muss ich mich für irgendwas entschuldigen?« Helle rührte Milch in ihren Kaffee. »Nein«, erwiderte sie. Søren sah auf seinen Kaffeebecher hinab. »Helle, bitte, mir ist, als hätte ich dich küssen wollen. Hab ich? Das wäre mir arg.« »Nein«, wiederholte Helle ein wenig schroffer, »nicht mich. Sofie – aber die war ja nicht da.« »Also muss ich mich doch für was entschuldigen.« »Lass gut sein«, antwortete Helle, nun wieder etwas sanfter. »Wir waren eben beide ziemlich betrunken, du noch mehr als ich, und es ist nichts geschehen, was nicht hätte sein sollen.« *Weil ich dich liebe, Søren Lauridsen*, dachte sie, *und weil es mir wehgetan hätte – und dir auch.* »Gut«, sagte Søren erleichtert, »da bin ich froh, dass ich dir deine Kameradschaft nicht mit meinem schlechten Benehmen vergolten habe, und wenn es irgendwas gibt, was ich für dich tun kann, sag es nur.« Helle beschloss, das Thema ihrer unglücklichen Liebe erst gar nicht zwischen ihnen aufkommen zu lassen. »Kannst du«, erwiderte sie heiter und setzte sich bequem im Schneidersitz zurecht. »Erlaub mir doch ausnahmsweise mal, auf deinem Bett zu rauchen. Ich bin zu müde und zu faul, um jetzt aufzustehen und mich ans Fenster zu stellen.« Søren lächelte sie an. *Das Lächeln eines Lehrers gegenüber seiner aufsässigen Lieblingsschülerin*, dachte Helle. So hatte er im Mathematikunterricht auch gelächelt, wenn Sofie, den Tränen nahe, wieder einmal erklärt hatte, gar nichts zu können und, nein, auch nichts versuchen zu wollen, weil es sowieso ganz sinnlos wäre. Dass er sie jetzt so anlächelte, machte sie auf eine absurde Weise glücklich. »Oh, und meine Zigaretten sind in der Handtasche, aber das weißt du ja«, setzte sie hinzu, in der Hoffnung, dass dieses Lächeln sich vertiefen würde. Stattdessen zog Søren die Augenbrauen hoch. »Habe ich denn schon Ja gesagt?«, fragte er ein wenig spöttisch. *Ganz der andere Søren*, dachte sie noch glücklicher und entgegnete: »Fast.« Er sah sie streng an. »Ausnahmsweise«, sagte er, öffnete das Fenster und brachte ihr Tasche und Aschenbecher. Helle erwiderte sehr artig: »Danke schön, liebster Søren.« Da zog er wieder die Augenbrauen hoch und antwortete mit einem kleinen ironischen, sehr entzückenden Lächeln: »Übertreib's nicht, Helle.«

»Und jetzt lass uns mal praktisch denken«, begann sie, als Søren wieder neben ihr auf dem Bett saß, seine Zigarette in der einen und den Aschenbecher in der anderen Hand. »Was fängst du denn nun an?« »Na, was schon?«, erwiderte er schulterzuckend. »Meine Stelle habe ich gekündigt, die Wohnung auch, also werde ich Lehrer auf Bornholm. Es ist mir eigentlich auch egal, weißt du?« »Nicht doch«, antwortete Helle tröstend, »du musst ja nicht hinfahren. Sag der Staatsschule in Rønne doch ab und bleib hier.« Søren strich ein wenig Asche von seiner Zigarette. »Und dann? Ich hab ab September keine Arbeit mehr in Kopenhagen. Und wo sollte ich übrigens wohnen?« Helle überlegte nicht lange. »Eine Stelle wird sich finden, und notfalls wohnst du eben eine Zeitlang bei uns.« Søren schüttelte den Kopf. »Na, das wäre wohl nicht gut möglich, das weißt du schon. Und der Schule einfach absagen? Wo soll der Rektor denn so schnell einen anderen Lehrer herkriegen? Der verlässt sich doch darauf, dass ich die Stelle antrete.« Helle zog an ihrer Zigarette und sah ihn von der Seite an. »Also ist dir doch nicht alles egal«, sagte sie. Søren lächelte. »Ich kann die doch nicht hängen lassen, nur weil ich Liebeskummer habe.« »Ach, Søren«, erwiderte Helle gerührt und erlaubte sich, ihm über die Schulter zu streichen, »das mag ich so an dir … Gut, also Bornholm. Ich hab übrigens Verwandtschaft in Rønne, eine angeheiratete Kusine meiner Tante Louise.« »So?«, fragte Søren mäßig interessiert, seine Zigarette ausdrückend. »Na, ich kann ja mal bei ihr vorbeigehen und Grüße überbringen«, fügte er höflich hinzu. »Oh, du musst dich gar nicht bemühen, vielen Dank«, erwiderte Helle fröhlich. »Da ich bei Kusine Lisbet wohnen werde, kann ich die Grüße von der Verwandtschaft selbst überbringen.« »Wie?«, fragte Søren überrascht. »Das ist doch nicht dein Ernst, Helle … du auf Bornholm, bei irgendeiner alten Kusine? Was willst du dort denn den ganzen Tag anfangen?« »Was fange ich denn hier den ganzen Tag an?«, fragte sie schnippisch. »Ich könnte Kusine Lisbet im Haushalt helfen, spazieren gehen.« Sie sah auf ihre Zigarette nieder. »Mich um dich kümmern …« Alle seine Grundsätze missachtend, griff Søren erneut zum Tabaksbeutel und begann, sich eine zweite Zigarette zu drehen. »Dich um mich kümmern?«, wiederholte er. »Helle, ich werde in Rønne sehr beschäftigt sein, und du würdest dich dort langweilen, Kopenhagen vermissen – und das meinetwegen. Auf gar keinen Fall!« Er bemerkte, wie unfreundlich seine Antwort geklungen hatte, und fügte hinzu: »Es ist natürlich überaus großherzig von dir, aber du verstehst, dass ich dein Angebot nicht annehmen kann, oder?

Es wäre dir gegenüber einfach nicht recht.« Er zündete seine Zigarette an, nahm einen Zug und schaute zu Helle hin. Die hob ihren Blick und sah ihn herausfordernd an. »Du meinst, ich würde dir lästigfallen«, erwiderte sie unverblümt. »Aber du sollst dich ja auch nicht um mich kümmern, sondern ich kümmere mich um dich.« Sie sah, dass er zu einer Antwort ansetzte, und fügte rasch hinzu: »Nein, das ist nicht dasselbe. Was willst du dort übrigens abends tun?« »Dasselbe wie hier auch, schätze ich.« »Ah, Zeitung lesen, Rauchringe zum Fenster hinauspaffen und ab und zu mal in die Badeanstalt gehen. Aber Rønne ist nicht Kopenhagen, Søren, da gibt's kein Wannenbad, wo man mal eben hingehen und gemütlich im warmen Wasser herumliegen kann, wenn einem danach ist. Und dann das Nachtleben – wahrscheinlich gibt es in ganz Rønne überhaupt nur eine Wirtschaft und die schließt, wenn es dunkel wird.« Sie stupste energisch den Rest ihrer Zigarette in den Aschenbecher, faltete die Hände im Schoß und schüttelte sich ein wenig. Søren musste wider Willen lachen. »Na komm, Helle, Rønne ist nicht Kopenhagen, wohl wahr, aber auch nicht Grönland.« *Ah*, dachte Helle, *so könnte es gehen … Er muss sich ein bisschen ärgern und ein bisschen belustigen, dann wird der andere Søren entscheiden …* »Du hast natürlich recht«, entgegnete sie versöhnlich, »und sicher wird dich auch der eine oder andere Kollege gelegentlich zu sich nach Hause einladen, da kannst du dann den Abend behaglich im Kreis der Familie verbringen und dir erzählen lassen, wie es war, als die Kinderchen die Masern hatten – und erst die lustigen Schulgeschichten … Wie bin ich nur auf die Idee gekommen, du könntest dort einsam und traurig herumhocken, dich langweilen und froh sein über die Gesellschaft deiner …«, sie unterbrach sich, »einer Kameradin?« *Da wäre mir doch fast was herausgerutscht*, dachte sie erschrocken und nahm sich vor, ihre Zunge zukünftig noch besser zu hüten, besonders, wenn sie so gemütlich nebeneinandersaßen wie jetzt. Er machte es ihr wirklich schwer, sich zusammenzunehmen, ihm nicht einfach um den Hals zu fallen und ihn Sofie vergessen zu lassen. Aber anscheinend hatte er nichts bemerkt, tat ihr vielmehr den Gefallen, sich über sie zu ärgern. »Hör auf, mich dranzukriegen, Helle, ich mag meinen Beruf, und die meisten meiner Kollegen sind sehr nette Menschen.« Leiser, fast nachdenklich fügte er hinzu: »Und ich mag Kinder.« »Ich weiß«, sagte Helle sanft, »aber lassen wir doch mal die Kinder, ja? Sag, die geschwätzigen Ehefrauen deiner sehr netten Kollegen, magst du die auch?« Søren betrachtete seine Zigarette mit einem kleinen Lächeln, schüttelte den Kopf und seufzte: »Ach, Helle …« Dann blickte er auf und drückte ihre Schulter. »Du bist der beste Kamerad, den man haben kann, Helle, und ich weiß, du meinst es gut. Aber ist es nicht eher so, dass du nur seinetwegen mit mir kommen willst? Wegen dieses Mannes? Davon wird doch nichts besser, wenn du einfach wegläufst und dich in Rønne vergräbst. Sag mir doch endlich, wie er heißt, damit ich mit ihm reden kann. Vielleicht hilft es ja dazu, dass du mit ihm hier in Kopenhagen glücklich wirst.« Helles Augen wurden dunkel, fast schwarz, aller Spott war aus ihrer Miene verschwunden. »Nein.«, sagte sie und begann zu weinen, still und mit gesenktem Kopf. Søren drückte seine Zigarette aus und zog sie an sich. »So schlimm?«, fragte er. Helle nickte: »Ja … und du hast versprochen, mich nicht mehr deswegen zu quälen, Søren.« Hatte er? Er wusste nichts mehr davon, wohl aber, dass er es gerade gut gemeint und schlecht gemacht hatte. »Tut mir leid«, sagte er, »tut mir so leid, Helle«, und streichelte ihren Rücken, während sie, an ihn gelehnt, ein Weilchen vor sich hin weinte. Irgendwann rückte sie von ihm ab und sagte schniefend: »Schon gut. Vergessen wir das Ganze am besten.« Søren drückte noch einmal ihre Schulter, stand auf, ging sein Küchentuch holen und hielt es ihr hin. »Hier.« Helle nahm es, wischte sich damit übers Gesicht und sah ihn an. »Also«, sagte er und setzte sich wieder neben sie, »wie hattest du dir denn unser Leben auf Bornholm so vorgestellt?« Helle schluckte. »Ich will dein Mitleid nicht, Søren.« »Unsinn! Ich will dir doch helfen, Helle, und wenn du meinst, dass es besser wird, wenn du ein Weilchen von diesem … Menschen wegkommst …« »Oh!« Nun wurde Helle wieder munter. »Na ja, ich dachte, wir besuchen einander, spielen Schach oder lesen was zusammen. Und sonntags gehen wir spazieren und vermissen Kopenhagen.« Søren lächelte. »Wie es den rechtschaffenen Rønnern wohl vorkommen mag, wenn ich abends Damenbesuch empfange? Und was wird Kusine Lisbet dazu sagen?« »Ich könnte heimlich zu dir kommen«, schlug Helle vor, »diskret …« »Mit einer Kapuze über dem Haar, wie im Damenroman?« Sie lachten einander an. »Außerdem, ich fahre ja auch gar nicht deinetwegen nach Bornholm.« »Sondern?« »Wegen meiner angegriffenen Gesundheit.« Sie betonte jede Silbe einzeln. »Das Großstadtleben hat mich regelrecht ausgezehrt, weißt du?« Sie schaute ihn verschmitzt an. »Und dass du auch nach Rønne musst, trifft sich doch gut. Du wirst mir nämlich helfen, Kopenhagen nicht ganz so arg zu vermissen.« Søren schmunzelte. »Schon wieder der Damenroman … Das hast du dir ja fein ausgedacht, Helle, und noch dazu mit diesem dumpfen Gefühl im Kopf.« »Ja, nicht?«, entgegnete sie zufrieden. »Und was Kusine Lisbet angeht, was sollte die schon gegen dich haben? Ein hübscher junger Mann mit guten Manieren, unterhaltsam, gebildet und Lehrer an der Staatsschule in Rønne. Sie wird sich freuen, so was Nettes ins Haus zu kriegen.« Søren errötete. »Oh, danke … Sag, kennst du Kusine Lisbet eigentlich gut?« Helle zögerte nicht mit ihrer Antwort. »Nein, aber man weiß doch, wie alte Damen so sind.« Søren beließ es bei einem Lächeln, froh darüber, dass Helle wieder so gut gelaunt war. »Lass es uns probieren, Søren, ja? Bestimmt finde ich einen Weg, zu dir zu kommen, ohne dass halb Rønne mit dem Finger auf uns zeigt. Und wenn es ganz schrecklich sein sollte oder einen Skandal gibt, kann ich ja auch wieder nach Hause fahren.« Ja, dachte Søren, sich Helle auf Bornholm vorstellend, *einen Skandal, darauf wird es wahrscheinlich hinauslaufen.* Aber er brachte es nicht über sich, sie zu enttäuschen. Zudem hatte er das Gefühl, seiner Kameradin und Freundin wirklich etwas zu schulden. »Gut, versuchen wir es.« Ein wenig strenger fuhr er fort: »Du wirst sehr brav und artig sein – und uns bitte keinen Skandal machen, ich kann nämlich nicht so einfach wieder nach Hause fahren wie du.« Helle strahlte ihn an. »Versprochen. Weißt du, dass mein Kopf wieder ganz in Ordnung ist? Ich könnte mir direkt vorstellen, noch ein bisschen in die Stadt zu gehen. Was meinst du?« »Auf keinen Fall!«, erwiderte Søren. »Wie wäre es denn, wenn du mit dem Bravsein gleich mal anfingst?« Aber Helle war schon aufgestanden und holte ihre Schuhe. »Nicht mehr heute Abend, Søren, wir haben doch was zu feiern, findest du nicht?« Er hob die Augenbrauen, als sie in ihre Schuhe schlüpfte. »Helle!« Sie warf ihm seine Jacke zu und er begann zu lächeln.

***

Als James und Sofie sich aus ihrer Umarmung lösten, war der Nachmittag schon in den Abend übergegangen. Es war Zeit, aufzubrechen, um noch im Hellen nach Hause zu kommen. Schnell zogen sie sich an, aßen nebenbei die Brote und tranken den lauwarmen Kaffee aus der Wärmekanne dazu. Dann ging Sofie hinaus, um sich die Füße unter der Pumpe im Hof abzuspülen, während James ihre Sachen zusammensammelte. Als er dann mit Korb und Decke zu ihr trat, saß sie vor der Pumpe im Gras, die Beine in die Luft gestreckt, damit ihre Füße während des Trocknens nicht wieder schmutzig wurden. James lachte, als er sie so sah. »Warte mal.« Er legte Korb und Decke beiseite, kniete sich vor sie hin, nahm ihre Füße auf sein Bein und trocknete sie mit seinem Taschentuch ab, sich sorgsam jeden einzelnen Zeh vornehmend, während Sofie ihm vergnügt zusah. »So, fertig«, sagte er, hob erst den einen, dann den anderen Fuß hoch, küsste die kleinen, rosig überhauchten Zehennägel und umschloss sie mit seinen Händen. Sofie lächelte ihr Lächeln mit den Grübchen. »Jetzt hast du wirklich alles an mir geküsst, was man küssen kann.« James strich mit den Daumen über die Außenkanten ihrer Füße. »Und ich will es bald wieder tun, besonders deine wunderhübschen kleinen Muschelzehen hier …« »Ach, Jamsie, ich wollte, wir könnten einfach hierbleiben.« Sie griff mit einer Hand nach ihren Strümpfen und reichte sie ihm. »Hilf mir, ja?«

»Ich mag es, dass wir jetzt so vertraut sind«, sagte Sofie, als sie in Strümpfen und Schuhen vor ihm stand. »Ich hab's bei Kathrine und Axel gemerkt, weißt du? Dass er sie splitternackt in der Badewanne malen wollte und sie sich gar nichts daraus machte … Da hab ich mir gewünscht, dass es mit uns auch so wird.« Sie neigte sich über ihn und küsste seine Wange. »Und jetzt ist es so mit uns«, antwortete James lächelnd, stand auf, trat hinter sie und umfasste ihre Taille. »Ich mag es auch, übrigens.« Er zog sie an sich. Einige Augenblicke lang standen sie still aneinandergelehnt, dann fragte James: »Hast du alles, mein Herz?« Sofie nickte. »Lass uns das Gartenhaus behalten, so wie es ist, nur für uns, ja?«, sagte sie, als sie Arm in Arm zu den Wiesen hinübergingen. »Auf jeden Fall«, erwiderte James, »schon wegen der Kinder«, und erzählte ihr von den traulichen Momenten seiner Eltern auf dem Frisierhocker seiner Mutter, während er Balder anschirrte.

***

»Wenn du morgen nach Hause kommst, werde ich schon da sein«, sagte Sofie, ganz vergnügt bei der Aussicht, James auf Julsgård zu erwarten. James schlang Balders Zügel um den pederschen Gartenzaun. »Ich habe morgen Vormittag nicht viel zu tun. Wenn es keine Notfälle gibt, werde ich pünktlich zum Mittag zu Hause sein und wir können gleich nach dem Essen zu Pastor Dahl gehen.« »Das wäre schön. Ich glaube, das werde ich noch oft von dir zu hören kriegen, Jamsie: Wenn es keine Notfälle gibt …« »Ständig«, entgegnete er und küsste sie. Sofie legte einen Arm um seine Hüfte und drückte ihn kurz an sich. »So ist es wohl, wenn man mit einem Tierarzt verheiratet ist. Oh, bestimmt wartet Mutter schon auf mich, es ist ja ihr letzter Abend.« James nickte. »Kein langer Abschied heute, aber bis zur Tür bringe ich dich noch«, erwiderte er und nahm den Korb vom Wagen. »Was werde ich dich heute Nacht vermissen«, sagte Sofie, als sie den Zuweg zum Haus hinaufgingen, »noch viel mehr als vorher. Ich bin sehr glücklich, James.« Er drückte sie an sich. »Ich auch. Wenn ich könnte, würde ich dir jetzt ein Gedicht schreiben oder so was …« Sofie lächelte bei dem Gedanken an eine gereimte Liebeserklärung. »Über meine Zehen vielleicht?« »Auch«, James lachte, »und über deine Grübchen hier … und dein Lächeln.«

Er klopfte. Kathrine öffnete ihnen dir Tür. »Da seid ihr ja! Deine Mutter hält schon nach euch Ausschau.« »Ich dachte es mir«, antwortete Sofie, »deshalb haben wir uns auf dem Rückweg auch beeilt.« Kathrine betrachtete die beiden. Sofie hatte lässig ihren Arm um James' Hüfte gelegt, der sich in ihre Umarmung lehnte. Es war anders zwischen ihnen als heute Morgen, vertrauter, unbefangener. Natürlich … der verwilderte Garten an Ivers Häuschen, die Brombeerhecken, ein stiller, geborgener Ort, ganz für sie allein. Und James sah so zufrieden aus, wie sie es noch nie bei ihm gesehen hatte. Sie suchte lächelnd seinen Blick. Er schaute sie an, sah, dass sie verstanden hatte und sich für ihn freute, und lächelte auch. »Kann ich dir grad mal den Korb geben?« Kathrine küsste ihn auf die Wange. »Sicher.« Sie nahm ihm den Korb ab und stellte ihn neben die Haustür. Axel kam aus der Küche und ging ihnen durch den Korridor entgegen. »Die Bratkartoffeln sind aufgewärmt, ihr zwei kommt gerade richtig.« James schüttelte den Kopf. »Danke, heute nicht, wir haben Schwiegermutter lange genug warten lassen. Oh, übrigens kommt Steen morgen zu Vater. Sofie hat ihm gestern Abend eine Menge zu denken gegeben. Mehr Einnahmen durch weniger Häuser …« Axel nickte. »Gut zu wissen. Ändert das irgendwas?« »Noch nicht.« Kathrine seufzte. »Oh, hört auf, ihr beiden, nicht schon wieder Steen!« Sie fasste nach Axels Hand und zog ihn in Richtung Küche. »Nacht, James!« Axel wandte sich noch einmal um. »Erzähl mir auf jeden Fall, wie es ausgegangen ist, James! Vielleicht muss ich mir ja doch noch was überlegen … Bis morgen dann.« »Versprich mir, dass du heute Abend nicht mehr an die Vermietungsgesellschaft denken wirst«, verlangte Kathrine, bevor sie die Küchentür hinter sich schloss. James und Sofie lächelten einander an. »Sie gibt auf ihn acht, wie ich auf dich«, sagte Sofie. »Jetzt sollte ich wohl zu Mutter gehen.« Er nickte. »Also, ein kurzer Abschied, mein Herz.« Sie hob ihm ihr Gesicht entgegen. »Aber doch nicht ohne einen Kuss?«

XXVII

Auf dem Bahnhof von Nybøl war es sonnig, doch Malvine fröstelte. Der Abschied von Sofie fiel ihr noch viel schwerer, als sie befürchtet hatte. Sie war froh, dass sie sich doch für den Reisehut mit dem Schleier entschieden hatte; ihr müdes und trauriges Gesicht ging nur sie etwas an. Die vergangene Nacht war schrecklich gewesen. Während Sofie tief und fest geschlafen hatte, war sie leise im Zimmer umhergegangen, hatte sich alle ihre Versäumnisse noch einmal vorgeworfen, vergeben und wieder vorgeworfen, und sich irgendwann damit getröstet, dass Sofie ihr die Vergangenheit nicht nachtrug. Den Rest der Nacht hatte sie um Jesper getrauert, um die glückliche, viel zu kurze Zeit ihrer Ehe, und war noch nicht fertig damit. Sie hatte ihn nie richtig gehen lassen, das verstand sie jetzt, hatte die ganzen Jahre darauf gewartet, dass er zur Tür hereinkommen und sie ihr Leben fortsetzen würden, als käme er von einer seiner Fahrradtouren zurück. Aber er war nicht heimgekommen, und irgendwann hatte sie dann vergessen, dass sie wartete, nur immerzu unruhig auf etwas gehofft und nicht gewusst, worauf. Doch nun hatte sie begonnen, sich auch von ihm zu verabschieden … Ganz unten in ihrem Necessaire lag ihre Schreibmappe mit einem Brief von Sofie, den sie Helle persönlich überbringen würde. Dort verwahrte sie auch die Briefe von und nach Kopenhagen, die nie ihre Empfänger gefunden hatten. Sie hatte beschlossen, diese zu Hause mit anderem Abfall in der Gartentonne zu verbrennen. *Vielleicht hatte es ja so kommen sollen,* dachte sie, *ich habe etwas Falsches getan und so dazu geholfen, dass etwas Gutes geschehen konnte.* Malvine betrachtete Sofie, die neben ihr stand und weinte. Doch sie wusste, dass ihre Tochter hier in Norby glücklich werden würde, und war dankbar. Ja, alles war genau richtig so, wenn es auch auf seltsamen Umwegen dazu gekommen und ihre Rolle dabei nicht die beste gewesen war … »Zeit, einzusteigen, Fru Hansen.« Steen fasste sie am Ärmel. »Ihre Koffer sind alle im Abteil, ich habe einen jungen Mann gefunden, der Ihnen mit dem Gepäck helfen wird.« »Ich kann Ihnen gar nicht genug danken«, erwiderte Malvine warm und drückte seinen Arm, »Ihnen und Ihrer lieben Frau«, sie lächelte Mette an, »für all die guten Mittagessen und Ihre Fahrdienste.« Steen neigte erfreut den Kopf. »Es war uns ein Vergnügen, Sie als Gäste zu haben – und auch wir haben zu danken, für Ihre scharfsinnigen Bemerkungen

zu unseren Sommerhausplänen.« »Und nun steigen Sie ein!«, drängte
Mette sanft. Malvine umarmte ihre Tochter und drückte sie fest an
sich. »Grüß Nielsine von mir«, sagte Sofie schluchzend, »und Mads und
Helle … und Søren auch. Gib Helle meinen Brief, gleich morgen – und
schreib mir bald!« »Versprich mir«, erwiderte Malvine ernst und begann
nun auch wieder zu weinen, »versprich mir, dass du zu Tante Pedersen
gehen wirst.« Mette legte ihr eine Hand auf den Rücken. »Wir werden
auf Ihre Kleine achtgeben, Fru Hansen, sie wird es gut haben. Steigen
Sie jetzt ein!«

Mette legte einen Arm um Sofie, die weinend dem Zug hinterherschaute.
»Und wir beide gehen jetzt zu Bäcker Andersen und sagen Kerstine
Söderblom Bescheid, dass Kathrine und Axel am Donnerstag zu Besuch kommen werden. Dann können wir uns auch gleich wegen eures
Kranzkuchens erkundigen.« Sofie nickte, um Fassung bemüht. »Steen
holt uns in einer Stunde dort ab«, fuhr Mette im Plauderton fort, »wir
haben also genug Zeit, auch noch einen Blick in die anderen Geschäfte
zu werfen. Vielleicht brauchst du ja noch was?« Sofie schüttelte den Kopf.
»Das nicht, aber eine Tasse Kaffee wäre schön.« Mette nickte. »Den trinken wir gleich um die Ecke im Hotel Danmark.« »Oh«, nun wurde Sofie
etwas munterer, »vom Hotel Danmark habe ich schon einiges gehört.«
»Jede Menge Unsinn und Übertreibungen wahrscheinlich.« Mette lächelte. »Sollen wir los?«

***

Mette saß dösend auf der Ofenbank in der Küche. Sie wartete auf Steen,
der zu den Juls gegangen war, um dort mit Theo und den jungen Leuten
noch einmal über die Versammlung zu sprechen. Es sollte um Fru Hansens Liste und James' Ansinnen gehen, die Natur in Norby zu erhalten.
Ihr Mann war schweren Herzens nach Julsgård hinübergegangen. Wieder einmal schien er kurz vor dem Abschluss eines großen Geschäfts
zu stehen, und wieder einmal sah es so aus, als würde ihm im letzten
Moment alles unter den Händen zerfallen. Nun hörte sie ihn im Korridor und öffnete die Augen. Sie lauschte auf seine zögernden Schritte.
Oje … Sicher würde er sie gleich um einen Becher warme Milch mit
einem Schuss Rum bitten, sein Heilmittel gegen Kummer und Magen-
drücken. Gut, dass sie das Herdfeuer in Gang gehalten hatte. Sie ging

zum Komfur hinüber, griff zum Schürhaken, hob einen der Ringe in der Herdplatte beiseite und schürte die Glut. »Ah, Steen.« Lächelnd wandte sie sich zu ihm, als er zur Küchentür hereinkam. »Du bist noch auf?« Er trat zu ihr und Mette betrachtete ihn mitleidig. Er wirkte ganz eingefallen, ließ die Schultern hängen und stand leicht vornübergebeugt. Ach, es tat ihr weh, ihren großen, schweren Mann so klein und niedergedrückt zu sehen. Sie legte ihm eine Hand an die Wange. »Zieh nur deinen Schlafrock an, ich wärme uns die Milch.«

»Es scheint, als ob unsere jungen Leute in der Schule nicht mehr rechnen lernen«, begann Steen, nachdem er Mette gegenüber am Küchentisch Platz genommen und seinen schmerzenden Magen mit einigen Schlucken warmer Milch beruhigt hatte. »Sie reden alle von Norbys stiller weiter Landschaft und dass wir diesen Schatz hüten sollten. Weniger Häuser, gerade wegen der Einnahmen, ich bitte dich! Und Theo springt ihnen auch noch bei! Sein Junge hat es sich in den Kopf gesetzt, auf einem Teil der julschen Wiesen schottische Rinder zu züchten. Für die Pflege der Landschaft. Und Theo nickt dazu.« Mette griff nach seiner Hand. »Ärgere dich nicht! Und überlass Theo und James nur sich selbst. Erklär mir lieber, was es mit Norbys Landschaft auf sich hat. Fru Hansens Liste?« Steen nickte. Malvine Hansen hatte nicht nur Norbys besondere Landschaft erwähnt, sondern auch betont, wie anders es bei ihnen zuging als im rastlosen Kopenhagen. Einmal daran gewöhnt, hatte die Ruhe in Norby ihr geholfen, selbst zur Ruhe zu kommen. Und genau deshalb würde sie ihren Bekannten Norby auch als Sommerfrische empfehlen. Wer sich einmal gründlich von Kopenhagen erholen wollte, war in Norby goldrichtig. Alles andere konnte man auch in Kopenhagen haben …

Mette begann zu verstehen. Steen hatte bei seinen Planungen an ein ganz anderes Publikum gedacht. Und an immer mehr Häuser. Und jetzt brachte Malvine Hansens Liste seine Pläne durcheinander … oder zurecht, je nachdem, wie man es ansah. Und natürlich blickten die jungen Leute und Theo viel unvoreingenommener auf die Sache als er. »Was sagt denn Axel wegen der Reklame?«, fragte sie vorsichtig. »Er hält auch dafür, dass wir Norbys stille Landschaft herausstreichen. Und Norby soll in die Zeitungen …« Steen erzählte ihr auch von Axels Idee, eigene Geschichten über Norby zu schreiben. Und Kathrine hatte direkt eine mitgebracht und vorgelesen. Übers Bernsteinsuchen … Er lächelte ein wenig. »Die Geschichte hat dir wohl gefallen?«, fragte Mette. Er nickte. »Ein hübscher Einfall«, entgegnete er. »Dass ausgerechnet Kathrine auf so was kommt …« Mette lächelte auch. »Warum nicht? Immerhin ist sie die Tochter eines Dichters.« Er nickte wieder, doch Mette sah, dass er nicht bei der Sache war. Plötzlich verzog er schmerzgepeinigt das Gesicht, griff zum Becher und trank einen großen Schluck Milch. »Steen … Was ist denn?« »Sofie«, sagte er, »sie hat mir unter die Nase gehalten, dass man dem Publikum geben muss, was das Publikum verlangt, wenn man ein Geschäft machen will. Als ob ich das nicht wüsste …« »Ach Steen.« Mette streichelte seine Hand, während sie überlegte, was ihn trotzdem an seinen Plänen festhalten ließ. »Wäre es denn so schlimm, mit weniger als fünfunddreißig Häusern zu beginnen?«, fragte sie. »Und die Tanzvergnügen bei uns im Krug müssten nicht sein. Außerdem weißt du auch noch nicht, wie viel Kredit Brodersen geben wird.« Er schüttelte den Kopf. »Es ist alles genau durchgerechnet. Und der Kredit … Wenn Brodersen nicht will, können wir immer noch nach Esbjerg gehen.« Mette schüttelte nun auch den Kopf, hielt aber weiter seine Hand. »Nicht doch, Lieber. Was nützen dir fünfunddreißig Häuser, wenn keiner in ihnen wohnen will?« Sie lächelte. »Sofie hat recht, das sagst du ja selbst. Also, was ist es?« Er presste die Lippen aufeinander und senkte den Blick. Mette seufzte. »Wenn unser Krug dir schon immer gehört hätte, würden dich ein paar weniger Einnahmen anderswo gar nicht stören, nicht?« Er nickte widerstrebend. »Ich hab's dir noch nie gesagt«, fuhr sie langsam fort, »weil ich's nicht noch schlimmer machen wollte. Aber jetzt ist es wohl an der Zeit. Es tut mir weh, dass du auch nach sechsundzwanzig Ehejahren noch nicht sagen kannst: Unser Krug. Obwohl es unser Krug ist. Schon lange. Obwohl wir seit sechsundzwanzig Jahren jeden Tag zusammen in der Gaststube stehen. Ich quäle mich deswegen, Steen. Und nun musst du tun, was du für richtig hältst.« Sie wollte aufstehen, aber Steen hielt ihre Hand fest. »So habe ich es noch nie angesehen«, sagte er leise. »Ich hab immer gedacht, dass nur ich mich quäle. Und ich hab nichts gesagt, weil ich dich nicht kränken wollte.« »Steen …« Er hob ihre Hand an sein Gesicht und legte seine Stirn an ihren Handrücken. »Es tut mir leid«, sagte er. »Wenn ich es doch nur gewusst hätte …« Sie lächelte. »Nun weißt du es.« »Ja«, er richtete sich auf, ließ ihre Hand los und seufzte erleichtert. »Das ändert alles, nicht?« Mette überlegte. »Nein«, sagte sie heiter.

»Wie bitte?«, fragte er erstaunt. »Ach, Steen, du glaubst doch nicht, dass ich aufhören werde, dir deine Geschäfte auszureden, nur weil du mich nicht mehr um Erlaubnis fragen musst.« »Oh, so meinst du!«, erwiderte er schmunzelnd. »Nur immer zu! Was wäre ich ohne den Rat meiner lieben Frau?« Sie nahm seine Hand und küsste sie. »Was wirst du jetzt tun?« »Nachdenken. Und hören, was Brodersen meint …« Er stand auf, kam zu ihr herum und zog sie vom Stuhl hoch. »Zeit, schlafen zu gehen«, sagte er, drückte sie an sich und wollte sie aus der Küche führen. »Warte!«, erwiderte Mette. »Der Herd. Steen!«

XXVIII

Es tat gut, wieder zu Hause zu sein. Malvine ging, kräftig ausschreitend, die Webersgade entlang Richtung Stadt zurück. Sie hatte den Spaziergang zu den Seen hinaus, bei allem Abschiedsschmerz, sehr genossen. Die Seeluft an der Westküste und die vielen Strandspaziergänge hatten sie gestärkt – oder lag es vielleicht an Jesper? Auf der langen Reise zurück nach Kopenhagen hatte sie ihn endgültig gehen lassen, ihm erlaubt, nun allmählich zu einer lieben Erinnerung zu werden, und das machte es besser für sie. Sie fühlte sich leichter, sogar jünger … Der Besuch bei Christian Pedersens Zimmerwirtin hatte nur ergeben, dass der junge Mann, kaum zurück von seiner letzten Reise, gestern Nachmittag Hals über Kopf nach Jütland aufgebrochen war. Malvine hatte beschlossen, die Frachtreisen nicht zu erwähnen, um Gesine nicht unnötig zu beunruhigen. Wahrscheinlich war Christian sowieso vor Ankunft ihres Telegramms zu Hause und konnte seiner Mutter selbst berichten, wie er seine Zeit zugebracht hatte. Die Kinder gingen eben überall ihre eigenen Wege. Auch Fru Møller musste dies nun wohl erfahren. Sie hatte ihr heute Mittag bei einer Tasse Kaffee in ihrem Wintergarten hoch nervös erzählt, dass Helle nach Bornholm reisen wolle, um einer angeheirateten Kusine Gesellschaft zu leisten und sich vom Stadtleben zu erholen. Ihr Mann hatte die Erlaubnis gegeben, er konnte seiner Tochter ja noch nie etwas abschlagen. »Und denken Sie nur, Fru Hansen, der junge Hr. Lauridsen geht auch nach Bornholm, nach Rønne! Er hat eine Stelle an der Staatsschule angenommen«, hatte Fru Møller ihr aufgeregt berichtet. »Und Helle ist so froh über die unerwartete Gesellschaft. Er soll sie trösten, wenn sie Kopenhagen vermisst. Mir scheint, wir hätten doch mehr darauf achten sollen, dass Hr. Lauridsen nur der Lehrer unserer Töchter bleibt, anstatt ihm den Zutritt zu unseren Häusern zu gewähren, auch wenn sein Vater ein Lotse von Dragør ist.« Die beiden Mütter hatten einander einige Augenblicke lang schweigend über ihre Kaffeetassen hinweg angeschaut. Dann hatte Malvine das Thema gewechselt und noch ein wenig von Norby erzählt …

Malvine wurde jäh aus ihren Gedanken gerissen. Ein vollbärtiger Herr im grauen Anzug, der gerade von der Øster Farimagsgade her in die Webersgade eingebogen war, hatte sie im Vorübergehen gestreift. »Bitte entschuldigen Sie«, sagte der Herr höflich und machte eine kleine Verbeugung. Malvine blickte ihn aufmerksam an. Er erinnerte sie an jemanden ... Bruno Kaufmand, ein Geschäftsfreund Jespers, der vor bestimmt zehn Jahren plötzlich aus ihren Kreisen verschwunden war. Es hatte Gerede über Unregelmäßigkeiten gegeben, und es hieß, dass er nach Kanada oder Amerika gegangen war, um einer Untersuchung zu entgehen. Dass ihr der jetzt wieder einfiel ... Nun, die Vergangenheit beschäftigte sie offenbar noch sehr. »Aber ich bitte Sie ...«, sagte sie lächelnd. Er sah sie einen Moment prüfend an, dann tippte er sich an den Hut und eilte weiter. *Seltsam*, dachte Malvine, *als ob auch ich ihn an jemanden erinnert hätte ...* Sie schüttelte lächelnd den Kopf und trat auf die große Straße hinaus, um eine Droschke zu bestellen.

***

Christian Pedersen stand vor der Tür seines Elternhauses und sammelte seinen Mut. Die letzte Nacht hatte er in Esbjerg verbracht, in der Jazzkneipe unten bei den Ställen. Bei Musik und Schnaps hatte er zu vergessen versucht, dass er schon bald seine Mutter sehr enttäuschen würde. Er schob seinen Seesack auf der Schulter zurecht, öffnete die Tür und betrat den Korridor. Aus der Wohnstube drangen Stimmen. Er hörte Kathrine sagen: »Es liegt doch genau vor dir, Liebling.« Eine helle, ihm unbekannte Männerstimme, wohl sein zukünftiger Schwager, antwortete: »Was bin ich froh, dass du nachher neben mir sitzen wirst, Kathrine!« Dann öffnete sich die Küchentür. Seine Mutter trat in den Flur, legte die Hände an die Wangen, lief ihm entgegen. »Christian! Mein lieber Junge, endlich ...« Er ließ den Reisesack fallen, umarmte sie, und dann brach alles aus ihm heraus. Unter Tränen erzählte er, dass er die Universität in Kopenhagen nie betreten, sondern stattdessen auf einem kleinen Frachtdampfer angeheuert hatte – Frachtfahrten, ja, zwischen Kopenhagen und Malmö. So hatte er Onkel Mogens Geld gar nicht gebraucht. »Mutter, ich konnte nicht anders«, beteuerte er und sah in ihr blasses Gesicht, »verstehst du? Onkel Mogens weiß es übrigens ...« »Meine Güte, Christian!« Gesine weinte nun auch. »So ein Durcheinander! Und ich habe mir solche Sorgen gemacht ... Die Universität nie betreten! Frachtfahrten! Wie bist du überhaupt von Nybøl nach Norby gekommen? Ich habe keinen Wagen gehört.« »Zu Fuß«, antwortete er, während sie den Korridor entlanggingen, »und das letzte Stück bis zur Meierei hat mich der Milchwagen mitgenommen.«

Am Küchentisch, bei Kaffee und Käsebroten, erzählte Christian seiner Mutter, dass er ihre Briefe zwischen den Fahrten gar nicht mehr geöffnet und deshalb ein sehr schlechtes Gewissen gehabt hatte. Nur beim letzten, dem Eilbrief, hatte er es mit der Angst zu tun bekommen, ihn lieber doch gelesen und sich, kaum in Kopenhagen angekommen, gleich auf den Weg nach Hause gemacht. »Ich kann aber nicht lange bleiben, Mutter«, sagte er. »Die nächste Reise steht an und ich möchte nicht abmustern.« Gesine streichelte seine Hände. »Das wird sich alles finden. Du wirst hier nämlich auch gebraucht, weißt du? Aber ich will nicht schon wieder so anfangen. Dein Philosophiestudium ... Ich habe dabei mehr an mich als an dich gedacht, fürchte ich.« »Mutter!«, sagte Christian erstaunt und wischte mit dem Hemdsärmel über sein Gesicht. »Leider«, fügte sie hinzu, während auch sie ihre Tränen trocknete. Hager sah er aus und müde, ihr Junge – unter seinem kantigen Männergesicht lagen immer noch die weicheren, kindlichen Züge. Sie legte ihre Hand an seine Wange, die Haut über den Wangenknochen war noch so zart wie früher. Jetzt schmiegte er sein Gesicht hinein, wie er es als Junge immer getan hatte. »Viel geschlafen hast du nicht, oder?«, fragte sie lächelnd. »Nein«, erwiderte er leise, »ich war in Esbjerg, am Hafen. Ich hab mich nicht hergetraut«, setzte er mit einem kleinen Lächeln hinzu. »Christian, mein Junge ...« Er nahm die Hand seiner Mutter und hielt sie fest. »Es macht dir also wirklich nichts aus?«, fragte er zweifelnd. »Nein, es tut mir nur leid für dich, und ich wünschte, du hättest dich nicht so gequält meinetwegen.« »Also kein schlechtes Gewissen?«, fragte er noch einmal ungläubig. »Nicht für dich«, antwortete sie. Er nickte, schob den Teller mit den Broten weg und stand auf. »Danke, Mutter.« »Ich habe zu danken«, antwortete sie. »Bitte nicht«, er schüttelte den Kopf, dann lächelte er. »Ich will mal zu Kathrine rübergehen, ich hab sie ganz schön vermisst ... weißt du, ich hab euch alle vermisst.«

Die Tür zur Wohnstube öffnete sich. »Christian! Nini!«, rief Kathrine und sprang auf. Axel blickte von seiner Mappe auf und sah überrascht zu dem hageren, braun gebrannten jungen Mann hin, der ebenso gut sein Bruder hätte sein können – die schmalen Augen und die hohen Wangenknochen, die Art, wie er jetzt seine kurzen blonden Haare aus der Stirn wischte … Nur das Blaugrau seiner Augen und der Silberschimmer seiner Haare erinnerten daran, dass er ein Pedersen war. Nun drückte er Kathrine lachend an sich, sagte: »Gott, was hab ich dich vermisst!«, hielt sie von sich weg, fuhr mit beiden Händen durch ihr kurzes Haar und setzte hinzu: »Schmuck, Nana! In Kopenhagen gehen viele Mädchen so.« »Es war Axels Idee.« Sie löste sich aus seiner Umarmung und zog ihn zum Esstisch. »Nini, das ist Axel – Axel, mein Bruder Christian.« Axel erhob sich und schüttelte seinem zukünftigen Schwager die Hand. Er hatte einen überraschend kräftigen Händedruck und sah nicht aus wie einer, der viel hinter seinen Büchern gesessen hatte, braun gebrannt, wie er war. Und reichlich übernächtigt schien er auch zu sein, wenn ihn nicht alles täuschte … »Gut, dass du nach Hause gekommen bist, Christian«, sagte Axel. »Ich hoffe, dass du mit mir als Schwager einverstanden bist. Es hätte sich wohl gehört, dich erst zu fragen, bevor Kathrine und ich uns verlobten.« Christian schmunzelte. »Darüber hättet ihr auch alt und welk werden können. Ich freu mich jedenfalls für euch«, erwiderte er. Kathrine stand strahlend neben den beiden. »Und jetzt sag, wo du gewesen bist«, nahm sie das Wort. »Fru Hansens Telegramm kam gestern Abend, und seitdem warten wir auf dich.« »Fru Hansens Telegramm?«. Er schaute sie fragend an. »Na, das erklärt ihr mir später, Nana. Ich bin die Nacht in Esbjerg geblieben, es gibt dort eine Jazzkneipe, unten am Hafen, bei den Ställen.« Axel lächelte. Der kleine Bruder machte sich doch fein heraus … »Die kennst du?«, fragte Kathrine überrascht. »Jeder kennt die«, erwiderte Christian lässig. »Jeder Mann, meinst du wohl«, entgegnete Kathrine. »Wieso kriegen wir Frauen so was eigentlich nicht zu wissen?« Christian grinste sie an. »Aber du weißt es doch …« »Ja, von Axel.« Der hörte ihnen lächelnd zu. Schon in diesem kurzen Geplänkel zeigte sich, wie gern die Geschwister einander hatten, und er verstand einmal mehr, weshalb Kathrine ihn so für ihren Bruder gebeten hatte. Nun, an ihm sollte es nicht liegen. Er war schon sehr gespannt zu hören, womit Christian seine Zeit in Kopenhagen zugebracht hatte. »Wo schlafe ich eigentlich, Nana?«, fragte er jetzt. »Auf dem verräucherten Diwan in Vaters Schreibkabinett?« »In deinem Bett«, antwortete Kathrine lächelnd. »Wir müssen nur noch unsere Sachen aus deinem Zimmer räumen. Wegen der Versammlung ist alles liegen geblieben, weißt du?« Christian sah erst seine Schwester, dann Axel an. »Eure Sachen, verstehe … Ach, spart euch die Mühe. Ich kann doch ebenso gut auf dem Diwan schlafen, Nana. Sag, hab ich noch Zeit, mich ein bisschen frisch zu machen und zu rasieren, bevor wir auf die Versammlung müssen?« Kathrine nickte. »Sicher. Ich hole dir heißes Wasser.« Sie eilte hinaus. »Danke«, sagte Axel, »du bist verdammt großzügig. Lässt uns das Zimmer mit der schönsten Aussicht im ganzen Haus für das alte Sofa.« Christian winkte ab. »Nicht dafür – du kennst die Kneipe bei den Ställen auch?«

***

Steen saß mit Axel und Kathrine am langen Tisch vor dem Thresen und gestand sich ein, nervös zu sein. Er hatte vielen eine Menge versprochen und nun sollte einiges anders kommen … Axels Entwürfe lagen auf der Tischplatte zur Ansicht aus; viele Norbyer waren schon zu ihnen vorgekommen, um die Zeichnungen anzuschauen, und die meisten hatten zu Steens Erleichterung beim Anblick der Entwürfe wohlwollend genickt. Er blickte über die Gaststube hin. Sämtliche Tische waren besetzt, zum Eingang hin standen sogar einige Männer; die Gründung der Vermietungsgesellschaft ging ja alle an. Er schmunzelte ein wenig über Jörn Jepsen, der heute beim Bedienen aushalf und merkwürdig klein aussah ohne seine Uniform. Eben brachte er Abel Dahl eine Tasse Kaffee an den Tisch in der Fensternische. Der Pastor würde keine Einlage leisten, wollte aber natürlich auch wissen, wie es mit der Gesellschaft voranging. Hoffentlich hielt er sich zurück und brachte ihm die Leute nicht durcheinander … Am großen runden Tisch ganz vorn in der Gaststube saßen die Pedersens und die Juls. Gesine wirkte gelassen, Christian aufgeregt. Als nächster Theo, wie immer die Ruhe selbst. Freja, die Geschäftliches ihrem Mann überließ, war zuhause geblieben. Dann die jungen Juls, wie James und Sofie in Norby schon genannt wurden. James wirkte ähnlich ruhig wie sein Vater. *Gut, ihn nicht mehr gegen sich zu haben.* Neben ihm Sofie, James' Hand in ihrer. In ihrem hübschen lavendelblauen Kleid mit der glänzenden Schleife war sie wie immer ein Augenschmaus – *und sicher der ungewöhnlichste Kaufmann von ganz Ribe Amt*, dachte er mit einem kleinen Schmunzeln. Axel Söderblom neben ihm sah entspannt aus, fast lässig. Steen war sich sicher, dass man ihm vertrauen und folgen würde; er hatte so eine Art, die Dinge klar und nüchtern darzulegen, da konnte man bald gar nicht anders. Und wenn Kathrine erst mal ihre Geschichte vorlas … Er lächelte Mette zu, die heute Abend für ihn hinter dem Thresen stand. Sie nickte aufmunternd.

»Ich mach's kurz«, begann er, »ihr wisst ja, warum wir hier sind …«
Dann holte er aber doch aus, erzählte von dem Gespräch am Montag
und wies auf Malvines Liste, die er vor sich auf dem Tisch liegen hatte.
»Fru Hansen hat hier für uns aufgeschrieben, was ihr an Norby am
meisten gefällt: die weite, stille Landschaft und das ganz andere, ruhige
Leben hier. Die Sommerfrische hat sie sogar darauf gebracht, manche
Dinge in ihrem Leben neu zu ordnen.« In der Gaststube kam Gemurmel
auf. »Schön, schön«, bemerkte der Erste ungeduldig. »Und das Geschäft?
Du hast was von Belebung und Aufschwung erzählt, Steen, und jetzt
kommst du uns plötzlich mit der stillen Landschaft!« »Weil ich verstanden hab, dass es so besser ist. Wir können doch nur ein Geschäft
machen, wenn den Leuten unser Angebot zusagt – und was für Malvine
Hansen richtig ist, wird sicher auch bei anderen ankommen. Seien wir
froh, dass sie es uns gesagt hat. Oder hättet ihr gedacht, dass ihr ausgerechnet unsere stille Landschaft so gefallen würde?« »Strandhafer und
Sand?«, fragte ein anderer. »Na, ich weiß nicht. Wir müssen den Leuten
doch was bieten.« Als das Murmeln nicht nachließ, stand Sofie auf und
drehte sich zur Stube hin. Sie lächelte, als sie die erstaunten Gesichter
der Norbyer sah, und sagte: »Norby und Kopenhagen – einen größeren
Unterschied kann es bald nicht geben. Alles ist anders hier, die Luft, die
Farben, sogar der Strand mit der stillen weiten Landschaft dahinter. In
Kopenhagen gehört der Strand zur Stadt, und wer das gerne mag,
kommt sicher nicht zu uns heraus. Aber um die anderen sollten wir uns
bemühen – und deshalb gut auf Norby achtgeben.« Im Saal war es still
geworden. Sofies Worte hatten Eindruck gemacht und wurden bedacht.
Schließlich fragte jemand: »Also keine Tanzvergnügen und Unterhaltungen für die Gäste?« Steen nahm wieder das Wort: »Doch, das eine
oder andere Tanzvergnügen hier im Krug und im künftigen ›Hotel Pedersen‹ wird der Sache sicher den richtigen Schwung geben.« Das Gemurmel an den Tischen hob wieder an. Man staunte über die Neuigkeit,
dass Gesine nun doch in die Gesellschaft einlegte. Und gleich ein Hotel!
Na, sie hatte ja jetzt mit Axel einen tüchtigen Schwiegersohn, der zusammen mit Frau und Schwager nach dem Rechten sehen konnte. James
stand auch auf und erklärte, dass Sofie und er auf den julschen Wiesen
schottische Rinder züchten wollten. Sie sollten nicht nur Fleisch liefern,
sondern auch die Landschaft erhalten, die er so liebte. »Wer uns also
Land verkaufen will, gern, wir würden uns freuen«, schloss er und ließ
sein Buch mit den Abbildungen herumgehen. »Schottische Rinder?

Mächtig wunderliche Tiere«, bemerkte einer und erkundigte sich, was Theo dazu meinte. »Ich denke, James soll es probieren«, antwortete er und lächelte seinem Sohn zu. »Und die Vermietungsgesellschaft? Ihr seid doch dabei?«, kam die nächste Frage aus der Gruppe bei der Eingangstür. Theo nickte. »Ja, sicher, ein bisschen Belebung tut Norby allemal gut. Und warum nicht die Chance auf einen Zuverdienst für viele nutzen? Aber immer mit der Ruhe …« »Ganz recht«, pflichtete Steen ihm bei, »Norby muss Norby bleiben, so machen wir das Geschäft – auf lange Sicht gesehen.« Man begann, Steens und Theos Worte abzuwägen. Es wurde wieder lauter in der Stube, einige stritten auch. Was denn Broder Brodersen gesagt hatte, wollte man nun wissen. »Brodersen will erst mal Kredit für zwanzig Häuser geben, dazu die Mittel für die Reklame und den Umbau des Hotels«, erklärte Steen. Für mehr müssten sie wohl nach Esbjerg gehen. Und wieder erhoben viele die Stimmen. Nur für zwanzig Häuser? Hatte Steen nicht für die erste Saison mit fünfunddreißig Häusern geplant? Theo nahm wieder das Wort. »Mir scheinen zwanzig Häuser für den Anfang mehr als genug. Und bei Brodersen wissen wir, mit wem wir es zu tun haben.« Zustimmendes Nicken und Murmeln ringsum. Steen schickte seinem Freund einen stummen Dank. Er hob die Hand und bat um Ruhe. »Ich notiere also, dass wir die Vermietungsgesellschaft gründen wollen und Brodersens Darlehen annehmen?« Die Versammelten klopften lautstark auf die Tische. »Danke!«, sagte Steen zufrieden und schrieb die Entscheidungen in seiner schwarzen Kladde nieder. »Gut«, fuhr er fort, auf das Heft klopfend, »dass sich nachher auch alle eintragen, die einlegen wollen. Und jetzt soll Axel uns was über die Reklame erzählen, seine Entwürfe habt ihr ja gesehen.« Axel wandte sich der Versammlung zu. »Ihr habt Sofie gehört«, begann er. »Wir wollen nicht nur vermieten, sondern vor allem Norbys Schönheit mit unseren Gästen teilen. Dazu brauchen wir mehr als Reklamebilder und Annoncen, wir brauchen Geschichten, die von Norby so erzählen, dass die Leute anfangen, es zu lieben, und gar nicht anders können, als herzukommen. Wir sollten deshalb Journalisten einladen, die in den großen Zeitungen über Norby schreiben.« Er sah prüfend auf die Versammelten. Würden sie mitgehen? Und wirklich, es wurde unruhig in der Stube. Reporter einladen, die über sie und Norby schrieben, in allen Zeitungen? »Müssen wir die Zeitungsschreiber am Ende noch bezahlen?«, kam es wieder von der Tür her. »Nein«, erwiderte Axel sachlich, »nur für Kost und Logis sorgen.« Das wäre übrigens sogar billiger als die Annoncen, die es natürlich trotzdem brauchte. Vor allem aber müssten sie in den Zeitungen dorthin kommen, wo sie gesehen wurden, vor allem ins Feuilleton. Kopenhagen lag nun mal am anderen Ende Dänemarks, und selbst von Aalborg oder Odense war es ein schönes Stück zu ihnen heraus. Deshalb mussten sie laut rufen, wenn sie gehört werden wollten, und Norby so verkaufen, dass man den Weg zu ihnen gerne auf sich nahm. Das leuchtete ein, also gut, man würde ja sehen, wer da ankam. »Richtig«, bestätigte Axel, »und wir bestimmen, was in den Blättern über Norby steht. Am besten wären natürlich Geschichten, die wir selbst erzählen.« Wieder Unruhe in der Stube, Kopfschütteln sogar. Wer von ihnen sollte sich wohl Geschichten über Norby ausdenken? »Oh, es gibt da durchaus jemanden«, antwortete Axel, als wäre es das Allerselbstverständlichste, und schaute Kathrine an. Hoffentlich würden die Norbyer ihre feine kleine Geschichte zu schätzen wissen. Sie hatte so eine Freude daran gehabt, die richtigen Worte zu finden, und er, ihr beim Schreiben zuzusehen. »Willst du mal was vorlesen, Kathrine?« Sie nickte und nahm ihr Heft auf. »Es geht ums Bernsteinsuchen«, sagte sie und begann, den Versammelten ihre Geschichte vorzulesen. Die Norbyer lauschten versonnen und staunten, wie sie sich auf Worte verstand, die direkt ans Gemüt gingen. Wer hätte das von ihr gedacht! Und alles um ein Klümpchen Harz ... Jetzt schaute sie auf, hielt inne, blickte in die Gesichter der Männer und Frauen, sah viele lächeln und las weiter: »... Dann liegt der Bernstein in meiner Hand, braungolden, matt glänzend; ich schaue ihn an und ahne etwas vom Geheimnis der Zeit, sehe Wälder stehen, wo nun der Wind die Wellen treibt ... Mein Mann kommt zu mir, mein Liebster, und neigt sich über meine Hand. ›Lass doch mal sehen‹, sagt er, ›wie schön ... und rätselhaft.‹ Lächelnd schließt er seine Finger um meine, und mit den Händen über unserem Schatz wandern wir langsam weiter am Spülsaum entlang, auf der Suche nach dem dunklen Gold der See.« Sie legte ihr Heft hin, sah Christians erstaunten Gesichtsausdruck und lächelte. Sie war ja selbst verwundert darüber gewesen, dass sie so leicht die richtigen Worte finden konnte – ganz wie Axel gesagt hatte ... Sie blickte ihn an und er strich ihr behutsam das Haar aus der Stirn. »Sie mögen es, siehst du?«, sagte er leise. Sie nickte und nahm seine Hand.

Abel Dahl blickte nachdenklich zu Axel und Kathrine hin. Wie liebevoll der junge Mann mit Kathrine war und wie gut er über Norby gesprochen hatte! Und dann Kathrines anrührende Worte! Wer hätte das für möglich gehalten? Er stand auf und räusperte sich. »Wir haben zu danken, für Ihre feinen Bilder und guten Einfälle, Hr. Söderblom, und für deine ans Herz rührenden Worte, Kathrine. Das alles wird zum Segen für Norby werden, da bin ich sicher.« Nicken und Klopfen an den Tischen. Axel und Kathrine blickten einander erstaunt an. Abel Dahl sah sie lächeln und lächelte auch. »Wir haben zu danken«, erwiderte Axel, »für die guten Worte.« Er verneigte sich ein wenig zur Gaststube hin. »Und den Auftrag, wenn ich richtig höre?« Gelächter und erneutes Klopfen. Steen schmunzelte, zufrieden und auch stolz. Schließlich hatte er Axel die Chance geboten, und der hatte sie gut genutzt. Er hatte allen gezeigt, dass er was konnte, leichthin – das kam an, sogar bei Abel Dahl. »Also abgemacht«, sagte er und notierte die nächste Entscheidung der Versammelten in seine Kladde. Jemand rief: »Wir brauchen noch einen Vormann, wie wär's, Steen?« »Wenn sonst niemand will«, erwiderte er und ließ sich dann gern wählen, als keine weiteren Vorschläge kamen. Man klopfte auch ihm Beifall und trank auf gutes Gelingen, danach löste sich die Versammlung allmählich auf.

Viele kamen vor, um sich einzutragen. Man schüttelte Axel und Kathrine, auch Steen die Hand. Einige besahen sich nochmals die Entwürfe und nickten sich lächelnd zu. Das war mal was, ihre Kathrine als Reklamefräulein! Auch wenn das Gesicht auf den Plakaten ihrem nicht ähnelte, alles andere war doch unverkennbar sie. Dann stand Christian vor dem Tisch, sagte: »Glückwunsch, Nana, ich bin mächtig stolz auf dich – auf euch beide.« Kathrine strahlte. »Es war Axels Idee, er hat mich überredet.« »So?«, fragte Christian. Er wandte sich an Axel: »Mal sehen, wozu du sie als Nächstes überredest.« »Ich kann es gar nicht glauben, dass Abel Dahl sich bei euch bedankt hat«, sagte James schmunzelnd, der mit Sofie zu ihnen kam. »Ehrlich gesagt, ich auch nicht.« Axel hielt James seine Zigarettendose hin. »Danke.« James bediente sich. »Da ist der alte Knabe aber mal von seinem hohen Ross gestiegen.« »Wahrschau«, sagte Christian gedämpft, »da kommt er.« »Herr Pastor!« Sofie rückte lächelnd zur Seite, um ihm Platz zu machen. Abel Dahl dankte ihr, trat neben sie an den Tisch und sah die jungen Leute nacheinander an. Schließlich hielt er Axels Blick. »Ihre Bilder und Kathrines Worte … Norby kann sich glücklich schätzen. Ich hab Sie zwar nicht konfirmiert, Axel Söderblom, würden Sie mir trotzdem erlauben, Du zu sagen?« Axel blickte ihn überrascht an. Ein Lächeln aufrichtiger Freude zeigte sich auf seinem Gesicht: »Gerne, Herr Pastor!« Abel Dahl erwiderte sein Lächeln und bat dann James, ihm doch gelegentlich sein Buch über Rinderzucht auszuleihen, damit er die Tiere noch einmal in Ruhe betrachten konnte, eben war ja alles so schnell gegangen ...

***

»Na, Donnerwetter!« Christian sprach es für sie alle aus, als sie langsam den Strandweg hinuntergingen. »Ich fange direkt an, den Herrn Pastor zu mögen.« »Abwarten«, erwiderte James. »Jedenfalls bin ich froh, dass die Versammlung vorbei ist.« »Und dass Norby Norby bleibt?«, fragte Kathrine lächelnd. »Abwarten«, wiederholte er, ihr Lächeln erwidernd. »Jedenfalls hat Pastor Dahl recht«, sagte Sofie, »wir können uns wirklich glücklich schätzen mit euch beiden. Vielleicht wird aus Norby noch eine Künstlerkolonie.« Axel sah zu James hin, der kurz die Brauen hob. »Jetzt hast du ihn erschreckt, Sofie«, sagte Axel lachend. »Freitag angeln, James? Christian?« Die beiden nickten. »Und wir, Kathrine?«, fragte Sofie. »Willst du nicht mit Tante Pedersen nach Julsgård herauskommen? Dann können wir gemütlich mit Schwiegermutter und Tilda zusammensitzen und uns darauf freuen, dass die drei uns was Schönes zum Abendessen mitbringen.« »Wenn sie denn was mitbringen«, bemerkte Kathrine augenzwinkernd und schmiegte sich in Axels Arm. »Wart's nur ab«, entgegnete Axel und hielt sie fester. Sie blieben alle vor dem pederschen Zaun stehen. Axel warf einen Blick auf James und Sofie, die sich lächelnd an den Händen hielten. »Also dann, Nacht, ihr zwei!« Er öffnete die Pforte. »Kommen die beiden denn nicht mit uns?«, fragte Christian erstaunt, als sie zu dritt den Zuweg zum Haus hinaufgingen. Axel blickte zurück, sah, wie James Sofie an sich zog, und schmunzelte. »Nein, sie trödeln gern noch ein bisschen vor dem Zaun herum – allein ...«

***

»Zufrieden?«, fragte Mette und begann, die leeren Gläser auf ein Tablett zu stellen. »Sehr«, erwiderte Steen. Sie sah ihn an und für einen Augenblick war er wieder der junge Mann aus Janderup, der auf dem Weg nach Ringkøbing im Krug eingekehrt war. Sie hatte gleich gewusst, der oder keiner – und dachte auch nach sechsundzwanzig Ehejahren nicht anders darüber. Sie wollte mit dem Tablett an ihm vorbeigehen, aber Steen hielt sie zurück. »Bleib noch ein bisschen bei mir«, bat er, sie um die Taille nehmend. »Steen, Lieber ...« Sie lehnte sich an ihn. Es war jetzt wieder anders zwischen ihnen, leichter, fröhlicher. Wie damals ...

XXIX

Während Malvine eifrig Kisten packte und Frachtbriefe schrieb, kehrte ihre Fröhlichkeit allmählich zurück. Sie dachte darüber nach, ob sie nicht zum nächsten Frühjahr hin einige Räume im Haus umgestalten sollte, hellere Farben zumindest und einige moderne Möbel vielleicht? Ihren Bekannten, die sie auch ganz verändert fanden, frischer irgendwie, geradezu strahlend, erzählte sie begeistert von Norbys Schönheit, sammelte eifrig Anmeldungen für die Sommerfrische im nächsten Jahr und bat, dass sie Norby auch in ihren Kreisen bekannt machten.

Unterdessen rüsteten sich Helle und Søren für ihre Reise nach Bornholm. Sørens weniges Zeug, sein bisschen Geschirr und seine Bücher passten in einen Rucksack und einen Koffer. Alle Möbel und sogar das Bettzeug gehörten ja dem Vermieter. Helle dagegen hielt es ähnlich wie Malvine. Sie packte Koffer und Körbe, unterhielt Søren, den sie nun fast täglich sah, mit den Schilderungen ihrer Mühen und rührte ihn damit, denn sie war darauf bedacht, alles sehr gut für ihn zu machen. Sie sortierte hin und her, fragte: »Welche Bücher? Und welche Spiele?«, bis er sie schließlich hieß aufzuhören, sie sollte sich nicht so plagen. Was fehlte, würden sie doch auch in Rønne besorgen können – und nein, nicht auch noch die Badmintonausrüstung … Helle nickte und fragte sich, wie sie ihr Herz hüten sollte, wenn er so zu ihr war. *Wie ich ihn liebe,* dachte sie oft, während sie eifrig weiterkramte und -packte. Ihre Mutter, die ahnte, wie es um sie stand, sorgte sich sehr und mahnte sie zur Vorsicht. »Wäre es nicht überhaupt besser, wenn der Kandidat nicht ganz so oft herkäme? Schon wegen deines Vaters.« »Keine Sorge, Mutter«, erwiderte Helle unbekümmert, »ich passe auf.« Fru Møller versuchte, sich mit diesem zweideutigen Versprechen zu trösten, und baute schließlich darauf, dass ihre Tochter zu klug war, um sich ernsthaft in Schwierigkeiten zu bringen …

Kathrine und Axel bestellten ihr Aufgebot und bestimmten den Dienstag vor den Märkten zu ihrem Hochzeitstag. Am Sonntag darauf gab Axel beim Umtrunk seinen Einstand und wurde so endgültig einer aus Norby. Die Wochen bis zu ihrer Hochzeit vergingen ihnen schnell. Sie arbeiteten an der Reklame für die Vermietungsgesellschaft und fuhren gelegentlich nach Nybøl, um Kerstine zu besuchen. Einmal bereiteten sie sich weiße Kartoffeln und Erbsen mit Bearnaisesauce und aßen sie im Garten hinterm Haus, wie Axel es sich gewünscht hatte. Er begann, den Bergen Gesichter zu geben und erste Skizzen von Sofie und James zu zeichnen, während Christian Kopenhagen immer weniger vermisste und sich mehr und mehr darauf freute, in Norby mit Schwester und Schwager ein Jazzhotel zu führen.

James und Sofie verbrachten einen glücklichen Tag in Nybøl. Sie suchten ihre Ringe aus, kauften Holzschuhe, Stiefel und einen Arbeitskittel für Sofie. Am Sonntag darauf fuhren sie nach der Kirche wieder mit Korb und Decke zu ihren Wiesen hinaus, um nach dem Rechten zu sehen und einen kostbaren Nachmittag nur für sich zu sein. Manchmal lief James mit Tilda zu Pedersens hinüber und sie gingen alle zusammen schwimmen, auch im tiefen Wasser. Obwohl sie alle sehr beschäftigt waren, fuhren Christian, James und er öfter zum Angeln. Dann ging Kathrine zum Kaffee nach Julsgård hinüber oder nutzte die Gelegenheit, still für sich zu schreiben und zu dichten. So ging ihr Verlobungsmonat hin; Kathrine schien es ein besonderer August zu sein mit einer Reihe verzauberter Tage und Augenblicken außerhalb der Zeit, voller Glück und Erwartungsfreude.

Auf Julsgård nähte Sofie Vorhänge für die Stube und richtete ihre Küche ein. Daneben packte sie mit Tildas Hilfe die Kisten und Körbe wieder aus, die ihre Mutter aus Kopenhagen schickte. In einer lag auch ein Brief von Helle. Sie gratulierte zur Verlobung und schrieb, wie tapfer Søren war und dass sie beide zum September nach Bornholm gingen – er als Lehrer an die Staatsschule und sie, damit sie sich dort um ihn kümmern konnte … Zu Sofies Hochzeit würde sie deshalb leider nicht kommen können, aber sie wünschte ihr alles Gute, auch von Søren … Sofie legte den Brief lächelnd zur Seite. Sie kannte die Freundin gut genug und konnte zwischen den Zeilen lesen.

Die Figuren

Norby

Kathrine Pedersen, Georginenzüchterin und Pensionswirtin.

Christian Pedersen, ihr jüngerer Bruder, soll nach den Plänen seiner Mutter ein zweiter Søren Kierkegaard werden.

Gesine Pedersen, ihre Mutter und Witwe von Henning Pedersen. Henning Pedersen, Vater von Kathrine und Christian, Dichter und Gelehrter.

James Theo Asger Jul, der junge Tierarzt auf Julsgård. Kathrine und er kennen sich seit Kindertagen.

Matilda Freja Ane Jul, genannt Tilda, James' tierliebe jüngere Schwester, schwärmt für Kopenhagen.

Freja Jul, Mutter von James und Tilda, will Frieden auf Julsgård und liebt ihren Mann noch genauso wie am Anfang ihrer Ehe.

Theo Asger Jul, Frejas Mann und Vater von James und Tilda, der erste Tierarzt auf Julsgård, liebt Freja genauso sehr wie sie ihn und versteht im Gegensatz zu manchem in Norby, dass ihr Kopfweh sie wirklich quält.

Ane und James Niven, James' und Tildas Mormor und Morfar. Nichts konnte Ane Niven davon abbringen, die zu beschützen, die sie liebte – insbesondere den kleinen James.

Steen Steensen, Kröger von Norby und immer auf der Suche nach dem großen Geschäft und einer Schäkerei. Er ist auch Vormann der Verbrauchervereinigung und des Rettungsboots und in Norby ganz unverzichtbar.

Mette Steensen, seine Frau, Erbin des Krugs und gute Seele von Norby.

Pastor Abel Dahl bedauert den Lauf der Zeiten und kann nur schwer ertragen, dass sein seelsorgerlicher Beistand nicht mehr von allen gesucht wird.

Grete Dahl, die Frau des Pastors, ist Modernem zugeneigt und probiert auch Neues aus.

Jörn Jepsen, Postbote und Überbringer von Nachrichten aller Art.

Jens Jensen, Organist und Küster.

Iver Iversen, war ein Sonderling des Dorfes, sein Häuschen zwischen den Brombeerhecken kommt den jungen Juls gelegen.

Tapper, der betagte Cockerspaniel der Juls. Pouline, die weiße Katze auf Julsgård, ist gerade Mutter von vier weißen Kätzchen geworden. Die Pferde auf Julsgård: der Falbe Balder, die Fuchsstute Rosa, die Schimmelstute Clementine.

Nybøl

Axel Söderblom, Kaufmann und aufstrebender Werbekünstler, kennt seinen Vater nicht und kämpft bei den Kaufherren in Nybøl um Anerkennung.

Kerstine Söderblom, seine Mutter, spricht nicht über Axels Vater und bietet allen die Stirn, die sie verachten, weil sie ohne Mann lebt.

Kopenhagen

Søren Lauridsen, Sofies und Helles Mathematiklehrer an Frøken Rasmussens Lehrinstitut für junge Damen, nun Helles Kamerad und Sofies Verlobter.

Sofie Annemarie Krogh Hansen, schüchterne, kluge und gelangweilte junge Dame der Kopenhagener Gesellschaft.

Malvine Krogh Hansen, Sofies Mutter, verwitwete Inhaberin des Handelshauses Krogh Hansen; sie behütet ihre Tochter sehr.

Jesper Krogh Hansen, Malvines verstorbener Mann und Sofies Vater, liebte alles Neue, insbesondere Fahrräder.

Nielsine Nielsen, Hauswirtschafterin der Hansens.

Helle Møller, Sofies beste Freundin.

Fru und Hr. Møller, Helles Eltern und Nachbarn der Hansens. Hr. Møller ist auch Geschäftsmann.

Janne Jensen, Hausangestellte der Møllers.

Kusine Lisbet, eine angeheiratete Verwandte der Møllers, wohnt im fernen Rønne auf Bornholm.

Advokat Brandt, Malvine Hansens Ratgeber in allen geschäftlichen Angelegenheiten.

Mads, Sofies Kanarienvogel.

Glossar

Ahornsgade	Straße im Kopenhagener Stadtteil Nørrebro
Arbeitslöhne 1924	Der Lohn eines Tagelöhners betrug 1924 6,68 Kronen/Tag (*Landbrugets priser 1900–1957. Statistiske undersøgelser nr. 1.,* Kopenhagen 1958). Bei meinen Berechnungen habe ich einen Lohn von 7 Kronen/Tag zugrunde gelegt.
Berge	die Dünen
Die Seen	Aufgestaute Gewässer, lagen vor den (früheren) Befestigungsanlagen Kopenhagens außerhalb der Stadt, umgeben heute die Innenstadt.
Die Ställe	Die Exportställe am Hafen von Esbjerg für das Lebend-/Schlachtvieh zur Verschiffung nach England bzw. zum Aufenthalt bis zur Schlachtung. Die Jazzkneipe ist eine Erfindung der Autorin.
Esbjerg	Dänemarks fünftgrößte Stadt, in Südwestjütland, der Hafen wurde ab 1869 angelegt, um nach dem verlorenen Krieg gegen Preußen wieder einen Exporthafen an der Nordseeküste zu schaffen.
Esbjerggade, Østerbro	bis 1943 das Wegstück zwischen Gammel Kalkbrænderivej und Viborggade, heute Teil der Silkeborggade

FDB-Tabak	Tabak aus der Fabrik des Verbands der dänischen Konsumgenossenschaften in Esbjerg
Randersgade, Nordre Frihavnsgade	Straßen und Plätze in Østerbro, in der Nähe vom Krausesvej, Trianglen
Fru, Frøken, Hr.	die Anreden Frau, Fräulein, Herr
Frøken Jensens Kochbuch	Die Hauswirtschafterin Kristine Marie Jensen veröffentlichte ihr Kochbuch 1901, das Buch erreichte schon zu ihren Lebzeiten siebenundzwanzig Auflagen und wird bis heute verkauft.
Georginen	Dahlien
Hans Christian Lumbye	Kapellmeister und Komponist (1810–1874, Kopenhagen), trat seit der Eröffnung des Tivoli 1843 mit seinem Orchester im Konzertsaal des Vergnügungsparks auf.
Hotel Danmark	Das Hotel von Nybøl. Dort trifft man sich, auch zu den weithin bekannten Tanzvergnügen. Das Hotel ist eine Erfindung der Autorin.
Jütepott	Kochtopf aus unglasiertem, schwarz gebranntem Ton, in Westjütland hergestellt; vor Einführung modernerer Herde auf den offenen Herdstellen verwendet.
Kammerjunker	zwiebackartiger Keks

Kandidat	akademischer Titel, u. a. für Lehrer und (Tier-)Ärzte
Kaufnamen	Um der Namensgleichheit bei den Nachnamen abzuhelfen, sah das Namensgesetz von 1904 vor, dass man sich um die Gebühr von 4 Kronen einen neuen Nachnamen »kaufen« konnte.
Komfur	gusseiserner Herd, Kochmaschine
Krausesvej	Straße im Kopenhagener Stadtteil Østerbro
Lotse von Dragør	Dragør liegt an der Südspitze der Insel Amager vor Kopenhagen. Hier befand sich gemäß königlichem Privileg ab 1684 eine Lotsenstation, die 1984 in der »Sundet Lodseri« aufging. Die Lotsenfamilie Lauridsen ist eine Erfindung der Autorin.
Mormor/Morfar	Großmutter mütterlicherseits/Großvater mütterlicherseits Farmor/Farfar Großmutter väterlicherseits/Großvater väterlicherseits
Poulscher Patentofen	eine Erfindung der Autorin, damit die Norbyer auch ohne Anschluss an die Gas- und Wasserleitung ein Wannenbad genießen können
Remonce	Kuchenfüllung aus Butter und Zucker, oft mit Zimt gewürzt, manchmal auch mit Nüssen und/oder Marzipan angereichert.
Ringkøbing	Stadt in Midtjylland am Ringkøbing Fjord gelegen, bis ins 17. Jahrhundert Hafenstadt

Søren Aabye Kierkegaard	dänischer Philosoph, Theologe und Schriftsteller (1813–1855, Kopenhagen)
Tom Kristensen	dänischer Schriftsteller und Dichter, (1893–1974), u. a. bekannt für seine expressionistischen Gedichte aus den frühen 1920ern
Peter Jansen Wessel/ Tordenskjold	Dänisch-norwegischer Marineoffizier während des Großen Nordischen Kriegs, wegen seiner Verdienste in der Seeschlacht von Fehmarn 1715 geadelt, 1720 in Deutschland im Duell gestorben.
Vejrs	heute »Vejers«, Ort an der Westküste, ca. fünfunddreißig Kilometer nördlich von Esbjerg, wo in den 1920ern die ersten Sommerhäuser auf die Dünen gebaut wurden. Die Bezugnahmen in der Geschichte sind eine Erfindung der Autorin.
Verbrauchervereinigung	»brugsforening«, Konsumgenossenschaft
Verkauf der Goldmedaille	Für die Bewertung des Preises habe ich den Goldstandard von 1914 (2480 Kronen für das Kilogramm Feingold) mit einem Abschlag von 40 % zugrunde gelegt.
Weiße Kartoffeln	»hvide kartofler«, Salzkartoffeln

Nachwort

Die Orte Nybøl und Norby, alle Figuren und die Handlung dieser Geschichte sind frei erfunden. Dies gilt auch für die erwähnten Sänger, die Liedtexte und deren Melodien. Etwaige Ähnlichkeiten mit tatsächlichen Begebenheiten und lebenden oder verstorbenen Personen wären rein zufällig.

Hilfreich waren die Internetdokumentationen zur Stadtgeschichte Esbjergs und Kopenhagens (*eba.esbjergkommune.dk* und *www.kbharkiv.dk*) sowie natürlich *Wikipedia*, genauso wie die Zusammenstellungen zur Geschichte von Varde (*Varde, eine Stadt in Dänemark*, hrsg. v. Museum für Varde und Umgebung, 1992) und Ole Lunds Beschreibungen westjütischer Bauernhöfe um 1800 (Ole Lund, *Vestjyske bøndergårde i 1800-tallet*, Vestjyske forsikring, gs. 1998).

Diese Geschichte wurde mir geschenkt, während ich mich nach einer längeren Erkrankung allmählich erholte und meine Bewegungsfreiheit sich auf kleine Spaziergänge in meinem Viertel beschränkte. Sie entstand aus vielen Eindrücken und Erinnerungen, die ich während meiner Reisen an die Nordsee und nach Kopenhagen gesammelt habe; doch letztlich wurde sie geboren aus meiner Sehnsucht nach dem Ort an der Westküste, den ich so liebe: Vejers.

Danken möchte ich meiner Tochter Laura, meiner ersten Leserin und in vielerlei Hinsicht geduldigen Ratgeberin, und meiner Familie – danke Euch! Denis danke ich für den ersten Entwurf des Covers und dem Team von BoD für alle Hilfe und Unterstützung. Ein besonderer Dank gilt meiner Lektorin und der Grafikerin für ihr Engagement und ihre hilfreichen Anmerkungen. Und nicht zuletzt danke ich für Gottes Hilfe: Meine Bitten um Mut, Kraft und Entschlossenheit blieben nie ungehört.

Im Juni 2019
Anne M. Weilandt